本書系全國高等院校古籍整理研究工作委員會資助項目

憺園文集

（清） 徐乾學 著

賈燦燦 點校

上海三聯書店

前　言

　　徐乾學(一六三一——六九四),字原一,號健庵,又稱玉峰先生,清江南崑山人(今江蘇崑山)。徐應聘之曾孫,顧炎武之甥,與弟徐秉義、徐元文合稱"崑山三徐"。自幼聰慧,八歲能文。順治十七年(一六六〇)舉順天府鄉試。康熙九年(一六七〇),以進士第三名及第授翰林院編修,歷官順天府鄉試副考官、左贊善、日講起居注官、翰林院侍講、内閣學士等,累官至刑部尚書。先後奉命擔任《明史》總裁官、《大清會典》和《大清一統志》副總裁,并主持《通志堂經解》《鑒古輯覽》《古文淵鑒》《資治通鑒後編》等書的編纂。主要著述有《明史列傳》《讀禮通考》《憺園文集》《傳是樓書目》等等。生平事蹟在《清史稿》《清史列傳》等書中均有記載。

　　徐乾學出身書香世家,交遊廣泛,著述豐富,家有藏書樓,名傳是樓。汪琬《傳是樓記》稱其藏書,"爲櫥者七十有二,部居類匯,各以其次,素標緗帙,啓鑰燦然"。(《堯峰文鈔》卷二三)宋犖言:"公家富藏書,插架充棟,幾與四庫、崇文相埒。"(《憺園文集·序》)萬斯同《傳是樓藏書歌》云:"東海先生性愛書,胸中已貯萬卷餘,更向人間搜遺籍,真窮四庫盈其廬。"(《石園文集》卷一)黃宗羲《傳是樓藏書記》言:"喪亂之後,藏書之家,多不能守。異日之塵封未觸,數百年之沈於瑶臺牛篋者,一時俱出。於是南北大家之藏書,盡歸先生。"(《南雷文約》卷四)

　　《憺園文集》又名《憺園集》《憺園全集》《徐大司寇憺園全集》,共三十六卷,爲徐乾學的個人文集,由其長子徐樹穀纂輯而成。此書卷一爲賦、頌、樂章,卷二至九爲詩作(其中卷二至四爲虞浦集三百五十首;卷五、六爲詞館集二百二十七首;卷七至九爲碧山集二百八十首),卷十、十一爲疏,卷十二爲奏、表,卷十三、十四爲議,卷十五爲辨,卷十六爲説,卷十七爲或問、論,卷十八爲考,卷十九至二十四爲序,卷二十五、二十六爲記,卷二十七至三十爲墓誌銘,卷三十一爲神道碑銘,卷三十二爲墓表、塔銘,卷三十三爲祭文、哀辭、行狀,卷三十四爲傳、書,卷三十五、三十六爲雜著。

《憺園文集》内容豐富,題材廣泛,涉及詩賦、奏疏、考辨、序文、傳記、墓誌銘、神道碑、祭文、行狀等。其中不乏學術價值較高的文章,如《恭陳〈明史〉事宜疏》《修史條議》等,對《明史》的編修提供了很多借鑒方法,而有關《明史》編撰的其他文章現都已點校,卻獨缺《憺園文集》。又如《〈大清一統志〉凡例》爲研究《大清一統志》編寫體例的重要史料,《通議大夫一等侍衛進士納蘭君墓誌銘》則詳述納蘭性德的生平事蹟,文集中還有徐乾學的多篇個人詩賦。這些都爲研究徐乾學、明清史及文學史等提供了有意義、有價值的參考史料。

四庫館臣評價此書言其"集中考辨、議説之類,亦多與傳注相闡發",但也指出"文章則功候未深,大抵隨題衍説,不甚講求古格。賦頌用韻,尤多失考,尚未能掉鞅詞壇,與諸作者爭雄長也"。(《四庫全書總目》卷一八三)今人張舜徽評價"大氏乾學之學,長於議《禮》",如《庶子不得爲長子三年議》《立孫議》《北郊配位議》《郊祀考》《祀地方位考》等,"皆備古酌今,考證詳悉,而確有發明"。康熙時,"凡國家有編述,乾學爲之發凡起例,以總其成",如《修史條議》《〈古文淵鑒〉凡例》《〈大清一統志〉凡例》等,"條分縷析,辨析精審"。同時也指出"集中文字,亦有但事比輯,猶未成篇者"。如《歷代纂修書史例考》《購書故事》,皆"未加潤色之作,仍亦採以入集,頗嫌其濫"。(《清人文集別錄》卷二)

《憺園文集》共有四個版本,康熙三十三年(一六九四)刻本、康熙三十六年(一六九七)刻本、乾隆三十年(一七六五)刻本和光緒九年(一八八三)刻本。現將各版本刊刻情況逐一進行梳理:

其一,康熙三十三年刻本,今已不見。據乾隆三十年刻本目錄後徐乾學五世孫徐楫所撰識語載,"是集刻於康熙甲戌之秋",又有"編次、攙頭未盡穩妥,且有訛錯脱落及應删字句"。可知《憺園文集》首刻於康熙三十三年,但因存在編排、訛誤等問題,於三年後重刻。

其二,康熙三十六年刻本,國家圖書館、天津圖書館等均有收藏。《續修四庫全書》和《四庫全書存目叢書》分別據上海辭書出版社圖書館和遼寧大學圖書館所藏清康熙冠山堂刻本,即康熙三十六年刻本,進行影印收錄。此刻本是目前所見《憺園文集》的最早版本,刻印精良,字體優美,由徐乾學長子徐樹穀整理刊刻,前有宋犖所作序言"其長君侍御排纂成帙,而屬余序者也"。

　　其三,乾隆三十年刻本,收録於《清代詩文集彙編》第一二四册,此刻本封面題有"冠山堂藏板",目録後有徐楨所撰識語云:"謹將原本逐細校讐,所有諱字、訛字、脱字,悉行改補,並列目以便查閲。"又光緒九年刻本金吳瀾識語言:"是集刻於康熙甲戌,續刻於乾隆乙酉。"由此可知,乾隆三十年刻本是由徐乾學五世孫徐楨進行重刻,並將諱字及訛脱處重新進行了改補,且增添目録,以便翻閲。

　　其四,光緒九年刻本爲單行本,書名爲《徐大司寇憺園全集》,封面後題有"光緒癸未冬月組月吟館珍藏",國家圖書館、上海圖書館、天津圖書館等均藏有此版本。此刻本由嘉興金吳瀾重刻,他在擔任崑山知縣時,於徐氏家族得《憺園集》鈔本,"然闕軼不具"。後"又得黄孝廉文炳、李大令祖榮所藏本,互相校勘,删複補闕",方才完成《憺園全集》的重刊。(金吳瀾《重刊憺園集序》)此本於宋犖序後增有俞樾《重刻憺園集序》、金吳瀾《重刊憺園集序》,及徐楨識語後增金吳瀾識語一則。此刻本内容與康熙冠山堂本相差無幾,但刻工稍欠精良。

　　經比對發現,現存版本中,以乾隆三十年刻本文字最爲準確,質量較優,故此次點校以乾隆三十年刻本爲底本,參校康熙三十六年和光緒九年兩個版本,同時參照前人文集點校經驗,對《憺園文集》進行標點和校勘。凡注文中的"底本"即指乾隆三十年刻本,康熙三十六年刻本簡稱"康熙本",光緒九年刻本簡稱"光緒本"。凡書中避諱字,除缺筆補足外,其餘不作校改,訛、脱、衍、倒之處,皆予以更正,並於本書前增補總目,保留底本原有目録,方便讀者翻檢。因受澹歸禪師《遍行堂集》案影響,底本卷三十二删去《丹霞澹歸釋禪師塔銘》一文,今據光緒本增補。另據光緒本,於宋犖序後增補俞樾序、金吳瀾序,徐楨識語後增補金吳瀾識語一則。書後"附録一"收録《清史稿》卷二七一《徐乾學傳》,"附録二"收録《清史列傳》一〇《徐乾學傳》,以備學者查閲與參考。

目　録

序

  《大司寇健庵徐公文集》三十六卷，其長君侍御排纂成帙，而屬余序者也。余嘗謂辭章之學，自聖賢視之，藝焉云耳。而其所以能名當世、垂不朽者，良非苟然。大抵其道有二：曰植根，曰致用。今夫讀書所以植根也，多讀書則能明理，能明理則識高，理明而識高，則其爲文也。縱橫出之，無不如意，是即昌黎"根茂"、"膏沃"之說也。顧世儒矜博涉者，多窒塞而不能運，而工文之士，或病於空疏。才如廬陵，猶有不多讀書之誚，矧下此者乎？至施之於用，則視乎其遇焉。阨而在下，其施於用者小；達而在上，則施於用者大。學士大夫之論，每以文章獲見用於朝廷，入備顧問，出效編摩，爲極盛之榮遇，固已。顧唐之蘇許公、張燕公，宋之晏元獻、楊大年之流，稱是選者，代不數人，豈才僅此數人乎。才者或詘於遇，而際其遇者，不必才兩相左也。獨健庵徐公不然。

  公家富藏書，插架充棟，幾與四庫、崇文相埒。又篤嗜學，少壯迨老，無一日釋卷，自六藝、子史、百家之書，靡不貫穿。其發而爲文，雄瞻典則，學大而才足運之，故能以文章受今上知遇。每奉詔有所撰著，奏上，未嘗不稱善。凡朝章國故之鉅，郊廟禮樂制度之沿革，廷議紛挐，必折衷於公。而公隨事討論，援古據今，上下千百年，瞭如指紋，今載集中奏疏、考辯、議說之類是也。又以其餘霑丐海内，一時元夫巨公，與夫琳宮梵宇之碑版，爭欲得公言爲重。蓋公之於文，其蘊植也厚矣，其致用也弘矣，可謂兩得之者也。公著述極博，《文集》之外，有《讀禮通考》一百廿卷，又有《外集》若干卷，奉詔纂輯諸書不在是。嗚呼！文章至於公，亦盛矣哉！公崑山人，故學者咸稱玉峰先生云。

  康熙丁丑中春下澣，商邱宋犖序。

重刻憺園集序①

　　國史《儒林傳》,以顧亭林先生爲首。讀其書,篤信紫陽,不爲陸、王異説所奪,則自宋以來儒者相承之嫡派也。於經史古義,注疏舊説,爬羅剔抉,不遺一字,則又本朝治漢學者之先河也。至於朝章國典,吏治民風,山川形勝,閭閻疾苦,博考而詳詢之,原原本本,如示之掌,則永嘉諸儒猶有未逮,而百餘年來老師宿儒未有講求如先生者。嗚呼!是宜爲一代儒林之冠矣。

　　健庵徐公,先生之甥也,其所學一出於先生所著《讀禮通考》一書,宏綱細目,條理秩然,爲秦氏《五禮通考》所自出,至今與秦氏之書並爲言禮者所不能廢。乃其所箸《憺園集》,則行世者頗尠,學士大夫往往有不得見者。余讀其集,有云:"學程、朱者,切實平正,不至流弊。陽明之説,善學則爲江西諸儒,不善學則龍溪、心齋矣。"是其論學宗旨,與亭林同。至其議禮諸篇,如論北郊之古無配位,論文廟從祀諸賢當以時代爲次,皆卓然縣日月而不刊,信乎公之學出於亭林先生也。集中有修《明史》條例,有修《大清一統志》條例,可知國初大箸作禮體裁,皆公所定。亭林先生窮老箸書,不獲見用於世,而公則遭際盛時,從容坐論,出其所學,以潤色皇猷,此乃時爲之,而公與先生之學,固不以是爲優劣也。

　　臚青金君嘗宰崑山,先生與公皆其邑人也。臚青即刻《亭林先生年譜》與《歸震川先生年譜》《朱柏廬先生毋欺録》並行,而又購得公《憺園全集》,鏤版行世,以廣其傳。余衰且病,不足復言學術,而亭林先生之書,則自幼喜讀之,今讀《憺園集》原本,經史議論名通,可以配亭林之書而無愧,所謂酷似其舅者歟!臚青爲邑宰於斯,以表章先賢爲急,斯真知所先後者。自茲以往,《憺園全集》與《亭林遺書》並行於世,承學之士,得以增長其學識,開祐其見聞,然則臚青之刻是集,其功爲不淺矣。

　　光緒九年歲次癸未六月下澣,德清俞樾謹序。

---

　　①　底本原無,此篇序言據光緒本增補。

重刊憺園集序^①

　　崑山徐健庵先生以鴻才博學受知聖祖，凡纂修書籍，必命先生領其事，編摩卷帙，前後以千百計，而《明史》及《一統志》尤爲宏鉅，發凡起例，蒐墜正譌，從事諸賢，莫能異議。所自箸《讀禮通考》，至今爲學者所尊，故語本朝公卿擅箸述之才者，必首推先生，而遺集獨尠傳本，譚者以爲憾。

　　光緒二年，瀾莅崑山縣任，既求得歸震川、顧亭林、朱柏廬三先生年譜，合付手民。中丞吳公見而善之，因屬訪求先生《憺園全集》，兵燹之餘，益以難得。久之，始于其族假得鈔本，然闕軼不具。嗣又得黃孝廉文炳、李大令祖榮所藏本，互相校勘，删複補闕，于是《憺園集》三十六卷復爲完書。

　　方先生盛時，以文學倡率後進，題品所加，聲價輒倍，四方才士游京師者，爭附壇坫，若水之趨壑，得先生一文一詩，以爲至榮，至今甫二百年，而胄裔凋零，文湮晦，良可歎息。雖先生箸述宏富，不專藉是以傳，而考先生之學，綜其前後盛衰之致而觀之，有不忍聽其終晦者，因屬李大令及柳孝廉商賢、李茂才炳章參校付梓，並識其緣起如此。若先生文章之美，宋太宰序已詳言之，無待後人贅論矣。

　　光緒九年六月既望，檇李金吳瀾序於茂苑署齋。

---

① 底本原無，此篇序言據光緒本增補。

憺園文集目録

---

① "侯"底本作"候"，今據光緒本、正文内容改。
② "笄"底本脱，今據正文内容補。
③ "氏"底本脱，今據正文内容補。

---

① "集"底本脱，今據光緒本、正文内容補。
② "切"底本作"幼"，今據正文内容改。
③ "詒"底本作"貽"，今據正文内容改。

---

① "南靖"底本作"靖南"，今據光緒本、正文内容乙正。

---

① "原"底本作"淵"，今據光緒本、正文內容改。
② "喇"底本作"剌"，今據正文內容改。
③ "庸"底本作"容"，今據正文內容改。
④ "塔銘澹歸禪師"六字，底本原無，康熙本同，今據光緒本補。

---

① "研"底本作"硯"，今據正文內容改。
② "坦"底本作"怛"，今據光緒本、正文內容改。
③ "約"底本作"議"，今據光緒本、正文內容改。

按是集刻於康熙甲戌之秋，先大司寇喪中，用以呈謝大人先生者，造次集鐫。其中編次、擡頭未盡穩妥，且有訛錯脫落及應删字句。用過之後，先侍御昆仲亟欲重刻，商之韓慕廬先生。

先生札覆：承命校先師文集，如重刻則另爲編次，但雕刻精工，廢之可惜。愚意止就訛脫字改正，因仍舊貫，未爲不可。至于體例，古人文集亦各不同，只就“雜著”一類，如《昌黎集》亦甚錯雜。古人集有自編者，有後人編者，其次序即有未穩，似無妨也。擡頭不一例，亦似無妨。惟訛字、脫字，亟須改補。何也？訛脫之處，有害于文，編次、擡頭後人不責，權其輕重，大有不同。若不惜工費，開局募工，通體重編，固爲至妙耳。古人集原有一刻再刻者，如《震川集》有崑山本、常熟本，不妨兩行。目前先改正訛脫，即可刷印，但不必流通，俟他日另刻，聽雞林購募何如？先師議禮諸文，元元本本，雖古人亦不多有。理宗程、朱，尤有關係。玉音一代大儒之褒，非虛語也。其中應酬之作，俱非浪筆，將來若另刻，應删者亦無多處云云。

嗣後因循不果，迄今將百年矣。事歷三朝，中多諱字，讀之者有失敬避之意。謹將原本逐細校讐，所有諱字、訛字、脫字，悉行改補，并列目以便查閱，即慕廬先生仍舊之謂也。至於重編另刻，及刻《外集》《遺集》，且俟後之來者。

乾隆己酉年夏六月，五世孫楫小舟甫謹識。

謹按是集始刻於康熙甲戌，續刻於乾隆乙酉，代遠年湮，並遭兵燹，至今片板無存，論者惜之。瀾於玉峰假得是集，原本亟録一通，付之手民。其眉端批註，悉照原本録刊，但不知出自何人手筆，姑存之。金吴瀾附識。①

_____

① 金吴瀾識語底本原無此内容，今據光緒本增補。

憺園文集卷第一

賦

温泉賦 并序

古者詞賦之作,所以鋪揚鴻業,詠歌盛治。然竊怪相如、子雲之徒,侈陳羽獵,組織雖工,於主德奚裨焉。夫帝王之至德要道,無逾於孝。曾子曰:"孝者,置之而塞乎天地,施之而橫乎四海。"大哉其言之也! 臣備員史館,伏見我皇上奉事兩宫,先意承志,聽微察渺,可與虞舜、姬文比烈矣。湯泉之幸,親承懿旨,鑾輿所過,宜有紀載。私恐世儒不察,竟以上林、長楊之事相爲比擬,殊失厥旨。不揣弇陋,敬攄蕪詞,著爲斯賦。雖未足仰贊高深,亦庶幾矢報涓埃云爾。辭曰:

皇帝御極,十有一載。庶徵協應,群生畢遂。鴻雁來賓之候,律中南吕之月。霜清東野,斗指北闕。雲既淨而天高,潦將收而水潔。天子於是坐總章,戒臣工。宣慈仁之懿旨,問温井於無終。乃駕鸞輅,載龍旂。千乘雷動,萬騎雲馳。石鎧犀衣之士,連七萃而霧卷;珠旄日羽之兵,亘五營以星移。斯時也,旭日霽野,慶雲靄天。飛廉雨師,灑道驅煙;宓妃嬴女,奔走後先。玉帳開而秋野春,寶炬列而暮川曙。香生槍壘之間,綵繞枌榆之樹。龍驤過砂磧如霜,鳳鳥銜晚花帶露。爰是宸襟還覽,睿賞迴開。弔燕昭之故塚,軼黄金之舊臺。過薊邱而思昌國,倚枯樹而念羊哀。探黍谷兮吹鄒律,經督亢兮籠秦灰。雍伯之里,種田皆玉;漁揚之邨,弄鼓如罍。此則虞巡之所未至,周畋之難以比徽者也。

然而聖心維則,意切承歡。慈宫在路,出入盤桓。遇崎嶔則親扶雕輦,奉甘旨則手進珠盤。見玉色之愈和，必柔聲而問安。欲坤貞之常豫，假神瀵以除煩。誠孝思之不匱，非往代之遊觀。故吉行而徐進，爰駐蹕於溫泉。夫溫泉者，爲域中之珍瑞，亦天地之神靈。白礜上徹，丹砂不沈。非神鼎而長沸，異龍池而獨深。五雲之漿比潤，三危之露同清。控湯穀於瀛洲，濯日月於中營。穀神不死，川德彌盈。湔腸灑胃，澡精雪神。醴泉消疾，聞乎建武之世；神水蠲痾，不數咸康之經。誠一沐而再浴，延永算於千齡。於焉停仙蹕，涖行宮。樓枕嶺而倒影，殿當川而抱虹。長墉踞於郛塞，列岫插於鴻濛。閉邃而寒暑隔，昭嶢而雲霧通。繡帷四幕，層城九重。水澹澹而岸花紫，煙微微而野樹紅。翔文鷁於波面，聽吟龍於淵中。玉女停車而進悅，神人酌水而擎鐘。已溫和之悅體，自煩冤之去胸。

　　慈躬豫安，皇情愉悅。乃講蒐苗，肆羽獵。竟墊之罕，張垂天之綱。設虎落三峻，崇山作碼。圍經百里，羽林羅列。馳朱汗之馬，校黃金之埒。紫燕晨風，紅陽飛鵲。凡有名駒，無不騰躍。爲之擢倚天之劍，彎落月之弓。金甲霜明於曠野，虹旗電掣於長空。羽毛揚兮九天絳，獵火然而千山紅。乃有參伐之精，負嵎林莽。喑嗚哮嚙，摩牙砥掌。川谷嘯而風生，林巒聞而震蕩。天子爲之彎弸弓，揮玉祋。刃若星流，鏃如電駛。南山白額，應弦而斃。谷振千群，山呼萬歲。謂聖武如我皇，豈疇曩所能逮。然後登九霄之臺，宴八紘之圃。管鳴而嬌鳥不飛，簞拂而輕花自舞。五蹄仁獸以扶輪，九翼威禽以節鼓。是皆聖孝之禎祥，宜受昊蒼之福祐。乘輿旋返，傾都聚觀。歡聲振地，香塵漲天。散貔貅之萬騎，聚鵷鷺之千官。皇上方且心存得一，學務函三。問寢龍樓，視膳御筵。推孝思之不匱，弘錫類於治安。合萬國之歡心，極尊養之多端。以河海爲袵席，脯麟鳳爲髓甘。彼夫夏后兩龍，載驅璿臺之上；周王八駿，如舞瑤池之前。豈足以比休聖世，齊歷大年已哉！

聖駕時巡賦并序

　　恭惟我皇上堯兢舜業，宵旰時幾，運不息於乾樞，應無疆於坤軸。煥乎文思，赫斯武怒，敷天率土，輦賷航琛，俗業登於淳古，世胥躋於任壽。猶恐郊圻之外，幽隱之區，黔首有不得其所者，將親拊循之。於是舉正望秩之禮，式遵時邁之文，損益舊章，畢應經義。羽林虎賁，簡發省約，句陳將啓，渙號肆赦，已通給復，湛恩布濩。乃遣祠官備物典冊，懷柔百神。翠華所至，始於東嶽岱宗，爰及鍾山明太祖陵，還過先聖之鄉，皆躬致祭焉。經塗幾於萬里，往來曾不踰時，供張弗煩有司，芻茭罔費百姓，市無遷肆，壠不輟耕，恤患菑，問疾苦，遏殘墨，顯廉能，觀民設教，省方之義備矣。自虞、周以來，三千餘年，復見今日。微臣預載筆之末，敢忘盛治之形容哉？謹上《聖駕時巡賦》一篇。

惟二十有三年秋九月，天子時巡於東，禮也。帝德廣運，壹體遐邇，靈旗既偃，威弧既弛。鯨溟啓而我疆兮，卉島來其侍子。迺奇祥異瑞之洊臻兮，何茅黍鰈鶼之足紀？聖人端拱，京邑翼翼，奉三無私，建五有極，協恭同敬，守官遵職。府事已厎於歌敘兮，聽覽猶勤於朝昃。將采風而觀民兮，必展義而布德。若稽虞典，載陳周詩。司南行漏，權輿震維。職方先戒於修守兮，太卜習吉以告期。玉輅徐動夫清塵兮，金雞畬降夫紫泥。從官咸精騎而輕行兮，緣道每紆軫而解駢也。於是天行雲轉，風清日麗。山祇傳警，水后稱蹕。椔柤再重，貔貅七萃。問土訓九州之圖，考誦訓上古之事。後旒方勔乎幾旬，前旂已屆乎齊地。華注畫其削成，濼源激其觱沸。抵介邱而遂上，步玉趾而屏鑾轡。笑八駿之無庸，嗟四載之已瘁。修禮秩於視公，陳祝冊而非秘。爾乃訪謠俗，就高年。靡幽弗耀，靡隱弗宣。進秀民而誘之嚮學兮，召農畯而課之力田。加慶讓於司牧，釋沈鬱於八埏。星旆曉移，雲罕書遷。箛吹引路，鑾音隱阡。香稼岐穗而夾輪兮，朱實交柯而承蓋。睇萬井之生煙兮，眺千岑之凝靄。屬車無聲而肅肅，吉士從遊而藹藹。或來歌而載賡，以中孚而交泰也。

天子顧侍從而言曰：“翕河長瀆，肇自皇初。灑沈澹災，相協厥居。”群臣拜手稽首曰：“都！禹之明德，其遠矣乎！天子神聖，纘禹之謨。”爾乃親循版築，周覽厥渠。葉潤下於洪範兮，瞻德水之歸墟。桃花泛而無害兮，竹箭疾而何虞。皇情豫以繾綣兮，天眷切以躊躇。陋漢帝之負薪，勞使者於河隄。圖有蘭葉之瑞，歌非瓠子之悲。信安瀾之在望，知錫圭之有時。然且疇咨水利，民隱是恤。覯淮南之巨浸，訪海陵之陳跡。五湖積潦而橫流，六港淤沙而久塞。匪疏瀹以爲功，恐畎澮之莫洩。將命冬官，博謀長策。庀器鳩工，不愆於日。俾慎思以圖終，期一勞而永逸。於斯時也，降輦御舟，維稍鼓枻。萬乘飛渡，六龍迅掣。祥飆送颿，宸衷怡悦。詢井絡之濫觴，念導江之往轍。升盤巘兮設旌，命戈船兮成列。指南徐之睥睨，俄北固兮巀嶭。昔者山頭匹練，直視吳門；今也輦下嵩呼，徯我至尊。九華明燭，百和然薰。綵斿錦幄，載路填囷。威顏咫尺，清問下民。顧蓋藏之實寡兮，惟故俗之未新。何土風之靡靡兮，致天語之諄諄。留信宿而迺發兮，沐千載之殊恩。由朱方次曲阿兮，歷連岡與高原。見舊京之城闕，幸前代之陵園。樵蘇往而不禁，寢殿巋然獨存。

天子曰："咨！有司之過。"繄元綱之既頹，自匹夫而有天下。不階成旅，雜用王霸。流澤既竭，遷殷革夏。弓劍猶藏，灑埽屋社。吉蠲為饎，精意奠斝。懿矣！夫至聖之仁覆，洵千聖百王之足跨也。然後揚舲揍柁，還轅結軌。問嶧山，經泗水，憩闕里，修典祀。想龍蹲兮如在，識馬鬣兮於此。遡圖書之亮章，實孔繇之立制。惟弘業之映輝，歷元精而孚契。灑奎藻之洋洋，與卿雲而并麗。儼對越乎兩楹，加頒賜乎四氏。秩元公以媲素王，述明光而追統紀。可以知聖後聖，百世一揆者矣。於是莢灰飛琯，適當中冬。千乘迴薄，萬騎從容。法駕言旋，起居兩宮。臨軒穆穆，問寢雝雝。爰申戒乎百司，蠲疵癘以興庸。已布德而偏德，即康功與田功。斯萬民之所以咸和，而萬国之所以來同者乎？敢作頌曰：

景運四葉，憲章時巡。無射應候，農隙是因。天行順動，煦然皆春。天光回照，朗乎徹陰。省成守課，勞問農畇。興言禹功，率彼河湄。江表望幸，往恤其情。離離故都，黍長石城。峨峨日觀，觸石出雲。英雄逐鹿，聖哲獲麟。昭答靈貺，薦祼享禋。錫我福極，協于神人。皇矣天保，恭己撫辰。不敢暇逸，出為民勤。陋彼封禪，七十二君。

经史赋并序

臣聞文章者貫道之器，而經史者載道之編。庖犧受圖，改結繩之制；軒轅握镜，立史皇之書。遂乃墳典縱橫，浩如淵海；邱索殽列，炳若星雲。循蠹疏仡之葳蕤，巾機槃盂之燦爛。滎河綠字，文煥唐虞；闕里赤書，道存洙泗。巍巍蕩蕩，無得而稱；郁郁紛紛，於斯為盛。漢購遺書而後，傳經始有專家；周藏柱下以還，載筆長為要職。破冢壞壁，留竹簡之遺；紳匱緘縢，極牙籤之富。允矣祖述憲章之畢備，奚啻格人元龜之是謀。經以為經，兼綜道術；史以為緯，雅擅事辭。天人之際備矣，帝王之用該矣。王、鄭標註，至賈、孔而扶藩；遷、固研精，迄歐陽而入室。表微扶絶，尚薄郫縣、河汾；棄短錄長，最善居巢、夾漈。幸微言之未墜，屬往蹟之具存。遭遇聖朝，濫叨館職。翱翔禮義之囿，游泳翰墨之林。循分慚惶，荷恩深重。無能發揮鴻業，潤色皇猷。愧戴憑之解經，慕吳兢之習史。敬承寵諭，群策禁廷。授簡命題，梟藻踊躍。謹拜手稽首而為之賦。

粵至德與要道，必有經而有緯。賸秦火之未亡，緊煇赫以斐亹。羅千聖之芳徽，紛百王之懿軌。星辰燦而二曜明，江湖流而五岳峙。宛璣正而衡平，亦風馳而電駛。唯兩儀之開闢，闡物象兮有此。儒者斷斷，專門有師。或稱折角，或號解頤。或綜象數而索隱，或引讖緯以騁奇。探名物之紛頤，恣辯博兮陸離。彼不言之深意，夫孰究其精微。至於記動記言，左右是司。編年紀傳，殊塗同歸。顧邱明之體例，尚浮夸而有訾。矧馬、班之遞降，能不見其瑕疵。是以《詩》分於齊、魯、韓、毛，《易》亂於京房、費直。《春秋》雜何休而怪迂，《周官》遇劉歆而襞積。《尚書》拾燼於伏生，古文造端於梅賾。殘簡遺編，經之轗軻巇脆也。沈約之奇說近誣，魏收之穢史失實。劉昫以汎濫貽譏，宋祁以雕鏤蒙摘。脫脫繁而易訛，潛溪病其期迫。世遠才難，史之紛紜窒塞也。然而古人治河以《禹貢》，斷獄以《春秋》。占天時以《豳風》之七月，察地利以《職方》之九州。觀象玩辭，玉門所演。化民成俗，曲臺爲優。《爾雅》則《詩》《書》訓詁，《孝經》實曾、孔源流。或讀《孟子》而文章益進，或得《論語》而治平可收。緬蔡邕之刻石，至孟蜀而增鍥。歷五厄而未燼，亘千刼兮仍留。雖逾遠而彌耀，信邁跡於前修。良史之材，列國之書。楚有倚相，晉有董狐。龍門捃拾，與古爲徒。有惡不隱，有美不虛。整齊慎嚴，扶風是須。綴文東觀，上下馳驅。綜元會之甲子，在冶忽以儆予。披醇夫之唐鑑，雖金鏡亦弗如。涑水詳其事實，資上治於康衢。新安挈其綱領，儼筆削之規模。彼鄱陽與浚儀，亦蒐討其無餘。苟閎覽而靡倦，實敷政之要樞。故夫复古經與史一，後代史與經異。啓妙理於珠囊，探舊聞於金匱。本立則用神，道隆則文蔚。瀾漫何涯，彌綸無際。遙遙千古，燭照數計。足以範圍造化之機，囊括宇宙之事。非徒洋溢乎詞章，鋪揚乎文義。況乎聖人在宥，垂拱當陽。盛德邁五帝，至道垺三皇。一言而大經立，一舉而信史彰。是以湛恩汪濊，周浹遐荒。禮興刑措，萬姓樂康。俗已登於熙皞，治已奏於皇唐。乃猶體乾而不息，贊益而無疆。抉苞符之奧，發甲乙之藏。晨披鉛槧，夕擁縹緗。嘆無前兮偉烈，豈累黍兮能量。於時挾書簪筆，濟濟鏘鏘。窮原竟委，日就月將。竭微誠於葵藿，矢特達於圭璋。敢云稽古之榮遇，著作之輝光。已哉！

西山賦并序

今上御極，十有一年。萬國咸寧，聲教四訖。川嶽效職，百神納貺。芸生品物,各得其所。我皇上膺累洽之運,宣重光之德。緝熙執競,孜孜圖治。萬幾之暇,嚮意文學。於以揚厲風雅,潤色弘業。猗與休哉! 小臣職在載筆,得雍容屬車之下。爰竭愚陋,作《西山賦》一篇以獻。其辭曰:

粵魏都之鼎建,資作鎮以表疆。環宅中以閎偉,應形勝而光昌。猗兹山之秀傑,允卓犖乎冀方。翊神京而成奧衍,控險陻而帶康莊。乘兑隅以定位,鐘王氣而克當。比中州之伊闕,方雍土之華陽。夫其橫據居庸之塞,直接太行之尾。天壽嶒崒乎其前,芳湖淳毓乎其趾。蜿蜒綿亘,絡繹斐疊。苕苕亭亭,奕奕暐暐。或辣或峙,乍立乍起。皴判淺深,勢區俯企。時巖嶪而峭屼,旋盤礴而徙倚。互日月而蔽虧,受煙雲而搖曳。融怡容與,坦迤迢遞。周以流水,間以疏泉。澄泓澹蕩,瀠繞洄漩。瑳白石之齒齒,沫玉乳之涓涓。瀺灂吞吐於谿谷,砯礚坌涌於巉巇。盤礩欹傾而造嶺,飛梁跨越而橫川。則有珍禽異獸,詭狀奇族。毛羽繽紛,齒革歷錄。鷂鶵鴛鷺,猿貁麋鹿。黃鳥飛鳴,雌雄飲啄。啁嘈格磔之音,狡獪奔騰之足。虯枝松柏,鳳林梧篠。棗漆蒙密,杶栝宲窕。芍藥敷榮,丁香繚繞。春杏逞姿而靚粧,秋楓排錦而高燒。殆難究其彙儔,曾易殫夫名貌。若夫梵剎之盛,金碧崇觀。丹樓霞蔚,紺殿雲寒。飾雕鏤以彩畫,錯珊瑚與木難。耀棟榱而爍爍,綴簾櫳之珊珊。慨承平之物力,撫陳迹以迴環。睇碧雲之縹緲,過香岫而流連。瞻來青之題額,緬翰墨之永傳。更遠懷於往古,摩蘚碣之殘篇。記金遼之軼事,指雙塔其宛然。至於勝國諸陵,邱墟莽互。銷沈華表之陰,滅沒冬青之路。玉魚帝子之宮,金椀茂園之墓。吟禾黍之風詩,鑒興亡之有故。洵矣壯哉,靈宅隩區。我皇顧之,其樂只且。風物繁華,氣象麗都。樵牧冠蓋,肩摩車驅。遊子如雲而萃止,行人眺聽而踟躕。伊天作之有自,固指顧之憑依。覽山河於襟袖,識眷顧之在斯。宜我皇之高望,更穆爾而遠思。紹謨烈於文武,享景福於神祇。升陑識德,授簡稱詩。乃爲頌曰:

悼彼西山,崇岡巨阜。百里京師,帝垣左右。紫氣常新,地靈單厚。鬱鬱蒸蒸,離離勰勰。於萬斯年,受天純祐。

南苑賦

當燕薊之舊域兮,散箕尾之光燭。倚雄關以北鎮兮,撫中夏以南矚。儼黃圖之千雉兮,乃臨制乎九服。闢離明之高闕兮,注神甸之區隩。環沃野之曠朗兮,起禁林之森蕭。較靈囿以修廣兮,列周垣以相屬。俯神皋之列繡兮,聳諸巘之巉屼。地允稱於上苑,囿實異乎南山。狹宜春與御宿,失鳲鵲與露寒。包涇渭之陸海,吞雲夢之極觀。其爲水也,布濩漫汗,灝溔潢瀁。或碕岸以交流,或長陂之互上。緬濠梁之勝情,聆滄浪之高唱。其上則有文梁跨渚,礧道盤空。極礥礆之奇製,集班輸之巧工。修塗亘其西北,交流經乎西東。其在陸也,周廬列以成衞,馳道平而如掌。清室窈其東啓,彤軒翼而西敞。張大幕於長揪,廣三峻之虎落。萬戶則列於建章,千乘則容於平樂。華闕雙邈,旌門洞開。金鋪交映,玉題相輝。連雲階之清密,窮月殿之縈迴。抗中天以結榭,凌平地而爲臺。其上則有西嶺遥青,高標障天。隱轔鬱嶵,偃寒連綿。既崐嶙兮含霜,復窈窕而懸泉。山輒呼乎萬歲,水重合於千年。咸阪陇以在目,似爭效於吾前。爾其青松翠柏之植,綠梨素奈之林。揚碧葉,抗紫莖。發紅華,垂朱英。布清樾以濯露,竦修榦而捎雲。既芬芳以春敷,亦蕭槭而秋零。於是騰猿飛蜼,狐獲伊尼。沈牛麈麋,赤首圜題。踰絕梁,援垂枝。長嘯齊鳴,遷延陸離。或凌巒以超壑,或降阿而飲池。以生爲育,棲息無時。當是時也,天子方精思要道,窮神邃古。優游乎萬幾之庭,翱翔乎六藝之圃。念虎臣於在泮,覽干戚於雅舞。稽蒐獮乎往典,飭車徒而講武。於是使中黃之士,賁獲之徒,七萃齊奮,四校橫徂。華蓋承辰,天罼前驅。千屯雷動,萬騎龍趍。旌旄竟野,戈鋋塞塗。天子乃升玉輅,約朱軝。擁鳳蓋之芩麗,鳴和鑾之逶迤。轉翡翠之葳蕤,靡明月之珠旗。邁白水之游泳,軼黃潠之驅馳。紹崆峒之芳躅,采鎬洛之令儀。耀德則先王之禮,省稼則《豳風》之詩。於焉順時行令,而匪取乎游觀之嬉。豈五柞長楊之足擬,仁壽醴泉之可儷者哉!

頌

萬壽頌并序

惟聖皇御歷十有二年三月戊子,届萬壽節。臣聞聖人之生,華渚降靈,瑤光毓瑞,吐納陰陽之氣,彈厭山川之精。於時道化滂流,太和翔洽,祥風應律,甘露零草。叶亭育於圓蓋,媲厚載於方輿。緬尋遐代,千載一揆。我皇道塞人神,德侔天地,乘六符而啓運,統六合以爲家。爾乃北監辰極,南覘太微,值五百之昌期,際千秋之令序。老人星見,聖化神行,秘瑞泉流,嘉祥雲合,懷生戴祝,率土含欣。臣承風歡忭,不勝舞蹈,謹拜手稽首而作頌曰:

日月貞恒,惟王克麗。川嶽效珍,惟帝受祉。赫赫我皇,昊軒嫣姒。德茂始裳,道冠初秬。鳳宸承天,龍旂響帝。日角珠庭,彤雲紫炁。擬度乾行,取則坤載。兩曜重輪,四時等契。手頓八絃,親調六氣。聖學無方,孝思不匱。問寢深宮,扶輪郊外。愉色婉容,先意承志。德心所感,禎祥特起。冀長蒲生,鶼來鰈至。視民如傷,使臣以禮。欽允爲心,寬仁御士。止輦受言,虛懷納誨。維木從繩,若金須礪。七校觀兵,三推敬祀。峨峨講臣,爰授之几。濟濟多士,或設之醴。式崇節儉,用革浮靡。晉焚雉頭,漢衣弋綈。以方今日,曷足云比。存心萬幾,游神六藝。金冊瑤編,丹書綠字。靡不覽觀,深加研味。茅殿晨凝,松軒夜紫。甲觀蓬山,崆峒若毗。似日方中,如海何涘。時叶青陽,節逾上已。電繞樞光,星流虹水。天生聖人,作民父母。五老來廷,四神遊時。梧桐始華,芰荷初綺。玉帛來朝,珪璋齊會。丹鳥呈祥,白環供瑞。水建千年,山稱萬歲。小臣作頌,敢告史氏。

元會頌并序

國家受天休命,奄有九有,列聖煦育,垂三十載。皇上以神聖文武,嗣無疆大歷服。即位之初,寓內大定,仍指揮天戈,征討不讋。開牂柯,靜賀蘭,海水不飛,烽驛罷警。薄海內外,悉臣悉主,無有狐鳴犬吠之虞,變容動色之慮。乃櫜弓戢矢,焱逝武節,示天下無事。凡德教之所曼羨,禮樂之所覃敷,澤浮沕溔,旁魄四塞,邇者踊武,遐者泳沫,莫不款關重譯,以王以享。每元正朝會,百官陪位,殊方在廷,皇上親帥公卿,以祗見於兩宮。承顏色,盡孝敬,隆天下養。乃坐明堂,傳臚句,大輅通天,玉几佩舃,鏘鏘濟濟。謁者引贊,萬年稱觴,物盛其容,禮成而退。皇哉唐哉!車書之大同,帝者之上儀也。緬稽往古,紛綸葳蕤。東都、洛水之朝,未央、甘泉之會,未有殊尤絕跡,炳靈懿鑠,六合同風,九州共貫,如今茲之盛者矣。臣某學識謏陋,幸廁承明,躬奉末光,冀揚休德。竊惟前世相如、揚雄,窮極揚厲;班固、傅毅,指敘典實。臣某才技遠不逮古,不自度量,目覩元會朝賀之極盛,輒撰頌一篇。雖不足雍容鼓陽萬分之一,取備聖朝矇瞍之獻。其辭曰:

兩儀烟熅,大化權輿。五德迭運,於鑠唐虞。南面垂裳,君都臣俞。厥後闡繹，隆盛攸殊。或存正朔，或分閏餘。凌轢章光，孰踵其初。赫赫我祖，龍見淵躍。珠河鐵嶺，聿基鎬毫。虎螭六師，以遏亂略。煌煌太宗，遂荒大東。遵養時晦，以俟其從。世祖拓基，底定方夏。雲蒸電爝，更新肆赦。涵煦潤澤，以長以假。十有八載，昭格上下。篤生吾皇，長發其祥。星流華渚，瑞感姚鄉。狗齊生擅，神靈夙彰。訪道勤學，日邁月將。紹庭陟降，緝熙有光。恭已宸居，覆被無疆。興圖益廓，聖武孔揚。乃平鬱島，下牂江。抵渠搜，伏諸羌。鼠竄道覆，鯨鯢奢香。矢飛肅慎，弓挂扶桑。無雷杳杳，浴日蒼蒼。送質請吏，綠梯浮航。既告武功，益修文德。政平刑措，絲理髮櫛。雍容禮意，中和樂職。滲漉滋生，何知帝力。不下堂階，九垓綏戢①。如露晞陽，如星拱極。矯首蒼雲，閶闔自闢。月正元日，逢吉丁辰。攝提改紀，勾芒司春。日升于觀，天啓其門。乃命掌故，乃詔司存。乃序百官，乃肅九賓。皇帝出房，時屬晨興。銅龍初啓，金魄猶澄。華燈庭燎，鳳管鸞聲。率見兩宮，慈慶慈寧。東朝嚴邃，武帳端凝。翟茀偕列，揄鞠斯承。天顏愉穆，親奉徽音。乃御太極，爰進群辟。間平諸王，郟鄏宗室。列侯通侯，天揖土揖。或進鴈羔，或奉珪璧。肅肅習習，各以其秩。四方計吏，二公牧伯。獻質天闕，歲事來辟。巍巍栗栗，各以其績。期門羽林，伏飛執戟。桴栢咸衛，戈楯夾立。力擬貙豻，旗分雲墨。樅樅裔裔，各以其色。雕題鑿齒，黃皮烏弋。名王侍子，頓首屈膝。來獻其琛，白駒維縶。紛紛籍籍，各自其國。禮儀既備，球贄交錯。南則象齒、文犀、翠羽、菌鶴，西則丹青、白旄、紕罽、龍角。其東鮫魝、利劍、鮷醬、魚支，其北騊駼、駃騠、茲白、星施。天子乃憑几而御，七駕咸具。歲葳芝蓋，晻藹雲軿。明月爲旍，飛鷐綴羽。受謁中庭，退屏四廊。太常奏樂，朱雁白麟。百職奉觴，玉斝醹醹。百祿是何，三壽作朋。協氣蠱集，休和旁蒸。雲浮五色，日宣重輪。景星晨燭，寶甕宵零。紫脫攢堦，芝英駢生。青鸞既兆，翠鳳來庭。於是四岳諸臣，三事大夫，旅進之次，抃舞之餘，皆曰：“陛下函蓋汪濊，普徧無外。車書混一，文物畢會。塗山增盛，酆宮滋暖。狹鄙秦儀，超軼漢蕘。宜譜金繩，宣玉牒。勒琬碑，緘蘭葉。升中名山，三五比烈。前世之登介邱、禪梁父者，不其忝乎！而陛下謙讓未遑，何其約歟！”然而天子乃淵然依宁，謐焉深處。松雲棟楠，儆切在予。及春戒寒，將夏咨暑。方且匹夫匹婦，惟恐失所。勒銘繫存，刀劍盤盂。瞀誦工箴，後史

---

① “九垓綏戢”底本、光緒本同，康熙本作“浹乎日出”。

前巫。肆夏以行,采齊是趨。仁義爲圃,樂禮爲車。進群臣,考制度。昭帝則,歸王路。分職授政,旦朝至暮。三元履端,庶事咸宣。百官受成,出震乘乾。聖德旁昭,暢達九埏。上協璣衡,下澤蚑蟜。明堂受賀,於萬斯年。

平蜀頌并序

　　皇上撫馭萬方,至仁大武,閔西南一隅,久罹兵革,元凶既斃,餘孽未平,諭諸將乘時翦滅。所司芻粟相繼,不用命者,以逗撓誅無赦,師中莫不震聾。惟賊恃有全蜀爲之障蔽,悉師閬中,以延朝夕之命。皇上遣重臣馳赴秦隴,指授成畫,督趣進師,諸臣稽首聽命。康熙十有九年正月庚子,將軍臣良棟以其師由龍安入,經歷深阻,遂抵成都,一鏃不遺,降其醜類。將軍臣丹、臣進寶亦於是月癸卯,以其師由朝天關入,賊衆鼠駭蟻潰,遂克保寧,擒賊吳之茂等。賊王屏藩窮蹙自縊,露布以聞。

　　臣考之前史,樹功巴蜀,如建武之定公孫,當塗之降劉禪,江陵之平李勢,神策之誅劉闢,以及王全斌擒孟昶、傅友德、廖永忠、下明昇,宿將謀臣,用命宣力,拯橫流於方割,撲燎火之已焚,靡不摧鋒陷堅,飈馳電激。未聞制勝九重,決策萬里,指事有同符契,尅期不假蓍龜,如我皇上睿謨神算,超出尋常者也。臣伏念有明末葉,兩川沸羹,垂三十年,王師底定,瘡痏初起,城邑蕭然,寇壘妖鋒,重遭蹂躪。幸仗皇上仁育群生,義征不譓,流亡者返故業,塗炭者獲更生,扇以皇風,與之寧息,人懷骨肉,戶解倒懸,固西土之荷恩,實普天之沾慶。至於滇黔阻險,逆孽逋誅,揚斾整戈,指期殄滅,吹迅風而埽墜葉,回夏景以潰春冰,盪定之勳,崇朝可竢。微臣備員載筆,舞躍歡欣,謹拜手稽首爲之頌曰:

　　聖人踐阼,咸覆寓內。邛莋冉駹,罔弗置吏。惟十有二年,閔久鎮之勞。使使往諭,還之於朝。滇惟首禍,拒命作逆。旁煽他部,競立壘壁。群頑囂譁,弄兵佐亂。靈旗所指,有萃斯渙。畢來歸命,皇帝至仁,曰:“毋染我鍔,宥使更新[1]。所不赦原,惟滇禍首。六師移之,毋令滋久。”天實震怒,先奪其魄。烋然自踣,猶逭斧鉞。蠢茲孼童,負固怙終。厥醜如醒,邛駏相從。帝用奮武,申戒於師。急擊勿失,殄殲誓期。有巉蜀門,以爲外戶。彼凶狡圖,悉師我拒。睿謀神運,錫命師中。我從間道,戈舂其胸。我以一軍,奪隘深入。前後却顧,

---

①　“新”底本、光緒本同,康熙本作“生”。

成擒可必。矯矯虎臣，厲兵秣馬。伐鼓揚旌，自天而下。七盤重關，九折逆阪。分路疾驅，衽席閣棧。我攻其右，直趨錦官。我攻其左，士皆翹關。錦官沃野，杜魄所巢。洗兵雙流，耆定崇朝。巴西之峽，凶醜是肆。既焚其巢，納款相繼。俘斬厥魁，外無妄殺。皇帝有詔，師稱弔伐。提將之符，禀成廟謨。鷟惟鷹揚，夙將天誅。駕言徂征，往取凶豎。振旅凱歌，來復其所。惟此蜀功，斷自聖衷。神鉦靈鞞，駕霆鞭風。惟彼蜀山，道通武擔。是不一姓，竊據其間。誰非恃險，恃險非壯。先民有言，石角北嚮。負恩干紀，自求顛蹶。奉若天道，聖武桓撥。齊斧斯設，威弧斯張。匪棘匪徐，撻伐滇方。共帝之詔，取其鯨鯢。日闢百里，至於滇池。滇池既平，武功告成。帝曰休哉，息民偃兵。

平滇頌并序

肇自聖人首出，握乾符，俯坤軸，函括寰縣，車書混一，海內無事。惟二三藩臣，猶擁兵重鎮，糜大司農金錢歲鉅萬。皇帝欲以脫劍建橐，加之恩禮，賦杕杜勞還之詩，然後輯干歸馬，賜租給復，施近古未有之寬政。以故俞諸鎮首邱之請，使使宣慰，皆還諸朝，議事者難之。皇帝沈雄內斷，藏往知來，恐滋蔓之難圖，期蹔勞而永逸，嘉與祚嗣，共保吉康。何圖賊臣，抗違朝命，滇爲首逆，二隅效尤。爾乃宗賢授鉞，宿將建牙，肅將天威，徂征厥罪。

皇帝親授方略，分道飇馳，神殛鬼謀，渠魁自斃，蟻屯蜂聚。跳梁傅會之徒，送款通章，絡繹而至。閩粵諸路，以次底平，稜威遝屆，掃蕩黔蜀。於是黨與攜離，脅從解散，惟滇遺孽，負嵎嬰城。我皇赫怒，責攻益急，令諸將分道并進，焚巢蹴穴，殲厥醜徒。爰以康熙二十年冬十月，進逼其城，圍之數重。逆孽吳世璠窮蹙雉經，偽將郭壯圖自殺，餘衆悉降，滇南以平。

先是，至尊進二三大臣，命之曰："自軍興以來，未忍加賦，以重困元元，顧一切用權宜集事。予一人繹思，未有攸濟，惟欲永清耆定，以無宿兵於三方。夙夜弗遑，於茲數稔，今尚剋期戡定。凡茲股肱心膂，是究是圖，具所以休養斯民者，罔或後時。"至是，捷書聞，皇帝祭告孝陵，車駕還宮，發政施仁，示天下更始。湛恩渥澤，與赫聲濯靈，俱徧遠邇。普天率土，歌詠昇平，匪直蠪谷之中方吹煖律，昆池之上始消兵氣而已。臣嘗逖覽載籍，於古今治忽之故，察其源流本末，蓋非沈幾不足以圖功，非果斷不足以集業。

《傳》曰："末大必折，尾大不掉。"理勢所至，可燭照數計。唐時藩鎮，根柢纏結，雖以郭子儀、李光弼、李愬、馬燧之徒分騖交馳，究不能鑱滅蕩滌，禍且與唐終始。此無他，無大有爲之主，恢謨遠算，以作之於上也。我國家創造六十餘年，崇功顯烈，永世克紹，惟此三孽，蟠固南服。皇帝思久安長治之圖，於以建威銷萌，休養萬姓，成世祖章皇帝未竟之緒，命將征討。七八年間，諸叛削平，如吹槁葉，版圖尺土，罔不肅清。自非廟謨獨運，制勝堂皇，何以致此？

自今億萬斯年，太平玉燭，詔秩宗審定典禮，樂正宣播金石，貞符洊至，洪庥無疆。臣之職司，乃兼載筆。竊以易言："高宗伐鬼方，三年克之。其在於《詩》，則有《殷武》一篇。宣王之伐淮徐，則《雅》有《江漢》《常武》。唐憲宗平淮西，不過一州之地，而《韓碑》《柳雅》，崒然聳觀。蓋當時臣子，所爲揚厲鋪宣，以美盛德、告成功者，著之於經，垂之於史，其揆一也。臣不勝葵藿之忱，謹作頌以獻，凡十有六章，皆指事實錄，以明彰皇帝聰明睿知，聖神文武，邁古高宗、宣王，而又如天之仁，比隆堯舜，非唐憲宗之儔所能望，於以流傳後嗣，垂則無極。"其詞曰：

惟帝元祚，文軌既同。盤江洱海，版隸驛通。填壓維藩，敢貪天功。宿兵糜餉，未復於農。其一。

假竊威靈，張官置吏。物產豐積，潛爲姦利。腹忕貌恭，噢咻爲惠。聖哲幾先，幄帷謀秘。其二。

宸衷獨運，衆慮或殊。宣厥旋歸，寧棘毋徐。彼戢其翼，其究將舒。寢謀則黷，革心則無。其三。

幾不可需，事不可狃。養癰終潰，其毒孔厚。天語溫然，恤其勞久。有弗共命，雷霆在後。其四。

彼昏神昧，恃力猖蹶。敢行稱亂，干我黃鉞。蠢爾狂且，聽彼誘脅。一時蜎起，姦宄草竊。其五。

於赫皇威，整我禁旅。攻車同馬，震疊荊楚。么麽小蟲，奮臂我拒。我奪其壁，深入其阻。其六。

貫盈于髦，天奪其魄。釜魚檻獸，技窮能索。天監趣罰，畀于鬼伯。裂肩分骼，以俟刑磔。其七。

惟茲關隴，惟茲邊庭，惟茲百粵，甌閩荊衡，惟黔惟蜀，曰咸底平，折首獲醜，王師有征。其八。

王師有征，殄彼凶豎。曀曀滇方，如闇斯曙，如熱斯濯，如燠斯雨，如渴斯漿，如餕斯餽。其九。

四時代謝，亦有金行。民用五材，誰能去兵。帝纘武功，既克告成。武功告成，帝曰息民。其十。

息民伊何，民力殫矣。輸將孔勞，惟師之以。矧師所處，實多轉徙。中田有棘，不見秬秠。其十一。

帝曰施仁，給復賜租。斥關去禁，養老字孤。滌瑕洗垢，咸在赦除。登賢進良，載廣厥途。其十二。

小大之吏，必以廉善。允釐百工，各守爾典。武功爵級，不參銓選。貴遊執經，論秀藝苑。其十三。

上功于祖，讓善于天。精意薦馨，都宮郊壇。沈璧翁河，以報安瀾。瘞玉岱巘，戒乃侈諜。其十四。

如天之仁，覆幬八荒。受福王母，有慶元良。鼎鉉一德，濟濟巖廊。壽域日躋，純固敦龐。其十五。

猗歟醇風，臻于刑措。昔陳原野，惟滇之故。滇功既奏，天下大酺。於昭頌聲，來許垂裕。其十六。

樂　章

令節樂章四首

聖皇出，宇內一。提尺劍，埽萬國。三后有成命，我龍受之。跋扈鴟張，我肆伐厎定之。自今以始萬億年，金甌固，玉燭光。雍熙累洽，示我清行。其一。

滇池既平，天下永寧。武成誕告，洪鐘勒銘。焜煌我文章，發揮我禮樂。五典依章，八音揚榷。元化亨毒，湛恩泥渥。開先甲以咸熙，原始合于朔。其二。

於皇至德深仁，大哉如天，奕矣如神。就之如日，望之如雲。欽若翼翼，濬哲沄沄。戡亂以武，圖治以文。孜矻齊政，哀矜慎刑。築觀珍鯨鯢，鑄鼎禦魑魅。禋宗秉琬琰，王會貢瑪瑉。淑氣旁流，珍祥四塞。彬雅總橫經，含鼓遍鉏耒。其三。

撫于五辰四時正，嘉月陶陶令節慶。海宇清和順性命，百昌繁彙靜雱祭。既燕且喜，瑤池蓬萊。君臣既醉，酌彼金罍。麤集縮緺百福來，咨保泰，介壽眉,《魚麗》《鹿鳴》賡和哉。其四。

皇上御殿朝樂章四首

皇清誕受命,迺在大漠之北遼水陽。真龍翔崑崘,瑞鳳集扶桑。赫赫太祖,開天立極。巍巍太宗,武功文德。於昭世祖,奄有萬國。我皇承之,帝申錫介禧。遹纘緒以覲揚,業業孜孜。其一。

孜孜維何,宵旰勤政。懋學祇修,廣淵齊聖。則《乾》健行,繼《離》圓映。誕光天之下,罔不懷柔。惟苞有三蘖,以爲子孫憂。《圖》難于《易》,大于細,其匪斷弗克,廟謨奕奕。其二。

亂臣辜恩天所誅,齋宫授斧羽林驅。長蛇殄滅封豕屠,昆池爛滄民嘔喁。八垓四表焕以都,洗兵萬里旋荷殳。興甿育秀乂寰區,赫聲崇,濯靈布。倬來今,振前古。文、景傴,成、康俯。軼堯、舜,包文、武。謳吟敷天慶率土,彌億萬斯年,綏厥祐。其三。

肅雍黼扆,臨御環紫宫。披靈圖,獲鴻寶。穆穆垂拱,熻熺有耀。閶闔闢天門,夔虎翊至尊,千官稽首騰嵩呼。雕白澤,繪騶虞,麗金鋪。八風從律,五緯輪精紀昇平。其四。

朝會樂章六首

昊天景命,我皇受之。玉歷啓圖,雅琴賡詩。勳華邁軌,熙洽承基。允武允文,法乾繼離。其一。

天子穆穆,群工蹌蹌。不愆于儀,屏營恐惶。龍章昭焕,升暉晨旭。卿雲爛熳,共繞黄屋。其二。

疇官羽衛,有翼有嚴。螭頭天咫,雉尾風恬。千官稽拜,萬國具瞻。是書象簡,是插華簪。其三。

光兹大化,躐虞轢唐。飈行浮竹,聲馳扶桑。驗風受隸,測海來王。恢廓姒甸,度越姬疆。其四。

五禮同文,八音叶譜。無懷持旌,葛天撫鼓。粉繢隆初,鞶帨振古。敻矣皇哉,五風十雨。其五。

天地交泰,一德日新。《鹿鳴》載肄,《魚麗》斯陳。吁咈都俞,兢兢業業。允升大猷,洽此萬國。其六。

元旦朝會樂章四首

於爍我皇兮，廣淵齊聖。經綸密勿兮，廓清厎定。輯瑞兮凝麻，披圖兮集慶。怳呼吸兮三靈，亶均齊兮七政。其一。

晬容穆穆兮，金相玉式。光被四表兮，儀型百職。覃化洽兮東西，德施翔兮南北。芝露兮垂埵，松雲兮盈室。其二。

維斗杓兮東指，佩蒼玉兮始和。設獸樽兮含元，獻辛盤兮承華。三爵賜兮油油孔嘉，拜稽首兮都俞賡歌，呼嵩高兮慶雲多。其三。

太平有象兮陽德亨，八風克諧兮泰階平。銷兵萬里兮，日月晶。融萬民樂兮，九有清。君縕瑟兮臣吹笙，於萬斯年兮麗瑤京。其四。

上壽樂章四首

聖帝御宇，時乘六龍。星流華渚，雲冠高嵩。萬國仰和會，兆民協時雍。三靈扶北辰，七緯聚天中。其一。

敷佑四方，景福孔膚。如川之方至，如日之肇升。手握化源，心齊明德。歷萬億兮斯年，與天地兮無極。其二。

洗爵兮奠斝，捧觴兮上壽。舞馬登牀兮，舍利緣罍。鶯鶯鳴郊兮，騶虞在囿。三祝華封兮，普天稽首。其三。

納昭融，駢嘉祉。朱草蕤蕤，甘露瀰瀰。我皇樂而康，我皇熾而昌。子子孫孫，茀祿穰穰。其四。

平滇鼓吹樂章七首

皇清定鼎萬億年，四海攸同，六服丕宣。赤車集闕下，碧弩充庭前。殊方罔後至，絕徼各爭先。其一。

蠢爾逆臣，藏禍負固。悖違我明詔，俶擾我天步。逎弄兵抗拒，在瀾滄之滸。其二。

逆臣維何，貙豕豺狼。苞蘖滋蔓，沸蜩吹螗。以牽脅諸鎮，以騷動邊方。我皇赫怒，廟謨神武。命將出征，哀茲虎旅百萬，集荊湘沅。建旍旗，耀壁壘。礪戈矛，備弓矢。桓桓眾士，髮盡指。一月三捷，檻車四止。其三。

深入其阻，臨於城下。巏巏鐵索，關不攻而自開；浩浩昆池，城不戰而自摧。其四。

亂臣賊子，天奪其魄。既伏冥誅復寸磔，蚩尤肩髀視狼藉，敦峻頭顱墜菁密。其五。

蕩滌滇黔，活我人民。花苗夾道舞蹲蹲，山川重秀天地寧。關隴靖，庸蜀清。埽兩粵，洗八閩。寸土尺版，無不鏟平。飲至策勳，捐租肆赦。禮樂車書，化成天下。歸馬華山陽，放牛桃林野。其六。

皇帝大聖極仁，沈幾英斷，擘劃楓宸。風車雲馬，如雷如霆，亦惟二祖一宗，在天之靈。太廟鑄鼎，高山勒銘，世世萬子孫，其儀型。其七。

祖德詩十章

茫茫穹壤，禹畫九區。疇其佐之，大費是毗。土功即荒，維帝曰俞。皂斿玄玉，畀之徐墟。

自殷訖周，歲嚴烝嘗。吳爲鯨豕，寔翦我邦。胄維神明，統祀載揚。諡德鼎彝，賚功節幢。

民生在勤，勤則不匱。我祖朴莽，鉏耒是肆。人以禮感，躬以道植。深溉弗穫，迺施厥嗣。

烈烈刑部，爲時直臣。殺人逢君，豈曰事君。拜杖不死，神聽于民。伊德則舊，伊德則新。

于嗟交河，衽人于溺。繾劄籲天，東南困棘。忠爲友市，義因物激。長此餘黎，謳吟稼穡。

維王大父，遭迴詞館。晚承厥辟，囧鄉斯踐。僕臣咸正，馴房有爛。退易進難，矢玆剛侃。

爰暨我父，諒直且溫。民或倍德，已罔倍言。婉婉母氏，古訓載敦。耕仁耨讓，迪予友舅。

嗟予小子，勤唉仔肩。胡寧弗思，或走而顛。顧謂仲子，我季實賢。在宮鼓鼓，庶達于天。

竹花實矣，飼我鳳皇。絳河輝矣，歌我明良。我喜而舞，季不易常。先憂後樂，夙夜以將。

人亦有言，基高維下。豈伊溫飽，鴛鸞可嚇。祖德駿茂，寸陰莫假。勗我癏痁，效玆高駕。

憺園文集卷第二

詩　虞浦集上

感遇四首

青陽及元冥，四節相終始。當春發衆葩，歲週復似此。人生非日月，盈沖無定理。幽鳥鳴空林，芳蘭生澗底。感茲枯菀情，慨慷不能止。齊物遊天倪，吾思蒙莊子。

驚風扶車輪，吹我至帝畿。帝畿雲五色，鬱鬱羅朝暉。鳴驪下雙闕，珥貂來紫微。寫懷固不易，知己良亦希。高談傾四座，錯落如珠璣。兔絲難禦寒，燕麥寧療饑。投翰長太息，命駕言旋歸。

衛青方少賤，井底同黽蛙。牧羊既失利，給使平陽家。但求免笞罵，封侯骨徒誇。一朝仗劍起，顧盼生光華。遂尚平陽主，同坐葳蕤車。昔時爲奴僕，變化今龍蛇。貴賤反掌間，世人休拙嗟。

大婦梳蟬鬢，小婦描蛾眉。大婦飪豐膳，小婦織機絲。豐膳嘗弗旨，織成服乃宜。愛則有餘妍，憎乃生百媸。愛憎無常理，妍媸靡定姿。瀉水置瓶中，涇渭誰能知。

述古八首

鸞鳥息蘭池，羽毛衆所羨。一朝入雲羅，不及翔風燕。騏驥困服箱，亦同驚馬賤。滅景權奇姿，棧豆誰能戀。吾幕運期子，慷慨辭親串。徒步東出關，五噫存諷諫。帝京高峨峨，懷寶羞自衒。逍遙齊魯隅，古人苦不見。時邁慼芳香，行歌淚如霰。

少年張勁弩，仰天射黃鵠。黃鵠衝層霄，纖禽應絃落。漢季盛豺虎，曹公殄群雄。吐哺招賢豪，指顧清寰中。當時管幼安，避亂居遼東。掉頭謝濁世，寶道愛吾躬。龍德固一致，潛見理不同。荀陳諸名士，踽踽安所終。

優孟學叔敖，楚王不復疑。以僞亂其真，中藏誰能知。高坐談仁義，挾詐空爾爲。漢相覆布被，內顧多所私。貂蟬列鼎饌，故人寧見欺。矯矯平津侯，徒令後世嗤。

小人曲似鉤，君子直如弦。曲直豈難辨，世俗多紛然。盜蹠或稱善，夷惠乃未賢。行行羊腸阪，車馬爲迍邅。邈矣司馬徽，明哲善自全。

白璧酬連城，忽沈雒水湄。璧沈不再出，有時還見之。客子辭故鄉，分手各東西。東極扶桑島，西行卭筰溪。邂逅遇中原，相見了不迷。獨有三良殲，黃鳥聲慘悽。

田蚡爲諸郎，竇嬰方貴日。侍酒大將軍，跪起如子姪。一朝踞要津，往來故親暱。衰盛勢無端，榮瘁理難一。賓客相猜疑，杯酒成禍基。東朝辨不屈，蜚語中魏其。依倚椒房戚，磐石永不移。渭城方棄市，武安隨病死。快意能幾何，傾軸無全理。勢利相烹煎，浩浩靡終始。天道如張弓，謙亨信君子。

曹氏盛賓客，文章傳鄴都。插貂佩華綬，曉入承明廬。日暮遊西園，聯翩隨後車。鋪揚主人德，言辭多嗫嚅。覽彼公讌詩，慨焉增欷歔。饑烏傍簷隙，安得志意舒。

巨魚揚鬐鬣，漁父舉網隨。翡翠耀羽光，服美身以危。李斯方說秦，陸機初入洛。咳唾風雲生，冠帶相追索。一言重邱山，須臾在鼎鑊。榮華曾幾時，迅風捲長薄。所以賢達流，進止貴權度。採棚莫盈筐，汲泉莫多酌。苟能齊物化，安事西山藥。

滁陽覽古 三首

城外高臺起大風，當年聖主此臨戎。中原逐鹿由陳涉，四海從龍始李通。陵寢熊羆蟠泗上，山河襟帶接江東。即今王氣成消歇，猶說開天首郡雄。

環滁人說古循良，太守風流此地長。千載衣冠存畏壘，數枝香雪是甘棠。亭邊乳燕當簷語，潭底神龍向晚藏。日暖騎驢尋踏遍，殘碑歷歷識歐陽。

太僕旌旄使節尊，先朝名馬似雲屯。於今上厩龍媒盡，惟有荒祠鶴埤存。千里蕭條吹鐵笛，百年寂寞狩金根。奚官白首空長嘆，銅雀晨梟未報恩。

感　遇

汲水辨澠淄，染絲鑒黑白。古人傾蓋間，結交慎所擇。寸心苟相投，軀命非所惜。寶劍解贈君，出入耀光澤。分手去路衢，萬里無間隔。結歡不須多，噂沓亦何益。寧聞管鮑家，堂有珠履客。

讀史二①首

安期號仙人，挾策干項羽。王生隱者流，解襪行踽踽。其謀秘弗傳，深藏若良賈。齊人魯仲連，高情邁千古。史傳載其辭，乃爲説客祖。故皆賢達人，寧與儕輩伍。

漢高定天下，析圭及微功。簫曹既上賞，雍齒亦得封。兩賢不相厄，何爲斬丁公。人臣無二君，綱維古今同。獨有射陽侯，無以謝重瞳。

郯城行

行行渡黃河，晨發鐘吾驛。前驅近郯城，四顧何崒嵂。驚風吹黃沙，人馬互衝突。健兒晝掠人，條忽馳沙磧。雪刃耀日光，彎弓射鳴鏑。同行四五輩，聞此心跼蹐。行告郯城宰，修途殊孔棘。蒙山至歷城，一望沙草白。知君素訓練，帳下多驍卒。安得選數騎，相送滹沱北。君聞便慨然，謂是守土職。此地二十年，黃巾禍不息。煙火萬餘家，遭亂久蕩析。我來今五載，戶口漸招輯。陵羽兩三間，爲患在肘掖。自我涖官後，群盜稍斂跡。往往聚峒峿，地屬宿遷邑。宿遷近百里，鄰封亦分責。我有蒼頭奴，驍勇一當百。亟遣衞諸君，長驅至燕域。語畢趣登堂，指麾騎士集。就中得四人，一一岸赤幘。駿馬雁門種，鞍轡新妝飾。雕弓系綠韣，寶刀耀光澤。恃此可無恐，各各壯顏色。君意更殷勤，送自東門出。君固關東豪，事事皆精密。嗟我學雕蟲，窮年事不律。彈鋏走四方，慷慨填胸臆。淒涼古徐州，衰颯顇奧國。漸近泰安道，猶聞嫠婦泣。茫茫天地間，樂土烏可得。良由亂離來，守令無擘畫。安得如君等，參錯爲邦伯。一歌《郯城行》，輾轉心憂惻。

偶　作

春繁更秋落，榮枯各異辰。造化本如此，豈敢辭賤貧。嗟哉膏粱客，文繡

①　"二"底本作"一"，康熙本同，今據光緒本改。

車重茵。榮華若朝露，松檜照夜磷。

都下贈彭雲客四首

極目長楊五柞宮，賦成猶自老英雄。風塵何處逢唐舉，遊說終難學蒯通。白髮老親愁客騎，紅顏小婦盼歸鴻。丈夫應有遭逢日，莫便悲歌易水風。

當年同客淮陰道，暮雨秋風黃石祠。千載論交懷貢禹，一時任俠讓袁絲。觀碑太學君先至，渡馬桑乾我已遲。相見不禁思往事，圯橋流水兩心期。

天涯此日得相親，話到深更酒數巡。獨有羊曇悲謝傅，懶從鄒倩過平津。樓臺是處聞箾鼓，富貴何心奏鬱輪。且向盧龍尋舊約，當爐十五正芳辰。

高樓擊築慰離群，莫把終南石硯焚。五月披裘猶混跡，十年作賦欲凌雲。城邊沙草張華宅，驛岸楊花樂毅墳。休爲故園增慨念，薊門春色本無分。

永平推官尤展成有事河間道，經都門喜晤二首

憶君遠道路漫漫，相見蕭齋春色寒。山海流離今日聚，邊城烽火近時安。地當孤竹風蕭瑟，塞繞盧龍勢鬱盤。明旦都亭分手去，殷勤朋好勸加餐。

星軺屈指溯滹沱，却向昭王台下過。射虎夜深迷碣石，觀魚春蚤度灤河。一官萬里鱗鴻少，二月三山霜草多。自是才人多治績，已看遼海不揚波。

客燕作

橘柚植玄朔，華藕移高岑。托根信失所，感物增悲心。北土非吾鄉，何爲久滯淫。望望東西隅，吳會邈難尋。歲晏猶絺綌，庭牖涼風侵。迴飆狂以厲，朱光忽西沉。中野何蕭條，萬里生層陰。離鴻增哀號，塞馬發悲音。踟躕安所極，泣下沾衣襟。

望遠曲和陸麗京十首

憶年十四學箜篌，初畫青螺逐伴遊。一自玉釵分紫塞，空餘寶瑟置紅樓。幾年霜雪還如舊，萬里關山共此愁。長日①強邀看鬥草，驚沙颯颯不勝秋。

樓頭春色易蹉跎，暗剪蘭膏賦短歌。夫婿縱難偕嬿婉，孤身已自托絲蘿。

①　"長日"，康熙本、光緒本皆作"同伴"。

原知歡聚生前少，得沐恩情夢裏多。何處便排靈鵲度，銀蟾中夜耿明河。

紅脂重整暗消魂，舊日妝奩不復存。繡罷鴛鴦思故侶，翦成蛺蝶送新婚。
月明獨把琵琶訴，春到愁聞鳥鵲喧。慚愧當年銅爵妓，遙憑穗帳答深恩。

春日輕粧到柳塘，芳郊士女踏青忙。亦多金屋名家子，間有青樓薄命倡。
幾處鞦韆依畫閣，何人窈窕守空房。開元頭白宮人在，尚逐今時歌舞場。

屈指經年夜獨眠，畫圖還未到君前。自憐弱歲羞歌舞，不是秋風浪棄捐。
燈照空閨愁緩箭，風吹寒幌撥哀絃。懶看少小鄰家婦，日煗長堤跨錦韉。

銅龍水滴漏偏遲，不盡歡娛往事思。姊妹同纏五日線，十三初學四言詩。
願爲黃鵠雙飛樂，豈識青陵千古悲。織就迴文難寄遠，天涯蕩子那由知。

生小蛾眉學内家，鏡臺觸目自咨嗟。舞衣疊疊從新製，繡被重重別樣花。
古堞悲風吹篳篥，晚山明月送琵琶。藥砧消息聞無恙，祇恐難隨萬里槎。

日高斜臥捲流蘇，側耳徒勞聽鵯鵊。恰似參辰乖絶域，恨無羽翼送微軀。
盤中蘇氏詞難續，陌上羅敷志不渝。底怕少年輕調笑，逢人先避霍家奴。

雲中一去絶書郵，蕭瑟空庭正蚤秋。聞説從軍因社稷，那堪促柱擅風流。
偶隨大婦臨青鏡，聊與姑嬋慰白頭。迢遞牽牛何處是，年年花落曝衣樓。

回看蟬鬢淚如波，渺渺思君可奈何。試向春風窺燕子，難將心事語鸚哥。
明知白玉原無玷，只恐朱顏却易過。若到平陽公主宅，踟躕未忍試新歌。

有感和計甫草

莫説承恩羨尹邢，入宮幾見久娉婷。延年女弟歸黃土，鉤弋夫人下掖庭。
縱有吳脂并越粉，空陳甲帳與雲屏。從來薄命都相似，夜夜烏啼不忍聽。

懷都門同學諸子

曩與二三子，拊翼同迴翔。高談浩縱橫，豁達露中腸。尚懼蕭朱輩，歡愛
難久長。永言誓磐石，千載期弗忘。并轡渡河陰，連軫矚太行。帝京盛芳菲，
促坐陳羽觴。割鮮進嘉饌，撥絃揚清商。本圖偕嬿婉，攜手相徜徉。不悟卒別
離，翻飛各一方。諸子策名日，容華耀朝陽。辟若黃鵠羽，一舉淩扶桑。伊予
倖斥鷃，終然蓬蒿藏。華纓坐魏闕，縕袍處窮鄉。所思非隱約，念舊增感傷。
窮達既異理，會合豈有常。相勖在令名，勉旃日月傍。

舟行即事三首

去鄉方百里，風景似天涯。防雨爭收麥，貪晴各種瓜。宿雲埋古塔，深樹護人家。空嘆居遊異，風塵老歲華。

野店蕭疏極，袷衣增暮寒。潮生漁網集，磯靜客舟安。碧蘚侵荒寺，滄江隱釣灘。遺民追往事，說罷涕汍瀾。

返照深林裏，輕航載一尊。石榴開廢圃，野槿綴荒邨。雨漲橋平水，人閒雀啄門。冥心聽萬籟，寂寞已黃昏。

得計甫草書

聞君遊薊北，何事滯淮東。匹馬經梁宋，荒城過沛豐。棄繻今日事，贈縞古人風。是處知名姓，休嗟客路窮。

贈姜軼簡

作客同千里，相逢下澤車。廉頗猶未老，劇孟本無家。障塞談兵略，江湖感歲華。夜觀牛斗象，莫便泛星槎。

子　房

子房未遇圯上老，千金結客尚年少。東遊求見倉海君，託身俠士圖報秦。陽武城南白日黑，鐵椎擊碎祖龍魄。秦人方上《封禪書》，鮑魚臭亂輼輬車。

寄吳錦雯

單車過大庾，急舸下湞陽。地遠交遊少，官閒嘯詠長。山禽巢翡翠，庭樹蔭桃榔。吳隱清風在，千秋意莫忘。

寄陳皇士太僕

轗軻宇宙間，踠晚非年少。終歲守一編，行藏詎及料。君志比劉琨，余才遜溫嶠。史云：嶠母之妹，爲琨妻太僕夫人，余從母也。越石百煉剛，義與星辰照。太真社稷臣，勠力圖帝造。兩人志意孚，萃聚一何巧。今昔既異時，顯晦非一道。壯心久淹沒，固窮亦高操。濯足東海濱，與爾行垂釣。

憂　旱

去年大水舞商羊，澤國波濤憂稻粱。今歲閭閻鬱相望，雲漢爲災旱魃狂。官吏拜禱雩壇旁，絳宵道士披霓裳。桐魚石燕不致祥，家家汲水祠龍王。插旗擊鼓居民忙，農夫行役心悲傷，縣令督租還如常。

風　帆

秋盡猶行役，風帆動水漪。山雲看易盡，岸草去還隨。朝揖要離墓，晚尋季札碑。檣烏啼不歇，遊子益增悲。

昭君曲

豈是君恩薄，惟緣誤畫圖。何心留氊幕，有夢到金鋪。篳篥邊風急，琵琶漢月孤。單于初罷獵，含淚侍氍毹。

絶句三首

下直高軒指玉繩，尚方宣賜酒如澠。閒憑棋局爲吳語，雅量人思王茂弘。

公子長楊校獵來，鳴鞭挾彈勢喧豗。至尊近日渾無事，夜夜期門宴飲回。

坐中誰擅碧雞談，玄夜飛霜撫劍鐔。酒半忽看鸜鵒舞，舊人惟有老何戡。

薛仔鉉安期招同孫嘉客、陳曉江、龔在田、韓公年、楊豐玉飲讀書堂，即席賦呈諸子

今日良宴會，歡樂難具陳。坐中盡是曹劉輩，西園車蓋如雲屯。張筵縱飲已及夕，主人投轄留賓客。羽觴角觶郎官廚，蘭陵美酒浮琥珀。清歌妙舞雜座隅，明月高高照綺席。諸君意氣幹雲霄，傾蓋相逢盡相識。子荆新自陟陽回，征西官屬共徘徊。元龍結客湖海士，壯遊感嘆黃金臺。龔生墳典一何富，韓嬰詩傳誠多材。揚子草玄方閉戶，執戟何心新室組。薛家兄弟最能文，二陸三張不足數。獨餘拓落已有年，解嘲客難亦何補。客裏徒悲彈蒯緱，坐中空自題鸚鵡。驅車梁楚至幽燕，帝闕經過意惘然。酒泉張掖漸開境，样柯越巂多烽煙。長楊出獵觀如堵，騎射良家來右輔。輜車幾部出漁陽，刀幣頻年輸少府。魏其武安徒紛紜，灌夫藉福還自詡。狂生慷慨獨歸來，黑貂裘敝朔風哀。趙勝造門

枉好客，孫弘開閣詎憐才。天涯行盡無知己，今日襟懷爲爾開。丈夫立身各有志，寧甘市井逐塵埃。酒闌起舞從此別，但見高臺月落西山隈。

發潞河留別繆歌起

雙鳥比翼飛，一鳥東南翔。子當留京邑，我獨歸故鄉。諏日戒行李，晨起踐嚴霜。置酒臨交衢，駐馬立彷徨。悠悠三千里，驛路阻且長。人生如皎月，弦望豈有常。道遠闊音形，邈若參與商。因風附輕翼，欲語安能詳。

次宿遷示馬殿聞張雲亭

幸有張平子，還同馬少遊。不辭桑落酒，共醉木蘭舟。虹捲荒城暮，鴉鳴古樹秋。生涯湖海慣，搖落復何憂。

留別宋右之

津亭攜手故人情，短築高歌送我行。猶望舌能存辯士，誰云頭可責秦生。城樓吹角千林暗，客岸揚帆一葉輕。此日盡君桑落酒，夢魂還繞鳳凰城。

懷友人遠戍四首

詔許寬恩徙朔方，那堪國士鎖銀鐺。虎須校尉鞭車側，繡黼將軍踞道旁。馬向千山關月白，雁飛萬里塞雲黃。龍興事業侔豐沛，吊古應悲舊戰場。

邊城日日聽鳴笳，極目辰韓道路賖。三襲貂裘猶未暖，一生雪窖便爲家。晨看軍府飛金鏑，暮向溪山引犢車。千載管寧傳皂帽，難從遼海問生涯。

已甘罪譴戍荒谿，又發家人習鼓鼙。孟博暫能隨老母，子卿猶得見生妻。鶺鴒原上聞猿嘯，麛鹿山前聽馬嘶。夢裏依稀歸故國，千重關隘眼終迷。

十載西園載筆從，于今慘戚苦無悰。遂令文士虛江左，忍見諸公徙上庸。患難誰能存李燮，交遊無計比何顒。可憐逐客無消息，盼絕金雞下九重。

呈宋其武先生

一度桑乾水，停車先叩門。風塵重作客，歲月久銜恩。雨到枯條潤，春生黍穀溫。金臺何處是，郭隗至今存。

贈嚴覽民

孟冬十月鳴班馬，萬堞蒼涼木葉下。檇李城邊日色西，蕭然獨有悲歌者。悲歌若無人，嚴安意氣真。歘作鸞鳳嘯，結響淩高旻。如君磊落天下士，行吟草澤何爲爾？雁門驪騎謝不迎，平津鼎饌心所鄙。以茲坎壈懷苦辛，絮裘席帽長如此。向予自嘆比東方，尚羨侏儒奉一囊。不然便作草玄手，半世還爲執戟郎。噫嘻曼倩事漢武，殿門待詔楊華組。懷胙猶能悦細君，賜金尚得逢公主。嚴生爲爾重徘徊，詼諧佚蕩非其材。羽獵甘泉輯奇寶，舍人狗監無良媒。讀書萬卷不得用，壯懷抑塞藏蒿萊。登高一長嘯，四野陰雲開。天門蕩蕩無塵埃，酒酣拔劍心悠哉。

贈沈子相

弱歲羞言蕭育交，褐來漫滅禰衡刺。海内悠悠誰見知，相逢謾説行藏事。憶昔逢君吳市門，余時挾策方童稗。同行年少有宋昌，謂宋疇三。青絲繡帶遊聯騎。歡然一見朱顏舒，開襟輒復論心意。從此追驅十五年，中經喪亂誰能記。擊筑吹簫兩地人，鯉魚尺素頻勞寄。蒙茸未脱黑貂裘，聊客駕湖挾艑艒。登堂便索三日住，白飯青芻爲爾留。君今去聽華亭鶴，余亦伯通橋墅托。臨卭賢令誰繆恭，護軍府士終寥落。願君莫慕五侯鯖，且求百雉治專城。量綬銅章殊不賤，坐看到處有逢迎。

公子行陳確庵孝廉稱家兄孚若《公子行》一篇，造懷指事，滾滾可聽，余未得讀也。館舍閑暇，聊作此擬之，足征哲兄之益美爾。

翩翩佳公子，容華耀朝暾。門盛崔家戟，家傳漢相尊。弟兄才調俱第一，六龍八駿何足論。哲昆射策得高第，少弟亦邀天子恩。連鑣俱過上林苑，縱轡時經銅馬門。銅馬門前鋪繡埒，五侯七貴多交結。曾從複道入南宮，還向建章過北闕。歸來寒拂紫貂裘，銀燭金尊銷百憂。美人燕趙迎歌館，狎客新豐上酒樓。酒樓歌館回波舞，曲成便付梨園譜。雁柱銀箏樂未央，鬢鬌嬌容何嫵嫵。行觴佇立久徘徊，但願公子朱顏開。乍聽金梁鶯語細，還看珠履雁行來。雕輪華轂無時絶，子雲筆札君卿舌。回騎多過主簿家，埽門要使監奴説。坐中醉客轄偏投，堂上留髠燭已滅。鸚鵡遥遥自隴西，名花往往來南粤。鸚鵡名花何處藏，前頭廣榭後雕房。飛甍日麗鴛鴦瓦，繡户香消翡翠牀。寶融厩室自連亘，馬防觀閣生輝光。甲第雲霞雄帝里，田宅膏腴滿故鄉。故鄉佳麗一相憶，桂楫蘭橈來往巫。伐鼓南來驛路迎，揚舲直下通津塞。甘寧錦纜棄不收，鄂君繡被歡無極。玉津園内鳥欲啼，伯通橋下人如織。更植烏椑金穀旁，常穿曲沼芳林側。據坐胡床時疾呼，曲韝綠幘平頭奴。張翰善賦周小史，霍氏群知馮子都。横行詎畏洛陽令，爭道還欺上大夫。轉日回天真莫比，自言富貴長如此。未誦應璩《百一詩》，寧曉寬饒切諫語。尚冠里中鳭亂鳴，廷尉門前雀樓止。梁松得罪豈無因，張讓弔喪非得已。霆雷倏忽下彤墀，遠戍窮邊悔已遲。東朝語不聞都尉，舊館人皆去魏其。白髮高堂猶議遣，斑衣愛子盡相隨。金闕回看腸已斷，玉關生入夢堪悲。陂田苑囿輸公府，厮養髯奴向北陲。安國灰然那可待，子卿羝乳竟何時。從古豪華如轉燭，奔車覆轍看相續。海魚有日困泥沙，破巢之下無完族。吾慕李子堅，身是司徒兒。變名入公府，不遣同舍知。吾慕袁夏甫，國相以爲父。謁吏不見通，却車更徒步。古人高縱不可求，今人齷齪難爲謀。且漫垂鞭踏歌去，白雲無盡香山秋。

懷殿聞作五首

弱冠思求友，如君得幾人。身窮知道合，交淡更情親。悵別淞江樹，停杯駕水春。蕭齋相憶處，得句步簷新。

繡州官舍好，後圃植棠梨。晝靜談經帳，春寒久客綈。衝風迴燕雀，殘雨截虹霓。吾弟才方健，休將鳳字題。

京華同作客，日暖上林時。紫陌追飛鞚，紅樓狎豔姬。行藏季主卜，得失塞翁知。萬里南歸後，飄蓬總若斯。

吾子白眉秀，文章蒸曉霞。能詩宗謝朓，談史逼張華。捫蝨雄心在，掀髯逸興賒。相看成老大，濩落嘆生涯。

嚴安曾上策，沈炯向能文。謂覽民、子相。窮巷常相過，清言近得聞。南湖春漲水，竹塢晚停雲。酌醴當深夜，高歌最憶君。

婕妤曲

紈扇秋風棄，何由見至尊。金階原薄命，玉輦敢忘恩。缺月明愁思，飛花見淚痕。妾身寧足惜，爭奈啄皇孫。

得舍弟書

憶汝方搖落，何時歸敞廬。三春飛獨雁，五月到雙魚。失伴親孤劍，蠲愁得異書。飄零余亦爾，辛苦倚門閭。

舊都督某言邊事

先朝重邊疆，閫外將帥尊。七萃屯漁陽，萬馬嘶薊門。一朝榆關破，黯淡天雲昏。百戰奔江南，欷歔悲乾坤。非敢忘報國，身有刀劍痕。

清明後一日逢上巳，在史曉瞻署中作

元巳恰逢百五節，南湖春色到官衙。千家龍禁方敲火，萬樹鶯啼盡放花。獨有高風懷介子，誰將往事問張華。却憐彈鋏長爲客，徙倚樓頭送晚霞。

送別金耳中

京華分袂即天涯，此日相逢正落花。彈鋏馮驩還作客，登樓王粲久辭家。片帆淮浦行雲斷，匹練吳門落日斜。攜手河梁重惜別，《驪駒》一曲雜悲笳。

懷漢槎在獄

吳郎才筆勝諸昆，多難方知獄吏尊。誰爲解驂存國士，可憐一飯困王孫。蟬吟織室秋聲靜，劍没豐城夜色昏。聞道龍沙方議遣，聖朝解網有新恩。

重建烟雨樓紀事呈史曉瞻觀察二首

使君持節駐名都，攬轡行春入畫圖。東海樓船風浪息，南湖簫管物華殊。飛甍百尺看新樹，廢壘千年號舊吳。自媿趨陪庾亮後，馮高作賦獨踟躕。

乍向高原辟草萊，鴛鴦湖上夕陽開。碑留五代錢王字，人說吳興沈約才。千嶂空濛生氣象，萬家煙火入樓臺。群公暇日同遊賞，皂蓋朱轓太守來。許君堯文爲郡守。

滇事四首

黔公帶礪守蠻方，列祖神靈遍越裳。數代勳庸開幕府，一朝禍亂起蕭牆。

碧雞烈火連荒徼，青犢强兵向夜郎。南服諸蠻都背叛，中丞辛苦説勤王。

帝子金輿嶺外春，隴西宿將事艱辛。會稽空保三千卒，海島寧存五百人。閱武昆明追往代，傷心天寶有遺民。孝陵守衛空山裏，原廟何人薦白蘋。

聞説朝廷遣六軍，戈鋋諸詔久紛紜。共看楊僕征南節，應有相如《喻蜀文》。路出三巴蛟道雨，山通百粤點蒼雲。懸知檄下全滇日，百戰還推元老勳。

鉦鼓蠻天日氣昏，老臣白首鐵衣存。兩朝授鉞身逾重，十載專征位獨尊。麾下爪牙多拜爵，帳中心膂盡承恩。倚鞍儻聽袁生笛，回首當時淚暗吞。

嘉興竹枝詞九首

暇日南湖樂事多，賓僚酣宴醉顏酡。風流太守行春至，手拍紅牙自案歌。

女陽亭畔采芙蓉，葦岸漁歌涴露濃。漸向越山移客棹，土人依舊唤吳儂。

軍書飛下警嚴城，又選從軍橫海營。一自元戎移鎮後，盡銷金甲事春耕。

吳越平分海氣收，錢王車帳此淹留。祇今湖水深千尺，落日荒榛煙雨樓。

梵宇蒼涼背曲池，斜陽系馬不禁思。當年衣錦經過處，惟有松楸倚斷碑。
朱翁子墓，在東塔講寺。

繡户朱闌大道旁，當壚女子解行觴。可憐別樣嬌顏色，不學梁家墮馬妝。

採桑陌上看名姝，綠苑丹荑入畫圖。待得繭成春已去，切教珍重繡羅襦。

野外群鳧唼綠莎，素衿飄蕩日沖波。兒童競逐方塘戲，樂譜愁聞《阿子歌》。《樂苑》云：嘉興人養鴨，鴨死，作《阿子歌》。

虛傳金鏤更銀塗，朱火青煙乍有無。千古丁緩人已没，可能工似博山爐。

苦雨答姚亦章史在晉

巉城廬井望難分，祇爲重陰蔽日曛。是處樓臺巢水鸛，終朝柱礎濕山雲。千江潮急魚翻浪，萬樹花低鳥失群。異地士衡生百感，彥先猶喜得相聞。

史子唐廢圃

勝地傳金穀，名園號辟彊。編錢曾作埒，壘石舊成岡。樓壯鴛鴦瓦，門開蹴鞠場。綠墀臨曲水，朱檻映方塘。別院紛歌管，中流進羽觴。美人修曼態，公子冶遊裝。玉盌分長樂，珊鞭出建章。珍禽樓繡户，嘉木繞蘭房。娱樂方無極，繁華正未央。豈知逢喪亂，忽復感滄桑。乳燕巢新壘，啼烏認女牆。千尋無檜柏，十畝少筤筜。畦水侵丹竈，岩花亂石牀。遠籬生野蕨，空館立沙棠。徑礙蓬蒿長，池殘菡萏香。蝶飛驚細網，蟲篆遍長廊。猶幸箕裘在，還期堂構昌。文名馳赤幟，才筆繼青箱。適楚題鸚鵡，遊燕解鷫鸘。邀賓聊命駕，把酒已沾裳。覽古遊非倦，揮毫興欲狂。乍經東武館，更慨石淙莊。寥落窮愁者，飄零俠少行。悲風隨擊築，落日送鳴榔。岸帶千家晚，橋通八井荒。天邊新柳綠，城角暮雲黃。

閏三月二日，宋聿新招同陸昌生、姚亦章、史綸、掌在晉，暨穉弘、叔邃、子邁諸子小飲

歲閏餘三巳，依然禊飲天。華林重載輅，曲水再張筵。城郭留庵藹，江山倍潔鮮。草經積雨潤，樹向暮春妍。煖日籠花氣，輕風動柳煙。嬌鶯歌宛轉，乳燕舞便嬛。村出招提境，門當隴畝邊。主人方倒屣，客子已停輈。蔣詡今開徑，楊雲夙草玄。尊罍招逸士，冠蓋集群賢。意氣消杯酒，光芒動斗躔。尚逾鄴下會，不數永和年。尊鱠供清饌，鶯花葉雅絃。角巾俱笑傲，珠履絕喧闐。藉草茵仍滿，流觴坐屢遷。壯心誰落拓，羈旅獨迍邅。人比崔亭伯，經慚邊孝先。未為守市卒，尚索賃春錢。何幸逢佳日，相從遡碧川。負書情既久，納履意方虔。莫論升沉事，終期湖海緣。飛虹隨返照，歸鳥散平田。翠麥風逾煖，朱華火欲然。吳鉤堪把贈，楚舞自蹁躚。志士難回日，才人貴解筌。且看迎夏景，森木起鳴蟬。

贈瞿曇穀二首

相國孤忠誓佩環，從君絕徼走間關。上書慷慨謀三戶，讀詔淒涼感百蠻。銅鼓草深煙瘴地，珠江人老戰爭間。丹青祠廟今安在，剩有哀時庾子山。

灌木東皋懶荷鋤，一官微祿代耕畬。水連震澤殘虹際，山對金焦返照餘。弟子探奇多載酒，故人蓺燭止燔魚。十年踪跡終成幻，黽策奚勞問卜居。

顏餐園招飲即事次韻

伊余三入洛，潦倒敝裘初。為訪孫馮翊，因逢顏秘書。禊堂開宴日，藥圃灌花餘，談笑揮珠玉，君才我不如。

喜晤朱瑤岑用前韻

不見朱遊久，相逢雁到初。殷勤筵上曲，珍重袖中書。翠竹搖池影，繁花放雨餘。臨卬知敬客，車騎羨相如。

亳州支園牡丹歌秀才支維甫

譙城連延三萬戶，北枕渦流跨城父。省稼臺荒倚夕陽，朝真樓壞飛朝雨。惟有巍峨玄武門，舟車絡繹通商賈。翠幰層樓夾道傍，玉管銀箏盛歌舞。支公好鶴更耽奇，古寺桐宮對別圃。前庭沙棠後烏桕，洛陽名花不知數。河堤三巳禊堂開，飛蓋千人金澗來。水晶之盤鸚鵡觴，主人揖客相徘徊。煙霧環回錦繡縠，神仙雜遝金銀臺。恍如離宮三十六，美人帷幙無纖埃。美人窈宛情何極，吳脂越粉傾城國。神女高唐宋玉愁，宓妃洛浦陳王憶。乍見靈芸鳳閣來，復疑飛燕昭陽入。皓腕朱顏自不同，愁眉墮髻慵無力。晨從綺戶罷梳粧，晚向針樓鬭顏色。分明明月舞霓裳，仿佛鴛機工夜織。已上俱花名。主人向余太息久，此地名花昔都有。東自曹州西宋中，姚家為王魏為后。當年世廟薛郎中，議禮歸田植數畝。從孫鴻臚亦奇絕，風流遠繼考功後。百寶欄前百樣裝，樂譜龜茲不離手。珊瑚木難珍重深，苜蓿葡萄萬里走。都人車馬日紛紜，須臾百六遭陽九。黃巾十萬下漳河，青犢三千圍葛口。金堤已決孤城危，豈有豪華鎮相守。即看花榭久成塵，曉事花師三兩人。十載中原息戰伐，於今再見洛陽春。余聞此言奮袂起，狂呼欲抵烏皮几。花開花謝空復情，桑田碧海須臾爾。掀髯絕倒為君歌，手持玉觴朱顏酡。乞君十幅蒲桃錦，當筵樂事今如何。赤烏西走玉兔起，錦屏春色將蹉跎。年年渦岸花重發，好唱徐郎花下歌。

贈黍邱陳簡庵

繁臺西望近，一騎別陳遵。努力千年事，傷心兩地人。關河裘馬倦，意氣酒杯親。何日谿南路，逢君試問津。

儋園文集卷第三

詩　虞浦集中

北征口號二十四首

置酒旗亭畔,風吹楊白花。愁深同汳水,道遠指京華。乍聽悲笳起,回看落照斜。庭闈千里夢,憐我滯天涯。

兩弟分南北,鴒原心事違。檡圭方夜讀,曼倩復朝饑。月向吳宮照,雲依薊阪飛。并憐梁苑客,漂泊未能歸。

無端春草碧,又見熟櫻桃。候雁鄉心急,征車客夢勞。風塵看漸老,詞賦尚能豪。且任鷫裘解,狂吟醉濁醪。

繫馬朝真閣,驅車鳴鹿城。十年霜髩短,三月客綈輕。多病資僮僕,窮愁戀友生。柯亭舊椽竹,誰信作龍鳴。

汴水金堤險,黃沙捲暮雲。戈鋌終未息,筆箑不堪聞。萬井驚狐火,千村散馬群。夷門衰草畔,酹酒信陵墳。

金輿帝子去,朱戟故宮存。麋鹿穿陵寢,魚龍入殿門。連雲艮嶽迥,落日大河奔。老監曾驂乘,淒涼説舊恩。

鐵騎方南下,還從間道行。土人收橡食,稚子挽牛耕。水涸橋梁壞,雲開壁壘明。太行螺髻好,偏向馬頭迎。

朝歌康叔壤,茅土百年開。往事愁南渡,悲風向北來。雄圖空逝水,浩劫已成灰。隆準伴高帝,王孫劇可哀。

淇園綠竹盡,知爲築宣房。空寺茅簷在,人家葵井荒。高邱封馬鬣,頹岸壓魚梁。去去無勞望,愁雲暮色黃。

行指蕩陰澤，遙思嵇侍中。一泓水自碧，千載血猶紅。玉座春吹雨，靈旗夜起風。英英岳忠武，廟貌對城東。

疲馬斜陽畔，垂鞭過鄴城。銅臺餘蘚碧，漳水向人清。古戍花爭發，沙堤柳自平。相逢津吏傲，誰許棄繻生。

巉城跨趙魏，暨此卸征衣。調馬兒童戲，迎神村市圍。荷塘魚自亂，麥壟雉還飛。河北頻兵火，如斯樂土稀。

邯鄲臨古道，睥睨立聚臺。綠樹千家合，紅塵百騎來。思尋毛遂客，誰問左車才。一聽悲歌者，聊停逆旅杯。

壺城名勝地，一望動嗟吁。廢壟牛羊下，荒煙雁鶩呼。少年還挾彈，姹女罷當壚。惟有回車巷，人傳藺大夫。

真覺人間幻，邃廬一枕中。浮名隨野馬，生事屬飄蓬。翠殿碑還古，丹邱境本空。朱輪燕趙客，但此駐遊驄。

臨洺關外過，初夏草仍枯。沙暗迷行騎，城荒竄野狐。居人憂魃母，客子畏萑苻。却望邢臺近，畿南即坦途。

程嬰存祀義，豫讓報恩心。此地昔人没，千年灃水深。花明開驛道，苔老積碑陰。我獨何爲者，天涯寄苦吟。

真人三尺劍，草昧試雄圖。閟殿丹青古，幽庭神鬼趨。山川仍沃衍，風俗尚顓愚。遺構傳新莽，猶持威斗無。

韓信論兵處，高壇細雨來。燕因空壘住，花傍戰場開。符節分途讓，邊書換馬催。閒來鉅鹿下，弔古暫徘徊。

滹沱穿大陸，恒岳拱巉疆。三輔樓臺壯，千軍組練張。芙蓉環郭水，楊柳夾宮牆。麥飯亭前路，高歌意渺茫。

重關雞候曉，煙草蚤行稀。橋偃雙虹落，洲橫一鷺飛。勢蟠天下脊，地壯北門威。瞻眺那居處，諸山擁翠微。

故人訪上谷，三載慰離思。別久常懸榻，情深在唱驪。尊罍孔北海，驛騎鄭當時。待爾遊燕市，高吟易水辭。過保定贈陳藹公。

豐沛諸豪傑，君恩湯沐優。犢車馳卒伍，毳帳坐公侯。走馬探丸去，調鷹帶槊遊。近畿諸父老，辛苦畏莊頭。

激灔金溝溢，青葱玉樹寒。幾迴思碣石，三度向長安。入市碎琴易，依人彈鋏難。異鄉逢令弟，宣髮共驚看。

金　谷

河陽金谷澗，澗水尚潺湲。當年開宴處，臺館不復存。緬想石衛尉，聲勢何燀赫。海岱置郵符，荊揚來賈舶。蒼頭衣綺裘，侍婢遺朱舄。錦障爛如雲，珊瑚碎不惜。造膝結賈謐，望塵拜廣成。富貴可長保，詎知禍患嬰。多財信爲累，三嘆涕淚橫。至今歌舞地，蕭颯鵂鶹鳴。吾聞伏波言，貴者可復賤。盈沖無定端，瞬息市朝變。錢幣寧禍人，物聚理必散。寄言夸毗子，豪華非所羨。

博　興

我行適青齊，秣馬博興城。城門晝常閉，亭午無人行。土室築道周，云是錦秋亭。昔時遊賞地，零落存兩楹。潴澤荒蒲稗，嚴冬結層冰。狐狸竄荊棘，鴟鴉群悲鳴。入城問父老，嘆息謂苦兵。博興數十戶，廬舍悉已傾。今茲二三載，太守多橫征。府帖昨夜下，搜括諸窮氓。瞋目一吼怒，如聞虓虎聲。苛政不一端，有土不得耕。縣令賢且惠，黿乃安其生。不然爲盜賊，死重名正輕。聽此策馬去，惻愴難爲情。

顏餐園席上詠朝鮮牡丹二首

金谷朱甍二月天，栽成名種自朝鮮。愛看晴日低花圃，蚤向春風媚舞筵。紅荔千年馳粵尉，葡萄萬里使張騫。驪江絕域無人到，猶擬繁華天寶年。

百寶欄前好試妝，主人愛賞爲停觴。花開想像經蓬島，葉底分明是洛陽。新樣舞衣宜窄袖，故宮樂譜案霓裳。姚黃魏紫今無數，却借鮫人海外裝。

虎跑寺和東坡壁間韻

策馬迴谿艾葉香，藕花著雨客衣涼。竭來山寺清泉活，望去江天白練長。金碧千巖傳六代，松杉十丈擁諸方。遙知刺史行春至，龍井茶烹好細嘗。

和史立庵太史韻送洪暉吉之官程鄉四首

海嶠朱輪動，江汀碧草生。贈言良友意，叱馭使君行。水驛楓初落，旗亭酒甍傾。休嗟五嶺遠，萬里亦王程。

梅州南極下，去去發征鞍。廉石裝寧重，貪泉酌不難。山花當檻落，海燕
傍人看。見說鯨鯢徙，邊烽近已安。

撫字前賢重，君行定若何。峒丁輸稅急，淵客織綃多。雀乳依童稺，衙閒
長薜蘿。定尋高士宅，枉駕過巘阿。

百里猶初政，君才詎可量。文章傳嶺嶠，經術治蠻方。雨褏蕉花卷，風翻
荔子香。三年看報績，第一是程鄉。

鐵漢樓

崇岡如遊龍，蜿蜒蟠城頭。飛甍插雲漢，俯視萬井收。荒碑識歲月，迺是
鐵漢樓。冠裳肅廟貌，岩電炯兩眸。黯黯悲風來，髣髴迴靈斿。緬昔元祐間，
白晝鳴鵂鶹。惟公殿上虎，彈射無時休。一旦荷嚴譴，萬里趨梅州。倉皇進巵
酒，慷慨謀同舟。投荒六年餘，寧爲瘴癘愁。九死且不避，于人復何尤。我來
一瞻拜，懷古心悠悠。章蔡已安在，汴河天外流。

興寧道中懷暉吉

昔來未重陽，觸暑陟遥巘。戒途在深冬，不知道路遠。炎方物候遲，寒花
尚盈畹。晨發踐微霜，始悟歲月晚。彼美一跂予，何當申嫵婉。

姚敦長宗臣招同嚴築公、黎傳人集西河永福寺

嶺南氣候異，冬暖猶絺綌。旭日散昏霧，深林無隄撼。攬景增躊躇，曳屣
還踟躕。良友幸招邀，欣然蠟余屐。凌晨昇籃輿，透邐出郊陌。山色既鬱紆，
湖光漾深碧。碑亭立曲岸，千年有遷客。浮屠勢嵯峨，去天不盈尺。古刹溯唐
年，風雨摧齲齱。豐山在其陰，神鱣潛大澤。草堂坐微凉，境曠心怡懌。射覆
復藏鈎，割鮮更行炙。赤烏西南馳，林壑倏已夕。須臾散綺筵，倉皇墮珠舄。
爲歡常若斯，奚爲怨行役。

送別築公傳人北上因寄家書

歲暮猶爲客，那堪更別君。灘聲章貢合，山色楚吳分。嶺路餘殘雪，鄉心
寄片雲。京華逢我弟，應亟慰離群。

容庵招往鎮平途次口占四首

故人招我去，書到即登車。離袂當秋杪，歸裝逼歲除。懸知傾柏酒，聊復膾蒲魚。宦況君真薄，官梅興有餘。

行行日已暮，始覺客衣單。鳥道山泉滑，人煙瘴雨寒。綠榕遮磴黑，烏桕著霜丹。遥見村帘出，孤蹤此蹔安。

野店寒燈滅，羇人夢不成。護籬聞犬吠，候曙聽雞聲。急瀑危崿響，疏星破屋明。鄉園正迢遞，愁絕數歸程。

帶霧晨星没，衝風獨戍愁。野人貧餉黍，稚子暮驅牛。水碓喧深崦，漁舟蕩急流。漸看花縣近，聊為解征裘。

秦君章民部出守惠州

粉署青綾放早衙，才名袞袞重秦嘉。五湖舊擁仙郎節，百粵今行刺史車。白鶴曉峰橫翠靄，朱明神洞挹丹霞。褰帷是處光風轉，早晚珠還頌海涯。

李其拔園亭

勝友天涯贈縞初，停鞭借得浣花居。余寓園亭。畫堂翡翠依春早，小塢櫻桃綻雨餘。鄴下詞高賓從滿，河陽花傍苑牆舒。園近洪明府官舍。那堪便賦《驪駒曲》，夢想空庭落日虛。

惠州西湖景賢祠分賦二首

波光瀲灩散晴煙，載酒還如被洛川。高閣嵯峨藏佛刹，畫橋遠近出漁船。尊前白髮嗟遺老，座上烏巾羨少年。獨有悲歌吳苑客，鄉心遥寄五湖邊。

十月清和嶺外天，當年逐客是神仙。峰頭鶴影窺茶竈，湖口尊絲罥釣船。千載祠堂江樹老，萬家閭井海潮連。西泠煙水渾相似，撫景懷賢意惘然。惠、杭、蘇，長公遷謫地，皆有西湖。

寄胡沖之

五嶺秦時戍，岧嶢獨揭陽。燧煙迷鼓角，瘴海暗帆檣。戰伐妖燐出，征輸蜑戶傷。使君停節蓋，好為課農桑。

贈邱曙戒

淮水推人傑，邱遲得令名。金閨初釋褐，鳳掖早遷鶯。御苑觀調馬，中涓捧賜櫻。主恩千載重，官橐一身輕。邵畏羊腸險，還愁鳥道行。揚雄疲執戟，嚴助厭承明。祖帳群賢集，鳴榔萬里征。海霞簾外泊，山靄閣前迎。椰子承仙蓋，丹蕉拂使旌。學書收柿葉，斷酒聽茶聲。花發虞翻宅，雲開陸賈城。衣猶金殿寵，詩憶柏梁成。定切涓埃報，遥將葵藿傾。佩刀應協兆，藜火正含榮。珍重酬知意，殷勤軫舊情。步檐還北望，脈脈斗杓橫。

潮陽歲暮即事，酬邵正庵并寄張青雷、王毓東

客子逢殘臘，南荒匹馬來。經冬霜雪少，度嶺雁鴻迴。漲海懸旌動，嚴城疊鼓哀。虹光收浦漵，蜃氣雜樓臺。橡樹傳遺愛，豐碑辨劫灰。山川餘落日，祠廟祇荒苔。送客堤垂柳，先春驛放梅。浮生長落拓，此地重徘徊。幸值金閨彥，群推柱石才。繫鞍方信宿，傾蓋得追陪。政簡官衙靜，情深綺席開。黃柑分上味，綠蟻出新醅。卓犖誇齊士，風騷號楚材。清歌聞白雪，連騎起黃埃。投轄君偏厚，歌驪我倦回。韓江真浩淼，秦嶺自崔巍。久客裘將敝，流年景漸催。明朝臨北渚，夢繞鳳城隈。

贈宋潮州尚木

鳳擅君宗望，還傳翰墨芳。騷人稱宋玉，京兆比田郎。初執明光戟，曾含建禮香。參軍從棨節，使者下艅艎。阮瑀詩無敵，陳琳檄擅場。鮫宮春浪白，越國晚山蒼。奏凱登祠部，還旌讌柏梁。三推咨典禮，五柞進詞章。皂蓋花垂綬，青門酒拍觴。一麾經海甸，雙馭下潮陽。水自馴鯨鱷，山曾集鳳皇。雲深連揭嶺，日出近扶桑。臥閣征笳靜，行車瘴雨涼。伏波新幕府，橫海舊戎行。轉餉紓軍旅，籌時佐廟堂。一邦歌召杜，此日見龔黃。倒屣情何渥，班荊話更長。紅亭過翠幰，珠館舞霓裳。爲戀陳遵轄，難言陸賈裝。時窮宜抱璞，臘盡欲鳴榔。蠻驛千峰霧，鄉心萬樹霜。銜杯增慷慨，撫鋏暫飛揚。深愧題鸚鵡，無愁換鷫鸘。載歌《巴里》曲，立馬復徬徨。

潮州雜興十六首

畫角聲殘白露圃，香消無夢到邯鄲。篙師隔水遥相語，明日愁過蓬辣灘。
三河雄鎮晚吹笳，落日高樓送客槎。别有鴛鴦七十二，紅粧多屬總戎家。
幕府旌旗處處開，還聞結客築金臺。官家獨許籠鹽鐵，盡日高牙大舸來。
曲隝臨江一徑通，野牆緑竹自摇風。邨人慣織龍鬚草，海外紅藤約略同。
海雲障日自霏微，郭外青山望去迷。頃刻風波行不得，輕舟還泊蔡家圍。
山勢崔嵬護鳳城，漁陽精騎此屯營。門前車馬休輕過，待取超哈記姓名。
綺麗城南邸第開，馬馳金埒起黄埃。閭閻那復知官府，但説將軍勢若雷。
侍郎亭起鱷溪邊，陸相祠堂草色芊。猶勝城中韓廟裏，健兒繫馬桷筵前。
橋梁百尺似飛虹，太守遺勳青史中。誰向波濤增厲禁，月明估客嘆征蓬。
不向南荒譜異魚，那如鬻實與車渠。蘇公獨數江瑶柱，舉似黄魚恐不如。
蠻女科頭兩足皴，丈夫偏裹越羅巾。無分晴雨穿高屐，江左風流憶晉人。
榕樹陰沈覆古碑，浮屠揭調唱新詞。雙瞳如電髯如戟，名籍常誇繫八旗。
近日朝廷詔語温，艨艟千里立降旛。渾邪歸漢勞征調，戇直還思汲黯言。
明月華燈官閣深，主人張宴敵南金。尊前聽慣蠻姬曲，忘却吴趨白苧音。
百雉高懸落照邊，千盤驛路出温泉。驪山宫樹今零落，猶勝荒溪没草烟。
五丁開鑿是何年，邪許偏愁上水船。兩岸蒼山餘一綫，縱饒錦纜也難牽。

秋夜集梁芝五宅同魏和公、王震生、高望公湛用喈何不偕陳元孝、程周量、陶苦子、梁器圃分韻

縞帶名流客路逢，清尊情與故園同。共知努力千秋後，相對驚心兩鬢中。白橘染霜看夜色，碧鱸翻雪憶秋風。明朝便渡瀧頭水，頻盼雙魚到渚宫。

贈程周量

憶共衣霑薊北霜，蹉跎嶺表又重陽。仙郎久擁青綾被，倦客猶慚白袷裝。卷幔輕風吹薜荔，推篷細雨濕桄榔。爲君命駕輕千里，乘興先須倒百觴。

疊前韻贈周量

海國樓臺月似霜，千山紅葉過重陽。懷人合命嵇康駕，作客真慙陸賈裝。

絳蠟清宵還擊鉢，黃花別路欲鳴榔。諸君莫唱《驪駒曲》，且醉筵前琥珀觴。

答周鶴田

瞥見雲龍奮筆端，知君千里駕青翰。上書時已驚枋國，釋褐人還重士安。高館張燈情自重，離亭折柳別應難。從來湖海多豪氣，莫作尋常劍鋏看。

芝五席上贈震生諸子三疊前韻

玉樹經秋半著霜，飄零人似雁隨陽。乍聽篳篥疑邊調，祇取蒲葵當越裝。海國新寒餘蛺蝶，瘴鄉初客試檳榔。同心尚有西園侶，綺席爭飛曲水觴。

贈周量四疊前韻

鳳掖承恩近十霜，祇餘蓬徑對斜陽。清尊自解金貂換，好句人將玳瑁裝。暫對花明閒射覆，却愁江靜細鳴榔。期君短簿祠前月，共坐新秋引百觴。

周量坐上口占贈六子

梁芝五

何處桂花發，相從揚子居。尊常傾白墮，詩必擬黃初。說劍星芒動，開軒夜色虛。淩雲詞賦健，誰擬薦相如。

王震生

此日牆東老，當年曾棄繻。黃金雄薊雪，白苧豔吳趨。射策千人廢，承恩三殿殊。何須追昔夢，近已署潛夫。

魏和公

兩度遊南粵，高歌和者稀。接䍦常自倒，步屧便忘歸。鶴影排清漢，松聲冷翠微。羅浮春信早，香染薜蘿衣。

陳元孝

曾羨金貂貴，猶傳忠孝名。長鑱逢喪亂，短褐足平生。蠅弔虞翻宅，花愁陸賈城。辭君江水曲，悽絕獨揚舲。

高望公

伯鸞存古道，結客重高生。梁鴻與高恢善，望公、芝五友也。畫擬長康絶，神看叔寶清。煙霞疑痼疾，濠濮寄深情。浮拍逢君夜，銅籤報二更。

陶苦子

金谷真良會，梁園續勝遊。弟兄君最少，羈旅我長愁。海燕參差舞，珠江日夜流。三車翻已徹，天地總浮鷗。

廣州雜興二十首

蝸牛滿壁對孤檠，作客頻添故國情。貰得一杯吴市酒，不知身在越王城。
豐沛龍興受赤符，嶺南猶未入輿圖。由來旌節無人到，瘴海平開陸大夫。
海波幾度變滄桑，有客曾騎五色羊。日落風帆多賈舶，更誰鸞鶴此迴翔。
上卿持節過炎州，千騎風生海國秋。無地編錢堪作埒，却將戰艦載驊騮。
翠幕紅樓映日明，笙簫萬户踏歌聲。太平街口車闐咽，疑是皋橋市上行。
樂譜龜兹天寶年，檀槽雁柱十三絃。鷓鴣忽聽南來曲，頭白何戡意惘然。
素鬣銀鱗舉網初，珠江九月進鮒魚。却思擣薤燒鱸鱠，心在江南煙水居。
狂風蹙浪舞天吴，絶島樓船費挽輸。共道此鄉多寶玉，賺他泉客泣明珠。
臨汀明月坐魚磯，涼氣頻吹白袷衣。南下循州踰鱷渚，重教葵扇向綃幃。
聞説南天道路難，送人含涙勸加餐。無端漂泊身爲客，極目鮫宫海日寒。
遲牽錦纜度秋風，不見雕盤荔子紅。勝有海南椰酒好，黄蕉緑柚玳筵中。
海珠寺前波似縠，海幢寺裹月如銀。吴綾十幅留題徧，共識江東張舍人。
故人來自朱崖郡，才子歸從五柞宫。同話城西移日午，隔鄰高士訪梁鴻。謂梁芝五也。
蚌盤蔞葉裹檳榔，席上頻教伴舉觴。更羨美人含笑處，櫻桃一顆破丹瓤。
誰向昆池問劫灰，越山高處越王臺。只今弦管催歌舞，帳殿深沈朱邸開。
破冢荒煙野草萋，相傳此地葬嬰齊。珠襦玉匣辭黄土，惟有鉤輈盡日啼。
嶺外諸侯擁節旄，牙旗晝卷陣雲高。即看羽檄紛如雨，陶侃何須運甓勞。
分明隋院玉鉤斜，零落金鈿惜内家。欲問離宫何處是，沈香浦上素馨花。
張樂神人下絳霄，百枝火樹又春宵。踏燈女伴邀明月，梳得新妝墮馬嬌。
蠻煙絶島故宫存，颶母喧豗海氣昏。曾憶白鷴飛不去，千秋義士哭厓門。

癸卯除夕和佩公暉吉

裘馬偏驚歲盡時，故人情重手頻持。華堂客共圍紅燭，別苑花還繞綠池。越酒盈殤心易醉，吳歈當席鬢成絲。應憐萬里高堂上，手撥寒灰有所思。

甲辰元旦即事示暉吉

朱輪仙吏萬人看。薄霧初分炬影寒。睍睆鳥聲侵爆竹，芳菲樹色繞冰纨。元旦便服絺綌。更年尚鼓馮驩鋏，對友須彈貢禹冠。且盡屠蘇今日酒，他鄉兄弟別離難。

初夏，同洪暉吉明府、張居玉孝廉、李其拔祠部飲侯定一園亭

客久苦無悰，病起聊竹樂。暖日曖城闉，條風散叢薄。仿佛暮春時，花木紛綽約。停車訪高士，結廬背北郭。綠波漫方糖，輕雲翳高閣。繽紛梅落英，參差竹含籜。桃李既敷榮，桂花亦吐蕚。茂宰俄來遊，門前度略彴。主人芒屩迎，嘉賓朱履錯。列坐進山蔬，當軒陳羽爵。陽禽轉樹杪，欣然屏管籥。談笑互縱橫，心神爲澡瀹。終宴豈知疲，深交雜諧謔。聊爲極歡宴，奚用嗟瓠落。

程鄉人日看迎春四首

嶺外逢人日，明朝況立春。寒梅飄白雪，仙吏動朱輪。斗已從東指，葭應出管新。天涯芳草色，風景滯遊人。

青帝迴蒼馭，郊竹攬物華。舊儀今日覩，盛事粵中誇。晴颺千隄柳，風和一縣花。還看賓佐集，高讌酌流霞。程鄉久廢迎春，自暉吉始舉。

豫收門內鑰，共覆掌中杯。燕子宜春貼，桃花隔歲開。樂隨官騎奏，人逐土牛來。父老占豐稔，填街笑語回。

此際離家嘆，應同薛道衡。思親頻入夢，對酒不勝情。綵勝憐兒女，辛盤憶弟兄。寧知春律動，猶聽粵禽聲。

贈暉吉

洪郎才調天下無，筆如風雨蛟龍趨。名篇不數連城璧，好句還探罔象珠。一旦排空上閶闔，仙人驂鶴期蓬壺。天風瑟然吹下墮，直到東南碧海隅。東南

迢遞路無極，手版折腰辭不得。駊騀還看困服箱，鸞鳳亦復棲叢棘。我來匹馬過梅州，官閣清尊得暫留。夜半酒酣作吳語，起舞勸君君莫愁。陰那蒼崖連石洞，程江綠水縈花洲。此中風土殊不惡，何必玉堂天上遊。

贈董佩公

董生身長八尺餘，自稱越客笑魯儒。折角朱雲誰得比，解頤匡鼎亦不如。長句直欺唐大歷，五言突過魏黃初。著書往往侔《呂覽》，作賦還看敵子虛。鑒湖之水一何綠，四明高山懸飛瀑。青眼逢人倦不開，還因好友粵南來。我交董生甫十日，簦笠情親膠在漆。越鳥翻飛更北歸，桃榔樹裏春蕭瑟。

姚媒長送別江幹却贈

此地情深者，無如姚武功。交緣傾蓋合，貧畏舉尊空。離袂沾朝雨，登車厭朔風。合江如帶水，常在兩心中。

媒長茅亭二首

十里湖光疑罨畫，小橋通處有衡茅。泉疏白石澆花圃，山露青松穩鶴巢。荔子熟時多釀酒，蓴絲採得好充庖。閒看魚鳥親人處，坐到斜陽掛樹稍。媒長釀荔酒佳。

㝢來蕉鹿悟全虛，秖合東皋學荷鋤。沓嶂翠圍三畝宅，修篁綠覆一牀書。風吹小閣抽蘭葉，日落寒塘釣鯉魚。輞口煙波渾不減，羨君帶郭有仙居。

梅州行寄暉吉

梅州城帶春山蒼，春風滿陌桃花香。客子思歸折楊柳，主人遠餞陳壺觴。道傍觀者如垣堵，揮淚登車日過午。疲馬蕭蕭經亂山，陽禽百囀迎前浦。舉觴浮白晝燭張，不覺更樓早撾鼓。乍聽潮雞中夜啼，翻然遂覺別離苦。明朝整轡過荒城，亦聞小邑絃歌聲。茂宰乘軺入大府，縣尉負弩前相迎。官閣華筵張待久，綺食雕盤無不有。蠻姫十六吳姫裝，強作歡娛進巵酒。徒然供具累賢侯，自顧頻年一敝裘。驛吏殷勤進雞黍，濁醪不散羇人愁。巑岏山勢插天起，幽咽泉聲百道流。行行指是鴛鴦嶺，詰曲羊腸馬足梗。樵父朝朝尋斧斤，邨人往往攜笭箵。此邦賢令有侯芭，官亭車過通街靜。我家從父典郡優，咫尺龍山但引領。平旦肩輿向水潯，離離白石溪粼粼。野店經過才信宿，地分東粵與江閩。誰云陸賈黃金好，祇訝嵇含白髮新。蒟醬來時瘴雨暗，鷓鴣啼處落花頻。自下章江心轉急，夢魂長在老親側。眼看桃李花亂飛，猶喜還家及寒食。梅州使君應念予，月明時見君顏色。停橈書此寄故人，嶺雲江樹情何極。

京　口

孤舟曉發潤州城，江上潮聲帶雨聲。兩岸青螺看似舊，十年皂帽竟何成。清秋營壘連天起，落日帆檣向月平。百粵還家一萬里，又愁朔雪薊門程。

周量中翰入都，重陽前一日，遇於廣陵

蕭蕭疲馬過雷塘，却值征帆指帝鄉。惜別三春愁五嶺，予春杪從嶺外歸。相逢兩度喜重陽。客歲訪周量，及今廣陵相晤，皆在重陽前後。月懸古驛江潮落，霜滿長堤野草荒。我自跨鞍君解纜，更期燕市共徜徉。

高郵九日

乍別邘關聽戍笳，甓湖珠老浸寒沙。茫茫水國連天遠，森森征帆帶雨斜。蟹舍晚來多野市，菱絲颭處盡人家。壚頭沽取新醅飲，何必銜杯對菊花。

桃　源

行過清淮古木稀，朝朝霜氣透征衣。瀨河城比荒邨小，夾岸帆如亂葉飛。雁掠遙天寒雨散，馬投空棧夕陽微。遺氓只訴徵求急，早晚征南鐵騎歸。

宿　遷

槲葉從風滿路吹，暮秋景色更淒其。殘陽城角鐘吾國，細雨河邊項羽祠。駐馬呼童沽濁酒，下階攜客覓殘碑。浮雲西北連豐沛，不盡英雄萬古思。

峒　峿

嚴城金柝報三更，僕御頻催逐伴行。病擁重裘沖夜色，詩吟落月待雞聲。亂山四面行雲出，平野千家帶犢耕。書劍昔曾經此地，綠苔侵徧舊題名。

郯城道中

郯子遺封魯郡偏，空臺猶遡問官年。城中有問官臺。國同鄒費彈丸大，人擬聘襄汗簡傳。近郭晴嵐團曉市，遠山寒樹積秋煙。舊遊苦憶張思曼，斗酒殷勤驛路邊。懷前令張戀修。

沂　州

十日登程五日病，指塗還未到徂徠。月明沂水褰裳涉，雲繞蒙山策馬來。紅柿飽霜當路熟，黃花擎露背人開。江南秋晚多楓橘，緩控青絲首重回。

青駝寺

古寺停鞭日正東，轉頭又見晚霞紅。四圍高嶂連青究，千里嚴飆下雁鴻。邨店數家梨樹下，野橋兩岸荻花中。喜逢阮籍還聯彎，緩彎行吟興不窮。淮上阮生同行。

新　泰

縣城落落炊煙少，野戍荒荒睥睨孤。古碣獨尋羊太傅，遺風猶想範萊蕪。萬山紅葉清霜下，千騎黃埃白日徂。幾度遊燕憔悴客，看雲立馬漫踟躕。

垛莊曉起

寒夜迢迢露氣清，中天月色最分明。因驚倦寐訶童起，更急晨裝促伴行。冷鉎五更供豆屑，殘燈獨夜攪驢鳴。遙知吾弟聽金鑰，坐對青釭憶汝兄。

羊流道中

驛路兼旬攬翠微，風塵何處解征衣。千株枯樹遮官道，一半斜陽帶野扉。水落寒沙看馬渡，草荒曲磴遇人稀。却思昨歲敲銅鼓，江水青青鱭正肥。去年九月過南海波羅廟。

望　岱

泰岱插天一萬仞，秦皇漢武比攀躋。禪壇晝靜白雲出，仙竈花深紅日低。欲向危崖淩縹緲，却愁倒景斷虹霓。吳門匹練三千里，縱上丹梯眼亦迷。

泰安道中

山城曉騎曙光催，處處雕甍梵宇開。碧澗蒼山千徑轉，摐金伐鼓萬人來。過秋天氣疑初夏，直北車聲似殷雷。乍喜晴和堪騁目，漸看風急起黃埃。

齊河送許吳二同年南歸，至禹城二兄復來

荒城百雉亂鴉鳴，寒樹千重古路平。臨渡石梁收返照，背邨野戍插危旌。思家歲暮書難寄，送客天涯酒易傾。所幸交親還念我，重回玉勒向神京。

平 原

多病難乘款段遊，巾車此日得夷猶。揮鞭塵起如迴雪，卷幔風來比泛舟。青蠶近通滀渤道，黃河舊斷鬲津流。鬲津即九河之一，今故道已塞。茫茫百感誰能遣，欲向平原問督郵。

德州懷史曉瞻大參

昔年曾爲故人來，官閣梅花春未開。《鸚鵡賦》成消絳燭，蒲萄酒熟瀉金杯。江都宅畔題名在，伏勝祠邊攬轡迴。五載自憐憔悴甚，戟門重過漫徘徊。

景 州

排霄高塔勢峻嶒，落日斜銜樹幾層。種麥沙田方待雪，近堤河水已成冰。高牙三輔寒吹角，走馬千群晚晾鷹。此去滹沱連易水，悲歌那得酒如澠。

獻縣商家林哭同年黃愛九

寂莫金塘蕙草枯，故人三徑滿榛蕪。可憐風雨埋蒿里，却憶鶯花別帝都。橋似斷虹無過馬，門餘衰柳但啼烏。那堪倦客遊京洛，更過黃公舊酒壚。

河間府

崇城鎖鑰壯神皋，城外平沙但野蒿。絳節趨程千里使，雕弓遊獵五陵豪。荒祠晚日聽悲筑，土銼寒燈對濁醪。獨有翩翩王仲祖，紫騮到處便揮毫。壁上見王貽上題句。

雄　縣

此地去天纔尺五，計程三日到都亭。霜華萬雉懸明月，漁火千邨落曉星。久厭風塵衣變素，未消意氣眼難青。漁陽草白沙如霧，祇喜天邊慰鶺鴒。

憂　旱

我行齊魯間，流民滿道路。扶老更襁幼，牽車載農具。出門心搖搖，未知向何處。夜宿投荒祠，晝憩依林樹。苦言冬無雪，春旱麥苗仆。安望屏翳來，方罷魃鬼怒。斗米溢千錢，縣官急征賦。太行東復西，萬姓如涸鮒。有時聞輕雷，昂首待甘澍。俄頃復開霽，火雲但迴互。赤日疑流金，黃沙似飛霧。汲井覓遠邨，平陸皆古渡。行人漸已稀，墟落都非故。頗聞北來信，浚渠方召募。汶水不容舠，濟河僅濡袴。天府運千艘，束舵長淮住。力作無還期，室家安得顧。何如辭故鄉，樂土暫保聚。令甲嚴逃亡，逡巡更恐懼。愁思當告誰，嗟哉亦孔瘉。我語勿嘆息，朝廷重生聚。遣官禱泰山，旌麾數日駐。宵旰正憂勤，渙號在旦暮。膚寸不崇朝，百川將灌注。急還南畝間，努力事場圃。

塗中即事

去秋適薊門，嚴霜徧朔野。歲宴經東蒙，春條未盈把。今我更北征，蟬鳴已盛夏。夏雲愁行人，憂來不能寫。半載燕吳間，三走泰山下。邨翁蔭簷隙，笑予款段馬。津梁寧不疲，為是勞勞者。

羊流邨二首

晨發觀徂徠，前指汶陽道。古樹多白楊，穠陰雜梨棗。旁有馬鬣封，殘碑縈蔓草。云是羊太傅，先人此營兆。其北即故居，遺址堪搜討。昔云有王氣，鑿之猶三公。佳城毋乃是，歲遠誰能窮。相墓知何代，詳是郭弘農。孫鍾及陶侃，往往遭仙翁。魏晉多好事，謬悠將毋同。羊公實名德，勳烈邁前武。孫皓指掌中，妙算契雄主。鈴閣見輕裘，漢津息鼙鼓。論功比鄮侯，析爵裂萬戶。自足致三公，詎假一抔土。立馬重徘徊，緬然獨懷古。

羊公生民秀，母出蔡中郎。承家寶華國，韞德乃發祥。千年藏舟處，枌榆蔽夕陽。昔聞峴山讌，撫景淚沾裳。矧茲邱壟樹，魂魄應難忘。庶幾襄陽碑，與之同久長。

交　河

古驛枕交河，亭午駐征騎。鶴冠一老人，駕車向夕至。鬢髮疑繁霜，赭顔似深醉。自言善養生，百齡已過二。武夷本故山，嶧陽久棲寄。秉燭猶作書，戴星自總轡。健飯過壯夫，嬉戲狎童稺。頗得君平傳，兼述開元事。獨有金丹訣，叩之輒深秘。伊予蒲柳姿，盛年已顛頷。擊劍學不成，獻賦名未遂。安得從君遊，脱落自茲始。

雄縣即事二首

洞庭熟盧橘，吴淞多鱸魚。客心引歸夢，倏然經敝廬。鐸聲驚中夜，土銼殘燈餘。呼童還秣馬，逐伴乃升車。城頭吹細雨，稍喜塵氛除。流水夾官路，垂楊挽客裾。舉網得魴鯉，沿波攬芙渠。鄉關亮不異，暫令心意舒。

紫騮何蹀躞，軒車何連翩。朝辭建章裏，暮宿都城邊。侍臣在省闥，冠蓋稱神仙。聖朝無闕失，蹔遣歸田園。還鄉固赫奕，謁帝需歲年。遂令高梧鳳，坐成寒樹蟬。君看青雲侶，滯留今尚然。

涿　州

軒轅苦戰處，白日生黄埃。千里桑乾水，滔滔不復回。長安日邊近，宫闕鬱崔嵬。橋危虹欲斷，將涉還徘徊。安得道如砥，躧步黄金臺。

同李元仗、汪苕文、葉子吉、舍弟公肅，餞送董玉虬侍御即事三首

粲粲蘭臺英，結宇臨芳甸。飛閣何崚嶒，平疇自葱蒨。奉使將遠行，供張羅清醼。蕭散無俗情，徘徊戀親串。坐聽秋蟬鳴，仰觀夏雲變。明發辭郊坰，有懷誰能遣。

階前赭白馬，遠道逝駸駸。障泥耀罽繡，羈勒飾黄金。長鳴辭櫪下，遂懷萬里心。前塗指虞坂，昂首涉嶇嶔。東歷洛陽陌，西經太華陰。馳驅亮不惜，君恩難可任。

赤烏迫崦嵫，林表纖月明。鵾絃忽然歇，四座皆含情。高樓奏新曲，宛轉淒以清。願爲西流景，馳光隨旆旌。旆旌不可及，延佇徒屏營。歲周庶旋反，寶瑟將塵生。

憺園文集卷第四

詩　虞浦集下

入晉四首

十月朔風厲，凌晨渡滹沱。寒冰積驛路，嚴霜悴喬柯。重裘增懍慄，浩飲顏難酡。客程屢迴互，歲月忽以過。恒山既坱莽，抱犢亦逶迤。我車復西邁，感慨揚清歌。

淮陰昔戰處，山勢鬱崔巍。當年建旗鼓，智勇何壯哉。成安泜水死，左車戲下來。破趙方會食，一舉欻奔雷。我出井陘關，古路多蒿萊。寒鳥夕已斂，浮雲慘不開。殘碑剩遺蹟，駐馬爲徘徊。

亂山赴西極，蜿蜒不可窮。高嶂摩層霄，并門一綫通。涼秋下霜霰，昏旦蔽曈昽。瀑流秖辨響，色與凝雪同。戰壘吹邊聲，牙旗卷朔風。飛鳥尚難越，丸泥詎能封。重關護燕趙，天險何其雄。

疲驛近壽陽，皚皚積深雪。飛泉瀉虹梁，亂石妨車轍。古道蟲頹垣，人家盡陶穴。荒祠藏鸜雀，枯樹鳴鶗鴂。寒風淅瀝吹，手足俱皲裂。邨酒不醉人，憂來自紆結。

題梅花書屋爲王襄璞方伯

雕甍列華軒，綺窗明砥室。素壁畫江山，絣几盈緗帙。長筵衍清宵，密坐娛永日。寒冬遘春陽，發生在吹律。梅花畧繽紛，皎皎冰雪質。迢遥羅浮夢，綽約瑶臺匹。將爲廣平賦，媿乏雕龍筆。側想胥江頭，疏花照簷白。驛使何時來，臨風增太息。

審交詩

海內悠悠者,冠蓋紛皇都。平生期管鮑,一旦成蕭朱。傾蓋相綢繆,中道不克俱。嗟我同心友,秉志執區區。莫羨桃李榮,雕瘁在須臾。莫爲斥鷃笑,決起搶枋榆。南山有松柏,青枝自扶疏。鸞鳳相和鳴,聲與凡鳥殊。願言崇令德,金石誰能渝?

醉歌行酬襄璞方伯

晉陽城邊吹暮笳,故宮衰樹啼寒鴉。有客飄零自吳會,高歌擊筑天一涯。臨沂王公夙好士,官閣開筵生綺霞。名賢能致李元禮,上客還來鄧仲華。小史彈箏十五六,可憐顏色穠如花。堂前錯雜盈珠舄,妙舞霓裳樂今夕。中宵洗盞向曲亭,擊缽投壺事非一。寒雞再唱殘月沈,主人投轄還留客。髡心最歡飲一石,東方欲曙渴烏赤,騎馬歸來踏霜色。

送別鄧偶樵

高吟短筑共天涯,鳴犢祠邊別仲華。匹馬濃霜上黨滑,千峰晚照太行斜。風傳笳鼓行持節,偶樵候補按察副使。月隱帆檣更憶家。暫對故人桑落酒,他時驛路有梅花。

寒宵行酬金冶公

金公當代稱人豪,寒宵開讌招吾曹。雕盤千里致鯖鱠,美酒十斛傾蒲萄。當筵忽奏《關山曲》,氍毹錦帳燒紅燭。銀魚學士醉更狂,强學吹簫舞鸜鵒。吳兒體弱酒乍醒,猶抱筵前雙玉瓶。欲歸未歸久佇立,露華清冷流寒星。金公豪興真無敵,手把觥船頻勸客。憶自論交吳市門,三年兩遇長安陌。千騎旋看旄節行,萬山復嘆鱗鴻隔。銅魚峰高銅鼓鳴,錦官花開錦江碧。七年無日不相思,却到并州數疇昔。少弟浮沈苦腹饑,狂生瓠落蒙頭責。故人相見且開顏,戴笠乘車言不易。昨日遺我錦襜褕,今朝贈我青驪駒。三關落照難分手,意氣如君天下無。

贈　友

十載江湖穩釣磯，跨鞍絶塞欲何依。草荒白帝家難問，瓜熟青門事更非。述作千秋身未老，悲歌萬里客將歸。并州風勁霜如雪，送爾離亭淚滿衣。

飲王方伯署中次趙秋水韻

歲暮并州客，鄉心寒雁催。好尋逸少語，復爲景真來。臘酒今朝熟，梅花昨夜開。淹留須盡醉，落日敢言回。

與歌者胡生兼示龔公子伯通四首

急管繁絃白玉堂，燈前巧作可憐妝。生來南國桃花面，却住并州近十霜。

鴛鴦新製合歡襦，公子風流絶代無。昨日玉釵輕葉擲，伯通雲中遇一麗人，許至晉陽往迎，得胡生，遂與絶。已教密約負當壚。

阿侯催喚已斜曛，結束還憐惱使君。病起佳人添意態，懶將新曲遏行雲。

詞客當筵擊鉢時，凝眸隔座酒行遲。不知多少纏頭贈，抵得徐郎四首詩。

將之河東不得因寄董侍郎

晨發叔虞祠，遥指首陽岑。駕車逝行邁，願言思所欽。流年雕旅鬢，條風吹客襟。終然戀故鄉，改塗嵩嶽陰。回轡伯樂阪，四牡方駸駸。龍魚赴淵澤，晨風棲北林。瞻望不可見，飛鴻將遠音。庶幾惠方訊，珍重踰南金。

發太原塗中述懷寄襄璞五十韻

客有窮愁者，驅車過晉陽。山河臨趙代，風俗記陶唐。秋草連天白，寒雲帶郭黃。翦桐封域古，避暑故宮涼。清嘯劉琨壘，悲風狐突鄉。并州霜萬户，汾水雁千行。但貰當壚酒，誰分透壁光。高吟還躑躅，短鋏復傍徨。意氣逢王濟，聲名邁鄭莊。長松聲謖謖，清鏡水汪汪。右輔資彈壓，西陲詠樂康。衙齋聞下榻，官閣靜焚香。列坐盈厨顧，當筵奏羽商。分題催五夜，行酒約三章。明月侵綈几，梅花落筆牀。侵階栽芍藥，滿壁畫瀟湘。倚樹同棲壑，臨流似泛航。張燈綺席換，進饌玉盤將。茗豈王濛厄，鯖嗤樓護嘗。江鄉來橘柚，海國致鮂鰞。刻蠟恒投轄，聞雞尚挽裳。高談飛玉屑，妙理闡珠囊。射覆奇能中，投壺巧莫當。圍棋推謝傅，書體辨袁昂。黃絹摩碑刻，青萍拂劍鋩。醉容阮籍傲，笑恕陸雲狂。題鳳過蕭寺，停驂問草堂。淹留逢歲臘，荏苒紀春王。綵勝縈鄉夢，椒花酌旅觴。雲飛違定省，草長憶池塘。筆策聽終苦，驪駒去欲忙。贈言呵凍瓦，揮涕濕行裝。雙璧同薇署，聯吟隔苑牆。旄庵臨祖帳，賓從上河梁。才絕龍沙客，名高騎省郎。千秋期共勗，兩地意難忘。落日洞渦暮，浮雲句注蒼。銅鞮存舊邑，赤狄本嚴疆。廢驛尨如豹，空山石似羊。春寒行上黨，冰滑渡清漳。石室迷仙徑，長平弔戰場。豐碑傳孔氏，遺廟肅炎皇。歇馬太行麓，烹魚濩澤旁。美人貽錦繡，都尉賦鴛鴦。蚤蟹看投分，參辰倏異方。志同櫪驥伏，時比蟄龍藏。性癖嵇中散，知希虞仲翔。吹噓生羽翮，翦拂待騰驤。橫笛思千里，披襟攬八荒。碧霞橫海嶠，歸路指微茫。

送犀公入廬山西林

遠公朝別我，獨自向西林。去路白雲合，到時芳草深。浮杯星子岸，洗鉢虎谿陰。異日陶居士，聞鐘何處尋。

答越辰六見贈作二首

之子東南秀，才名動碧雞。折梅經嶺外，走馬到天西。來憩窪樽石，行過罨畫溪。羊車看洗馬，樂廣譽真齊。辰六是湖州太守蘭次婿。

檥榜經邗水，驅車入帝城。幾年知姓氏，今日慰平生。堂是碧瀾舊，樓仍韻海名。從君此吟嘯，不淺折麻情。

贈吳蘭次四首

十年羽獵薦雄文，畫省風流獨數君。按部旌麾千騎出，行春詩句五湖聞。香消夢憶青綾被，興到書題白練裙。最是政閒豪興在，襖堂賓從日如雲。

隋隄碧柳曲江花，才子揮毫賦落霞。夜坐石牀題險韻，朝逢竹馬擁行車。春來醅發烏程酒，雨過香生顧渚茶。莫憶竹西歌吹好，前溪妙舞盡吳娃。

官舍焚香簿領閒，清風高韻是神仙。右軍載酒羅車騎，小杜題詩雜管絃。笠澤水光晴鏡裏，弁山樹色晚霞邊。江湖長可輕官職，五馬如乘范蠡船。

官梅東閣復何如，有客飄零嘆曳裾。勝蹟聊尋李左相，斷碑還問沈尚書。正逢花信三春半，欲話交情廿載初。慚媿風塵猶裋褐，可能相憶下熊車。

禊日愛山臺分韻

繁花三月徧菰城，太守筵開禊閣晴。湖上翠微懸塔影，雨餘碧樹待鶯聲。試談往事聽前輩，爲愛佳辰集友生。送客留髡重翦燭，厭厭河漢欲三更。

贈陳子壽

不見陳遵近十年，相思擬泛尚湖船。豈知作客菰城道，却得相逢禊閣前。感舊驢鳴孫楚逝，子壽與扶桑友善，方爲作傳。銜哀兔擾蔡邕賢。子壽方葬親。他鄉寒食多風雨，握手高吟一愴然。

贈吳石葉二首

初日芙蕖豔，才華迥不同。吟詩官閣裏，聽瑟畫樓中。賦就驚宗袞，梅邨先生極賞石葉。篇成播《國風》。荷衣今羨汝，媿我已成翁。

王謝吳興守，由來父子傳。人看居末座，事定逼前賢。珠玉神偏王，驊騮步欲先。他時重接武，不數永和年。逸少、安石皆父子爲吳興守。

贈茆再馨

暨陽分手日，忽復一年餘。作客書難達，經秋夢亦疏。譚經絳帳笛，鼓鋏碧川魚。綵幾湖山在，相看逸興舒。

走筆招藺次三首

辛夷花謝海棠開，碧幌和風燕子回。貰得箬溪新釀酒，待君驪騎草堂來。

君家祭酒最風流，侍御聲名動歙州。吳侍御方漣。平子更攜青玉案，張菊人。會須同泛白蘋洲。

碧瀾堂畔每趨陪，義手詩成絶代材。喜有羊何酬好句，莫因簿領廢銜杯。

峴山示藺次三首

亭畔窐樽在，人知抔飲風。冥搜元李相，欣賞復吳公。城郭蒼茫外，溪山杳藹中。未妨酪酊醉，歸騎與君同。窐樽亭。

塔勢侵斜漢，湖光抱遠峰。使君誇盛事，逸老問高蹤。雨過泉聲滑，春殘樹色濃。當時猿鶴侶，折簡到吳淞。逸老，堂名。正德間，逸老會崐山人張寰與焉。

此地稱賢牧，千秋有數公。丹青祠廟在，姓氏簡編中。寂寂臨春澗，寥寥逼梵宮。傳芭勞里賽，側想古人風。九賢祠。

湖州送張菊人四首

碧浪湖邊桑葉齊，夾山漾口早鶯啼。相逢莫漫愁離別，箬酒新香醉似泥。

片帆隨雁下衡陽，楚客歸裁荷芰裳。四壁閒看宗炳畫，可能無夢憶瀟湘。

難忘崇臺袚禊時，蒲帆十幅去應遲。吳興太守清狂甚，送客高吟《白紵詞》。

句曲千林護翠微，仙壇白鶴入雲飛。羨君紫氎翩然去，獨向華陽洞口歸。

贈趙秋水四首

鳴犢祠邊別爾歸，雷塘重見涕沾衣。可憐楊白花如雪，却逐東風處處飛。

叢臺古道雜車輪，獨立人看趙景真。少小曾交燕趙客，此髯超逸世無倫。

官閣屠蘇設宴時，分題刻燭夜吟詩。煩君寄語王懷祖，愛客風流更阿誰。

洺州處士在牆東，小弟承恩騎省中。申鳧盟隨叔。若問婁江近消息，鬔鬔短髮已成翁。

吳江旅舍示弘人孝威

伏閉江城客，支離洛下吟。慣辭熱客去，不厭故人尋。病爲酒杯劇，愁兼暑暍侵。此中饒野興，几簟接松陰。

贈弘人

相逢多難後，憐爾二毛生。憶弟風霜劇，思親涕淚橫。延陵喪子痛，奉倩悼亡情。莫以窮愁累，須傳千載名。

贈李蠖庵二首

此地清風在，如君廉者稀。去官還自喜，作客竟難歸。饑只看塵甑，寒惟綻故衣。翛然同野鶴，談笑每忘機。

意氣凌霄漢，中情豈暫忘。山椒頻蠟屐，夜館或飛觴。落筆多遒勁，論交愛老蒼。濁醪應已熟,無復問行藏。

清明日吳伯成明府招飲

感君無限意,密坐向深更。酒碧濃於柳,歌清細抵鶯。新詩吟夜館,纖月落春城。客散驚烏起,瀟瀟涼笛聲。

秦對巖齋中小集限韻口占

使君乘興至,幽徑俗塵無。共結江皋佩,誰探象罔珠。東南稱地主,詩酒笑狂夫。雨後花欄靜,春風入畫圖。

別伯成三首

莫嫌屈百里,尺木佇雲霄。尺木,堂名。伯成先擢大行,今秋當代去。借寇車還駐,思家旌獨搖。秋風京口渡,寒月廣陵潮。旦晚飛騰去,千人折柳條。

治行誰能并,風流亦可師。放衙還命酒,判牘雅裁詩。狂作張芝草,閒消謝傅棋。龍山雲起處,松鬣最離披。

相見無苛禮,深懷在不言。泛舟尋野寺,看竹過名園。月向吟時白,花隨醉處繁。平生知己恨,詎復似虞翻。

伯成坐中即事口占二首

佳人慵倚合歡牀,繡佛閒身已十霜。向客陳辭最慷慨,如何天壤有王郎。

燕子銜泥出畫堂,使君深惜舊雕梁。不嫌椎髻廡閒住,此地從來說孟光。

送王石谷之秣陵謁周櫟園使君四首

虞仲祠前三徑紆,聞君蹤跡慣江湖。相逢第二泉邊路,萬樹秋晴入畫圖。石谷摹《宣和江渚秋晴卷》,甚精。

祇今粉繪許誰工,老輩婁江二妙同。聞道比來都閣筆,說君真過石田翁。王奉常謂石谷畫品在沈石田上。

獨立翛然意氣真,右丞高潔是前身。藍田輞水平生意,莫向王門奏鬱輪。

六幅蒲帆兩岸楓,未妨載筆問宗工。使君傑閣連雲起,建業千山在眼中。

口號示伯成六首

微霜初下曉風寒，千里關河欲跨鞍。橘柚乍黃楓漸赤，正逢好景別君難。

金縷銀船醉共吟，清宵燭跋漏沈沈。由來天監年時水，別恨平添一丈深。

畫舫遲遲惬勝遊，東南文士此淹留。清狂近有焚魚客，好句先題雲起樓。
時葉訒庵將至梁谿。

衙齋風雨亦相招，賭墅圍棋逸興饒。頭責休嫌秦子羽，故人舉手待雲霄。
謂秦留仙。

君家騎省好聲名，耕方。桑葉尊前百感生。精衛朝朝銜木石，幾時滄海放
春耕。

扶風門下有康成，憔悴當筵濯短纓。醉裏忽思廿載事，翩翩輕俠是劉生。
震修。

佳人篇贈盛珍示

佳人深閨裏，初日照豔姿。炙簧更調瑟，敏妙工言詞。逾時乃得嫁，猶然
守空幃。手持盤龍鏡，常恐朱顏衰。黽勉事機杼，婦職固當爲。平旦理流黃，
札札烏啼時。織成錦繡段，五色紛葳蕤。一匹直十鎰，見者爭嘆咨。婉嬺真絕
世，辛苦良不辭。翩然東鄰女，花間曳履綦。倚門雖云好，未若刺繡宜。

李陽驛

地是池陽舊，程還姑孰西。背江僧寺出，傍岸戍樓齊。水落潛蛟徙，風高
班馬嘶。人煙皖國近，樹色宛陵迷。春入輕荑長，山橫斷靄低。颿檣集估客，
市井宅遺黎。隔歲荒禾稼，頻年畏鼓鼙。沙平晨放犢，邨遠午聞雞。孤嶼漁人
宿，空梁燕子樓。我來多感慨，驛壁醉重題。

李陽驛迴瀾閣次邱季貞壁間韻二首

江流對皖口，短棹此經過。覓酒荒邨少，題詩古驛多。高樓巢燕雀，落日
走黿鼉。匹練愁還遠，當窗發浩歌。

父老言驕將，當年鐵騎過。羽書樊口盛，戰壘石頭多。岸草飛青燐，江潮
舞白黿。臨風憑遠眺，感動一悲歌。

三疊季貞韻

邱遲入荊楚,錦纜此曾過。黃絹辭真妙,青衫淚已多。佛燈寒竄鼠,戍鼓
夜鳴鼉。予亦飄零者,還來倚檻歌。

石亭寺鈞天閣 寺係唐觀察使韋丹祠,丹封武陽郡公。

落日洪州外,雕甍百尺樓。丹青賢牧往,祠廟武陽留。亭借松門石,花深
佛殿秋。銘辭張載重,篆筆李邕道。閣并滕王迥,窗臨章水流。舟車千里集,
煙火萬家收。明月桓伊笛,清尊絳樹謳。爐香青泛泛,草露白浮浮。鞺鞳江聲
壯,玎琤木葉愁。鈞天真聽樂,應勝夢時遊。

滕王閣

帝子留高閣,嵯峨壯豫章。江連吳楚闊,山指越閩蒼。畫棟臨馳道,雕甍
帶女牆。賢侯開廣讌,才子獨專場。勝事傳來舊,風流孰可方。山川遼鶴異,
歲月劫灰長。故壘飛青燐,殘碑臥白楊。俄來庾開府,重見魯靈光。工似胡寬
巧,書還韋誕長。璇題懸曲檻,繡戶繞迴廊。壯麗欺黃鶴,孤高想岳陽。笙歌
人駐馬,冠蓋客傳觴。南浦輕綃卷,西山繡幄張。縱橫羅井邑,來往送帆檣。
雲近當軒濕,風微入牖涼。招尋閒躧屧,感慨乍沾裳。搖落經窮海,飄零睇故
鄉。憑高攀古蹟,酹酒弔王郎。祇願風帆轉,飛騰過馬當。

贈汪徵五

清霜被江甸,離離楓樹林。有客過鄂渚,倚櫂多悲吟。疇昔崔李輩,風概
心所欽。美人既已往,瞻眺空嶇嶔。夫子客沔口,託寄感慨深。泜官早落拓,
覽勝還①滯淫。濯纓就滄浪,抱甕息漢陰。庶幾昔賢躅,慰予饑渴心。

黎媿曾九日招飲賦贈

使君旌斾駐江濱,佳節招尋會故人。雁帛不逢虛憶弟,茱囊欲佩轉思親。
共傾三雅成詩捷,莫厭雙鳧拆簡頻。黃菊青楓淹歲月,龍山北望倍傷神。

---

① “還”,康熙本、光緒本皆作“遂”。

愚山招飲李維饒園和韻

群公車蓋會平泉，漫遣覊人赴玳筵。鴻雁叫霜天半冷，芙蓉著雨鏡中妍。
美人佳句琅玕贈，公子遥情杜若牽。明日芒鞵廬嶽去，思君多在水簾邊。

聞元仗學使校士德安、安陸、襄陽，輒有此寄三首

雙旌行部正威遲，勝蹟江山覽眺宜。擊汰帆過雲夢澤，鳴驪路指鸊鷉陂。
霞明似幔花開處，月白如霜雁到時。却罷清尊啜清茗，諸生環侍絳紗帷。

名邦雲杜漢時稱，此日龍門羨李膺。明月珮憐交甫去，清風臺憶楚王登。
百年王氣消興邸，七澤詞人誤竟陵。定有梗楠材可採，工師加手便從繩。

襄南形勝近淮西，十載時平息鼓鼙。酒熟宜城香灩灩，碑荒峴首草凄凄。
卧龍岡上廬猶在，騎馬池頭路不迷。爲説陽春方見賞，兒童休唱《白銅鞮》。

至武昌值元仗往湖南

寂寥橫江館，突兀黄鶴樓。江風蹙飛浪，日夕摇孤舟。所親在沔漢，庶以
申綢繆。詎圖木蘭枻，遶涉瀟湘流。瀟湘千餘里，旌斾何悠悠。月明青草岸，
雁叫黄陵秋。張樂軒轅聽，蕩瑟靈妃遊。吾欲往從之，道路阻且修。蕭蕭鬢髮
變，冉冉芳歲遒。安得鄜釀酒，一飲銷百憂。

武昌值邱近夫將歸作四絶句送之

使君飛蓋洞庭湄，鼓吹喧闐堯女祠。官舍蓬蒿門自鎖，高吟抱膝有邱遲。
鴻雁江天相背飛，我來鄂渚子方歸。扁舟東下風偏利，欲寄家書淚滿衣。
苦竹青青楓葉丹，楚山楚水帶愁看。莫因地暖忘添絮，路過溢城便苦寒。
老親健飯杖鄉年，覓伴時須沽酒錢。長跽開囊奉匹絹，羨君真不異神仙。

楚中詠懷古蹟十二首

廣燕亭

鄂王有故城，江東建赤縣。樊山在其陽，落日照春殿。北退皖口兵，西罷
猇亭戰。釣臺高嵯峨，君臣極歡讌。雖非混一時，雄略千古見。吾誦謝朓詩，
揚舲去還戀。荒亭倚大江，奔流疾如箭。霜楓下吳宮，夜猿吟楚甸。霸圖久銷

沈，殘霞尚餘絢。

陶公宅

典午喪亂餘，大厦將傾倒。赫赫陶長沙，江東資再造。羽葆巴邱來，居中便征討。南陵至白帝，威行萬里道。榮寵極人臣，勳名兼壽考。天門翼雖折，祠廟圖丹青。石樽出廢宅，柳色明郊坰。斯人雖已泯，彷彿思精靈。

南　樓

南樓月上時，元規甚瀟灑。長嘯據胡牀，縱橫命觴斝。是時方清宴，江介無戎馬。物望殷深源，清言褚季野。賓佐堪留連，山川足吟寫。千古庾征西，流傳入風雅。一朝召寇至，宮省如亂蓬。膝屈陶太尉，心慚鐘待中。狼狽尚征鎮，茂弘愁西風。雖荷棟梁任，曾無分寸功。猶餘清興發，差與名士同。

黃鶴樓

江漢日夕流，危磯立黃鵠。當時騎鶴人，餐霞色如玉。空山一翺翔，千載傳芳躅。飛樓高入雲，泱莽興遥矚。東津指吳會，西驛連巴蜀。鱗鱗駐征帆，翩翩集華轂。彼美發高吟，哲匠不能續。撫景空徘徊，揮翰復局蹐。至今綺井間，寥寥郢中曲。

赤　壁

雒京亡劍璽，中原豺虎爭。曹氏吞袁劉，指顧六合并。鼓行下襄峴，電發趨蠻荆。豫州甫顛躓，江表亦震驚。刻日治軍獵，衆議銜璧迎。英雄裂眥怒，斫案攘袂行。先聲仗公瑾，妙算契孔明。艨艟一炬爇，煙焰飛縱橫。一奏烏林捷，三分勢乃成。我行赤壁下，古戍寒鴉鳴。英雄今則無，懷哉阮步兵。

岳陽樓

岷江下巴陵，南連洞庭水。城郭臨蒼茫，萬象窮指視。飛甍雉堞間，賢牧昔經始。江山有靈境，屹然壯千里。融風忽以扇，蔓草存遺址。停艫一騁望，水勢空瀰瀰。潯陽下微霜，木落凋芳芷。帆隨飛雁没，月向夕波起。羈客逢暮節，萬感寸心裏。況兹懷古情，慨嘆靡窮已。

軒轅臺

軒轅駕六轡,南紀窮熊湘。張樂洞庭野,旌旗淩八荒。鑄鼎荆山下,騎龍升帝鄉。小臣攀髯墮,仰視涕浪浪。傳聞升仙處,極目空青蒼。墳典既闕略,方士多荒唐。徒令茂陵客,濡足還褰裳。

黄陵廟

重華狩蒼梧,二妃止江汜。翠輦不復回,南楚悲風起。腸斷九疑峰,淚迸瀟湘水。環珮辭人間,古廟蒼煙裏。湛湛芳桂醑,尚酹帝子靈。鼓瑟馮夷舞,啼猿山鬼聽。秦皇赭伐後,竹樹常葱青。

汨羅江

靈均既放逐,憔悴浮湘沅。悲憤作《離騷》,托寓多煩冤。取捨龜策卜,醒醉漁父言。身沈汨羅水,國事誰與論。汨羅波浩浩,日夕荆郢奔。嗟哉蘭臺客,四遠招爾魂。靈氣感風雨,憭慄愁乾坤。天意令窮厄,千秋風雅存。

賈誼故居

年少洛陽生,絳灌皆側目。遭遇漢文帝,上書猶痛哭。故居五畝宅,傳在湘川陰。所思不可見,一望惟楓林。

鄴侯宅

南嶽迴嶙峋,樓觀紛迤邐。中有鄴侯居,空岫白雲起。蹲鴟食半殘,松花落未已。俯仰但陳迹,蒼翠藏深廬。緬思玉軸富,插架三萬餘。宰相與神仙,何能廢讀書。

孔明廟

雙流蒸湘水,獨秀石鼓山。直北拱衡嶽,四向紛煙鬟。武侯駐車處,遺廟蒼厓間。草猶青綸色,花似朱旗殷。日暝山氣落,流水聽潺潺。吾聞渡瀘役,爲討西南蠻。此地一來往,千古還追攀。

衡陽贈余西崖

片帆隨雁到衡陽,氣誼君還似鄭莊。曲隖雨深埋薜荔,小池春靜繞篔簹。

鵝看換字籠階下，鶴爲留賓舞榻旁。苦畏折腰辭五斗，便隨漁艇泛瀟湘。

寄宋牧仲時爲黄州別駕

黄州雄郡淮楚交，昔日邾城蕞爾地。甘寧得檄不肯行，陶侃臨江議欲棄。習戰空聞黄祖軍，分兵竟誤征西計。蘄春北渡人煙稀，隔岸樊山見旗幟。一自車書混一年，永安重鎮朱旛至。木陵關口近仙家，綠楊隄畔多遊騎。竹樓青絶雪堂間，人物風流自兹異。梁園才人相家子，出入明光執戟侍。翱翔合在鳳凰池，佐郡一麾寧稱意。天令江介識王祥，碧油車幰青絲轡。雅頌應教變楚聲，廉平自足風群吏。昨予來食武昌魚，君方謁帝承明廬。録別酒樓餘十載，石頭屢誤洪喬書。一鶴西飛掠江面，臨皋清夢今何如？

詠雁寄舍弟

霜天一去遠龍堆，暗逐流年羽翮摧。太華偶看仙掌度，上林還帶帛書來。横斜彭蠡秋風冷，嘹唳湘江夜雨哀。縱復稻粱堪繫戀，路過衡嶽倦應回。

贈某上人二首

不道彌天釋，閒園借一龕。名流嘗避席，老宿許同參。氣結青牛紱，光騰白馬函。那知吟嘯地，浩劫見憂曇。

趺坐繩牀穩，無須縛草輈。看山真不厭，小住亦爲佳。梧竹閒侵目，蛟龍夢入懷。嗟予京洛去，難忘是蕭齋。

懷舅氏

自別維亭二載餘，風塵驅走近何如。伯鸞慷慨思浮海，正則羈愁未卜居。亂後相逢憐舊雨，客中多累是殘書。何時歸守先人墓，出入遨遊下澤車。

同吳玉隨觀妓劇飲山園和玉隨韻

春深楊柳動晴絲，急管繁絃促賦詩。鄴下獨推吳季重，樓頭誰比杜紅兒。雲生遠岫迷遊屐，日落飛花到酒巵。倒著接䍦郊外去，吹簫擊筑任吾之。

答方爾止

高名海內重方干,紫氄風流老輩看。酒後談諧宵更劇,客中圖史晝常攤。韻探王沈千秋祕,篆擬冰斯六體完。何處尋君頻問字,清淮水碧釣磯寒。

送家兄孚若北上

罌粟花開春色闌,送兄匹馬向長安。一尊酒盡傷離別,萬里風高刷羽翰。盛事橋門方駐蹕,名流碣館獨登壇。洛中仍有東西舍,驪唱何須說路難。

贈亳州諸故人,用顏餐園六年前酬唱元韻

譙國高臺繫馬處,重來風景復何如?竹林曾款嵇公鍛,棐几猶存逸少書。白練望鄉千里外,青尊惜別六年餘。長卿瀆鼻今還在,鏡裏朱顏不似初。

再贈餐園

匹馬梁園辭爾去,紵衣款款定交初。常思雨雪王猷棹,每怪浮沈殷羨書。芍藥花開三巳後,蒲萄酒泛五更餘。羨君白髮才猶健,擊缽詩成媿不如。

錦　雞

雙鳥比翼翔,來至六蓼國。朝日振羽毛,陸離耀五色。主人嘉靈表,雕籠置戶側。香稻玉盤寒,俯仰安啄食。薄軀荷殊恩,庶幾自修飾。

餐園招飲次韻

陳王千載去,無復建安初。草長嵇公竈,碑荒梁鵠書。金籤委地久,玉軸作塵餘。羨爾縹緗富,百城擁自如。

題涿州店壁

行過樓桑路,悲歌獨苦辛。幾番題壁客,十載上書人。馬鐸終宵漏,牛車盡日塵。不逢荀濟北,那識是勞薪。

憺園文集卷第五

詩　詞館集上

及第紀恩示同年蔡石公孫屺瞻

席帽頻年挾策遊，叨蒙一第主恩優。同時名姓稱龍尾，幾部笙簫簇馬頭。懸綵御街金榜出，開筵大府玉觴留。送歸鹵簿寒儒邸，九陌人爭看擁驄。

春讌書事

名園開讌賞，折簡荷招攜。花霧濃雞舌，苔痕澀馬蹄。地爭野老席，山接相公隄。淺藻看魚戲，疏簾待鳳樓。削峰侵碧落，疊石架丹梯。蝶欲穿藂宿，鶯偏駐柳啼。弓聲乾霹靂，橋影濕虹霓。桐汗霞蒸潤，松濤月暈低。歌鬟鬆玉櫛，舞袖拂金鎞。綽約疑蓬島，風流勝會稽。坐來天遠近，見處水東西。綵筆凌鸚鵡，鸞刀瑩鶗鴂。時珍嘗比目，土物擘團臍。韻牒催詩急，觴條勒飲齊。號呶交履舄，鄭重出緇綈。莫惜春將晚，何妨醉似泥。

喜汪蛟門至和沈康臣韻二首

目斷維揚信，新秋好促裝。有詩題野館，無策壯奚囊。埽榻涼初至，挑燈醉不妨。故人同失喜，款款對壺觴。

別後登臨興，應知屐屢穿。且傾燕市酒，須著祖生鞭。征雁隨人至，秋花刺眼然。紅塵十丈起，好爲解金鞴。

上王敬哉宗伯

丹陛推耆舊，烏衣絕等倫。一經延盛德，萬世繼先民。報主文章在，興王禮樂陳。全家依日月，獨步上星辰。論已推公望，朝方藉國楨。趨庭金罌裹，接武玉璘珣。世典蘭臺重，門栽槐樹新。同時鏘劍佩，并室畫麒麟。自可傳弓冶，何須遜渭莘。蘇公原有子，李泌漫尋真。赤烏歸元老，青山領大臣。閒披白鶴氅，時側紫綸巾。鑿沼依靈囿，澆蔬引御津。五千篆《道德》，六一籍周秦。洛下開名社，香臺洽隱淪。神僊兼翰墨，泉石寓經綸。詩句流傳遍，雲煙過眼親。菊枝黃似錦，蟾影碧如銀。書帶沿堦草，花香接砌茵。銅盤催進酒，絳燭幾留賓。聖代存喬木，瀛寰頌大椿。陽和回律琯，洞壑盡生春。

送閻華亭

送別津亭晚，秋槐落滿茵。應知三泖上，已有欲絲蓴。過壠禾承幰，開衙鶴近人。扁舟吾亦往，百里坐陽春。

送清豐令

赤縣連畿輔，蒼生倚上才。剝椎猶土俗，煦育自嬰孩。粉堞河依岸，琴堂草沒堦。休卑千室吏，初向日邊來。

送金君之任雲南

憐君東閣舊，選牧自才賢。六詔分符出，雙童夾轂前。山峰疑太乙，水氣是溫泉。別路晨裝外，猿聲墮碧煙。

送宗鶴問之吳興

十年詞賦重三都，託興煙霞五嶽圖。曾共張華遊上洛，還因柳惲過西吳。同心幸結江皋佩，好句頻探罔象珠。況有吳山看不厭，烏程是處酒家壚。

送宋荔裳觀察兩川

劍閣青山外，蠶叢驛路西。行旌縈紫氣，飛蓋指青霓。健翮凌鷹隼，霜華淬鶍鵜。山公曾薦達，宋玉解招攜。秦隴烟雲隔，江潮草樹迷。書因探禹穴，花爲種蘇堤。案部常隨雨，占星屢聚奎。儒臣看挺拔，公望養端倪。遂有修蛾怨，還驚暮鳩啼。賢人愁市虎，謗語及文犀。蠟屐留吳苑，清尊滯越溪。蒼生看擁節，賓從復歌驪。叱馭新逢蜀，觀風舊屬齊。荒城山狖響，棧路莢人樓。邛笮真能諭，峨眉竟可梯。新詩傳織屩，雅化遍耕犁。令已標銅斗，神應祀碧雞。後時聞報政，高步向金閨。

座主柏鄉相公齋中小坐

高平相業重西京，鉅鹿風標繼盛名。正色朝端知瀛度，蠲租海內頌昇平。千秋著作垂金鑑，萬國平章倚玉衡。會得微言濂洛意，居然黃閣一書生。

上座主合肥先生

嶽靈鍾大蜀，斗瑞降長庚。人以名山重，天原間氣生。無雙推國士，二十領專城。楚豫祲氛盛，江黃草木驚。潢池群釜沸，渤海獨春耕。鳳紙徵書急，螭坳召對榮。龍鱗魯獨犯，虎尾敢相攖。髮繫千鈞重，身扶廣廈傾。運移終漢祚，帝眷借周楨。積霧難終隱，高岡待一鳴。行藏關否泰，出處爲蒼黔。借箸勤謀略，陳書策治平。違時寧戇直，報國有精誠。絳灌才還忌，弘湯意獨輕。窮簷遙待澤，中禁蚤揚聲。溫語稱才子，閒曹領大晟。於菟三已仕，縫掖半逢迎。石鼓無氈坐，桄榔奉詔行。圖還尋夢卜，賦自獻河清。文景開星象，君宗屬舊盟。有功心豈弟，公叔望崢嶸。夏屋烏爰止，洪波魚不赬。雞鳴朝放赦，鈴靜夜談兵。密奏災祥息，昌言氣象宏。回天雙赤手，砥柱一孤莖。常伯峨冠珮，和風協磬笙。惟金堪作鑑，有玉藉持衡。冀野搜群駿，滄溟跋大鯨。瞻雲同御李，立雪早依程。馬厩傳經秘，龍門躡履盈。論《詩》呼卜氏，讀《易》進公明。溟海誰能測，華鐘日待鏗。珊瑚裝孝穆，楊柳賦蘭成。東辟元書府，南樓但酒鎗。斯文真有主，我道喜長亨。近得神仙侶，還尋大藥烹。五千柱史奧，三百絳衣嬴。祇恐黃麻至，難將綠野營。六鼇連極動，八柱入雲擎。司馬宜專相，蕭何不贊名。訏謨身未老，逸嘯興還并。秋水長投釣，春風坐聽鶯。初陽迴弱綫，介酌注深觥。綵袖麒麟秀，孫枝棣萼萌。椒花持獻頌，柏子駐調羹。一奏《巴渝曲》，誰將雅調賡。

苕文假歸次宗伯王先生韻送之四首

頻爲京雒客，漸覺故人稀。君到無多日，那堪又送歸。出門霜氣迥，極目練光微。一奏《驪駒曲》，紛紛木葉飛。

看君如野鶴，流響入層雲。著作千秋得，聲名簿海聞。閒居潘令賦，釋勸士安文。獨向滄州去，行藏迥不群。

爲郎十餘載，四壁總蕭然。婚嫁都無累，漁樵別有天。流觴三巳禊，卷幔五湖船。應訪靈威老，探書林屋偏。

驅馬頻寒暑，風塵强舉杯。不言征路苦，好及早春回。匹馬蘆溝雪，孤亭鄧尉梅。儻逢飛鳥便，頻寄尺書來。

康熙九年十二月十九日，上召對弘德殿學士臣哈占引、臣啓傅、臣在豐、臣乾學、臣牛鈕、臣博濟、臣德格勒、臣沈獨立以次奏事畢，命臣啓傅、臣在豐、臣乾學進殿內，分立御座旁。 上曰："今日無事，汝三人可各賦一詩，滿庶吉士講書可也。"中涓傳旨賜坐，詩成，并蒙睿獎，賜茶而出

承恩趨建禮，待曉入明光。萬户聽寒漏，千官踏早霜。宮雲回雪霽，禁樹帶春陽。鵠立聞天語，鵷聯拂御香。恤民同舜禹，論道溯炎黃。何幸宸顏近，方忻化日長。牙籤標甲乙，玉軸富縑緗。講學超崇政，題詩邁柏梁。蓬池慚始進，騎省媿爲郎。願得操柔翰，長依黼座旁。

送黔撫

海岱文章伯，蓬瀛侍從臣。謨謀資啓沃，敭歷著經綸。典禮容臺肅，詳刑棘寺仁。公才持藻鑑，群品荷陶甄。帝眷班行最，臣勞出入均。九霄頒玉節，萬里動熊輪。險阨南陲①重，聲馳嶺表新。盤江通楚蜀，黔塞控滇閩。節制雄諸鎮，懷柔格九濱。霜威消瘴氣，冕服佩文身。銅柱功誰敵，龍標句若神。即看回節鉞，佇待履星辰。樗散初通籍，門牆忝望塵。乍忻依鳳采，俄見運鵾鱗。鑕鑰才真老，驪駒戀倍親。青門開祖帳，紅樹俯華茵。衰草天南路，垂楊笛裏

---

① "陲"康熙本、光緒本皆作"邊"。

春。持將報明主,早晚候平津。

次陳子萬卜居韻

公子經年此僦居,烏衣門巷已成虛。飄零何異遼東槁,蹭蹬還看下澤車。春發小齋花掩冉,風迴幽徑竹蕭疏。殘書賸有千餘卷,好借鄰燈照屋廬。

座主相國魏公五十壽

元老尊黃閣,中台翊紫宸。祥符樞運斗,泰道日重輪。主聖資爲楫,王言吐若綸。卜年扶孔固,必世合歸仁。軒歷垂衣日,虞階舞羽旬。封章利病答,損益質文因。坐論從容對,游歌泮渙陳。由來聞弼亮,尚憶策天人。吾道尊先覺,群言擇大醇。臨軒還特簡,開館即初甄。封駁黃門夕,敷揚紫禁晨。彈文依綠仗,諫草展華茵。股栗群僚憚,容肥四海春。繁香羅蕙茝,勁節老松筠。卿月升皇路,台階領要津。柏梁躋獨座,楓陛秉洪鈞。亞相中書并,天卿上宰掄。十科憑弊吏,九品辨官人。玉燭調俱正,金甌卜更新。總師仍立相,一德實成鄰。赤舄徐聽履,丹裳儼奉紳。陰陽和併燮,天地贊維寅。材藝膚偏遜,平章政已均。士猶三吐接,書讀百篇頻。大禮真須制,茲文幸未湮。皇初探簡策,正始闢荆榛。詩擅豳風美,書窮楚相真。切磋歌綠竹,考驗識丹蘱。如貫俱歸約,多能是席珍。賦應卑屈宋,學已洞關閩。黃髮他時豫,丹書此日詢。雙星浮漢月,五老下空辰。世際書銜鳳,人占紱繫麟。數盈當卜魏,極峻正生申。大斗宜初酌,朱輪會并臻。宮牆下士陋,圭寶草衣貧。經許升堦執,才非入室倫。源泉瞻宿海,象緯仰秋旻。把土辭難馨,歌風誘善循。但期平格壽,耕鑿共堯民。

病中口占示立齋弟_{二首}

累汝真憔悴,經旬未解衣。愁顏常似結,緩帶不成圍。量水晨投藥,移燈夜款扉。前人稱庾袞,如此故應稀。

爾病復多日,沈憂更百端。據牀疑宿醉,擁絮爲微寒。浮梗渾難定,棲枝總未安。時方移寓。且棄扶杖起,共覩月團圞。

述病示彭橫山給事四首

禁門簪筆數群公,寓直叨陪騎省中。詎有沈憂成躑躅,不堪瘦影自觭觤。御香鎮日春雲擁,宮柳終朝細雨濛。賸得西鄰青瑣客,劇憐愁病昔年同。

銀海微波一路通,黑圓無恙愧方瞳。時病目。懸珠準擬東方朔,嚴電虛傳王濬冲。乍見微雲來點綴,俄驚初暈已朦朧。東華十丈紅塵起,常在迷離倦眼中。

昨宵秉燭檢殘編,胠篋何人一惘然。却笑巵言亡敝帚,祇餘故物是青氈。秘書堪借愁多病,著作無成過壯年。愛弟從容還告我,減除思慮好安眠。

驛路三千憶故鄉,涓涓清淚滴衣裳。角弓仿佛侵杯影,白馬依稀認練光。向午支頤拋舊帙,逢人蹙額問良方。禁林誦讀真無分,祇合荷衣向草堂。

柏鄉公致政二首

黃閣功名照史編,兩朝弼亮主恩專。嘉謨已效貞觀代,擘畫仍高地節年。濟世黑頭看補袞,辭榮華髮羨歸田。聖明丙夜方前席,未許銜杯樂避賢。

金鑑丹箴[①]夢不忘,東山此去興偏長。歸裝鄴架三千卷,生計成都八百桑。龍腹曾蒙題姓字,桃陰却喜傍宮牆。斗南極望情何限,好爲蒼生檢藥囊。

送張禮存編修南還,寄詢尊人湘曉先生

鐵甕城開壓潮汐,長江混混連天碧。上有黃鶴崚嶒之高峰,下有神仙留侯之第宅。留侯家世玉爲堂,兄弟聯翩珠樹行。一朝裘馬辭天闕,詎爲蓴鱸憶故鄉。君恩特許羞甘旨,秋水揚帆幾千里。屈指登堂拜慶時,蟹紫花黃家醞美。君家堂上老司空,海內人呼張長公。玉珮池頭身是鳳,冰壺洛下嶽爲松。公才自合推公望,御書姓氏丹宸上。東山暫許謝安閒,洛下還須司馬相。文采風流世莫倫,膝前都是佩魚人。丹心共吐酬明主,白髮爭先奉老親。君家父子有至理,子舍朝堂總一視。大男省侍中男留,君親之間差可矣。走也詩因愛弟題,兩間瓦屋各東西。浮名遠愧雞棲樹,返哺空憐烏夜啼。送客南歸魂欲動,況乎通家李與孔。贈子金莖露百壺,綵衣歸向高堂捧。花發驪駒不肯留,有人天際

---

① "箴"康熙本、光緒本皆作"宸"。

望歸舟。秋風直上三山頂，江月長懸萬歲樓。

題益詠堂爲宋長元先生

往者天啓歲丙寅，宋公出宰清豐民。清豐于古頓邱地，俗異鄒魯長斷斷。大猾椎埋復剽刦，探丸赤白誰能馴。公縛渠魁肆諸市，夜犬不復聞狺狺。比閭井牧始安堵，農桑水旱時撫循。官代馬解紓民屯，催科不擾差徭均。薦剡課績奏天子，陟于朝署優賢臣。生爲立祠肅香火，麗牲碑下虔明禋。宋公有子官再達，停車瞻拜還逡巡。父老見之嘆且泣，乞公畫像垂千春。至今歲月亦已久，桐鄉遺愛終難泯。公晉司勳亦典禮，與贈太僕鐫貞珉。炳耀大節揚千億，賢臣之後宜振振。循良一德天所贊，子居朝右身爲神。溪毛澗水足千載，何須彩筆圖麒麟。

送曾青藜歸上母夫人壽二首

洛中乍寫《三都賦》，記室如何苦憶歸。桂樹未須招隱伴，蘭陔只自戀庭闈。堂前紗幔顏猶好，殿上肩輿事已非。但使鳳毛聲價在，千秋圖傳有光輝。

侍郎勳業存鐘鼎，無恙魚軒素髮新。舊識士龍纔入洛，又看歸馬爲寧親。青來彭澤天低浪，白轉匡廬瀑近人。好向麻姑問桑海，丹砂移駐北堂春。

西苑四首

丹禁晴開畫漏遲，上林春水綠逶迤。金堤柳弱龍媒下，玉殿花深雉尾移。淑氣暗通三島月，和風先拂萬年枝。宸遊扈蹕宜春院，多是天街燈火時。

綵橋珠箔壓芳塘，玉露金莖接建章。三素雲霞融晚色，九成臺殿護朝涼。樓船乍泛荷風動，闌檻平臨荇帶長。最是昇平多暇日，從臣無事奏長楊。

馳道朝回散玉珂，簫韶初引翠華過。西山碧巘排窗入，北闕彤雲傍輦多。隱隱宮堤圍御幄，迢迢水殿接明河。臨風睿藻飛揚甚，不數橫汾一曲歌。

太液凝雲淡不高，水邊亭榭迥迢遙。蓬萊雪滿初移蹕，鳷鵲寒多散早朝。絳節爐煙繁別殿，玉河帆影凍平橋。東郊未轉迎春仗，已見鶯花徧九霄。

哭殤子三首

連朝頻伏枕，掌上失珠圓。妖夢經時踐，愁思鎮日牽。暄寒添病態，哀樂到中年。強學東門達，低徊輒泫然。

一燈殘土銼，五夜響陰風。掩淚嗟何及，鍾情恨豈窮。茫茫將改歲，冉冉已成翁。不待西河泣，雙眸在霧中。

華省同時客，臨沂最有名。王阮亭亦喪子。傷心亦灑涕，對景總如醒。殘月窺朝幌，寒鴉噪晚城。含悽向山簡，我輩豈忘情。

寓齋小飲同潘孟升舍弟立齋二首

晻靄金塘樹，晴和柳市風。不言千里客，暫喜一樽同。豪飲輸吾弟，狂吟數禿翁。未妨聽玉漏，宛宛月當中。

此地宜清嘯，到門屐齒稀。窗臨春水闊，樓眺夕煙微。坐久看燈炧，談深換袷衣。繁花殊未發，早爲惜芳菲。

送座主孝感熊公省覲

孝感先生天人姿，泰山巖阿長桂枝。汪汪千頃標襟期，橫經身爲帝王師。九重聖德今媧義，時時召對銅龍墀。殿高語細人莫知，下朝雙籐當戶搘。焚香瞑坐到日曛，學也立雪間披帷。難字進問楊亭隄，奧篇隱帙了不疑。竊喜馬鄭親規隨，先生正色還相詆。謂此章句胡爾爲，淵源當溯洛與伊。慎勿誤蹈荀卿疵，小子再拜敢自隳。擬策駑鈍煩箝鎚，一朝北堂勞夢思。拜表屢領天子頤，建章日影搖罘罳。溫詔暫許還南陲，鋒車刻日來休遲。敕賜天厩飛龍騎，珠鞍金絡光陸離。道旁觀者爭歔欷，更聞上林果纍纍。赤瑛盤爲高堂遺，緋袍綵袖正相宜。臣忠子孝兼得之，古來盛事誰如斯。先生遭逢一何奇，吁嗟乎！先生遭逢一何奇，《白華》《由庚》龢笙詩。

孫屺瞻招同吳長庚、嚴就思、蔡石公、徐方虎，飲李將軍園亭二首

宣武門西別業幽，群公載酒共銷憂。石迴鸚鵡依雕檻，泉噴珠璣入畫樓。倚樹詩成欣暇日，看山人醉坐深秋。六龍正向榆關度，留得陽和徧九州。連日天煖似秋初。

氍毹藉草坐行觴，孫楚高歌興欲狂。祇訝官閒多好句，偏因歲晚惜年芳。龍潭百尺澄寒影，梅圃千株逗早香。帝里風光應戀賞，連朝莫厭馬蹄忙。

蔡石公招集天寧寺兼遊白雲觀二首

籃輿攜伴愜幽懷，古寺寒鐘景色佳。開閣青山方滿坐，入門紅葉已翻堦。清談不厭王濛茗，枯坐真同蘇晉齋。會向射堂還秉燭，知君不惜酒如淮。禪房不設酒，故云。

浮圖寶鐸半空聞，仙觀還看傍白雲。霜樹紺園鴉自集，巇花丹竈鶴依群。碑鑴仁壽留千載，蹕駐崆峒記數君。行樂祇應憑眺徧，未妨徙倚到斜曛。

宋蓼天先生招諸公集黑龍潭分得龍字

城南仙館問幽蹤，陶穴人家路幾重。古堞寒雲連絕塞，高壇深樹祀先農。絳霄九奏看翔鶴，碧甃千年起蟄龍。宴坐繩床無一事，洞門餘靄落青松。

再與諸公集龍潭同三舍弟作

祠宮檜柏儼成行，蹕屐還須到上方。秋洗巒光明絳闕，霜吹木葉下銀塘。壺樽偶設成佳節，親舊相逢即故鄉。正擬題詩留石磵，催人歸騎是斜陽。

存庵招集玉皇閣得高字

崇臺臨廣陌，別館俯平皋。片水寒煙積，千峰秋靄高。苑牆獵騎過，津樹野鴉號。落葉縈仙竈，殘霞冒客袍。蒼然收坱莽，靜若遠城壕。旅鬢繁霜換，流年逝水滔。得閒頻載酒，乘興即揮毫。公子江蘺佩，佳人金錯刀。書鞭殊未已，蠟屐不言勞。莫忘城南飲，今朝意氣豪。

贈歌者

《柘枝》舞罷憶家山，落日長楸走馬還。絲管春風急相待，莫因霜色損紅顏。

桑乾歌送章含可左遷滎陽

桑乾之水接玉泉，飛橋百尺虹霓懸。公卿飲餞青門外，冠蓋紛馳古驛邊。獨有蕭然襆被者，落日南征款段馬。都下曾懸《呂覽》書，青徐向立欒公社。一官不達數偏奇，八口飄零淚盈把。吾聞滎陽近成皋，鴻溝割據爭雄豪。靈源山帶金堤壯，廣武城臨汴水高。勸君更酌紅亭酒，離歌聽罷頻回首。桑乾車馬日夕多，羨君高名滿人口。

隴山歌送許天玉之官安定

隴山高高隴水流，隴西六月如清秋。蕭關朝那近北地，酒泉張掖連涼州。諸葛戰爭餘故壘，隗囂宮殿成荒邱。繡衣案部求名馬，都護行營耀錦裘。數聲羌笛《落梅》怨，一曲秦箏邊月愁。許侯分符萬里去，欲行不行日將暮。青門遙送隴山行，目極輪臺烏飛處。

次韻送李侍御召霖二首

祖帳青門意渺茫，繡衣今日向蠻方。金臺北去音書遠，銅柱南來道路長。吏議外遷中執法，君恩朝拜暮嚴裝。久諳仕路風塵裏，莫學《離騷》詠八荒。

青旻榮路本微茫，白水交情又各方。顧我夢隨梁月滿，知君心逐嶺雲長。不妨驄馬春辭國，便有潮雞曉促裝。前席定知憐賈傅，肯容才子滯遐荒。

龍光塔次王仲山原韻

層層朱綴護香臺，影落芙蓉四照開。震澤煙光吹不去，西神峰勢引還來。清秋羽翮盤高隼，中夜星辰宿上台。金碧忽驚從地湧，使君元是棟梁才。

送錢葆酚舍人南還

青綺門前官柳疏，故人欲別意躊躇。非關張翰思鱸膾，自是潘安戀板輿。驛路煙波三月舫，清齋風雨一床書。家山莫便成留滯，蚤晚承明待直廬。

送周雪客次韻二首

愁君方歲宴，驅馬太行東。幘脫飛觴際，詩成擊鉢中。驛樓明凍雪，野戍吼嚴風。莫忘張燈飲，群賢此夕同。

高齋時擁郄，秋水在軒前。門有嵇康駕，囊無趙臺錢。庭幃方覲省，祖帳暫流連。春半秦淮漲，還期發畫船。

座主宗伯龔先生招同司農石先生、王襄璞、陳階六、嚴就思、孫屺瞻、徐方虎，飲黑龍潭限韻四首

并馬尋幽勝，蹄翻雪後沙。農壇依輦路，藥圃款仙家。冰泮靈池水，春催別館花。欣陪遊賞徧，遲日未西斜。

連旬多雨霰，今日是花朝。駘蕩風初好，微茫雪欲消。岡巒環郭塞，宮闕入雲霄。極望皇居壯，偏令逸興饒。

佳會知難遇，花朝況及辰。寒醅香乍發，時鳥囀方新。城角雲如幕，庭隅月趁人。元龍豪氣在，躡履謝平津。謂襄璞。

終宴寧辭倦，當軒玉宇清。烏啼還岸幘，燭跋尚飛觥。蕭散通人慮，婆娑久客情。刾蘼千樹發，後會及春晴。

宋荔裳、王西樵、阮亭、嚴修人、米紫來、汪蛟門、喬石林集寓齋分韻二首

花飛當晝靜，鶯語恰春殘。藉有群賢至，聊尋永日歡。看山常卷幔，待月一憑欄。莫惜留餘興，京華此會難。

最是張燈飲，掀髯興倍饒。土風諏列國，軼事說前朝。隱隱銀鈎没，遲遲玉漏遙。停杯清嘯發，意氣迥雲霄。

送周緘齋

才子聲名重石渠，暫辭北闕意何如。性耽猿鶴常移疾，家繞芙蓉好著書。問我行藏憐鎩羽，把君詩卷惜離居。片帆會過梁溪水，霜葉千林照笋輿。

送程周量出守桂林五首

芙蓉細雨玉河清，有客臨流正濯纓。萬里一麾看剖竹，群公三伏送行旌。籌兵久軫巖廊畫，視草還高省闥名。知是聖朝南顧切，勞君匹馬勸春耕。

省元文采重金門，廿載升沈莫具論。掩扇修蛾辭殿闕，乘春海燕別華軒。侍中誄筆傳三館，周量作《端敬皇后誄》，爲孝陵所嘉賞。駕部詩名動九閽。沈侍講常奏程某詩最工。奪我鳳池休嘆息，由來領郡羨朱轓。

瘴癘初銷五嶺春，梅花處處引征輪。官臨象郡初持節，家在珠江若比鄰。

愛子數齡看長大，藏書萬卷足清貧。戢山周量堂名。無恙烏皮几，攜向衙齋對故人。

越嶂連綿高插雲，灘江日夕水聲聞。碑鐫元祐憐鈎黨，桂林有元祐碑。地擁戈船舊駐軍。臥閣祇須供嘯詠，牙門應已息紛紜。政成好比顏光禄，直削山王詠五君。

京國論文一紀周，慣嘲熱客最風流。覓君且過波羅廟，呼我同登文選樓。常對綺琴逢黝黑，未嫌越語類鈎輈。桑乾桂郡千餘里，別酒盈觴不盡愁。

送吳孟舉

紅塵十丈暗金堤，送客離筵班馬嘶。北地幾時逢柳色，青山歸路有鶯啼。詩吟驛館傳新句，席捲春江向舊溪。此去故人多録別，淥尊何處重相攜。

送王異公

才名仲祖世應稀，匹馬東風出帝畿。別弟高吟傳瑣閣，思家清夢繞庭幃。春光雪後添新霽，寒食花前換袷衣。宣武門西一尊酒，不勝惆悵送君歸。

題異公詩卷四首

雪積春墀似掌平，擁爐兀坐到深更。把君詩卷挑燈讀，一夜風吹玉宇清。
風格居然大歷年。思深略似李東川。自然清麗饒佳致，不用尋摹漢魏前。
短髮鬖鬖太瘦生，禿衿小帽跨驢行。蘭亭一老方修禊，愛子歸來五字成。
曾陪祭酒共論詩，推數君才是白眉。若到梅村還問訊，藥欄茶竈有餘悲。

七夕蕤音招飲未赴走筆代柬兼示顧放亭

金溝柳色帝城秋，昨夜銀河會女牛。蟋蟀乍鳴風葉下，葡萄初熟露珠流。吟詩工數何平叔，愛畫癡惟顧虎頭。多病輸君良宴會，懷人只在曝書樓。

赴京兆宴入棘闈口占示蔡石公同年

聖世巍科録異才，詞臣聯騎瑣闈來。春曹捧敕群官侍，御路簪花京尹催。九陌和風搖玉珮，滿堂晴月瀉金罍。三年兩度叨恩宴，庚戌臚唱日，宴京兆府。鳳闕紅雲首重迴。

絕句四首

三載前猶席帽生，謬持玉尺忝司衡。莫嫌燒盡三條燭，曾聽高樓畫角聲。

同時名姓徹楓宸，羨爾螭頭作近臣。謂石公。今日承恩來棘院，不才還喜附清塵。

沙街走馬整珠鞭，騎省風流并少年。最憶長楊陪戟者，將隨行幄侍溫泉。憶戊瞻諸同年。

亭午傳籌禁鑰開，大官供膳繡衣催。中宵不用銅盤蠟，應有珊瑚照夜來。

入闈示分較諸君

敞閣深沈警柝聞，如鈎新月澹秋雲。金壺三點清宵靜，樺燭千行鎖院分。鸎掞乍辭攜禿管，綺筵初歇帶微醺。諸公袞袞皆時彥，共把文章報聖君。

撤棘後贈葉元禮

之子南方秀，本是凌雲姿。清光滿滄海，濯濯珊瑚枝。年華艷朝日，藻影臨清池。風吹上金臺，來奏刻羽詞。豈惟傾側時人耳，使我識曲情為移。天馬驂驔正驤首，雪花散彩精權奇。秫燕刷越超滅沒，齧膝不敢加金羈。道逢良樂休嘆息，明日追風空萬匹。人間遇合會有時，暫放龍文豈終失。君不見，館娃越女顏如花，六宮脂粉徒咨嗟。只言富貴當如此，誰信春江自浣紗。

子房歌贈陳廣陵

子房五世相門子，顏色綽約如佳人。博浪沙中過萬騎，奮椎一擊圖報秦。可惜副車還誤中，日光黯黯飛黃塵。人事推遷復韜晦，神龍泥滓蟄不伸。圯上老翁原異物，滄海力士脫有神。孺子殷勤跪納履，短衣濩落淮泗濱。他日風雲邁時會，鴻騫鳳翥孰比倫。丈夫遭逢詎有定，貴賤反覆難具論。酌酒送君歌此曲，寒風颯颯隨車輪。

昭君詞送朱人遠

秾歸佳人好顏色，眉畫修蛾鬢蟬翼。長門晝靜永巷閒，禁樹深沈鳴促織。漢宮多少紅顏人，那得春風都省識。梧桐葉墜碧瓦霜，倏遣嬋娟向絕域。吁嗟乎！朔雁寒風萬里悲，篳篥邊音馬上吹。由來薄命都相似，莫漫含愁怨畫師。

再送元禮二絕句

亂雪飛飛青綺門，如君漂泊復何論。臨岐慚愧真無語，淚灑征鞍欲斷魂。

兔苑繁臺我舊遊，睢河如帶夾城流。懸知地主開軒待，孝伯還披鶴氅裘。

葉赴睢州王公垂之約。

題陳階六小照

當年諫草避人焚，賜沐公餘樂事紛。圖裏列眉多偃月，賦中留枕盡行雲。賓朋北海尋常見，絲竹東山髣髴聞。只恐飛樓空百尺，未容高臥便輸君。

伯母昌太夫人壽詩兼示兄敬庵吏部

壽母垂徽頌，共姜錄《衛風》。節高成子孝，心苦誘天衷。黃鵠晨霜寡，青陵夜月空。千山迷白骨，兩世屬孤童。虎尾災親履，春臺煖乍融。收崝魂竟反，葬雛夢還同。後漢溫序事。雛鳳當霄起，神鵬絕漢翀。淒其攀淚柏，辛苦念丸熊。甲子新週歲，艱危百煉躬。闡幽存特筆，獻祝託歌工。大節光圖史，精誠叶上穹。何人彈絕調，冰雪在梧桐。

座主合肥先生壽詩三十韻

手筆唐燕國，風流晉謝公。九重須篤弼，五禮繫宗工。世係升沈數，人知啓沃功。名懸三島北，身障百川東。磊落紆深眷，綢繆效匪躬。千秋歸運會，一德動昭融。寒燠經宸慮，風霜入睿衷。臨軒學士遺，宣敕御醫同。上命學士傅達禮、醫官茹文珍視疾。宛曲隨三澣，委蛇信五總。侵眉陽氣上，拜手主恩隆。聽履螭頭表，參輿豹尾中。高標披宿霧，爽氣薄寒空。立幟尊儒域，扶輪繼國風。縹緗開虎觀，琬琰照龍宮。壁有王筠賦，杯無樂廣弓。揮毫神獨王，置驛興仍雄。汲引寧遺力，聲華每發蒙。涓流同注壑，弱翮早依藂。感激緣明義，追隨負小忠。顧深轅下駿，恩甚爨餘桐。玉筍名重忝，金閨籍濫通。深知期刻鵠，曲意獎雕蟲。壇坫收毛遂，絃歌引戴崇。秉心酬款款，矢報愧夢夢。衣被忘寒暑，吹噓到始終。春隨灰律轉，月入玳筵紅。數甲應同絳，生申憶降崧。文星環斗極，劍氣倚崆峒。皓首非商老，丹砂問葛洪。功成餘壯節，長此荷帡幪。

有贈四首

城西輦路起芳埃，院落深陰獨舉杯。晻靄春光催過半，天邊冉冉玉人來。
客歲聞砧月正圓，禿衿小帽向離筵。無端逐雁南飛去，閒卻銀箏已隔年。
游冶春風短簿祠，張燈高唱合歡辭。生來紅豆相思種，染作羅裙淚濕時。
繁花如雪徧旗亭，花下相逢醉醁醽。一曲清歌雲不散，都人依舊識秦青。

寄贈張螺浮都諫二首

直聲久已徹楓宸，兩入梧垣領薦紳。廿載封章真諫議，九齡風度本詞人。
共推大節高雙闕，自有嘉猷庇萬民。早遣追鋒還左掖，待公清切掌絲綸。
蹔于休假玩湖山，春酒千艖駐渥丹。弟姪不妨開賭墅，羊何應許共登壇。
檜堪作楫皆遥望，松欲爲霖盡仰看。四海蒼生方倚待，幾時重著鵁鶄冠。

贈錢宮聲二首

明光賦草萬人傳，入洛初看終賈年。材比豫章須作柱，詞高清瑟未張絃。
行藏蹔託漁樵侶，品藻長居俊及前。欲遣雄心還運甓，何勞鍊骨更求仙。
與君束髮爲昆弟，荏苒流年見二毛。自笑子雲隨陛楯，多慚仲蔚伏蓬蒿。
群公薦牘推名姓，使者徵車建羽旄。五十遭逢身未晚，投竿先與掣連鼇。

送喬石林中翰

廣陵秋色正蒼茫，望裏濤聲接故鄉。賜沐新乘青雀舫，能詩舊識紫薇郎。
歌來桂樹當筵發，行處芙蓉繞岸香。飜憶去年同瑣院，熒熒華燭漏聲長。

再送石林南還

秋霖十日餘，綺陌涼飈動。曲沼荒芙蕖，疏雲連蠛蠓。彼美駕南軒，傾城
陟陽送。餞別感蕭晨，驪歌悵賓從。嗟予苦無悰，悵然睇飛鞚。君本珪璋姿，
挺拔堪世用。筮仕登禁林，阿閣巢鸞鳳。昨歲入鎖闈，扃鑰連苟共。展卷恣討
論，含毫互吟諷。樺燭到更深，連宵廢清夢。敢云羅梗梓，庶幾謝愚瞢。婞節
非狥名，秉心實違衆。薄胩言路議，深文吏議中。子既辭玉堂，君復奪清俸。
嶮巇行輒妨，弓矰倦羽恐。君念白髮親，咨嗟嘆尸饔。逝將歸射陂，進止權所

重。聞歌杜牧狂，邀笛桓伊弄。但知子舍歡，何論官階壅。緬惟束晳詩，《白華》足吟誦。小人亦有母，服勞行抱甕。吳淞杳藹溪，林屋煙霞洞。終辭世綱牽，詎作窮途慟。

御試大閱七言排律十二韻

庵藹韶光上苑開，祥雲宛宛六龍來。西山朝爽明殘雪，御路春和綻早梅。駐蹕條風吹別館，晾鷹旭日照高臺。朱旗橫矗青霄上，翠輦徐穿碧澗隈。萬騎羽林森虎豹，千官帳殿列鄒枚。指麾乍見旌霓合，馳驟初聽畫角催。旋挽雕弓驚雁陣，還調玉轡引龍媒。平沙暮捲塵如霧，七萃雲屯響似雷。五柞賦成傳彩筆，鈞天樂奏進金罍。芳春三古蒐田禮，湛露千年宴鎬杯。綽約羽旄霜仗動，葳蕤曲蓋玉鑾回。小臣慚愧徒操簡，何幸遭逢得預陪。

喜仲弟彥和及第同三弟作

群官侍立待爐傳，仲氏還聽黃榜宣。有弟蒙恩踰一紀，慚余擢第已三年。簪裳舞蹈聞仙樂，鼓蓋喧繁入御筵。所幸家門多忝竊，酬知何惜薄軀捐。

贈魏環溪侍御

魏侯抱至性，道要集厥躬。微言繼絕學，森然振頹風。卓哉蔚州譽，籍籍驅章逢。歸流赴大海，信是百谷宗。世道日去古，斯人若鴻蒙。君相憂人心，詔起邱園中。昔批夕郎敕，今騎御史驄。丈夫得君時，勵笏排丹楓。發攄濟時策，曩烈繼鄭公。矢之自懸弧，祝爾羞雷同。

贈陳允倩

小儒不足爲，賢達古所稀。我交天下士，獨數先生奇。詩書見根柢，涯涘安能知。浩蕩極詞源，江河注于茲。卓哉忠孝門，富貴棄若遺。潛潛金牛河，何能潛珠輝。才名三十年，結客皆俊耆。百爾歸折衷，言必中時宜。蟬冕或盈廷，何如大布衣。夙昔仰止間，屹然山嶽姿。頗沾薊門雪，虬鬚已如絲。一身備文獻，何當達所爲。漢廷求五更，桓榮非異時。

送杜子靜編修

中禁詞臣憶故鄉，溥沱春色曉蒼蒼。家連赤縣朝天近，路轉紅亭引興長。御柳吹綿隨馬勒，宮花裁勝上釵梁。恩沾休沐逢人日，不用題詩寄草堂。

送陸恂若隨梁大司農之廣州

尚書旄節粵南行，後乘翩翩有陸生。去日青門方設餞，到時炎海定收兵。藥囊檢點銷蠻瘴，詩卷封題對旅檠。會見從容車馬客，交驩平勃重公卿。

退谷孫先生招同王敷五、陸翼王小飲，因出李文正、吳文定諸公賞菊聯詩手卷，隨命各賦絶句，追和昔人騎字韻三首

竹窗簾捲對烏皮，插架圖書雜鼎彝。草就元經①從客問，養成白鶴教人騎。

高臺日落動涼飇，寥亮俄聞鐵笛吹。便欲凌風生羽翼，六鰲直共列仙騎。是日登高臺。

惜別紅燈照酒卮，余與敷五皆將去。清談玉屑最堪思。他年重過徵遺事，街鼓鼕鼕款段騎。

用西涯諸公韻呈退谷先生

蕭齋白髮散輕飇，廿載朝簪掉首辭。黃菊籬邊還獨采，青牛關外不須騎。名山著作傳昭代，館閣風流記舊時。玉軸摩挲頻太息，酒闌燈炧索題詩。

贈侍御魏環溪先生

魏公宿望表君宗，清節嶙峋萬仞峰。經世才歸青簡業，回天力在皂囊封。俗還虞夏功無讓，樂在詩書德愈恭。帝里只今饒氣象，不教三市闃歌鐘。

環溪先生招飲餞別次韻奉謝

星河晴轉露珠垂，旨②酒杯行惜別遲。鄉思遠隨蘆雁下，宦情長似土牛

---

① “元經”康熙本、光緒本皆作“玄文”。

② “旨”康熙本、光緒本皆作“昔”。

騎。白華元足勞勞夢，菊醱萸囊去去時。惟有先生懷古處，殷勤贈策記將離。

用西涯諸公韻送顧見山赴洮岷二首

燕山落葉捲寒颸，共向津亭餞玉卮。紫塞曲隨關輔轉，青驄驕稱使君騎。山城片月明樓夜，驛路寒光被坂時。獨羨野王開憲府，風流三絕畫兼詩。

蕭颯邊沙攪夕颸，《涼州》樂府唱新辭。能言鸚鵡行軒聽，異種駒騄案部騎。隴阪錦裘深雪裏，蘭出笳吹曉霜時。洮岷舊接西川路，乘興還尋杜甫詩。

贈別沈繹堂先生再疊前韻二首

玉堂蘭菊漾輕颸，學士花磚艷雪辭。當代爲龍門罕到，帝京有鳳醉能騎。賜貂長樂承恩日，給燭明光草詔時。最是休文懷彩筆，蠻箋小疊寄新詩。秋深落葉滿寒颸，握手先陳欲別辭。燕嶺最憐鴻已度，揚州誰道鶴堪騎。銀簫午夜朝回後，玉樹千山客醉時。何日花前再相見，茱萸細把共吟詩。

殿聞偕諸公餞飲李將軍園三疊前韻二首

名園高讌起涼颸，鑿落斟來醉不辭。花發綺園鸚鵒舞，月明廣陌驌驦騎。蕭晨倦客將歸際，勝餞群公下直時。記得前朝存軼事，官街然燭夜聯詩。

白袷單衫急暮颸，承明從此拂衣辭。觳觫客訝仙禽舞，蜷跼人嗟①病馬騎。青綺門憐歸里日，紅綾餅憶拜恩時。深慚鳳沼多仙侶，滿袖琅玕送別詩。

即事別舍弟四疊前韻四首

愛弟晨衝楊柳颸，牽衣惘惘不能辭。籌時急作亡羊補，涉世休將猛虎騎。南土②人宗王仲寶，東朝國是鄭當時。自然堅白無緇磷，記取前賢勵志詩。

碧天涼月動寒颸，旅舍孤檠讀《楚辭》。壁上畫龍常作雨，門前銅馬不堪騎。愚如杞國多憂日，醉似中山未醒時。聞道柏梁傳雅唱，舍人偈曲亦吟詩。

梧桐墜葉下微颸，樂譜淒清長信辭。齊國舊看瘤女貴，庾公偏愛的盧騎。燕巢繡戶原無主。花信③文茵會有時。皎潔可憐霜雪似，閒吟紈扇婕好詩。

---

① “嗟”康熙本、光緒本皆作“憐”。
② “土”底本、光緒本同，康熙本作“國”。
③ “信”底本作“倍”，今據康熙本、光緒本改。

震澤波光漾夕飀，白蕖漁父誦清辭。橘中儘合攜枰住，塞上寧悲失馬騎。但假兵厨堪任達，縱饒狗監豈逢時。湖邊舴艋經行慣，且覓王維畫裏詩。

韓元少、王季友二子送至柳巷口占賦贈五疊前韻

柳市涼吹送客飀，高吟二妙有新辭。蒼龍曉闕聯裾入，朱雀長街并馬騎。努力文章堪報國，關情師友更憂時。機雲山下餘茅屋，驛信南來數寄詩。

嚴蓀友、姜西溟策蹇相送，時各赴館幕六疊前韻

綈袍秋晚入寒飀，古寺松陰執手辭。襆被但餘尫僕伴，送行頻借蹇驢騎。蕭騷嚴旻披裘意，辛苦姜肱擁被時。那有樊籠留鳳鳥，低徊應諷五噫詩。

留別高阮懷七疊前韻

涼秋九月動輕飀。別爾何能置一辭。才子雕龍徒自好，仙人赤鯉幾曾騎。霜天鉦鼓愁關塞，山館煙蘿換歲時。異日故交憐太瘦，謂愚山。莫嘲飯顆苦吟詩。

值合肥座主家童有感二首

淒清薤露不堪聞，已抱銀箏別主君。門客便看珠履散，三天哀雁叫寒雲。華屋氈氍設讌時，藏鈎記得酒行遲。逢卿便作西州慟，不用悲吟子建詩。

憺園文集卷第六

詩　詞館集下

南歸塗中作五首

霜葉未全落，寒塘還細流。碧天雲斂處，宛宛掛銀鈎。疲馬投邨店，饑烏噪戍樓。素篘傾濁酒，薄醉此淹留。

策馬不言倦，吾心愜欲歸。縱憐別愛弟，最喜奉慈幃。修路愁雲暝，寒天朔雁飛。故山風物好，橘柚已成圍。

十月天猶暖，川塗更向南。微霜濛野草，初日漾澄潭。匹馬經行慣，荒城風土諳。故人欣幷轡，日聽碧雞譚。

十載勞塵鞅，神州數往還。舊時秸吕輩，强半棄人間。白草荒殘驛，黄雲護壯關。山陽聞笛處，灑涕一追攀。

浩渺雲沙合，青蒼樹木稠。空傳神禹跡，莫辨九河流。車馬駸駸動，年華冉冉遒。何方堪稅駕，吾欲問浮邱。

平　原

平原城邑古，海岱驛程分。危堞依林靄，崇岡澹夕曛。參差雁影没，斷續鐸聲聞。欲覓督郵醉，銀魚吾已焚。

霧二首

苦霧疑山雨，迷濛不辨人。綿綿連岱嶽，森森下通津。墜葉因風疾，寒鷗叫野頻。長安愁不見，憑軾一沾巾。

千里方爲客,百年嗟此身。已亡塞上馬,看積漢廷薪。跡類靈均放,囊嗤趙壹貧。銅龍曉露濕,曾憶侍楓宸。

贈耿又樸編修

慷慨聊城箭,高風憶魯連。荒臺何處是,獨鳥下寒煙。綵服故人去,高軒遊子還。瑤華勞問訊,遠道思綿綿。

贈朱即山檢討

袞袞同袍列,驪歌不耐聽。杪秋看落葉,去驛似流星。獨爾遲驂服,偕予醉醽醁。前程尚留滯,何日到蘭亭。

濟南逢又樸即招予同即山飲

不道濼源路,停驂值故人。入門觴已設,燒竹興偏新。小別疑經歲,耽遊未厭貧。笑予雙鬢改,衰颯欲如銀。

贈葉學亭姑夫二首

黔陽萬里傳車還,幾載鳴琴齊魯間。才大豈宜淹墨綬,官貧却喜住青山。雉飛隴畝春犁集,鹿擾階除訟牒間。新築史雲祠廟在,清風千載共追攀。

疲馬寒霜過亂峰,入門秉燭話離悰。正逢蕭瑟將闌歲,各訝風塵漸老容。抵掌河漕天下計,舉頭壇墠萬年封。雄談豪興還如舊,莫厭千杯琥珀濃。

任邱道中見王考功西樵題壁慨然成詠

新城王六謫仙才,黃鶴驂雲去不回。旅壁尚留殘字在,寒燈土銼有餘哀。

河間道中見阮亭題壁二首

是處揮毫駐客驄,漁洋髯客興偏雄。阿兄亦有郵亭句,玉樹方悲著土中。

古驛斜陽聽鐸聲,分明棧路蜀山行。讀君題句成先讖,天遣才人過錦城。

阮亭題句:雨中鈴鐸聲,如行蜀棧道。後果使蜀。

贈張芹沚參議

松塵高談到月斜,先生博物勝張華。呼童徐進糟床釀,留客親烹蒙頂茶。

鎮日息機還抱甕，閒時緩步當乘車。女牆樹隱蓬門靜，那識朱旛節使家。

廣陵值吳意輔南還

郎署君方領五兵，如何移疾厭承明。九霄鑣鑰千門肅，八口囊裝一葉輕。仗節爭看挾彈客，出關猶識棄繻生。故人握手蕃釐觀，零落瓊花問玉京。

送張素存先生北上

才子江東羨季鷹，龍飛早歲宴紅綾。年華髮似兵曹換，著作官猶史局仍。扇枕暫時欣定省，鞭車計日觸炎蒸。時艱那得江鄉住，葛越單衫別廣陵。

分韻贈施愚山

海內風流屬鉅公，青簾白舫五湖東。來尋耆舊兵戈後，徧歷溪山暑暍中。猿鶴難忘宛上宅，煙霞欲號蔣陵翁。蓬門幸得高軒至，長記琴壺一夕同。

題汪叔定小像

君家舍人弟，示我林中圖。明璫姹女列坐隅，吹簫鼓瑟爲歡娛。阿兄此幅何瀟灑，頗似孤山苦吟者。老梅盤梗月昏黃，江潮無聲露華下。二君風調何不同，無乃類雍邱兩宋公。兄也樸樕芸窗中，弟也畫圖銀燭搖春風。噫嘻！吾聞梅花比美人，亦聞美人況君子。廣平一賦有深情，知君寄託當如此。捲還畫圖三嘆息，落花無言月如水。

過秦始皇廟次壁間韻

宵宛春華石徑開，何年秦帝六龍來。金輿舊蹟荒祠廟，玉座殘碑蝕草萊。仙島樓船空逝水，驪山梟雁竟成灰。我來酹酒嚴扉下，日暝悲風鼓角哀。

海鹽同吳修齡彭駿孫用前韻

鹽官郭外霽煙開，馬箠遺蹤問俗來。百里風帆連浦漵，千畦井竈變污萊。海雲想像鴛機錦，潮信分明葭管灰。東望扶桑幾萬里，陽烏易逝不勝哀。

同顧伊人赴雲棲出尊甫織簾先生倡和詩冊次原韻

爲向雲棲寺，清齋設八關。濃霜沾草樹，寒雁叫湖山。客擁遺編讀，人思野服閒。冊有先生遺像。燒燈蘭若裏，太息損朱顏。

題雲棲寺次韻同伊人作二首

籃輿盡日踏雲根，路接松篁到寺門。斗大佛龕群鴿繞，雲連梵宇幾僧存。久除豺虎邨人定，還憶戈鋋白晝昏。塔院巍然藏蛻處，瓣香今日勝慈恩。

不屬溈沱後代孫，不分溈仰與雲門。真如本是西來旨，密證惟須達者論。一卷縹緗留翰墨，百年缾拂閱朝昏。鐘魚異代清規在，老衲歔欷尚感恩。

贈雲棲靜居上人用前韻

君是延陵季札孫，衲衣百結老空門。鄉關一別成長往，兄弟重逢好細論。乃弟修齡同遊。筇杖閒行泉噴薄，繩床趺坐月黃昏。應知貝葉無多義，但取真修報佛恩。

訪舜瞿禪師留宿賦贈

亂山策杖到雷峰，一宿東林爲遠公。艇子截湖雲黯黮，鐘聲出寺雨微濛。承明遺蛻雕檐外，顯德荒碑碧蘚中。宗鏡寥寥五百載，今來重見古人風。

題方艾質課子讀書圖

世間萬事誰最樂，爲吏廣平頌聲作。況有佳兒能讀書，瓊林照眼歡何如。方公堂堂相門子，高華閥閱丹霄裏。千騎南蕃擁節尊，玉壺秋水清無底。畫師寫入丹青妙，神姿朗徹懸清照。澄波萬頃想山濤，長松千丈思和嶠。膝前愛子神揚揚，珠庭犀角容非常。七歲元文已能預，十齡開口題鳳皇。黃門家訓何整肅，鈴閣焚香時課讀。風簷背誦等身書，雅韻琅琅戞金玉。

君不見韋賢傳漢傳一經，太平相業詣元成。文正燈煙染書帳，忠宣亦作熙朝相。公侯子孫必復初，渥洼況有神龍駒。看取他年麟閣上，雙雙彩筆畫垂魚。

戲題石林小像

舴艋乘潮廣陵客，葛越單衫煩暑迫。乍逢我友喬舍人，詼諧岸幘汪郎宅。
雪色生綃蘭氣薰，誰家妙筆寫丹青。參差花石羅清供，綽約雲鬟繞畫屏。娟娟
靜態凝秋水，衣香鬢影紛羅綺。無忌寧須毛薛徒，謝公自愛東山妓。投壺擊築
滿曲房，劇憐七十二鴛鴦。世事紛紛總莫問，人生合老溫柔鄉。舍人大笑索題
句，明日扁舟劃波去。

贈吳伯成明府四十韻

家本延陵舊，才誇鄴下初。袁江攜一鶴，沂水赴單車。三仕猶梟鳥，群情
盼隼旟。龍山峰聳秀，震澤水環潀。讓德懷虞仲，雄圖想闔閭。風謠存劍築，
形勢控婁胥。易俗存經濟，籌時藉拮据。停驂詢父老，駐幰問樵漁。黌舍材多
育，窮簷困久紓。土風勤杼柚，歲事惜葘畬。百里寬輸稅，千艘便輓輅。鳥鳴
芸閣靜，鵲下訟堂虛。政比烹鮮易，才真游刃餘。折腰勞且避，強項志偏攄。
覽眺忘迎送，吟談理簿書。篇章高沈謝，賓客盛應徐。驛騎郊原待，壺觴候館
儲。三吳聯縞紵，四海會簪裾。珍饌分樓護，綈袍戀范雎。歌魚休悵惘，題鳳
莫趑趄。懸鑑清能似，栽花錦不如。分題賡芍藥，開讌就芙蕖。顧叟癡藏葉，
秦生嬾荷鋤。謂修遠留仙。聞鶯柳欲醉，聽雨竹疑梳。泉潔高人竈，松深佛氏廬。
綺疏開傑閣，石甃淨寒渠。秋水浮蘭棹，春山命筍輿。常將子墨戲，不共麴生
疏。灑翰宗梁鵠，彎弓服魏舒。禱霖神蜥蜴，博物辨鶺鴒。愛畫高懷寄，彈琴
俗累袪。射奇驚曼倩，行酒勝穰苴。棄轄歡留客，吟詩謝起予。他時貽錦繡，
今日奉璵璠。夜館頻燒燭，春園屢摘蔬。眼青深意氣，律煖待吹噓。風雅欣如
此，循良孰比諸。會看騰叱撥，莫悵改蟾蜍。薄宦雖黃綬，賢聲在玉除。鋒車
行被詔，早晚佩銀魚。

蕪湖二首

騁目亭皋草色萋，鱗鱗雲氣碧天低。江樓紅樹人煙暮，水驛秋風估舶齊。
萬壑分流郵郡口，重關設險秣陵西。故人驄騎逢何遽，秉燭裁詩醉後題。

欐榜檣烏不住啼，波濤日夕齧荒堤。推篷遠嶂來天馬，隔舫高談辨碧雞。
千里思家憐獨客，頻年憂旱惜窮黎。來朝風利過秋浦，却恨忽忽便解攜。

寄甯元著侍御

侍御昂藏海內無，直聲虆歲徹金鋪。曾聞汲黯批鱗直，親見朱雲攀檻呼。身退名還懸日月，時危才豈老江湖。中原羽檄紛飛急，莫但狂吟醉玉壺。

題汪蛟門小像

我友新安汪舍人，家在茱萸灣口住。傑閣江山一望開，當軒只種梧桐樹。高枝婀娜披清風，密葉青葱垂玉露。隱囊塵尾足從容，玉軸牙籤萬卷聚。佳句流傳禁掖知，勝懷已許名流慕。昭陽有客擅丹青，貌爾風流託毫素。憑欄意思何翛然，簾外松陰搖綠霧。旁有女史顏如花，靚服明妝簪翠羽。手撥桐峰五十絃，湘靈仿佛涔陽路。<small>蛟門詞曰《錦瑟集》。</small>君才卓犖薄章句，百尺層樓寄深趣。歌管陶情聊復然，達人萬事隨遭遇。今日平原已買絲，他年少伯看金鑄。

送陳說巖詹事祭告北鎮

翳闒山迴出龍城，東帶驪江擁盛京。雁塞角殘烽乍息，榆關春盡草初生。詞臣奉冊陳牲玉，才子行邊擁旆旌。旦日仗齊金殿啓，至尊目送馬蹄行。

送潘次耕應召入都

簷雨如懸瀑，看君舴艋行。蕭條餘短褐，侘傺憚嚴程。鴻雪空餘跡，鷗波舊有盟。鄰鄰笠澤水，遲爾濯冠纓。

七月十五夜後山李氏園亭讌集分韻

涼夜初翻金井梧，招邀勝友足清娛。山連北澗秋聲靜，月掛中天塔影孤。十載繁華悲昨夢，一時裒展許吾徒。淒清重聽伊涼曲，應訝何戡鬢髮殊。

絕句<small>二首</small>

泗濱《禹貢》稱名地，策馬來遊只亂山。堪嘆治河無善策，千家隴畝碧波間。

征塗曉雁帶寒星，石磴鉤連草不青。應是重瞳失路處，年年風雨吼陰陵。

宿　州

自發竹西今十日，版圖還復屬江東。地高吳楚中原合，路介河淮汴水通。青犢多年餘廢驛，白楊盡日起悲風。相逢獵騎城南過，寶彎雕鞍意氣雄。

至大梁寄三弟二十五首

門巷滄江寂莫居，那曾十日斷家書。　自過揚子經淮汴，月再圓時雁字虛。

蚤擬鞭車到薊邱，故山雲樹復羈留。　中秋醉坐生公石，重九詩題文選樓。

昨夜慈幃遣信至，平安細字手緘封。　重陽佳節霜楓赤，親禮金仙上萬峰。

阿荀羸病最關情，篷底咿唔夜讀聲。　手挈書囊和藥裹，茱萸灣口送吾行。

乘潮東下建康船，從子相逢第二泉。　阿尊牽衣頻致語，是中醇酒甕須捐。

仲也臨安使節留，東南竹箭定全收。　遊龍急騎傳消息，正憶吳山碧樹秋。

葉丈題詩五百字，潘檀作賦一千言。　廣陵得句三汪好，臨別蕭晨欲斷魂。

有兒濩落嘆無成，夢裏霜天畫角聲。　豈獨弘農楊太尉，憂來舐犢不勝情。

自別金門歲月徂，雕欄樹色未全孤。　誰家庭院栽紅藥，留得花師舊種無？

苦憶故人盛孝章，炎雲六月照行裝。　不知滄海波深處，綱得珊瑚幾許長。

深悔從前饑輟餐，何勞輾轉話更端。　驚波幾見翻雲易，畫地方知作餅難。

口銜石闕悲難語，心擬彈棋局不平。　蚤晚圍爐拚共醉，坐銷銀箭月三更。

宣武門前九達逵，紅旗鎮日逐金雞。　縱饒桃李芳菲色，寧比田家荊樹枝。

渡船日晚到淮西，共指黃河舊塌堤。　崩嵌琉璃堆萬頃，可憐榷糶是遺黎。

土銼寒燈感慨餘，竹梧清夜憶吾廬。　昨朝墮馬闕臺下，日日西風坐軟輿。

牢落金塘蕙草枯，東京舊蹟半榛蕪。　祇愁入洛逢人問，長柄葫蘆帶得無。

豈有良方鬢久緇，豐碑古道冢纍纍。　金鳧玉燕終須出，石馬銅駝空爾為。

公子賢豪結客稱，夷門弔古客愁增。　侯嬴儻負酬恩願，那得千秋重信陵。

譙客張燈夜不歸，吾宗開府舊相依。　經過畫戟黃塵起，回首軍都淚暗揮。

柘城榴子鄭州梨，何減楊梅與荔支。　酒後飽嘗消肺疾，老懷無賴報卿知。

清齋吏散曉衙過，廉訪門前設雀羅。　獨有高名徧河洛，吾兄治獄活人多。

金梁橋上獨閒吟，撲面紅塵晚照沈。　最羨新安崔學士，愛就林壑謝朝簪。

元戎幢節駐嚴疆，重鎮還宜計久長。　青犢綠林真險絕，于今最急是郢襄。

憂時漫說鬂毛侵，濟濟鵷班儼似林。　籌餉先須存國體，用兵要在得人心。

閩海榕城指日平，五羊精甲舊屯營。秖應卷斾南寧入，直抵牂牁神鬼驚。

送馬雲翎

慈仁寺裏海棠開，珊鞭錦鞁雜塵埃。中有佳人住精舍，焚香埽地何悠哉。憐君上書不得意，蹇驢襆被歸去來。五柞長楊鬱佳氣，舍人狗監無良媒。讀書奉母九龍塢，長吟微嘯公不猜。歸見吳融與秦羽，須向花前飲百杯。翻悲古寺題名客，空蹋松陰日幾回。

題呂氏節孝義忠集二首

吁嗟太傅公，大名今古存。成仁與取義，結髮自討論。乾坤鬱正氣，歊薄相吐吞。曠代乃間出，如何萃一門。世德爲家風，譬木有株根。惟公有大母，秉節稱賢媛。黃鵠誓不雙，忍死心煩冤。抱持一孤兒，矢志永勿諼。涕洟七十載，不知寒與暄。孤兒事阿母，甘旨勤晨昏。孝義感天神，篤行聞九閽。皇天下垂聽，延裕于後昆。

太傅身許國，中外資敭歷。直聲帝所欽，權姦目爲側。憶昔官留都，專征奮厥績。狂寇日縱橫，滔天勢奔迫。長江無飲馬，捍禦惟公力。遭逢陽九運，中原罷鋒鏑。諸軍方援洛，環疆十餘壁。親王被菹醢，一賊不敢螫。公也憤所切，氣欲吞強敵。龍髯未及攀，頸血先成碧。二弟亦旋摧，殺身以殉國。義烈爭後先，綱常互扶植。有子振家聲，卓犖箭鋒直。雒誦抱父書，楚些招忠魄。風節在千秋，榮哀無止息。吾欲上史館，彪炳垂簡册。

送孫屺瞻假歸省覲四首

金精欻西照，火曜方南沈。牛女渡靈河，行行起層陰。遊子戀庭幃，躧履辭禁林。東門設祖帳，離思浩難任。貞固本金石，乖隔俄辰參。有情誰不戀，聽此河梁吟。

昔年彤墀上，句臚名先後。吾子天廟器，光華爛雲牖。至尊恩顧殊，契合豈云偶。直講秘殿中，簪筆螭頭右。灼灼御苑荷，鬱鬱離宮柳。侍從歲月滋，煇赫聲名久。嗟予已衰遲，龍鍾成病叟。空言廁龍尾，玷名顏已厚。感君意綢繆，勛德期不朽。

卿家蘋洲側，碧水清粼粼。堂前青螺岫，堂上白髮人。中旨許省覲，恩寵禁近臣。綺橑插天起，藹藹羅衆賓。古人捧檄喜，薄禄尚榮親。矧兹陟華慕，爛爛鳳詔新。腸如轆轤轉，恍惚隨車輪。

明發出郊坰，知交競相送。笙聞子晉吹，笛罷桓伊弄。獫貐正憑陵，視天猶夢夢。君其念主恩，望闕揚飛鞚。與我猶一身，契託豈同衆。子荊真堂堂，中朝仰威鳳。千秋勖令名，如予終抱甕。

病中懷舍弟在武闈

蕭晨滯京邑，寒霜滿幽薊。黃花未云萎，亂葉翻階砌。終朝困籧篨，輾轉懷吾弟。層城越綺陌，寂歷重闈閉。乖隔方浹旬，邈焉若經歲。邊陲未削平，群公急康濟。超距與翹關，偉幹誰能儷。匡時資折衝，選材實至計。戀此骨肉情，奉命職匪細。秉燭當夜闌，哀雁聽嘹唳。浸淫病未已，涼飆凄以厲。撤棘復何時，寸心獨縈繫。

季滄葦舉子

歡劇南臺客，維熊載夢時。燕爲張氏玉，蘭作謝庭枝。鈿合還留枕，犀錢乍洗兒。明年應照乘，莫道孕珠遲。

送顧伊在

燕山過雨玉河平，餞客臨流此濯纓。徒有賈生憂國淚，那無束皙養親情。津亭聽雁當秋暮，驛路吹笳對月明。南過蔣陵尋絳帳，定知燒燭話深更。

送徐方虎編修

憶昔子北來，青衫掩脛長。子今辭國門，晝錦生輝光。往還越六載，枯菀如分疆。以知稽古榮，力耕穫必償。所嗟逢世故，獫貐方陸梁。章縫適不用，邊事付蹶張。詞林職閒散，寥廓須高翔。鄰鄰餘不水，雲山莽青蒼。慈幃戀溫清，蓬徑欣壺觴。八駿豈足慕，適志聊相羊。平生感知己，千里常裹糧。秣陵結廬處，門近朱雀航。再拜問起居，撫時增感傷。鬱鬱金斗城，此是尚書鄉。哲人已久萎，上墓奠椒漿。昔賢篤師友，就養稱無方。鉤黨輒自表，報德永弗忘。吾子篤古誼，大義陳琅琅。頗恨夸毗兒，憤嘆屢激昂。飲酒止半酖，胸羅百書倉。經術資世用，謀國胡不臧。列史覽陳迹，六籍遵先王。琴瑟但更易，

寇盜寧披猖。忽焉別我去，攬衣涕淋浪。贈以《河梁曲》，思亂不成章。秋風動
關塞，卉木摧繁霜。努力慎自愛，致君終虞唐。

贈方少參干霄四十韻

斗極鐘靈氣，名賢曠代生。公才和鼎鼐，雅量協樞衡。學必窮三篋，文堪
壓兩京。槐階先得路，薇省早莥英。擁傳珠官坐，乘軺雁塞行。懸魚標峻潔，
攜鶴表廉平。廷有徵黃論，天迴借寇情。南邦煩鎖鑰，吳甸柱麾旌。巨浸孤航
涉，連甍一柱擎。封豨初抵觸，青犢正縱橫。候火江關逼，吹箛草木驚。戈船
常下瀨，突騎遂屯營。饟食疲株送，儲胥急踐更。使君真福曜，吾土作金城。
畫笄爲籌算，藏胸有甲兵。恩懷棲木燕，威帖掉波鯨。款曲求民瘼，淵沖秉國
成。臣心銀箭直，官況玉壺清。杞菊衙齋飯，羔羊道路評。史雲遙并駕，伯起
實齊聲。小草蒙存注，高標許合并。折行叩譜籍，推分及裁荊。雅誼投膠漆，
餘芳綴杜蘅。春陽熙浩淼，夏屋蔭崢嶸。每欲鑴銘頌，時同驂竹迎。及茲逢降
嶽，欣與祝長庚。蓂莢祥初驗，扶搖路轉亨。清香凝棨戟，綵服映蔥珩。壽母
臞于鶴，佳兒秀若瑛。板輿扶月穩，銀艾受風輕。華藕常堪雪，淞鱸脆作羹。
仙翁扶玉杖，姹女奏鸞笙。璇斗經天朗，台精照地明。自今迴曜歷，便合埽檻
槍。雉尾延開府，螭頭寵上卿。無勞問鉛汞，真已到蓬瀛。偉矣旂常業，皇哉
竹帛名。雀環人擬獻，葵日我先傾。敘德慚窺管，抒懷悚報瓊。擊轅聊有頌，
郢曲不堪賡。

董得仲諸乾一過訪

繫纜滄江日未曛，踤然雙屐慰離群。到門野鶴迎春澗，入坐奇峰亂夏雲。
白氎幾曾懷襧刺。青山那管薦雄文，細林仙館東佘屋，舴艋乘潮一訪君。

三弟然雲閣六月梨花二首

寧知三伏日，爛熳發瓊枝。消暑園林勝，銜杯河朔宜。紅蕖光映帶，霜鶴
影參差。好事偏吾黨，停驂競賦時。

別業經營就，移根自上林。亭亭忽吐萼，冉冉欲成陰。粉蝶晴相亂，銀蟾
晚欲侵。炎天冰雪在，長識主人心。

同吳薗次、志伊、石葉、陳其年、姜西溟、李武曾過隱湖，訪毛黼季和園次韻

招攜仙侶共輕舟，庵藹春光覓舊遊。禊閣客來三巳會，虹橋水匯七星流。筍輿窈宛將尋約，玉軸摩挲得暫留。曲室尚聞藏萬卷，那容排闥舞陽侯。黼季藏書密室，志伊欲入，不許。

疊前韻贈薗次

十年憶上木蘭舟，春晚溪山選勝遊。露冕使君真跌蕩，當筵祭酒最風流。謂梅邨先生。家浮笠澤雙橈穩，淚灑婁江一笛愁。老去勝情殊不減，書鞭倚馬讓君侯。

百花洲歌贈金長真觀察

啼鶯細雨垂楊樹，疊鼓吹笳官舫住。麋鹿蘇臺未走時，傳是吳王行樂處。陵谷千年幾變更，寒煙蒲葦望縱橫。蕭齋古堞餘殘碣，茂苑芳洲記舊名。使君按部雙旌至，停楫中流興遙寄。入座論詩愛老蒼，扣舷載酒紛車騎。銅盤銀燭生輝光，玉漏迢迢夜未央。喜聽櫻桃歌落月，慣看鸜鴒舞當場。賓朋文酒歡今夕，莫問關山戎馬劇。綺榭新尋永叔碑，迴廊重闢王珣宅。青溪春老促歸舟，曉日驪駒未肯留。不是使君來駐節，那教人憶百花洲。

走筆題長真小照

海內風流屬會稽，長干仗節乘青驪。我來官閣日再過，急管嬌歌惜解攜。當筵捧出鵝溪絹，索句拈毫逢勝餞。壯武修長宛岱松，潚沖光爛如巖電。建業繁華六代餘，涼風處處開芙蕖。爭傳驛騎能迎客，況復清齋好著書。如公意氣天下少，繡絲直與平原肖。正期勳業炳丹青，莫值風光但吟嘯。別公信宿渡江行，挂席金焦一葉輕。那得隨潮日西上，清風常傍石頭城。

題金在五小像

會稽佳公子，翩翩鸑鷟姿。袷衣匡坐藉蕉葉，凝眸展卷堆陷麚。謝老丹青傳江沱，貌君丰神湛秋水。嘯志吟心寄碧空，何人懷抱差相似。憶昔逢君宣武

門,君家嗣宗共竹林。即今復過秣陵道,筵開官閣張華燈。黃憲姜肱吾好友,<small>謂仙裳西滇。</small>意氣推君古無有。聞詩常見伯魚趨,作賦豈居王勃後。願君亟向碧霄行,波濤鼓枻橫海鯨。隱囊塵尾勿復道,努力千秋成令名。

雪客別予揚州歸爲太夫人壽

秋半雷塘蕭瑟風,周郎一葉歸江東。廿四橋邊挂帆去,便欲戲彩高堂中。高堂有母當設帨,玉茁蘭芽繞階砌。六十星霜似逝波,廿年茶苦同甘薺。侍郎苦戰射烏樓,文犀薏苡謗未休。萬人號叫聊城箭,幾載蒙茸請室裘。金雞乍下銅龍裏,萬事升沈轉頭異。閱盡風波住蔣陵,碧窗無焰殘燈淚。我歌勸母勿復哀,有兒彩筆真雄才。筵前麗曲三千首,一曲須傾一百杯。

將之九峰寄諸乾<small>一四首</small>

十年曾約九峰遊,辜負瑤華歲月流。瀟灑琴壺傳好事,參差樓閣冠曾邱。龍吟絶壑潮聲細,鶴唳閒園花氣浮。寄語山家應埽徑,明朝高會碧山頭。

海郡霏微九點青,紆餘谷水接林坰。懷賢千載名常在,修禊群公屐每停。到後賓朋留譜牒,傳來詩句當圖經。玉山佳處榛蕪久,百里今看聚德星。

一卧滄江歲月徂,季鷹逸少是吾徒。狂吟那少詩千首,豪興曾聞飲百觚。白髮著書推董相,<small>謂得仲。</small>紅牙顧曲識周瑜。<small>謂子偰。</small>此中饒有青雲侶,得句爭探象罔珠。

愛弟詩才謝惠連,招邀同上木蘭船。紺園重到懷朋舊,梓澤初逢記歲年。釋勸幾人偕鳳隱,逃名有客愛龍眠。鶯花三月春如海,看取當筵醉謫仙。

抵青浦

竟日行吳淞,林木乍薈蔚。桔槔人語喧,欸乃櫓聲沸。推篷客對談,往復辭苦費。日暝烏亂啼,矚目發長愾。滄江有卧龍,鬱鬱見雲氣。

贈祝子堅<small>三首</small>

書契易結繩,煌煌垂六經。微言與大義,昭揭如日星。後儒多穿鑿,撞鐘或以莛。燭龍照萬物,爝火何紛熒。卓哉蘭豀叟,甖牆感精靈。縱橫解沈痼,滾滾溯典墳。豁然埽雲霧,舉目窮青冥。

平生願經世，所志在管葛。尚論李贊皇，求治若饑渴。江陵及新鄭，紀綱甚明達。苟非命世英，時運誰能撥。王政重食貨，詎遺錐刀末。懷此救時心，侃論非迂闊。可惜奇偉士，窮年老襢褐。

君年近八十，矯若千尺松。逶迤渡錢塘，惠然來吳淞。握手在春晚，夏木忽陰穠。別予歸故國，後會何時逢。君家谿山好，合沓環芙蓉。谿水碧于黛，灘聲日淙淙。逝將謝塵鞅，杖策來相從。

耳聾二首

池館風翻茭葉青，病餘徐步尚玲瓏。一朝耳忽鳴鉦鐸，萬籟聲俱入窅冥。已矣五官强半廢，儼然雙柱欻無靈。帝庭不少鈞天樂，秖好憑騰夢裏聽。

連宵兀坐自吟哦，寂歷空堂病未瘥。客至曾無躡足語，憂來只有仰天歌。蚍蜉鬥處寧關我，牛馬呼時一任他。欲比鶡冠傲巢許，臨流不用洗清波。

送錢飲光歸桐城

昔從姚雄縣，讀君田間詩。託義本風騷，盡埽繁靡辭。擬古并陶謝，近體亦維義。三復想其人，何能覯容儀。欻然來京雒，嘉會迺在兹。袞袞聽言論，日昃恒忘疲。并轡遊西山，巖館落松枝。燭跋見明月，酒闌及朝曦。洪鐘無停響，鳴泉聲參差。同遊金閨彥，但恨交君遲。敘述平生事，委曲亮不欺。惟君少卓犖，高冠佩葳蕤。抗節忤姦佞，鉤黨歷艱危。邏卒徧吳會，隻身奔天涯。名士遭顛躓，亡國亦禍基。建業遂傾覆，往事真蓍龜。閩江復嶺嶠，立君如博棋。蒼梧啼山狖，炎海擘荔支。一官萬里外，黽勉盡職司。將驕主權替，喧豗空爾爲。解組依浮屠，落拓荒江湄。長吟暨短什，足備史闕遺。歸來蔣陵隱，那堪西河悲。平子賦《四愁》，伯鸞歌《五噫》。浮家但騷屑，勁節無磷緇。孤篷泊富春，芒鞵陟武夷。谿山夙夙癖，老至猶扶藜。尚書如蘭契，驛遞尺一齎。招邀赴燕薊，開閣斟醲釃。躧履坐賓席，濯濯冰雪姿。紛綸辨經史，瞠目或奮髭。學《易》既絕編，說《詩》必解頤。一時冠蓋侶，競欲識戴逵。以兹予夐鄙，末坐亦相隨。尚書倏徂謝，賓客散履綦。徒步獨痛哭，牽紼路上陂。感舊輒慨慷，憤時恒嗟咨。憐予罷荼酷，間關臨茅茨。上階問不淑，執手垂涕洟。三載數周旋，直諒多誨規。留予春澗屋，借書免用甀。縱橫述墳典，妙語珠纍纍。群言歸折衷，疏豁少滯疑。俗客見即避，心賞乃命巵。削簡誅姦諛，清霜挾毛錐。故友半黃壤，結念平生知。荒阡哭宿草，到處淚漣洏。薄俗敦古道，此翁世所嗤。鮮民脫黔縞，王程復有期。予將赴北闕，君復還東籬。共載過牛渚，江水空瀰瀰。班荊在何許，對酒傷別離。君家傍龍眠，巉巖產神芝。那無仙人藥，足駐顏色衰。驥子擅詞賦，出入賴扶持。聽讀且課耕，老懷足歡怡。當代徵文獻，舍君復數誰。努力加餐飯，合并會有時。援筆聊此贈，長喟當路岐。

贈俞彙嘉別駕

掞天才已擢延英，年少初分半組榮。賈誼《治安》空痛哭，相如詞賦勝科名。龍媒乍見河庭出，蜃氣還應海市生。分手正逢紅葉候，茱萸灣口獨含情。

憺園文集卷第七

詩　碧山集_上

題汪蛟門舍人百尺梧桐閣圖_{蛟門喜摹韓詩，即效其體。}

舍人勁挺善長句，穿穴險怪工幽探。瘦蛟怒劈古澗黑，角鷹猛抉秋雲曇。生平得力在韓杜，傍及蘇陸皆所躭。磊落詎屑註蟲豸，跳盪直欲追彪虥。長安五日一休沐，懶惰閒或稽朝參。軸簾古帖襲番錦，綈几小袖頹雲藍。家山舊有百尺閣，雜植梧翠陰鬖鬖。晚涼一陣滴硯北，朝爽四面來江南。龍眠侍御妙烘寫，搜剔佶屈窮雕勘。似將身入袁家渴，頗訝景似松寥龕。君家閣子我舊諳，清絕一氣何窈罩！有時更倚一層閣，看爾潑墨蟠春蠶。

贈金孟求中丞

門第貂蟬起沛豐，主恩優渥錫彤弓。廿年禁近聲名久，千里皇畿鎖鑰雄。玉帳恩波消朔氣，牙旗霜月捲秋風。只今買犢盈三輔，盡説中丞保障功。

保陽贈同年沈國望

十年不見沈休文，右輔朱輪異績聞。笑我鬢毛真似雪，看君意氣尚如雲。乘春惠澤濡千里，轉餉歡聲動八垠。官閣焚枯判夜飲，碧天寒月白紛紛。

送黃菉園視鹺河東

平陽蒲坂古帝都，河中重鎮雄西隅。解池鹹利資國計，桑孔挾策窮錙銖。或言㩁禁起偏霸，漢庭論難不相下。魏時持議有甄琛，後來征榷終難罷。方今爕㷉苦用兵，軍符搜括催南征。但須稍存勤恤意，何妨强爲蒼生行。江夏黃君擁驪御，受詔河東按鹹去。謀國寧當竭澤漁，籌時好借當筵箸。吾家舅氏顧彥先，結廬近在蓮峰前。安車折簡肯延致，爲君滾滾談陳編。

送人官湖南

落花如雪送征輪，南楚迢迢結綬新。鉦鼓五谿方轉戰，可能還問武陵春。

送陳子萬還商邱

燕山五月火雲深，送客揮鞭御柳陰。萬卷賜書先世澤，一官薄禄古人心。思兄夢得池塘句，對婦愁爲雛下吟。期爾清秋重握手，雙松古寺酒同斟。

除夕前一日同方虎次耕飲

殘年纔兩日，朋舊好盤桓。酌酒消長夜，圍爐辟晚寒。銀魚堪薦匕，霜橘蚤堆盤。伏臘添鄉思，同嗟繫一官。

正月十七日，曹頌嘉招同吳志伊、嚴蓀友、朱錫鬯、汪蛟門、舟次、喬石林、潘次耕家勝力，電發飲作歌

六街沈沈火樹歇，春風吹動官梅發。曹侯開讌會衆賓，樺燭高燒待明月。月色依微瞰步櫚，當筵如沸碧雞談。三館軒驪盛才彥，一時耆舊推東南。人生嘉會豈偶爾，浮君渌酒蘭陵美。百觚十榼擬聖賢，淳于斗石良爲鄙。就中潘岳與朱游，雅量頻傾白玉甌。汪郎興狂發謳噱，弟兄才調雄歙州。吾家二妙珊瑚器，頗能奪幟草山頭。嚴安吳隱迨爾笑，持觴不語靜者流。惟有白田飲量窄，喜與酒人相獻酬。慘澹拈詩或隸事，喧豗射覆兼藏鉤。魚鑰遥遥夜過半，那知頹魄西南流。西鄰邸第學士居，茅齋容膝陳圖書。雙驪踏霜行過此，五更入直承明廬。吾曹那可躭麴糵，内省自訟憂居諸。主人酩酊尚留客，皂輿執燭排門除。別君且須訂後期，山堂禊日供梓蔬。袞袞諸賢在省闈，躊躇莫漫焚銀魚。

正月二十七日官軍收復成都保寧，午門宣捷恭紀

威行梁益部，捷奏建章宮。九陌歡呼遍，千官舞蹈同。禁城春雨外，仙闕斗杓東。蓂落過元夕，星迴驗八風。疲盱勞睿慮，荒服塵宸衷。妙算三軍禀，

飛書萬里通。憶初騷六詔,累歲伐三隈。賊隊紛于蟻,妖氛黯似雰。威弧元灼爍,晴旭正瞳曨。閩粵旋歸命,涇原敢怙終。游魂餘絕徼,逆孽剩狂童。王應猶蟣蝨,劉積本蟣蠓。兩川形最險,六載寇方訌。鎖斷巴江碧,燒殘閣道紅。一夫成猰貐,七姓作沙蟲。井絡天懸縋,彭門地鑿礱。鼎魚驕圉圉,兔窟走憧憧。頓甲環三輔,飛芻過九巇。折衝誇燕頷,制勝倚重瞳。廟略神批兀,天威迅發蒙。鋒車馳學士,密敕授元戎。鳳紙裝縑衣,龍文襲錦襱。恩踰操玉斧,寵勝錫彤弓。乍聽鳴笳鼓,俄看埽蠚蝀。先聲拔柵猛,奇計裹氈雄。鐵騎重關會,金鉦兩道攻。葭萌趨閬郡,平武向資中。江過嘉陵曲,山臨玉壘崇。青川開陷塞,白水失艨艟。一鼓收綿雒,崇朝定梓潼。戈驅突陣豕,鞭截飲江虹。槁葉迎風墜,春冰見睍融。前茅排鸛鶴,禁旅接羆熊。精甲從天降,兇渠入地窮。長虵膏劍鍔,困獸縛車釭。馬服真名將,龍驤本上公。同時資羽翼,一瞬競飛翀。不數岑吳績,休論會艾功。壺漿來獠婦,歌舞雜巴童。畫栌安廬舍,春耕播稑種。閭閻應衎衎,隴畝漸芃芃。此地遭青犢,當年劇亂蓬。人家葵井在,城邑芋田空。荊棘封磐石,狐狸嘯射洪。哀絃聽杜宇,瘦語覓芎藭。三紀勞生聚,千邨稍鬱葱。那堪重躪蹸,何計慰疲癃。驅迫偏荼酷,瘡痍切慘恫。生涯愁駭鹿,物力嘆枯椶。泛泛巢林燕,嗷嗷叫澤鴻。及茲濡雨露,多幸脫樊籠。再覿雲中日,重生爨下桐。軺軒將李郃,幨蓋擁文翁。亂定忻謠息,時平祝歲豐。支機披蜀錦,釀酒醉郫筒。惠化停車鄧,威名坐樹馮。徑須開鶴甸,不獨剖鼉叢。破竹鋒迎刃,磨崖柱勒銅。仁聲漸洱海,武略震崆峒。玉燭調時序,金泥告岱嵩。普天霑潤澤,渙號走虁鼷。受賮咨重譯,垂裳達四聰。格苗虞化遠,征扈夏勳隆。拜手陳詩頌,含生仰化工。

瀛臺恩宴詩四首

佳會屬休運,泰階景昌期。文軌南北際,侯尉東西垂。昆明蠢違命,丹浦暫興師。五材民并用,廟算百不遺。止戈聞自昔,脫劍方及茲。皇矣降豐年,膏澤無偏私。兩岐既書瑞,六穗盈華滋。聖情始悅豫,宴鎬戒有司。

滄池多菡萏,菱蔓漾清流。崇臺臨水榭,爽氣當新秋。聖人坐迎薰,卷阿欣來遊。太液波泱瀁,容與擢蘭舟。嘉樹蔭文石,碧澗通潛虹。長筵一何綺,尚方多珍羞。雪藕纔出水,錦鱗始上鉤。紫苞及綠房,纍纍錯觓籌。眷茲高厚恩,土壤焉能酬。

筐筐有勸侑，具僚愧嘉賓。拜賜欲就席，有命自天申。古也無算爵，宰夫爲主人。茲爲省煩縟，藹藹羅朝紳。但使無不醉，毋爲辜良辰。油油三爵餘，歡言共飲醇。既醉無虛歸，分攜席上珍。顧瞻九陌上，日暮紛車塵。

觀頤自養賢，次乃遍里閭。庶物何偕旨，聖人慶那居。紫極偶宴暇，旨酒侑嘉魚。今日樂相樂，何當更大酺。弛力先給復，薄稅仍捐租。萬井皆晏眠，不聞吏追呼。兩階舞干羽，庭鳳儀有虞。菹蒲知送涼，蔚然生御廚。滄溟爲九醞，太尊置堯衢。慚無雅頌筆，聊用陳區區。

喬石林編修邀諸公飲醉後題雲湖卷

高齋客醉停杯觴，摩挲絓几開縹囊。主人深意託豪素，展卷髣髴尋滄浪。白雁翻飛荻花裏，颯颯秋風落蠒紙。誰歟寫生妙入神，淮南舊記雲湖子。緬昔成弘全盛時，孝廉才名天下知。身披敝褐謝朝貴，手持短策行邊陲。狂來潑墨飲一石，三公萬鐘那足易。丹青詩句在人間，藤角尺餘如拱璧。此卷傳來二百年，風流想像真神仙。玉堂才人愜清賞，酒酣衮衮談前賢。東華紅塵高十丈，搥壁王融殊怏怏。不知我志在滄洲，萬里鷗波秋浩蕩。

送侍御念東先生二首

徵書昨歲遣蒲輪，一載君恩許乞身。萬里晴空餘老鶴，五湖浩蕩有潛鱗。同時祖餞傾名士，到處谿山訪異人。却笑漢廷疏廣去，賜金誇耀里閭頻。

年光晼晚客情多，白首尊前發浩歌。天上歲星知曼倩，人間居士問維摩。久期汗漫遊溟渤，乍喜飛騰謝尉羅。疲馬蕭條灞陵路，任他醉尉夜相訶。

萬柳堂陪益都公讌飲

絲綸閣外唱彤騶，攜客還爲杜曲遊。種樹已成金澗勝，鑿池初引玉泉流。綺堂晴帶千峰秀，碧宇雲開萬井秋。醉吐車茵何足道，夕陽洗爵重淹留。

温泉十六韻

靈液流芳甸，温濤注苑牆。澤因儀鳳麗，源爲濯龍長。地脈煙霄上，天河日月旁。甘分九華露，潤浥五雲漿。仙鼎偏能沸，丹砂本自香。從官瞻豹尾，遺俗問漁陽。上善尊川后，涵虛讓谷王。醴泉踰建武，神水邁咸康。黃屋山當牖，蒼池石作牀。碧蓮開藻井，翠荇接芝房。聖母時來幸，怡顏樂未央。蠲痾功莫尚，駐老孝彌彰。調劑中和氣，渟涵紺潔光。四時常補益，一節閱炎涼。本不容瑕垢，何妨示激揚。濯磨思自效，精白奉吾皇。

題張力臣小像二首

五嶽曾探岣嶁書，年來雙鬢轉蕭疏。從誰辨得《師春》字，好爲遺經正魯魚。

奇字揚雲未渺茫，茂先家學在巾箱。對君轉復思元嘆，灑淚風前誦《渭陽》。力臣方爲舅氏亭林校刻《音學五書》。

送張敦復學士四首

近臣乘傳出皇城，拜疏春風此一行。驛路籠鞭垂柳暗，青門攬珮映花明。嵯峨閥閱懸忠孝，重疊絲綸荷寵榮。自是心飛烏鳥賦，九重應識玉堂情。

螭頭日日侍重瞳，十載香煙兩袖中。燕國文章藏禁苑，曲江丰度賞宸衷。說書近識天顏喜，歸院遲占帝眷隆。共羨太平今學士，都人爭擁五花驄。

臨行寵渥自天申，溫語丁寧屬望頻。舞鳳賜題飛白札，流鶯送出未央人。斑斕錦綺霞光燦，錯落朱提寶氣新。異數古今驚未有，千秋焜燿皖江濱。

同時豹尾接陪遊，奕奕真居最上頭。清切瞻星猶在眼，分張零雨不須愁。即看馬鬣封三尺，竚見鋒車返十洲。鄭重聖人勤顧問，故鄉晝錦莫遲留。

爲宋牧仲題畫五首

曲澗疏籬似若邪，草堂隱隱野人家。阿誰寫得荊關意，頃刻橫飛六出花。

柳綿吹處影參差，忘却漁陽六月時。莫苦炎天塵十丈，輞川今有畫中詩。

廉州太守老風情，墨妙營邱讓後生。水部才人心賞絕，攜來粉署玉壺清。

枯樹茅簷凍未消，遥山一片架瓊瑶。若教鄭綮尋常見，詩思何須在灞橋。

手把丹青意惘然，玉峰朗朗照庭前。故人異日如相憶，著箇山陰訪戴船。

奉和大司農棠邨先生韻贈歌者邢郎四首

中宵鐙靜聽笙璈，三五佳辰素魄高。好似華林饒衆卉，一枝綽約是穠桃。

窄袖羅衣穩稱身，雛鶯細語恰初春。《尚書》好句新題就，明日都亭看璧人。

曲房清夜奏仙璈，羯鼓聲停樺燭高。雪面紅兒鸚鵒舞，一簾初日射夭桃。
騎羊年紀簌錢身，小小芳姿壓衆春。鸚鵡前頭休道姓，還應妒殺尹夫人。

贈侯大年

青綺門邊木葉飛，行人九月綻寒衣。掀髯漫笑吟詩苦，彈鋏虛憐久客歸。
薄海征徭邊堠急，頻年水旱爨烟稀。君才豈合風塵老，莫向滄江買釣磯。

送孫樹百給諫典試閩中三首

夕郎辭省闥，銜命暫南征。本爲求才急，偏勞叱馭行。鳳城初喜雨，鮫海
乍休兵。發軔當三伏，迢迢數客程。

比鄰來往密，詎復世情中。讜論殷謀國，清談快發蒙。星移官驛柳，霜老
掖門桐。記飲殷湯酒，銅盤膩燭紅。樹百家釀極佳。

蟾兔初生影，三山擁傳來。莫嫌荔子晚，正喜桂花開。別思關河動，狂吟
笳鼓催。閣門封事少，待爾急裝回。

辛酉除夕和舍弟立齋二首

歲晚深居晝闔扉，蕭然齋閣共褒衣。流年繾綣難爲別，永夕團圝未當歸。
采樹一庭霜鶴瘦，瓊編三食蠹魚肥。休嫌狷介難諧俗，時論寧云白璧非。

欲飲屠蘇發甕醅，騰觚少長迭相催。送寒風遞嚴城鼓，破雪香探小閣梅。
焚草空慚袞職補，懷金敢爲故人來。明朝殿上元正會，醽醁還斟潋灩杯。

題友人小像

承華有名彥，婉孌懷雙親。一朝辭閨闥，便作滄蕩人。畫圖索題句，顧愷
添毫真。霜樹風瑟瑟，石澗波粼粼。千載浣花叟，棲託偕隱淪。我亦謝簪紱，
扁舟來問津。

送　友

留君不住鬱陶多，門外驪駒可奈何。快意底須五鼎養，感時還作四愁歌。
寒霜蚤著金臺樹，秋雨平添潞水波。三載朋儕繾綣意，他時稽古定相過。

寄曹秋岳先生二首

皇朝敦舊齒，下詔趣蒲輪。皤皤黃髮叟，旁求勞紫宸。臨軒遣使者，笙簧待嘉賓。豈無典型老，林藪甘沈淪。先生蓋代才，懷抱希世珍。薦牘徹天閽，舉朝慶得人。引領公車府，監令得庾荀。爲守遂初意，堅謝東華塵。五湖弄扁舟，往來狎遺民。梨花雲漠漠，可望不可親。

嗟予髧髺髮，屈首事誦習。博贍服茂先，弇陋媿難及。發憤購遺書，蒐羅探秘笈。從人借鈔寫，瓶甀日不給。側聞曹氏倉，積書如堵立。裝以紺琉璃，重以錦繡襲。漆文既發魯，殘竹或穿汲。昔稱三十乘，較書憋搜葺。矧予保殘闕，嘗苦心力澀。願言解纓組，藤茨自負執。一窺未見書，爲解飢渴急。我公年杖鄉，神采何舷熠。黑髮面渥丹，焉用飲砂汁。因風祝大年，卮酒侑篇什。

范母表節詩

迢迢幽澗陰，鬱鬱秋蘭芳。託根豈不深，瀰澤何飄揚。結髮事君子，十九稱未亡。環瑱輟犀盦，膏沐停晨妝。柏舟有貞誓，峻節凌秋霜。荏苒三十春，雲鬢俄已蒼。昔日乳下兒，令器成珪璋。賢兄登廊廟，赤紱佩葱珩。根荄念同生，馳譽于公卿。聖朝崇懿則，龍書賁邐鄉。嚴嚴列雙表，高門遙相望。竹帛載高義，奕世揚輝光。

修禊二首

芳辳今節，庵藹暮春。農壇穆穆，雉堞鱗鱗。是維杜曲，停彼朱輪。靈雨載降，濯故潔新。

二曜運循環，萬物肇橐籥。龍蛇有蟄伸，卉木互榮落。窮陰雪初霽，芳飆起華薄。顯晦詎足常，聊爲泛輕爵。

舟次、蛟門、東川移酒屺瞻書齋，邀同嚴存庵、舍弟果亭小飲，用亭字三首　時舟次奉使琉球將行。

群賢載酒子雲亭，滾滾高談岸幘聽。愧我三秋頻伏枕，有人萬里欲揚舲。佳辰送客難爲別，勝地銜杯未易醒。抵似蟾光三五夜，銀河匹練炯秋星。

上林瓊樹自亭亭，小鳥低巢倦刷翎。漢主築宮還避暑，侍中奪席爲譚經。

千群羆虎，馳騁窮塞，《七德》歌詞奏廣庭。爛爛文昌妖彗滅，不須杯酒勸長星。

蕭蕭梧竹戶常扃，數子經過眼倍青。曉入掣鈴趨禁苑，晚來隱几坐茅亭。臨池閒寫《來禽帖》，灌圃常尋《種樹經》。莫道深居似嚴壑，朝朝馬上看參星。

送蔣莘田之官粵東和舍弟韻二首

帥漕南越去，猶著鷹冠行。諫草存臺閣，霜威逐斾旌。百城收海瘴，五嶺勸春耕。千尺珠江水，泠泠月共明。

蕭寺盈觴酒，悢悢欲別難。正當春禊後，又值海棠殘。祖帳群公餞，行車百粵看。三瀧無雁到，何日度危湍。

癸亥除夕

重到京華幾歲除，懵騰比夕獨愁予。蘭臺初報蕭生黜，立齋初罷柏臺任。蓬徑深藏仲蔚居。果亭家居。三殿星霜徒執簡，千秋筆削未成書。虛糜廩禄慚何補，只合東皋學荷鋤。

甲子元旦

候曉銅龍會搢紳，鑾輿還蹕奉明禋。群公劍佩趨長樂，萬國冠裳謁紫宸。光禄瓊筵元會設，是日初設漢饌。侍中雅樂九霄陳。樂章新更定。唐開元元旦，奏《太和》，侍中源乾曜所作。殿頭佳氣氤氳甚，偏少南司獨坐人。

和舍弟除夕韻

舉扇西風那蔽塵，翻憐鼎鼎百年身。未忘哀樂方中歲，纔罷朝參已浹辰。羅雀本無廷尉客，上書應憶茂陵人。軒車紫陌喧除夕，竹葉梅花報蚤春。

和舍弟元旦韻

三年風議出承明，霜氣人傳柏府名。楓陛乍辭元日會，蕭齋却喜步櫩情。銜恩白首傾葵藿，隨分清觴供粥餳。手把君詩堪送老，破除塵慮獨和平。

送趙玉峰中丞出撫兩淛四首

清時澄海甸，聖主顧東南。烏府中朝傑，青驄上路驂。曉飛吳地雨，春放越山嵐。政暇陳風土，雙旌禹穴探。

南國今禎尾，來蘇在眼中。女桑蘋渚緑，奴橘爛柯紅。布穀犂春雨，眠蠶戒午風。田家勤作苦，生計屬吾公。

千里看移鶴，三公得佩刀。吴山騑玉馬，江草冑蘭舠。土瘠休鴻羽，時平偃豹韜。春農今正及，心惻問民勞。

有語非爲别，蘆溝柳正攀。白雲遊子意，黄髮老親顔。熚赫開新府，沈吟想舊山。心隨旌節去，流盼到鄉關。

寄汪鈍翁三首

文章載道器，誰曰小技爲。作者雖紛綸，六經乃根基。根蠹華不實，枝葉徒葳蕤。哲匠亦代出，寥寥知者稀。先生探道要，起衰託修辭。貫穿經史奥，矩矱先民遺。論文慎許可，得失了不疑。毗陵震川後，代興諒在兹。

代興屬清時，得君繼良史。郎署二十年，晚登金華陛。石室抽藏書，是非浩煙海。隻字嚴褒譏，論事羞骫骳。大匠斤成風，他人或血指。予交媿雲龍，託契申蕙茝。誰言龍性馴，掉頭乃脱屣。一夕秋風生，鴻鶱已千里。

鴻鶱事高尚，結構堯峰巔。鑿牖面蒼翠，開簾映紅泉。雪水流寒澗，梅花澹空山。山中有喬松，茯苓産其根。土肪閟靈異，怪若鳥獸蹲。青冥儻可劚，持此奉延年。

送潘進也之官西寧

憐君嶺外返燕京，暑暍秦涼復此行。朝命屢頒憲府敕，君恩終記省郎名。萬山策馬營平壘，列塞嗚笳秃髮城。共説羌人拜都護，河湟從此定銷兵。

嚴存庵以病請告，有旨慰留，詩以贈之，次屺瞻韻四首

家住菰城擬乞身，諭留恩詔自天申。久知彩筆干霄漢，共喜巖廊得鳳麟。中禁黄麻承密敕，尚方珍藥捧温綸。玉堂仍領承華署，舊是傳臚第一人。

夾山好比富春灘，雜樹何曾戀一官。密勿曾參鳳尾詔，逍遥那許鹿皮冠。連宵斷酒真成病，鎮日吟詩爲減餐。鬱鬱東岡丙舍在，君恩難去淚闌干。

憶昔招邀倒玉尊，客來無復語寒温。星霜幾换懷朋好，海嶽難量戴聖恩。早晚振衣排紫闥，一時輟筆祖青門。試陪行樂尋佳景，别館山莊舊屐痕。

交親孫楚望衡居，同被華緩到石渠。青簡正須看吐鳳，碧山那可便焚魚。彤驪緩唱偕趨直，樺燭高燒共校書。絶頂蓬山逢好友，雲宵酬唱樂何如。

恭和聖製甲子冬至幸闕里詩十二章幷序

臣聞禮樂之祀，百世不絶；道藝之宗，萬禩永守。泗水松楸之地，殿接靈光；稷門絲竹之堂，里歸通德。玉弩載驚，而後俎豆攸崇；金書遞出，以還牲牢無闕。我皇上以神聖之姿，致雍熙之治。兩階樂正，簫韶昭秉歷之符；三禮秩宗，珪璧有成功之瑞。山川協應，日月光華。用徵肆覲之儀，遂行時巡之舉。於時星紀司歷，陽和動管，喬雲不散，榮光竟天。駐蹕之亭翼如，講樹之壇既歸。行宮停輦，致享靈祠；舊宅拊碑，式瞻古殿。智源溢涌，文檜龍蔥。集四氏以加恩，進諸生而講藝。爰揮睿藻，丕煥宸章。懸針垂露之書，綴玉編珠之句。雲霞標舉，星日昭垂。加以錦綺紫裘，綠函朱額，恩施至渥，賜賚有差。矍相圃前，五輅耀參斿之采；坤靈洞外，六龍御蒼玉之衡。此曠世之弘恩，實聖朝之殊遇。小臣不敏，敬誦和章，陋製無文，聊陳一得云爾。

紀瑞符三五，觀民軫廟堂。山川修玉幣，禮樂見羹牆。捧額王綸出，披圖輦道長。遭逢真盛事，拜舞頌垂裳。

六代臨雍禮，先諮政事堂。犧牲陳玉版，翟籥隱丹牆。泗水麟蹤杳，尼山鳳德長。生平仰止意，翠殿戒軒裳。

七萃晨傳旨，期門集射堂。龍趨聲動地，鵠列勢連牆。榮露迎旗濕，交柯傍輦長。道旁多望幸，父老欲沾裳。

丹霞仙仗外，法駕涖明堂。帳殿迎花徑，旌門映女牆。一牢禋祀遠，萬騎羽林長。陽氣葭灰動，和風拂繡裳。

龍驂瞻廟貌，攝級獨升堂。喬木排青闥，猗蘭繞画牆。《承雲》歌曲渺，飛鷺舞容長。奠瘞櫺星路，彤霞簇御裳。

亞獻羅牲俎，三終合樂堂。穆皇深禹拜，髴髯見堯牆。彝器匏尊古，靈文檜紐長。應嗤仙李廟，七德舞《霓裳》。

暮草靈光殿，寒風詩禮堂。六經分帷幄，四庫按門牆。爐篆縈香細，花甎映日長。圜橋多造士，共仰錦雲裳。

宸藻搖銀榜，天章焕講堂。霓旌開日月，鳳吹落宮牆。錯繡文茵展，流蘇玉佩長。從臣皆拱立，肅穆整黃裳。

　　鹵簿森前殿，葳蕤蔽後堂。三英飛錦緤，九曲覆旃牆。恩賚傳宣出，歡聲舞蹈長。從茲素王服，羽葆配繡裳。

　　春秋臺下宅，絲竹有虛堂。華表梫檀路，《皇覽》："孔子墓後，有梫檀樹。"豐碑薜荔牆。賜租丹詔渥，頒服紫茸長。遍覽周秦蹟，苔花碧染裳。

　　更稅圭門駕，來登廬墓堂。玉輿停古道，珠勒繚深牆。落日三霄迥，歸衢五父長。兔溝晴水色，歷歷照簪裳。

　　姬聖存初廟，軒楹對紀堂。靈旗通一氣，翼瓦映重牆。肇祀皇衷切，分茅世澤長。几筵瞻仰近，袞繡覯衣裳。

雨中碧山堂招同館諸公飲，時顎庵自中州至生州，將視學秦中

　　積雨衝泥會故人，高齋當暑似蕭晨。十年冉冉看雙鬢，百感茫茫集一身。緱嶺仙人曾憩洛，高陽才子正遊秦。今朝佳宴逢休暇，莫厭當筵酒釅頻。

喜王顎庵宮贊至即席作歌贈之

　　往歲王郎送我出，自譜詩篇擬束晢。銜憂俄復聞祥琴，五換星霜逢紫陌。君年四十豪興偏，對酒渾疑鯨吸川。但說右軍修禊飲，已當謝傅擁旄年。重過銅龍發深愾，一官雞肋那堪味。後來袞袞比積薪，漫道群兒自相貴。王郎爲我酌叵羅，聽我擊缶嗚嗚歌。老鬢飄蕭似蒲柳，世風傾瀉如江河。翁艴三公車八尺，一經所得果孰多？君不見鳳沼同遊二三子，王湛狂癡耿恭死。謂敷五又樸。十五年間升復沈，流光轉側如彈指。君今黽勉承明廬，我探林屋歸休矣。

憺園文集卷第八

詩　碧山集_中①

贈張素存學士扈蹕盛京祭告山陵

耆定登歌日，明禋肇祀辰。謁陵瞻鉅典，扈蹕藉儒臣。禁籞傳中詔，璇璣
指仲春。花紅籠御道，柳綠拂通津。萬國梯航集，千年禮樂陳。公孤同左右，
珪幣總紛綸。疊嶂雲舒綺，三江月漾銀。玉衣靈髣髴，鐵馬氣嶙峋。尚想揮戈
地，翻思籌筆晨。昇平勞贊翼，櫛沐紀艱辛。不共遊汾比，還將讌鎬倫。歸來
香祕牓，猶帶屬車塵。

同年孫屺瞻學士扈蹕

聖主思豐沛，陪遊得子荆。彩毫推右史，玉輅正東行。既愜登臨興，彌深
眷注情。龍鱗依日馭，豹尾擁霓旌。書笴千山蹕，凝笳四校營。江雲浿水路，
關月樂浪程。晝永還飄雪，春深未聽鶯。騎來天厩馬，賜得禁廚羹。列幕冰爲
壘，行邊柳作城。弁韓書土俗，瀚海識才名。盛治通無外，陳詩誦有聲。《大風
歌》可作，應與侍臣賡。

贈高澹人侍講扈蹕

才子趨丹禁，承恩歷歲年。曾隨雲輅出，再奉日車旋。遼海看綿纊，橋陵
拜吉蠲。聖情歡宴鎬，廟略重巡邊。石笴徵時古，牛魚入饌鮮。三韓風尚朴，

---

① "碧山集中"底本脱，今據康熙本、光緒本補。

百濟地形便。下馬時揮翰,行圍亦佩鞬。白山明霽雪,黑水積寒煙。欲續虞衡志,將搜宛委編。層霄天語切,行殿主恩偏。還軫逢朱夏,懷人寫碧箋。榴花午日讌,景物正清妍。

贈成容若扈蹕

東土開基地,陪京拜鼎年。時巡諏吉日,扈從選名賢。錯采顏延句,雄風宋玉篇。相門推俊傑,中禁領貂蟬。羽獵隨仙蹕,鐃歌奉御筵。丹城披粉繪,白嶺曳雲煙。指顧登臨迥,追懷戰伐偏。飛龍翔朔漠,鳴鳳集山巔。去日桃林合,來時榴火然。定知長樂宴,更欲奏甘泉。

走筆與容若九首

黃竹迴鑾扈從雄,甘泉賜宴獨論功。誰人頻得天顏喜,應手飛鳶落画弓。
翠羽襜褕綴寶璫,雕鞍玉勒總生光。武皇校獵長楊苑,豹尾前頭第一行。
珠虎崢嶸閥閱高,西京相業冠蕭曹。笑他子弟無才思,輸與君家紫鳳毛。
延壽宮前景福門,奉車都尉最承恩。遙看一簇紅雲裏,授轡從容翊至尊。
天閑上駟揀猶難,杏葉桃花錦作團。黃帕蓋將明月鞁,圉官光與侍中看。
木葉山邊陪輦日,松花江岸網魚時。平沙落照迴金勒,頃刻吟成絕妙辭。
濟陰吳質通諸史,廣戚姜肱擅五經。僎直歸來投紙閣,棋聲隱隱戶常扃。
嫩柳晴窗颺午風,當時辛苦事雕蟲。那因今日貂蟬貴,悔著麻衣待至公。
鳴珂里第會朱輪,清徹芙蕖迴絕塵。慚媿十年東嚮坐,相逢不是堝門人。

送容若赴梭龍

丁零踰鹿塞,敕勒過龍沙。絕漠三秋暮,窮陰萬里賒。行邊催羽騎,乘鄣咽霜笳。地軸圖經外,車書總一家。

御試首春懋勤殿應制

璇宮肅穆地,陬月載陽天。淑氣舒深禁,晴光映曲斾。傳柑過令節,祈穀正韶年。金牓星辰幕,瑤函海嶽編。龍旗迴上苑,鳳蓋返甘泉。靄靄春雲結。遲遲晝漏傳。圖書探宛羽,造化合璣璇。體道淵懷密,崇儒寵遇偏。那居方在鎬,築館共遊燕。賜饌天廚美,頒題御墨鮮。何當逢發育,共此荷陶甄。燕雀殊多幸，長依紫籞邊。

御試孟春祈從祈穀壇應制

鑾輿曉出鳳城邊，聖主勤民爲祝年。蒼輅初陽方布令，瑤壇瑞氣早占天。風和宛宛聞仙吹，日麗遙遙敞御筵。執簡小臣隨豹尾，欣逢盛事賦甘泉。

題畫三首

擬并瑤林玉樹看，生綃拂拭粉光寒。笑他楊白隨風絮，吹向枝頭復作團。
細蕊攢成碎錦坊，霜花斗大壓枝香。五王漫闢深宮戲，花下平開蹴踘場。
何處藤陰一徑橫，王家步障紫絲輕。分明寫出珠簾外，垂袖昭容結隊行。

贈侯大年二首

國士門風在，天然見鳳毛。雲霄姿獨上，湖海氣元豪。袖拂天門月，杯吞雲夢濤。京都吾欲賦，見爾罷抽毫。

鄉縣知名早，相逢在遠遊。身依黃葉寺，氣盡黑貂裘。松柏平陵涕，霜煙吾谷愁。含情兩無限，蕭颯薊門秋。

八月十一日，澹人招同西溟、方虎飲花下賦二首

同作市朝隱，思君不可支。重闉應有限，良會每難追。何幸逢佳序，相將對舉卮。恍疑蓬島上，仙侶共餐芝。

把臂皆吾黨，高談興轉賒。好乘西苑月，細看小山花。盆中桂花一樹盛甚。葉翠添清影，香濃壓冷葩。更闌燒樺燭，忘却在天涯。

贈周雪客之任山西藩幕

周郎下筆驚鸚鵡，才子家聲重一時。白馬出爲薇省幕，紅爐誰共鳳臺卮。秋晴恒嶺穿天脊，月朗汾河拜晉祠。淥水芙蓉多宴暇，好乘岸幘寄新詩。

送喬石林使粵西二首

芙蓉闕下五雲翔，采鳳銜書出建章。日下共傳才子譽，天邊遙指日南鄉。郡開百粵連交阯，水入三江即夜郎。從此星軺馳驛去，文星灼灼照炎荒。

十載征南衄甲時，太平爭識侍臣姿。好持白玉堂中筆，去賦紅藤花下詩。遠地山川勞夢寐，同朝朋舊惜分離。珊瑚萬顆香千樹，鐵網看收第一枝。

詠史示說巖二首

世態戀祿利，物情易暄涼。田蚡肺腑戚，甲第鬱相望。驕氣凌魏其，詔辨東朝堂。盈庭但碌碌，誰敢嬰禍芒。首鼠持兩端，依違鮮木彊。昂藏汲都尉，挺論何不臧。諒哉此一時，毒螫豈可當。武安危亦族，追往徒慨慷。

太行何巉巖，孟門突然起。青松表歲寒，事迫見君子。吁嗟夸毗徒，隨波汩靡靡。我愛張燕公，千年照青史。詭承卒正對，焉忍貿天理。雖蒙諸賢助，直道終流美。論事厭刻深，蓬麻匪興比。展卷懷古情，異代猶色喜。

喜張敦復學士至三首

傳聞發軫日，大火乍西流。積雨浮江岸，輕裝滯驛樓。酒思庾亮月，客寄賀循舟。菊釀萸囊畔，相看已暮秋。

昨歲虞巡地，江干候六龍。殷勤天語接，優渥主恩重。聞許寬程限，仍憐對病容。賜廬無恙在，將作治垣墉。

風度張丞相，天然標格殊。小心居省闥，逸興託江湖。曾獻千秋鏡，長賡九德謨。龍眠山縱好，莫憶四軒圖。

七夕歌

黑雲隊隊沈銀河，靈鵲怳欲凌風波。天上雙星奈若何，霖潦積日繁暑過。明朝一葉秋氣多，漸聽城頭吹碧螺。四序更換如織梭，悲來無端遣則那。人間聚散傷綺羅，當場鸜鴿舞婆娑。安能長與朱顏酡，青冥高舉隨駕鵝。潸然如雨發浩歌，愜我幽意歸巖阿。

雨壇即事示王省齋郎中

乍向星壇禮竹宮，初宵仙樂醮筵中。傳來丹詔勞黃屋，撰得青詞徹紫穹。脫粟頻煩京尹餉，清齋幸與省郎同。濯枝滂沛天顏喜，輦轂懽呼祝歲豐。

祈雨畢，奏事西苑，疊韻上會清、存庵兩先生

齋壇歸到紫薇東，雜沓華茵禁苑中。倚樹群公曲澗度，傳籌羽衛閤門通。青蒲密奏閶闔喜，赤縣喧稱造化功。忝遇受釐何寸補，所期道泰在和衷。

疊韻上尚書會清先生

啓事凌晨水殿東，連朝騎馬淖波中。龍雩原是春官職，魚水何期帝座通。桂館周遭聯御氣，靈湫霢沸仰神功。宗臣十載清如水，此日乾乾共寸衷。

疊韻奉柬存庵先生

禁門零雨黯西東，粉署同曹想望中。_{先生偶恙。}蘊藉共傾嚴僕射，禮儀休論叔孫通。銜杯永日應排悶，畫諾終朝足計功。忽枉華箋騰逸唱，風流前輩挹深衷。

再示王郎中

星官雲客碧霄宮，咫尺虛無點綴中。不信土龍真出地，果然石燕忽摩穹。軟塵已見東華盡，甘澍還期萬國同。慚愧豎儒逢聖世，說經何敢附熙豐。

奉命祈雨到壇作

銜恩初到鳳城東，霡霂旋飛紫陌中。聖主憂民三輔急，祠宮薦玉九霄通。深慚繁露徵經術，共仰靈星祝歲功。佇見濃雲垂四野，滂沱應得慰宸衷。

祈雨即事十首

璇宮齋殿進園蔬，雩祭憂農四月初。中旨宣傳京兆府，蠲祈靈雨慰邨廬。

伐鼓鳴鐘憶去年，醮壇重設鳳城偏。笙璈晚奏迎神曲，愁極昏昏土銼眠。

絳闕青詞蝌蚪封，道人足踏金芙蓉。楊枝灑水銅街下，只待瑤空降白龍。

輦路虹橋繞玉珂，隔牆御宿晚煙多。幾時膏澤從天降，願灑昆明太液波。

當年北狩事蒼黃，白馬金鞭護毅皇。說與祠官修歲祀，殘碑落日倚頹牆。
_{白馬關廟，明英宗北狩時，顯應有碑記。}

風狂連日裌衣寒，雲氣輪囷躑躅看。齋閣不知人世事，繁花落盡已春殘。

故人循吏到京都，我馬虺隤我僕痡。輦轂猶云土地主，可憐塵甑范萊蕪。同年宛平陳今。

邸舍金張傍玉宸，敬容殘客底須嚬。埽門魏勃今安在，曾否當時此駐輪。

董相耽書涉世疏，頻教國史試桐魚。莫言經術無徵驗，齮齕何妨呂步舒。

洞霄勝蹟是龍潭，別詔傳期後甲三。神將六丁應聽命，碧幢絳節會城南。

祈雨白馬關廟二首

幾回圭玉告虔過，炎景隆隆奈若何。彤轂日翻燒廣野，赤珠雲散壓高柯。聖人有道終須格，臣職無功媿已多。安得泰山膚寸起，滂沱滿眼水層波。

葵閒松下敢遲遲，圭幣嚴恭走秘祠。病劇連朝違畫省，憂深中夜奏青詞。乾封久識詼諧誕，啜酒虛憐技術奇。不比太常嘲已慣，醮房齋坐總相宜。

和許虞廷祠部作

簪筆方離五柞宮，雩壇禱事與君同。總因赤子勞黃屋，重撰青詞告紫穹。舞鶴婆娑三市見，仙璈斷續九霄通。輪囷乍喜雲方密，撲眼塵飛鎮日風。

祈　晴

神州始憂旱，伏日成驕陽。當寧念蔀屋，祠廟徧禱禳。禮官拜綸綍，潔心奉珪璋。霖澍忽以降，聖心方悅康。何圖兼旬內，浩波溢金塘。九重虞沈潦，復爾咨巖廊。方秋稽事亟，奮穫毋乃妨。再命宣秩宗，告虔于昊蒼。匝月兩承旨，肅事齋壇旁。發詔驟開霽，翕赩明朱光。倏焉重雲結，小臣增倉黃。旱潦代所有，聖主邁堯湯。肸蠁通沖穆，褆厲爲嘉祥。先天天弗違，響答真無方。具官將明命，惕若恐不臧。僚長并先達，藹藹羅總章。一心秉嚴恪，庶以慰我皇。

送吳青壇侍御

嶽嶽名高柱史中，挂冠此日柏臺空。梧桐未許容棲鳳，輦轂仍聞說避驄。客興消磨竹葉酒，春流安穩布帆風。還家贏得慈顏喜，花藥欄前爛熳紅。

御試閱農

龍見當雩節，勤民軫睿衷。經時欣得雨，浹月苦多風。夕暈瞻箕畢，晨暉仰蠕蝀。桂旐移翠殿，雉羽啓璇宮。赤縣紆黃屋，金根駐碧叢。五鳩迎道左，千耦向城東。牲玉群神徧，痾瘵一息通。自天申命渥，率土拜恩同。補報慚臣職，焦勞獨聖躬。精誠孚造化，呼吸走豐隆。會見靈星應，咸沾帝澤融。堯尊松棟下，酺宴逮群工。

寄懷扈蹕諸公

淮瀆有昏墊，求莫紆皇情。方春順陽氣，萬乘東南行。屬車承顧問，賴諸華國英。給札志風土，抽毫寫昇平。江南際韶景，皋隰靃蕪生。龍鱗微漾波，雜花飛新鶯。《魚藻》洽宸歡，《卷阿》揚清聲。迴憶同朝宁，聯步趨彤庭。關山忽已遥，懷人寄芳蘅。星裝佇言歸，華轖迓城闉。停觴發麗製，錦筒傾瑤瓊。

題同年孫屺瞻小像二首

今上臨軒庚戌春，吳興雙珠躍龍津。就中龍腹尤輪囷，結束丹彩成奇鱗。發揮光怪干青旻，文章經國羅紛綸。蕊牓日下眉目真，銅街初出鹵簿陳。五花噴沫駿騏驎，觀者如堵闐城闉。繁花冪蘺玉河濱，賢王遇之停車輪。京尹堂上酒數巡，大官綺饌瓊筵新。笙簫嘈雜娛國賓，忝竊附尾隨末塵。荀香衛玉連芳茵，如予衰晚那足論？挺生名世毗至尊，昌言諤諤颺楓宸，五雲多處領搢紳。往歲中旨許省親，斑斕袨服照四鄰，重來簪盍丁佳辰，禁林別館會故人。星迴一紀歲在卒，貞元憶昔情諄諄，啓櫝拂絹一笑親，碧鸞赤鳳誇風神。竚看鹽梅調八珍，瀛洲圖畫誠絶倫。

好文天子當昌期，嚴樂枚馬生同時。餘不仙人玉作姿，朝朝珥筆趨彤墀。至尊便殿縹緗隨，綈几清宴銅雀宜。瞳曨日色映罘罳，侍中環立冠鵷鷺。宣傳詞臣入賦詩，側理膩滑鳳味奇。含毫吮墨緯湛思，煙雲噓吸蟠蛟螭。天語嘉賞絶妙辭，寸晷淹敏出匪遲。誰歟彷彿佳畫師，拂拭紈絹重嗟咨。是日予亦油素齋，至今想像猶能追。添寫龍鍾足忸怩，何當攀附瓊樹枝。居然秘殿承恩私，歲月蹢躅徒爾為，似君才調復阿誰。

倣宋人端五閣門帖子十首

扶桑曉日照瞳曨，麗景門邊喜氣同。長日堯階綿寶歷，蕙舒五葉記天中。
十風五雨賀年豐，一穗雙岐麥秀中。解慍阜財符舜樂，揮絃聲出未央宮。

千古人倫竹簡中，珠囊金鑑愜宸衷。妍媸萬品毫鋩見，足比江心百鍊銅。
行宮隱隱御爐香，瑞靄龍蔥化日長。菰葉輕縈九子糭，菖華長泛萬年觴。
太平有象慶升恒，雲漢昭回文德興。綵縷千絲分五色，臂纏休號避兵繒。
水嬉競渡櫂船歌，漢苑唐宮行樂多。不用繁華尋故事，聖君勤政得人和。
梟羹五日佐盤餐，漢代宣傳領大官。自是今時無惡鳥，好音宛囀上林端。
招涼亭際物華新，西苑瀛臺侍近臣。慚媿承恩無補報，葵心只向日邊親。
階下閒翻九節草，宮中不設五時花。冰壺銅鶴山池靜，諫諍何勞孫伏伽。
歲時紀事漫相緣，內殿如今異昔年。艾虎桃人渾屏却，不須丹鼎問金仙。

詠史二首

典午遘中屯，姦雄志叵測。太真效忠款，經綸在王室。丹陽既重鎮，機會
爭失得。謬結錢鳳歡，引譽劇雕飾。小人難作緣，無乃信螫賊。使酒豈清狂，
顛倒用深識。讒言不能中，脫身走京國。

郗愔晉忠臣，生兒秉英異。卓犖負朝望，精詣參正始。輔桓作腹心，畫諾
主秘計。飄然帷帳開，好風寧有意。安石弘雅度，諧謔殊可喜。當其勢熱時，
熏灼真無比。王謝不得前，食旴良疲矣。没後一編書，終收慈父淚。

大行太皇太后輓詞六首

鷺輅丹旐結，龍輴縞駟齊。愁雲扶海旭，淚雨合春泥。萬樹槐風裏，千門
柳翠西。傾宮車輦出，隱隱鳳城隄。

祖奠辭宮闕，從官立堵牆。天顏渝晬穆，玉趾踐冰霜。御路杯初酹，銅街
淚萬行。孝思宜備記，勉矣起居郎。

金輿來洽渭，寶歷定岐豐。地表曾沙慶，天資煉石功。絲綸三殿發，哀慕
萬方同。乍覩春暉麗，寥寥長信宮。

共儉先臣庶，全勝馬鄧名。痌瘝勞夙夜，燕翼起昇平。縞素紛同軌，風雲
馭太清。兩朝尊養備，猶未慰皇情。

寶鏡塵雕几，珠襦黯繐帷。一辭天下養，長憶萬年悲。素柰簪成撤，朱櫻
薦及期。他時採甘露，應向寢園枝。

黃屋猶廬次，重華孺慕同。青蒲陳自切，素帟痛無窮。空復勞愚慮，無緣
慰聖衷。徒慙李百藥，獻誄太安宮。

西洋鏡箱_{六首}

移將仙鏡入玻璃，萬疊雲山一笥攜。共説靈蹤探未得，武陵煙靄正迷離。

橫簫本是出璿璣，一隙斜窺貫蝨微。髣髴洞天微有徑，翠屛雲綻啓雙扉。

交光上下兩青銅，丹碧微茫望若空。遮莫海樓雲際結，珊瑚枝上現蛟宮。

玉軸雙旋動綺紋，斷紅霏翠轉氤氳。分明香草衡湘路，百折帆迴九面雲。

隙駒中有大羅天，光影交時態倍妍。鶴正梳翎松奮鬣，美人翹袖忽襜褕。

乾坤萬古一冰壺，水影天光總畫圖。今夜休疑雙鏡裏，從來春色在虛無。

立秋後一日，高學士夢中得"伏雨炎風正夏闌"之句，醒後足成之，明日以告予，口占奉和_{九首}

伏雨炎風正夏闌，華胥得句亦琅玕。風流軼代追開寶，聽罷陽春欲和難。

伏雨炎風正夏闌，奔濤忽復漲桑乾。晨趨不惜鄣泥濕，泱漭連朝太液看。

伏雨炎風正夏闌，纔驅旱魃罷祠官。新秋又作愁霖賦，梧葉枝枝落井榦。

伏雨炎風正夏闌，端居煩鬱不知寒。三更銀漢天邊杳，盼絶團團白玉盤。

伏雨炎風正夏闌，廣庭濯濯翠明玕。和歌錦字盈懷袖，錯落珊瑚間木難。

伏雨炎風正夏闌，六街泥滑未曾乾。馺娑扶荔叢芳樹，此日晴光洗眼看。

伏雨炎風正夏闌，紺壇清醮列仙官。伸眉罷倚黃門曲，縹緲高樓拂井榦。

伏雨炎風正夏闌，相逢高論罷暄寒。車公入坐能無樂，豈羨當筵舞七盤。

伏雨炎風正夏闌，禁扉出入導中官。罙恩宛宛微飆起，別苑蟬聲報薄寒。

送同官嚴存庵假還

十年持橐傍皇闈，慣聽高談玉麈揮。浹歲同曹還接席，三秋惜別欲沾衣。夢縈丙舍情方切，興憶滄洲願不違。好貯窪尊千斛酒，異時浩飲客將歸。

題江邨圖卷

曉月幕輕煙，暗連西苑白。昨夜夢故山，夢醒故山失。命客圖煙霞，結舍當峰隙。圓邨聚白沙，寒雲戰蕭槭。幽芳襲人意，杳渺如可適。若非宋玉居，應是邱遲宅。安得散髮吟，此中挂片席。

題授經圖爲孫封公作

夏侯尚書出盛漢，經術早重公卿間。天人偉議動殿陛，益令朝野欽儒冠。宣帝沖齡稱睿聖，母后東宮勤省政。宮中亦御講經筵，耆臣執卷趨長信。長信春風絳帳開，掖庭鉤盾傳宣來。鳩形玉杖當軒賜，宮錦褒衣稱體裁。伏生舊業東平出，遐齡長德均相匹。還將榮禄勉生徒，青紫須從稽古覓。菱溪學士祝椿年，繪以生綃侑組筵。稱觴自有金閨彥，起舞不羨瑤池仙。瑤池漫説饒芝草，爭擬高蹤齊綺皓。芒屩真同躡羽輕，童顏更比餐霞好。學士聲名振八區，況看珠樹多鵷雛。應知玉笥金箱秘，便是《豳風》《無逸》圖。

闈中即事呈太傅宛平公、成少司馬、鄭副憲暨分校諸君二首

鳴驪此日鎖闈開，十六年前騎馬來。文運正欣逢泰盛，君恩豈易答涓埃。兩行樺燭看傳鑰，一縷新蟾照舉杯。懷槧幸陪丞相席，聯裾真讓列卿才。

春風寂寂敞虛堂，禁院連翩玉筍行。授簡風流存著作，埋輪中外仰封章。感恩報國寧無意，識曲搜奇定有方。落盡繁花都不管，迢迢清夜靜焚香。

贈彦通姪

送爾揚舲去，春風解凍初。杯銜易水釀，網舉潞河魚。門有數傳閥，家存千軸書。歸歟尋舊隱，樂甚帶經鋤。

奉邀太常説巖先生虎坊橋南別墅宴集同姜朱二翰林

半歲苦淹病，病起乍行藥。眷焉思所欽，蹤跡久寥廓。市南虎圈坊，幽居帶林薄。雅堪延野色，憑眺有菌閣。相期屏塵事，竟日共盤礴。巾車方及門，高駕俄趾錯。青絲挈春釀，促坐成小酌。極望郊壇樹，微風韻遥鐸。驚沙白皚皚，流靄青漠漠。人生俯仰間，適志原無著。伊予纏宿痾，盤辟類縶縛。翼大不能運，如彼雕陵鵲。託契惟沈冥，縈懷但邱壑。稷卨佐昌時，巢許忻有託。已能齊鵬鷃，詎復岐龍蠖。粲粲濩澤公，開濟負偉略。枯枝廢雕鎪，不材終瓠落。潛見理則殊，奚煩更咨度。何爲王僧孺，只解京華樂。吳歈讓邊筑，尃羹比羊酪。二君聽我言，盃落大嘔噱。幸得張東門，無爲詠場藿。

說巖先生招同竹垞西溟黑窰廠最高處讌集賦謝

京師百萬戶，棟宇龍鱗稠。旅人職埏埴，聚族城南陬。瓴甋多廢材，委棄成山邱。雖無林麓勝，軒轡紛相求。芳辰荷嘉招，再作春郊遊。寒飇起中路，樹木聲颼飀。解我輕袷衣，更御豐狐裘。崇阜一何峻，登之望皇州。雙闕連珠甍，金碧如雲浮。張幄以禦風，重氊覆青油。芳茵藉促坐，曲几羅庶羞。聯吟寫奇懷，藻思紛繆流。造語務險澀，象外窮冥搜。春暉日以妍，能令宿疾瘳。香陌蘭始芽，垂楊絲欲柔。絜我長生瓢，飭我黃犢輈。無令盍簪會，翻成溝水頭。

張南邨先生爲敦復仲兄讀其書賦此遙贈

一卧清江醉碧筒，機心閒對海鷗空。蚤從藝圃稱詩史，肯向林泉學釣翁。山寺晚歸松桂月，水塘秋泛芰荷風。蠅頭賸有巾箱祕，書盡溪邊柿葉紅。

送孟端士二首

送別銜盃五月天，火雲如蓋玉河邊。行裝累積三千卷，薄宦窮憐二十年。白髮相看成老大，紅塵那及住林泉。禁廬筆削縑緗在，把卷低徊覺汝賢。

百花溪水傍城闉，斗酒聽鸝興轉新。邾國千秋追舊德，薊門三伏送歸人。愛探佳景攜遊屐，會見恩波入釣綸。遠夢隨君林壑去，一時花月屬閒身。

敦復先生餉棗賦謝

禁林纂纂嫩涼天，蘋果葡萄翠影連。蚤熟只依迴輦路，低垂亦傍著書筵。侍郎飽食遥分餉，穉子嘗新喜剥鮮。只此赤心誰得比，莫誇如瓜說神仙。

行路難四首

君不見太行山，羊腸詰曲車斑斑。又不見邛崍道，青絲金絡時時到。山川雖險猶未危，人心倏忽波喧豗。須臾不戒蹈機辟，屣齒乍折峨冠摧。我乘渺莽遊寥廓，青霄碧虛恣揮綽。七盤飛棧寧嶮巇，千仞懸流任噴薄。不用悲歌行路難，但須斗酒相爲歡。北窗夢醒見涼月，始信焦明天地寬。

南海之珍薦芳實，搖艷青樓羅瑟瑟。移黃改翠春風前，美人愁思應相憐。委身玉盤何蕊蕊，幕以疏巾襲文綺。水甌的的霜膚涼，翠釜團團露光紫。空聞乘傳進離支，一騎迢迢萬里馳。但恐開箱顏色變，分明不似嶺頭時。

西羌兩川水，白玉綠玉河。清沙森森鬱珍産，金膏水碧何其多。咨爾于闐采花人，空探落花愁暮春。不如采玉獻天子，能令雙闕光輪囷。乍離秦關登漢館，道傍觀者輪蹄滿。漢玉裁作茂陵箱，秦玉刻作昭華琯。昭華錦席燦雕筵，妙舞清歌樂盛年。茂陵迢迢隔銀海，寂莫千秋闕光彩。物理升沈何足論，二川長遠涼州塞。

贈君奔星躡雲之快馬，哀雁霹靂之清琴。七采芙蓉之寶帳，九華葡萄之錦衾。芳時曲讌且爲樂，安用刺促增愁心。年光荏苒速驚電，昨日盛鬒繁霜侵。方欣朱華出東海，又見側景頹西林。玉堂緱嶺竟陳迹，千載誰聞鸞鳳音。

朱碧山槎杯歌爲江邨學士賦

學士筵中銀鑿落，元代名工朱氏作。腹字猶題至正年，手澤摩挲恍如昨。初開錦篋憐璀錯，映燭生光照簾箔。口哆渾疑鸚鵡螺，尾翹亦似鷫鸘杓。斷榴中窾自能浮，刳木因之始作舟。鈒鏤奇思出意匠，霜皮慘裂窮雕鏤。中間危坐博望侯，金鹽玉豉置兩頭。鬢影乍搖青海月，酒鱗爭湧白河流。當時遠使條支野，苜蓿葡萄移塞下。豈有靈蹤犯斗牛，惟聞異産來天馬。一入《齊諧》志怪篇，成都錦石至今傳。棐几明窗聊把玩，坐令兩腋風翛然。我方微醉斜景促，正值涼蟾掛河曲。勝友迢迢隔禁垣，井梧摵摵敲庭綠。何日相攜楊子津，片帆遙向江南春。登艫長嘯盡一斗，酣歌共對槎中人。

題楊忠愍公書画卷二首

祖德千秋志斷金，傳家遺墨擬南琛。應同琬琰昭臣鑑，豈但風霜重諫林。染素尚森迥日幹，開緘還炯伏蒲心。誰知大鳥飛鳴後，更有文光繼華陰。

章皇曾下褒忠詔，曠典遙霑異代臣。從此馨香輝鼎俎，至今巘谷鎖松筠。殘編幸復傳綈匣，斷碣無勞弔碧燐。今日聊因薊子訓，灞橋南畔識銅人。

題禹生畫水苗三頃圖，送檢討電發姪歸吳江

三吳宛在連淪漪，松陵水雲尤離奇。偉長詞藻況傑出，家居西廓人嶔崎。玉堂幾載不得意，拂衣歸去無然疑。何人寫生擅靈絶，漠漠零素開樊陂。水苗三頃桑株百，“水苗三頃百株桑”，杜樊川句。阿咸詩句偏相宜。魚莊蟹舍總隣近，釀秫載酒身常隨。青門展卷令人妒，塵冠不挂將奚爲。少游下澤車堪借，孟德精舍書須持。昇平四海一無事，《梁甫吟》成直是癡。

憺園文集卷第九

詩　碧山集_下

聖駕南巡詩_{十首有序}

皇帝撫辰凝績，於今二十有八年，三靈協應，五行順序。維此萬方百姓，常軫聖衷，蚤作夜思，勤求上理。乃者河淮濬治，未告厎績，在廷臣工，并請至尊臨視。加以東南吳會，閭閻闤闠，財賦奧區，屢煩宸念，省方之典，於是乎舉。攝提指陬，蒼龍首駕，預頒詔旨，申誡百司，精騎輕舟，刻期往返。減儀衛，罷儲偫，免田租，課吏職，勞戍役，興學校，禁末作，勤農功，寬闕吏之征，釋眚災之獄，勤恤民隱，細大不遺。是以車駕所過，通都大邑之交，山涯水滋之僻，其扶老攜幼而迎送者，以千萬計。自三五以來，觀民設教，行慶施惠，未有若斯之盛者也。時則窮禹跡而念平成，溯淮沂而思俾乂，烝徒載楫，鷖鵅斯旋，覯黃淮之消長，識河漕之表裏，睿慮經營，一朝而決，洋洋乎洵不世之訏謨，無前之偉烈矣。臣出入承明，職司著作，際神聖之朝，沐太平之化，戴恩感遇，述事抒情，恭賦五言十章，美盛德之形容，紀成功於簡册，竊附古大夫列士獻詩之義。詩曰：

皇帝總六合，醲化流無垠。二十有八年，勤思在烝民。聲教四海洽，景曜中天陳。猶慮寰宇間，謠俗儻未醇。水土失安宅，嘉種鬱不申。爰稽時巡典，臨軒召統均。農父及圻父，曁茲都水臣。鷖輿將南邁，施澤當陽春。巽風行地上，屬車無停輪。宿舂預儲偫，行庖却奇珍。莫遣市離肆，寧令農輟耘。王度式金玉，王言如絲綸。昭回一以煥，萬國彌尊親。

則壤自禹甸，總秸輸萬方。馨香奉郊廟，京坻峙神倉。聖皇憫農作，三時犯炎霜。疾耕供惟正，遺秉尒蓋藏。沛澤時旁流，軫恤逮窮鄉。蠲租無虛歲，策府垂芬芳。孟春參旗中，龍狼啓青陽。輕鑣過樂源，駐蹕農圃場。天語溢春溫，垂詢及蠶桑。從容諭父老，無出明年糧。稽首呼萬歲，揚聲薄穹蒼。眷茲大小東，淑氣迴勾芒。杼軸無復嘆，珮璲盈筐筐。

揚越號輕心，鮮裝競馳逐。飯稻而羹魚，斗儲無餘蓄。僭竊更來居，無藝供朘剝。沿流三百載，舊章靡由復。徵賦甲天下，民生得無蹙。逋綿累億萬，徒勞事捶扑。長吏拙催科，報罷如轉轂。仁皇憫其然，溫吹煦寒谷。久近悉弘貸，一旦空案牘。下戶慶更生，笑語捧饘粥。更求宋氏籍，誰爲妄盈縮。什一訪前規，均平追禹服。殊恩行度外，含氣蒙字育。曠然樂更始，咸與登醇樸。侍臣稱萬壽，保極斂五福。

蜺旌飄江雲，龍舸弭震澤。鮮雲垂芝蓋，五采籠朝日。皇衷澹容與，乾行自無息。春燈芙蓉水，曉霧凝早罩。行行抵吳門，引領西陵驛。居人覯翠華，羅拜擁金策。願挽汾陽駕，一駐寒香窟。許爲信宿留，勞撫同嬰赤。緬彼夏禹陵，歸焉稽山側。平成奏鴻烈，千載垂軌迹。涉江一瞻拜，所在止警蹕。介珪導誠愫，盼蠁通咫尺。

季札勾吳彥，言偲文學科。後賢踵厥武，比屋誦讀多。塗山啓玉帛，赤社爰承家。濟濟越妙士，藻思蒸雲霞。宏羅歲歲施，徵求遍幽遐。蘊采猶潛淵，貞桼尚韜華。昌朝重髦譽，顧此心孔嘉。廣收東南美，竹箭及丹砂。飛翔就皇路，班班連大車。

勤哉荷戈士，遠戍江海垂。本是羽林兒，《采薇》歌出師。八荒既蕩定，四海偃戎旗。腹心寄干城，爪牙職莫違。秣陵稱重鎮，諸越號禦兒。雄要自古然，桓桓耀國威。鳴鑾方順動，負羽夾道馳。雷鼓警宵衛，霜仗迎晨暉。勤勞荷帝眷，溫諭下所司。杓柄有挹注，文武互張弛。天下已治安，儆戒不忘危。濊澤既以弘，共慶昇平時。歡聲騰挾纊，再見東山詩。

結髮行事君，詔禄荷君惠。論官服一命，受此民社寄。夙興治簿書，難燭督并稅。章程小愆違，鐫責應手至。聖皇體群臣，見鉅不遺細。矧茲勤省方，乃忘負弩吏。治道按郵籤，望塵還擁篲。趨步亦孔勞，敬慎懷悚悸。鑒觀燭幽隱，亦令得霑賜。任職予一階，不稱弘貸貰。赤紱爭自勸，報塞媿無地。庶效古廉平，蒼生普蒙利。

蒼生帝所念，吳越重征輸。酌損以益下，亦既蠲其租。鸞輅鏘鏘來，八神警前驅。鹵簿曠不設，扈從皆撤除。群生得瞻仰，老穉歡相扶。至尊霽溫顏，

止輦問所須。瀕河見挽卒，長縴亘泥塗。何以郵其勞，長吏哺用餔。因念岸獄
中，幽夜獨向隅。弘以泣罪仁，釋之令改圖。嚴飭吏受賕，斷獄無偏頗。錐刀
爭既息，臥覺咸睢盱。服賈牽車牛，貿遷通有無。輸榷詣關吏，往往滯津塗。
嗣今速省遣，四海皆康衢。皇仁溥六合，群品共沾濡。大廓九州外，小不遺一
夫。一夫無不獲，皇心庶其愉。

黃河徙而南，其來亦云久。齧桑移漢代，六塔旋爲藪。今茲合長淮，悍勢
競東走。地道有變流，盈虧互翕受。節宣貴以時，潤下疇居首。海陵饒積粟，
自古稱殷厚。一自洪波餘，棲苴散林阜。疏瀹厪皇衷，念此南東畝。時巡肅駕
迴，登艫望海口。坎德祇既平，裁成倚我后。咨爾江鄉民，茲事信非偶。會見
千斯倉，康衢歌大有。

聖主代天工，睿圖協洪運。《風》詩採列邦，下民逮清問。首春爰啓行，東
后群肆觀。二月戒回鑾，龍斿辭浙境。春湖有魴鰊，雕俎不暇進。春谷有蘭
茝，華佩不暇紉。景物非所觀，所觀在民隱。萬里煦春溫，千里褒河潤。下民
戴高厚，刻石頌明聖。皇命趣止之，何乃煩百姓。詞官職珥筆，紀此質神聽。

孝懿皇后輓詩四首

桂觀繁絲歇，璇宮一葉飄。絳河沈七夕，寶嫠圻中宵。彩翟排雲上，銀蟾
傍月遥。還思奉長信，早晚侍三朝。

嬪室初來日，含章美在中。四星輝戚里，三月教公宮。那見虹消雨，虛疑
鳳下空。千門簪白柰，掩淚過椒風。

溫惠全坤德，沈綿感睿心。頻年虛盛典，此日嗣徽音。名鏤苕華琯，儀隆
瑒珇簪。寧無韓晉國，哀此慰重陰。

靈藥求難得，金缸曉尚凝。鏡奩雕几設，月觀翠華登。燎寢嚴緹騎，除門
度玉乘。壽原陪兩后，神爽庶依憑。

聖駕南巡歌十首

平明大駕出離宮，南苑旌旗動曉風。十二羽林森列仗，角樓初映海霞紅。
合殿花燈燦九微，太平天子勵宵衣。蒲青杏白籌農事，不爲宸遊駕六飛。
揚州沃土待隨刊，水國精靈尚屈蟠。不用潯陽射蛟弩，太陽迴照即安瀾。
煙邨土鼓正迎年，夾道欣瞻舜日懸。叢社更休勤父老，春風只在羽旗邊。

翠霄垣極儼紛羅,閣道橫斜跨玉河。太乙乍臨閶闔外,斗牛星畔五雲多。
鸞旗幾日過淮南,春到平山翠霧含。萬國更看陳旅百,五湖欣得近魁三。
江口金沙有漩流,二龍常自捧龍舟。潮頭不復如銀屋,散作仙雲護九斿。
罨畫湖山翠輦停,梅花如雪覆香涇。洞天禹跡依然在,定獻靈威《嶽瀆
經》。

百谷朝宗靜海濤,靈芝華蓋簇金旄。江蘺的礫雙珠子,夜吐涼輝照御袍。
春風送喜近龍顏,宮築宣房漢帝還。江水只今成太液,琪花真欲滿三山。

同太宰說巖公出昭德門見蹴踘者賦之

蹴踘流傳河朔風,羽林角勝殿門東。漢宮技奪彈棋巧,秦塞軍爭舞槊雄。
晝日蹣跚清陛上,閒時踢戲廣庭中。低昂百步隨人轉,那許飛騰向碧空。

送黄主一歸爲梨洲先生壽

家傳博古號青箱,大鳥猶聞世德長。一自乾坤留黨籍,至今風雨護刊章。
相逢喜說申公健,歸去應攜薊子方。賸有菖蒲勝水玉,封題應許寄山堂。

送萬季野南還

霜花釀酒送君還,邸舍相依十載間。慣對卷編常病眼,與談忠孝即開顏。
折衷三禮宗王鄭,泚筆千秋續馬班。蒲笨獨驅驚歲暮,凍雲寒雪滿江關。

送翁寶林

司空得請嚴裝日,柳色龍池尚蔚藍。聽漏幾年趨闕下,揚帆七月到江南。
鷗沙過雨應無暑,鱸膾迎秋漸欲甘。無恙五湖憑問訊,夢中煙樹碧于簪。

奉懷江邨宫端扈從

軒皇訪具茨,結轡襄陵野。昌寓既驂乘,諝朋亦前馬。江南二月時,風光
正韶冶。繄我同心人,日侍金輿下。橫汾有逸吹,蘭翰時森灑。于喁賡元音,
鏤管應勤把。宸襟廓無外,懿網覆函夏。閶闔雖崇嚴,所安非旆廈。方將溥嘉
惠,延恩逮鰥寡。前席問蒼生,陳詩首幽雅。仰成在謦欬,風行捷炙輠。鶴鳴
和在陰,中孚理匪假。吳宮邈遺跡,霜烏紛啞啞。層峰拂湖翠,過雨紅泉瀉。

鄉關入遠夢，退直想浮斝。念舊兼懷人，短章聊自寫。

鄭少司寇生日二首

同作中朝執法臣，獨彈古調倍相親。密裁封事霜猶在，虛聽爰書棘尚新。杞梓有材勞大匠，驊騮欲相媿方駊。放閒兩月疏人事，猶爲稱觥雜衆賓。

仙鳧江臯治績傳，巨源啓事最稱賢。蒼生祝爾登三事，蒜髮交君過十年。直道那能裁脛短，孤標未肯破瓠圓。家鄉近接文公里，講舍谿山晚照邊。

送查德尹

君家兄弟盛才賢，濯錦文瀾漾海天。魯國孔融年最少，鄴中王粲賦先傳。車迴廣武山如戟，舟渡茅津客似仙。遲爾他年麟木對，好尋繡帛漢關邊。

和陳尚書晚春下直之作

無計飛騰奈若何，穠花此日又蹉跎。聞雞月似初弦上，待漏車同流水過。衰病欲侵官謗積，芳春漸老客愁多。尚書才氣推無敵，欲鑱南山作浩歌。

送同年李厚庵學士和院長說巖先生韻

陳情拜表閣門通，淺碧遙天度遠鴻。萬里川塗三伏後，千秋名節一編中。遙知洛涘輕軒穩，聊記征西祖帳同。早晚騰書罷橫海，廟堂久已眷孤忠。

和尚書說巖先生馬上口占韻

休說天門虎豹關，朝聽鈴索暮方還。交情今日思王貢，史筆誰人繼馬班。筋力就衰慚補報，醉吟乘興託疏頑。何當接席雲霄裏，晝漏遲遲永日閒。

送汪舟次出守河南

憶遇章江尚褐衣，聲華海內似君稀。彤墀受詔千言就，碧海銜恩萬里歸。治郡須才辭禁掖，披圖覽古是王畿。故人十載同詞館，祖帳郊門手重揮。

贈陸翼王

耆舊當今碩果稱，如君經術有師承。耆年講舍依黃憲，壯歲門徒似李膺。

老眼平生書萬卷，旅懷蕭瑟酒三升。別予一棹江南去，輾固他時聽詔徵。

送翼王口占三絕句

秋風舴艋指程遼，客裏攜書尚一車。精衛勞勞銜木石，何時滄海藝桑麻。
考禮談經邁鄭王，如君今日魯靈光。孝先已是便便腹，鑿壁無須夜讀忙。
羌予束髮購奇書，藏弄年來萬卷餘。君到定應開閣待，清尊寒月步欄初。

棠邨先生齋中與諸公坐

退朝日午聽鳴驪，棐几晴窗事事幽。政簡卷簾常晏坐，晝長載酒許從遊。
家傳寶繪王丞相，王方慶，王導之後，家有累朝圖繪。架滿牙籤李鄴侯。人世閒情都遣
盡，漫勞躅忿與忘憂。庭前有合歡護草，故云。

贈高澹人學士二首

朱霞迥天半，鬱鬱承明廬。虹梁亙蜿蟺，太液涵碧虛。策馬日夕過，儤直
忘居諸。喬皇揪天藻，沈鬱著異書。解經勝匡相，作賦伴相如。非徒富文翰，
獻納尤勤劬。忠孝關至性，樸學寧迂疏。持橐事聖明，素志一以攄。鑾輿適巡
幸，朝朝趨玉除。急驛進講義，得奏天顏舒。積歲無休沐，清切依宸居。猗與
青雲業，致主躋唐虞。

芝蘭生幽阿，發為王者香。松柏蟠地底，挺立千仞岡。同心古所喻，後雕
聖所臧。嗤彼夸毗子，意氣徒慨慷。榮華盛顏色，炫燿矜衣裳。緬懷谷風作，
盡怨重嘆傷。感茲磐石固，久要安可忘。秋颸拂庭柯，明月映屋梁。徙倚不能
寐，佇此書滿牀。企首限禁垣，相望各一方。攬袂步前除，草露秋瀼瀼。

送許筠庵給諫假歸廣陵

禁柳陰濃鶯亂啼，長條攀折向隋隄。香生汗簡留梧掖，春老蘼蕪到竹西。
驄馬共推人諤諤，青袍不妒草萋萋。朝陽若待成高託，終遣黃門老鳳樓。

飲禊祝園分得引字

幽薊涉暮春，餘寒苦未盡。經時嬰末疾，蹢躅類絕臏。茲辰病良已，祓水
競發軫。群公已單袷，我裘猶縮窘。舊遊農壇西，紫閣鬱連畛。入門問邱壑，

憑欄紆勝引。山勢遥青青，水脈流演演。陶然醉一觚，衰頹足嘲哂。捷給上林簿，羌予謝不敏。寥廓翔鴻鵠，泥塗安蛭蟥。并託造化内，所悲在疾疢。即景聊盤桓，日晚風逾緊。閏月後會期，開尊待櫻筍。

送同年張南溟少宰二首

曾從席帽識儀型，瞥眼京都二十齡。魯直聲名歸省闥，山公品藻在朝廷。鵲華積翠留棠樹，濟漯分流辨水經。秘閣正資君博識，一時惆悵送征軿。

丹陛晨辭戀闕深，玉河北望卸朝簪。辭榮爲有松楸願，避俗曾無猿鶴心。暑退晚笳移水驛，涼生落葉響秋砧。莫尋丁卯風流迹，蚤有鸞書下碧岑。

贈錢飲光

別予皖口十經春，京國相過意倍親。詩句還如長慶體，風流宛是義熙人。據鞍顧盼風生腦，入座談諧酒污巾。博物君真苟濟北，可憐斯世有勞薪。

請告得旨留別諸公三首

蕭蕭白髮滯長安，此日都亭擬挂冠。入世艱虞憂履虎，當門芳馥怕鋤蘭。一官雞肋中情淡，萬卷牛腰遠道難。最是君恩如海岳，禁庭回首涕汍瀾。

螭頭簪筆十年餘，滾滾群賢共直廬。愁讀子期《思舊賦》，潛庵、繹堂、玉階、訒庵、樞臣、孝儀諸公俱下世。喜聞中散絕交書。錢飲光、韓元少屬書勸歸。勸人恬退嘗招隱，媿我衰遲始遂初。從此五湖深處路，龍威林屋好安居。

陳情拜手出金扉，秘殿縹緗許帶歸。冠蓋同時都惜別，吏人三館亦霑衣。兒曹勗勉惟忠孝，愛弟攜持共瘦肥。此去只餘公論在，平生那肯寸心違。

將出都作三首

詔書許返五湖陰，待命依然入禁林。賜坐温顔天表近，掣鈴異寵月華深。直廬在月華門東南。宸章捧出香盈袖，恩旨宣時淚滿襟。雙聳岧嶤丹鳳闕，能無葵藿向陽心。

筮得屯遭未即行，堯蓂三落又重生。忽看別館繁花發，驟聽嚴城畫角聲。都城三月，鼓角習射。光祿頻將月俸給，中涓時向閤門迎。祇慚衰鈍毫無補，敢望遭逢千載榮。

冬日輕裝理敝裘,青陽冉冉尚淹留。春苗經雨麥攬槊,社燕依簷月上鉤。
兼兩圖書先驛道,偕行賓從半蘭舟。紛紛別讌添愁思,金鏤銀船醉不休。

雙燕十六韻寄太宰澤州先生

雙燕隨春社,年年向桂宮。風光原自好,際會恰相同。出入丹霄裏,差池
紫禁中。詎知姿本薄,稍喜語能通。暖日千門麗,繁花複道紅。爐香低掩冉,
鈴索細丁東。兩兩依斜月,騰騰逐曉風。銜泥隨綺榭,唼食并珠櫳。託蔭逢嘉
運,酬恩矢寸衷。倚歌聲宛轉,蹴影舞玲瓏。巢壘營看穩,毛衣養漸豐。長當
稱比翼,忽復嘆飄蓬。茅屋棲偏隻,雕梁跡半空。離群思惘惘,感舊意忽忽。
飲啄安微命,生成仰化工。從茲顯晦異,好謝百花叢。

奉和江邨題壁二絶

白溝驛路值清明,青綺纔離三日程。所過莫疑軒冕客,餘生已分老巖耕。
題壁銀鈎照眼明,故人歲晚度歸程。別時記得燈前語,海曲湖灣約耦耕。

陳子萬見訪阜城

八年勞吏尚朱顏,匹馬尋予瀛景間。三世聲名傳黨錮,半生牢落隔鄉關。
揮毫對客詩才健,飛舃如仙訟牒閒。似爾祇應升省闥,漫懷善卷舊棲山。

禹　城

停車尋舊蹟,到驛算歸程。綠雨平原郡,穠桃晏相城。酒漓消恨淺,裘敝
御風輕。便欲埋名姓,何勞負弩迎。

上　巳

芳辰逢上巳,高會記齊河。瀟灑栢鐺設,從容節蓋過。聊為浮洛飲,即此
濯纓歌。馬首斯須別,難忘灤水波。

春　風

芳春已過半,燕趙多寒颸。鞭車直踰泰山路,晻靄始覺春風吹。春風吹,
在何許? 三江畫舫垂青縷,層曲樓臺吟白苧。我生多幸脫朝衣,值此芳時尚未

歸。春燕雙雙舞，春花處處飛。春光一瞬不貲價，東皇那肯停驂騑。戴顒溪舍
尚無恙，載酒聽鸝醉落暉。

蒙陰行爲陳惕若明府并示李德中少卿

蒙陰古顓臾，城小地屬魯。東去鬱岡阜，割入青州部。拾繭與採茶，民俗
恒惰窳。春耕秋射獵，猛悍本風土。明府關中賢，期月稱召杜。日夕絃誦聲，
居然興百堵。適來此地道左迎，郵亭駐馬月魄生。秉燭邀予過齋閣，掀髯抵几
談更深。比鄰恰是李卿宅，神龍蟠伏負盛名。海棠三五植小院，歸巢朱燕喞啾
聲。我友姜肱南董筆，十年史局討論密。同還被命治丹鉛，羞澀空囊如趙壹。
相逢茲夕樂事兼，茅堂土銼使君廉。斜月低沈飲無算，堆盤錯落惟晶鹽。自笑
平生未登岱，空羡神仙餐沆瀣。姜君生長蛟海邊，開口便思覓鮭菜。主人長跽
陳區區，荒城草具兼饌無。斟來魯酒本宿酤，仲尼何妨傾百觚。寥寥宇宙誰吾
徒，吾今不飲何爲乎？雞鳴拱手上車去，泚筆記此心煩紆。

山居作三首

湖山佳處靜安居，且喜門無熱客車。伍相祠邊吹角晚，莫釐峰際墜梧初。
舞樓寂莫《吳趨曲》，戰壘消沈《越絕書》。玉柱金庭何處是，閒時行樂問樵漁。

窈窕仙梯澗路通，西山儼對玉芙容。名園瀲瀲通湖水，蕭寺陰陰夾道松。
終古碧波吞日月，三秋銀練舞魚龍。他時橘熟霜楓晚，一片紅林曳短笻。

青尊白紵未消愁，漫説徐公百不憂。抱樹蟬號層嶺月，颭風菰熟五湖秋。
千年書秘龍威洞，一葉人傳范蠡舟。便擬問津銀漢曲，碧城好與列仙遊。

贈曹子清

涉秋已彌旬，執熱甚中夏。清風渺難御，赫曦如渥赭。嚴棲非不深，編摩
無休假。目疲銀海枯，腕脱白雨瀉。涓埃豈云報，感恩淚盈把。願言思所欽，
豪蕩俗情寡。蕭閒少公事，萬卷擁廣廈。齋閣比蓬壺，高吟復瀟灑。何日探林
屋，披襟一閒寫。

贈葉敷文

徵君高躅苦辭榮，驃騎何如第五名。籬菊傲霜堅晚節，巖松臨水駐幽情。

著書一代留文獻，釋勸當年重老成。白髮憐予方解綬，好儲春酒會耆英。

喜金介山至

昨歲銜恩笠澤還，一時秪呂那能攀。忽傳佳唱蘋洲句，遂枉高軒橘社間。
小海棹歌看劈浪，雙絢蠟屐愛遊山。酒酣談笑寧知倦，花落清齋盡日閒。

感懷示唐實君繆虞良吳元朗四首

欲報涓埃誓寸衷，承恩虛入建章宮。殿庭濟濟簪裾盛，臺閣翩翩唯諾同。
填海羽毛憐帝女，移山畚鍤笑愚公。才疏自合多憂患，敢謂時清吾道窮。

牆東避世簡編俱，小閣蕭蕭三徑紆。攬茝有心難止謗，含沙無影易張弧。
陽和未見銷鷹眼，吒叱猶聞豎虎鬚。三篋樂羊殊未已，君恩弘貸許江湖。

攜來玉軸是恩波，秪媿丹鉛舛誤多。已斂精神遲輟簡，欲翔寥廓避張羅。
殘春永夜鳴鵜鴂，繁雨輕飇亂芰荷。採得合歡方釀酒，小窗微醉發高歌。

平生鼎鼎在風塵，虛度韶華六十春。杯漾弓虵空妬影，樓成海蜃總非真。
休將讒譖投豺虎，尚把精誠格鬼神。索取瓊茅還問卜，浮湘千古笑靈均。

癸酉八月許鶴沙王却非招往秦望山莊爲耆年會賦謝

白舫青簾數往回，漫云海國近蓬萊。焚香永日惟敧枕，聽雨涼宵獨舉杯。
窮巷久無人跡到，仙家新有鶴書來。竚看蟾兔當三五，洞府華觴許覼陪。

發舟二首

胙艋乘潮白苧城，似邀明月送吾行。月明放櫂潮初減，月落停橈潮已盈。
八月涼風好射鵰，秋光無限海雲饒。錢塘瓜步飛銀浪，那比春申浦口潮。

十二日抵雲間盛誠齋先至共飲鶴沙宅

雲間二老稱王許，相邀高會秦山渚。佳客朅來盛孝章，衰殘余亦叨邾莒。
秦山去郡一驛程，茂弘邱壑平生情。方留海嶠待賓至，高陽開宴欣相迎。是時
華堂月未滿，三君嘯咏何蕭散。主人病起纔出門，行藥不愁衣帶緩。嘗笑百年
偏局促，眼底繁華如轉轂。赤弩杯中慰杜宣，鈞天夢裏聽秦穆。對此秋光樺燭
紅，萬事消沈杯酒中。一朝開閣遣群婢，舉措豈得非英雄。玉宇迢遙夜將半，

憑簷雜坐光爛爛。行酒無須命寶釵，鉤簾不用垂銀蒜。今宵方滯五茸城，明日蕭齋更洗觥。待得隨潮過黄浦，此身仿佛在蓬瀛。

儼齋招飲賢兄瑁湖宜園時瑁湖在江上

學士新營梓澤園，我來訪戴一停軒。主人倚櫂南徐月，令弟開筵北海樽。密樹翠微懸鶴影，繁花幽磵帶潮痕。籃輿是處堪留賞，欲别徘徊日已昏。

十三日鶴沙招飲園中

名園畦畛接瑯琊，小徑衝泥引客車。雲散微微金兔瘦，露垂冉冉玉蟾斜。病餘似更添詩興，老至彌應戀物華。明日潮平南渡口，列仙許與酌流霞。

十四日秦望山莊爲耆年之會各賦七言六韻

今朝勝地稱高會，故舊相逢樂未央。碧澗幾重開綺閣，清輝欲滿照華觴。當年論齒同裴相，置驛邀賓比鄭莊。密坐嬌歌傳白苧，涼宵妙舞譜霓裳。離離寶氣浮滄海，隱隱香風下紫閶。佳景到來宜浩飲，堪嗤白髮對紅妝。

十五日飲山莊

獨居寡懽愛，多難積悲戚。感爾惠芳訊，結言慰離析。矧此風景佳，明月三五夕。信使如流星，乘潮迎畫鷁。余得尺素書，開槭心涌躍。急裝赴高會，當軒紛履舄。余弟采薪憂，同心阻良覿。四老比商皓，銜恩并奮激。

皇仁閔臣僚，覆露及疏逖。逢時秉燭遊，胡爲事踧踖。陰雲撿望舒，秋花亦寂歷。良久吐清光，皎皎圓皓魄。宛轉絳樹歌，髡歡飲一石。勝事足繪圖，千秋播芳跡。

十六日却非送至郡城同飲鶴沙宅

安豐慣聽櫂歌聲，同醉朱堂繾綣情。金魄昨看明鏡皎，青霄今嘆玉盤傾。觴行正好分三雅，簾捲無妨過二更。似此風光殊不易，一邱一壑足餘生。

儼齋招飲横雲同却非鶴沙誠齋令兄子武即事

九峰綿邈沸水清，横雲石壁偏崢嶸。平原兄弟實産此，兹山獨以士龍名。

弔古長吟足惆悵，平生仗節真豪蕩。後來接踵興文儒，千載風流稱哲匠。瑯琊三俊邁機雲，季領臺憲秀拔群。折柬相邀山閣讌，酒鐺茶竈陳紛紜。敝廬迤邐百餘里，婉孌崑山連谷水。弱冠停艫騁望時，飛樓綺榭存遺址。細林山人招隱居，有客戀賞焚銀魚。十年磨壁題名去，陳跡猶在增欷歔。吾今滿酌爲君勸，圖經舊跡求文獻。早營精舍翦荊榛，寂寂無令猿鶴怨。會看張讌落成時，君應躧履還彤墀。浩歌遺老頻來往，薦與尊絲二陸祠。

甲戌三月三日，招同錢湘靈、盛誠齋、尤悔庵、黄忍庵、王却非、何涵齋、孫赤崖、許鶴沙、周礪嵋、秦對巖諸公，舍弟果亭，禊飲遂園，用蘭亭二字爲韻二首

勝集群公共采蘭，杏花煙雨縈青翰。歸田髮漸驚全白，望闕心還抱寸丹。佳節嘯吟行屐健，晚春禊祓裌衣寒。酒酣莫漫言辭去，指數東吳此會難。

梁鴻溪并陸機亭，颷驛中間桂槳停。谷水縈回環睥睨，玉山蒼翠滿堦庭。羽觴角觶休辭醉，急管繁絃莫厭聽。請看泰符懸象緯，熒熒南極老人星。

紺池上人贈詩二首依韻答之

黄絹江東廿載名，五言真擬號長城。今朝重晤年非老，鎮日裁詩格愈清。江渚煙波擊汰意，春山淡蕩振衣情。皎然持論維風雅，早見前賢讓後生。

嘉招同上木蘭船，太史風流絕代傳。謂尤悔庵。此日東都稱盛事，就中如滿是高賢。心忻神駿非關癖，語涉鮮妍不礙禪。舊蹟桃花方丈地，閒來弔古一悽然。

憶昔行贈秦對嵋宮諭

繁花欲殘墮春雨，嘉賓買艇來蓬户。衝泥爇燭出門迎，泰伯城邊秦子羽。憶共論交四十年，尊前皚皚雪盈顛。聽歌促坐溯疇昔，玉堂才子稱神仙。攤書雒誦謝人事，逋稅急徵蒙吏議。綵閣娛親長薜蘿，湖湘推轂紛茄吹。落拓終然一騎歸，狂豪聊作五禽戲。交章論薦拜舊官，重侍駁娑與扶荔。猶是先皇侍從臣，銀魚壓帶主恩新。䖝語乍聞還薄譴，一朝兩泣辭勾陳。羽旄雲罕巡吳會，二泉靈蹟卿雲藹。御筆親教錦軸藏，諮詢黄髮停飛蓋。詞林老宿寵注深，却向蓉湖守故林。余也不才感濩落，負慚覆載同茲心。忝長六年數馬齒，通籍遲公

蝓一紀。撰史分燈金匱書，吟詩并馬玉河水。十載棲遲臥釣磯，故鄉非遠見偏
稀。五茸昨歲張高會，恨不招邀製芰衣。休說論年未耆歲，諸老相攀作春禊。
廬尹狄監故事存，淶川亦造司徒第。雀舫乘潮喜賁臨，良宵燭跋漏深沈。明發
山園會黃綺，感時賦事成高吟。

贈禹鴻臚乞畫遂園修禊圖卷

廣陵禹鴻臚，丹青藝稱最。往余請急歸，君返桂林旆。馬首欲分塗，迸淚
灑青瀨。余方志皇輿，請君任圖繪。成書歲幾稔，還朝發將艾。屆茲暮春初，
禊事騰吳會。良朋平生歡，佳日彌飛蓋。波光明亭館，山氣紛蔚薈。早鶯啼花
枝，微雨濕衣帶。群賢觴詠餘，執手寫肝肺。騁懷非一端，即事多感慨。爾能
託神契，抗心風塵外。千載李公麟，畫理遊三昧。何為讓古人，辜負此良會。
少日祈盤桓，持酒當階酌。待君脫稿時，吟詩送擊汰。

舍弟園亭邀諸公小坐用蘭字

仲氏園池衆卉殘，招尋倚嘯碧闌干。懷人十載煩烹鯉，倦客三江學藝蘭。
何幸同心逢令節，翻憐久病勸加餐。獨嫌嵇喜真頹放，題鳳無言謝呂安。

同諸公過誠齋宅留飲用亭字

繡衣八十尚窮經，共說今時是歲星。嘉禊鶯花當淑景，名賢車蓋祝遐齡。
詩篇白雪題齋閣，歌管紅霞結幔亭。是日，庭中架閣張燈。勸飲羽觴須盡醉，儘教千
日不須醒。

題盛子昭輞川圖寄陳說巖先生

摩詰家輞口，水流似車輞。煙巒互縈帶，池館足簫爽。圖成遺後來，能事
古無兩。流傳閱人代，衆史各規倣。子昭最晚出，粉墨非鹵莽。神遊悟真契，
意外得殊像。齒齒石稜分，鱗鱗水波漾。翠篠若含風，青松似聞響。繚垣轉平
陸，高甍跨虛朗。房廊差雁翅，檑扉冒蛛網。林疑鹿跡交，岡作犬聲想。泉流
徑未窮，橋斷舟可榜。琴書布閒暇，壺觴紛來往。有山盡仙源，無土非靈壤。
想當盤礴時，手柔胸臆廣。秋風御袷衣，樓居聊偃仰。插架錦標鮮，展卷憶疇
曩。周廬入傃時，聯步群英上。嶽嶽澤州公，風懷常倜儻。公餘出此卷，傳觀

各誇賞。我時念江湖，頗欲謝羈靮。林泉我分有，社稷公可仗。詎料賦歸來，憂患與年長。傷弓已摧翎，擇肉猶舐掌。緬思彼王裴，那便此安享。公方銜恤居，寄聲同慨慷。

山齋建蘭盛開，有并蒂同心者，二賦之

殘暑蒤蘭對酒卮，名花爛熳傍堦墀。雙成縹蒂含香迸，密吐丹心帶露垂。紉佩參差看九瓣，擢莖秀挺喜連枝。平生漫說黃金斷，對爾彌深俯仰悲。

憺園文集卷第十

奏　疏

條陳《明史》事宜疏

臣等奉命纂修《明史》，仰惟筆削大典，徵信千載，所關甚鉅。臣等用是斟量體裁，博綜故實，考訂同異，衡別是非，撰成紀傳，十已六七。謹先繕寫本紀七卷，列傳十五卷，恭呈御覽。所有請旨及題明事宜，臣等詳議，條列於左。

一列代史書，僅儒臣纂輯，獨《晉書》之成，唐太宗稱制論斷，凡有四篇，史家相傳，以爲盛事。仰惟皇上以天縱之才，啓斯文之運，謨訓垂於雲漢，制作炳乎日星，稽古右文，度越唐宗萬萬。茲有明三百年興亡治亂之故，久垂睿鑒，將以輝煌典誥，表裏春秋，定大義之折衷，總群言之會粹，非由聖斷，無所知歸。伏冀賜之制詞，增光簡冊，不勝大慶。

一我太祖肇基王迹，當明神宗之世。自是以後，太宗奄定上京，世祖光宅寓內，皇略所布，事幾相接。而明世史臣紀載，或多失實，將欲翦其煩荮，正其矯誣，非窺國史，莫定是非。乞許恭閱三朝《實錄》，以便參稽。

一明之末造，猥多秕政，黨事滋起，朝議紛紜。而《天啓實錄》既非全書，《崇禎邸鈔》實多掛漏，文獻漸已難徵，野史不無遺舛。竊謂兩朝是非之實，難逃皇上聖鑒之明。擬將纂就列傳藁本，仰請睿裁。惟日月臨照之無遺，庶衮鉞褒誅之有賴。

一有明之祚，訖于愍皇，至福、唐、桂三王，一綫雖在，大命已傾，然一代終始，不可不詳也。考之《宋史》，瀛國降號，尚從紀體，而益、衛二王，即於本紀之後，附爲列傳。今以愍帝終本紀之篇，三王從附傳之列，削彼僭僞，存其事績，既著覆亡之效，愈明歷數之歸，揆諸體例，實爲允合。

一周之頑民，即殷之義士。是以元紀宋事，則張世傑、陸秀夫、文天祥、謝枋得諸臣，并見稱楊。纂《元史》，則余闕、福壽、石抹宜孫、普顔不花之屬，殊多褒美。明之臣子，當大兵既至，尚敢奮臂當轍，可謂不識天命。然各爲其主，盡忠所事，斯亦曩時頑民之比也。我皇上至仁如天，無不容覆，謂宜略其吠堯之辜，取彼匹夫之諒，量加撰録，無關表章，庶使亡國之遺臣，得荷聖朝之寬厚。

以上五條，仰祈睿鑒施行。

恭進經籍疏

臣蒙恩擢自通籍詞館，十七年來，伏見皇上聖性高明，聖學淵邃，探造化之奧蘊，羅簡策之菁英。廣厦細旃，時勤講究；牙籤寶軸，不輟研求。以故動垂法則，言成典謨，德業恢閎，治功燀赫。自古右文之世，何能髣髴萬一？兹者綸言特沛，購采遺書，又恐曲學異端，詖詞雜進，再下諭旨，務得有禆經史之書。睿鑒卓然，在廷無不欽服。臣盛事躬逢，不勝忭慶。謹將家藏善本，有關六經諸史者，共十二種，或用繕寫，或仍古本，裝潢成帙，仰塵乙夜之觀。臣葵藿微忱，毫無補報，藉兹卷册，冀以少贊高深。所有恭進書籍，具列于後。

宋朱震《漢上易傳》并《圖説》共十五卷，以程頤《易傳》爲宗，兼采漢、魏以下諸家，謂王弼舊注雜入莊、老，專尚文辭爲非，故於象數特詳。

宋張浚《紫巖易傳》九卷，極究聖人心法，微詞奧義，大約與程《傳》相表裏。浚曾孫獻之又附以《讀易雜説》一卷，通爲十卷。

宋魏了翁《大易集義》六十四卷，先集邵雍、周敦頤、程顥、張載之説，而附載諸大儒語録解義，每一卦爲一卷。

宋曾穜《大易粹言》十卷，蓋合二程、張載、游酢、楊時、郭忠孝、郭雍之書爲一編，而諸家語録、文集，發明《易》義者，并採摭焉。此與魏了翁《集義》皆《易》解之至精純者。

宋吕祖謙《東萊書説》十卷。祖謙里居時，嘗以書教授弟子，其後因而筆之。始自《秦誓》追泝而上，僅及《洛誥》而止。其門人時瀾取祖謙之説以補之，遂成全書。其言敷暢詳至，最有禆益。

元金履祥《尚書表注》十二卷，引據精確，可禆補《蔡傳》。履祥作《通鑒前編》，即自采用其説。

宋李樗、黃櫄《毛詩集解》三十六卷。二人本各有《詩解》，櫄之說多與樗相發明，以故後人合爲一編，摭引既詳，詞極暢朗。

宋趙鵬飛《春秋經筌》十六卷。鵬飛以求經者當求聖人之心，所謂筌者，心也，故名之《經筌》。頗能貫穿全經，發聖人筆削之旨。

宋王與之《周禮訂義》八十卷，其學本之程頤、張載，兼采注疏以下五十家，依《朱熹集注》例，先訓詁，次文義，《周禮疏義》于此全備。真德秀爲之序。

宋蔡節《論語集說》十卷。其書兼綜諸家，而于二程、朱熹、張栻之言，尤得其精髓。文雖約，所該甚博云。

宋李燾《續資治通鑑長編》一百六十八卷。燾倣司馬光作，用力四十年，事覈詞約。宋儒葉適以爲《春秋》以後，惟有此書。書久散佚，海內僅有存本。元、明時作《續通鑑》及《綱目》者，購訪不能得，皆未見此書，允稱史家秘乘。

唐《開元禮》一百五十卷，集賢學士蕭嵩、王仲邱等奉敕撰。蓋折衷《貞觀》《顯慶》二禮而爲之，有唐五禮之文于是大備，用以設科取士。周寶儼稱是書與《通典》《會要》三者皆經國之大典。

以上共計三十六套一百九十二冊，特具疏恭進，仰祈睿鑒，采納施行。

文治四事疏

臣等躬際熙朝，職居禁近，自愧謭陋，無能仰裨休明。謹以管蠡窺測所及，敷陳四事，唯聖慈垂擇焉。

一宮詹之設，由來尚矣。古者六傳之官，詹事居一。由漢迄明，代有沿置。我朝因之，未之改也。順治十五年內，世祖章皇帝以無職掌，亟行裁革。然亟也，非永也。故事，院府坊局，體屬班聯，大僚領其事，詞垣兼其職，分秩不分署，增職不增員，制誠善也。年來銓憲諸臣，疏請議復，未蒙俞旨。伏覩國家聯常綦備，端尹率更之司，豈宜獨闕？幸降德音，復舊制，官常以全，國體以重矣。

一詞臣以文學侍從爲職，代言待問，固某事也。唐太宗置弘文館于正殿之左，精選文儒，更日值宿，聽朝之隙，引入內殿，討論商略，或至夜分乃罷。宋臣司馬光言于其君曰："陛下英睿天縱，然於當世士大夫未甚相接，宜詔侍從近臣輪直資善堂，備非時宣召，廣裨聰明。"明臣張居正請如唐、宋故事，令翰林官分番入直，奉侍清燕，陳說治理。至我世祖章皇帝斷自宸衷，特命于景連門內蓋造直房，令翰林官分班直宿，以備顧問。皇上誠踵而行之，匪獨親儒之盛事，亦觀揚光烈之大端也。

一載籍者，天壤之精華，而邦國之文憲也。《周禮》：太史掌建邦之六典，外史掌四方之志、三皇五帝書。三代而降，修文好古之主，亦雅務訪輯。漢武帝建藏書之策，後天禄《七略》，凡三萬三千九十卷。唐貞觀中，魏徵等請購天下書。迄開元，經、史、子、集四庫，爲卷五萬三千九百一十有五。宋三館併玉宸四門殿，各有書卷萬餘。仁宗作崇文院，一倣開元庫貯，編列四部，而最其目。高、寧之間，卷幾六萬，視《崇文總目》有加。明初，下求遺書之令。永樂中，益廣搜採，秘閣所藏，不下十萬卷有奇。吁，盛矣！國朝人文蔚興，幾于彬郁，然而蘭臺石室，墳牒蕩然。一旦朝廷有事于述作，詔稽古儒林，載筆石渠，蒐討掌乘，以潤色皇猷，其亦何以資繙閱、備參訂乎？乞敕直省學臣，照中秘書多方募購，解送禮部。自内府文淵、尊經等閣，及翰林院、國子監等衙門，皆如法充貯。設典掌校讎諸司，散落脱亂有罰，焚蕩湮爛者罪。仍懸獻書之賞，置寫書之官，以羅致遺逸。鴻都虎觀之盛，奚難再覯于今兹耶？

一勝國之史，成于昭代，以監隆污，以垂法戒，所關至鉅。世祖時，有詔開局纂修，而發凡起例，尚未之講。近者天啓、崇禎二朝邸報及稗乘可備采録者，亦既漸集闕下矣。恐久之卷軸磨滅，文獻凋零，世遠蹟湮，無從考究，請敕館閣儒臣，發金匱之藏，分科簪筆，仍旁稽軼籍，廣辟宿耆，詳慎編摹，勒成信史。斯一代之盛典光，千秋之金鏡備矣。

之四者，頗鄰于迂闊鈔當。然方今聖學日新，文運正泰，經生之言，不無涓滴之補。《易》曰："文明以止，人文也。"然則化成天下，此其時矣。

皇上留神省覽，立賜施行，臣等幸甚！斯文幸甚！

乞歸第一疏

奏爲聖恩深重，頂踵難酬，犬馬下情，不敢不奏，仰祈睿鑒，準令回藉事。臣一介庸愚，驫曉文史，年近六十，學殖益荒，賦性拙迂，并無一人援引。值聖主右文，累次拔擢，自惟遭逢不世，感激矢報。職掌所係，務殫區區，但知酬恩，未肯諧俗。苞苴饋遺，一切禁絕，告戒僚屬，皦日如明。

近者前任楚撫張汧，橫肆污蔑，祇以臣爲憲長，却其幣問。又屢諭臺員，有聞即當彈劾。是以銜恨誣攀，張弧載鬼。昔第五倫之被謗，直不疑之受嫌，比之于臣，殆爲過之。所幸皇上坐照之明，鑒臣悃愊，當衆官傳問，供語參差，駕虛鑿空，良心難掩，隨即發露，自吐實情。然非聖明在上，青蠅白璧，幾至混淆。此臣所以感戴弘恩，日夜隕涕者也。臣備位卿僚，荷膺寵眷，迺爲貪吏誣構，有損國體，辜負知遇，顧影自慚。皇上覆載之仁，不加譴斥，臣復何顏出入禁廷，有玷清班？臣引分自安，始願有限。當入仕之始，常懷止足之思，重蒙國恩，欲言未忍。自遭毀謗，彷徨惕息，中宵憂嘆，不遑寧處。臣聞君之於臣，猶父之于子也。子之情可直告于父，臣之情可直訴于君。皇上之于臣，死生而骨肉之，不啻如父子矣。

故事，京官在任五年者，許給假遷葬。臣自母喪服闋，趨赴闕廷，于今十年矣。瞻望松楸，四時哀戀，兆域未妥，久欲告歸改卜。加以犬馬齒衰，頭髮無黑，筋力倦敝，精鋩耗竭，本計辭榮，兼懷避辱，不得已歸誠君父。仰惟皇上孝治天下，海內之人，莫不油然興起。臣邱壟之幕，實切于心，觀感興懷，不能已已。伏冀聖慈洞鑒愚誠，放歸丙舍，不勝激切待命之至。

乞歸第二疏

臣賦材凡近，受性庸愚，進無經世之略，退乏藏身之智，孤根特奮，動與時乖。遭遇皇帝陛下，天地容覆，山川受輸，脫略大端，抽揚小美。時當臨朝聽政之際，顧視群臣，過加獎拂。學術本疏于寇準，而常嘆稽古之勤；通達每媿于賈生，而繆許經時之策。溫綸寵賜，溢分踰涯。雖復木石爲心，麋鹿成性，覆露之下，應知感德。況臣自少讀書，麤知義理，塗肝刳腦，豈足云報。自受任以來，忘其駑下，勉自鞭策。始以編削之役，從容禁近；繼以庋屧之用，周歷臺端。居心但有朴誠，遇事不爲聊且。所媿才諝有限，智慮不殖，縱竭微忱，無能報稱。至于狥國之誠，夙夜永矢，皇天后土，實鑒之者也。

伏惟皇上以不出世之姿，具大有爲之略，行政必期于獨斷，用人不惑于浮言。臣自官侍從，躐躋今職，率皆上鑒于聖明，未嘗先容于左右，而寵盛忌深，道乖和寡。如今者楚撫張汧之獄，干連矯誣，橫被污蔑，雖舉朝信其生平，而機藏不測，禍發無端。若非皇上燭其潛姦，憐其素履，則黎邱之地，愛子含冤，楚水之涯，貞臣受僇矣。臣惟古者帝堯之明，憂心讒說，成王之聖，惑志流言。皇上運日月之明，普乾坤之量，使硜硜之諒，復得明白，斯孤臣之所以感激流涕，至于泣血者也。匹夫相要，尚相終始，況沐皇上生成大德，豈敢恝然言去？但臣引分自安，始願有限，重蒙國恩，備位九列，于榮多矣。語曰："居高者危，位峻者顛。"誠恐一旦復有媒蘗之言，朝夕浸潤，變亂黑白，雖不足以淆惑聖明，而忌者愈衆，臣身愈危，是以中夜憂嘆，不遑寧處也。

故事，京官在任五年者，許給假遷葬。臣自母喪服闋，趨赴闕廷，於今十年矣。瞻望松楸，四節哀戀，兆域未妥，久欲告歸改卜，俯計日月，又已倍期。仰惟皇上孝治天下，事居送往，動循禮典，海內之人，莫不油然興起。臣邱壟之慕，實切於心，觀感興懷，不能已已。伏冀聖慈洞鑒愚誠，準假回籍，不勝激切待命之至。

遵旨回奏疏

本月十八日，都察院左副都御史許三禮一本，爲聖主必須賢佐等事。二十一日，奉旨："這所奏事情，著徐乾學明白回奏。熊賜履原係簡任大臣，朕所深知，已經起用，現在丁憂。許三禮乃請乞即召用，輒薦大臣，殊屬不諳。著飭行該部知道。欽此。"

臣自惟一介寒微，荷恩深重，迂鈍成性，橫被人言。皇上不即處分，令之回奏，臣戴高履厚，感激涕零，敢一一爲皇上陳之。臣孤踪拙守，涔膺右職，被荷聖恩，有踰常分。自念遭逢堯舜之主，惟願少報涓埃。自學士歷部院，事事謹凜，杜絕陋弊，一時諸臣所共聞見。憲臣謂臣律身不嚴，致罪臣張汧所供，臣若果受張汧一錢，臣甘寸磔。祗以臣爲臺長，聞知張汧狼藉，屢向僚屬斥言其非，汧知而恨臣，遂肆誣衊，幸蒙皇上洞悉。臣以性不諧俗，遭人嫉忌，具疏懇辭，求還田里。蒙皇上隆恩，以臣麤知學問，准解部務，仍領各館總裁。

臣杜門謝客，早夜編摩，六十之年，焚膏繼晷，喀血反胃，病勢多端，其兢兢不敢少懈者，總以俯竭愚忱，仰報萬分之一。每隔數日，入直赴館，與高士奇等奉旨共訂書史，校讎御選古文，此外并不相見。臣在任之日，尚且嚴絕苞苴，豈解任以後，反行招搖納賄？憲臣謂臣優柔繫戀，潛住長安，臣忝冒眷遇，非可潛住之人，京輦都會，非可潛住之地。又謂乘留修史爲名，出入禁廷，臣留京有俞旨，總裁有專敕，修書非可託名，禁密豈容輕入？且忽云潛住，忽云招搖，皆臣所惶惑不解者也。臣子樹穀赴考，原經吏部題請，奉旨一體考試，其時大臣子弟與考者，不止臣子一人，臣子現在供職，豈敢違旨不考？臣弟元文又經奏明，重蒙特恩，親裁簡用，聖明在上，安得朦朧與考？此等情節，皆在睿照之中，大小諸臣并所稔悉，不知憲臣何獨以此苛責于臣也？

總之，臣賦質愚魯，惟知上報國恩，平時好講忠孝大義，言論時或激切，易以招尤。臣年衰病劇，憂患積侵，屢欲乞歸林樊，保其餘齒。惟是主恩極重極深，犬馬戀戀，是以未敢求退。忽遭論劾，清夜負慚。伏乞皇上立賜退斥，亟還田里，并罷臣子言職，以安愚分。臣不勝惶恐待命之至。

乞歸第三疏

聖恩之高厚難報，微臣之晚節宜全，輸誠呼籲，仰祈俯准歸田，以延臣殘喘事。臣本江介迂儒，濫居詞館，二十年來，沗廁卿列，榮寵逾涯，致人嫉忌，疏直成性，更招怨尤。去歲以貪吏橫誣，幾陷不測，皇上聖明洞鑒，得以昭雪。隨具疏哀懇乞休，蒙皇上解臣部務，仍留總裁書館，不敢復瀆天聽。哀暮之年，黽勉從事。邇來精神衰耗，漸不能支，且以先人塋域水齧，五內煎迫，遂成喀血翻胃之症。屢欲再申前請，祇以受恩深重，犬馬之情，依回戀主，未忍決去，久在聖明照察之中。憲臣許三禮，前因與臣議先賢先儒坐位，其言不合經典，臣于九卿奏對之時，斥言其非。本以公事相爭，不謂觸其私怒，起於睚眥之末，成是貝錦之傷。始以參奏不實，部議降秩，復捏造事款，逞忿劾臣。自非皇上至仁至明，豈能保全其性命。臣感激涕零，伏地嗚咽。

竊聞孔聖之信顏子，猶致疑于拾塵；慈母之愛曾參，尚未免于投杼。至于君臣之際，史書所載，貞臣志士以偶然譖愬致嬰禍譴者，詎可勝數！獨何幸遭逢聖君日月之照，洞燭幽隱，鑒臣銜冤，與之湔洗，闔門感泣，欣荷再生。又伏自念皇上之豢養臣者深矣厚矣，培護臣者至矣盡矣，君父之恩，罔極難報，而媢嫉之人所以媒孽臣者，何可周防！臣若因循居此，更有無端彈射，豈敢終望恩憐！言及於斯，心神戰慄。伏乞皇上憫臣之愚，終始矜全，使得保其衰病之身，歸展先臣邱隴，臣不勝至幸！

臣總裁《會典》，業與諸臣編輯告成。《明史》屢經易稿，臣弟元文現領史局，自可與諸臣商榷成書。至于《一統志》，考究略有端緒，臣今方寸瞀亂，不能復事丹鉛。皇上若放臣還里，既遠危機，復得閒暇，願比古人書局自隨之義，屏跡編摩，庶得及早竣事，展布心力①，少報萬分之一。皇上所以留臣者，祇以諸書之未竟，而臣自分歸田之日，可以優遊簡冊，展布心力，仰副皇上之盛心，即

① "展布心力"四字，底本用黑色塗抹，今據康熙本、光緒本補。

臣螻蟻微誠，所以仰答高厚萬分之一者，將于是乎在。爲此瀝血披陳，不勝悚息待命之至。

備陳修書事宜疏

　　管理修書總裁事務、原任刑部尚書臣徐乾學謹奏：臣於本年十一月二十二日具疏乞休。二十六日奉旨："《一統志》關係重要，紀載務須詳核。宋、元《通鑑》原書抵牾舛錯，議論多偏。卿學博才優，參訂考據，確實纂集進覽。這所奏俱依議行。該部知道。欽此。"

　　臣淺識庸材，叨蒙眷遇，茲者請乞骸骨，恩綸聽允，仍許攜帶書籍，命之編輯。聖德高厚，頂踵難酬。昔唐張說即家修史，宋司馬光歸洛著書，臣愧非其人，竊思自勉，敢不竭其駑鈍，以副皇上委任至意。所有編輯事宜，敢抒管見，爲皇上陳之。

　　一《大清一統志》備載天下山川、郡邑、政事、風俗，用昭我皇上車書一統之盛，貫穿古今，有裨治理，關係匪淺。元代所輯，號爲精詳，今已不傳。《明一統志》疏漏舛錯，難以勝舉。臣向來從事書史，不敢師心自用，必博訪舊聞遺獻，冀逭愆尤。自茲僻居山野，見聞漸稀，加以精力就衰，更需一二相助。現在纂修《一統志》《明史》，支七品俸。臣姜宸英、臣黃虞稷學問淵博，文筆雅健，并以寒士蒙恩俾與纂修，在館十年，尚未授職。分輯《一統志》已有成緒，若得隨往襄助，一如在館供職，庶編輯易成，事竣之日，仍赴史局，似爲兩便。其所修《一統志》陸續繳送，俟館閣諸臣詳定，彙呈御覽。

　　一本朝功德隆盛，聲教遐訖，幅員之廣，亘古所無。外蕃各國，例宜備載。今自朝鮮、琉球、安南等國，尚易考究。惟盛京邊外所轄地方及奉貢諸部，凡沿革、風俗、山川、物産，無有故牘可稽。乞敕在館諸臣，撰成草藁，寄付與臣，一體編入。

　　一《一統志》例載本朝人物，凡朝廷恩邺大臣及德行卓絶者，理應採録。但臣愚昧淺見，不敢輕爲出入，應俟在館諸臣公同酌定。

　　一臣所輯《明史》正德、嘉靖兩朝列傳及《地里志》《職官志》《藝文志》，今已脫藁。其《河渠志》《儒林》《文苑》等傳，容臣一并帶回編輯，繳送史館。

　　一宋、元《通鑑》，明臣雖嘗有編纂者，如商輅、薛應旗、王宗沐諸本，或詳略失宜，或考據抵牾，或名姓互殊，或月日闕謬，皆不可爲典要。臣不揣固陋，有志改修，今已得十分之三。臣回籍時，亦當加意纂輯，博採正史、雜史及諸家文集、雜著諸書，參考同異，辨証是非，仍倣司馬光《通鑑》例，作《目録》《考異》，彙爲一書，恭呈御覽。

以上諸書，卷帙繁重，未能克期具竣。臣雖衰病，務必殫心考索，期無舛謬。臣荷皇上隆恩，無可酬效，苟存視息，早夜編摩，敬抒一得之愚，以成千古之論，涓埃展報，實在于斯。臣謹一一奏明，仰祈聖鑒施行。

臣工修省宜勤疏

竊惟天道遼遠而聽則卑，人心微渺而動輒應。邇者幾輔之地，雨澤愆期，二麥無秋，三農失業。皇上軫念民依，焦勞日夕，不以爲歲運之適然，務求夫感格之至理。省刑釋繫，蠲負施恩，蕩滌瑕垢，與民更始。而又恭默内省，減膳撤懸，却尚衣之御，屏燕寢之安，震動恪共，宮府交警。而又先甲齋宿，雩祭南郊，親舉玉趾，步自宮門，盡瘁憂民，損絀尊重。所以大禮攸行，甘澍旋降，四郊遍被，上下沾足。夫惟皇心既一，天監在兹，雖三代聖王桑林之自責，雲漢之靡寧，赫明協應，呼吸可通，未有如是之至神且速也。

伏念臣等内外臣工，未能以皇上之心，爲政或有未平，事或有未允，或具文而鮮實，或勵始而怠終，皇天示儆，旱魃爲災，上貽君父之憂。職此之故，非皇上之至誠，何以挽回天意，億兆更生？謂宜鐫責群僚，俾之引咎，又蒙浩蕩，不加督過，聖德至隆，主恩至渥。竊謂自今以後，内外臣僚，宜深竊禄之慚，勿懈省躬之志，毋以天變既回，遂可宴然無事，務期益矢乃心，勵乃職，庶以仰贊一人，少分猷念，則天心愈眷，玉燭常調矣。

嚴察軍政疏

竊惟設兵衛民者，朝廷之制；潔已邮軍者，將帥之責。如或將帥不賢，營圖賄賂，勢必扣餉剥軍，悖違法紀。我國家軍政大典，五年一舉，自提鎮以至千把總，莫不詳覈賢否，大行黜陟，法甚嚴而意甚厚。然軍政所以剔弊也，而從來將帥每借以行私，爲弊兹甚。臣聞軍政造册之歲，不肖提鎮往往託稱公費，責索下屬，大將則派於偏裨，偏裨則派於小校，小校則派於營伍。於是扣其每年錢米，扣其每季芻豆，窮卒吞聲，無從控訴。又或伍籍逃亡，不補不報，冒銷餉廩，積儲私家。及文册到京之日，則多挾賄請託，希脱糾駁。又有蠹胥姦棍，乘機騙誘,代通關節,包攬分肥,而士卒之衣食已半入私橐,半供賂遺矣。

夫國家振肅紀綱之法,而將帥乃借以營私,其於憲典尚可容乎?此皆從前積弊,我皇上日月同明,所燭照而洞晰之者也。臣荷聖恩特擢,俾司憲紀,兹當軍政方行,敢不夙夜兢兢,矢澄夙弊?業與同官告勉各道御史,同心釐剔,凡有官弁饋送苞苴,及蠹棍關節包攬等情,苟得人贓實證,即行指參,以期不負我皇上整飭綱紀之意。但恐將帥狃於陋習,斂派如故,即如昨見雲南鶴慶總兵王珍奏訐本,內有會造軍政册籍,各營派銀不等,需索逼追等語,雖虛實未定,亦可見遠徼蠻荒,猶有此等名色,其他可知。

臣竊思邊疆之弊,既隔遠而難知,賄賂之行,又曖昧而難察。且輦轂之下,五方雜處,雖加禁飭,未易緝查。至於官弁派斂,則必累及窮兵,一遭剥削,衆口騰沸,彼地方大吏,豈有未知。伏乞敕下各督撫,備細採訪,如有仍前派費者,毋論大小將吏,立行據實入奏。儻扶同徇隱,事發之日,一併嚴加議處。如此則窮陬遐滋,無不知朝廷體卹軍伍之盛心,而各官亦稍有顧忌,不敢恣意苛派,賂遺息而扣剋清,卒伍安而風紀飭矣。

糾朝鮮陪臣疏

禮部爲請旨事。據朝鮮國差來陪臣議政府右議政鄭載嵩、禮曹判書崔錫鼎、司憲府執義李墪等呈,爲仰陳小邦冤枉情實,冀蒙矜察,以憑轉奏事。竊照小邦不幸,姦民犯科,越境挖參,致有鎗傷官役之變。客歲皇上敕旨,極其嚴峻。我寡君惶驚隕越,措躬無所。申飭邊吏,另遣近臣,拏獲各犯人等,公同敕使,一一查究。罪狀昭著,王法將行。我寡君奉承朝命,竭力緝捕之誠,庶幾自暴於天日之下矣。乃者職等行到遼西,逢著回還,節使得聞,以敕使還朝後議奏,已經本部覆題,至有致罰寡君之事。而皇華之奏,貴部之題,辭語切至,無非謫責寡君之意云。職等聞來,不覺愕然而驚心,憮然而失圖等因,具呈到部。

該臣等議得,國家懷柔萬方,遐邦絕遠,皆聲教之區,覆載以內,無非赤子。朝鮮僻處東服,蕞爾一隅,夙奉車書,浸潤膏澤。自太宗皇帝時,向風慕義,我朝念其悃誠,恩禮優渥。後乃背德違理,包藏禍心,是以仗義執言,聲罪致討,棲其主於山城,俘其妻子,彼國勢窮蹙,立見滅亡。我國家曲賜矜全,推誠示信,還其故主,復彼舊都,起煙熖於寒灰,生華黃於枯木,興滅繼絕,德孰大焉。

世祖皇帝湛恩汪濊,洋溢方外,記人之長,忘人之短,憫其僻遠,地瘠民貧,特減貢賦之半，八分貿易，亦復禁止。即充庭奉贄方物，載在典章，祇存其名，屢行蠲豁，邮小柔遠之義，亦已極矣。至於我皇上御極，益惟祖宗深仁至意，重加存恤，寬厥土貢，釋其罪罟，往往捐棄積愆，偕之大道，凡以厚屬國、惠遠人也。其在朝鮮，奉大國之聲靈，安居暘谷之域，當念累朝興復之殊恩，撫循之至德，恪守藩翰，夙夜虔共，庶無隕越，以滋咎戾。顧乃其君昏懦，其臣恣肆，玩愒驕惰，習以成風，棄禮忘恩，匪惟一事。

臣等每聞使臣至彼，不遵先年所定儀注，其國王或迎而不見，或偃蹇不迎，天威咫尺之義，謂之何哉？往者陪臣來京，違禁私購野史，以有癸亥年伊國廢立始末，妄請刪改，宴賞之際，肆厥狂言。夫史者，天下萬世之公也，考實直書，不憑野乘，有其事者不得爲隱，無其事者自難緣飾，公義所在，寧徇私請？而又妄稱日本來伐伊國，乞師救援，徐而察之，略無聲息。先年曾騰章奏，託言備倭，煽惑欺罔，是其故態。方我國家小醜未靖，興師征討之時，復騁浮詞，覘我虛實，其心尚可問乎？夫藐信使而不見，至無禮也。褒誅鉅典，輒以私干，宴賞頒行，恣情要狹，大不敬也。日本原無侵伐之舉，而妄行疏奏，是罔上也。積有重釁，應即重懲，皇上念其狂愚，悉從矜宥，在彼君臣，感激圖報，當復何如？

乃邇年以來，邊界姦民屢干法禁，一國之長若罔聞知，且又借端請乞，言非情實。去年更有姦民韓得元等公行採參，擅放鳥鎗，邀截官役，殺傷至死，揆諸國法，難以再道。皇上始遣大臣會同嚴訊違禁姦人，從重擬罪，國王一并察議。猶念小民犯法，其主或未之知，僅以約束不嚴，罰鍰示警。乃鄭載嵩等猥賤陪臣，輒妄爲其主求寬，擅具呈臣部，無禮已甚。臣等詳閱其詞，無知虛誕，文理茫昧，背經拂義，徒欲矜其蛙聲以驕語國人，而不自知其鄙倍至於此極也。臣等謹指摘其謬戾，不止一端。

太宗皇帝稔悉朝鮮心懷狡詐，其陪臣辭意矜奢夸，是以留其質子，執其罪人。其或調發違期，藏匿不軌，震怒詰責，若發雷霆，聞命驚惶，喪其魂魄。爾時彼國刑賞黜陟，皆稟朝廷，其子孫臣民，亦豈不知？徒以哀憐新附之國，苟非大戾，事事曲矜，如崔孝一、林慶業而外，麗於罪罰者，不一而足。輒施浩蕩之恩，以示寬仁之政。及世租皇帝以來，朝鮮人作姦犯科，越界違禁採參，及買禁物硫黃之屬，定厥罪名，多從輕典。惟康熙五年容隱逃人一案，罰銀五千兩，用伸國紀。六年進貢紙張不堪，罰銀一千兩。二十年義州人違禁採參，二十四年妄請罷買牛畜，臣部皆議罰銀萬兩。皇上概從矜免，未即依行。想以恩幸屢邀,人情恣縱,朝廷原詘法以申恩,在彼則怙恩而蔑法,不深思該國之負罪滋甚,而以從前之姑寬者爲例,反謂無可罰之情,何其謬與!

我聖明在御,睿照如神,賞不遺卑賤,罰不貰貴近。況從來令甲部伍有罪,鈐轄者必受其辜,雖在懿親,未嘗寬假,用以明罰飭法,綱紀四方,胥是道也。朝鮮雖小國,屢犯禁令,豈得曲爲彼貰,以觖此法哉?且國王惟諉於不知,故用罰金之條,若使知情故縱,罪寧止此?彼謂小國亦有人民社稷,若以譴呵爲恥,不思彼國服屬五十年,沮水以外,皆我肇域,庶幾邀福我朝,保其禋祀,其人民社稷,誰實畀汝,而可肆然誇大其詞耶?

至于濫引經史,尤多狂悖。《書》曰:"宥過無大。"然又曰:"刑故無小。"今屢犯禁不悛,至戕害我人民,此過乎?抑故乎?皇上猶矜憐其非故,而姑示薄懲,彼乃不辭以大過自居,而妄求寬於君父,其狂悖一也。《春秋》原情定罪,乃衛侯毀滅邢,胡安國傳文,其解經特重衛侯之罪,言其情不可恕也。《春秋》原情之輕重,無有假借。皇上軫恤邊氓,該國所悉也,而輒肆毒害,曾無忌憚,其王之罪尚可恕乎?謬引先儒之語,而不知《春秋》誅貶之義,其狂悖二也。刻印銷印,是楚、漢方爭君臣未定之謀,豈所語於天朝令出惟行、信賞必罰之大政?其狂悖三也。《易》曰:"渙汗其大號。"言號令如汗,汗出而不可反也。劉向之規其主,正謂出令不逾時而反,是爲反汗,此人主之大戒也。今乃云"亟賜反汗",其狂悖四也。引《書》伊尹言匹夫不獲自盡而妄撰,爲聖王恥之,亦非臣子引愆謝罪之所宜言,其狂悖五也。

夫彼國雖小,君臣之分,縶豈獨無?即使果有冤抑,該國王本是外臣,應上章自明,乞哀祈請。豈有么麼卑賤,不告其君,而輕弄筆端,橫開禍始?皆由其國主弱臣强,已非一日,若非我朝屢爲護持,不知幾見篡竊,鬼蜮面目,魑魅伎倆。其在彼國,既習爲橫逆,無所逃死,輒自露于光天化日之下。我皇上視薄海內外爲一家,申大倫,行大義,亦不容使外服有此無君之臣,法在有司,必罪無赦。相應將鄭載嵩等嚴拏,發與該國王從重治罪,并將此情節,一一傳與該國王知悉,可也。

憺園文集卷第十一

奏　疏

恭請聖躬稍節勞悴疏

臣等伏覩皇上至德純孝，奉事太皇太后，三十年來，孺慕色養，無一時不盡敬，無一事不竭誠，中外臣民，所共聞見，是以慈顏有喜，延享遐齡。茲者太皇太后聖體違豫，皇上孝思不匱，心憂色悴，寢膳忘廢，朝夕虔侍，不離左右，徧覓方書，親嘗湯藥，渙恩釋罪，期迓休和。復自宮中步禱南郊，親製祝文，詞義懇篤，太常宣讀之際，涕泗交頤，文武從官，無不感泣。日者慈寧雖稍安和，未遂平復，當此嚴寒氣候，皇上深夜席地，謹視動靜，目不交睫，衣不解帶，更闌漏盡，弗遑寧處。聖慮憔勞，天顏清減，臣等螻蟻下情，憂懼無地。竊惟皇上膺祖宗之寄托，爲臣民所怙恃，至尊起居，關係甚重，且太皇太后慈愛最深，見我皇上勞悴非常，聖衷必有未慊。伏願皇上上念太皇太后之勤倦，下慰中外臣民之誠悃，每日奉侍之暇，早還宮寢，調養聖躬，以時御膳，自然慈闈勿藥，永迓鴻庥。臣等謹冒昧合詞上奏。

恭請節哀進膳疏

臣等伏見皇上自遭太皇太后大喪，孺慕悲泣，三日以內，饘粥水漿不入於口，聖孝純篤，超軼千古。臣等入臨之際，不勝感悚。竊思先王定禮，有哭踴之節，有糜粥之奉，立爲中制，不使或過，惟恐凡爲人子者，一至傷生，反虧孝道，故垂訓至切。而況人主握萬幾之重，涖四海之廣，豈與卿大夫士居廬者同日而語。我皇上至德純孝，自慈寧違豫踰月以來，晝夜侍奉，目不交睫，坐不離地，聖容憔悴，臣等已深憂懼。茲者慈馭賓天，盡孝竭誠，已無留憾，皇上當深思遺命，以禮損哀。乃哭泣無間，屏却飲食，哀慘之深，以至昏暈，諸臣苦言勸慰，未蒙采納。若使聖躬稍有未適，天下臣民何所托命？臣等愚賤下情，伏求皇上深思太祖、太宗、世祖列聖付託至意，太皇太后慈愛本懷，節太甚之哀，爲不匱之孝。況皇太子學問精進，識見大成，諸皇子造就有方，俱秉至性。每當皇上號哭之際，皇太子及諸皇子悲思填膺，憂惶無措，諸王大臣見者無不心摧。惟望減哀御膳，調護聖體，庶幾仰承列聖在天之眷，次以慰安皇太子及諸皇子，下以昭示中外臣民，不令踧踖無所。臣等無任屏營激切之至。

再懇節哀回宮珍攝疏

臣等伏覩皇上孝思誠切，悲傷過甚，合詞上請，以禮節情，雖賜報聞，未蒙允可。乃皇上三日以來，哭踴無時，水漿不入，聖容清瘁，大異平時。臣等憂惶失措，益不勝倦倦之思，復合詞固請。奉旨："朕忽遭大故，五中潰糜，非不知恪遵遺詔，守身爲重，勉節哀情，强進飲食，但悲從中來，情實痛切，莫由自主，以至昏迷，即欲少餐饘粥，亦不能下咽，非故却不御。覽奏具見誠悃。朕當强支自愛，卿等無須過慮。該部知道。欽此。"

臣等仰知皇上雖未能即抑哀情，亦已俯鑒微悃，少自珍愛，臣等且感且泣，不勝幸甚。不意自昨至今，驚聞皇上號慟無間，不減於初。中情哽瀄，火炎發嗽，痰涎之內，往往見血，臣等心摧膽裂，莫知所爲。竊念皇上一身，郊廟神靈所式憑，子孫臣庶所托命，苟不自惜以殷憂至疾，則臣等備股肱之任，居侍從之班，論思獻納，所司何事？苟且隱忍，百死何辭？且皇上少育於太皇太后之懷，皇上試念平昔，設有一日不遑啓處，聖體稍有未寧，太皇太后之心肯一刻安乎？今者在天之靈，所以關切聖躬，維持顧復之念，夫豈異是？今一旦以哀痛之故，漸致違和，太皇太后必有焦然不寧於在天者。

《孝經》云："毀不滅性。"《禮》云："毀不危身。"故先王之於禮也，深戒夫悲哀太過而不能勝喪者。往哲遺訓，深切著明，聖學淵邃，素所討論，豈可不免强裁抑以從斯義？況皇上爲天宗子，對時育物，當此三陽肇節，萬象更新，尤宜恭已璇宮，制損哀思。伏祈皇上念祖宗付託之重，太皇太后鞠育之勤，以節情爲禮，以守身爲孝，還宮調攝，少抑哀衷，以慰臣子之私，以答天下之望。臣等不勝屏營切禱之至。

恭請喪制以日易月疏

本月二十五日，大行太皇太后慈馭上賓，臣等正在哭臨，奉有上諭："朕昔讀史，至魏孝文帝行三年之喪，嘗嘆稱之。朕非欲邁古賢君，祇念朕八歲世祖皇帝賓天，十一歲慈和皇太后崩逝，藐茲沖齡，音容仿佛，畢生哀恫，藉聖祖母太皇太后鞠養教誨，以至成立。今茲棄養，五情潰糜，回思早喪怙恃，益加悲傷。今欲爲太皇太后服三年喪，稍報罔極之恩，朕獨於宮中持服幾政，毫無曠廢。如此，朕心少愜，可以略慰哀情。各官具集議之。欽此。"

臣等同奏稱："皇上至德純孝，自古無倫，但古者以日易月之典，漢、唐、宋、元、明人主無不皆然，誠以帝王之孝與臣民不同。願皇上仰遵遺誥，博稽古制，上思天地祖宗付畀之重，下慰群臣百姓螻蟻之忱，以禮節哀，以義裁恩，易月之典，守而勿更。臣等不勝倦倦之至。"

又奉旨："朕事太皇太后三十餘年，未敢少懈，即近者聖體違豫三十餘日，衣不解帶，不敢不竭誠侍奉。朕之此志，期在必遂，否則貴爲天子，富有四海，亦奚以爲？爾等詳議之。欽此。"

臣等再聽綸綍，感悚嗚咽。又奏稱："皇上再發德音，詞旨激切。臣等犬馬微誠，何敢不上達於君父？皇上一身爲郊壇、宗廟、社稷所寄託，每當祭享，伏見鑾輿親涖，罔弗竭誠盡敬。古者祭爲吉禮，必於除服之後舉行，是以郊焉而天神格，廟焉而神鬼饗。皇上以太皇太后之故，若使郊廟神靈少有弗歆，即太皇太后在天之靈亦必不安。臣等所切懇者一也。自古君臣一體，若皇上遂持服宮中，聽臣民即吉。晉臣傅玄有言曰：'使主上不除而天下除之，是謂有父子而無君臣'，三綱之義虧矣，萬萬不可者也。如中外一體行服，停止祭祀、音樂、嫁娶，又非皇上愛育萬物之心。臣等所切懇者一也。況皇上奉事慈寧三十餘年之晨昏孝養，逮今違豫以來三十餘日之晝夜憂勤，無非盡孝於太皇太后。今乃於慈闈遺命反不曲遵，恐有虛太皇太后之倦倦。臣等所切懇者一也。臣等不揣愚賤，敢固以請。"

又奉旨："朕意已定，不必更奏。欽此。"

臣等當大行太皇太后在殯、普天同痛之時，苟非至情迫切，何敢瀆辭繁引，以淆聖聽？特有不得不伏地泣請者。《孝經》一書，所載天子、諸侯、卿、大夫、士、庶人之孝甚詳。天子以德教加於百姓、施於四海爲孝，而不在衰麻哭踊之節文,是以一月即吉。揆理度勢,有不得不然者。誠以貴爲天子,爲四海所託命,乾爲天,爲日,日光或有黯黮,凡在照臨之下者,心皆不舒矣。至尊一日憂慘,則四海臣民一日不安,而況連年縞素,禮樂廢闕,太平玉燭之時,斷斷不宜如此。

臣等謹按"殷高宗諒闇"之解,《尚書大傳》鄭康成、杜預所説,皆是卒哭除服。三代人主,大約踰月即葬,葬而即吉,無再期衰服之明文。故漢章帝至孝,於明德太后之喪,不淹旬而從吉,後世不以爲非禮。魏孝文帝初欲持服,以太尉丕、李彪、游明根等言,亦遂中罷。況魏幅員未廣,非比於今日。皇上臨萬國之重,爲八埏所共載,玉帛朝會,非白服可以涖御,歆祀百神,非衰絰可以從事,豈可使歷代未行之典,創設於今? 願皇上哀憫臣等愚誠,察臣等先後奏詞出自悃愊,非敢一毫矯飾,特下俞旨,恪遵遺誥,以上慰列聖之倚託,下憐臣子之戀拳。臣等無任激切哀籲之至。

以日易月第二疏

本月二十七日,奉旨:"朕從來一言一事,必躬行實踐,并無故爲文飾,以取虛名。今於宮中持服二十七月,朕志已定,屢旨甚明。王等其體朕至意遵行。該部知道。欽此。"

臣等仰見皇上至誠純孝,植於天性,跪誦批答,感涕橫流。但揆之事理,苟若可行,自當仰體聖心,順成大孝,豈敢於至尊執喪哀痛之時,再三陳請,干冒宸嚴,自取罪戾? 惟是考經史之明文,酌古今之時勢,帝王之孝,與卿大夫士確乎不同,帝王之持服,以日易月,斷乎不宜更改。臣等前疏援引證據,已竭愚慮之百一,皇上哀慟方深,未荷採納,縷縷下情,何能自己? 謹復激切上籲,仰冀皇上俯察臣等悃誠,終賜採擇焉。

竊惟自古人主,於郊祀大典,罕有時舉,宗廟之祭,亦未盡躬親。我皇上致敬天地,盡孝祖宗,大饗時祭,必躬必虔。今若三年之內,玉輅不至於壇壝,奉璋不及於廟室,何以答神貺而妥先靈? 此必非聖意所安也。又自古人主,朝會大典,不過經月一舉行而已。我皇上懋勤大政,昧爽臨朝,九重嚴肅,萬國觀瞻。今若三年之內,綵仗不設於庭陛,將恐無以慰臣庶之心。且聖躬未除喪服,臣下斷難即吉,遠近民人,舉廢禮輟樂,此又事之難行者也。自古人主於屬國降附,不過九賓一朝拜而已。我皇上則宮門御苑,錫宴賜衣,雖極疏遠,必加恩禮，是以遠方絕域，慕義歸誠恐後。今若於三年之內，宴饗不施，臚句不備，將何以示威容、宣德意乎？況青宮睿齡已茂，正當及時舉行嘉禮，早毓聖孫，太皇太后之神靈，亦必有欣慰於天者，豈可必欲舉久廢之禮，而遲納采於再期以後乎？至於慎終追遠，宜莫如祭，祭必除服而後行。若以日易月，早伸升祔之典，禴祀蒸嘗，皇上之致孝於太皇太后者，莫此爲大。此臣等所反復思維，不得不再四固請者也。

按昔高宗諒闇，晉臣盧欽、魏舒曰：「釋服，心喪也。」漢儒云：「古天子無行三年喪者，惟既葬乃除服。」宋宣仁太后喪，其臣皆名儒，亦從漢文帝以日易月之制。明乎五帝不同禮，期於中道可行，上不踰祖宗之典制，下爲子孫所法守，設或太過，即慮失中。皇上孝思不匱，當爲承先裕後之圖，立降俞旨，仰遵遺誥，勉從中制，早抑哀情，則大行太皇太后之靈大慰，而大小臣工、四海百姓，衆慮皇皇，得藉以稍釋矣。

以日易月第三疏

臣等自二十五日痛遭太皇太后慈馭上賓，二十六日奉上諭，欲行三年之服。臣等倉皇無措，伏地懇奏，往復數四，詞意罄竭。特合詞再疏，采稽掌故及典章禮制所係，臚述衆情，諄復上懇。自餘諸臣，別有章奏，下逮太學諸生，皆激切陳請。皇上猶執前諭，未荷賜允。總之，皇上哀痛之際，不惜過用其情。臣等反覆思惟，實確見其不可。旬日之內，衆心益復焦灼。是以不憚冒死補牘，伏望垂憐聽納。

臣等伏見皇上三十餘年奉侍太皇太后，愉色婉容，竭誠盡敬。及慈闈違豫，步禱圜丘，躬侍寢榻，終宵輟寐，日旰廢餐。是以仲冬之月，太皇太后病勢已就沈劇，皇上孝思誠一，復延匝月之算。暨慈馭登遐，呼槍哀慟，水漿不入口，居廬席地，毀瘠過甚，至於昏暈嘔血。皇上聖孝，超出千古。臣等竊恐聖體勞瘁，日夕憂惶，亦嘗以螻蟻微誠，仰求節哀調攝。至於天子制服，以日易月，乃自古不易之典。皇上已允臣等懇請，許少節哀，而獨不許除服。夫服，所以表哀者也。若使釋去衰絰，哀情尚冀少止。如服制不除，觸緒悲生，哀思何能節損？下情迫切，萬難自安。

《曲禮》云:"居喪之禮,毀瘠不形,視聽不衰。"《檀弓》云:"夫喪①,爲可傳也,爲可繼也。"常人且然,況於萬乘之尊,郊廟之主,百靈所託,尤當念天下而屈已,準中制以抑情。皇上爲昊天所子,又爲萬民父母,若過哀,嚴父必爲憔悴;父或過戚,衆子必爲之焦傷。方今三辰協慶,八方順軌,詎可使再期之内,齹服不釋,上無以迓天休,下至於妨民業?於皇上覆幬萬物之心,實有未慊。若乃簡編所紀,略悉前疏,天子服紀,禮經闕略。

考杜佑《通典》總論喪期,首載"周公冠成王而朝於祖,以見諸侯"爲當時除喪之證。兩漢近古,以日易月,未有異論。惟晉初曾議古禮,其時司馬孚、傅元、摯虞、魏舒、盧欽等,皆言天子不與士庶同禮,不宜寢苦枕塊,以荒大政。博士段暢歷引《春秋傳》,以見古者天子、諸侯皆卒哭除服,未嘗或改。魏孝文時,其臣游明根、高閭等,皆當世名儒,巽言苦諍,存諸史乘。唐元陵遺制,一以易月爲斷。

宋世國恤,亦以二十四日爲大祥,踰二日服除。嘉祐八年,仁宗大喪,司馬光上言:"臣願陛下仰遵遺詔,俯狥群情,二十七日釋服,而宮中特停音樂。"蓋歷代所聞,大略如此。《書》云:"一人有慶,兆民賴之。"一人過哀,黎元何託?大小群臣,顛隕震栗,萬方億兆,踞蹐不寧。伏懇皇上深鑒臣等所奏,俯察民情,立收成命,亟允所請。臣等識見膚淺,遠不及前代諸臣,惟是惓惓愛君之心,不敢自後。累日未蒙俞旨,惶恐悚息,愧汗無地,不勝伏闕俟罪俟命迫切之至。

恭請回宮攝養疏

臣等竊惟皇上至德大孝,超越萬古。自大行太皇太后一違康豫,親嘗湯藥,首不就枕,足不脱舄,步祝圜丘,至誠純篤。以故慈體已甚危劇,醫官泣告脈凶,皇上孝思昭格,延算猶及一月。迄于仙馭登遐,皇上苦次孺慕,哀痛非常,毀瘠過甚,乃至昏暈咯血。臣等雖螻蟻微賤,愛君有心,曾以下情仰懇調攝,業蒙温諭批答,私懷藉用少慰。乃昨梓宮啓攢之夕,攀慕不勝,左右大臣固請升輦,皇上堅不就駕,斷去車靷,慟哭步送,刻無絶聲。每昇校更番,輒哀號跪伏,直至郊園殯宮,顔瘁足疲,哀感衢陌。竊覩聖體益復清瘦,臣等踟躕無

---

① "喪"底本、康熙本、光緒本皆同,《曲禮》作"禮"字。

地。皇上天行素健，能耐勞劇，祇因積瘁過悲，以致如斯委頓。

又傳旨，回宮之日，仍居幕次，在乾清門外，寒霜冷地，一刻難居。此從古未有之禮。臣等博稽簡册，自古人主無親送輴車者。唐時皆遣官設奠行宮，故其册文有曰：“泣外郊而祖禮，將撤奠於有司。”宋制：明德門外奠畢，帝再拜，釋哀還宮。明時如孝宗極賢，其送太皇太后至午門，祖奠即回。皇上蒸蒸至孝，度越前代禮節，臣庶驚嘆，過情已極。至於天子居廬，歷代以來，罕有此制。千金之子，尚戒垂堂，萬乘之尊，設使風露侵損，異日追悔，亦復何及？伏乞皇上仰思郊廟神靈所憑，四海臣民所賴，遵守舊章，回居齋殿，順時攝養，加意珍衛，此爲大聖人不匱之孝。臣等昧死瀆奏，萬惟鑒納，無任悚懼待命之至。

山陵大禮告成恭慰聖懷疏

臣等伏覩大行太皇太后上僊以來，皇上盡孝竭誠，悲苦勞瘁，典儀文物，備極榮哀。臣等雖欲抒寫萬一，莫能罄述高深。頃者某月某日，龍輴載發，一切禮制，并蒙指授，百司將事，告戒再三。每日靈輿啓途，皇上步送，號慟數里，群臣伏地悲哀，不能仰覩。及舁校更番，必親行審視，跋涉扶掖，不離左右。比至行殿，復號哭步行，朝夕饋奠，有如初喪。惟我皇上孝思不匱，通感神明，是以靈雨宵零，輕雲晝覆，炎暵不作，纖塵避路，吉辰良日，屆於園陵。至新築寶宮，成於不日，堂室門隧，丹雘炳煥，經營周密，悉稟睿裁。近櫟陽之神宇，依原陵之封樹，於某日某時，奉安禮成，靈宅永寧，百神胥護。臣等駿奔在列，不勝悒慰。伏願皇上舒釋宸懷，調適聖體，以安太皇太后在天之靈，以慰中外臣民顒望之意。恭請皇上即於是日，起居服御，一切從吉，薄海内外，罔不霑沐協氣，翔泳太和。臣等犬馬下情，無任倦切待命之至。

恭謝天恩疏

臣江介庸儒，自康熙九年登第，荷蒙高厚，拔擢不次，洊歷卿僚。二十七年五月間，懇請解任回籍，以安愚分，隨奉溫綸，準辭所任，仍管修書總裁事務。二十八年十一月，再瀝微忱，乞歸田里，蒙皇上憐其誠懇，特許給假省墓，書籍隨帶編輯，殊恩異數，隆渥稠疊。拜命以後，屢覲天顏，誨諭殷深，眷注優厚。本年正月初三日，賜御書臨蘇軾書《宋玉對楚王問》一篇，二月十七日，賜御書扁額“光焰萬丈”四大字。皇上鑒臣悃愊，閔臣迂鈍，於將行之際，備蒙聖慈拜辭禁庭,涕泗橫集。伏念臣六十之年,精力耗竭,平生學殖,漸以荒落,鑒古人知足之義,引分陳情。皇上諒其微誠,曲加軫念,褒獎逾分,愛護彌深,黼座尊嚴,藹若家人父子。臣真何幸,遭際聖明,諸臣從旁觀者,無不感而泣下,況於臣身受恩寵,敢忘頂踵之報。臣今於四月朔日到家,謹已恭設香案,望闕叩頭,容邱隴事竣,即料理鉛槧,展效萬分之一。臣謹具疏,遣臣子山東道試監察御史樹穀齎投,伏祈睿鑒。

憺園文集卷第十二

奏

賜覽《御製文集》奏

臣至愚極陋，加以衰鈍，學殖荒落，於古人文章之奧，不能少窺萬一。頃蒙皇上發出《御製文集》四十卷，俾臣覽觀。臣齋心伏讀，又反覆潛玩，至於數過，仰見皇上聖學淵深，睿謨炳煥，超越古今，非從來詔令詞章所能比擬。其間諭告之文，溫厚懇惻，肫然二典三謨矣。記序、論說之文，根極理要，粹然六經四子矣。箴銘、讚頌之文，古奧嚴肅，又儼然商湯、周武盤杅几杖之銘矣。至於片言隻字，精晰幾微，曲中情事，無不可爲千秋之金鏡。而詩賦歌辭，諸體具備，無不各臻其妙，雖專家不能企及，虞歌薰風而後不多見也。

嘗考歷代帝王，間有著作垂之後世，然嫻歌詠者或未工論說，講政治者或未遂義理，求如皇上之天縱聖能，體用兼該，質文并茂，概乎未見。蓋由皇上具生知之質而加以緝熙，體廣運之神而操之嚴翼。自臨御以來，孜孜圖治，惟恐一物不得其所。尊天法祖，孝養兩宮，蠲租賜復，慎刑簡獄，興利恤災，隆儒衛道，凡有關於治原邦本者，不厭再四圖惟，求其允當。而又獎廉懲墨，崇儉戒奢，興起人文，勸勵風俗。由是以至和之氣，發爲元音，如源泉萬斛，隨地成瀾，日月光華，映雲作彩。臣伏讀之餘，歡忭踴躍，自慶不世之遭逢，獲覩鴻章於册府，霑洽天恩，矢報無地，惟有益勵愚忱，少自策勵，仰報涓埃而已。臣謹奏。

賜覽皇太子書法奏

臣等伏承皇上，以皇太子歷年親寫，所讀書本及臨摹楷法，共大小八篋有奇,示閣臣與詹事府臣同閱者。臣等瞻仰敬觀,不勝欣慶。竊曾博考史册,自古帝王戀建承華,未嘗不重念國本,設官講讀,要皆率循故事,等爲具文。我皇上聖學淵深,超出復古,自立元良,親行訓迪,六齡至今,寒暑昕夕,未曾間輟,誦讀經書,盈箱累帙,固由皇太子岐嶷性成。惟我皇上以身率教,勤加程課,以至造詣如此,自漢唐以來,豫教萬弗能逮。兹者恭捧縹緗,琳琅滿幅,臣等再三展覽,滿字自六歲起至十歲,漢字十歲起至今年,睿齡十三歲,閏四月二十三日出閣。以前卷册,積累已等身,歲月日時,加進無已,字字端整,筆筆精楷。自兹以外,深宮視膳之暇,帳殿從幸之時,翰墨之美,又不知凡幾。仰見皇上合天之行健,自强不息,於二帝三王,大經大法,身體力行,以建皇極,即以翼元子。故凡學問啓牖,皆純而不雜,勤而有常,即此書體之精,亦關正心之學。我皇上天章宸翰,爛若星雲,囊括衆家,超軼前代。今皇太子書法益加精進,雖本英姿之特茂,亦徵養正之漸深。從此日新又新,陶淑於宮庭之善誨,加以出閣方始,講讀益勤,馴造高明,同符至聖,真國家億萬年無疆之福。臣等凡屬臣子,感嘆贊頌,莫可形容,惟有舞蹈踴躍而已。謹奏。

《史記》應選禮書、樂書奏

本月十九日奉上諭:"《史記》禮書、樂書、律書及管仲、晏子列傳,可入選否? 爾等再酌之。欽此。"

仰見皇上聖學淵浩,精心討論,臣等不勝欣戴,不勝欽服。竊惟《史記》禮書諸篇,臣等向因《史記音義》疑爲褚少孫所補,是以未曾采取。今遵旨細閱,弘深奧衍,實屬至文,始覺前者之闕遺。篇中多用荀卿《禮論》《兵論》及《小戴禮》《樂記》文,謹照宋儒真德秀選例,特爲删節,錄入正集。至管仲、晏嬰各有子書,其事實比傳較詳,當於外集、別錄。臣等學識淺陋,去取未能悉當,即已經進呈者,尚擬增損一二篇,深恐疏誤掛漏,辜負聖主驅策至意。伏懇皇上頻加指示,俾臣等知所適從,得効尺寸。謹奏。

表

進呈御選《古文淵鑒》表

管理修書總裁事務、原任刑部尚書,今給假回籍臣徐乾學誠惶誠恐,稽首頓首上言：伏以運啓文明，式煥圖書之色；道隆述作，載垂琬琰之華。維論著實繁於衆流，而折衷悉由乎睿斷。固足經緯天地，協和邦家，輝映山川，光華日月者也。臣誠惶誠恐，稽首頓首。粵稽書契之興，筆自鴻濛之始。義文頡跡，乃見權輿；夏《誥》殷《盤》，遂多制作。紛綸六藝，實爲載道之書；流衍百家，彌廣立言之旨。指歸既別，體製斯殊。托始周秦之時，以及元明之代。累朝所積，四庫稱多；秘府所藏，千秋特盛。然而中區純駁，辨介毫芒。酌水別其澠淄，聞音察乎宮角。要無乖於義理，庶各暢其條流。嘆夫蘭陵首編，雕蟲遺議；逮至華林繼輯，買璞蒙譏。辭句亦有純疵，風氣不無升降。若乃陶鈞萬彙，開造化之洪爐；翦截群言，提文章之玉尺。自非經聖神之閱覽，何由成簡策之偉觀。

伏遇皇帝陛下，堯文炳煥，禹律鏗鋐。披綠帙之高詞，萬籤并録；搜紫臺之秘典，乙夜忘疲。允矣敦敏之性成，共仰聰明之天縱。珠毫乍染，同九經之不刊；瑶札旋題，傳百世以爲寶。固已昭回雲漢，輝麗星辰，上耀三宵，下飾庶物。以故家知墳索，被榮光之煒煌；户習猗那，沐慶雲之葩郁。乃猶于萬幾暇晷，覃思藝文，百氏遺編，咸歸品藻，務嚴決擇，用法來兹。盡收蘭臺石室之藏，兼採盡簡竹書之記，掎摭得失，勾校錙銖，手自丹黄，親加甲乙。金壺霏潤，縈煙霧以裁縑；瑶管春容，繞龍蠻而拂素。盡删瑕纇，悉採菁英。體或別於員方，義同歸于典則。網羅大備，可廢九流《七略》之篇；囊括無遺，允爲册府詞林之秘。復命臣等補加箋註，再行校讎。正故牘之乖訛，先求依據；增遺文之脱漏，必務該詳。然後各冠御評，賜名《淵鑒》。譬涵衆川之廣，若照庶品之形。懸日月以爲昭，樹津梁而永濟。微言共揭，奥旨常新。

臣學殖庸虛，性識椎魯。鈎沈決滯，慚經學之空疏；起例發凡，愧史才之融貫。篇題東壁，叨沐恩榮；筆札西清，親承商榷。伏蒙詔旨，敢不竭其編摩；仰禀高深，得稍窺夫條彙。排理既竣，次第進呈。伏願瑞應疇圖，祥開象緯。風馳化偃，八方需稽古之榮；日鏡天臨，九服享同文之治。臣等無任瞻天仰聖激切屏營之至。謹以校過御選《古文淵鑒》正集八十卷、別集二十六卷、外集八卷，隨表上進以聞。

恭進《大清會典》表

臣某等誠惶誠恐，稽首頓首上言：伏以經綸懋建，八方開大治之風；謨烈爲昭，萬世垂不刊之典。維神聖之規模悉備，斯臣民之法守聿新。彪炳前休，煒煌來範。粵自太祖高皇帝開乾闢坤，首定大業；太宗文皇帝立綱陳紀，嗣建鴻圖；世祖章皇帝混合車書，順九垓而同軌；整齊品式，釐百度以惟貞。潤色奠太平之基，文經武緯；黼黻際休隆之會，禮備樂明。迨夫因革損益之宜，一切制度云爲之迹。擬虞廷之亮采，布在九官；若周禮之分曹，詳於六職。允矣有倫而有脊，粲然是訓而是行。但法久則弊生，科條期於畫一；或時移則俗易，規制適於變通。是惟酌古以宜今，庶幾遠遵而近守。垂諸簡策，播在章程。當文明極盛之時，正制作開先之日。殷循湯典，寶弘璧於琅函；夏纘禹功，奉和鈞於王府。斲方員者仰規矩，視曲直者資準繩。國是攸關，朝章斯屬。

此蓋伏遇皇帝陛下，得一凝圖，登三建緒。調元丹扆，備至德於先天後天；敷政瑤階，勤萬幾於一日二日。量衡律度，考五服而攸同；食貨賓師，稽八政而咸敍。聖人作而萬物覩，皇極建而庶民從。顧以道一風同，上本列朝之積累；自此披圖訪典，下貽奕禩之儀刑。特敕纂修，用開館局。編年繫事，既本立而末該；起例發凡，亦部分而門別。至於析異從同，精莫分乎銖黍；去非即是，辨或介於毫釐。每仰稟於睿裁，輒受成於宸斷。躬逢堯舜，知二典之非空言；親見羲軒，有三墳以明大道。載經歲月，始竣編摩。允爲盛世之全書，用裕後昆之令執。

臣等學無根柢，才愧庸虛。竊窺太史之遺文，詎識中朝之故事。懷鉛握槧，分昭回雲漢之光；質義摛詞，仰藻麗龍鸞之采。謹完卷帙，莫贊高深。伏願益懋升猷，弘開泰運。世綿璿歷，監成憲以無愆；代啓寶符，學古訓而有獲。臣等無任瞻天仰聖激切屏營之至。謹以所修《會典》若干卷，隨表上進以聞。

恭進《鑒古輯覽》表

臣等先奉上諭：古昔聖賢、忠臣、孝子、義士、大儒、隱逸，凡經史所紀載，卓然有關於世運者，詳察里居、名字、謚號、官爵及所著作，纂成一書。歷代姦邪，亦附於後，以備稽考。又奉旨賜名《鑒古輯覽》，今已成書。伏以鑒百代之人材，仰承聖斷；羅千秋之簡籍，俯竭愚衷。淹歷歲時，竊完篇帙，庶勤夙夜，未答恩私。切惟堯、舜之治，先務知人；《詩》《書》所傳，厥惟述古。蓋觀人所由立政，而考古於以知今。《周禮》太平之書，設官分職之是謹；《春秋》天子之事，善善惡惡之惟嚴。歷觀傳記之文，具載賢姦之迹，綜博軼事，散作群言。至如瓌瑋俊傑之儔，梼杌窮奇之伍，方策所載，臧否易明。若傳聞之異詞，或是非之失實，苟非旁搜遠引，曷以顯微闡幽。討論惟艱，研極匪易。況夫辭嚴義括，儼然信史之褒譏；類引區分，迥作群倫之法戒。必折衷於至當，乃垂訓于方來。

臣等才質凡庸，見聞卑瑣，略知章句，謬預編摩。學不足以貫穿典墳，識不足以鑒衡人物。徒幸遭逢之盛，得參論次之榮。非歐陽之《唐書》，屢改官而始就；豈溫公之《通鑒》，常攜局以自隨。實資睿慮之裁成，竊附儒林之編錄。兹蓋伏遇皇帝陛下，宵旰思治，寤寐求賢。每當論夫古人，寧借材於異代。不輕天下之士，遹隆聖作之功。東壁西清，自衍圖文之奧；深宮燕寢，高披策府之藏。謂古今治忽之機，關貞邪消長之故。宸衷獨見，欲昭示於臣民；手敕親裁，更丁寧於綸綍。遹稽往牒，稍輯成書。已事爲師，儼芳規之未遠；以人作鑑，幸炯戒之尚存。荷天地之崇深，寧論裨補；瞻海山之廣大，莫效涓埃。臣等無任戰慄屏營之至。謹奉全書一百卷恭進，伏候聖睿施行。

憺園文集卷第十三

議上

擬大行太皇太后謚議

臣等聞慶都鍾瑞，實啓帝圖；太任流徽，肇基王化。當開國承家之日，宣壼教於六宮；歷神孫聖子之期，式母儀於三世。尊養既隆於長信，哀榮聿備乎顯揚。歷覽前聞，宜崇嘉號。伏惟大行太皇太后，德隆厚載，慶集長祥。瑶筐逾沙麓之徵，石紐邁螽山之烈。是以上天錫命，作配太宗文皇帝。櫛風沐雨以來，瓊琚雍肅；繞電流虹而後，瓜瓞頻繁。誕育世祖章皇帝，鼎命凝承，版章式廓。珠囊手握，寶符爰溯昭靈；璇室躬趨，淑訓時傳太穆。萬國介堯門之祉，九重承舜幄之懽。迨我皇上，沖齡踐阼，聖德登閎。念祖宗付託之至隆，賴宫庭啓佑之彌篤。重門必勤夫寢膳，三朝不間夫晨昏。茝殿椒塗，色養殆將三紀；鸞觴鶴算，徽音咸曰萬年。當慈體之違和，識天顔之有顇。六祈遍走，五藥親嘗。陳祝册而籲天，執書長慟；循步簷而席地，解帶無時。及乎靈爽上升，懿徽莫挽。水漿勿御於尚食，哽欷時感夫群工。銜恤靡窮，至哀不節。伏念大行太皇太后，疾在彌留，口傳遺誥。慮皇躬之毁瘠，垂末命之勤劬。慈孝相成，古今莫逮。龍輴輟曉，天低婺宿之芒；蜃衛戒塗，地閟寒泉之凍。儻金縢之闕志，將彤管其何稽？臣等并沐坤儀，咸蒙地載。周雅《思齊》之什，願附斯文；漢臣上誄之辭，竊同其義。博徵曩典，參合輿情。宜天錫之曰云云。

皇太子出閣典禮議

皇太子出閣，當御文華殿及釋奠先聖先師。上命稽前代故事以奏。臣謹考《明英宗實録》：天順二年正月，禮部請皇太子出閣讀書。上召李賢等謂曰：
“東宮讀書當在文華殿，朕欲避此往居武英，但早晚朝太后不便，姑以東廊居太
子，卿可定擬講讀等官。”三月乙巳，禮部進東宮講學儀注，擇四月初八日巳時。
是日早，禮部鴻臚寺執事官於文華後殿行四拜禮畢，鴻臚請太子升文華殿，執
事官導引至殿升座，三師三少并宮僚，以次序於丹陛上，行四拜禮畢，各官以次
退出，内侍官導太子至後殿升座，設書案進講。四月乙丑，皇太子初講學於文
華殿，是後每日讀書習字常在殿之東厢，即所謂左春坊也。上退朝必御文華殿
閲奏牘，故避居此云。臣謹案：文華殿即古所謂便殿，乃天子經筵講學及與大
臣燕間議政之所。明自建兩都，此殿即與奉天、_{嘉靖後改皇極，今日太和。}華蓋、_{嘉靖}
_{後改中極，今日中和。}謹身_{嘉靖後改建極，今日保和。}三殿并建，其後東宮出閣讀書，或居
文華殿，或居文華殿東厢，初無定處。大約天子勤政時居文華殿議事，則太子
避處東廊，而太子初出閣，則竟於正殿受朝，後殿講書。《實録》可考者大略
如此。

　　《世宗實録》：嘉靖九年十二月丁丑，始祀先聖、先師及伏羲、神農、黄帝、
堯、舜、禹、湯、文、武、周公、孔子於文華殿東室。東室初有釋象，上以不經，撤
去之。乃祀先聖、先師，伏羲等九龕南向，周、孔二龕東西向。是日，上自爲祭
文，行奉安神位禮，并令輔臣張璁等及講官徐瑞等入拜。上御殿西室，宣璁等
諭曰：“朕奉先聖、先師神位於此，庶有所起敬起慕，以爲進修之地。朕不聰，賴
先聖、先師啓祐於冥冥之中，然啓沃交修之力，實望於卿等，卿等罔朕棄。”璁對
曰：“皇上景仰哲王，以圖治化，臣等敢不敬承下風。”各賜茶，叩頭而退。隨以
祭品頒賜諸臣。臣謹案：嘉靖時，先聖、先師奉安文華殿東室，自是正殿之東
室，當時只用釋菜禮也。又嘉靖二十八年三月，禮部奏：“故事，皇太子朝賀，設
座文華殿中，今易用黄瓦，則東宮受賀之位，似應避尊。”上曰：“東宮受賀，位當
設文華門之左，南向。然今侍衛未備，已之。”臣謹案：文華殿，嘉靖十五年改易
黄瓦，則前此不用黄瓦，何以爲天子臨御之所？甚不可曉。

　　又穆宗朝，神宗爲太子受賀禮，臣援故事以請，命設文華殿東廊，西向。神
宗朝，東宮未立，先出講學，命設座文華殿左室。累朝各有不同，其黼座所在，
儲君禮當避尊，此不可易者也。臣以爲皇上經筵聽講，御文華殿，東宮禮宜避
尊。但東厢及文華門之左，尚屬未愜，應於後殿受朝講書，似爲妥便。本朝既
爲先聖先師特搆傳心殿，設宰牲所，較前代實爲崇重。皇上春秋舉行經筵，例

遣閣臣致祭。今皇太子出閣，應親行釋奠，仿歷來幸學典禮，舉行講書儀注，并參酌前朝事宜，請旨裁定可也。臣愚陋寡聞，昧死謹議。

皇太子視學議

古者釋奠有六：凡釋奠，則天子必視學。始立學釋奠，一也；四時釋奠，五也；師還釋奠於學，六也。《記》曰："凡始立學者，必釋奠於先聖先師，其行事必以幣。凡釋奠者，必有合，有國故則否。"此始立學而釋奠也。《文王世子》曰："凡學，春官釋奠於先師，秋冬亦如之。"又曰："天子視學，大昕鼓徵。乃命有司行事，興秩節，祭先師先聖。"《周禮·大胥》："春入學合舞，秋頒學合聲。"此四時釋奠也。《王制》曰："天子出征，執有罪，反，釋奠於學，以訊馘告。"《樂記》曰："武王伐殷，爲俘馘於京太室。"京，鎬京也。太室，辟雍之中明堂太室。此師還而釋奠也。

三代之時，王子皆親自入學。《記》曰："樂正崇四術，立四教，順先王《诗》《书》《礼》《乐》以造士。王太子、王子、群后之太子、卿大夫元士之適子、國之俊選，皆造焉。凡入學以齒。"又曰："凡學，世子及學士必時。春夏學干戈，秋冬學羽鑰，皆於東序。"故漢臣賈誼亦曰："春秋入學，坐國老，執醬而親饋之，所以明有孝也。"此三代太子入學之大略也。

東漢永平、中元間，帝數親幸太學，行養老禮，而太子視學，無文可檢。唐貞觀二十年，詔皇太子於國學釋奠先聖先師，皇太子初獻，國子祭酒亞獻，攝司業終獻。《開元禮》：皇帝、皇太子視學前一日，所司灑埽學堂內外。尚舍設大次於學堂之後，守宮設皇太子次於大次東，皆隨地之宜，并如常儀。尚舍設御位於①學堂上北壁下，當中南向。監司設講榻於御座之西，南向。設執讀座於前楹間，當講榻北向。尚舍又設皇太子座於御座東南，西向北上。設文官三品以上座於皇太子東南，重行，西面北上。武官三品以上座於講榻西南，當文官重行，東面北上。設侍講座於執讀西北武官之前，東向北上。設論議座於講榻之前西階下。典儀設版位於東階南，西面。執經於西階南，東面。侍講、執讀、執如意等於執經之後，重行，東面北上。學生分於文武官之後，皆重行北上。

---

① "於"底本、康熙本、光緒本皆無，今據《大唐開元禮》卷五二《吉禮·皇帝皇太子視學》校補。

設典儀位於東階之西,贊者二人在南,差退,俱西向。

又《開元禮》載"皇太子釋奠儀":皇太子釋奠於孔宣父,守宮設文武侍臣次,各於便次之後,文左武右。又載"皇子束脩儀":束帛一篚五匹,酒一壺二斗,脩一案三脡。皇子服學生之服,至學門外,陳三物於西南,少進曰:"某方受業於先生,敢請見。"執篚者以篚授皇子,皇子跪奠篚,再拜,博士答拜,皇子還避,遂進,跪取篚,博士受幣,皇子拜訖,乃出。聞之先儒云:"古者天子視學,為養老也。雖東漢猶然。自漢以來,養老之禮浸廢,而人主之幸學,或以講經,或以釋奠,蓋自為一事矣。"皇太子視學之文,見於經史,略可考者,謹條次之如右。

臣愚以為三代皇太子入學親師之禮,此太古久遠,不可行於今者也。開元"皇子束脩儀"雖近古,然今日宮詹諸臣輔導,皆有專責,束脩之儀,亦不必行於今者也。惟《開元禮》所載皇帝、皇太子視學釋奠之儀,於今為近。誠考舊禮而折衷之,裁酌損益,成一代之隆儀,舉累朝之曠典,則於皇太子養正諭教之功,未必無裨補萬一矣。謹議。

本朝七廟配位議

竊聞古先哲王制禮作樂,惟天祖有同尊之義。《易》曰:"殷薦之上帝,以配祖考。"自上帝之外,不敢輕言配也。《孝經》曰:"嚴父莫大乎配天。"從其最重者言之也。又曰:"郊祀后稷以配天",即《思文》之詩奏於冬至者是;"宗祀文王於明堂以配上帝",即《我將》之詩奏於季秋者是。或云:"祖配郊,所以尊之;考配明堂,所以親之。"皆主祀天而言也。《禮》曰:"萬物本乎天,人本乎祖。郊之祭以配上帝,大報本也。"三代而上,言配位者曰天、曰上帝而已矣。

後代祭地,自漢平帝始用呂太后配,光武改以薄太后,後魏道武以神元后,至隋始用太祖武元皇帝配,唐高祖以景皇帝配,太宗以高祖配,宋以太祖配,宋初以四祖,乃迭配,非并配也。明初以仁祖,至嘉靖九年以太祖配,是配地以祖之制,俱行於隋、唐以後,而配位止於一祖,凡隋、唐以後皆然。我朝孝享隆備,崇事列祖,并配北郊,又奉啓運、天柱、隆業、昌瑞七廟之陵山,從祀一壇之上,誠曠古未行之巨典也。

但考之古制,證之聖經,惟以配天為莫大之禮,其他皆後代所舉行。我皇上稽古定制,每事必以帝王為法,其前此已行之禮,宜因宜革,定能斷自睿衷,裁之大義,非小臣所敢擅參末議者也。至若明堂之祭,惟周行之,後代皆不得其制。古人有云:"郊事天,廟事祖。"而明堂非郊非廟,合帝與親而共事之。案順治十七年,世祖章皇帝舉合祀禮於大享殿,最得其義。謹采古今前後之説,仰塵聖覽,伏祈俯賜鑒裁,曷勝悚惕屏營之至。

用古錢議

康熙廿五年,福建督撫題請飭行錢政,以所轄州縣多用古錢,應否禁遏,或聽從民便。户部議:"一概古錢悉行銷毁,違者以悖旨論。"上疑之,以問內閣諸臣。臣乾學以爲自古皆古今錢相兼行使,以從民便,若設厲禁,恐滋煩擾。因略考前代已行之事,進呈御覽,惟皇上裁擇。

臣案《梁書》:敬帝太平元年,詔雜用古今錢。《宋書》:明帝泰始二年,斷新錢,專用古錢。《魏書》:孝明帝熙平初,任城王澄上言:"竊尋太和之錢,孝文留心創制,後與五銖并行,此乃不刊之式。君子行禮,不求變俗,因其所宜,順而致用。太和五銖,雖利於京邑之肆,而不入徐、揚之市,土貨既殊,貿鬻亦異,便於荊、郢之邦者,則礙於兖、豫之域,致使貧人有重困之切,王道貽隔化之訟。臣謂今之太和,與新鑄五銖及諸古錢方俗所便用者,雖有小大之異,并得通行,貴賤之差,自依鄉價,庶貨環海內,公私無雍。"《金史》:世宗大定十九年,以宋大觀錢一當五用之。

《明太祖實録》:歲辛丑二月,置寶源局於應天府,鑄大中通寶錢,與歷代之錢相兼行使。成化元年七月丙辰,詔:"通錢發商稅課程,錢鈔中半兼收。每鈔一貫,折錢四文,無拘新舊年代遠近,悉驗收,以便民用。"《世宗實録》:嘉靖十五年九月甲子,巡視五城御史閻鄰等言:"國朝所用錢幣有二:曰制錢,祖宗列聖及皇上所鑄,如洪武、永樂、嘉靖等通寶是也;曰舊錢,歷代所鑄,如開元、太平、淳化、祥符等錢是也。百六十年來,二錢并用,民咸利之。"崇禎元年六月丙辰,上御平臺,召對給事中黃承昊,疏中有銷古錢不用語。閣臣劉鴻訓奏:"今河南、山東、山西、陝西皆用古錢,若驟廢,於民不便。此乃書生之見。"上曰:"卿言是也。"

以臣所聞,歷歷如是。大略錢者,歷代通行之貨,《金志》謂之自古流行之寶。自漢五銖以來,未有廢古而專用今者,惟王莽一行之。而隋時盡銷古錢,亦一大變也。明天啓以來,廣鑄錢局,官吏工徒,無一不衣食其中,盡括古錢,以充廢銅。古錢銷盡，新錢愈雜，又一大變也。昔時錢法之弊，至於鵝眼、綖環之類，無代不有。然歷代之錢尚存，旬日之間，便可澄汰。今則舊錢已盡，即使良工更鑄，而海內之廣，一時難徧。欲一市價而裕民財，爲稍難矣。故自古自秦、隋而外，雖易姓革命，而古錢仍舊流通，錢亦不壅。況於閩處嶺外，負山鄰海，非同內地，聽從民便，兼用古錢，似屬至便。臣昧死謹議。

祖父母在妻喪用杖議

　　陳給諫子敬與父文和公世爲冢適。子敬有妻喪，其父母已沒，獨繼祖母在。或問：喪服用杖乎？予曰：然。或曰：《家禮》及《明律》皆言"父母在不杖"，本朝律文亦然。今繼祖母在，給諫當承重，與父母在同，安得用杖？曰：古人重妻服，既爲之杖，又爲之練、禫，同於父在爲母，所以報其三年之斬，異於他服之齊衰期年者也。《儀禮注》："適子父在，則爲妻不杖，以父爲之主也。"庶子雖父在，亦以杖即位，故《喪服小記》曰："父在，庶子爲妻以杖即位可也。"適子父沒，即爲妻製杖，其母之存亡不論也。惟《雜記》云："父母在，不杖，不稽顙。"而賈公彥分別言之，謂父適婦主喪，故父在不敢爲妻杖。若父沒母在，不爲適婦之主，爲妻雖得杖而不得稽顙也。蓋杖與不杖顯有差等，當杖而不杖，是無故貶降其匹耦，古人不爲。故惟適子父在不爲妻杖，其他無不杖者矣。

　　自唐增母服爲齊衰三年，宋代因之，明又加爲斬衰，由是母服與父服并重，母在爲妻亦不杖，《家禮》及律文咸由斯義也。今繼祖母在，孫應承重者，服雖與父母同，然《禮》《律》但言父母在不杖，不言祖父母在不杖，則爲妻製杖，夫復何疑？曰：孫爲祖母承重，既與父母不殊，杖安得有異？曰：子爲父母三年，正服也；孫爲祖父母承重，亦三年加服也。加服與正服自有差別矣，夫安得盡同。且《儀禮》《戴記》《家禮》與《明律》猶爲先代之書，若《大清律》則本朝制書，凡爲人臣者所共守也，敢於律文所不載妄增之乎？

　　案：段成式《酉陽雜俎》云："父在，適子妻喪不杖，衆子則杖。"彼以父服服我，我以母服報之。足知唐以前母在并不輟杖，則祖父母益可知也。曾子問："女未廟見而死，婿不杖。"今給諫德配及事文和公，伉儷相莊十年，寧忍同於未廟見之婦？曰：儒者解禮與刑官引律，多推類比附。適孫承重之服既同於父母，則《禮》《律》雖無明文，可以義斷。若服同而爲妻製杖有異，毋乃薄於祖母乎？曰：爲人子孫者，情雖無窮，制則有定。今《家禮》《明律》既如彼，本朝律文又如此，則遵禮律而行，自無可議。今一旦去杖，是明明貶降婦服一等，祖母之心亦豈肯一刻安，而反謂薄於祖母哉？或唯唯而退，遂書以貽子敬。

"庶子不得爲長子三年" 議

《喪服傳》曰："庶子不得爲長子三年，不繼祖也。"鄭注曰："此言爲父後者，然後爲長子三年。"《喪服小記》曰："庶子不爲長子斬，不繼祖與禰也。"《大傳》曰："庶子不得爲長子三年，不繼祖也。"此三章禮文及注意甚明。世之説者多非其義，於是聖人所以加隆祖後，以尊其父之義，反至蒙晦而不通，此乃禮家之誤也。所謂"庶子不爲長子三年"，以已不後父也。故雖始封之諸侯，別子之大夫，而降其大宗之適，不得禰先君故也。其繼禰之宗，則非例矣。説者以其後庶子而不得遂，此實禮文所未有也。

今案先儒著説，略有數端。戴聖、聞人通、漢馬融輩主五世之適，五世之適是繼高租之宗也。賀循、虞喜、庾蔚之、孔穎達、賈公彥輩主四世之適，四世之適是繼曾祖之宗也。《經》明云庶子，不云庶子之子；明云繼祖，不云繼祖之祖父。所謂五世、四世之適，豈經義乎？譙周曰："不繼祖與禰者，謂庶子身不繼禰，故其長子爲不繼祖。"劉智《釋疑》曰："案《喪服傳》與《小記》皆云'庶子不爲長子三年，不繼祖與禰也'。兩舉之者，明父之重長子，以其當爲禰後也。其所繼者，於父則禰，於子則祖也。"蓋《經》云不繼祖者，謂此長子不繼祖也，非謂庶子也。不繼祖與禰者，自長子言之爲不繼祖，自庶子言之爲不繼祖禰也。庶子非繼禰之宗，故不敢以承己之重而爲之極服。若夫庶子之適，則固後其父矣，彼何所嫌而忍降其子以薄其父乎？禮家妄移不繼祖之文加之庶子，此其所以誤也。

至敖繼公引《殤小功章》而謂"庶子不得爲長子三年"，記文爲誤。敖繼公曰："《殤小功章》云：大夫公之昆弟爲庶子之長殤。公之昆弟爲其庶子服與大夫同，則爲其適子服亦三年，與大夫同明矣。公之昆弟，不繼祖禰者也，而其服乃若是，則所謂'庶子不得爲長子三年者'誤也。是説者不知何所見而敢於違經，其謬妄又甚戴、賀諸君矣。《朱子語類》"答問者"一條，其云："宗子雖未能立服制，自當從古。"此主父爲適庶子服而言。其"服制斬衰"條止云"父爲適子當爲後者也"，亦不云繼祖庶子爲適子之服，并無明文。愚謂《禮經》此條專主庶子而爲長子三年，唯當以繼禰之宗爲斷。繼禰而不遂服，是禰其祖而不知有父也；不繼禰而遂服，是不忍其子而不知有父也。禮之設，豈以訓無父者哉？然則五世、四世庶子之云者，非經義決矣。

立孫議

舅氏亭林先生立從子洪慎之子世樞爲孫。或者曰：無子而立孫，非昭穆之序，是使世樞有祖而無禰也。先生即有子而殤，殤不立後，盍擇諸族兄弟之子以爲嗣乎？予應之曰：不然。自夫子之告子游，已謂三代以後，天下爲家，各親其親，各子其子，爲人之同情。是則兄弟之子必親於從兄弟之子，從兄弟之子必親於族兄弟之子也，明矣。古人之立宗也，自非大宗五世，親盡則族屬絕。苟謂兄弟之子無當立者，舍兄弟之孫弗立，而立疏遠族屬之子爲嗣，其於祖若考之意，果無憾乎？有國者之繼世，與士大夫之承家，其理則一而已矣。吾外家顧氏侍郎公有二子，贊善公爲大宗，夢庵公繼禰之宗也。夢庵公有子，未昏而夭，貞孝王孺人服喪衰以歸於顧。又十二年，先生生，先生方在襁褓，夢庵公撫而立之，爲貞孝後。先生實吾外祖賓瑶公之子，於賓瑶公之子孫爲至親。賓瑶公諸孫洪善，冢適也，洪泰孤子，不得爲人後。吾仲舅子嚴失明，年老，唯洪慎一子，非支子不得爲人後。洪慎生三子矣，立世樞爲先生後，不亦可乎？

《晉書・荀顗傳》："顗無子，以從孫徽嗣。中興初，以顗兄玄孫序爲顗後，封臨淮公。"荀氏潁川名族，子姓甚繁，豈無昭穆之倫可立爲子者？而獨以從孫嗣，其必不舍親屬而他立也，禮之權而不失經者也。何琦之從父以孫紹族祖，琦以爲宗緒不絕，若昆弟以孫若曾孫後之，理宜然也。禮緣事而興，不必拘常以爲礙也。故雷次宗釋《儀禮》爲人後者之文，以爲不言所後之父者，或後祖父，或後高曾，凡諸所後，皆備於其中。庾純云："爲人後者三年，或爲子，或爲孫。若荀太尉養兄孫以爲孫，是《小記》所謂爲祖後者也。祖所養孫猶子，而孫奉祖猶父，無改父祖之差，同三年也。"何琦、庾純，古所稱知禮之君子，其言鑿鑿如此。惟庾蔚之謂間代取嗣，古未之聞。然試以各親其親之常情準之，則必唈然發癙，以爲不悖於先王之道矣。故昭穆相續，其常也。如親屬無當立者，不得已而立從孫爲孫，如父子之誼，仍不改其昭穆之倫，毋亦勢之不得不然，而聖人之所許與？予故詳論之，以告吾母黨云。甥徐乾學謹議。

孔廟兩廡位次議

提督江南學政侍講李振裕條奏:"各學文廟兩廡從祀先賢先儒,位次紊亂,請照時代次序釐正,載入本朝《會典》,永遠遵守。"得旨,令九卿詹事科道集議。御史許三禮又言:"左丘明及周、程、張、邵、朱六子,明季已稱先賢,序於公羊高、穀梁赤之上,濂、洛、關、閩理學正傳直接孟子,不宜與先儒一例。"命一并集議以聞。

某忝佐禮官,爲之議曰:文廟正殿之有四配十哲,暨兩廡陪祀及門弟子。周、秦、漢、唐以來,先儒謂其能翼輔聖道,發揮聖經,繼往開來,有功於孔氏者也。諸弟子稱先賢,左丘明以下稱先儒。蓋歷代紛更,久而論定,賢者次於聖之稱,因其親受業聖人而號之也。揚子曰:"通天地人之謂儒。孔子亦謂子夏女爲君子儒。儒與賢無有軒輊,後之學者不敢專以聖賢許人,故曰儒云爾。"而或謂左丘明親受業孔子,作《春秋》內外傳,故仲尼爲素王,丘明爲素臣,難與諸儒一例。韓退之謂堯、舜以來之道,軻之死,不得其傳。自周元公崛起於宋,朱晦翁謂直接孟子。二程、張子廣大精微,純粹嚴密。朱子則集諸儒之大成。邵堯夫《皇極經世》,闡明造化。此六子者,若得孔子而事之,豈獨比肩游、夏,直當接武顏、曾。今以左氏與六子一概稱曰先儒,而序六子於漢、唐諸儒之下,其遂無差等乎? 曰:唐、宋以前,配從之制尚多疏謬,至於嘉靖九年以後,其序次如宗廟之昭穆然,有不容紊亂者矣,請得詳考而備言之。

自隋以前,以孔子爲先聖,顏子爲先師。至唐高祖武德七年,更以周公爲先聖,孔子爲先師配之。太宗貞觀二年,從左僕射房玄齡之議,別祀周公,仍以孔子爲先聖,以顏子配。二十一年,詔以左丘明、卜子夏、公羊高、穀梁赤、伏勝、高堂生、戴聖、毛萇、孔安國、劉向、鄭衆、賈逵、杜子春、馬融、盧植、鄭康成、服虔、何休、王肅、王弼、杜預、范甯二十二人,并令配享尼父廟堂。是時,七十二子自顏子而外,皆未得從祀,惟子夏以有功於《詩》,得以配食也。高宗永徽元年,復改周公爲先聖,孔子爲先師,顏子、左氏等從祀。顯慶中,太尉長孫無忌言:"貞觀中,正夫子爲先聖,加衆儒爲先師,今改令從舊,於義爲允。"從之。明皇開元八年,司業李瓘言:"四科弟子八人,雖列像廟堂,不預享祀,而范甯等皆露從祀,請列享在二十二賢之上。"蓋顏子已配享,而卜子夏在二十二人之中,故四科止云八人也。又言:"曾參以孝受經於夫子,請享之如二十二賢。"詔從之。至開元二十七年以後，七十二賢始得東西列侍矣。

宋神宗元豐六年，始以鄒國公孟子配食於兗國公之次，從兗州教授陸長愈、禮部郎林希之請也。哲宗元祐五年，諫議大夫朱光庭以子思學於曾子，著《中庸》一書，孟子師之，然後得其傳，乞詔定子思封爵，未果行。徽宗大觀二年，依通事郎侯孟之請，乃詔子思從祀。孝宗淳熙三年，洪邁言：“孟子配食與顏子并，其師子思，子思之師曾子，皆在其下，於禮儀實爲未然，乞改正。”不果。度宗咸淳三年，御筆大成殿惟顏、孟侑食，曾、思不預，尚爲闕典。令禮官、學官議升曾、思侑食，并議可升十哲者。於是四配之位始定，而顓孫升十哲矣。至是，始祀伯魚於郫城侯孔忠之次。至明世宗嘉靖九年，釐正祀典，去前代之封爵，四配稱某聖，及門弟子稱先賢，後賢稱先儒。建啓聖祠，而以顏無繇、曾點、孔鯉、孟孫激配。先是，王恕、魯鐸皆言之，與禮官議不合，遂已。至是，大學士張璁引先臣洪邁、姚燧、熊禾、謝鐸、程敏政等之議，以子雖齊聖，不先父食，遂改定今制。

蓋配者侍坐於夫子，不以世次爲先後，故孟子可以升於七十子之上。從者同祭於兩廡，各以世次爲先後，故宋儒決不可以升於漢、唐諸儒之上也。今左氏位次，本在公羊高上，無論矣。以有宋之儒，忽躋而升之周人之上，謂六子安乎？且以其有功於聖門言之，漢儒如伏勝、后蒼、高堂生諸人，當聖學絕續，《詩》《書》殘闕之後，抱其遺經，傳諸後世，苟非是人，聖經或幾乎熄矣。故曰：有漢儒之箋注，而後有宋儒之道學。宋儒之不可以先漢、唐諸儒也，猶祭川者之必先河而後海也。若夫六子者，德崇業廣，寥寥千餘年，紹承道統，雖七十二賢亦或有所未逮。若欲尊六子，竟當列於四配、十哲之間。今乃升於公羊子之上，步叔乘、顏噲之下，是進退無所據也。然而又有所不可者。羅豫章爲李延平之師，而朱子實延平門人。朱子之功雖在萬世，而不得延平，則授之者何人也？以弟子而先於其師，是爲逆祀，豈所以尊之哉？

宋邵博之著《聞見後錄》也，其時思、曾尚未升配也，故其言曰：“孟子曰：‘徐行後長者，謂之弟；疾行先長者，謂之不弟。’元豐末，詔以孟子配享孔子廟，坐於顏子之次，師曾子坐席下，師子思立廡下，豈但行於長者之先哉？孟子有神，其肯自違平生之言，必不享矣。”夫朱子之於豫章、延平，亦猶孟子之於曾、思也，升朱子於堂上，坐豫章、延平於堂下，朱子其享之乎？故曰置六子於配哲之間，又有所不可也。均之祭於瞽宗也，苟時代次序一有淩越，後來無窮，意見各殊，或升或降，何時而息邪？

　　王祎《從祀議》有云："司馬光於程顥、程頤爲先進，張載於二程爲表叔，而位次皆在下，其先後次序，亦不可不明。咸淳之從祀，徒依朱子'六贊'，以周、二程、邵、張、司馬爲序，而不知朱子之贊，特以形容六君子道德之盛，初未嘗定其先後之次。"蓋元、明間之議論皆如此，不獨一祎也。然而周、張、二程、朱之從祀，始於理宗，而淳祐之詔書，以周敦頤、張載、程顥、程頤爲次序，未嘗越也。邵雍、司馬光之祀，始於度宗，而咸淳之詔云，朱熹所贊，已祀其四，尚遺雍、光。則以二子之得從祀，在四子之後，故光在二程下，而未之正歟？要之，世次先後，乃一定之理，無可疑者。

　　宰我曰："以予觀於夫子，賢於堯、舜遠矣，論世次則仍在其後也。"立學置奠先聖，猶立廟祀太祖，無所讓者也。然必別祀周公，而後夫子得以正位居尊。故開元之詔曰："昔周公南面，夫子西坐。今位既有殊，豈宜依舊？"假如合祀唐、虞以來數聖人於廟堂，夫子且不得居望散之右矣。至其稱號，則顯慶以前，顏子、夫子嘗互作先師，宣父、周公嘗迭爲先聖，而今之先聖先師合而定於一尊，不可易也。長孫無忌則以卜子夏與公羊高等一概而稱衆儒，李璲則一概而稱二十二賢，即《嘉靖祀典》亦曰後賢稱先儒，又可見賢與儒之不甚分優劣，而無庸區別於其間也。

　　然則今之爲躋祀之説者，何也？曰：明弘治中，楊廉曾建此議，廷臣不可而止。嘉靖中，吕懷請以周、程、張、朱系四配之下，有旨切責，議遂中寢。崇禎十四年，帝幸太學，以宋儒六子有功聖門，欲於已定位次題稱外，特加崇隆，令內閣所司酌議。時禮部左侍郎王錫衮等議稱："朱子嘗受業於李侗，猶二程之於周子。弟子不可先其師，猶子之不可以先其父。若進熹於侗之上，先賢必有不安者。"當時儒臣雖親奉詔旨，尚其難其慎如此，見於史館邸抄者也。明年，右侍郎蔣德璟請改題木主，尊稱先賢，獨世次相序，遵行已久，先賢名號已別，不必以先後爲軒輊，願仍舊章爲便。時朝命督趣甚急，禮官持之又久，德璟不得已，遂遷就其辭，奉旨報可。此見於《蔣公敬日草》。而談遷《國榷》諸書云："十五年四月，更定位次，搜檢邸抄，未得確據。"不知果於何時更定。即談遷論斷亦云："漢人訓詁經傳，賴以不墜，宋儒超而躐之，時有後先，未可誣也。"搢紳之篤論與草野之私言，講若畫一，是非昭然矣。且躋祀惟國學爲然，闕里廟堂、順天府學及天下府州縣學如故也。

自宋迄明，五百年未之有易。崇禎季歲，國事如沸羹，乃違盈廷之論，爲越禮之舉。此衰晚之事，曾何足云？聖明在御，一代典章，務求至當。今日釐正胄監之位次，一反掌之易。若欲改天下府州縣學宮之位次，窮鄉下邑之士，必有驚駭惶惑者。君子則古昔稱先王，凡犧尊、鉶簋之數，牲牢、菹醢、榛栗之物，皆師古制，不宜以意爲擬議。況於兩廡坐位舍奠釋菜觀瞻之地，豈可輒爲變遷？苟從明季之説，倒施易置，是反獲罪於六子矣。此區區之所不敢出也。若夫東西兩廡，自嘉靖以來，議改、議黜、議增，止就本廡升遷，未及通計兩廡，以致紊亂失序，是在有司案圖釐正而已。謹議。

駁曾子固《公族議》

曾鞏作《公族議》，謂服盡而戚單者，所以節人之常情，而爲大宗小宗之數，不可以論帝者之功德，而爲廣親親之法。其言非不考據經傳也，然而泥於古矣。古之封建井田，相爲表裏，制禄以養君子，分田以養小人，則天下之大，天下之人之衆，皆有天下者爲之謀其衣食，使獲其所，非直同姓之親也。封建井田俱廢，而天下之人皆自謀其衣食矣，顧使同姓無服之親，坐而衣租食税，可以謂之至公乎？故祖宗親盡則祧，子孫服盡戚單，祖遷於上，宗變於下，祖免而外，親屬竭矣。其入官之塗，謀生之事，同於庶姓，或勞心，或勞力，亦情理之常，不爲少恩也。以天下之地，養天下之人，而加恩於同姓，不可謂之私。以天下之人，終歲勤動，輸其租税，奉一天子而加恩於同姓，至於祖免以外而不爲之節，限百世之久，天潢玉牒之繁，使皆仰給縣官，論財則不可爲繼，而勞費億兆之人，以奉其私親，論理則不得其平，非聖人無所利於天下之心也。且古聖人之於民也，既有以養之，必有以教之，其材既成，而後官之，然猶必先任之以事，而後命之以爵也。《記》曰："天子之元子，士也。天下無生而貴者。"皇周親以至祖免之親，無問賢不肖，予官有差，已非古矣，況祖免以外之親乎？夫子孫之計，人所同也。諸爲王公者，人懷子孫仰給縣官之意，則驕奢淫佚，無復以餘財貽其子孫。人可不由學問而得官，則膏粱之性，能自刻厲者亦鮮矣。如鞏之言，則是以姑息之，愛愛之，而非爲之計長久安全之道也。

載考馬端臨之言曰："宋制，皇子之爲王者，封爵僅止其身，子孫無問適庶，不過承蔭入仕，爲環衛官，廉車節鉞，以序而遷，如庶姓貴官蔭子入仕之例。必須歷任年深，德齒稍尊，方特封以王爵，而其祖父所授，則不襲也。"又曰："案蔡元道《祖宗官制舊典》，稱皇子生周晬命名，初除美軍節度使，兩遇大祀移鎮，再遇封國公，出閤拜使相，封郡王，納夫人，建外第，方除兩鎮封王。然則王子雖所必王，然其遷轉亦有次第，不遽封也。"陳止齋之言曰："乾德二年，以皇子德昭爲貴州防禦使。貴州屬廣西下州，防禦使從五品耳，皇子始命以此。"《禮》曰："天子之元子，士也。天下無生而貴者也。"儲君副主猶云士，明人有賢行著德，乃得貴也。先王於家人不憚自貶損如此，蓋教道行矣。出閤封王，後世之夸心。藝祖起百世之後，獨追古意，自王禮殺而爲防禦使，非聖人能之乎？由二子之所述觀之，宋祖制之善如此，不特熙寧之詔爲然，而曾鞏之見爲不若馬端臨、陳止齋也。

憺園文集卷第十四

議下

北郊配位議

康熙二十四年某月，太常卿徐元拱條奏："北郊之禮，皇地祇位北向，祖宗配位當以西爲左，東爲右，請察《政和禮》改正。"奉皇上面諭，令學士臣乾學、臣葵考論古時所行典禮，撰議以進者。臣等竊思，凡祀典有正位，方有配位。配位之左右不同，正位向南，則東爲左而西爲右；正位向北，則西爲左而東爲右。

臣謹案：北郊配位，自漢光武中元二年始，地祇南向，薄太后配位東設西向。唐開元二十一年祭地，方丘地祇南向，高祖配位東設西向。此地祇南向，配位居左之證也。至宋政和四年，用北墉答陰之義，改地壇向北，配位從正位而改，故宋太祖位西設東向。蓋地祇既北向，則配位以西爲上，西方即左也。此地祇北向，配位居左之證也。明嘉靖九年，建方澤壇於安定門外，用宋舊制，地祇北向，則當以西爲左矣。而其配位猶設於東，與古禮不合。

本朝因之，未曾更正。但明制配位止一太祖，我朝三聖并配，所設祖宗位次，尤宜詳爲考定。今廷臣憚於改作，不考政和之禮，託言"地道尚右"，謂不必更張，似非篤論。其曰"地道尚右"者，乃《周禮注疏》解"左宗廟、右社稷"之義。郊壇配位，從未嘗以此爲斷。臣謹案：《嘉靖祀典考》云，禮臣進呈陳設圖式，方丘壇皇祇北向，配位居左，是嘉靖時尚左而不尚右明矣。順治十四年，禮部題請奉安神主配享方澤禮，恭奉太祖配位於左，太宗配位於右，是本朝之制亦尚左而非尚右明矣。蓋嘉靖議禮諸臣原知以左爲尊，而禮官誤執以東爲左，當是有司之過，有待於本朝釐正者也。

　　至有以社稷壇尚右爲言者，臣謹案社東稷西，異壇同遺，主皆北向，各自成尊，其來已久。然魏晉社壇間或南向，惟蕭齊武帝時何佟之建議社壇北向，稷壇東向，是稷爲配社之壇，豈非配當在左乎？唐《開元禮》太社太稷北向，設后土於太社之左，設后稷於太稷之左，俱東向。夫曰左則非尚右矣，曰東向則在西方矣，豈非以西爲左而配必在左乎？宋《政和五禮》及孝宗時，社稷配位皆西設東向，以居於左。明《世宗實錄》嘉靖九年正月亦有"勾龍、后稷西設東向"一條，惟《會典》所載東西方向稍異耳。足知社稷北向，則配位常在西方，蓋雖與地壇之制不同，其配位居左於理則一，此正可以參稽而得者也。若夫唐、宋、明郊祀亦有三祖、二祖并侑之禮，皆以序設位一方，不分左右，莫若降敕集議，采用舊典，無使三后在天之靈稍有未安。臣等淺學尟識，仰承明問，不敢不以所聞具對。謹議。

祀地無配位議

　　臣乾學、臣焱既上北郊配位議，復奉皇上面諭："朕考古制，祀地不同，南郊可不設配位否？其采經史舊聞以對，朕當詳思之。欽此。"

　　臣謹考《易·豫卦》："先王以作樂崇德，殷薦之上帝，以配祖考。"臣案：孔穎達云："以祖考配上帝，若周夏正郊天祀靈威仰，以祖后稷配也。配祀明堂五方之帝，以考文王也。"俞琰云："配以祖考，如商湯祭昊天而配以嚳，祭五帝而配以契也。"此言以祖考配天帝，不聞以祖考配地祇也。《周禮·大司樂》明言澤中方丘之禮矣，而注疏皆不言地之有配。

　　《尚書·召誥》："丁巳，用牲于郊，牛二。越翼日戊午，乃社于新邑，牛一、羊一、豕一。"臣案：孔安國《傳》曰："用牲，告立郊位於天。以后稷配，故二牛也。"又王肅作《聖證論》以難鄭康成云："《召誥》用牲于郊，牛二，明后稷配天，故知二牲也。"又云"社于新邑，牛一、羊一、豕一，明知惟祭勾龍，更無配祭之人。先王祭帝於郊，所以定天位；祀社於國，所以列地利。社即祭地，而祭地無配也。"

　　《詩序》："《生民》，尊祖也。后稷生於姜嫄，文、武之功起於后稷，故推以配天焉。《思文》，后稷配天也。《昊天有成命》，郊祀天地也。《我將》，祀文王於明堂也。《噫嘻》，春夏祈求穀于上帝也。"臣案：《雅》《頌》諸篇，明明有郊祀、明堂、祈穀之神，而諸家不言所以配地，可以知禮意矣。《太平御覽》："《晉起居注》：博士孔晁議：‘禮，王者郊天，以其祖配。周公以后稷配天於南郊，以文王配五精上帝於明堂。經典無配地文。’”

《春秋左傳·襄七年》：“夏四月，三卜郊，不從，乃免牲。孟獻子曰：‘吾乃今而後知有卜筮矣。夫郊祀后稷，以祈農事也。是故啓蟄而郊，郊而後耕。今既耕而卜郊，宜其不從也。’”臣案：冬至之郊，是迎長日，報本反始之祭也。啓蟄而郊，在建寅之月，是祈農之祭也。后稷配天，有此二祭，亦不言配地。

《公羊傳》：“郊則曷爲必祭稷？王者必以其祖配。王者則曷爲必以其祖配？自内出者，無匹不行；自外至者，無主不止。”臣案：此言郊之有配也。何休云：“天道闇昧，故推人道以接之。王者尊天而親地，地不同於天，義固各有在也。”

《禮記·郊特牲》：“帝牛不吉，以爲稷牛。帝牛必在滌三月，稷牛惟具，所以別事天神與人鬼也。萬物本乎天，人本乎祖，此所以配上帝也。郊之祭也，大報本反始也。”臣案：郊祀后稷以配天，故祭上帝者謂之帝牛，祭后稷者謂之稷牛。參考諸書，則稷之配天明矣。而地祇用配，不見於經。三代而上，言有配者，曰天、曰上帝而已矣。

《祭法》：“有虞氏禘黄帝而郊嚳，祖顓頊而宗堯。夏后氏亦禘黄帝而郊鯀，祖顓頊而宗禹。殷人禘嚳而郊冥，祖契而宗湯。周人禘嚳而郊稷，祖文王而宗武王。”臣案：虞、夏、商、周郊廟之禮，昭昭可據如此。凡言郊者，皆祭天之郊。古無北郊之文，自漢匡衡始稱南北郊也。古者天子之社，一在庫門内，一在國外，蓋未有以祖配者，有則必見於經矣。

《孝經·聖治章》：“昔者周公郊祀后稷以配天，宗祀文王於明堂以配上帝。”臣案：《孝經》無祖宗配地之文，獨緯書《鉤命決》云：“郊祀后稷以配天地，祭天南郊就陽位，祭地北郊就陰位。后稷爲天地主，文王爲五帝宗。”是也。此緯書之説，荒唐謬悠，不可信從。邢昺釋《孝經》削而不取，而賈公彦《禮記疏》引用其辭，杜氏《通典》遂云祭地亦配后稷，其實寶經無明文也。《孝經》云嚴父配天，不言嚴父配地也。

《漢書》：“武帝元狩二年，天子東幸汾陰，祠后土。宣帝神爵元年、五鳳三年，幸河東，祠后土。元帝即位，東至河東，祠后土。成帝建始二年，始祠后土於北郊。永始三年，復汾陰后土祠。”臣案：漢世汾陰后土之祭，總非正經，起於方士巫祝讖緯禱祠之術。其配祭有無，《史記》《漢書》并未之載，不可得考。獨魏高堂隆云："漢文帝初祭地祇於渭陽，以高帝配。武帝立后土祠於汾陰，亦以高帝配。"馬端臨駁之，以爲孝文時無祭地渭陽事。杜氏《通典》亦言汾陰祠配高帝，不知其何所據，要亦未可以爲訓也。蓋古帝王郊祀之禮，至漢世而黷亂；《詩》《書》《禮》郊社之説，至漢儒而紛紜。故八神五畤之屬，五帝六天之殊，皆當以經正之者也。

　　《文獻通考》："漢平帝時，王莽奏：'夏日至，有司奉祭北郊，以高后配。'光武中元二年，祀地祇，位南面西上，高皇后配。魏景初元年，詔祀方丘所祭曰皇皇后地，以舜妃伊氏配；北郊所祭曰皇地之祇，以武、宣後配。晉泰始二年，定地郊，先后配。咸和八年，立地郊，以宣穆張皇后配。梁武帝制，間歲祀后土壇上，以德后配。陳武帝以皇妣昭皇后配。北魏亦以后配。"臣案：漢、魏及南北朝祀地北郊，往往以皇后配地，稱地爲媪神，其褻已甚，則不如其勿配也。三代之禮，此時已不可知，而光武諸臣號爲通經者，穿鑿附會，茫無依據。若果有祖考配地之明文，豈肯舍先王成憲，不一修舉，因仍謬誤，以貽譏後世哉？

　　臣竊觀唐世以來，天地或合祭，或分祭，雖未有無祖宗配位者，而較之三代以前《詩》《書》所紀虞、夏、商、周之遺，去之甚遠。宋、元諸儒如胡宏、王炎、袁桷輩，直云社即祭地，別無北郊之禮。劉汝佳則言以皇祖配地祇，於禮爲褻。其言皆有證據。惟是事關鉅典，未敢輕議更易。皇上稽古定禮，務求至當，聖諭煌煌，真足考三王，俟百世，非愚臣淺見所能仰測萬一。茲承明命，謹據所聞，以備採擇。臣不勝悚懼之至。

郊祀分合議

　　天地合祭，始於漢元始中。其後東漢建武、唐天寶、宋建隆，迄於熙寧，及明嘉靖初年，皆因之。而宋元豐之始議分祭也，置局議定而後行。然冬至親祀，夏至但遣官行禮，則地祇反不與親祀之典。故元祐七年，復議於南郊設皇地祇位。至八年，蘇軾引《昊天有成命》爲合祭明文，發六議以難群臣。於時主分祭者四十人，主合祭者殆一人。紹聖三年，遂罷合祭，詔以夏至親祀北郊，而卒未行也。明洪武改用合祭。嘉靖中，以給事夏言言，分建南北壇。然一祀之後，并南郊亦未嘗親祭矣。此自古郊祀分合之大凡也。

　　夫《昊天有成命》，據《國語》爲祀成王之詩。《小序》之荒謬，朱子多駁之，固不足以爲信矣。而倡爲合祀之説者，王莽也。彼徒附會王者，父天母地之文，而遂以天地之大，等之夫婦同牢之禮，其爲瀆侮，不以甚乎。故合祭之非，不待辨而自明也。不合祀，則宜用分祀矣。然主合祀者固失，而主分祀者亦未爲得也。夫論一代之典者，必期合於先王之制。先王之制存於今者，不出乎六經所記載也。苟考之於經，而未見其合矣。而姑臆爲説焉，以附之先王之制，則無以服乎好異者之紛紛也。故愚謂合祀固失，然而分祀之亦未爲得者，亦以其説之不盡合於經故也。鄭氏《祭法》注：“禘謂祭昊天上帝於圜丘，郊謂夏正建寅之月，祭感生帝於南郊。”此圜丘、方丘與南北郊之分地而祭者，其説蓋本於《大司樂》。不知《大司樂》所謂“冬日至，於地上之圜丘奏之，則天神皆降；夏日至，於地上之方丘奏之，則地祇皆出者”，蓋言樂作而天神、地祇、人鬼皆感而至，猶《書》所謂虞賓在位，鳳凰來儀，百獸率舞耳，於祭何與？而妄增兩丘於南北郊之外，此是不合於經者一也。

　　然晉太始間，嘗并圜丘、方丘於南北二郊矣，後一襲用於唐，而今竟罷之，固知其説之無足據矣。若夫郊之有南北，則古今以爲得分祀之正，而未有明其非者也。匡衡曰：“祭天於南郊，就陽之位也；瘞地於北郊，即陰之象也。”愚考《春秋》書郊者以十數，曰郊，曰卜郊，曰用牲於郊，未有兼地言者，亦未有以南郊稱者。蓋王者雖父事天，母事地，而禮數則不同。禮，宗子祭父，支子不得祭父，而得祭母，母卑於父也。天子祭天，諸侯不得祭天，而可以祭地，地卑於天也。故曰：祭帝於郊，所以定天位也；祀社於國，所以列地利也。古者無祭地之禮，有祭社之禮。寓地之祭於社，而社之祭與稷并舉，不與天對稱者，尊陽抑陰之道也。社有二：王爲群姓立社，曰大社；自爲立社，曰王社。大司徒設其社稷之壇，又曰以血祭社稷，則大社也。封人掌設王之社壇，軍旅宜於社，則王社也。王社設於宗廟之右，而大社立於國中。既曰祭帝於郊，又曰祀社於國，一郊而一國，則知大社之建不於北郊明矣。《郊特牲疏》社祭一歲有三。《月令》仲春命民社。《詩·甫田》曰以社以方，謂秋祭。《月令》孟冬大割祀於公社。三時舉祭不以夏，則知無以夏日至，祭地於北郊者矣。此其不合於經者又一也。

　　案南北郊之説，考之於經，既無其事；祭社之説，證之先儒五峰胡氏等言，則歷歷不爽。今若欲如古禮，必廢北郊而復立大社於國中，以春、秋、冬一歲三祀之，而不敢與郊并，然後可以盡合乎先王之制，而大服乎好異者之心。然而古今異尚，禮貴變通。王者期於敬天奉地之無失則已矣，必欲取歷代之成法盡變之，紛紛更作，此勢之所不能也。若世儒之論，以兩郊分祀爲先王之制則然也，是不可以不辨。

郊祀齋戒會議

該臣等會議得，國之大事，莫重於郊廟祀饗。我皇上德協高深，誠孚幽顯，每當大祀，必躬必親，盡禮盡敬。在陪祀、執事大小諸臣，幸與趨蹌之列，自應精白其心，嚴肅其貌，儀文度數，秩然不紊，方克副我皇上欽若昭格之至意。查得順治十四年二月初十日，奉上諭，諭禮部：“南郊祀天，禮宜嚴重。以後祀前一日，朕親宿齋宮，祀前五日，朕親詣視牲。如遇遣官恭代，亦著詣壇齋宿、視牲，永著爲例。特諭。欽此。”

本年三月初六日，太宗皇帝配享天壇。皇上於初三、初四日，照常齋戒。初五日未時，詣天壇齋宿。初六日致祭。此致祭時，王以下、陪祀官員以上，亦於初三、初四日，照例齋戒。於初五日，皇上詣天壇齋戒去後，亦到天壇。在天壇外壇西門外以南，永定門以北，大道兩傍，搭帳房齋宿。初六日，隨祭在案。嗣後一切祭祀，論本等職分，滿洲、蒙古、漢軍公、侯、伯、都統、尚書以下，參領、阿達哈哈番、郎中以上，漢文官郎中以上，武官三品以上，六科給事中，齋戒陪祀。

凡祭祀之時，如有參差不齊，瞻視不端，身體跛倚，及祭畢喧雜，此等失儀之處，令監禮官立時糾參，交與該部嚴加議處。若監禮官徇情不查，隱匿不舉，一體處分。原祭天壇時，各官俱騎馬至內牆角下馬。天壇內地，切近神位，理應嚴肅潔淨，應令各官俱從外大門步行入內。如有違此定例，將馬牽入者，交與該部嚴加議處。如此，庶可以上奉聖主敬天之誠，下肅群臣敬事之義矣。統候命下，通行申飭可也。

請禁科場陋弊議

該臣等議得，鄉試取士，爲國家求賢大典。差出正副考官，應督率同考各官，遵照科場條例，掄選真才，以副皇上簡用至意。如不精心校閱，苟且從事，現有磨勘之條，歷經題定在案。臣等查得，康熙二十五年，貴州布政使劉顯第與知府孫世澤互訐案，內有“勒派舉人部費”一條。現在研訊，援此一節，恐有主考畏懼磨勘，揭榜之後，通同監臨、提調，指部費爲名，或斂派廉官，或需索舉子，託言解卷之日，彌縫打點，亦未可定。干犯功令，莫此爲甚。合請天語申飭，嚴行禁止。臣部儻訪聞得實，立將主考、監臨、提調各官，一并題參。其各省解卷到日，限司官三日閱完，仍呈堂覆閱，五日內移送禮科，又五日即公閱具題。務共清釐，力除陋弊。儻臣部司官陽奉陰違，及胥吏人等指名嚇騙者，查出即行題參，從重治罪。伏祈睿鑒施行。

修史條議六十一條

太祖之興，其官爵皆受之於宋。如乙未四月授左副元帥，丙申七月授平章政事，己亥八月授中書左丞相，辛丑正月加太尉、封吳國公，甲辰正月進吳王，皆歷歷可考，而《實錄》盡諱之。今當悉爲改正，不宜仍前訛謬。《太祖實錄》凡三修，一在建文之世，一在永樂之初。今所傳者，永樂十五年重修者也。前二書不可得見，大要據實直書，中多過舉。成祖爲親隱諱，故於重修時盡去之。其實太祖御製誥令、文集未嘗諱也。今觀此書，疏漏舛誤，不可枚舉，當一一據他書駁正，不得執爲定論。

太祖自受職於宋，即用龍鳳年號，并不遵至正之朔。今爲《高帝本紀》，當以甲子紀年，而至正及龍鳳之年數，明疏於下可也。

元末群雄如韓林、徐壽輝、張士誠、陳友諒、明玉珍、陳友定、方國珍輩，《元史》既不爲立傳，今所作諸人傳，當詳列其事蹟，不得過於簡略。

《後漢書》公孫述、隗囂諸傳，即繼於後妃、諸王之後。《三國志》袁紹、劉表諸傳，《新唐書》竇建德、王世充諸傳，其例亦然。今作徐壽輝諸人傳，亦當列於親王之後、開國將相之前。

元之遺臣如也速、王保保輩，雖《元史》已爲立傳，然自遁荒之後，闕而不書，因《元史》即成於是時也。今當載其後事，以補前史之遺。

胡惟庸之獄，人盡疑之。然太祖刑戮大臣，幾無虛月，鋌而走險，遂萌異圖，亦情之所有，豈謂盡無？非干天命以救死也。李善長、陸仲亨輩，謂其同逆則非，責以知情不舉，彼亦無辭。不然《昭示姦黨錄》所列獄詞數十萬言，罪實難貸，事豈盡虛？尚究當年之情實，毋滋疑信之兩端。

胡、藍之黨，公、侯、伯坐誅者四十餘人，都督坐誅者二十餘人。前有《昭示姦黨錄》，後有《逆臣錄》，皆當據實直書。

宋、穎兩公，無罪而就誅夷，千古所同慨。今當直書其事，不必爲隱諱之詞。至開國公常昇，本以藍玉之甥，與玉同時伏法，《逆臣錄》內，姓名炳然。而《吾學編》諸書，謂與魏國徐輝祖同禦靖難師於江上，不亦謬乎？舉此一端，前人之成書，豈可盡信？願共細心考之。

太祖雖治尚嚴酷，其殺人皆顯指其罪，未嘗掩護，乃《實錄》則隱諱太過，而野史又誣謗失真。其最不可信者，祝允明《九朝野記》、張合《臺閣名言》、趙可與《孤樹裒談》或云李默撰。是也。今當詳加考覈，以爲信史，既不可虛美失實，又不可偏聽亂真，願以虛心覈其實跡，庶免佞史謗史之譏。

明初之尚書，責之至重，視之實至輕。如一部而官設數人，一人而歲更數任，致史不勝書。今就洪武一朝考之，大僚三品以上者，共得三百餘人。遍搜諸書，其人得立傳者，不過三四十人。又率寂寥數語，本末不具。豈其人皆無可記述，大率爲太祖所殺。故國史不爲立傳，而其子孫亦不敢以志狀請人，遂爾湮沒不傳。今當廣搜各郡志書，及各郡志《名宦傳》，以補其闕略。不得但採《獻徵錄》《開國臣傳》《分省人物考》諸書，致有疏漏。

太祖所殺大臣，有罪狀可指者，《實錄》皆直書其事，如張昶、楊憲、李善長、胡惟庸、陳寧、開濟、郭桓、詹徽、余熂輩是也。其非罪見殺者，則諱之，如程徐、陶凱、薛祥、滕德懋、陳敬、趙瑁、王惠迪、麥至德、徐鐸輩，皆死於非命。前人所作傳，多不得其實，今當據實改正。

公、侯、伯既爲立傳，子孫或襲爵，或爲勳衛，而有行事可紀者，當即附於祖父之後，不必別爲立傳。

諸王之襲封者，其事跡當附於始封者之後，略仿世家之體。若將軍、中尉有賢而當立傳，如睦、楧、謀、瑋輩，即附於《周王傳》內。劉向傳附楚元王后，《漢書》有例也。

諸王之生卒，既具於《諸王列傳》，又見於《諸王世表》，似不必復入本紀，致有重複之病。

史之有志，所以紀一代之大制度也。如郡縣之沿革、官職之廢置、刑罰之輕重、戶籍之登耗，以及於兵衛修廢、河漕通塞、日食星變之類，既詳列於志，不得復入本紀。

本紀之體，貴乎簡要。《新唐書》文求其省，固失之略；宋、元史事求其備，亦失之繁。斟酌乎二者之間，務使詳略適宜，始爲盡善。今惟大典、大政登諸本紀，其他宜入志者歸之於志，宜入表者歸之於表，宜入傳者歸之於傳，則事簡而文省矣。前史具在，尚其折衷。

前人之成書，其久行於世者，如《吾學編》《皇明書》《史概》《開國功臣錄》《續藏書》《明良錄》《名山藏》《泳化類編》等書。但可用以參觀，未可據爲篤論。蓋昔人之著作，多書美而不書惡；今兹之筆削，既有褒而更有譏。體自不同，義當兼載。毋執已成之書，遂爲一定之見。

史材之最博者，無如《獻徵錄》《人物考》兩書，然皆取之墓志、行狀、家傳、郡乘，率多溢美之詞，未便據以立傳。毋憚旁搜，庶成信史。

或曰：作史之體，原在採掇衆家，其前人之書，果事覈而文瞻者，即仍用舊文，可乎？曰：可也。遷、固、曄、壽，皆如是也。更有文家愛奇，鑿空附會，易助波瀾，終乖事實。如《晉書》所載，煩猥頗多，願懲其失，務從雅馴。

有卓然名世而間有微疵者，既有行事之可議，何妨瑕瑜之并存？若爲賢者諱過，亦當諱之於本傳，而見之於他傳。儻止有褒無貶，何以取信將來。

賞罰在一時，褒貶在萬世，故史之有作，前賢比之袞鉞。然使鉤稽冗瑣，苟摘細微，高下在心，愛憎由己，殊非忠厚之道，則又劉知幾輩所深誡者也。

諸書有同異者，證之以《實錄》；《實錄》有疏漏紕繆者，又參考諸書，集衆家以成一，是所謂博而知要也。

凡作名卿一傳，必徧閱記載之書及同時諸公文集，然後可以知人論世。

史傳之敘事也，當辨而不華，質而不俚，其文直，其事核，古人嘗言之矣。

有一事而數人分功者，如順義之封，內則閣部，內閣李春芳、高拱、張居正、趙貞吉、中樞郭乾。外則督撫，督臣王崇古、撫臣方逢時。皆有決策之勞者也。如寧夏之徵，文則督撫，前總督魏學曾、後總督葉應熊、巡撫朱正色、兼軍御史梅國楨。武則總兵，李如松、蕭如薰、麻貴。皆有勘定之績者也。不得專屬一人，以掩他人之美，當使彼此互見，詳略得宜。

“建文出亡之事”，野史有之，恐未足據。其尤誕妄者，《史氏奇忠志》《忠賢奇秘錄》二書是也。貴闕疑，姑著其說，而盡削從亡姓名，不以稗官混入正史可耳。

“成祖刑戮忠臣，其妻女發教坊”者，諸書所傳，至不忍讀。今亦不必盡污簡冊，付之稗史，已足遺譏。

野史流傳，不可盡信。其最挾私害正者，無如尹直之《瑣綴錄》、王瓊之《變溪雜志》、支大綸之《永昭陵編年史》。此皆小人之尤，其言豈足憑據。若夫伍袁萃《彈園雜志》、吳玄之《徵吾録》等類，心雖無他，語實悖道，尚其鑒別，無惑浮言。

有身居臺閣，而著書乃甚紕繆者，王守溪之《震澤紀聞》《震澤長語》，陸貞山之《庚巳編》是也。有名託國典，而其實乃甚顛倒者，陳東莞之《皇明通紀》，黃司寇之《昭代典則》是也。《通紀》一書，實梁文康弟名億。所作，故多譽兄之辭。毋以一家之私言，致蔑萬世之公論。

王司馬破蠻之功，豈足贖罪；張中丞楷。假印之罪，豈得掩功；項襄毅之平荆襄，或譏其濫殺；余襄敏之城邊塞，或議其罔功。是非當以并存，功罪不妨互見。

“奪門之事”，當以爲罪，而不當以爲功。如以徐、石爲是，則景帝之勒死何辜？“挺擊之獄”，當以爲功，而不當以爲罪。如以王、之寀。何土晉。爲非，則奸黨之口供難滅。諒有定論，毋俟多言。

張、桂之議禮，衹以獻諛，何曾知禮？惟富貴之是圖，遂名教之不顧，誠小人之魁，士林之賊。他若議主繼統，而意非逢君，如王新建、潘司馬希曾。仍不失爲正人。初雖藉爲顯榮，後不因之附麗，如熊塚宰、浹。黃宗伯宗明。猶不失爲佳士。若乃咆哮狂吠，恣睢橫行，如席、張、方、桂、黃、綰。霍輩，難逃乎萬世之清議矣。

前史之載文章者，兩漢書爲多，三國以至隋、唐則已少矣，至宋、元而載者絕少。今列傳中除奏疏而外，雖有佳文，不宜多載，惟《儒林》《文苑》或當間録一二，亦舊史例也。

諫官之設，明世最多，故奏疏亦最多。今列傳所載，惟擇其糾正君身、指陳時弊、論劾大臣之最剴切者，方可節略入傳。其餘條陳諸疏，不得概入，以滋繁冗之弊。

廷臣以建言而獲顯罪者，其人多入列傳，然亦須核其生平。若止一疏可傳，而無他事表見者，當仿《漢書》嚴安、徐樂例，止載其疏，而不必泛及其餘。

史以昭萬世之公，不得徇情而曲筆。先人有善，而後人不爲表章；先人無善，而他人代爲諛語，均不可也。今日仕宦諸君，先世多有顯達，若私濫立傳，能無穢史之譏？願秉公心，共成直道。

史有一傳而包羅數十百人者，如《蜀志·楊戲傳》後附以季漢輔臣讚五十餘人，《魏書·高允傳》後附以徵士頌三十四人，《唐書·李憕傳》後附以武德以來宰相功臣一百八十七人。今亦當仿其例，如胡、藍之傳不妨附以姦黨之姓名，崔、魏之傳不妨盡入逆案之姓氏，庶文省而事核，且免掛漏之譏。

明之戰功，大約文武數人共之。如麓川之役，王驥與蔣貴共事；大藤峽之役，韓雍與趙輔共事；播州之役，李化龍與劉綎共事。決機發策，當歸於文，衝鋒陷陣，必歸於武，不得重文輕武。以血戰之功，歸諸文墨之士，必使數人之傳，出於一人之手，庶無抵牾，且免重複。

萬歷中葉，我太祖龍興東土，“遼左封疆之事”，本朝國史記載詳確，宜恭請繙閱，藉以考鏡得失，不致茫忽無據，傳聞異辭。

忠義之士，莫多於明，一盛於建文之朝，再盛於崇禎之季，此固當大書特書，用光史籍。若乃國亡之後，吳、越、閩、廣多有其人，此雖洛邑之頑民，固即商家之義士。考之前典，陸、秀夫。張、世傑。文、天祥。謝枋得。并列於趙宋之書，福壽、宜孫亦入於有元之史，此皆前例之可據，何獨今史爲不然？尚搜軼事於遐陬，用備一朝之巨典。

《莊烈愍皇帝紀》後，宜照《宋史·瀛國公紀》後二王附見之例，以福、唐、魯、桂四王附入，以不泯一時事蹟，且見本朝創業之隆也。

明之武功，最爲不振。洪、永勿論，宣、正以後，遂漸衰微，總由武職日輕，因致軍功鮮紀。然而疆場之上，凡有斬馘微功，盡見屢朝實錄，因而廣搜，猶可作傳。

明之內官，實執國命，外而封疆之守，內而兵食之司，何一不由乎內豎？雖嘉靖以還，此輩蓋汰，嘉靖以前，京營設宦官七八十人，倉場三四十人，各邊各省鎮守、協守、分守共一二百人，皆世宗革去。而司禮東廠，其權如故。今所作《宦官列傳》，不但王、振。曹、吉祥。劉、瑾。魏忠賢。之元兇，當盡列其罪狀，即其他蠹政亂國之輩，亦當備載於簡編，以垂萬世之炯戒。

錦衣衛與兩廠相連，中涓之爪牙，前代所未有也。故采《弇州志》，特立《錦衣列傳》，與《宦官》參觀，一代之弊政瞭然矣。

明之《實錄》，洪、永兩朝最爲率略。莫詳於弘治，而焦芳之筆，褒貶殊多顛倒；莫疏於萬歷，而顧秉謙之修纂，敘述一無足採。其敘事精明而詳略適中者，嘉靖一朝而已。仁、宣、英、憲勝於文皇，正德、隆慶劣於世廟，此歷朝《實錄》之大概也。家乘野史，未可盡信，必本之《實錄》而參以他書，庶幾無失。願加博訪之力，無據一家之言。

　　李選侍未移宮之前，舉朝震驚，諸君子目擊其事，速請移宮。防變慮危，忠臣至計，原未居以爲功，何得指以爲罪？乃竟以是案實諸君子於死地，孰是孰非，何煩置喙？儻執羣小之言，謂爲衆正之過，人心已滅，史筆豈宜？

　　“紅丸之案”，李可灼雖無行弒之心，亦當伏妄投之罪。稽諸故事，孝宗、世宗之崩，諸醫皆系獄論死，彼豈有弒逆之謀？國典當然，不可宥也。至崔文昇之罪，實在可灼之上，乃竟置之不問，國典謂何？諸君子抗疏力爭，自不可少，而乃翻以爲罪，奚以服人？事有公評，毋狥邪説。

　　明之文學，蔚然稱盛。洪、永則人務實學。宣、正之際，未免少衰。成、弘克追先正。正、嘉而後，流派判然，然爾時稱爲極盛。隆、萬以還，殊無足道。今之《文苑》，當溯其源流，判厥涇渭，毋使魚目亂我珠璣。

　　明世課吏之法，視前代更爲嚴密，故三百年間之吏治，實有可觀。然必衆論稱賢，確有實績可紀者，方可入《循吏傳》。若無實績，但以虛詞稱美，及雖有實績，而其人本末無足道者，自有郡縣誌載之，不得概入正史。至於治行足傳，而其人致位公卿，別有他事表見，自當登之列傳，不必入於《循吏》。

　　史有諫疏當傳，而其人不必立傳者，如楊集之諫立儲，席臣之諫棕棚之類，當廣爲搜採，附見他人之傳，不可遺漏。他如高原侃陳京師昏喪之弊，其人既不立傳，其事又無所附麗，則當載之《禮志》中。諸如此類，各宜搜之《實録》，查其人無傳可載，則當因類附見，以存其言，不得忽而不録。

　　有其人不足傳，而其事必當傳者，郭希顔之諫立儲，陳啓新之陳時弊是也。仍當因其事而著其人。有其言不可存，而又不可不存者，陳洸之攻擊名賢，曹嘉之歷詆大臣是也。還當因其言而存其人。總期斟酌盡善，無漏無偏。

　　明朝講學者最多，成、弘以後，指歸各別。今宜如《宋史》例，以程朱一派，另立《理學傳》，如薛敬軒、瑄。曹月川、端。吳康齋、與弼。陳剩夫、真晟。胡敬齋、居仁。周小泉、蕙。章楓山、懋。吕涇野、柟。羅整庵、欽順。魏莊渠、校。顧涇陽、憲成。高景逸、攀龍。馮少墟、從吾。凡十餘人。外如陳克庵、選。張東白、元禎。羅一峰、倫。周翠渠、瑛。張甬川、邦奇。楊止庵，時喬。其學亦宗程朱，而論説不傳，且別有建豎，亦不必入。

　　白沙、陽明、甘泉宗旨不同，其後王、湛弟子又各立門户，要皆未合於程、朱者也，宜如《宋史》象山、慈湖例，入《儒林傳》。白沙門人湛、甘泉、若水。賀醫閭、欽。陳孝廉，茂烈。其表表者。莊定山泉。爲白沙友人，學亦相似。鄒汝愚智以謫宦後從學,宜與諫諍諸臣合傳。王門弟子,江右爲盛,如鄒東郭、守益。歐陽南野、德。安福四劉、文敏、邦采、曉、秉鑑。新建二魏。良器、良政。在他省則有二孟,化鯉、秋。皆卓越一時。聶雙江雖宦跡平平,而學多自得。羅念庵洪先。本非陽明弟子,其學術頗似白沙,與王甚別。許敬庵孚遠。雖淵源王、湛,而體驗切實。再傳至劉念臺,益歸平正,殆與高、顧符合矣。陽明、念臺功名既盛,宜入《名卿列傳》。其餘總歸《儒林》。

陽明生於浙東,而浙東學派最多流弊。龍谿畿。輩皆信心自得,不加防檢。至泰州王心齋,艮。隱怪尤甚,并不必立傳,附見於江西諸儒之後可也。諸子中,錢緒山稍切近。

凡載《理學傳》中者,豈必皆勝《儒林》?《宋史》程、朱門人亦多有不如象山者,特學術源流宜歸一是,學程、朱者爲切實平正,不至流弊耳。陽明之說,善學則爲江西諸儒,不善學則爲龍谿、心齋之徒。一再傳而後,若羅近溪、周海門之狂禪,顏山農、何心隱之邪僻,固由弟子寖失師傳,然使程、朱門人必不至此。

國初名儒,皆元遺民,如二趙、汸、撝謙。梁、寅。汪、克寬。范、祖幹。葉、儀。胡、翰。蘇伯衡。諸公,操履篤實,兼有文藝,其爲理學,爲儒林、文苑,多合而爲一。今當爲儒林之冠,而後代經學名家,悉附於後。

聖裔有表有傳,重聖統也。《魏書》《元史》立《釋老傳》,甚屬贅疣,今悉删之。土官事跡最多,故特爲立傳。

明人論樂者,如冷謙、韓邦奇、李文利、李文察、張鶚、王廷相、鄭世子載堉等,其議論不一,皆有裨於一代之制作。《樂志》中雖以聲容歌奏爲重,而諸公之衆說,亦宜斟酌採入。

凡書官制地名,例從本代,勿用前史字樣,以致混淆。傳首書某人某縣,不必著府。其有縣稱同名,如山陰、華亭之類,則冠以某省。若同省同名,如江西吉安有永豐,廣信亦有永豐,則加府以別之。

洪熙元年,仁宗欲還都南京,故於北京衙門皆加"行在"二字。自正統六年定都於北,始去"行在",逕稱某官。今遇此七年以內之事,凡京官衙有"行在"字者,不得刊落。

別號非古也。自明士大夫出仕以後,即以號行,朝野稱謂,遂成風俗。今於本傳中必須見號者,若易之以字,便爲失真。間於某人字某下,復著別號,較於行文尤便。例宜特起者，似不必泥古爲是矣。

　　凡官階升轉，曰晉，曰陞，俗字未爲近古。其量升者，應稱遷某官。其不次用者，則曰超遷，曰擢。其資品相同者，曰改，曰轉。一切書法，總須考之前史，庶爲無弊。

憺園文集卷第十五

辨

班馬異同辨

臣聞史之爲書，體閎而義密，事核而辭達，采之博而擇之精，如是之謂良史，不繫乎文與質、繁與簡也。司馬遷之學，本於父太史公談，又負氣好奇，登龍門，探禹穴，網羅異聞，雜采六經、《世本》《國語》《國策》諸書，及諸子百家之說，以成《史記》。其文恣肆廣博，綜括百代，誠曠世杰出者也。後漢蘭臺令史班固，亦承父彪家學，倣史遷爲《漢書》，發凡起例，或芟或益，華縟整贍，爛乎一代之書，此范蔚宗、陳壽以下所不能逮者矣。然其間同異得失，學者乘間抵隙，指瑕攻堅，紛紜未已。宋倪思爲《班馬異同》一書，標其字句而臚列焉，劉辰翁加以論斷。至有明許相卿，本其意作《史漢方駕》，爲之衡量而調劑，其言皆有條理，粲然備矣。

臣請得而辨之。司馬遷《項羽本紀》，載起兵時及鴻門事，千載以下，歷歷如見。班固多從裁省，似少脫略矣。《高祖本紀》亦然，垓下之戰，"孔將軍居左，費將軍居右"諸語，勃勃氣色，而班固刪之，如此類甚多。此班之不逮馬者一也。

表者，興亡理亂之大略，而固之表，則猶譜牒也。遷《諸侯年表》以下，以地爲主，故年經而國緯，以觀天下之大勢；《高祖功臣年表》以下，以時爲主，故國經而年緯，以觀一時之得失；漢興以來，《將相名臣年表》以下，事爲主，以觀君臣之職分；而固皆變其例。此班之不逮馬者一也。

班固欲以整齊勝，遷之詼譎，如魯國諸生，衰衣博帶，言動規矩，而彼大人者，方遊埃蓋之表，其不同可知矣。且其所謂整齊者，亦有可論。劉知幾謂神璽在握，火德猶存，而居攝建年，不編《平紀》之末，孺子主祭，咸書《莽傳》之中，此何以云也？張湯之後，有大司空純，固以純故，不以湯爲酷吏，并杜周皆從末減焉。此班之不逮馬者一也。

更“河渠”曰“溝洫”。夫“溝洫”非漢制，而班以表其書，名實不相當矣。易“封禪”曰“郊祀”，而不載原廟薦享之事，宗廟迭毀之議，毋乃太簡乎？易“平準”曰“食貨”，以弘羊均輸罔民之術，而比成周泉府之法，毋乃刺謬乎？此班之不逮馬者一也。

更“天官”曰“天文”。兩曜之運行，群星之錯布，非關漢朝一代之事。《古今人表》，自伏羲以來，分爲九品，非係漢一代之人。而“八表”中姓氏，多荒唐悠謬，或一人名字，分列兩處，此司馬氏所無也。班之不逮馬者又一也。

昔者鄭樵爲《通志》，極斥班孟堅失於過刻。劉知幾互有褒貶，稍右班氏，以爲言皆精練，可爲史家祖述。王充《論衡》，則又確奉蘭臺，以爲作史之繩尺。臣以爲班之不逮司馬，亦既較然矣。而後代之史，求如固者，寥寥未之有聞。蓋遷采諸書，而自成遷之史；固襲龍門，而自成固之書。文質繁簡，隨世遷流，而千載作者之精神，炯炯在簡册者，讀者深思而自得之，不俟詞費也。我皇上右文治盛，弘開史局，臣之固陋，欲竭涓埃以報萬分之一。每覽前人之著作，隨手之變，難以辭逮。枉承明問，流汗浹踵，敬述其梗概以獻。

“納于大麓”當依古注辨

《書》：“納于大麓，烈風雷雨弗迷。”《傳》曰：“麓者，録也。納舜使録萬幾之政，陰陽和，風雨時，各以其節，不有迷錯愆伏，明舜之德合于天。”《宋書·百官志》亦云：“王肅注《尚書》‘納于大麓’曰：‘堯納舜于尊顯之官，大録萬幾之政也。’”蓋當時以王肅注頗類孔氏，取以續《孔傳》，故《宋書》直云王肅注也。謂麓爲山足者，馬、鄭之說，本諸《史記》，所謂“堯使舜入山林川澤，暴風雷雨，舜行不迷者”也。《蔡傳》不遵《王注》，而用馬、鄭之說，諸儒又有曲爲之解者曰：“非堯故納之，是舜行深山，適值其變耳。”審如是，則“納于百揆”、“納于大麓”，其訓不一義矣。“納者何”，有納之者也。

舜之歷試，既有成績矣，館甥貴戚，宰相大臣，無端而使之入深山之中，豺虎之與鄰，魑魅之與居，若投畀之者然，有是事哉？亦未有其人可以當大任，在尊位，而猶慮其動于卒然之遇，而迷惑失守，無以自主者也。且夫迅雷風烈必變者，聖賢戒甚恐懼，敬天之威怒則然。適然而行山麓之中，烈風暴作，雷雨洊至，此亦聖賢之所當改容動色，以答天戒之時。其或當時冥然徑行，不顧神色，自若一悍少年能之，何取乎此也？如曰非有通明之識，堅定之性，過人之度量者不能，則當試之於"觀刑"、"釐降"之前，不當在"五典克從"、"百揆時敘"、"四門穆穆"之後也。

所謂"歷試諸艱"者，於民事已盡矣。"納于大録者"，薦之於天也。而陰陽爲之和，風雨爲之時，則是調變之功致，而舜之德果合于天也。《孔疏》引越裳之使，"久矣，天之無烈風淫雨"爲言，又云"揆度百事"、"大録萬幾"，總是一事，不爲異也。但此言德合于天，故以大録言耳。《蔡傳》既棄此取彼，而復引蘇子之言曰："洪水爲害，使舜入山林，相視原隰，雷雨大至，衆懼失常，而舜弗迷。"是未知舜宅揆之日，伯禹已作司空，平水土，是司空之職，非宰相之事也，安得復有"使入山林，相視原隰"之事？孟子曰："堯以不得舜爲己憂，舜以不得禹、皋爲己憂。"禹既作司空矣，吾知堯必無復有是使，而舜必無復有是行也。

鄭夾漈尊信《周禮》辨

鄭夾漈尊信《周禮》者也，其所謂難通者五，既皆按經文分析，合而一之，以釋五家之疑矣。然其曰《周禮》一書，"詳周之制度而不及道化，嚴於職守而闊略於人主之身"，則是夾漈徒考訂於其制度職守之同異，而不究其所以然之故，而不自知其言之失也。

夫所謂"道化"者，非欲以道化其民耶？後世之制度，一切苟且，此所以不能道化其民者也。經於六官之首，皆序"惟王建國"至"以爲民極"之五句。極者，王之所建，必設官分職，立此制度，以範圍天下，然後成蕩平正直之治，而敷錫厥庶民於汝極也。故詳於制度，乃所以道化其民者矣。不然，是無爲清靜黃老之言也。六官之中，司徒既是專主教典，官以教爲名，則所以道化之之意，深切著明矣。其教之之具，則三物、八刑、五禮、六樂，鄉大夫所受，而頒於鄉吏，以考其德行道藝，而興賢與能。州長、黨正、族師、閭胥，聚衆讀法。師氏之教人以道，保氏之以道安人，司諫之以道正人之行，司救之以禮防正人之過，所以道化之者，如是之嚴且密也。

其餘五官者，不專教典，而自大宰之九職，以至司寇之五刑，孰非所以親百姓，訓五品，勸休董威，辨分定志，使其謹身節用，毫毛不得妄有所爲，而族姻師友，祭祀喪紀，冠昏飲酒，相與篤誠繾綣，師田行役，相與趨事赴功，惟恐或後，則道化之之效，又因以可見矣。此其制度之所以不得，而或苟且者也。如夾漈之意，必曰：“吾所謂道化者，以躬行仁義爲之本，如《易》所謂聖人久於其道，而天下化成也。”然是乃君德不可以著於臣職也。《周禮》一書，凡以設官分職而已。如又曰：“成就君德者，大臣宰相之事，必有《關雎》《麟趾》之德意，而後制度不爲徒法也。”則夫大宰之職，與其所屬之官，其成就君德者，亦可謂至矣。

　　夾漈所謂“嚴於職守而闊略於人主之身”者，又不得而不辨也。《書·周官》：“立太師、太傅、太保，兹惟三公，論道經邦，燮理陰陽，官不必備，惟其人。少師、少傅、少保曰三孤，貳公弘化，寅亮天地，弼予一人。”若此者，非直從容委蛇，無所事事，而曰吾以辨理弼亮，坐而論之也，其微權妙用，則固存乎嚴於職守之中矣。是故以三公而行冢宰之事，以冢宰之尊，而猥瑣微賤、奄奚監婦之倫，皆爲之屬，自宮正至夏采，凡六十官也。其職守之嚴如此，乃所以使人主不得侈然自放於宮室、飲食、衣服、聲色、狗馬之際，而左右近習之人有所忌憚，而不得以其邪僻之私，蠱惑人主之心志，而干預外庭之事者，先儒固嘗言之矣，如之何以爲“闊略於人主之身”也。吁！先王之世，使正人君子在公卿大夫之位，以其職守制左右近習之人，而後世或反是也。此漢、唐以降，所以多女子小人之禍，而大臣爲失其守也與！

“圖書”辨

　　“圖書九十異同”之論，吾從朱、蔡矣。然此非朱、蔡一家之言，而孔安國、劉向、歆父子、班固、鄭康成、關朗數子之言也。其謂“圖九而書十”者，劉牧傳於范諤昌，諤昌傳於許堅，堅傳於李溉，溉傳於種放，放傳於陳希夷，希夷之傳則未有聞焉。以二千年後之人，而欲易二千年以前之説，吾知其不勝也。然遂以今之九數之圖爲《洛書》，則吾又未敢遂以爲必然也。“圖十”之證，具于《易·大傳》：“天一地二，天三地四，天五地六，天七地八，天九地十。天數五，地數五，五位相得而各有合。凡天地之數，五十有五之數。”言“書九”之證，即九疇是已。然而曰“圖”，則無文字也；曰“書”，則有文字矣。今有畫圖于此，而名之曰“書”，不已戾其實乎？

　　《洪範》孔傳曰：“天與禹，洛出書。神龜負文而列于背，有數至于九，禹遂因而次第之，以成九類。”蓋龜背之坼文，非如馬背之旋毛，僅成五十五點而已。但《五行志》則以“初一曰五行”至“威用六極”，凡六十五字，皆《洛書》本文。《孔疏》以爲“天言簡要，必無次第之數。‘初一曰’等二十七字，必是禹之所加。其‘敬用’‘農用’等一十八字，大劉及顧氏以爲龜背先有，總三十八字。小劉以爲亦是禹所第敘，其龜文惟有二十字。”蓋《疏》以無明據，兩存其說。愚則以爲“初一曰”以下五十六字，是禹之所第敘。其“一五行”、“二五事”、“三八政”、“四五紀”、“五皇極”、“六三德”、“七稽疑”、“八庶徵”、“九五福六極”之二十九字，是龜背之文，而無所謂一點至九點者也，是以謂之《書》也。

　　緯書焚於隋，而學者疑古滋甚矣。天苞地符，聖世之瑞，祇如姜嫄之履巨人跡而生棄，簡狄吞鳦卵而生契，儒者未嘗不信其說，何獨疑于龜背之坼文也？宋仲子之生也，有文在其手，爲魯夫人；成季、唐叔亦有文在其手，曰友曰虞。人固有之，物亦宜然。《孔疏》以爲古文“虞”作災，“魯”作衣，蓋上古文字簡省，不似今隸書之煩密也。《洛書》之文，亦當如災、衣之類而已。漢宣之興也，蟲食葉，云“公孫病已立”，蟲與龜何異焉？符堅建元六年，高陸縣民穿井得龜，大二尺六寸，背文負八卦、古字。堅以石爲池，養之十六年死，取其骨以問吉凶，名曰客龜。《洛書》似即此等，無足異也。然則何以武王就箕子而問之也？

　　《河圖》《洛書》皆歷代之傳寶。當文王演《易》時，周人已得《河圖》，子孫守之，《顧命》所謂“陳之東序者”也。《洛書》者，《五行志》云：“聖人行其道而寶其真。降及於殷，箕子在父師之位而典之。周既克殷，以箕子歸周，武王親虛己而問焉。”蓋《洛書》之真，箕子寶之，雖周武王尚不得見也，況後儒乎？或者周之東遷，失其守器，《河圖》亦無有存焉，此孔子所以與鳳鳥不至同嘆也。若歐陽永叔之概，以《河圖》《洛書》履巨人跡、吞鳦卵爲妖妄，則以當時崇尚符瑞，特爲寇謙之、王欽若輩言之，而非所以說經也。

“祀天地皆服大裘”辨

　　章服之有大裘，絺繡也，亦曰冬裘夏葛而已。《周禮》“司裘掌爲大裘，以共王祀天之服，祭五帝亦如之”注，鄭司農曰：“大裘，黑羔裘，服以象①天，示質。”是經與註俱無“祀地服大裘”之文也。疏引《孝經緯·鉤命訣》云：“‘祭地之禮

---

①　“象”底本、康熙本、光緒本皆同，《周禮注疏》卷七《天官·司裘》作“祀”。

與天同’，崑崙神州亦用大裘可知。”《王制》“三公一命卷”疏云：“祭地之服無文。案《詩・昊天有成命》‘郊祀天地也’，天地相對，則祭地亦用大裘，故《孝經援神契》云‘祭地之禮與天同’，亦據衣服也。”是爲鄭學者附益之。而孔穎達、賈公彥皆承用其説，所引緯書又一以爲《鉤命訣》，一以爲《援神契》也。

《司服》“祀昊天上帝，則服大裘而冕，祀五帝亦如之”，亦不言地也。《郊特牲》“祭之日，王被袞以象天，戴冕璪十有二旒，則天數也。”爲鄭學者據此以爲郊丘之異，王子雍之徒紛紛難辨，而獨不言“祀地服大裘”之非。夫以盛夏之月而服大裘以行禮，何其不知寒暑哉！長樂陳氏謂“内服大裘，外被龍袞”近之矣，然而曰“有文以示外心之勤，有質以示内心之敬”，則是不識所以服大裘之故也。夫以冬日至祀天圜丘，當此嚴寒之時則服大裘，其爲祀天地之常服，則皆袞冕而已。裘者，非爲祀天而設，爲冬至而設也，豈以夏至祀地而服大裘哉！自郊丘之辨不明，而祀大裘之謬無以正之矣。

今先爲參互考訂於諸儒之説，而從王炎晦叔之議曰：“南郊也，圜丘也，泰壇也，其名有三，其實一也。澤中方丘，此冢土也，古所謂大社者也。《詩》謂之冢土，《禮》謂之方丘，而《戴記》謂之泰折，其名有三，其實亦一也。”然後引《司服》之文而終讀之，云：“‘祭社稷五祀則絺冕’，曉然於此社稷之爲祭方丘、大社而言。夏至而祭，則服絺繡爲宜也。冬月而裘，可以襲袞；夏月而絺，加之以袞，猶苦其熱也。繡五色於其上，亦所以爲盛飾也。”凡《司裘》《司服》之文，以言乎服其時服而已。其曰五帝、五祀者，謂當其《月令》之五帝、五祀，而蒙上裘絺云。然《鄭注》乃行禱于五祀曰：“博言之。士二祀，曰門曰行。”此以知古人之文類如是，知祀黃帝決當服絺，祀行決當服裘也。

不寧惟是，仲夏大雩帝，亦當服絺；仲春祭王社於庫門之内，尚當服裘；祖迎於坎壇祭寒暑，祭寒當服裘，祭暑當服絺，必矣。當其寒，凡祭必裘；當其暑，凡祭必絺也。則祭天神亦有時可絺，祭地祇亦有時可裘，自餘非寒非暑，則祀天袞冕，而祀地之禮與天同也。《王制》：“天子將出征，類于上帝，宜于社。”祭天地在一時，則惟其時服而已。宋人習見天地合祭，不復行夏至方丘之禮，故不覺“祀地服大裘”之非，甚至反引“祀天地皆服大裘”之説，以證合祭之爲有考於古者。嗚呼！聖人亦人耳，盛夏之月不服絺繡而服大裘，豈人情也哉！

《陳風》辨

《陳風》鄭譜云："大姬無子，好巫覡禱祈鬼神歌舞之樂，民俗化而爲之。五世至幽公，當厲王時，政衰，大夫淫荒，所爲無度，國人傷而刺之，陳之變風作矣。"《正義》曰："《地理志》云：'周武王封嬀滿於陳，是爲胡公，妻以元女大姬。婦人尊貴，好祭祀，用巫，故其俗好巫鬼。'詩稱擊鼓於宛邱之上，婆娑於枌栩之下，是有大姬歌舞之遺風也。"朱子《集傳》亦用其説。

竊以爲此鄭康成習見漢以後公主驕恣之事，謂婦人尊貴，則大抵皆然耳。豈有文王、武王正位乎外，大姒、邑姜正位乎内，修身齊家之化行於汝墳、江、漢，而元女大姬乃"好巫覡禱祈鬼神歌舞之樂"者？《何彼穠矣》之詩，美王姬不以貴盛自驕，能執婦道以成其肅雝之德，正謂文王之孫、武王之女下嫁於諸侯者。若大姬獨好巫覡禱祈鬼神之樂，何其不類也！終春秋之世，尚未聞有失德之王姬，則二南之化久而未衰，大姬親承聖人家教，必不然也。且《地理志》但云"婦人尊貴，好祭祀"，不言無子，而鄭以爲大姬無子。《左傳》子產云："陳，我周之自出。"杜預注："大姬以禱而得子，故彌信巫覡也。"

凡此附會之説，皆起於諸儒所見，當時婦人尊貴，有如此驕恣之事，以爲自古而然。而不思夫高禖弓韣之祭，舉之有其時，縱使有所禱祈，大姬必能循禮而動，祭不欲數可知也。以大姬而下嫁諸侯，豈其憂勤節儉，反不如二南諸侯之夫人？則不出於好巫覡禱祈鬼神歌舞之樂可知也。且《左傳》史趙之言曰："胡公不淫，故賜之姓，使祀虞舜。"若大姬好巫覡禱祈鬼神歌舞之樂，而胡公不能禁，致使民俗化而爲之，亦何以謂之不淫也？《陳風》之所以然者，宛邱去紂都未遠，漸染於靡靡之俗者深，至於五世之後，幽公荒淫，而未殄之餘風，遂復熾耳。豈可以擊鼓於宛邱之上，婆娑於枌栩之下，爲大姬之遺也？夫朱子不以鄭譜爲非，何也？

《魚麗》詩序辨

朱子之攻《小序》之失，可謂至矣。獨是於《魚麗》之序，不惟不攻其失，反謂其"内外始終"之説，蓋一節之可取者。愚不能無惑焉。《序》曰："《魚麗》，美萬物盛多，能備禮也。"與《六月·序》所謂"《魚麗》廢，則法度缺矣"相應。此詩人本意，無可議者也。後儒又附益之曰："'文、武以《天保》以上治内，《采薇》以下治外。’內外之說，已爲支離，猶可言也。而謂‘始於憂勤，終於逸樂’者，何哉？”而朱子有取於其說也。

昔者益之戒舜曰：“罔游於逸，罔淫於樂。”以《詩序》之說爲可取，則堯憂勤於始，而舜逸樂於終，宜也。而何以益諄諄然以此爲戒也？周公作《無逸》以告成王，而以殷之後王，生則逸，惟耽樂之從爲戒，而又正告之曰：“其無淫於觀、於逸、於游、於田。”《無皇》曰：“今日耽樂。”蓋逸樂之無時而可也，備於《無逸》一篇矣。周公又何取乎終於逸樂之詩，而用之於燕享也？

《疏》以爲此篇武王詩之始，文治內外而憂勤，武承其後而逸樂，此尤悖理之甚者。武之承文，尚不得比於舜之紹堯也。今即以《疏》之釋《序》，可以告於神明者證之。《疏》曰：“時雖太平，猶非政洽，頌聲未興，未可以告於神明。但美而欲許之，故曰可以。”夫政未洽而頌聲未興，豈可謂之終？武王方且憂勤以圖其終，雖欲逸樂而勢有所不能，得至於成王之時，則政洽而頌聲興矣。可以言終，宜莫若此時；可以逸樂，宜莫若此時。而《無逸》之書，周公又何爲而作也？夫古之人言慎終如始矣，未聞始終之有憂勤、逸樂之殊也。朱子何以有取於其說哉？

善乎嚴粲之言曰：“‘文、武無逸樂之事，逸樂亦非文、武之心。’所謂‘終於逸樂’者，《後序》衍說也，‘開人主怠政之漸矣。’”其言是也。繼之曰：“或曰：‘始’、‘終’，通言周之始末。‘始於憂勤’者，言其心，謂初創業之艱難；‘終於逸樂’者，言其效，謂其後功成治定，遺後人以太平也。”此則未免於遷就回護，而不能篤於自信者也。夫苟期逸樂之效於其終，則其屬憂勤於其始者爲未純矣。則是要其終，文、武不禁後人以逸樂之事；原其始，文、武未嘗無取必於逸樂之心也。此其自相矛盾者矣。遺後人以太平，而不戒之以逸樂，吾見其易治爲亂，易安爲危，轉瞬間矣，安在其爲貽謀之善哉？今去其後之衍說，而但取其“美萬物盛多，能備禮”之一言釋此詩，則夫太平之世，物之衆多，取之有時，用之有道，無一物不得其所，與夫國家閒暇，內外無故，物致盛備，成禮敬賓，皆在其中矣。而朱子顧無取焉，何也？

“反哭不于廟”辨

《經》云：“喪卒定，乃反哭。”鄭注《士喪禮》及《檀弓》皆云“反哭於祖廟”，《孔疏》亦遂因之曰“先祖後禰”，而兩經俱無明文。鄭、孔執以爲“祖廟”者，緣

《士喪禮》始云"乃反哭，入，升自西階"，後云"賓降出，主人送于門外，遂適殯宮"，乃以未適殯宮之前，妄臆哭踴所在，遂執以爲廟也。夫反哭自必於家矣，何以言之？其時尚未虞祔，則新主未入廟也。主未入廟，寧有向祖禰哭踴之理乎？

　　《檀弓》云："反哭升堂，反諸其所作也。主婦入于室，反諸其所養也。"所作謂居業于斯，所養謂飲食于斯。下云"反而亡焉，失之矣"，失之者，不復見其啓處，聞其謦欬，挹其儀容也。夫所居業、所飲食、所動容周旋之處，則必于家矣，以知"升堂"、"入室"指在家，非在廟也。蓋《士喪禮》"未適殯宮之前，入，升自西階"云云者，"西階"即向所殯處東西面相向而哭踴也。初至家，哀痛已甚，主人即于向所殯處西階東面位，主婦阼階西面位，衆主人堂下東面北上，有哭踴之節。賓弔之，故送賓而後入，哭于殯宮也。西階、阼階，即殯宮之階也，其義甚明。

　　《問喪》云："其反也如疑。求而無所得之也，入門而弗見也，上堂又弗見也，入室又弗見也。亡矣喪矣，不可復見已矣！"此門與堂與室，指家而言，更明白顯著，即鄭、孔亦不能強指爲廟也。注疏解經往往穿鑿傅會，此更紕繆之至，不免離經之失矣。及考《開元禮》："靈車到第，入至西階，少頃，升入靈座前，主人以下從升。"此西階即《士喪禮》所升之西階，此靈座及《士喪禮》所適之殯宮也。司馬氏《書儀》："及家，望門俱哭。及門哭，入至廳事，主人升自西階，賓客有弔者，主人拜之。主人入詣靈座，與親戚皆立哭。"此西階靈座，亦即《士喪禮》之西階殯宮也。朱子《家禮》與《書儀》同。

　　古今之禮雖異，而揆之人情則一，鄭、孔子之説，斷乎其不可據也。抑聞之古，以鬼神所在則曰廟，尊言之也，故殯宮亦曰廟。《士虞禮》："側享于廟門之外。"《記》："陳牲于廟門外。"鄭云："祭之殯宮也。"《喪服小記》："無事不辟廟門。"孔云："殯宮門也。"故《經》《記》有以殯宮爲廟者。至反哭，則經文未嘗言廟，安得謬指之爲祖廟、禰廟乎？蓋鄭、孔思未及此也。

憺園文集卷第十六

説

神主謁廟庭説

　　乾學按：《儀禮・士虞禮》，其始虞祝辭曰："適爾皇祖某甫。"再虞，皆如初。將旦而祔，則薦卒辭曰："哀子某，來日某，隮祔爾于爾皇祖某甫。"其祔祭也，曰："適爾皇祖某甫，以隮祔爾孫某甫。"蓋自朝祖遣奠以前，皆事生之禮，至虞而始有尸，有几筵，始以祭易奠。逮於祔也，以吉祭易喪祭，直以鬼神享之矣。祭葬迎精而反，當即廟食，而人子之心不忍死其親，不忍使親之主遠離于寢，故爲虞祭以安神。又告之以將祔皇祖，至於再三，既祔則又反於寢，雖曰以其班祔，在廟只一日耳。曰"適爾皇祖，隮附爾孫"，鄭康成謂"欲其祔，合兩告之"，蓋將使死者祔于皇祖，又使皇祖與死者合食，前一句是告死者，後一句是謂皇祖，言簡而意切，禮繁而不瀆，此先王之禮所以爲仁至義盡也。

　　自杜氏《通典》載《大唐元陵儀注》，神主玉輅將至，設奉謁褥位于廟庭橫階前，當中北向。既降輅，升輿，詣幄座，侍中跪奏："請升輿祔謁。"神輿至廟庭褥位，太祝啓匱出主，侍中跪奏稱："以今吉日，代宗睿文孝武皇帝祔謁。"少頃，侍中詣褥之西，東面跪奏："請升輿祔饗。"禮官奉引詣玄宗室祔位，少頃，入第九室帷座。是時，顏真卿爲禮儀使，雖采稽古禮，大略率循當時舊章，以祔于皇祖爲名，神主不反几筵，即於是日升第九室。凡廟以西爲上，九室遞遷，無有昭穆之分，祔廟亦是虛稱，褥位贊謁，有象生人，異于隮祔爾孫之告矣。

　　及考明朝《實錄》，凡新主入廟，亦有謁廟禮，奉衣冠神主，徧謁祖宗，皆天子代行八拜禮。太常卿唱賜座，乃安座祭享。正統時，太皇太后升祔，謁廟畢，捧宣宗神主衣冠，北向朝見，亦天子行禮，其儀益繁而瀆，非禮經意矣。先王之以孝治天下也，生則親安，祭則鬼享，割牲薦獻，上通無莫，故措之廟，立之主，曰帝。事生者易，事死者難，有神而明之之義焉。祭之禮，考妣共一尸，不必與生者同也。若但曰事死如事生，設死者之衣冠，僕僕亟拜，是近于褻慢，而恭敬之心替矣。周公既制朝祖之儀，而於祔只兩告祖宗，與死者別無儀節，宜繁而繁，宜簡而簡，不可易之謂經也。顏魯公一代大儒，難挽末流之失，而明時禮官如呂震、胡濙輩，不學無術，其益趨于瀆而不經也，宜哉！

“豈弟”說

臣乾學擬撰授湯斌禮部尚書兼詹事府事，上諭有“豈弟宜民”句。上曰：“‘豈弟君子’，詩人以稱周王，臣下亦可通用。但湯斌誠實人，不用虛詞粉飾。”大學士臣某云：“‘豈弟’字，御屏有此，終須避之。”

退而責臣，臣對曰：《詩・大雅・旱麓》之詩，以“豈弟君子”稱文王；《泂酌》《卷阿》，則以“豈弟君子”稱成王。今御屏用“豈弟”字以此。但《小雅・蓼蕭》篇：“既見君子，孔燕豈弟。”注：豈，樂也。弟，易也。此天子燕諸侯之詩。勸諸侯之能勿失其豈弟，是諸侯亦稱也。兩漢而後，居官涖民，輒以此相勖。魏之賈逵爲豫州刺史，嘗曰：“州本監郡，謂察二千石以下。”其狀皆言嚴能鷹揚，有督察之才；不言安靜寬仁，有豈弟之德也。

唐劉禹錫《擬冊晉王文》：“思流豈弟之風，祗敬興王之地。”封敖《擬授崔元式太原節度使石雄河中節度使制》：“誅凶剪怪，勳庸勿讓於他人；布渥行恩，豈弟俾流于鄰壤。”沈珣《擬授紇干泉嶺南節度使制》：“朕以瀕江之西，悍俗難理，輟爾禁掖，委之蕃條。果能宣豈弟之風，著循良之績。”又《擬授李景讓襄州節度使制》：“峻風規於臺閣，流豈弟於方州。”又《擬授李玭鳳翔節度使制》：“北海著輯睦之規，南方流豈弟之化。”如此之類，不可殫述。臣伏見湯斌仰承簡命，填撫江南，安靜和易，吳人感化，故用此稍示獎勵，而不知御屏所用語，凡敕諭臣工之辭，理宜避易。自慚闇昧，惟惶恐待罪而已。聖諭切戒虛詞，粉飾謹識，弗敢忘。是日，別擬稿進呈，上亦弗責也。

絳侯《南極老人碑》說

真定郡治之後圃，林木蔥鬱，有方池密室，最後爲土山高臺，臺上有絳侯亭,亭有《南極老人碑》,云是漢丞相絳侯勃所立。刻老人像,如世俗所傳"壽星圖"者,繫銘於其上,曰:"鴻蒙肇判,南極儲精。乾坤同久,曰惟壽星。人間顯像,錫慶可徵。願我聖皇,安享遐齡。庶茲王國,永保康寧。"凡十句四十字,多剝蝕不可辨。碑額大書"漢丞相絳侯碑"六字篆文,而前郡守劉君可徵以其銘刻於碑陰,使觀者易曉。前郡守范君志完又屬郡丞淩君必正爲之記,立石於見賓之所,以是爲二千年靈蹟。

　　余過真定,謁今守胡君,得覩淩君所爲文,竊有疑也。按《史記》《漢書》皆云:"狼北地有大星,曰南極老人。老人見,治安;不見,兵起。"不聞爲人君壽命之應。至《隋書》乃云:"老人一星,在弧南,見則化平,主壽昌。"唐開元間,始敕有司置壽星壇,以千秋節日,修祠祭老人星及角、亢七星,著之常式。或謂"老人星必主壽命"者,乃隋、唐間語,前此未有也。張守節係開元時人,故撰《史記正義註》爲壽命延長之應,而遷、固本文無之,知其説妄也。又《爾雅》云:"壽星,角、亢也。"數起角、亢,列宿之長,故云壽星。

　　考之天官家言,角近帝庭,亢爲疏廟,與弧南之星不相屬也,故開元時亦疑而并祀之。今遽謂爲一,亦不可信。僧會告孫皓曰:"王者以孝慈訓世,則赤烏翔而老人星現。"亦謂老人星現係治安之徵,如《史》《汉》所稱耳,非真有一老禿翁,芒鞋藤杖,如世俗所傳者。且漢初書字有六體:古文、奇字、篆書、隸書、繆篆、蟲書而已。今乃以近代書體,而淩君指爲二千年靈蹟,亦少謬矣。若《史記》稱絳侯不學,召諸生東向坐,責之:"趣爲我語。"其椎魯少文如此,必不能使諸生撰詞,爲士大夫好事之舉,又可知也。此必隋、唐以後人,因世俗有壽星之説,作此圖自託於古,以示奇而炫俗者耳。今世唐以後遺刻,亦不可多得,況其詞亦欲君享遐齡而國保康寧,固忠厚之意。胡君第留此古蹟,以供仕宦者來往而一賞,可也。

"布總、箭笄、髽、衰三年"説

　　按:《儀禮》此條雖列"女子子在室"之後,實通承"妻爲夫,妾爲君,女子子在室爲父"爲文。上言衰裳、冠纓,皆男子之服,于婦人服制未詳,故更著總、髺、髽及衰,以明四者婦人之服。其經、杖、絞帶、菅屨,則男女并同也。賈疏曰"女子子總用布"云者,因《傳》文"吉笄"句所誤耳。蓋《傳》之云"吉笄",因釋經文"總六升,長六寸,箭笄長尺",遂連總笄之文曰"吉笄尺二寸"。傳者以附著吉筓尺寸,此飾乃婦人已嫁之服,固非經文所有,亦非斬服中所有也。賈遂以此條專屬之女子子,不知未嫁之女,其總、筓、髺、衰與妻妾及在室之女并同。觀上"子爲父、諸侯爲天子、父爲長子、臣爲君、爲人後者",同是衰裳、冠纓,則此條必蒙上文三婦人,而不專爲女子子設,明矣。下"女子子適人"條不言及筓,記于折筓首,不著尺寸,以附見首章,故不復詳,大略皆可見云。

"九三:君子終日乾乾"說上

雲峰胡氏曰:"乾坤不言重,異于六子;稱健不稱乾,異於坤也。"朱子《本義》釋"天行健",則曰:"凡重卦皆取重義,此獨不然者,但言天行,則見其一日一周,而明日又一周,若重復之象。"愚竊以爲不然。

夫子之贊《易》,乃是申文、周之所不盡之意,而非贅也。"重卦"之義,已見于九三,曰:"君子終日乾乾,夕惕若,厲無咎矣。"不言重,不稱乾,以是故也。"乾乾"者,上乾下乾,下卦之乾日也,上卦之乾夕也。天一晝一夜,旋繞一周而過一度,天下之至健也。一晝一夜,重之義也。三居下卦之終,日之乾方終,夕之乾方始,故《象傳》曰"終日乾乾,反復道也"。"反復"者,往來之義,日往則月來,月往則日來,晝夜之道,即天行也。《文言》曰:"終日乾乾,行事也。"終日行其進德修業之事,夜則考其旦晝之所爲,必計過無憾而後即安,所以夕猶惕若也。《文言》又曰:"終日乾乾,與時皆行。""時"則兼乎晝夜,而天行一周矣。"與時皆行"者,不但因其時而惕于心,且有宵衣間夜、坐以待旦之事也。

"重卦"之義,九三爻辭若是其著明,夫子但曰"天行健",則其兼一晝一夜可知。以今日一周、明日又一周爲重復之象,是所取于"重義"者,未審也。若重離之義取於兩作,則可以言今日明日,故九三爲日昃之離,主天言則兼晝夜,主日言以晝不以夜也。然則坤卦之重義于何見之?曰:於《象辭》見之。地有四維,西北高,東南下,辭曰"西南得朋,東北喪朋",四用其半,則言西南亦兼一高一下,言東北亦兼一高一下也。一高一下,勢之所以積而厚也,但言"地勢坤",而重義在其中矣。乃六三之爻辭曰"無成有終",則亦以下坤之終也。《文言》曰"地道也,妻道也,臣道也",可以知三畫之乾已盡乎健之德,三畫之坤已盡乎順之德,而因而重之之義又因以見矣。《坤·象傳》不言順,故於《文言》曰"坤道其順乎",蓋古人之文可互見,不必復出也。

“九三：君子終日乾乾”説下

《象傳》之言君子者五十三，而“自强不息”其首也。爻辭之言君子者十六，而“終日乾乾”其首也。先儒以爲三於三才爲人道，而乾九三一爻爲六十四卦，人道之始，聖人尤致意焉。此他爻所以不言乾，而三獨言“乾乾”是也。然其説猶有未盡者焉。聖人作《易》，亦教人盡人道而已，盡人道亦爲君子而已。故於九三一爻，以重卦之義屬之，而曰“乾乾”。夫子作《象傳》，以爲體乾之君子，亦“終日乾乾”而已。故《文言》申《象傳》之意，曰“立其誠”。“立其誠”者，自强不息之謂也。故子思子作《中庸》曰：“至誠無息，息則久。”夫人以一呼一吸爲一息，凡一萬三千五百息爲一晝夜。漢儒謂人一息，天行八十餘里，人欲法天，宜其不息矣。乃法乾之象而曰“自强不息”，法隨之象而曰“嚮晦入宴息”，何歟？蓋不得不息者人之形體，而不息者心也。故《淮南子》曰：“終日乾乾，以陽動也。夕惕若厲，以陰息也。”夫以陽動者行事，以陰息者常存敬畏，形息而心不息也。愚故曰“重卦”之義已盡于九三爻辭，《象傳》但申其説也。天行不舍晝夜者也，人道分晝夜者也。陽動陰息，而重乾之義備矣。

《禹貢》山水説

天下名山大川，不可勝數，其見於《禹貢》者，四十有五而已，一一而考之，宜若易易也。而朱子一則曰最難理會，一則曰不甚可曉，又曰隨文解義，姑爲誦説。

若以山川形勢之實考之，吾知其説有所不通，而不能無疑也。何以故哉？疆地有分并，名號有古今，高深有遷貿，更歷數千百年以來，傳訛傅會，家異人殊，欲一一而考之，誠有如朱子所云也。且不特朱子言之也，裴秀作《禹貢地域圖》，則云山川地名，從來久遠，多有變易，後世説者，或强牽引，漸以暗昧也。酈道元之注《水經》，則謂東南地卑，萬水所湊，觸地成川，故川舊瀆，難以爲憑，禹蹟不可考者多也。且夫九州其來已久，而古書之存於今者少，後儒之論日多，而愈以不決。

禹治水功成，作《禹貢》，距舜居攝未久，而舜乃分爲十二州，至夏而稱九牧，商而稱九圍，則又并爲九矣。《爾雅》九州，有幽、營而無青、梁，《職方》九州，有幽、并而無徐、梁、營，則《禹貢》之九州，豈必黄帝受命，風後受圖，割地之九州耶？其即共工氏伯有之九州耶？然而禹畫之而舜分之，舜分之而禹又合之，何其紛紛也！《舜典》肇十有二州，不載州名，孔安國以《爾雅》齊曰營州，而謂舜時亦有營州，以《職方》幽、并山川在《禹》冀州之域，而謂舜時分置幽、并也，無他證據也。封十有二山，不載山名，孔安國但言封每州之名山殊大者以爲鎮，《孔疏》《蔡傳》皆引《職方》爲解，則舜時以何爲徐、梁、營之山鎮耶？夫《禹貢》所書山水，皆治水所施功之處，故既以此表疆界，而又特書岍、壺口、砥柱、大行、西傾、熊耳、嶓冢、内方、汶之九山，黑、弱、河、漾、江、沇、淮、渭、洛之九川，其間亦有雖大必略者，以其非大概記山水之書也。而其所記者，又未盡合於今日之形勢也。

今試即漢、唐、宋諸儒異同之解，約略言之。《傳》《疏》以梁、岐二山在雍州，而《集傳》以爲在冀州。孔穎達以孔安國身爲博士，必當具見圖籍，實驗當時疆界，而蔡沈援引春秋三傳、《爾雅》、吕不韋、桑欽、酈道元諸書，皆在冀不在雍也，則當以誰爲正也？《孔傳》但以岳陽之岳爲大岳，而《孔疏》《蔡傳》實以《職方》霍山、《地志》霍太山，然何以稱岳而不列於岳也？《堯典》有四岳而無中岳，《崧高》《禹貢》無其名，此云太岳者，其亦在帝都而尊之，或者當日以爲中岳也？

孔安國、鄭康成皆以衡、漳爲一水，而王肅以爲二水，此非在絕遠之域，而爲一爲二，皆遙度之辭也。九河之名，見於《爾雅》，而《蔡傳》合簡、絜爲一河，以爲其一即河之經流。夫九河、碣石既苞淪於海，則簡、絜之爲二爲一，竟未知其孰是也。漯水之出東武陽，至樂安、千乘入海，差有遺跡，而《蔡傳》以爲河之枝流，斯不然矣。《職方》青州其浸沂，而《禹貢》在徐州；兗州其澤藪大野，而《禹貢》在徐州，知周之并徐於青、兗矣。是未并之前，青無可稱浸，兗無可稱澤藪也。

三江之説，孔安國、孔穎達、顏師古、韋昭、郭璞、王安石、蘇軾諸人，各據所見，要當以《集傳》所引《吳都賦》注婁江、東江并松江爲三江者爲是。且《職方》言其川曰三江，則既入云者，亦當以入海爲是也。震澤，《爾雅》謂之具區也。《傳》《疏》《集傳》皆以爲太湖，太湖即五湖，而《職方》揚州澤藪曰具區，浸曰五湖，不當澤、藪、浸合而爲一也。《孔傳》以江於荆州界中分爲九道，疏以爲即今尋陽九江，本《漢·地理志》廬江郡尋陽，注云：《禹貢》九江在南，皆東合爲大江。而朱、蔡以爲即今之洞庭。故九者之名，亦各不同也。若尋陽九江，乃《禹貢》揚州之境,且其名起近代也,雖或强爲之名,而何由知其必然也?

《疏》以滎波爲波濤之波,《史記‧夏本紀》作播,《索隱》以爲播溢之義,而《蔡傳》以爲二水,據《職方》其川滎、雒,其浸波、溠之文也。然而川取流行,浸則豬畜,《禹貢》滎波既豬,波爲浸可言豬,滎爲川何以言豬也?《禹貢》孟豬,《左傳》《爾雅》作孟諸,《周禮》作望都,《夏本紀》作明都,何其聲字之俱異也?

《禹貢》言導河積石,異于漾之源嶓冢,江之源岷山;不言自者,又異於淮之桐柏,渭之鳥鼠,洛之熊耳矣。積石已上,四載所不到,自至元十七年,始命都實窮河源,蓋盡踰崑崙,行更一月,始窮星宿,則郭璞之注《爾雅》,固爲胸臆,張騫之使大宛,竟不得其要領也。《集傳》據《括地志》,以鳥鼠爲同穴之枝山,而譏孔氏爲怪誕不經。然李巡、郭璞所說鳥鼠之名狀甚悉,豈其一無所據也?"東匯澤爲彭蠡,東爲中江,以入於海"十四字,鄭樵以爲衍文,而朱子取之,謂南方山水有全與《禹貢》不合者,致疑要荒之地。但令官屬相視,未得其真,故多闕遺。然而北方山水,則又南宋諸儒所未得親履其地者,其亦無由而辨其合與否也。

又《爾雅‧釋山》:"霍山爲南岳。"先儒言霍山在江北,而與江南之衡爲一者,漢武帝以衡山遼曠,故移其神於此。而朱子疑其在嵩山之南,又言唐、虞時恐亦有霍山。又《職方》山鎮有嶽山,無嵩高。鄭康成《司樂》注,則以吳嶽當五岳之數,并四鎮爲九,與《職方》相配。而于《宗伯》注,則仍以岱、華、恒、衡、嵩爲五。大儒之說,亦未有定見也。《職方》注:"恒山在上曲陽。"今之曲陽,既非古之曲陽,別之曰"上",則古亦非一曲陽也。遼東、朝鮮,既爲舜所分置幽、營二州之地,則《職方》之醫無閭,亦當在《禹貢》之青、冀,而未之及也。

故夫《禹貢》之山水四十有五,皆治水之所有事也。欲一一以考之,則漢、唐、宋之諸儒,有不能以無疑者矣。孔安國曰:"孔子述《職方》而除《九丘》。"《九丘》者,九州之志也,而除之,存《禹貢》以著夏后治水之功,而所述者《職方》也。然則時王之制輿圖,所載斯可考矣,何必多爲之說,以求合于古乎? 以今之山川,表今之郡邑,斯又善法《禹貢》之書也,亦孔子述《職方》之遺意也。

《周禮》詳於治內說

修身齊家之義,備於大宰之職矣,而後司徒施其教典焉。所謂"欲明明德於天下者,先治其國也"。此其制度之不得而不詳,職守之不得而不嚴者矣。

按王畿四面五百里，而以近郊五十里、遠郊五十里制六鄉焉，其民七萬五千家，其餘地爲廛里、場圃、宅田、士田、賈田、官田、牛田、賞田、牧田，惟九等所任地，而無公邑。遠郊之外百里置六遂焉，其民七萬五千家，其餘地爲公邑，天子使大夫治之。距王城三百里曰稍，三百以外至四百里曰縣，四百里以外至五百里曰都。都之地，王之母弟、王之庶子與公同食采地，百里在焉。縣之地，王子弟之稍疏者與卿同食采地，五十里在焉。稍之地，王子弟之又疏者，與大夫同食采地，二十五里在焉。其餘地亦爲公邑，天子使大夫治之。

　　鄉之屬別有比長，有閭胥，有族師，有黨正，有州長。遂之屬別有鄰長，有里宰，有酇長，有鄙師，有縣正。鄉有鄉師四人，遂有遂師四人，各以二人分治三鄉、三遂。有鄉士以掌六鄉之獄，有遂士以掌六遂之獄，此其所同者也。其不同者，司徒主六鄉，而又鄉老二鄉則公一人。遂人主六遂，但中大夫二人而已。每鄉卿一人，每遂中大夫一人而已。遂之官卑於鄉，命數皆減一等，差次至鄰長，以不命之士爲之也。遂人雖專主六遂，自遠郊以達於畿，有公邑、私邑、小都、大都在焉。公邑之大夫，甸稍如州長，縣都如縣正。其六遂之中，公邑之獄，遂士兼掌之矣。而又有縣士，以掌稍、縣、都三等。公邑之獄，既有王之子弟、公、卿、大夫治其采地，而又宗伯之屬，則有都宗人、家宗人。司馬之屬，則有都司馬、家司馬，家司馬以家臣而聽政於公司馬焉。司寇之屬，則有都士、家士，又有方士，以主四方都家之獄。都士、家士，都家所自置，主治都家吏民之獄，以告方士者，而亦屬司寇焉。蓋其設官分職，詳於治王畿以內，有如是也。

　　古之天子，既以九州萬國之地，與外諸侯分治之，其餘公邑，又使大夫治之。其六鄉六遂，則天子所自治也。而六遂之餘地，亦爲公邑，則又有分治之者矣。惟近郊遠郊，四面百里，六鄉之外，其餘爲九等之田，其地彌近，而無都邑在其間，則其地反曠衍，而易以容奸。故以公卿司其教事，而所以屬民讀法，賓禮賢能者，於鄉言之爲詳。司徒主六鄉，則曰：“令五家爲比，使之相保；五比爲閭，使之相受；四閭爲族，使之相葬；五族爲黨，使之相救；五黨爲州，使之相賙；五州爲鄉，使之相賓。”遂人主六遂，則但論其田野之形體，曰“五家爲鄰，五鄰爲里，四里爲酇，五酇爲鄙，五鄙爲縣，五縣爲遂”而已。雖其文有彼此互換之可推，亦足以見夫彌近者之彌詳矣。其曰：“比長，各掌其比之治。五家相受，相和親，有辠奇邪則相及。徙於國中及郊，則從而受之。若徙於他，則爲旌節而行之。”蓋自一比之中而嚴密如此，則夫由少而衆，自邇而遠，無所可以容其奸，可知也。夫如是，而以六鄉之治爲六遂之則，以六遂之治爲公邑、私邑、小都、大都之則，而以京師之治爲九州萬國之則，所謂“國治而後天下平”者也。吾故曰：此其制度之不得而不詳，職守之不得而不嚴者也。

戰國兼并，而鄉遂授田建學之制度，淪胥以亡，鄉官之職守亦廢，重以四君者招致天下傾危之士、不逞之徒聚於其國。以迄於漢，五陵、三輔遂爲遊俠之窟、逋逃之藪，白晝劫奪人於都市而莫敢誰何，至有不如是何以爲京師之説。其後京兆尹乃更以武健嚴酷爲能勝其任，其所由來者，非一日之故也。西漢《周禮》之學抑而未章，逮鄭、賈二君雖申其解，而先王體國經野詳於治内之義，後世卒未有舉而措之者，爲可慨也。

夏商周三祝説

乾學按：《士喪禮》：“祝淅米于堂，南面，用盆。”鄭氏因記，有“夏祝淅米”云云，故注以爲夏祝也。“祝取銘置于重”，鄭注：“祝，習周禮者也。是周祝也。”其明著爲夏祝者，《士喪禮》：“夏祝鬻餘飯，用二鬲于西墻下。”又夏祝及執事盥，既夕祝降，與夏祝交于階下，取銘置于重是也。其著爲商祝者，《士喪禮》襲祭服，執巾，掩瑱，設幎目，小斂則布絞衾、散衣、祭服，大斂則布絞紟衾衣。既夕免袒，執功布，拂柩、飾柩、御柩皆是也。

《疏》謂同是周祝，而習夏禮則曰夏祝，習殷禮則曰商祝。夏人教忠，從小斂奠、大斂奠，及朔半薦新、祖奠、大遣奠，皆是夏祝爲之。其間雖不言祝名，亦夏祝可知也。其徹之者，皆不言祝名，則周祝徹之也。殷人教以敬神，但是接神，皆商祝爲之。其間行事，祝取銘之類，不言祝名，亦周祝可知。惟既夕啓殯時，以周祝徹饌，而堂下二事，不可并使周祝，故夏祝取銘置于重，賈氏之論詳矣。

余以爲夏祝，如淅米、鬻飯，皆共養之事。商祝主襲斂衣衾，拂柩、御柩，交于神明之事。夏祝事簡，商祝事繁，周祝文飾實兼兩者。周制博采夏、商，周人講習夏、商之禮，所謂監於二代，郁郁乎文者。以此即如啓殯時，商祝方執功布入，周祝徹宿奠降。降之時，夏祝自下升，取銘置于重。曰祝，曰夏祝，曰商祝，各司其事，履趾相接，是喪事縱。縱之時，而不至陵節，《儀禮》所以爲萬世經也。

嘗讀《士冠禮》："委貌,周道也;章甫,殷道也;毋追,夏后氏之道也。"孔子便冠章甫,當時蓋兼用殷道矣。《檀弓》載:"孔子之喪,公西赤爲志,飾棺墻,置翣,設披,周也;設崇,殷也;綢練設旐,夏也。子張之喪,公明儀爲志,褚幕丹質,蟻結于四隅,殷士也。夏后氏用明器,殷人用祭器,周人兼用之。綍[①]也者,實也。掘中霤而浴,毀竈以綴足。及葬,毀宗躐行,出於大門,殷道也。學者行之。"《禮器》云:"三代之禮一也,民共由之。"可見武王、周公盛時,既因前代典章以著爲《周禮》,而又令學士大夫采綴遺聞,以存舊時文獻。故雖周之輓季,本朝之禮與夏、殷并者,學者擇而行之,不以爲嫌。蓋即夏祝、商祝之名,可以知公天下之至意,而禮非虛器矣。

勤政殿說

臣伏讀《月令》,明堂十二室,天子以時適居,所以法天之行,順時之紀,勤民事而出治道,非獨侈隆其制已也。

蓋古者皇居取象辰極,義取自强不息之意焉。今皇帝景昊天之成命,法祖宗之恭儉,凡宮室制度,自非國本所關,政事所出,無替於前,無侈於後。兹勤政殿在西苑,以歲之夏日聽政於其中,每旦接對群臣,批覽章奏,少暇則紬繹經典,繙閱圖史。乾學起家侍從,待罪公卿之後,常因奏事殿中,得奉清燕,流覽寓目。殿不甚閎敞,視正殿絶差,前爲長廊,中闢層軒,體製朴略。群臣仰頌聖德,以爲唐堯土階,大禹卑宮,殆無以過。臣深惟天行無息之義,以爲人主惟能勤而後能儉,勤則清明之氣勝,物莫投其所好,故不與儉期而儉至;不勤則晏逸之志勝,物得進爲之主,故不與奢期而奢至。由此觀之,相因之理,必至之幾也。

臣竊睹皇上深宮問夜,未明求衣,至于日晏不違。上自宮府,下逮黎庶,外及山陬海澨,日入月出之所,惟恐一事之未理,一物之未安。即位二十五年,兢業常如一日。間者鯨鯢蕩定,兵革偃息,海宇乂安,民生樂業,群工體宵旰之勤,詞人進太平之頌,願怡神暇景,閒日視朝。皇帝赫然震動,竦然吁咈,益勵憂勞,無敢怠惰。功業已盛,而常懼其荒;民庶已安,而獨居其瘁。是以侈心遏絶,儉德益光。

---

① "綍"底本、康熙本、光緒本皆作"經",今據《禮記·檀弓上》改。

漢臣有言："古之王者，未有不始於憂勤，而終於逸樂。"竊觀《詩》《書》所載，雅異于此。周公進陳《無逸》，文王日昃終身，未聞其以逸樂繼也。然則虞始之道，方自今日，載筆之臣，豈能紀其萬一。昔華林有"清暑"之賦，驪山著"九成"之碑，并鋪張巨麗，有乖典則。臣躬述聖德，上窺《大易》自强之義，遠覽《尚書·無逸》之訓，推陳堯、禹不與之衷，發明文王小心之德，雖未能編之詩書，亦庶幾垂示來者。謹拜手而爲之說。

治河說

古之言治河者衆矣。河既善徙，決無常處，治之亦無常法。在因其時，相其地，審其勢，以爲之便宜，而非可以數見之成言。已湮之故蹟，謀其實效也。古之善言河者，莫如漢之賈讓，元之賈魯。今觀其前後三策，僅可施之北河，與今日東南之勢大異。即明宋濂之說，浚淮導濟，南北分行，亦非今日運道所宜。若徐有貞之治水閘、疏水渠，其說專主乎疏，謂一淮不足以受全河也。劉大夏之堤荆隆、鎮安平，其功特著乎塞，謂取全河而注之一淮也。與今之所患，河不入淮，其勢又不相侔矣。今朝廷之上，不惜以重費鳩工，而河臣仔肩于下，勒限受事，庶幾底績可期。然善後有策，豈無說以處此乎？

請以今日之黃河論之。歲修有防矣，搶築有備矣，遙堤縷堤在在相望矣。乃一逢潰決，制禦莫施，數年以來，屢見于宿遷、桃源之境。此地去海甚近，而每多衝決，非海口之淤爲之乎？自白洋以東，向之河身廣爲一二里者，今止以數丈計，即新開引河，力爲利導，而河性不趨，則雲梯關之壅塞，非一日矣。論者曰：堤防既立，水必歸槽，藉以衝刷，海口可不濬自開。然沙壅日久，土堅且厚，即上決已塞，而欲用水攻沙，正恐下流難達，其勢必將別潰。是必雲梯關之工，與桃、宿決口并舉，而逆河入海之遺意，庶乎無失也。

請以今日之淮論之。淮以上爲七十二溪，爲洪澤，淮以下爲白馬、氾光諸湖，中立一堤，障使東指，所恃者惟高堰耳。高堰一傾，清水潭數決，致淮、揚二郡，巨浸累年。今高堰修築已成，淮水宜靜向東行，而清口之流淺隘如故，懼淮水之復入諸河，是必大闢清口與高堰一工，彼此想濟，而其後可無虞也。

請以今日運河論之。運河以內，有淺涸之虞，必取給于山左諸泉。而昔之水櫃，如馬踏、高柳等湖，今成平陸，一遇旱乾，必有淺阻，是五湖舊蹟，不可不講也。運河以外，有衝擊之虞，如曹、單、金魚諸縣，南臨大河，惟賴太行古堤障之。今河勢不東，慮其北走。聞曹、單以西，掃灣而北，漸逼館陶，是張秋之決魯，見於順治間者，不可不預爲之防也。

請以今日黃、淮之交論之。清口以南有清江浦，其北有清河縣，其東有徐家溝、雲梯關，而黃、淮交會之要地，全繫于清口。今清江浦外漲沙，長及數里，水力不足以刷之，是必別建一工，開引河於厚沙之中，然後東行之勢可復也。

請以今日黃、運之交論之。運河之口，必達黃河，而黃河一漲，必入運河，濁流倒衝，不久旋淤。如直河、董口、駱馬諸道，數遷數淤，其明驗矣。今既別開皂河，安可不爲之長計乎？聞者之茶城有鎮口三閘，今之清江有通濟三閘，皆防黃水之溢入耳。宜倣其遺制，立啓閉法，以截黃流。既于閘外數里，立每歲冬春大挑法以爲常，不然而黃漲必淤，紛紛遷改，終無益也。

故曰：異代之法，不可以治今日之河；此河之治，不可以爲彼河之法。時爲之，地爲之，勢爲之矣。安敢以膠柱之見，築舍之謀，取舊日之陳言，輕爲借箸哉？

陶氏子名字説

門人陶進士子師過余書局，引其子來謁，年十五矣，英姿煥發。問何名，曰：“未也，請先生名之。”

余懼違其意，因考陶之得姓，本於陶唐。又虞思爲周陶正，以官爲氏，是後有虞之苗裔，其著於史册者，莫如長沙桓公。按長沙公本傳，豫章國郎中令楊晫，其州里也，往詣之。晫曰：“《易》稱‘貞固足以幹事’，陶士行是也。”是時長沙尚未顯，既爲荊州，則閭郡佐吏，稱其志淩雲霄，神機獨斷，因采其語，名之“貞固”，而字曰“淩霄”，是有説焉。

《乾》之貞也，《正義》解之曰：“貞，正也。”又云“此卦之德，有純陽之性，能使物堅固貞正”。一“正”字未盡其義，故又以“堅固貞正”釋之也。《文言》曰：“貞固足以幹事。”《正義》言：“天能以中正之氣，成就萬物，使物皆得幹濟。君子能堅固貞正，體天之貞也。”

凡人受天地之中以生，必有英華鋭發之氣，迫欲表襮，而或立志稍弗堅，操履稍弗正，即爲外物所牽，未能成就，雖有聰明才智，舉無所用，君子惜焉。故聖人立教，自十五入大學，即教之以窮理格物之方，講求夫修己治人之術，惟日孳孳，罔有懈替。如植之表焉，以勵厥志，收攝身心，歸于純一，其成功也不難，

而于人道則庶幾矣。東晉之時，猶沿舊習，以放達爲高。桓公嘗語人曰："大禹
聖者，乃惜寸陰。至于今人，當惜分陰。"又曰："君子當正其衣冠，攝其威儀，何
有亂頭養望，自謂宏達耶?"此亦"堅固貞正"之一節，述祖德爲醮辭，古人有取
乎爾也。勉旃自愛。

憺園文集卷第十七

或問　論

地壇配位或問

或問：子之論地壇配位，謂配必在左，左右無定，而東西一定，有説乎？曰：有。嘗歷考前代地壇之制，其無可據者勿論，論其可據者，自漢而唐而宋而金，率皆南向。既已南向，則祖宗配位，必東設西向，以居於左，不待言矣。若北向，則自宋政和四年始，其時以太祖配地，用太常禮院言，西設而東向，行凡十二年。夫正位南向，則配位以東爲左，正位北向，則配位以西爲左，此義之最易明者。此宋政和之制，允合典禮，確不可移者也。

迨明嘉靖間，分建南北，爲壇北郊，我朝因之而不變，皇祇之正位，由是而定矣。而祖宗之配位，乃有可議者，則自有明之貽悞也。彼時夏桂洲諸臣，紛紛建議，止論南北之宜分不宜合，配享之宜一不宜二，未有援宋政和之制，以明北壇配位之宜西不宜東者，遂至以太祖東設西向，與天壇無異，而不知地壇左右相易，與天壇大不侔矣。

我朝因其制，亦奉太祖居右，而三聖并侑，遂致有昭穆越次之嫌，此所宜急爲更定也。曰：地道尚右，何必左耶？曰：非也。明之以太祖居右，及我朝之奉太祖居右，皆非謂地壇之内，遂宜以右爲尊也。蓋亦皆知左之爲尊，而謂配位必宜居左也。何以言之？嘉靖祀典，禮臣題請圜丘上帝南向，配位居左，方丘地祇北向，配位居左。則曩日朝議以左爲尊也，明甚。我朝順治十四年，上諭奉太祖、太宗配享方澤，禮部題請奉安太祖配位於左，太宗配位於右，奉旨是遵行在案。則當時聖裁以左爲尊也，又明甚。

　　夫既以左爲尊,而《明會典》所載及今現行壇制,乃皆以太祖居右者,此直有司奉行之悞,執東爲左,一時未及詳審耳。夫豈有尚右之説,以右爲尊,而謂地壇配位宜居於右也哉? 是則今日之更定,非更定前明之制也,亦非更定我世祖之制也,不過更定有司之悞,正以合乎前明居左之説之欲行而未行者也,正以遵我世祖時居左之説之欲行而未行者也。

　　要之,今日配位謂不宜更定者,必謂天壇南向,以東爲左,地壇北向,亦以東爲左,然後可。如其不然,則固明知地壇之内以東爲右也。夫既知地壇之以東爲右也,而乃以尚右文其説,何耶? 此其所以急宜更定也。曰:明制,社稷壇之配,后土西向,后稷東向,是東西無一定乎? 曰:此明祖一時之見,非有所據也。《開元禮》載祭太社、太稷儀,設太社、太稷于壇上,北向,設后土于太社之左,設后稷于太稷之左,俱東向。又諸州祭社稷儀,社壇、稷壇皆北向;設后土于社神之左,設后稷于稷神之左,俱東向。

　　《政和五禮新儀》載,社壇北向,以后土配,東向;稷壇北向,以后稷配,亦東向。是唐、宋后土、后稷配位,皆西設東向,以居於左,并無尚右之説也。宋孝宗淳熙四年,設社稷于壇之南方,北向;設后土勾芒氏、后稷氏位於其西,東向。按孝宗時似合太社、太稷在一壇者,其社與稷孰在左,雖無可考,然其配位則又皆并列于西而在左矣,并無尚右之説也。曰:宋政和之禮,徽宗、蔡京何足稱乎? 曰:政和時雖非賢君相,其議禮未嘗非也。《禮記‧郊特牲》云:“社祭土而主陰氣也,君南嚮于北墉下,合陰之義也。”故陳祥道《禮書》定爲北郊皇地祇之位,當主北向。但自古惟宋政和四年始行此禮,地祇既北向,則配位當在西方東向。明嘉靖九年既用政和之禮,地祇北向,而配位獨東方西向,是自違戾矣。抑其所以更定,則有説焉。

　　自昔郊壇之制,以二祖、三祖配者,唐、宋、明皆有之,要皆以次并列,從未有以昭穆對序者。莫若易昭穆之對序,而奉祖宗以次并列乎左,則既無越次之嫌,而一時紛紛之説,亦可以略而不論矣。

地祇配位或問其二

　　客問於余曰:子言地祇配位西坐東向,則誠辨矣,先儒獨不云“地道尊右”乎? 曰:非此之謂也。《周禮》小宗伯之職:“掌建國之神位,右社稷,左宗廟。”注言,庫門内、雉門外之左右。《疏》曰:“地道尊右,故社稷在右。”《匠人》:“左祖右社,前朝後市。"注言,王宫所居也。《疏》曰:"'王宫所居也'者,謂經左右前後者,總王宫所居處中而言之。"蓋東左西右,南前北後,而"王宫當中經之涂",其言左右,猶言東西也。所以然者,東方主發生,爲仁爲德,故天道秉陽,而吉事尚左;西方主肅殺,爲義爲刑,故地道秉陰,而凶事尚右,自然之理也。

若以神祇所向爲左右,則地祇之位北向,宗廟居然在社稷之右矣,何以成其尊乎? 惟其據王宫所居而東左西右,不因所向而轉移,則社稷常在右,宗廟常在左,以成其尊耳,不得以子之説釋經也。若吾之所謂配位之左右,則據神祇所向而言也。據神祇所向而言,則天神南向,左在東而右在西;地祇北向,左在西而右在東矣。凡經傳所言,有一定之左右,有不定之左右。"地道尊右",乃一定之左右也。如《曲禮》言"羹居人之左,食居人之右",乃是以人之所向爲左右,不定之左右也。

先王制祭祀之禮,謂神道闇昧,故以人道接之。以人道接之,故曰自外至者,無主不止。配位者爲正位之主,則其當隨正位所向而轉移審矣。如曰此政和之禮,而經傳未有明文也,則請以子之矛,攻子之盾。子曰:地道尊右也。吾亦曰:地道尊右也。子曰:以地祇所向爲右也,無所考據也。吾曰:以王宫所居而言,右常在西,左常在東,考據甚明也。右常在西,則地祇北向,而配位西坐東向,正所以順地之道也。對舉言之,左常在東,天神南向,而配位東坐西向,亦所以順天之道也。

客曰:子以南向北向皆尚左,今亦有左右之異乎? 何所執之二三其説也? 曰:據一定之左右而言,則所尚有左右之異,其位或東或西;據不定之左右而言,則所尚惟在左,其位亦或東或西也。賈公彥《小宗伯》疏則曰"地道尊右",而鄭康成《祭法》注則又曰"周尚左"。據內神而言,則左宗廟爲尚左;據外神而言,則右社稷爲尊右。子亦以注疏家爲二三其説乎? 客乃唯唯而退。

北海祀典或問

康熙二十六年某月日,都察院左副御史徐元珙言:"今制,祭北海沿宋、明之舊,將事於懷慶府濟瀆廟。"臣愚以方位當以建都爲準,往南而祭北海非是,請改祭於北鎮醫巫閭山,便奉旨下廷臣集議以聞。議未定,諸臣屬某考覈前代故實,以備廷議。某職掌攸存,不敢飾讓,謹採前聞,設爲問答,具列如左。

或問:海之祭,古有之乎? 曰:古有之矣。《學記》:"三王之祭川也,皆先河而後海。”《孔疏》曰：“祭百川之時，皆先祭河而後祭海也。”《周頌·般》之序曰：
“《般》，巡狩而祀四嶽河海也。”或曰：祭則於國中乎？抑至其地乎？曰：《舜
典》：“望於山川，徧於群神。”此祭於國中者也。歲二月，東巡守，至於岱宗，柴，
望秩於山川，南西北如之。《周禮》校人之職：“凡將事於四海山川，則飾黃駒。”
《鄭注》：“王巡守過大山川，則有殺駒以祈沈，若《般》之詩之云。”此皆至其地而
祭之者也。

　　曰：至其地而祭之，有司之常典乎？曰：非也。王者巡守則祭之，不巡則不
祭也。虞、周以前，《詩》《書》之文足徵矣。《史記》：“秦并天下，令祠官所常奉
天地、名山、大川、鬼神可得而序也。殽以東，名山五，大川二；華以西，名山七，
名川四，而不及海。”又云：“至如他名山大川，上過則祀，去則已。”夫常祀不及
海，則過而祀者，海亦名川之一也。鄭樵《通志》：“漢武帝因巡守禮其名山大
川。”是秦、漢亦因巡守而祭也。杜佑《通典》：“其有水旱災屬，牧守各隨界內而
祈謁，王畿內水旱則禱之。”亦非常典也。其著爲常典，則隋、唐之事也。

　　或曰：古文多言名山大川，無祭海之明文，雖鄭康成亦疑之。何以知古之
祭海乎？曰：卜商之序，孔穎達之《疏》，則言祭海矣。《禮記·月令》：“仲冬之
月，天子命有司祈祀四海。”漢宣帝神爵元年，詔太常以四時祠江、海、雒水。皆
明徵也。《後漢書》：“建武三十三年，別祀地祇、地理，群神從食，皆在壇下，海
在東。”《通志》：“梁天監六年，議者言北郊有嶽、鎮、海、瀆之座。”據二史之文，
以知漢以前言川者必兼海也。曰：四方有司之祀何昉乎？曰：昉於梁。祠建於
隋，禮備於唐。《通典》：“梁令郡國有五嶽，置宰祀三人，及有四瀆若海應祠者，
皆孟春、仲冬祀之。”《隋書》：“開皇十四年閏六月，詔祭東海於會稽縣界，南海
於南海鎮南，并近海立祠。”是僅祀東海、南海，而西、北海遼遠不祭也。《通
志》：“唐武德、貞觀之制，五嶽、四鎮、四海、四瀆，年別一祭。”此其所始矣。

　　或曰：四海之祭有定所乎？曰：歷代以來，沿革不同，請悉數之。《唐書》：
“四海之祭，東海萊州，南海廣州，西海同州，北海河南。”馬端臨《文獻通考》云：
“唐祭北海於洛州。”《宋史》及《政和五禮新儀》：“祭西海於河中府，就河瀆廟望
祭；祭北海於孟州，就濟瀆廟望祭。餘皆與唐同。”

　　或曰：唐既祭河南，又稱洛州，宋稱孟州，是果異地與？曰：非也。《唐書·
禮樂志》曰河南，《通典》《通考》《通志》皆曰洛州，洛州即河南也。《宋史》曰：
“孟州地雖河北，而轄于河南也。”以今考之，皆懷慶府濟源之地。考《地志》，濟

源縣初屬懷州，高宗顯慶二年改屬洛州，武宗會昌三年又屬孟州，是有唐中葉濟源多隸洛州，至末季及宋方屬孟耳。貞元十二年知縣張洗碑文可據也。是稱名雖異，其地則一也。

或曰：宋以後如何？曰：《金史》大定四年，嶽鎮海瀆，詔依典禮就本廟致祭，其地與宋同，惟南海則於萊州，因廣州非金界，故就萊望祭。《元史》至元三年定制與金同，惟北海遙祭於登州界。《明會典》東海、南海同。元西海則蒲州，北海則懷慶，蒲州即河中，懷慶則濟源所隸之府，其實仍在濟源也。本朝因之。以疆索而論，東海、南海爲近，近則可就而祭；西海、北海遙矣，遙則望而祭之。就祭者有定，望祭者無定，故東海於萊，南海於廣，有定者也。西海或同州，或河中；北海或河南，或登州，無定者也。

曰：古何以祭北海於河南也？曰：《地志》云："說者謂濟瀆泉脉通北海，故因北瀆以祭北海也。"曰：又何以祭於登州也？曰：登州負海而處，海在其北也。然則河南、登州二地，孰爲有據乎？曰：皆未當也。《禹貢》："導沇水，東流爲濟。"孔安國云："泉源爲沇，流去爲濟。"《水經》："濟水出河東垣曲縣東王屋山，爲沇水；又東溫縣西北，爲濟水。"考之傳記，無泉脉通北海之文，未可以爲信。登州雖負海，自土中視之，實在正東，非北也。故二說者皆未當也。

曰：然則北海所祭之地可改乎？曰：何不可也！唐祭於河南，元祭於登州，古之人有行之者矣，何不可也！或曰：揭傒斯嘗祭濟瀆矣，其記云：二月十日己亥，以羊一、豕一祭於濟瀆，仍以是日望秩北海於廟之北，如濟禮。疑元既改登州，亦不廢濟廟、北海之祭。然考《傒斯本傳》，當日但遣祭北嶽、濟瀆、南鎮，未嘗奉命祭北海也。是北海之祭，傒斯仍前代之舊，因便祀之，非國典也。且北嶽之祭於曲陽，舊制也，本朝改之渾源州矣。嶽祭可改，何獨於海而疑之？

曰：改之所何所？曰：永平，孤竹舊封也。《孟子》稱伯夷居北海之濱，齊桓公伐山戎，荆令支，懸車束馬，所謂北荒也，以四方正之。永平瀕海，東臨碣石，海至此，爲北海之極也，於此祭之，未爲不可矣。曰：國都之四方不可據，明臣倪岳嘗言之曰："岳之說是矣，獨北海與北嶽又有不同。"馬文升請改北嶽之祭於渾源，岳駁之曰："北嶽祀於恒山上曲陽，歷虞、周至今二千餘年，不可輒改。"朝廷從之。今渾源既改，本朝已廢岳之說矣，何必引以例北海乎？若以爲歷世既久，不可輒改，亦非通論也。且方面必據國都，見之《周禮》矣。小宗伯掌建國之神位，兆五帝於四郊，四望、四類亦如之。鄭司農解"四望"云："日、月、星，海也。”則祭北海必不於國之南，可推矣。

　　或曰：漢以青州爲北海郡，則青州亦可祭乎？曰：東海既祭於萊，北海復祭於青，二地相近，且猶在南，與登州、河南無以異也。況唐都長安，視濟源爲東北；宋都開封，視濟源爲西北。祭于濟源，未爲盡非。今之京師，濟源實在其南，往南而祭北海，名實乖矣。金、元暨明，因陋就簡，沿其失誤，釐而正之，宜有待于今也。

　　或曰：子之說亦有據乎？曰：有。明臣邱濬之言曰：“中國之地，在三代不出九州之外，惟揚、青、徐、冀四州濱海而已。南海、西海，則越在荒服之外。自漢以後，南越始入中國，而有南海，然西海竟不知所在。故今祀東海於登州，祀南海於廣州，二祀皆臨海而祭，西海則望祀於蒲州，北海則望祀於懷慶。夫宋都汴梁，而懷慶在其北，是時失幽、燕，而以白溝河爲界，無緣至遼、薊之域，出國門而北望，以祭之可也。明初都金陵，因之以祭，亦不爲過。若夫今日建都於燕，往南而祭北海，豈天子宅中以臨四海之義哉？且古謂青州爲北海郡，青去登不遠，猶以是名。京師東北，乃古碣石淪海之處，於此立祠，就海而祭，於勢爲順，於理爲宜。況今北鎮醫巫閭山在於遼海，山既可以爲北鎮，川獨不可以爲北海乎？”濬名儒博學，是說之可據者也。

　　或曰：是則然矣。祭海於瀆，以類從也，因鎮而祭，無乃非類乎？曰：《通典》言北鎮醫巫閭山在東海中，遥祀之，北鎮、北海皆爲遥祀，正以類從也。曰：憲臣依邱氏說，謂當祭於醫巫閭，今謂當祭於永平，亦有說乎？曰：醫巫閭在遼之廣寧，去海尚遠，若永平則南臨大海，邱氏所謂碣石淪海之處也。其東北烏龍、鴨緑、松花諸大川，咸與之通，於此祀之，正與廣州之祀南海、萊州之祀東海無以異，奈何舍此而祭乎？曰：永平之說誠善矣，勢當別立一廟，不勞民費財乎？曰：唐宋以來，祭北海皆於濟源水濱立壇祭之，其禮甚簡，未嘗有廟也。唐張洗《濟瀆北海祭品碑》云：“天子封濟瀆爲清源公，建祠於泉之源，其北海封爲廣澤王，立壇附於水濱。”是瀆有廟而海無廟也。明李濂《游濟瀆記》言：“濟瀆祠後有北海神殿，當是有司以北海神位無所安置，故權置於此，非特爲海神立廟也。”海尊于瀆，而禮殺于瀆，孰若別祀之爲愈與？曰：韓退之有《南海神廟碑》，是唐固爲海神立廟矣，北海安得無之？曰：南海、東海之廟，隋之舊也，隋無西北二海之祭，故無廟也，唐仍隋制而已。夫立廟，正也；未立廟而爲壇祀之，權也。且天地亦壇矣，壇似未爲褻也。

皇上聖神在御，制禮作樂，千載一時，憲臣所奏，應否允從，尚乞諸公博加討論。某與參末議，不揣固陋，敬述故聞，以待採擇，不勝惶恧。

北嶽祀典或問

往歲廷議北海祀典，余在禮部，謂當從邱濬言，祭於永平、撫寧、古驪城、碣石之地。尚書伊公謂：“國家幅員廣遠，烏喇松花江，祖宗發祥重地，長白分流，有三江焉，并入北海，松花江其一也。應於松花江邊望祭。”九卿是其言，合詞上奏。制曰：“可。”於是輿情翕然，稱北海改祀，與往歲渾源之議若合符契。余以爲微有不同，或疑焉，以問余。

語之曰：古無北海之祭，惟東海、南海祀典有之。隋、唐後始祭北海，祭亦無定所。岳峙有定者也，川流無定者也，改之何不可也？曰：改嶽可乎？曰：《金史》世宗大定七年，范拱爲太常卿。或言前代都長安及汴、洛，以太山等列爲五嶽。今既都燕，當別議五岳名。拱曰：“軒轅居上谷，在恒山之西。舜居蒲坂，在華山之北。以此言之，未嘗據所都而改岳祀也。”後遂不改。

曰：拱之言有所本乎？曰：有。《詩·大雅》孔穎達《疏》詳言之，謂若五岳每代一改，《爾雅》何當定此五者永爲岳名？其說近理矣。曰：曲陽縣有山，在縣西北百四十里，與阜平聯界，曰恒山。渾源州有山，在州南二十里，亦曰恒山。其果何者爲北岳？曰：《尚書·舜典》：“十有一月朔，巡守至於北岳。”孔安國《傳》曰：“北岳，恒山。”《禹貢》：“太行，恒山。”孔穎達《疏》曰：“恒山在上曲陽西北。”《禮記·王制》：“北巡守至於北岳。”孔穎達《疏》引郭璞語云：“在常山上曲陽西北。”《周禮·職方氏》：“正北曰并州，山鎮曰恒山。”鄭康成曰：“在上曲陽。”《爾雅》：“恒山爲北岳。”郭璞註曰：“常山。”歷考經傳明文，恒山爲北岳，北岳在上曲陽縣西北，無可疑矣。今真定之曲陽，即漢常山之曲陽，因鉅鹿有下曲陽，故加上字別之也。恒即常也，避文帝諱爲常也。

曰：虞、周之事，已知之矣。其自三代而降，北岳之祭，并于何所？曰：皆在上曲陽。漢武帝天漢三年，泰山修封還，過祀恒山，瘞元玉。班固《地理志》上曲陽注云：“恒山北谷在西北，有祠是也。”《郊祀志》：“宣帝神爵元年，五嶽四瀆有常禮，北岳常山於上曲陽。”顏師古曰：“上曲陽，常山郡之縣名也。”章帝元和三年，幸中山，遣使者祀北嶽。是時上曲陽屬中山國，車駕幸中山，遂祭其境內名山也。唐、宋北嶽祭於定州，曲陽爲定州屬邑，言其所統爾。總之，皆今曲陽也。

曰：然則渾源之説，奚以爲也？曰：於古未之聞，惟酈道元《水經注》于崞山則云南面玄岳，崞山即今渾源也，未曾確然指爲北岳。至《明一統志》始言恒山在渾源州南二十里，即北岳也。其山高侵霄漢，舜北巡守，至于恒山，即此。其説未有所據。從來言地理者，必以史志爲證。即以諸史言之，班固明指上曲陽爲并州山矣。司馬彪《郡國志》云：“上曲陽，恒山在西北。”劉昭注引《晉地道記》曰：“自縣北行四百二十五里，恒多山坂，名飛狐口。”是四百餘里尚未達渾源，恒山之距渾源亦已遠矣。《晉地理志》上曲陽注亦云：“恒山在西北，有坂號飛狐口。”魏收《地形志》上曲陽注云：“有恒山。”隋時改上曲陽縣爲恒陽。《隋志》注曰：“有恒山。”《新唐書志》仍爲曲陽，注云：“有嶽祠。”《金史志》：“曲陽有常山。”《元史志》：“曲陽，北岳恒山在焉。”并未曾于崞縣、崞山、雲中、渾源州邑稱有岳山、岳祠也。

自明朝時人確指爲渾源之南有山蠢然，當名北岳，其所立碑文指述，并無左證。《渾源志》所引唐、宋碑碣，即曲陽嶽祠之碑碣，牽合附會，識者所鄙。或云，舜時巡守飛石墜帝前，名安王石，乃建廟大茂山。又五載巡守，飛石東遷，復立廟曲陽。謬悠之談，不足以給五尺童子。乃明朝馬文升據以入告，倪岳爲禮官，既沮其議不行，猶令渾源修廟。後巡撫胡來貢復請禮官沈鯉駁之，極詳核。而本朝順治十七年，科臣黏本盛復據文升言，請之至再。王文貞公崇簡掌禮部，初甚難之，覆疏云：“漢宣帝祀於上曲陽，唐武德、貞觀祀於定州，《明會典》亦祀曲陽，是漢以來皆祀于曲陽，非止科臣云。”石晉與宋已明明駁之矣。復調停其説曰，今據科臣云云，應敕山西撫按詳察。復以巡撫疏詞懇至，疑北嶽不當在畿南，遂從其議。自葉學士方藹、汪編修琬爲《王文貞志狀》載此事，爲公能釐正祀典，不知文貞公博學洽聞，頗悔不力持之也。

曰：《水經注》既曰崞山南面玄岳，安知非當在渾源？太行以北，岡巒綿亘，安知曲陽之山非即渾源之山？曰：其道里則既遠矣。酈道元于濕水有“崞山南面玄岳”一語耳。于滱水則云：“其水東逕上曲陽縣故城北，本岳牧朝宿之邑也。古者天子巡守，常以歲十一月至于北岳，侯伯皆有湯沐邑以自齋潔。周昭王南征不還，巡守禮廢，邑郭仍存。”此明明是北岳巡狩之地，歷千有五百年，岳牧朝會，湯沐邑猶在，何可誣也？廟在縣南，距山百四十里，猶泰山之岳廟亦在州城也。李克用同易定節度過而勒石，即此廟也。

曰：大茂山即恒山，然與？否與？曰：是未可知也。其道里猶近，沈括嘗言之矣。據史志則仍二山也。曰：《志》言元魏時始立嶽廟于渾源，稱渾源爲恒山自魏始，然與？非與？曰：魏收《志》無兩恒山也。《魏書・禮志》：明元帝泰常三年，立五岳四瀆廟於桑乾水之陰，春秋遣有司祭，有牲及幣。此總立五岳廟于桑乾水之陰，非止北嶽立廟也。大延元年，立廟於恒岳、華、嵩岳上，是即恒山立廟，不在渾源也。又泰常四年，幸代，至雁門關，望祀恒岳。又後三年，南巡恒岳，祀以太牢。十一年，世祖南征，逕恒山，祀以太牢。和平二年，南巡，過石門，遣使者禮恒岳。《魏書・帝紀》：泰常四年，東巡，遣使祭恒岳。太平真君四年正月庚午，行幸中山。二月丙子，車駕至于恒山之陽，詔有司刻石勒銘。按魏都平城，爲今大同府城，所以每云南巡恒岳，南征逕恒岳，正謂北在曲陽耳。若在渾源州，州去大同東六十里，不得屢言南也。此亦顯切著明者。而尹耕又誤讀《班志》"恒山北谷"字，嘵嘵置辨，是不可以已乎？

或曰：五代以後，河北失據，故望祭曲陽，有諸？曰：考之於經傳，則虞、周有故事；證之於史志，則歷代有明文。自古皆即岳致祭，無望祭之文。《金史・禮志》立冬祭北嶽恒山于定州，正在境內也。北海則言望祭，不在境內也。宋之祭醫巫閭也，在曲陽，是望祭也。馬鈞陽知讀《明一統志》，未考《會典》，更不探《文獻通考》以前諸書，并惑于流俗神仙方士之説，輕議舊章，可謂通人一蔽。王充有言："俗語不實，成爲丹青。丹青之文，賢聖惑焉。"此千古名言，愚于此不敢曲申己説，聊識大略，以俟考禮之君子。

乾清宮御試"昊天與聖人皆有四府，其道何如"論

臣聞天不言而歲功成，聖人法天而王道備，其理一而已矣。故邵子曰："昊天之盡物，聖人之盡民，皆有四府焉。四府者何？在天爲春、夏、秋、冬，在聖人爲《易》《書》《詩》《春秋》。春以生物，而《易》以生民；夏以長物，而《書》以長民；秋以收物，而《詩》以收民；冬以藏物，而《春秋》以藏民。蓋昊天以時授人，聖人以經法天。"天時人事，互爲經緯者也。其謂之府者，蓄之而無不具，用之而不可窮，萬物萬民，莫能出之謂爾。

臣竊論之，穆清之宰，默成神運，其德剛健中正，純粹以精，即太極之蘊於無極，而二氣五行，由之推遷，百昌萬彙，由之邕達，自發生以至歸藏，皆乾之性情也。聖人體乾以爲德，純亦不已，大中至正，而範圍天地，曲成萬物，天下託

之以爲命，於是順時行令，温肅舒慘，各協其宜，東西南朔，遵王之路，此與天之胥生胥成也，何以異哉？故河洛之數，天苞地符，聖人畫卦，演象繫辭，而順性命之理，發陰陽之奧，生生之謂《易》，蓋言此也。農軒而後，氣運方開，聖人垂爲典謨，著爲訓誥，勳華之文教，三代之制作，禮樂聲名，變蕃極盛矣。其諸天地發育萬物之候歟！

　　若夫《詩》者，本天地自然之元聲，以發其温柔敦厚之旨。六義之精微，協於律呂，懇惻纏綿，長於諷喻。要其歸，極於收斂人之性情，長其善而去其邪，以歸于正，而其妙有使人遷善遠罪而不自覺者。此亦如天地之摯斂萬物，落其華而收其實也。《春秋》繼《詩》而作，聖人尊王立訓，以筆削定是非，使天下凛然知王綱所在，名義至重而不可犯。蓋事至於成而善惡著焉，善惡著而賞罰行焉。《春秋》者，聖人以是非爲賞罰，所謂有《春秋》而天道無僭忒，萬國合軌者也。自漢以還，專經之家，如王弼、費直、孔安國、毛萇、杜預、何休、范甯之流，并以訓詁解經，而經義或幾乎晦。惟邵子及濂、洛諸儒，發揮義蘊，溯合淵源，其理則陰陽五行，其性則仁義禮智，其道則五倫日用，其事則禮樂刑政，可以會諸心而體諸身，見於事而示則於後。而後六藝之全體大用，如日月之經天，江河之行地，天道王道，一以貫之，又何疑焉？

　　抑臣聞之，皇帝王伯，相爲循環，如天之有春夏秋冬也。世運之盛，莫如三皇；天德之盛，莫如春生；聖人之幽贊神明，莫善于《易》。春爲四時之首，《易》爲五經之源。《易》也者，造化之樞紐，而萬事萬物所從出者也。自易言之，元爲資始；自歲序言之，春生萬物。而要之，君心之至仁，足以上契天道，如伏羲、農、軒至矣。至于氣化流行，周而復始，質文升降，聖哲迭興。歷觀載籍，若堯欽恤，舜好生，禹泣罪，湯祝綱，文王視民如傷，武王大賚四海，罔不以一念之仁，與天合德。當斯之時，萬物已登春臺，太和時在宇宙，又何必畫象結繩而後爲至治，禪通疏仡而後爲邃古也哉？是知旋轉造化，乃亮天工；輔相裁成，實資人事。而聖人之所以爲心，帝王無殊道，古今無二理，以人合天，欲之斯至之矣。

　　我皇上膺首出之隆，際貞元之會，睿學淵深，直契造化與天同體之功用，有不待擬議而自合者。謹述其概以對。

《洪範》五行論

五行質麗於地，氣行於天，故人生于五行而還用之也。《書》以五行統九疇之始，《易》以五行布八卦之中，而《月令》《素問》《五行傳》皆以五行配合天時人事，證驗休咎，愈以瑣細，而其序多有異同。至於貌言視聽思，漢儒以木金火水土爲序，而宋儒以水火木金土之序爲必不可紊，故學者常惑焉。

夫其求之也愈密，則其失之也愈疏；其取之也滋衆，則其惑之也滋甚。請得一言以決之曰："五行五事，庶徵可以參考者也，不可以專主者也。"昔者文王與箕子同在殷之末季，文王以圖書衍"易"，而箕子以圖書衍"疇"，非文王之不明于疇，而箕子之不達於易也，以爲説有不必相襲者矣。而衍"易"者之亦取乎書，衍"疇"者之亦取乎圖也，以爲理有可以相通者矣。故《易大傳》曰："河出圖，洛出書，聖人則之。"夫河圖之一六，北方壬癸，水也；二七，南方丙丁，火也；三八，東方甲乙，木也；四九，西方庚辛，金也；五十，中央戊巳，土也；所謂天一地二，天三地四，天五地六，天七地八，天九地十者也。而《洪範》之一二三四五，非即河圖之一二三四五耶？其於有天地以來，從微至著，自氣而質之序然也。

禹修六府，則以水治火，以火治金，以金治木，以木治土，而後成稼穡。乃其相尅而入用，四時春木、夏火、中央土、秋金、冬水，人身木肝、火心、土脾、金肺、水腎，人性之五常以至聲色臭味莫不有屬，而木火土金水循環無窮，此既有定體，還復相生也。五聲宮屬土，商屬金，角屬木，徵屬火，羽屬水，乃音聲自大至小之序，由《洪範》五行逆遡即得之。納音始金、次火、次木、次水、次土，用八卦返先天，則乾兑金也，離火也，震巽木也，坎水也，艮、坤土也，當其序矣，故曰五行一陰陽，陰陽一太極，錯綜變化，不可以一理求也。

今乃必以五事庶徵與水火木金土之序牽率相從，何歟？《五行傳》曰："貌屬木，言屬金，視屬火，聽屬水，思屬土。"義取於貌如木之有榮華，言如金之有割斷，火外光以屬視，水內明以屬聽，心思慮而萬事成，故屬土。又取《易》東方震爲足，足所以動容貌；西方兑爲口，口以出言；南方離爲目，目視物；北方坎爲耳，耳聽聲；土在內猶思在心，此其不必依于水火木金土之序，而與河圖四面之四卦相配。蓋箕子之敘疇兼則河圖，猶之作《易》者之兼則洛書也。而《蔡傳》必以爲有不可紊之序《易》，其説曰："貌，澤水也；言，揚火也；視，散木也；聽，收金也；思，通土也。”其發見亦有次第，竊以爲不若震兑坎離相配之爲鑿鑿也。夫洪範九疇，錫禹者也。禹之言六府，不以水火木金土爲序，而以水火金木土爲序，是箕子五行之序異於禹五行之序矣，況他書乎？

《洪範》：“貌言視聽思。”而夫子克己之目曰視聽言動，以視聽言動爲序，亦異於貌言視聽爲序也。要其隨事而敬用之，即夫子之言四勿之意也。故敬用之者，不必以其序也。如曰有其序，亦不必依水火木金土之序也。五行自五行之序，五事自五事之序，安在其不可紊也？恭從明聰睿肅乂哲謀聖，克己復禮爲仁也。禮者，敬而已矣。狂僭豫急蒙，不敬之散名也。土既居中，爲四行之主。思既在心，爲四事之主。亦猶太極之以土爲沖氣，信之流行於元亨利貞之四德，信即誠也。《孟子》曰“思誠”，《周子通書》亦曰“誠”，此則聖賢之所同矣，無取乎五事之于五行，其序必不可紊也。雨暘燠寒風，其來亦無先後，惟事之得失所致耳。雨屬木，木之潤也。暘屬金，金之燥也。燠屬火，是熱之極。寒屬水，是冷之極。風屬土，是大塊噫氣，生殺慘舒皆由之者也。

孔穎達曰：“雨，木氣也，春始施生，故木氣爲雨。暘，金氣也，秋物成而堅，故金氣爲暘。燠，火氣也。寒，水氣也。風，土氣也。凡氣非風不行，猶金木水火非土不處，故土氣爲風。”此之以木金水火爲文，猶四時之可以言春夏秋冬，亦可言春秋冬夏耳，未嘗不與月令之義相通也。肝屬木，故怒而色變，醉而色變也，不謂之貌可乎？肺屬金，聲出於肺者也，不謂之言可乎？心屬火，而神明在目，故心火盛而目多病，不謂之視可乎？脾土主信，所謂思誠，又無可疑也。此又《洪範》之通于《素問》，而不必規規於配合者也。

時然而然，時也。恒然而然，恒也。以爲不可以悉數之而終其物也，故曰庶徵，而不言五徵也。休咎各以類應者也，然而失則俱失者，自然之理也。必曰某事得則某休徵應，某事失則某咎徵應，如《五行傳》之云“金沴木，木沴金，水沴火，火沴水，木金水火沴土”者，斯乃膠固不通，而不足語于造化自然之妙，此則蔡沈之言是也。至于雨、霽、蒙、驛、克五者，卜兆之常法，五行之存乎一物者，而無可分屬於五事庶徵者也。凡《蔡傳》所以易漢儒者，惟必以五事庶徵，依水火木金爲序者失之。

《通鑒》講義九則

冬，公孫述遣兵救隗囂，吳漢引兵下隴。校尉大原溫序爲囂將茍宇所獲，宇欲降之。序大怒，叱宇等曰："虜何敢迫脅漢將！"因以節撾撾擊也。殺數人。宇衆爭欲殺之，宇止之曰："此義士死節，可賜以劍。"序受劍，銜須于口，顧左右曰："既爲賊所殺，毋令須污血。"遂伏劍而死。從事王忠持其喪歸雒陽，詔賜以冢地，拜三子爲郎。

　　按：國家開創，非豪傑之士無以立功，非節義之士無以立教。戰勝攻取，智勇并用，豪傑之功在一時；廉頑立懦，扶正人心，節義之功在萬世。故事定而論，節義之士與豪傑之士，其所爲雖若不同，而其爲國之功臣則一也。若是者，亦存乎人主之激勸，何如耳。漢高、光武并稱雄主，漢高能知三傑之功，而不知錄紀信之節，故王莽得志，大臣貪位苟容，拱手而讓之國。校尉溫序爲隗囂將荀宇所獲，抗節不降，齧劍而死，喪歸洛陽，光武賜以冢地，拜其三子爲郎。故終東漢之世，人重風節，扶持播遷之際，久之而後亡，此其效也。所以然者，高祖起自亭長，未嘗讀書，故雖能駕馭英雄，戡定禍亂，而于大義終有所未盡。分羹之愧，擁篲之失，亦可以見其不學矣。光武被服儒者，數引公卿郎將講論經理，夜分難寐，故其雄才大略雖少遜高祖，而識見過之。即此一事，二主之優劣不可概見哉！

　　九年春正月，征虜將軍潁陽侯祭遵卒于軍，詔馮異領其衆。祭遵爲人廉約小心，克己奉公，賞賜盡與士卒，約束嚴整，所在吏民不知有軍。取士皆用儒術，對酒設樂，必雅歌歌，雅詩也。投壺。即《禮記·投壺》。臨終，遺戒薄葬，問以家事，終無所言，帝愍悼之尤甚。遵喪至河南，車駕素服臨之，望哭哀慟，親祠以太牢，詔大長秋、皇后官名。謁者、河南尹護喪事，大司農給費。至葬，車駕臨其墳，存見夫人室家。其後朝會，帝每嘆曰："安得憂國奉公如祭征虜者乎！"衛尉銚期曰："陛下至仁，哀念祭遵不已，群臣各懷慚懼。群臣愧不如遵，各懷懼也。"帝乃止。

　　按：光武雲臺諸將，若鄧禹、馮異之儔，皆雍容謙挹，被服儒素，絕無拔劍擊柱之風。至于潁陽侯祭遵，小心克己，雅歌投壺，尤爲一時名將。及易簀時，不涉家事一言，大有儒者氣象。若光武之于遵也，臨弔慟哭，令所司護其喪事，甚而車駕視葬，存問室家，臨朝興嘆，感動臣工，想見當年君臣一體之誼。後世若唐襄州都督張公瑾卒，太宗出次發哀，有司奏辰日忌哭，太宗曰："君之于臣，猶父子也，情發于哀，安避辰日！"宋樞密副使楊礪卒，真宗謂侍臣曰："礪介直清苦，何遽亡也！"即冒雨臨其喪。礪居委巷，車駕不能入，真宗爲步進，恩禮優渥,終始不踰,比諸光武,豈非異世而同揆者哉!

封陰就爲宣恩侯。盜殺陰貴人母鄧氏及弟訢。帝甚傷之,封貴人弟就爲宣恩侯。<small>帝追爵貴人父陸爲宣恩哀侯,以就嗣哀侯。</small>復召就兄侍中興,欲封之,置印綬于前。興固讓曰:“臣未有先登陷陳之功,而一家數人,并蒙爵土,令天下觖望,<small>觖,冀也,猶望之也。</small>誠所不願!”帝嘉之,不奪其志。貴人問其故,興曰:“夫外戚家苦不知謙退,嫁女欲配侯王,取婦眄睨公主,愚心實不安也。富貴有極,人當知足,夸奢益爲觀聽所譏。”貴人感其言,深自挹降,卒不爲宗親求位。

按:兩漢以及晉、唐,外戚受恩,莫不驕奢淫佚,以馴致于破家喪身者,而其禍在東漢尤甚。漢舊制,皇后父得以封侯,而貴人不得推恩于所親。光武于陰貴人之父陸追封宣恩侯者,蓋異數也。未幾,陰就襲爵,復欲召侍中興而封之,榮寵實甚踰法,蓋自光武始矣。幸興能深懷盛滿之懼,辭爵却印,不陷光武于大過,可謂能匡救其失也。獨是郭后寵衰,卒以貴人爲皇后,雖貴人深自降挹,而奪嫡之嫌,光武啓之,卒以貽譏萬世,惜哉! 至于明帝圖畫功臣,以馬援椒房之寵,靳而不與,或者謂其矯枉太過,毋亦有鑒于先世之失,而爲防微杜漸者歟!

冬十月,來歙等攻破落門,隗純降,王元奔蜀,隴右悉平。先是,隗囂以恚憤卒,諸將立其子純。純守落門,來歙等攻破之,純降,徙于弘農。後純與賓客數十人亡入胡,至武威,捕得,誅之。

按:隗囂初據隴右,謙恭下士,一時豪傑歸之,人多以爲非常之雄矣。假使始終輔漢,合謀攻蜀,其功名詎不與雲臺比烈哉? 奈何始則違班彪之言,繼則拒竇融之策,舍愛子而弗顧,通公孫以爲援,抑亦自愚之甚也。且光武入洛之時,政修民附,庶民景從,叛亂如張步、董憲、彭寵、龐萌輩,皆漸削除,稱太平矣。而囂方擁兵固守,欲效六國縱橫之所爲,豈非不度德、不量力之甚乎? 要之,古人擇主,惟在知順逆之道,審興廢之機而已。竇融知光武之當興,審天心之從順,于是保守河西,決策東向,遂至貽福祚于永世,延富貴于子孫。獨囂妄希尉佗,坐自尊大,傺然以一隅而拒天下之盛,甘心與成都小醜同底滅亡,此固天之所廢,抑亦囂有以自取之歟?

十一年夏,公孫述遣王元拒河池。六月,諸將擊破之。述使盜殺護軍使者來歙,詔以將軍馬成代之。公孫述以王元爲將軍,使與領軍環安拒河池。六月,來歙與蓋延等進攻元、安,大破之,克下辨,乘勝遂進。蜀人大懼,使刺客刺歆，未殊，馳召蓋延。延見歆，因伏地悲哀，不能仰視。歆叱延曰：“虎牙延爲虎牙大將軍，故以虎牙稱之。何敢然！今使者中刺客，無以報國，故呼巨卿，延字巨卿。欲相屬以軍事，而反效兒女子涕泣乎！刃雖在身，不能勒兵斬公耶！”延收淚强起，受所誡。歆自表曰：“甲夜人定甲夜謂之人定，亥刻也。後，爲何人謂不知何人。所賊傷，中臣要害。臣不敢自惜，誠恨奉職不稱，以爲朝廷羞。夫理國以得賢爲本，大中大夫段襄骨鯁可任，願陛下裁察。又臣兄弟不肖，終恐被罪，陛下哀憐，數賜教督。”投筆抽刃而絕。帝聞，大驚，省書攬涕。以揚武將軍馬成守中郎將代之。歆喪歸雒陽，乘輿縞素臨弔、送葬。

　按：臣子奉命專征，雖當生死呼吸之際，而猶薦賢爲國，不以危急易其慮者，忠臣之道然也。來歆故光武名將，持節隴坻，大義不撓，以至取略陽，斬金梁，討隗純，征公孫，其功班班可考。及下辨之勝，不幸爲刺客所中，猶自書遺表，舉段襄骨鯁可任。夫當急遽存亡，彌留俄頃，而能不忘以人事君之義，可不謂忠哉！光武覽書驚涕，贈以通侯，縞素臨弔，其報忠之典亦至矣。而段襄終不見任用，豈史傳之失載耶？不然，或帝畏其骨鯁而棄之耶？則歆之忠魂，亦何慰之與有？

　以郭伋爲并州牧。郭伋爲并州牧，過京師，帝問以得失。伋曰：“選補衆職，當簡天下賢俊，不宜專用南陽人。”是時在位多鄉曲故舊，故伋言及之。

　按：雄主崛興，應運而出者，多其鄉里故舊，如絳、灌之流，同起豐、沛者是也。若天下既定，用人圖治，則不可專任私人。蓋爵祿者，天下之公器也，人主當與天下共之。漢文帝從代來即位，既徧封有功諸侯，施德布惠，海內歡洽，乃始修代來功，示天下以無私之義。惜乎！以光武之賢而不知此。當其徵伏湛爲尚書，封卓茂爲歸德侯，用鮑永爲司隸校尉，不以疏遠而或遺，不以嫌隙而輕絕，庶乎大道爲公之義矣。獨是委任鄉曲故人，未免易涉偏私，故當時有“潁川、南陽不可問”之語。而郭伋過闕之對，亦謂“選補衆職，當簡天下賢俊，不宜專用南陽人”。由是觀之，則建武之政所以遠媿三古者，豈獨以事歸臺閣與以吏事責三公之失而已哉！史載郭伋爲并州，信及兒童騎竹馬迎于郊外百餘人，至今以爲美談，而不知此特一良吏之事也。若其規帝以“不宜專用南陽人”，則真宰相之言也。

　十二年秋七月，吳漢進攻成都。九月，入其郭。臧宮拔綿竹，引兵與漢會。吳漢等入犍爲界，詔直取廣都，據其心腹。漢乃攻廣都，拔之，遣輕騎燒成都市橋。帝戒漢曰："成都十萬衆，不可輕也。但堅據廣都，待其來攻，勿與爭鋒。若不敢來，公轉營迫之，須其力疲，乃可擊也。"漢乘利，遂自將步騎二萬進逼成都。去城十餘里，阻江北爲營，作浮橋，使副將武威將軍劉尚將萬餘人屯于江南，爲營相去二十餘里。帝聞之大驚，讓漢曰："比敕公千條萬端，何意臨事勃_{勃，與悖同。}亂！既輕敵深入，又與尚別營，事有緩急，不復相及。賊若出兵綴公，以大衆攻尚，尚破，公即敗矣。幸無他者，急引兵還廣都。"詔書未到，九月，述果使其大司徒謝豐、執金吾袁吉將衆十許萬，分爲二十餘營，出攻漢，使別將將萬餘人劫劉尚，令不得相救。漢與大戰一日，兵敗，走入壁，豐因圍之。漢乃召諸將厲之曰："吾與諸君踰越險阻，轉戰千里，遂深入敵地，至其城下。而今與劉尚二處受圍，勢既不接，其禍難量。欲潛師就尚于江南，并兵禦之。若能同心一力，人自爲戰，大功可立；如其不然，敗必無餘。成敗之機，在此一舉。"諸將皆曰："諾。"于是饗士秣馬，閉營三日不出，乃多樹幡旗，使煙火不絕，夜，銜枚引兵與劉尚合軍。豐等不覺，明日，乃分兵拒江北，自將攻江南。漢悉兵迎戰，遂大破之，斬豐、吉。于是引還廣都，留劉尚拒述，具以狀上，而深自譴責。帝報曰："公還廣都，甚得其宜，述不敢略尚而擊公也。若先攻尚，公從廣都五十里悉步騎赴之，適當值其危困，破之必矣！"自是漢與述戰于廣都、成都之間，八戰八克，遂軍于其郭中。臧宫拔綿州，破涪城，斬公孫恢，復攻拔繁、郫，與吳漢會于成都。

　　按：兵家之道，擊首則尾應，擊尾則首應，明其彼此相援，而無衝突之虞也。漢昭烈連營七百里，立數十屯，而卒有猇亭之敗，正以地遠勢不相及耳。吳漢取成都，光武預戒其堅據廣都，須其疲力而擊之。已而違帝節度，與劉尚分營，南北相去二十餘里，事有緩急，豈得救援！假非士卒銜枚，引軍共合，亦奚能收桑榆之效，而成八戰八克之捷哉！或曰：將在外，君命有所不受，何以光武運籌帷幄之中，而勝負一如所料如此？蓋光武雄才大略，用兵若神，故以吳漢之素名知兵，稍違指授，幾至喪師，此所謂天授，非人力也。要之，兵不從中制，爲馭將之常道，後之用師者，亦在善選大將而已。兵之存亡，變于呼吸，不可因光武之事，執一而論，以至于坐失事機也。

　　冬十一月，公孫述引兵出戰，吳漢擊殺之。延岑以成都降，蜀地悉平。公孫述困急，謂延岑曰："事當奈何？"岑曰："男兒當死中求生，可坐窮乎！財物易聚耳，不宜有愛。"述乃悉散金帛，募敢死士五千餘人以配岑。岑襲擊，破吳漢軍。漢墮水，緣馬尾得出。漢軍餘七日糧，陰具船，欲遁去；蜀郡太守張堪聞之，馳往見漢，說述必敗，不宜退師之策。漢從之。冬十二月，臧宮軍咸陽門，述自將數萬人攻漢，使延岑拒宮。大戰，岑三合三勝，自旦至日中，軍士不得食，并疲。漢因使護軍高午、唐邯將銳卒數萬擊之，述兵大亂。高午奔陳刺述，洞胸墮馬，左右輿入城。述以兵屬延岑，其夜，死。明旦，延岑以城降。吳漢夷述妻子，盡滅公孫氏，并族延岑，遂放兵大掠，焚述宮室。帝聞之怒，以譴漢。又讓劉尚曰："賊降三日，吏民從服，一旦放兵縱火，聞之可爲酸鼻。尚宗室子孫，常更吏職，何忍行此！良失斬將弔民之義也！"

按：王者之師，有征無戰，四海之內，孰非赤子。曹彬下江南，不妄殺一人，《宋史》稱之。曹翰取江州，縱兵取財，盡屠其城，後至子孫陵替，追論者以爲慘刻之報。若公孫述之據蜀，身既擊死，其將延岑以成都降，雖述之負固，岑之附亂，罪無可逭矣。然吳漢爲從龍之臣，劉尚乃宗室之子，恭行天討，亦惟叛則誅之，服則舍之已耳，何致殲其妻子，滅其宗族，燔其宮室，掠其人民，犯兵家殺降不祥之戒哉？光武詰責諸帥，真有得于斬將弔民之義也。

初，述遣廣漢李業爲博士，業固稱疾不起。述羞不能致，使大鴻臚尹融奉詔命以劫業："若起，則授公侯之位；不起，賜以毒酒。"融譬旨曰："方今天下分崩，孰知是非，而以區區之身，試于不測之淵乎！朝廷貪慕名德，曠官缺位，于今七年，四時珍御，不以忘君。宜上表知己，下爲子孫，身名俱全，不亦優乎！"業乃嘆曰："古人危邦不入，亂邦不居，爲此故也。君子見危授命，乃誘以高位重餌乎！"融曰："宜呼室家計之。"業曰："丈夫斷之于心久矣，何妻子之爲！"遂飲毒而死。述恥有殺賢之名，遣使弔祠，賻贈百匹，業子翬逃，辭不受。又聘巴郡譙玄，玄不詣，亦遣使者以毒藥劫之。太守自詣玄廬，勸之行，玄曰："保志全高，死亦奚恨！"遂受毒藥。玄子瑛泣血叩頭于太守，願奉家錢千萬以贖父死。太守謂請，述許之。述又徵蜀郡王皓、王嘉，恐其不至，先繫其妻子。使者謂嘉曰："速裝，妻子可全。"對曰："犬馬猶識主，況于人乎！"王皓先自刎，以首付使者。述怒，遂誅皓家屬。王嘉聞之，嘆曰："後之哉！"乃對使者伏劍而死。犍爲費貽不肯仕述，漆身爲癩，陽狂以避。同郡任永、馮信皆托青盲以辭徵命。帝既平蜀，下詔表李業之閭。譙玄已卒，祠以中牢，救所在還其家錢，徵費貽、任永、馮信。會永、信病卒，獨貽仕至合浦太守。上以述將程烏、李育有才幹，皆擢用之。于是西土皆悅，莫不歸心焉。

　　按：西漢之末，士風委靡。光武之興，其能不從隗囂之辟者，鄭興一人而已。至益州人士如李業、譙玄、王皓、王嘉，寧甘飲藥，伏劍而死，誓不以身污僞朝。犍爲費貽陽狂避害，任永、馮信託盲辭召，此又其皦然不欺者。何四海橫流，同其渾濁，而區區之蜀，忠義獨鐘乃爾哉。臣考之史，而知其從來矣。蓋蜀之盛時，文翁爲刺史，立學宮以教士，擇士之俊秀者資遣至京，使之受業博士，以故遺風餘教久而未衰，節義之化浸以成俗。至東漢廣設學校，而忠孝之風廣被天下矣。故人心風俗，在乎人君所以導之而已。選良牧以教乎一方，則一方丕變；擇師儒以風厲天下，則天下服從。《詩》云：“鎬京辟雍，自西自東，自南自北，無思不服。”蓋教化之謂也。

憺園文集卷第十八

考

歷代社稷壇考

《禮記》："王爲羣姓立社曰大社，王自爲立社曰王社。"陳祥道《禮書》曰："社所以祭五土之祇，稷所以祭五穀之神。王社無預農事，故不置稷。大社則農之祈報在焉，故有稷。"又《禮記》云："社祭土而主陰氣也，君南向於北墉下，答陰之義也。"注疏云："墉，墻也。祭社時，設主壇上北面，而君來在墻下，南向祭之。"

漢高帝除秦社稷，立漢社稷，即禮所謂大社也。時又立官社，配以夏禹，即禮所謂王社也，而未有官稷。平帝時，又於官社後立官稷，配以后稷。光武立社稷于洛陽，仍不立官稷。

魏自漢後，常二社一稷。晉武帝時，并二社爲一。元帝時，仍立二社一稷，凡三壇。劉宋仍晉舊。蕭齊武帝時，何佟之議，以近代相承，帝社南向，大社及稷并東向爲非禮，宜改二社壇皆北向，而稷壇則仍宜東向。從之。梁武帝時，又加官稷壇。

陳依梁舊。

北朝元魏置太社、太稷、帝社於宗廟之右。北齊立太社、帝社、太稷三壇于國右。隋文帝初建社稷，并列于含光門內之右。

唐社稷亦在含光門內之右，初止有太社、太稷。睿宗時，改先農壇爲帝社壇，又別立帝稷壇。《開元禮》載"祭太社、太稷儀"，設太社、太稷於壇上，北向；設后土于太社之左，設后稷于太稷之左，俱東向。又"諸州祭社稷儀"，社壇、稷壇皆北向；設后土于社神之左，設后稷于稷神之左，俱東向。

宋制止有太社、太稷。《政和五禮新儀》載，社壇北向，以后土配，東向；稷壇北向，以后稷配，亦東向。按自漢迄宋，社與稷皆分爲兩壇，無合祭于一壇者。然考唐與宋各壇中，后土、后稷配位，皆西設東向，以居于左，并無尚右之説也。

宋孝宗淳熙四年，設社、稷于壇之南方，北向；設后土、勾芒氏、后稷氏于其西，東向。按孝宗時，似合太社、太稷在一壇者，其社與稷孰在左，雖無可考，然其配位則又皆并列於西而在左矣，并無尚右之説也。

明初，社與稷亦建兩壇。洪武十年，太祖以社、稷不宜分祭，遂合爲一壇。永樂中，建壇北京，亦如其制。東太社，西太稷，皆北向；后土西向，后稷東向。此明祖一時之見，非有所據也。

郊祀考

《周禮》：“冬至祀天於地上之圜丘，夏至祭地於澤中之方丘。”《禮記・郊特牲》：“社祭土而主陰氣也，君南向於北墉下，答陰之義也。”宋儒陳祥道《禮書》：“祀天於南郊，而地上之圜丘者，南郊之丘也，丘圜而高，所以象天。祭地於北郊，而澤中之方丘者，北郊之丘也，丘方而下，所以象地。其位則神南面，王北面；神，天神，即上帝也。祇北面，王南面。祇，即皇地祇也。”

漢代郊祀

漢初未有南北郊。其祭天也，仍秦四畤，增北畤祠五帝，是爲雍五畤。又有甘泉泰畤。其祭地也，祠后土於河東汾陰。高、惠、文、景、武、昭、宣、元八帝，凡一百六十餘年，皆祭天地於雍畤。甘泉及汾陰諸祠，總無南北郊。

成帝建始元年，用匡衡議，罷甘泉及汾陰諸祠，始作南北郊於長安。建始二年正月，上始祀天於南郊，祀后土於北郊。此漢置南北郊之始，主分祭時，未議及配位，其方向亦不載。尋又罷南北郊。尋又再復再罷。成帝建始時，始有南北郊之制，而猶罷復不常。

平帝元始五年，用王莽議，又復南北郊。莽議以爲宜從成帝建始時匡衡之議，而又頗改其祭禮，曰：“孟春，天子親合祀天地於南郊，以高帝、高后并配。此合祀之始。冬至，使有司祭南郊，以高帝配。夏至，使有司祭北郊，以高后配。”其合祭方向，天地皆南向，地差在東；帝后皆西向，后差在北。其遣有司分祭方向不載。

平帝元始時，始定南北郊之制，始合祭天地，始以后配地。

光武建武二年，初置郊兆於雒陽城南，採平帝元始中故事，合祀天地。中元元年，始營北郊於雒陽城北。二年，別祀地祇，以薄皇后配。其方向，地祇位南面，皇后位西向。東漢自光武帝依元始故事定制後，歷明、章、和、殤、安、順、沖、質、桓、靈、獻，共一百五十餘年，總無變更。

三國郊祀其方向多不載。

漢昭烈帝章武二年，營南郊於成都。

魏明帝景初元年，始立郊丘之制。詔圜丘曰皇皇帝天，以始祖帝舜配；方丘曰皇皇后地，以舜妃配；南郊曰皇天之神，以太祖配；北郊曰皇地之祇，以武宣后配。分郊丘爲二，從鄭康成之說，而又變其稱名。自正始以後，魏代不復郊祀。

吳孫權末年，南郊追上父尊號爲始祖以配天。後王嗣位，終吳代不郊祀。

晉代郊祀其方向多不載。

晉武帝即位，南郊燎告，未有祖配。泰始二年，詔合圜丘、方丘于南北二郊，南郊以宣帝配，北郊以光后配。元帝即位于建康，大興二年，立南郊。北郊未立地祇，共在天郊。其饗配之制，一依武帝始郊故事。成帝咸和八年，立地郊。

南北朝郊祀其方向多不載。

宋武帝永初二年，親祀南北郊。三年，詔從司空議，奉高祖配天。

齊高祖受禪，明年，有事南郊，未有祖配。

梁武帝即位，爲壇于國之南，祀天，以皇考太祖配；爲壇于國之北，祀地，以德后配。

陳武帝受禪，南郊以皇考德皇帝配，北郊以皇妣昭后配。文帝天嘉中，南郊改以高祖配，北郊改以德皇帝配。

後魏道武皇帝即位，二年正月，親祀上帝于南郊，南面。以始祖神元皇帝配；西面。祀地于北郊，以神元后配。其方向不載。又冬至祭上帝于圜丘，與南郊同;夏至祭地于方丘,與北郊同。

北齊每三年一祭,以正月祀天于圜丘,以高祖武帝配;夏至祭地于方澤,以武德后配。

後周祀天于圜丘,祭地于方澤,皆以其先神農氏配。又祀感帝于南郊。又有神州壇,皆以其始祖侯莫那配。

隋代郊祀方向不載。

隋文帝受命定制,冬至祀天於圜丘,夏至祭地于方丘,孟春祀感帝于南郊,孟冬祭神州于北郊,皆以太祖武元皇帝配。

煬帝大業元年,感帝、神州二祭,改以高祖文帝配。

唐代郊祀

唐高祖武德初,定令:每歲冬至祀天于圜丘,以景帝配;夏至祭地于方澤,以景帝配。

太宗貞觀時,奉高祖配地郊。

高宗時,以高祖、太宗并配圜丘。武后臨朝,垂拱元年,郊丘諸祀,以高祖、太宗、高宗并配。自此以前皆分祭,其方向皆不載。天册萬歲元年,始合祭天地于南郊。其方向亦不載。

明皇開元十一年,親享圜丘,從張說議,以高祖配,罷三祖并配之禮。開元二十一年,詔夏至祀地于方丘,以高祖配。此分祭。其方向:圜丘上帝南向,高祖西向;方丘地祇南向,高祖西向。載《開元禮》。自唐高祖至明皇開元,共一百二十餘年,皆主分祭,内惟武后合祭一次。

明皇天寶元年,合祭天地于南郊。自後有事圜丘,皆天地合祭。

後五代郊祀

惟《文獻通考》載梁太祖南郊二次,後唐莊宗南郊一次,明宗南郊一次,周太祖南郊一次,其配位方向皆不傳,而北郊則全未見。

宋代郊祀

宋制,每歲冬至祭圜丘,正月祈穀,孟夏雩祀,季秋大享,凡四祭昊天上帝。

夏至祭皇地祇于方丘,孟冬祭神州地祇于北郊,已上皆遣官致祭,是爲常祀。三歲一親郊,則于南郊合祭天地,是爲大祀。其合祭大祀,亦以冬至日。

太祖時,常祀以四祖僖、順、翼、宣。迭配,親郊則以宣祖、太祖父配。

太宗即位,常祀以宣祖、太祖迭配。太宗興國三年,親郊天地,以太祖配。淳化四年,從蘇易簡議,親郊以宣祖、太祖并配。

真宗即位初年,定制,親以太祖、太宗同配,其常祀以宣祖、太祖、太宗迭配。

仁宗即位初年,定制,親郊仍以太祖、太宗同配,其常祀以宣祖、太祖、太宗、真宗迭配。景祐二年,親郊,用禮院言,以太祖、太宗、真宗三聖并配,其常祀仍如前迭配。皇祐二年,合祭天地于明堂,三聖并侑。宋初,雖有大享明堂之禮,然未嘗親祀,只命有司攝事,沿隋朝舊制,寓祭南郊壇。至是,始以大慶殿爲明堂,一如南郊之儀,蓋舉常郊之歲,而移其禮用之于明堂也。其方向則從太常禮院言,天地皆南向,太祖、太宗、真宗皆西向。嘉祐七年,從楊畋議,罷三聖并配之禮,詔南郊以太祖定配。

神宗熙寧十年,親郊,合祭天地於南郊。自此以前,每三歲一行合祭禮。元豐元年,樞密院陳襄等詳定郊祀禮文,上言,其略曰:"伏承聖意,以天地合祭爲非禮,詔令更定。臣謹案《周禮》冬至圜丘,夏至方澤,百王不易之禮。去周既遠,漢元始中,姦臣妄議,謂當合祭,平帝用之,禮之失自此始矣。由漢歷唐,千有餘年之間,而以五月親祀北郊者,惟四帝而已。魏文帝、周武帝、隋高祖、唐睿宗。然而隨得隨失,卒無所定,垂之本朝,未遑釐正。伏望陛下每遇親郊之歲,先以夏至祭地,然後以冬至祀天,此所謂大者正也。"元豐六年,冬至親祀昊天上帝,以太祖配,始罷合祭,不設皇地祇位,然親祀地祇之禮,終未舉。

哲宗元祐七年親郊,詔今歲圜丘宜依熙寧十年故事,設皇地祇位,以申始見之禮。厥後親祀北郊,依元豐六年五月祀地之制,俟郊禮畢,集官詳議以聞。紹聖元年,詔罷合祭,自今因大禮之歲,以夏至親祭地于北郊。然北郊親祀,終帝世未克舉云。

徽宗政和四年,帝始親祭帝祇于方澤,以太祖配,其方向,太祖位東向。自後徽宗親祀北郊者凡四:北宋自政和四年以前,地壇皆南向,以後十二年,地壇皆北向。

高宗建炎二年,帝幸揚州,庶事草創,乃築壇合祭天地,以太祖配。紹興二年，改地壇南向。禮官言："國朝祀地位南向，自政和四年改設北向，今北面望祭，請仍南向。"從之。紹興十三年，始修立郊祀大禮。定制，南郊合祭天地，以太祖、太宗并配，其方向，天地皆南向，祖宗皆西向。南宋自紹興十三年以後，總無變更。

金代郊祀

金初因遼俗，有拜天之禮。遼祭木葉山，無南北郊。其後太宗即位，乃告祀天地，蓋設位而祭也。天德海陵王年號。以後，始有南北郊之制，冬至合祭天地于圜丘，夏至祭地于方丘。

世宗大定十一年始郊，命宰臣議配享之禮。定制，以太祖配，其圜丘合祭方向，天地皆南向，地在東稍却，太祖配位東設西向；其方丘祭地方向，地祇亦南向，太祖亦東設西向。

元代郊祀

憲宗即位二年，始以冕服拜天于日月山。又用孔氏子孫元措言，合祭天地，以太祖、睿宗配享。

世祖至元十二年，始命太常檢討唐、宋、金舊儀，于國陽麗正門東南七里建祭臺，設上帝地祇位。自後國有大典禮，皆即南郊告謝焉。

成帝即位，始爲壇于都城南。大德六年，合祭天地于南郊，遣左丞相攝事。大德九年，從中書省議，不設祖宗配位。

武宗至大三年，有事于南郊，以太祖配。時禮臣議立北郊，帝是之，而未果行。

仁宗延祐元年，禮官又請立北郊，帝謙讓未遑，北郊之議遂輟。

文宗大順元年，始親祀天于南郊，以太祖配。元無北郊，其南郊儀制，上帝位天壇之中，地祇位次東少却，皆南向，太祖配位東設西向。

明代郊祀

明太祖吳元年，建圜丘于鐘山之陽，以冬至祀天；建方丘于鐘山之陰，以夏至祀地。其方向不載。洪武二年，奉仁祖配天地，其位西向。其時天地分祭。太祖以天地分祭，行之已久，災異時見，遂謂不宜分祭。洪武十二年，即南郊建大祀殿，以正月合祀天地，是謂天地壇，奉仁祖配。其方向，天地皆南向，仁祖_{太祖父。}西向。

建文時，奉太祖配，撤仁祖配位。

成祖永樂十八年，北京天地壇成，每歲仍合祀如儀。

仁宗洪熙元年，以太祖、成祖并配，皆西向。

世宗嘉靖九年，從夏言請，建南北郊，分祭天地。又從言請，罷成祖位，止以太祖配。其方向，圜丘壇上帝南向，太祖西向；方澤壇地祇北向，太祖西向。自洪武十二年至嘉靖九年，共一百四十餘年，皆天地合祭，不另建。北郊自洪熙至嘉靖九年，共百餘年，皆二祖并配。自嘉靖九年定制後，凡百餘年，總無變更。

祀地方位考

《周禮》祭地于澤中之方丘，方位不載。

漢光武中元元年，營北郊于雒陽城北。二年，祀地祇，以薄太后配。地祇位南向，配位西向。

唐《開元禮》，二十一年夏至，祀地于方丘，以高祖配。地祇南向，高祖西向。

宋政和四年夏至，親祭地祇於方澤，以太祖配。地祇位北向，太祖位東向。紹興二年，禮官議改北壇南向。十三年，合祭天地於南郊，天地皆南向，祖宗皆西向。

明吳元年夏至，祀地于鍾山之陰，南向。洪武十四年，合祀天地，天地皆南向，仁祖西向。嘉靖九年，建方澤壇，從夏言請，罷成祖配位，皇地祇北向，太祖西向。

歷代纂修書史例考

唐張説，於睿宗時同中書門下平章事，監修國史。明皇時左遷，授檢校并州長史，仍修國史，敕齎藁即軍中論撰。久之，復爲尚書右丞相，兼中書令。既而停中書令，罷政事，在集賢院專修國史。吳兢，爲太子左庶子，修《唐書》。左遷荆州司馬，令以史草自隨，就所治撰録。令狐峘，自右庶子、史館修撰貶吉州別駕，所分撰《代宗實録》，於貶所畢功。沈傳師，爲翰林學士、中書舍人、史館修撰,預修《憲宗實錄》。長慶三年,出爲湖南觀察使,引張説、令狐峘例,敕就湖南修成。

宋司馬光,治平中奉詔編集《通鑑》。神宗時爲翰林學士,轉樞密副使。以議新法不合,出判西京御史臺。歸洛,以書局自隨,聽自辟官屬,所司給筆札果餌。凡十五年,《通鑑》成。歐陽修,爲翰林學士,修《唐書》。後使契丹,歸知開封府,仍修《唐書》。

明程本立,洪武三十一年入翰林,纂修《高廟實錄》,陞都察院左僉都御史。建文三年,坐失誤陪祀,降江西按察副使。以《實錄》未成,仍留翰林纂修。李至剛,永樂元年以禮部尚書預修《太祖實錄》。至剛尋坐事,詔奪其官,仍令纂修。

河源考

自禹疏九河之後,司馬遷《河渠書》述之悉矣。而河之源,則詳於《漢書·張騫傳》、酈道元《水經注》及《元史》諸書。自張騫使西域後,説者咸謂河出崑崙,潛行地下,分二流,出葱嶺、于闐,合注蒲昌海,復潛行地下,出積石山西南,又東流入塞。魏應瑒《靈河賦》所云咨靈川之遐源,於崑崙之神丘。凌層城之陰河,賴后土之潛流,晉成公綏《大河賦》所云潛崑崙之峻極,出積石之嵯峨者是也。

至元世祖,始命其臣都實爲招討使,西窮河源,得之於吐番朵思甘之南,曰星宿海。四山之間,有泉近百泓,匯而爲澤,登高望之,若星宿然。其地在中國西南,直四川馬湖府正西三千餘里,較崑崙殆爲近焉。自西而東,合諸河水,其流浸大,東北流,分爲九渡,行二十日,至大雪山,即崑崙也。繞崑崙之南,折而東,而北,而西,復繞崑崙之北,又轉而東北行,約二十餘日,始入中國。

自貴德、西寧之境,自積石,經河州,東北流至蘭州北,繞朔方、上郡,又東出境外,經三受降城、東勝等州,又折東南,出龍門,過河中,抵潼關,東出三門,集津爲孟津,過虎牢,而勢益雄放,無崇山巨磯以防閑之,旁激奔悍,民被其害。方禹之導河,蓋自西而東,又轉而北之東,以入海焉。周定王時河徙砱礫,於是變遷無常,大勢徙而東南,滎陽以下,則奪汴水,徐、邳以下則奪泗水,清口以下則奪淮水,而非河之本道矣。蓋中國之水非一,而黃河爲大,其源遠而高,其流大而疾,其質渾而濁,其奔騰潰決,視諸水爲甚。故自周以來,無代不有河患,竭人力以捍之，而僅得安，治河者不可不加之意也。

古不合葬考

《禮記·檀弓》曰："舜葬蒼梧之野，蓋三妃未之從也。"季武子曰："周公蓋祔。"孔穎達《正義》曰："此一節論古不合葬之事。舜以天下爲家，故遂葬于蒼梧之野，三妃不就蒼梧與舜合葬也。記者既論古不合葬，與周不同，引季武子之言云周公以來蓋始祔葬。祔即合也，言將後喪合前喪。"夫以魯秉周禮而蓋祔之云，有思古之微辭焉。古之所以不合葬者，宅兆安厝，形體既藏，反虞升祔，迎精氣以聚于廟中。祭則鋪筵，設同几，以形體降而精氣升，形體分而精氣合也。故古亦無墓祭之禮。

《周官》："冢人掌公墓之地，辨其兆域而爲之圖。先王之葬居中，以昭穆爲左右。凡諸侯居左右以前，卿大夫居後，各以其族。墓大夫掌凡邦墓之域，爲之圖。令國民族葬，而掌其禁令。"蓋葬之有昭穆，子孫之祔葬者，皆在兆域之中。則言先王而后，自不得異兆域矣。其同穴否，未可知也。《檀弓》又記："孔子曰：'衛人之祔也，離之；魯人之祔也，合之。'"離間隔合，乃同穴也。季武子之言，再見于《檀弓》。前云"合葬，非古也。自周公以來，未之有改也"，後云"周公蓋祔"，祔與合，注疏家無分。

宋咸平中，議改卜李皇后園陵，命使按行陵地，議立陵名。禮官言："周顯德末，都省集議：故事，帝后同陵謂之合葬，同塋謂之祔葬。漢呂后陵在長陵西百餘步，以同塋兆而無名號。又唐穆宗二后，王氏生恭宗，蕭氏生文宗，并祔葬完陵之側。今園陵鵲臺在永熙陵封地之內，恐不須別建陵號。"從之。顯德禮官之議，分祔葬、合葬，不知何所本，要可謂達于禮意矣。

載考漢世，皇后別起陵墓，間同塋域，則不別立陵號，而未有同塚壙者。隋文帝亦與獨孤后同墳異穴也。嚴善思之言："尊者先葬，卑者不得入，以卑動尊，術家所忌。"其說雖未見經傳，然以昭陵之先後言之，則是皇后之喪在先，幽宮重關，外留棧道，以待後日者，有之矣。若攻鑿冶錮，啓入後喪，誠乖神道矣。且天子以天下爲家，魏孝文既不合祔文明太后于雲中，山陵始于永固陵北，自營壽宮，有終焉瞻望之志。及遷洛陽，乃表瀍西以爲山陵之所，而方山虛宮，號曰萬年堂，蓋山陵自當從其所遷之都也。周人發祥于豳、岐，而文、武、周公葬于畢，在鎬京之東，從所都也。究之豳、岐之間，豈無先世之域兆哉。

　　又按景德四年，幸鞏縣朝陵，先至安陵行奠獻之禮，次詣永昌陵、永熙陵，又詣元德皇后陵奠獻，又徧詣孝明、孝惠、孝章、懿德、明德、淑德皇后陵，又至懷皇后陵。又自元豐七年以前儀制，帝后異宮酌獻，則宋之帝后不同陵之明証也。景德皇太后李氏以葬書選定園陵年月未吉，依禮官之議，用欑禮而存葬名，紹興遂循故事，隆祐太后亦以權殯而行虞祔。其後顯仁皇太后韋氏崩，祔于永祐陵欑宮，而詔稱兩欑宮。顯肅、顯節二后則祔于昭慈聖獻皇后。開禧三年，成肅太后崩，于永阜陵正北祔殯，他時諸后或以上仙在山陵之前，無可祔而別葬，或在山陵已卜之後而從葬，或以神靈既妥而不遷祔，或以典禮未備而改殯，大抵以顯德禮官之論考之，皆是祔而不合，同塋域而不同塚壙也。

　　原《周禮》所以聚族而葬者，國有分土，山川形勢有定在，井疆已授，不欲分更也。故公叔文子欲葬瑕邱，而蘧伯玉譏之，註言“刺其欲害人良田”也。後世則以術家選擇，論風氣聚散、水土淺深、穴道向背，難得佳地，祔于先兆則不須覆案，亦以省財費、息人力，非以分異爲不可也。又《檀弓》“季武子成寢”條中疏言：“武子文飾其過，謂此冢墓是周公以前之事，不須合葬，我故平之以爲寢。”若然，則是杜氏遠祖之葬，而子孫祔之，必非先葬者之夫婦矣。今人但以合葬爲伉儷同穴之稱，故多窒礙而不能通也。伏見太皇太后山陵，諸大臣皆謂慈寧，作嬪文皇，禮宜合葬，而未能稽古定制。

　　皇上仰遵末命，孝思追慕，卜宅兆于孝陵之陽，以便歲時奠獻。又重違成例，以安欑而行虞祔，如宋景德之禮。故備考古來帝后不合葬之事若干條于左，而祔不祔，但論其當時事體之宜，而未可執爲一定也。若夫祖宗之精氣，則以聚于廟中爲合，而不在形體之同塚壙爲合，明矣。

　　堯母陵在慶都縣城内。明嘉靖十八年，御史謝少南言：“慶都乃帝堯肇封之地，堯母爲帝嚳元妃，今縣城内，陵墓具存，祀典失舉。”世宗曰：“帝堯父母異陵，可見合葬非古。”即命修建祠廟。

　　“舜葬蒼梧，二妃不從。”《皇覽》曰：“舜冢在零陵營浦縣。”皇甫謐曰：“二妃葬衡山。”

　　漢文帝薄太后別葬南陵。

　　宋武帝孝懿蕭皇后遺令漢世帝后陵皆異處，今可于營域之外別爲一壙，一遵往式。乃開別壙，與興寧合墳。孝武路皇后葬孝武陵東南，特號修寧陵。

　　魏文成文明皇后馮氏，承明元年尊曰太皇太后。太皇太后遊于方山，顧川阜有終焉之志。因謂群臣曰：“舜葬蒼梧，二妃不從，豈必遠祔山陵然後爲貴哉。五百歲後，神其安此。”孝文乃詔有司營建于方山。十四年崩，葬永固陵。

唐中宗將奉母后合葬乾陵，嚴善思建言：“尊者先葬，卑者不得入。今啓乾陵，是以卑動尊，術家所忌。且石門冶金錮隙，非功鑿不能開，神道幽靜，多所驚瀆。”漢世皇后別起陵墓，魏、晉始合葬，非古也。

宋太祖元配孝惠賀皇后，葬太祖父宣祖安陵，不與太祖合葬。太祖孝明王皇后，乾德二年四月葬安陵之北。太宗懿德符皇后，葬安陵西北。真宗元配章懷潘皇后，葬太祖永昌陵之側，特名保泰陵。真宗章穆郭皇后，景德四年崩，葬永熙陵西北。永熙太宗陵。

金睿宗真貴李皇后，遺命置塔遼陽，不必合葬。

明嘉靖元年十二月，議擇壽安邵太后葬地，群臣爭言橡子嶺地形高敞，可以卜葬，而世宗意必欲葬茂陵。大學士楊廷和等言：“昔宋寧宗欲祔孝宗于裕思諸陵之旁，朱熹累疏謂祖塋之側，不當數興工作，驚瀆神靈。先年孝穆皇太后祔葬，與憲廟幽宮同時掩工，其後孝貞皇太后亦不過開壙即葬。今欲祔壽安皇太后于茂陵左右，旋開金井，大興土功，憲廟在天之靈，能自安乎。且其襟抱疏洩，利害所關不細，臣知而不言，是爲負國。請如原議，卜宅橡子嶺便。”世宗猶豫未允。

《古文尚書》考

東晉梅賾所上《古文尚書》，先儒多以爲僞本，論者非一。

案班書《藝文志》：“《尚書古文經》四十六卷，爲五十七篇。”師古曰：“孔安國《書序》云：凡五十九篇，爲四十六卷。承詔作《傳》，引《序》各冠其篇首，定五十八篇。”鄭玄《序贊》云：“後又亡其一篇，故五十七。”《儒林傳》：“安國以古文起家，爲諫大夫，授都尉朝。司馬遷亦從安國問故。遷書載《堯典》《禹貢》《洪範》《微子》《金縢》諸篇，多古文說。都尉朝授膠東庸生，《後漢書》作庸譚。生授清河胡常，常授虢徐敖，敖授王璜、平陵塗惲，《後漢書》作塗惲。惲授河南桑欽。平帝時，立《左氏春秋》《毛詩》《逸禮》《古文尚書》。莽又立《樂經》博士員各五人。《後漢書·儒林傳》：“王莽時，諸學皆立十四博士，《尚書》三，歐陽、大小夏侯氏無《古文尚書》。章帝建初八年，詔令群儒選高才生，受學《左氏》《穀梁》《古文尚書》。安帝延光三年，詔選三署郎及吏人能通《古文尚書》《毛詩》《穀梁春秋》各一人。”按東都博士無安國《尚書》，魏、晉復置，詳後注。璜、惲等皆貴顯。”《後漢書·儒林傳》：“孔僖，魯國魯人。自安國以下，世傳《古文尚書》。”《黨錮傳》：“孔昱，魯國魯人。七世祖霸，封襃城侯。昱少習家學。注云：家學《尚書》。”此安國傳授及尊顯本末也。

又案《儒林傳》：“扶風杜林傳《古文尚書》，同郡賈逵爲之作訓，馬融作傳，鄭玄注解，由是《古文尚書》遂顯于世。”《杜林傳》：“林前于西州得漆書《古文尚書》一卷，常寶愛之，以傳東海衛宏、濟南徐巡，宏爲訓旨。”此數家所傳，皆漆書本也。其書與安國本同異，皆不能考。但鄭玄嘗爲孔《書》序贊，而賈逵父徽受《書》于塗惲，逵傳其父業，是兩家之《書》，二君皆見之。二君初未證其異同，則孔、杜當非二本矣。此外賈逵別有歐陽、大小夏侯，多十六篇之數，此即張霸之徒所作僞書也。二說參差，未詳孰是。然云杜本惟二十九篇，賈、馬、鄭于古文并有師承，豈漫然爲傳注者乎？且鄭又嘗爲孔《書》序贊，不得云仍伏生之舊也。其云張霸僞書，恐亦未是。張霸《百兩篇》，文意淺陋，成帝時，霸以《百兩》徵中書較之，非是。當時已黜其書，豈以鄭玄名儒，霸反得售其欺耶？之二說，愚不敢信也。大率得多十六篇之數，孔說爲確矣。

《北齊書·儒林傳》序曰：“時儒士罕傳《尚書》之業，徐遵明兼通之。遵明受業于屯留王總，傳授浮陽李周仁及渤海張文敬及李鉉、權會，并鄭康成所注，非古文也。下里諸生，略不見孔氏注解。武平末，河間劉光伯、信都劉士元始傳費甝《義疏》，乃留意焉。”《隋志》曰：“安國傳，齊建武中始列國學。案《晉書·職官志》：“晉初承魏制，置博士十九人。及江左初，減爲九人。元帝末，增《儀禮》《春秋公羊》博士各一人，合爲十一人。”此內并有《古文尚書》，《志》無明文。知者，考《荀崧傳》，崧疏有曰：“賈、馬、鄭、杜、服、孔、王、何、顏、尹之徒，章句傳注衆家之學，置博士十九人。”既云孔氏，是十九博士中有《古文尚書》。又《崧傳》：“元帝踐阼，簡省博士，置《周易》王氏、《尚書》鄭氏、《古文尚書》孔氏、《毛詩》鄭氏、《周官禮記》鄭氏、《春秋左傳》杜氏伏氏、《論語》《孝經》博士各一人，凡九人。”是九博士中有《古文尚書》。《志》曰：“增《儀禮》、《春秋公羊》博士各一人，合爲十一人。”則九博士如舊。是十一博士中有《古文尚書》。後又增爲十六人，不復分掌五經，而謂之太學博士。宋置助教十人，但云《尚書》，古文有無不能知。而此云“齊建武中始列國學”者，蓋以武帝、元帝時所列皆是舊本，齊建武中所列乃贗本，故云“始列”，謂贗本得立之始也。梁、陳所講有孔、鄭二家，齊代唯傳鄭義。至隋，孔、鄭并行，而鄭氏甚微。”又《儒林傳》：“江左《尚書》則孔安國，河洛《尚書》則鄭康成。”

案《北齊書》《隋志》所云孔氏《尚書》，并非真本。蓋晉世以前所謂古文，皆指孔、杜二本，馬融、鄭玄、王肅、謝沉、范甯、李顒、姜道盛撰注者是也。齊建武後，梅賾古文列于《尚書古文同異》三卷。此書辨古今文同異，非辨孔、杜同異。劉陶有

《中文尚書》。成都張楷、濟陰孫期、南陽尹敏、句斷。汝南周防師事徐州蓋豫、句斷。汝南周磐、陳留楊倫、山楊度尚、《尚傳》："註《續漢書》曰：'尚，黨錮中人，通京氏《易》《古文尚書》。'"南陽孔喬、《樊英傳》："註謝承書曰：'孔喬學《古文尚書》《春秋左氏傳》。'"吳蒼梧士燮，吳《士①燮傳》："陳國袁徽《與荀彧書》：'交阯士府君，《尚書》兼通古今，大義詳備。聞京師古今之學，是非忿爭，今欲條《左氏》《尚書》長義上之。'其見稱如此。"皆傳《古文尚書》。晉弘農董景道及劉元海皆明馬氏《尚書》。蓋自晉以前，古文之學流傳之盛若此，是非一人一家之學，易于竄竊也，審矣，何緣而鄭冲之徒得別有傳本也？

又案《隋書·經籍志》："杜林傳《古文尚書》，賈逵作訓，馬融、鄭玄傳注。所傳惟二十九篇，又雜以今文，非孔舊本，自餘絕無師說。晉世密府所存有《古文尚書》經文，今無有傳者。疑經文當是舊本。"書目有《古文尚書》十三卷。孔安國傳《尚書》十一卷，馬融注。案漢初爲傳注者，皆與經別行，及馬融爲《周禮》注，乃云欲省學者兩讀，故具載本文，馬注《尚書》亦應具載本文，此與晉世秘府所存經文當是一本。唐初諸儒屏棄先儒傳註，固失之矣，并其經文而亡之，不更誤乎？《尚書》九卷，鄭玄注外。又有王肅、謝沉、李顒、姜道盛姜道盛見《魏書·皮豹子傳》。《舊唐書》"盛"作"成"。四家撰註，及《古文尚書》一卷，范甯注。梁有《尚書》十卷，范甯注，亡。又《尚書義疏》十卷，費甝撰。《尚書疏》二十卷，顧彪撰。《舊唐書·經籍志》《唐書·藝文志》并同。外多范甯注十卷，任孝恭《大義》二十卷。

陸氏《釋文》云："馬、鄭所注二十九篇，則亦不過伏生所傳之二十八，而《泰誓》別得之民間，合之爲二十九，且非今之《泰誓》，其所謂得多十六篇者，不與于其間也。"此說與《隋志》略同。而《正義》則云："鄭氏《書》于伏生所說之外，增益二十四篇，通十六卷，以合于漢文得學官。此後諸家所注，皆賾本也。"李百藥所云"下里諸生，略不見孔氏注解"，以其時賾本盛于江左，山東惟行鄭氏，故云然耳。唐初諸儒，莫不以賾本爲真古文，孔穎達特標此書，諸儒唯然同之。於是安國僞《書》孤行于世，而馬、鄭諸家之注，蕩然無復存者。以數百年源流授受之書，而烟消灰滅于一旦，此實當時義疏諸家，不能辭其責者也。

吳草廬曰："考傳記所引古書，見于二十五篇之内者，如鄭玄、趙岐、韋昭、王肅、吳云王肅誤。杜預皆指爲逸書，則此二十五篇，漢、魏、晉初諸儒未之見也。"朱仲晦曰："孔《書》至東晉方出，前此諸儒未之見，可疑之甚。"二說者精矣。案

---

① "士"底本、康熙本、光緒本皆作"志"，今據《三國志》卷四九《吳書四·士燮傳》改。

《禮記》《國語》《左傳》《孟子注》，凡指爲逸書者，贖本收拾無遺。傳記引書，不亡于四十二篇之内，而盡在二十五篇之中，其亦難信矣。然百篇之目，并有疑之者。《正義》曰："武帝時，有太常蓼侯孔臧，安國之從兄也，與安國書曰：'時人惟聞《尚書》二十八篇，取象二十八宿，觀此，知漢時伏生《書》止云二十八篇，無論《泰誓》不列，即并《序》爲二十九篇之説亦非。不知其有百篇也。'"是則安國《尚書》，當時固疑非真矣。愚謂孔《書》真僞，固不敢知，但杜林正人，決不屑爲，劉炫之《連山易》《魯史記》者，且賈、馬、鄭諸家爲之傳注，必非無據而然。漢儒傳經，各有本末，未必如孔穎達諸儒之妄也。至于增多二十五篇并《序》，確爲僞本無疑，因記此以竢博雅者考焉。

吳才老棫曰："增多之《書》，皆文從理順，非若伏生之《書》，詰曲聱牙。夫四代之《書》，作者不一矣，乃至一人之手，而定爲二體，其亦難言矣。"朱仲晦曰："《小序》斷非孔門之舊，安國《序》亦非西漢文章。"近今孫仲愚賣侗，益都人。曰："《書序》爲後人僞作，逸書之名，亦多不典。至如《左氏傳》定四年祝佗告萇弘，其言魯也，曰命以伯禽，而封于少皞之墟；其言衛也，曰命以《康誥》，而封于殷墟；其言晉也，曰命以《唐誥》，而封于夏墟。是則《伯禽之命》《康誥》《唐誥》，《周書》之三篇，而孔子所必録也。今獨《康誥》存而二《書》亡，爲《書序》者，不知其篇名，而不列于百篇之内，疏漏顯然。是則不但《書序》可疑，并百篇之目，亦未可信矣。"諸説甚核，特附録於此。

明宗潘歲禄考

上命察明朝宗藩歲禄，臣謹一一稽考，彙寫以進。

臣考洪武二十八年閏九月，上謂户部尚書郁新曰："朕今子孫衆盛，原定親王歲禄五萬石。今天下官吏軍士亦多，俸給彌廣，其斟酌古制，量減各王歲給，以資軍國之用。"于是定親王萬石，郡王二千石，鎮國將軍一千石，輔國將軍八百石，奉國將軍六百石，鎮國中尉四百石，輔國中尉三百石，奉國中尉二百石，公主及駙馬二千石，郡主及儀賓八百石，縣主及儀賓六百石，郡君及儀賓四百石，縣君及儀賓三百石，鄉君及儀賓二百石。郡王嫡長子襲封郡王者，歲賜比始封郡王減半支給。又户部尚書郁新言："親王歲米既有定議，請令有司如數給之。"上曰："晉、燕、楚、蜀、湘府給如數。代、肅、遼、慶、寧、谷府遠在邊，民少賦薄，歲且給五百石。齊府千石。秦王幼，應用米有司月進。"其罷給及多寡異者，并出一時權制云。

臣謹按：徐學聚《國朝典彙》云：“洪武時，親藩既少，物力方茂，故禄米尚多。”及查《會典》所載，周王二萬石，襲封萬二千石；秦、晉、楚、蜀、慶、魯、寧、潘、鄭、趙、襄、荆、淮、德、秀、崇、吉、徽、興、岐、益、衡、雍、壽、汝、涇、榮王各一萬石；代王六千石；唐王五千石；遼、伊、韓王二千石；岷王千五百石；肅王一千石。與前迥異，豈非宗支蕃衍，爲式貢之地耶。然中間差等不一，如岷如肅，反不如他府之初封郡王尚有二千石，而岷府之郡王五百石，更不如本府之鎮國尚一千石。其他如代府之六千，唐府之五千，韓府之三千，遼府之二千，或係暫作行糧，或係轉餉之難，俱不可曉也。又惟周府本色二萬石，或係太宗母弟之故，至其子孫尚存萬二千，則秦、晉二王獨非太宗之母弟乎。

考永樂時，户部言：“比年旱潦少收，諸王歲給禄米，各宜撙節。”上命遼、寧、伊、秦及靖江王府皆循舊例，潘、唐、郢、魯王府俱依《祖訓》，萬石內歲給米三千石，餘支鈔。安王府歲給米千石，順陽王五百石，餘皆支鈔。又永樂二十二年，仁宗增諸王歲録，周府加米五千石，通前二萬石，悉支本色。慶府原禄一萬石，悉支本色。寧府加米九千石，通前一萬石，悉支本色。代府加米千五百石，通前二千石，悉支本色。潘府加米七千石，通前萬石，本色六千石，餘折鈔。唐府加米千七百石，通前二千石，悉支本色。魯府加米二千石，通前五千石，悉支本色。遼府加米一千石，通前二千石，悉支本色。肅府加米五百石，通前一千石，悉支本色。秦府原禄一萬石，內加米四千五百石，通前五千石支本色，餘五千石折鈔。伊府加米一千七百石，通前二千石，悉支本色。靖江王加米七百石，通前一千石，悉支本色。漢、趙二府各加米二萬石，通前三萬石，仍歲加鈔十萬貫。晉王給米三千石。明年又命户部給韓王歲禄米三千石，內一千五百石支本色，餘折鈔。襄陵王、樂平王各歲禄一千石，內五百石支本色，餘折鈔。

臣謹按：漢庶人以宣德元年反削國，而趙王亦辭所加之禄，所謂三萬石者，亦未嘗有也。其後率遵祖訓云。

考《皇明祖訓》，郡王歲禄二千石，後以邊境用糧浩繁，止給千石。英宗復辟，諸王以情自陳，各量增之。如河東王給一千三百石，內五百五十石折鈔。

弘治十四年八月，户部等衙門奏定宗室禄米減折例。從之。弘治初，以宗室日蕃，支費日廣，官銀不敷，遂命皆減半支給。至是復奏，准于減半數內，每一百兩仍減二十兩，齋糧蘇布通革免。其郡王以下禄米，俱米鈔中半兼支。郡主而下禄米，俱本色四分，折鈔五分。

　　嘉靖八年，宗室之載屬籍者八千二百三人。三十二年，部臣題各府禄糧八百五十二萬石。四十四年，御史林潤題天潢之派，已盈三萬，集官會議，凡六十七條。題奉欽依各《宗藩條例》內一款，查得成化十一年十月，該慶王奏封第六子豐林王遷垅禄米。該户部查照平涼、岐陽、弘農三郡王俱係初封，禄米該一千石事例。題奉憲宗皇帝聖旨："是。欽此。"臣等議得郡王禄米二千石，襲封者比初封減半支給，此載在《祖訓》者也。其後韓府襄陵等王，十七府初封、襲封俱一千石，蓋不止平涼、岐陽、弘農三郡王爲然也。甚至岷府善化等王十四府，初封、襲封俱五百石，在當時多寡懸殊已如此，況蕃衍如今日乎。除已封郡王及岷府五百石俱照舊外，以後初封郡王禄米悉照成化年間例，俱一千石，仍照今題事例，三七本折兼支。合候命下，行文户部，通行各該王府知會，永以爲例。又一款，議得藩封之禄，親王自遼、韓、伊、岷、肅諸府止二千石外，秦、晉諸府一萬石，故鎮國將軍以上常有餘，鎮國中尉以下常不足。況二百年來，宗支蕃衍，郡王二百四十餘，將軍、中尉一萬二千餘，郡縣主、鄉君一萬六千餘，歲支禄米八百六十餘萬石，其勢必不能給。是以中尉而下，窮苦之狀有不忍聞者。此交城王奏謂宜酌處，以便將來，誠爲有見也。查得見行事例，郡王、將軍、中尉本折中半兼支。今交城所奏二分本色，八分折鈔，似涉太廉。合無依林潤所奏三七之説，通融酌處。在郡王、鎮、輔、奉國將軍俱三分本色，七分折鈔；鎮、輔、奉國中尉俱四分本色，六分折鈔；郡縣主、鄉君及儀賓俱二分本色，八分折鈔。其本折輕重之數，各從彼中舊例支給。至親王之中，有能念同宗窘乏，願減己禄以補不足者，具疏奏聞，降敕褒異，以爲尚義者之勸。又一款，議得中尉之禄實食百石，而庶人之米今反過之。宗女之婚僅支百兩，而庶人之婿今反厚之，輕重失倫。合無依武岡王所奏，庶人止許同妻共月支六石，量從本折中半兼支。庶女任其擇配，不得復給布米。婚喪之費，永爲定例。

　　嘉靖末，秦、晉、周、楚、趙、慶、襄、淮、德、崇歲禄萬石，辭一千石。魯、益、衡歲禄萬石，辭二千石。榮王萬三百石，與唐王六千五百石，俱辭五百石。而郡王以下至中尉，皆有所減削矣。

　　禮部覆河南撫按栗永禄、楊家相、禮科都給事張國彦等奏，其略言："今之論者，動曰祖制，不敢輕議。然觀洪武初，親王禄米五萬石，不數年後，以供給難繼，減至萬石。其後代、肅、遼、慶、寧、谷諸王且歲給五百石，是高皇帝禄制已無定矣。永樂間，秦、魯、唐府各五千石，遼、韓、伊府各二千石，肅府僅七百石，慶府雖七百五十石，而郡王常於數內撥給，是文皇帝頒禄已變更矣。爲今長計，國家財既已無措，則不得不限服制，以殺其禄。給禄既減，則不得不聽自便，以開其生路。生路既開，則不得不嚴法制，以禁其爲非。蓋審時酌變，莫過于此者。”

臣謹按：王世貞論國家待宗室，自親王至中尉凡八等，其支子歷八世至庶人而禄始絶。然親王常禄萬石，郡王二千石，鎮國將軍千石，下至庶人亦百石，他婚嫁、居第、資送、導從之費不與焉。嘗得宗正籍觀之，嘉靖二十八年見存者一萬餘人，計十年當益其半，是合之爲二萬人也。酌禄之中，人各得五百石，益萬人即益五百萬石矣。天下無增田而有益禄，司農何以應之，是敝民也。宗室之仰哺待衣者，日孳孳焉，而卒莫與，至有併室雉經者，是敝宗室也。請自將軍以上，少裁禄數而務實其惠，中尉以下，毋賜爵禄而寬其禁，使其才者得與寒士角才而受任，其不肖者得從事于南畝，以力養其身而官弗與，庶乎其猶可支也。

申時行“宗藩議”，高皇帝稽古定制，封建宗藩，誠爲盡倫盡制。然親王封禄在洪武八年各五萬石，在洪武二十八年則減爲一萬石，是高皇帝于二十年間不能不爲變通也。且親藩既定萬石矣，代府何爲止六千石，韓府何爲止三千石，肅府何爲止千五百石耶。郡王初封既止二千石矣，何爲襲封減半耶。所以救勢之極重，亦親親有等，禮所在也。今日當議者有三：以正倫法，則封爵當議。古者五世祖免，六世而親屬絶，故七世之廟，親盡迭毀，絶于親盡之祖，而不絶于親盡之孫，則非也。宜按其籍屬，別爲世次，而爲之限制。如親王世襲矣，其爲封郡王者可限也；郡王世襲矣，其爲封鎮國將軍者可限也。諸將軍、中尉以嫡相繼矣，其一子降封之外可已也；奉國中尉一子得襲矣，其世世承襲之例可已也。以位之尊卑爲之多寡，以世之親疏爲之隆殺，而不得封者，皆如漢列侯庶子之法，則坐食可省，而詔禄可繼矣。以廣德厚，則禁例當議。古者公族得仕于朝，今宗室特以例見礙，是以賢愚同滯。然既限以封爵，則絶封之始，宜人與之資，賦之良田，以爲永業，其才者使得應舉，試外官如常法，使不得縱，不亦可乎。以節浮冗，則恩數當議。今疏庶人有給矣，罪庶人之給皆同，非所以爲懲也。郡主至鄉君有禄矣，諸儀賓之禄不省，非所以爲節也。凡諸降庶人者，宜與絶封庶人同法，郡主視郡王之限，縣主以下視將軍、中尉之限，禄皆半給，餘皆量給婚費，則恩澤不至冒濫矣。二臣之議論詳矣。

　　臣以爲明太祖時，藩禄多寡，或以嫡庶分別，或以愛惡懸殊。如燕、晉諸王皆嫡出有寵，而唐、肅、遼、岷、伊俱太祖最少子，非其所愛，故頒禄厚薄不等。又或以分封之地遠近不同，其邊塞民少賦薄，轉餉艱難，禄米亦減。而郡王又因親王以爲等差，如肅王一千石，遼王二千石，韓王三千石，則其郡王之初封者亦止一千石，而不能多矣。岷王一千五百石，則岷府之郡王初封、襲封皆五百石矣。此皆以理推之，無可疑者。獨是肅王僅一千石，而郡王亦同此數，伊王比郡王初封只多五百石，蜀府郡王初封獨減，代府郡王襲封獨多，則諸書未載其説，不可以臆度也。蓋當洪武初時，分封侈費踰制，故其時葉巨伯痛切言之。末年始爲制限，然猶給米不多，大約折鈔。如太祖之諭，郁、新、肅、遼等府第給五百石，可知初制原難行也。至仁宗議增藩禄，旋即報罷。後嘉靖八年，宗室日盛，度支不能給，乃更定條例，郡王禄米初封與襲封均一千石，仍三七本折兼支。萬歷中，朝廷以宗禄爲憂，終無善策。有明一代藩禄之大略如此。

　　又按明宗禄浩繁，至于季年，河南通省田賦不足以供宗禄黄河之用，其他可知。國計如此，自不可以長世。而宗室困窮特甚，禁制之，不使出仕，鈍弱者束手飢寒，求爲齊民不可得，兇强者閭閻畏之等于豺虎。是以李自成敗歸陝西，太原賊將陳永福荼毒宗人城，亂民乘之以洩積忿，晉藩之後，幾于絶種。其爲害如此，豈非立法者過哉！夫地不加多，而生齒日繁，雖欲不困，不可得也。漢制分封甚侈，遂有七國之禍，然諸王有罪及乏嗣即國除，自諸王外，與齊民無異。唐之諸王，常爲都督、刺史及郡司馬等官，亦多仕至將相，與群臣比肩事主，非有差級。宋則親王班在宰相之下，并親王不世襲，聽其出仕，以資格進，如趙汝愚輩比比也。夫三代而下，待宗藩之法，唐、宋得中策，漢得下策，若明世直謂之無策可爾。

憺園文集卷第十九

序一

御選《古文淵鑒》後序

皇上萬幾餘暇，稽古右文，選定《古文淵鑒》。既成，命臣編注，別爲三集上之，御製序文冠諸篇首。範圍群籍，彌綸道要，煥乎之章，蔑以加矣。今年春，臣乾學以蒙恩賜假，奉辭便殿，皇上面諭臣撰爲後序以進。祗命屏營，退自循省。

臣本下里末儒，學術淺狹，遭逢際會，備員禁林，得縱觀四庫六閣之秘，恢廓聞見，猶恐無當聖心，隕越成命。而猥以爝火之光，仰附星日；涓滴之流，助潤江河。臣雖愚昧，猶自知其不可也。然臣觀自古之有選本，始於西晉摯虞《文章流別》一集。自後作者繼軌於今，所傳若蕭統、姚鉉、呂祖謙諸家而外，孔逭爲《文苑》之選，謝沈有《名文》之集，《唐志》楚辭、別集、總集著録者八百一十八家，莫不上稟朝命，彙成鉅典。至考其删緝之旨，其出於宸衷之裁定者，十無一二矣。

我皇上神明天縱，尤殫心於致知格物之學，本源而及流，體道以盡器，多識畜德，衡量在心，故以之討論今古，洞若觀火。自臣之緝此書也，每篇奏御，必親加評隲，指示瑕瑜，大抵近道則雖拙猶存，悖理則雖工必斥。臣備蒙提誨，始悟讀書爲文，具有體要，資以去取，藉之成書。私念古人著録之本，今卷帙零落，所存不多，其存者又未必盡傳，而臣決是書之必傳者，以悉經聖鑒之裁定，足爲後法故也。臣以微，未獲操鉛槧以從事斯局者，六年於兹，敢敬述所自，竊附於見知之末云。

重刻《歸太僕文集》序

歸子元恭刻其曾大父太僕公文集，未就，若干卷，而卒。予偕諸君子及其從子安蜀續成之，計四十卷。初，《太僕集》一刻於吾崑山，一刻於常熟，二本不無異同，亦多紕繆。元恭懼久而失傳也，乃取家藏抄本，就錢牧齋宗伯較讎，編定次第之，然後訛者以訂，缺者以完，好古者得以取正焉。太僕之文，宗伯論之詳矣。然宗伯惡夫裨販剿賊、掇拾塗澤之流，而予獨謂夫文章之遞變，非一世之積也。

宋之推經術者，惟曾南豐氏，然以較於程、朱之旨，則有間矣。南渡後，諸儒之說盛行，於是學者莫不擬之而後言，隨其所見之分量、淺深大小，以發之於文，則莫不有所合。自南宋歷元，以及於明之初年，其所稱大儒之文皆是也。然至其風格，苶萎益頹，而為老生學究之習，若是者，雖大儒不免也。負才者思有以易之，而不得其說則不難，一切抹搬理學之緒言，反而求之秦、漢以上，虛氣浮響，雜然并作，至欲遠駕於古之作者。

夫天下豈有離理而可以為文者哉？故文之病而幾至於亡者，亦相習而相矯以然也。太僕少得傳於魏莊渠先生之門，授經安亭之上，其言深以時之講道標牓者為非。至所論文，則獨推太史公為不可及。嘗自謂得其神於二千餘年之上，而與世之摹擬形似者異趣。故予謂文至太僕始稱復古，其與太僕相先後而言文者，大都病於剿竊者也。

由明初以溯之宋、元以前之文，其不為剿竊而猶未盡乎文之極致者，時代壓之，風格苶萎者是也。欲知太僕之文，必合前後作者而觀之，則文章之變盡此矣。太僕久困公車，屏居絕跡，淹綜百代，始成一家之言。曾孫元恭負盛才，既窮且老，日抱其遺書而號於同人，釀金而刻之，垂竣身没，不見其成。此予之嘆夫文之難如此，其傳之難又如此，後之讀者，宜如何其愛惜之也！

《梁葵石先生詩集》序

銀臺《梁葵石先生詩集》，凡若干卷。先生自少宰左遷銀臺，移疾家居者若干年以没。没後，其子泗水令某刻之，以序屬於予，而重之以尚書棠邨公之命，乃不辭而為之序曰：

先生之大王父，在前朝官冢卿，有名績，於史氏紀載。而先生與兄侍郎公、弟尚書公,先後皆貳其官,士大夫以爲榮。往者乙未歲,予入太學,謁先生京邸。越十年,游真定,會先生居家,爲其太夫人舉壽觴,蓋壽九十有八矣。予嘗爲之文,以述其盛,因得亟接先生之議論丰采。迄今又二十年,循環遺製,已隔九原,爲可慨也。

先生以貴游,少登仕版,諳悉典故,負匡濟生民之志,有父兄師友之傳習講聞,雍容廊廟間,坐致公輔,宜無難者。既躋卿貳,一躓於莊衢,晚年遂堅卧不起,何其果於忘世邪?今讀先生之詩,其在京師作者,僅什之三,皆沖和粹穆,卷舒自如。罷官後作,乃什之七,往往多閒適郊園,憑弔古蹟,自託於山農田父、酒人墨客之徒,時或寄意於藥爐丹竈,逍遥物外,絶少言及世事。此先生之所爲,有以自得於其中,而不以仕已喜慍,幾微見乎其辭者也。嗚呼!此其所以爲可傳也歟。先生諱清遠,葵石其別號也。世系及累官事實,已詳見於志先生之墓者,故特論其作詩之旨趣如此。

《古今釋疑》序

桐城方子素伯著《古今釋疑》十八卷,上自六經、諸史,下逮稗乘,文字篆疏之分合得失,郊天、祀廟、禘祫、類禡、雩望、蜡臘之祭配先後,辟雍、明堂、君后、儲藩、謚號、章服、禮樂、律歷之制度,學校、像位、籩豆、樂舞之等差,天地旋轉、日星經緯、畿甸州都、江河山嶽之形氣經隧,陰陽運氣方藥、六書反切、九章勾股之藝術,罔不蒐討類列,考究折衷之乎極博,而反乎至約。

予受而讀之,承方子之命而序之曰:天下萬事皆不外於理,能即物以窮其理,有至當不易之則焉。紛紜酬酢,一以貫之,此所謂知要也。予觀諸經訓故,馬、鄭、王肅、劉炫、杜預、范甯之徒,互有同異,轇轕不解。而賈公彥、孔穎達輩,依注解爲疏義,引伸其辭,亦不能豁然無有痼蔽。至於一人之言,而先後矛盾,學者惑焉,未知所嚮。自京兆、居巢、二劉、夾漈、浚儀、鄱陽諸公,能言天下之至賾,其所講論,亦頗有所發明,而究未必折衷至當。是以國家凡有政事因革應博論者,如宋時天地分合之祭,僖祖東向之位,群言囂然,無有一定。

予往者欲采注疏議論,并古人文章,仿荆川《稗編》,以類薈萃,略附己意,以就正有道,而職事瑣冗,逡巡未果。今讀方子之書,能窮天地事物古今之變,斂其心思才識,以蘄於至當,其真可以無恨也。己嘗讀《宋史·禮志》,謂朱文公嘗欲取《儀禮》、《周官》、《二戴記》爲本編次,朝廷公卿大夫士民所當行者,盡取漢、晉而下及唐諸儒之説,考訂辨正,以爲當代之典,未及成書而没,慨嘆不已。

今由方子之書,沈潛反覆,此有矩焉,有中焉,窮微極渺,深切著明,庶幾考亭復作,以爲知言,其功豈直京兆、居巢而已哉!方氏自廷尉、中丞、太史以來,世擅文學,天下言文章者,必推方氏。太史嘗著《通雅》、《物理小識》諸書,援考該博,傳於當世。素伯爲名父子,耳濡目染,學有原本,是書之作,猶太史志也。且方子鑿坏而隱,標致高潔,雅不欲以文采耀世,觀其自序,欿然若有不足,不獨其學爲不可及矣。

《江左興革事宜略》序

《江左興革事宜略》者,太子少師、兵部尚書、副都御史靜寧慕公所行事,實吾友膳部誠齋盛君所輯而梓焉者也。公以方伯擢中丞開府,前後在吳凡十餘年,蘇困息勞,袪害櫛蠹,善政畢舉。其最著者,興水利,除荒糧,救菑緩征,其功德於吳民尤鉅云。

太湖爲東南巨浸,江浙諸水悉滙於湖以入海,而三江實綰轂其口。前明夏忠靖公原吉、周文襄公忱、李康和公充嗣、海忠介公瑞相繼疏濬之,明末寖湮,而蘇、松、常諸郡縣旱潦兼病,受患日深。公爲方伯,則首議疏劉河,起鹽鐵口以屬於海,以丈計者五千一百有奇。次議浚吳淞江,起黄浦,東至施家港,以丈計者一萬四百九十有奇,即三江故道也。其爲中丞,則又濬常熟之白茆,起支塘,迤東入海,以里計者四十有三。又濬武進之孟瀆,起奔牛牐迤北,至孟城入江,以里計者四十有八。及其它支港次第興修,潦則資泄,旱則資蓄,有餘則用溉,百姓享其利。

先是,蘇、松、常三郡故有荒糧,曰版荒,曰坍荒。版荒則阡陌綿亘彌望,荊榛沙礫,有田而不可耕;坍荒瀕湖海之壖,波濤衝蝕,有賦額而無田。江南地大物穰,財賦之藪,然而逋負日積,流亡日多,而吏以賦入不中程,往往負罪譴去,率荒糧累之也。公初以方伯入覲,即疏請蠲除,所司下其議,屬甌閩用兵,未及勘而罷。久之,會地震求言,公爲中丞,疏請益力,得報可。核除三郡荒糧二千三百五十餘頃,民甚便之。

康熙十七年,江南旱。十八年,又大旱。民流冗道路,屑榆剝樹以爲食。公會制府,合疏請賑,先期告糴,江、楚間,使者相望。既得請,則益出帑金購米,得三十餘萬石,爲教條,分下郡縣,令各籍其民之不能自食者若干,量地遠近,設給糜之廠若干所,給米之廠若干所,病則令視藥醫,死則視斂埋,立法纖悉具備,郡縣遵行之。自十九年正月盡三月止,所全活以百萬計。又疏請盡蠲十二年以前逋賦,而十三年以後一切緩徵。尋奉詔如公所請。

蓋聖天子在上,務以深仁厚澤愛養元元,而公於地方水旱疾苦,輒以上聞,多見報可。昔周文襄公撫吳,立表開江,修復劉港,屬歲饑穀踊,遣人橐金招江、楚大賈,航米驟集,米價頓平。然則公所處時之贏詘,事之難易,吾不知視文襄何如,而行事適與之相類,詎非賢哉!

公撫吳五年,以擊悍弁爲所詬,解組去。既去,而民益思公。盛君因民之情,裒輯所興革事宜,彙爲一編,屬予序。惟盛君意豈徒章公之功,蓋將令後有考,毋廢前勞,以永爲吾吳利賴。予既樂爲序,而撮其大端書之,不厭詳複者以此。至於蘇松賦額之重,已三百餘年,前此涖吳者,屢形奏牘,公亦言之再三,而猶格於度支之議,是不無望於後來之君子。

《太子太傅益都馮公年譜》序

吾師益都公致政歸之明年,手次《年譜》一編,以書抵京師,屬予小子序之。公爲翰林,當世祖皇帝時,最承恩遇。今上踐阼,由少宰累遷都御史,歷刑部尚書。辛亥歲,以大學士入內閣,時年六十有三。在閣二年,即以老乞休。上曰:"卿精力未衰,須七十,當聽卿歸。"會滇、黔蠢動,三陲相繼用兵,公侍帷幄,贊密勿,不敢言去。至戊午,年七十,復疏求去。上曰:"朕知卿老,顧朝有老臣爲重,卿可恝然邪。"既而三藩次第削除,海宇蕩平,朝野晏然無事,公求去益力。上閔其老,優詔許之。是時年七十有四,蓋康熙二十一年壬戌也。

上既聽公歸,猶慰諭暫留,俟秋涼發,數召入便殿,懽若家人然。一日,留公飯御閣東,敕侍臣掖之遊西苑,泛舟流盃亭,所至輒賜酒果,復命攜肴核歸第。瀕行,上製詩章,親灑宸翰賜之。又賜銀章一,其文曰《樂志東山》。是年,會《太宗文皇帝實錄》成,録其舊勞,又即家賜銀幣、鞍馬,加太子太傅。蓋上難公之去,及既去,而受眷之隆如此。

予小子以乙未歲入成均,公方爲祭酒,受知最深,得悉公生平大概。公居家廉儉,食不過二豆,好讀書,至老不倦,抱卷哦詠,蕭然如寒士。性洞達,無城府,聞非禮之言,即義形辭色。好推轂賢士大夫,凡大廷議論,及在殿陛間言事,勁直不阿,以此蒙上深眷。予閒案史書所載,漢、唐以來,宰相能君臣相得,善全於功名之際,蓋難矣。若功成身退,而寵眷不少衰,得以耄年優游泉石如公者,抑又難矣。蓋公遭逢清時,荷今天子仁聖,篤念老臣,恩禮有加,而公亦能以忠誠自託於黼座,久而弗替,所稱主臣,叶德一心,三代以下,良未易遘。然則茲譜之傳,非獨髣髴公之生平,而本朝明良交泰之盛,有迥非前代所可及者,異日史氏亦當有所采云。

高侍講《扈從東巡日記》序

因事著述,文人事也。傳稱登高能賦,遇物能名,爲卿大夫之才。蓋能賦則熟悉其山川原隰之廣陜,道里之夷險,以爲治國用兵攻守之法;能名則習知其草木、鳥獸、蟲魚百物之情狀,以悟夫陰陽五行、盈虛消息之理。古所謂閎覽博物君子,故可以爲卿大夫也。

漢、唐以後,好文之天子亦盛選文士,列置禁近,遇有巡遊,則從之以備顧問。然愚考漢武、宣之世,司馬相如、枚皋、東方朔、王褒、張子僑諸人,以文學後先侍從。皋、朔持論不根,相如辭賦失實,而褒等所至宮館,輒爲歌頌,時議其淫靡不急,故天子意亦薄之。他時公卿之選數人者,不以與也。近世若明二祖之從諸學士,可謂盛矣。然君臣之間,猜疑却顧,譽咎兼半,論世者猶不能無慨然。

今侍講高君,以康熙十六年選直南書房,其扈蹕上陵以抵塞外,則自二十年始。時六飛橫騖,鉤陳蠭午,君以弱書生,出入於期門射生間,終日馳逐,不離乘輿左右。晚憩行帳,飢不及餐,輒觸事成咏。或倉猝應制,據鞍疾書,不經刊度,而妙合宮商。時蒙上賞嘆,數召入帳殿賜酒,夜深乃退。其才具敏給如此,君不以自多也。

顧以其間述爲行記,凡上之上膳長信宮,祇謁陵寢及駐蹕、賦詩、校射、班賞來朝諸部落,次第必書。至所過關塞亭障,爲金、元以來用兵處,尤必攬其形勝,詳其廢置年月,根究得失,瞭若指掌。以及方言名物之類,廣蒐旁羅,纖微畢舉,足以備昭代之典故,而資儒林之考證。以此知高君之著述雖小,若自比於古之稗官者流,而用意深遠矣。今天子方倚重君,將侍之帷幄之任,謀謨之寄,則傳所謂卿大夫才者,非君其孰當之與。予故樂爲序之,益嘆世之徒,以文人目君者,皆不足以盡君也。

少傅高陽公《心遠堂文集》序

少傅高陽公《心遠堂文集》初刻二卷,今增奏疏、論記、誌銘、雜著凡若干篇,共八卷,皆公所手自論次者也。公以韋、平家世遭遇兩朝,居端揆者三十年,天下後世仰放勳、重華致治之極,即有以推皋、夔、稷、契之所以贊襄者,公蓋無所藉於文章以傳也。然而皋、夔、稷、契之言具在,後世文章之士豈復有能逮之者哉。

文章家自梁、隋而後始人別爲集,爰及李唐,宰輔有集傳於世者,若蘇許公、張燕公、張曲江、權載之、韋處厚、李文饒,皆實大聲宏,彬彬郁郁,一時文章之士,未有能出其範圍者也。宋范文正公、韓忠獻公、富文忠公、文潞公、司馬溫公亦皆有集傳世,其未嘗有意於文而指陳事理,和平正大,適用濟時,雖歐陽之遒麗宕逸,蘇氏之縱橫才辯,亦未能過之也。當明之盛時,二三豪俊,蓋嘗欲以詩歌古文辭鼓動當世之信從矣。由今觀之,其與東里、長沙、震澤諸公之文規模大小爲何如也。

今公既已得事聖主,毗贊密勿,使我本朝之盛德大業絜美唐、虞,抑又非唐、宋、明諸公所可幾及,況公之文敷陳治道,損益文憲,孕育元氣,洞抉精微,自有足與昔之陳謨颺言者相爲表裏者乎。以彼唐、宋、明諸公,若幸而逢今日之盛,得從容廟堂之上如公之久,其發揮流露於文章,吾又知有不止如當日之所傳者,則又重有感於君臣相遇之故也。

《宋金元詩選》序

唐以後無詩之説,予心疑之久矣。文章之道,以變化爲能,以日新爲貴。天之生才無窮,事物之變態無窮,以才人之心思與事變相遭,而情景生焉,而真詩出焉,不可以格調拘,不可以時代限也。從來作者,風會遷流,體製各別。義熙之作,不類建安,而陶、謝與曹、劉并美;永明之體,有異天監,而沈、范與江、鮑齊蹤。唐人未嘗祖漢、魏而桃六朝,後人輒欲宗唐而黜宋、元。

夫宋、元人詩,風調氣韻,誠不及唐,而功深力厚,多所自得。如都官之清婉,東坡之豪逸,半山之堅老,放翁之雄健,遺山之新俊,鐵崖之奇矯,其才力更在郊、島諸人上。而輒云唐後無詩,是猶燕、冀之客,不信有峨眉、羅浮之高,揚、粵之人,不信有盤江、洱海之闊,徒爲陋而已矣。自明北地、信陽起,倡言盛唐,婁東、歷下,後先同聲,學者莫不家開元而人大歷,宋、元詩集,幾於遏而不行。近代操觚家,乃稍稍復言宋、元。雖然宋、元詩未易讀,學宋、元詩亦未易也。宋、元人之學唐,取其神理;今人之學唐,肖其口吻,所以失之彌遠。今不探其本,轉而以學唐者學宋、元,惟其口吻之似,則攣疏拗硬,佻巧窒澀之弊,又將無所不至矣。故無宋、元人之學識,不可以學唐;無唐人之才致,不可以學宋、元。予嘗論之云爾。

前吳興守廣陵吳蘭次先生,當今最爲工詩,其稱詩實宗三唐,而自唐以下,無所不鉤貫。以宋、元人專集既汗漫,《文鑑》《文類》所錄又不能精,諸家選本互有得失,於是刪次宋、元并金人之詩,都爲一集。其所收者,縱橫變化,各盡其才之所至,而粹然歸於大雅。其疏野凡俗,稍落窠臼者,概從刊削。是編行,庶幾三四百年才人之心靈光焰,得煥發於斯世,而學者有所準的,亦不至窘步而乖方。予故推其意而序之,既以救貌爲唐詩之病,亦以告天下之貌爲宋、元詩者也。

《順天鄉試錄》後序

康熙十有一年秋八月,伏蒙皇上命乾學副修撰,啓傅典順天鄉試。臣自惟固陋,奉命以來,夙夜祗懼,恐掄選無當,以負皇上簡命之意。既竣事,得士凡百二十有六人,錄文二十首,上呈睿覽。臣例當颺言簡末。

臣惟國家登用賢才,以鄉薦爲始,況畿輔根本之地,四方風化,視爲盛衰者歟!今天下之患,在於百姓窮苦,人材萎苶。我皇上宵衣旰食,求治至急,凡所以省徭役,捍災祲,爲小民計休養者,靡所不至,而尤樂得海內之士,將與之共理焉。乃皇上所須以共理天下者,如此其急,而士多靡然不振,其俊偉卓絶,克副聖天子旁求者,十不得一二,士習漓而實學衰,非一日之故矣。

三代之時,鄉舉里選,以及漢之孝廉茂才,皆以其素取之。後世專尚文藝,則操觚之士,莫不抵掌功名。然自隋唐以來,迄於今玆,其制亦無有大變之者。文章之道,本乎心術,而通乎政治,蓋亦《虞書》所云敷奏以言之指,而觀人之道,或不出乎此也。今之士子,自其幼所誦述,何一非堯舜以來修己治人之要,而習焉不察。凡父兄之所以教其子弟,與士子之早夜以思,以爲如是而得,如是而失者,不過懸一第以爲的。苟獲中焉,則以爲無餘事矣。

夫今日所用以庀事臨民者,取之雖非一塗,而得之科舉者最衆。惟平時無學問則無廉恥，而其體不立；無學問則無經濟，而其用不行。國家列詩書六藝之文，以造就人才，將有所用之也。乃朝廷用之之始，已爲士子習焉之終，於以經國理人，茫乎不知所謂，不將與設科之初意悖。而國家之所屬望焉者，亦豈僅爲士子一身之榮已乎？今多士雖未登政事之庭，已與於興賢之目矣。自今以始，其爲責也方大，而爲期也甚遠。異日舉於春官，策於殿陛，由是納忠效信，益求不媿其言，而施之實用，使人謂聖天子得人致治之盛，自京畿始。是則臣等所以不負簡命之意，而多士所以不負制科之典者歟？

臣乾學草野豎儒，備員侍從，親見我皇上講學勤政，夙夜憂思，求賢若渴。故與臣啓傅入棘之日，務采得實學，以仰答萬一。而於是録也，既拜手敷陳，且以爲多士勸焉。

大學士孫公《史億》序代

自秦并天下，建郡縣而後，能以其治幾比隆於三代者，唯兩漢而已。上之恭儉仁厚，寬刑薄賦，下之危言讜論，豐功偉節，雖至於末世不改。又得司馬、班、范之徒，爲之摭拾衆史，鋪張揚厲，垂之不朽。而其間始治而終亂，此忠而彼佞，又能一一摹畫，以盡著之於後世。於是讀三史而貫穿融會之，以上下二十一史之編纂，可一屈指而數之矣。

自唐以來，讀史家除注解諸家外，厥體有二：一則鉤稽年月，分別體製，是爲考訂之家，如劉知幾、劉敞之類是也；一則敷陳事情，旁及文字，爲辨論之家，如蘇轍、呂祖謙之類是也。然皆蔽於目睫，未爲兼通。昔人云："讀史者要如我身處其地，平情而論之，孰爲得，孰爲失，務得其至當而後已。"然非經事多而嘗變久，則其識見容有所不及，而其議論亦未免陷於一偏，此讀史之難也。

大學士孫公以宏才偉抱，出入中外，參預密勿者有年，所當天下之是非成敗，人才之賢愚邪正，耳聽目記，諳於神明。故其致政之暇，日讀三史，隨其所得，筆之，一字一句，旁見側出，不特以資談助，廣聞見，當其批却導窾，摩挲五百年故紙，而神接於三史氏之間。又旁及於蔡邕、荀悦、袁宏、謝承、華嶠、袁山松數十家者，而與之揮斥其意見，折衷其是非，則實足以爲治天下國家之龜鑑，此古今未有之書也。

聞公家居，所成書尚若干卷，恨不得盡見。又念與公生同里，薦於鄉者同歲，公今方如歐陽公一琴、一壺、一棋，偕其金石圖書數千卷，自稱居士，以徜祥於潁水之上。予特爲世網牽絆，求一清閒自適之頃不可得，不覺撫此卷而慨嘆已。

家兄《孚若詩集》序

予與家兄孚若爲再從昆弟，伯母顧夫人即吾母之姊。予童時，每與兄同過外王母家，比群從游處更密。兄長予二歲，九齡能作詩歌小賦，談述經史，滾滾可聽。猶憶一日，會葬外王父畢，泛舟巴城湖，過黃旛綽墓，兄左手持巨觥，右手操筆作七言長歌，頃刻立就，坐中諸君無不頫首屈服，其才思敏捷如此。外王母何夫人知書，有識鑒，每撫兄與予曰："楊惲爲史遷之外孫，魏舒成甯氏之宅相，老年屬望，惟汝二人。"

予是時亦略通文史，然不逮兄遠甚。壬癸之間，兄在黌序，聲名益起，同邑顧公宗伯、家伯父中允嘆賞不去口。兄既銳意爲制舉之文，而恒以餘力研究《離騷》《文選》及漢、魏、六朝、三唐之詩。會東南多事，舅氏亭林先生避兵常熟之窮邨，兄往依之，朝夕討論，故詩日益工。丁亥以後，兄恒讀書郡城㙮弆，與諸名士倡和，輒擅場。林山人若撫年七十餘，稱老詞客，得兄詩，輒手録小楷，置懷袖間。燈炮客散，猶拈管賦詩，索兄酬和。一時之能爲詩者，莫不推吾兄也。

兄久不得志於有司，嘗渡揚子，過淮東，浪游潁、亳、陳、許間，所爲詩更富。予亦好游，非極幽并南至嶺海，於歸也，必以所作詩文互相考質。予見兄作，每爽然自悔，欲焚其稾。大約兄之少作，才氣奔騰，追風製電，古歌樂府，凌厲無前，穠麗間似駱丞，奇險或如李賀。既乃咀味襄陽右丞、東川左司諸作，久之而歸宿於少陵、昌黎。兄才固不可及，而學詩亦凡數變矣。今刻其詩若干卷，命予序。予惟二十年來，人事稠雜，雖未能與兄時時相見，如少時游處之樂，然惟予知兄爲最詳，因略識之如此。

《修史條議》序

某弇鄙無似，猥以《明史》開局，院長葉公屬同舍弟中允，預纂修之役。時舍弟都御史爲監修，辭於院長，弗允。因日夜蒐羅群書，考究有明一代史乘之得失，隨筆記録，以示同館諸公。未幾，中允以疾去，葉公下世。某被命同學士陳、張二公，侍讀學士孫公，侍讀湯公，暨門人王庶子爲總裁官，而舍弟罷柏府之職，留領史事，益以向所討論者詳爲商榷，得六十一條，存之館中，庶幾相與整齊慎覈，以成一代信史，無負皇上簡命而已。自惟腐儒通籍十有五年，徧居司籍之曹，久處載言之職，兼以兄弟蒙恩，并預筆削，雖遭坎壈，仍握鉛槧，敢不竭其遲鈍，少答涓埃。惟是成珍裘者以衆腋而溫，構廣廈者以群材而就，所冀同事諸先生詳加商訂，毋致牴牾，熟探劉氏之《史通》，冀免《唐書》之糾謬。

桐城《張西渠詩集》序

龍眠張西渠先生，大司空敦復公之賢兄也。十年前秉鐸吾吳，當事者以循卓奏聞，當歷簿領，而先生遽拂衣歸。予向者家居時，嘗捧袂雩壇之下，深仰止焉。先生歸日，與其友陳滌岑、潘蜀藻、姚羹湖相唱酬。龍眠詩格，清高刻露，大江以北，推爲翹楚。滌岑、蜀藻，予久聞其名，未得相見。羹湖爲予總角交，諸公年皆七十餘，獨羹湖六十三。先生有別業在宅西，曰勺園，與諸公爲真率會。花時則舉行，亦謂之曰花會，各賦詩以記之。想見李公麟宅下，華顛數老，扶筇載酒，居然圖畫，令人神往。予方得請南還，行有日矣。遡牛渚，眺灣岳，蠟屐龍山，嘗在夢想。吾郡蘇舜欽滄浪亭，先生講肄之地，鄧尉包山，林木深秀，先生其尚有意乎？宿春之日，書此屬大司空遺之。

《焦林二集》序

詩之爲教也，風與雅無以異也。然而《黍離》降而爲風，聖人於此，恒有不得已之防焉，非謂風之不如雅也。詩至於風，又降而爲列國之風，而變而無所復入矣。是其音節之間，疏數之數，厚薄廣狹之分，必有不同者矣。變至於風，無所復入，而溢而爲騷，又由騷而爲曲，爲引，爲歌行，各體樊然并出。漢人因之，收爲樂府，夜誦代著新聲，三百之遺無幾。聖人知其然，而欲爲之防而不得，故於雅亡之際，有深憂焉。自樂府衍而爲五七言，寂寥於兩晉，淫靡於六代。

唐人振其頹響，而五七言近體復生，則又漢魏六朝之極變，而與三百篇迴別者也。然其盡態極妍，而無可復加，亦何異風之與雅乎？作者第守此足矣。北宋楊、劉以前，猶稍規前製，蘇、黃決其藩籬。南渡以後，學蘇、黃者，又失蘇、黃之所本，故立論愈快，說理愈透，而舉唐人蘊藉渟滀之意，蕩然無復遺餘，豈非詩道之又一大變乎。

有明何、李輩起，於是思變而反之初、盛，其變是也，其所以變者非也。今人概舉何、李而訾謷之，承學之徒，末師競是，其目中初不知三唐爲何物，況於隋、梁以及建安以還，則欲爲唐人之防於此時者，非夫鉅公碩儒擅博通之識，尋源竟委，以大肆其詞，於絕學將廢之後，固不能以單詞隻語塞群囂之喙而使之折，而從吾之教也。

恒州尚書梁公焦林二刻成，予受而讀之，其風調高古，不落凡近是已，而於其所謂研練精切、穩順聲勢者，亦能斂抑其才氣，而與夫沈、宋之作者相合於毫釐之間。人徒見其體格之渾成，而不知其憂深而慮遠，非灼見風雅升降之機，而得聖人刪詩之心者，不能爾也。公立朝日久，諳達故事，諸所建置，動爲後則，天下推爲老成典型，乃其於詩亦慎重不苟如此，使人得是集而卒業之，反古之機，其在是乎。

補刻《編珠》序

《編珠》四卷，隋大業七年著作佐郎杜公瞻奉敕撰也。凡十四門，門各有類，惟取其事之切於用者，故卷袠不多。考隋《經籍》、唐《藝文》二志，并無此書，他書録亦皆不著，蓋凋零磨滅久矣。詹事江村高公偕余奉命校勘閣中書籍，得之，已逸其後二卷，詹事喜而録之。既南歸，則又加之是正，而博采故實，以補其闕，仍爲四卷。又廣其門類之未備者，外爲二卷，而《編珠》乃爛然成書矣。

按歷代史志，有雜家而無類書，《新唐志》始別爲一目。自魏、晉以逮南北朝，君臣宴集，每喜徵事以覘學問，類書於是漸多。然今世傳歐陽詢、虞世南、徐堅所排纂，皆唐初時人，而志所載隋以前書，如《皇覽類苑》《壽光書苑》《華林遍略》等書，當時極貴重，其卷帙頗繁，今皆無一簡存者。即如戴安道、顏延之之《纂要》，沈約之《袖中記》《珠叢》，其書不過一二卷，亦盡已散逸。獨《編珠》猶得其半，詹事從而補綴，使殘闕以完，豈非快事與。

閣中書籍，虞山錢氏以爲數代之遺編在是，而明末多燬於兵火。以余所見，萬歷時，張萱《內閣書目》存者十不得一二，猶往往有宋雕舊本，并皇史宬所藏《永樂大典》，鼎革時亦有佚失。往者嘗語詹事，值皇上重道右文，千古罕遘，當請命儒臣重加討論，以其秘本刊録頒布，用表揚前哲之遺墜於萬一。余老矣，詹事孜孜好古，能闡幽表微，幸來日勿忘此言也。杜公瞻亦無表著，《談藪》嘗載隋京兆杜公瞻嘗邀陽玠過宅，酒酣嘲謔者，即此公瞻無疑。吾未知其人何如，顧得藉我詹事以存此書，有厚幸焉。

憺園文集卷第二十

序二

《扶風忠節録》序

自古忠臣爲國，當勢不可爲之時，以一死自靖，宜與戡亂討逆者有難易。然而論世之士，往往相提并論，未嘗少軒輊焉。何哉？蓋天下不軌之徒，其植根深，其取類廣，一旦變作，世之昧義好亂者，既已闐然趨之，其間庸人畏死，亦多貪昧隱忍，不敢顯斥之曰賊，以爲徼倖苟免之計。惟志節之臣不然，守道既堅，審幾自熟，當衆人觀望前却之際，早已決死而與之抗，大義所在，炳如日星。於是天下之人，莫不知此之爲是，而彼之爲非，相與束躬屏息，不敢妄有所信嚮。

夫然後良將勁兵，厲甲以聲其罪，而賊始窮蹙以待死。豈非死事者之所爲，有以倡戡亂之先，而作其氣耶。是故常山死，而後汾陽得以收兩京；司農死，而後西平得以清宮禁；露臺死，而後新建得以一戰而縛彊藩。踵其後者，厥惟我廣西巡撫襄平馬公。方孫逆之戕都統王公也，粵人或疑爲報怨，又或疑爲擅兵，悠悠之口，未敢遽以叛逆加之。自公闔户自經，矢死力拒，揭大義以示粵人，而延齡專殺應賊之罪，始無所容於天地間。既而不死，待救，密疏告凶，始遣長子，繼遣其孫與次子歸闕。時尚可生，公亦何取於必死，所謂從容以俟命者也。及乎拘囚既久，再經吳逆迫脅轉加，始戮其二子，既戮其群僕，以至妻妾女婦并命於一日。時既當死，公絕不濡忍須臾，所謂慷慨以赴義者也。

公歿未二年，而湖南定，百粵平，鏟黔蕩滇，功成破竹，莫非公之義烈有以感激之而使然也。公喪歸葬之後，長子今少宰公輯賜葬祭御製碑文及誌傳諸篇,題曰《扶風忠節録》,而屬余爲序。夫褒忠之典,視賞功不啻過之者,蓋實見夫死事之與戡亂事,不相謀而相成也。方今聖天子特命館閣諸臣纂修《平寇方略》,昭垂萬世,爰引伸斯意,爲序以傳之。

卓氏《傳經堂集》序

卓氏自侍郎忠貞公,而後數傳,至入齋、左車、珂月三先生,以經術文辭知名於時。今火傳及其子允域,并能世其家學。火傳於是即其塘西里居,建三先生之祠,又爲堂以藏遺書,本入齋之意,名其堂曰傳經。而四方之士,先後交於卓氏者,火傳必乞其詩歌古文辭,以表章其遺烈,至於盈筐纍牘,而猶求之不已。允域之來京師,挾册而馳,凡士大夫之能文章者,未嘗不有得焉,所謂《傳經堂集》者也。

余讀而嘆曰:嗟乎！六經之道,無所不貫。以君子之所先務言之,忠臣以事其君,孝子以事其親,其窮天地、亘古今而不可易者,固莫著於經矣。卓氏之先忠貞公,在明建文朝,先事策燕邸之變,請徙封南昌,而陰奪其兵柄。其事與漢鼂錯無異,唯錯之説先見信用。及其既也,七國敗而錯死於讒,忠貞之説不見納,而文皇帝之大業以成,公亦竟以忠死。成敗雖殊,二君子之奮不顧身以爲國家,一也。

余頗嘗疑天之報施忠臣,若卓之子孫多著,而錯至於族滅,亦獨何哉。漢之初年,當秦焚詩書之後,文帝始詔太常掌故錯,就伏生受所壁藏《尚書》,則錯者豈非經術絶續之所關,而宜其終身以之者乎。及觀其上書言皇太子,則所急者曰知術數,迹其平生所欲施用,本申商削刻之學,受之張恢生者是也。是錯之死,死於權智,而於經術且不啻以身叛之,何論無後乎。忠貞公竭誠盡慮,防變未形,而臨難赴義,一歸於至正而不可易,此非深有得於經術之純粹者不能。

其子孫伏匿江湖間幾二百年,代有聞人以祗承講求,於是至入齋、左車、珂月,乃大發聞於時。若忠貞者,《詩》所謂“詒厥孫謀,以燕翼子”者也,異乎錯之操申商之學,以自戕其類矣。爲之子孫者,讀其遺書,觀所以名其堂之意,而益求乎六經之道,雖白首不足以究其業,而於區區乞當世之一言,以表章其先烈,抑亦末矣。且吾懼其無暇也,因進允域而勉之,并寄語火傳者如此。

《南芝堂詩集》序

論詩之旨,有才有學,人人能言之。然所謂才,非特聲調流便而已也;所謂學,非特記誦淹洽而已也。組織以成文,鏗鏘以成聲,此可以爲詩矣,而詩之本不存焉。詩之爲道,本人情,窮物化,通諷諭,發性靈,其用至鉅。非夫魁奇俊偉之士,蘊涵於中而旁薄於外者,莫克以爲。故明達物務之謂才,練曉今古之謂學。兩者雖不主於爲詩,而非是無以爲詩之根柢。

今夫學畫者,終日規模形似,而意象不越尺幅之内,誠以帝王宫闕、名山大川爲之本,則神矣。學詩者,終日研窮聲病,而旨趣不過蟲魚月露之間,誠以風謠政治、民情物態爲之本,則大矣。少陵之詩,雄壓百代,豈特格律云爾哉!天寶以至大歷,秦蜀以至衡湘,將吏之馴梗,邊塞之安危,民物之登耗,山川之險易,一一籍記而圖列之,是之謂詩才,是之謂詩學。後人不得其源,依倣而步趨之,其亦淺之乎言詩矣。

余年友盛君珍示,少負英絶之姿,文名噪天下。既壯,慨然有經世之志。三十年來,多更事故,馳驅南北,攬結豪俊,於朝章國典、民風政術,細大無不留意,具究其所以然。故其爲詩,本之以忠孝,經之以風謠,觸境緣情,剴摯條達。《松塘行》《吳趨行》《江心寺》,頌忠烈也;《關山曲》《行路難》,感時事也;《崔鎮》《歸仁》《黄河》諸篇,嘆民力也。其他送遠、贈别之作,并指事述情,文不虚設。由其才學精深,横目之所擊,衝口之所吐,造微極致,末嘗與詞人競聲采,而自非研窮聲病之流所得窺擬。學詩而宗杜陵,此其標的矣。

珍示少從夏考功彝仲遊,與雲間、婁東諸先達相切磨。既出王户部貽上之門,稱詩尤精。今其集中詩,體勢風格,無所不善,特其感物造端,最得詩之元本。世人習知珍示之文章,而不悉知其才與學之有大用於世,余故具論之。今珍示行赴京師,將以其所蘊蓄者施諸邦家,見諸事業,固不屑屑以其詩名,而其詩之工,又可掩乎哉!又可掩乎哉!

《梅耦長詩》序

往愚山先生爲余言,宣城詩人,近推梅耦長第一。今年春,耦長與其族尊淵公,千里拏舟而來,爲吾母壽,留余山園者旬日。因得接其言論,誦其歌詩,慨然嘆梅氏之多才,愚山之篤論也。别去匝月,耦長寄余《吳市吟》一編,讀之翩翩俊邁，令人想見其青簾白舫，上下楓江笠澤間也。

世嘗稱詩人喜游，蓋以爲山川祠廟之迹，草木蟲魚之名，足以廣見聞，資採掇而已。此淺之乎言遊，亦淺之乎言詩者也。夫詩之爲道，雄放高華，綺麗幽折，是不一體；勁疾沈綿，飄揚淒婉，是不一聲；憂愁恬愉，感慨思慕，是不一境。作者必究其體，極其聲，窮其境，乃可名家。譬之辨七弦之燥濕，而後雅琴可鼓；察六脉之變動，而後大藥可和也。然使枯坐一室，呪墨含毫，極功力之所至，分寸已極，不能自進。一旦行游異國，覽其風謠，觀其變態，奪境移情，有莫知其所以然者。

少陵之詩，客秦上隴，居夔入蜀，出峽渡湖，每易一地，則詩格變而益奇。張曲江晚年詩詞清婉，人以爲得江山之助，游之有功於詩如此。耦長之詩，朴健有老氣，此編顧以風調見長，得非湖山煙月資其朗藻者乎。夫吳音清俊，而濟之以燕趙之沈雄、秦楚之蒼莽，則勝矣。而學者常苦局於一隅，不能變化。

耦長師承家學，富於年才，有愚山、淵公諸君相與切劘。而宣州居大江上流，舟車旁達，從此以往，吞吐雲夢，卷懷華嵩，其詩體之奇，將霞蒸霧變，千彙萬狀，而未始有極也。吹篪叩劍之餘音，何足以域君哉。余詩學荒落久矣，以耦長千里雅懷，輒敢抒其臆論。愚山聞之，必有以正我也。

《七頌齋詩集》序

潁川劉公勇先生，天下駿雄秀傑之士也。起家進士，爲天官郎，以文章意氣，擅名中外者三十餘年。需次家居，不幸病没。没之日，士無知與不知，莫不惜其才而悲其不究於用。余與先生交舊，竊愛慕先生之文辭，恨未得盡見。今年春，先生之子進士君元嘆來吳門，出《七頌齋集》若干卷，屬余序之，因是得頗讀先生之詩。

嗚呼！詩之亡久矣。莊周稱："詩以道性情。"元微之序少陵詩，以爲自非有爲而爲，則文不妄作。昌黎言："惟古於辭必己出，降而不能乃剽賊。"蓋昔人稱詩之旨如是。近代之士，逐僞而衒真，肖貌而遺情，是故摹倣蹈襲格之卑，應酬牽率體之靡，傅會緣飾境之離，錯雜紛糅辭之枝，其所以爲詩者先亡，則其詩之存也幾何矣！

先生以邁世之才，早負盛名，致身華要，交遊滿天下，宜其爲詩雲蒸泉湧，丰容華瞻。乃今讀其集，幽思奇語多在筆墨畦徑之外，若秋高木脱，而白雲孤飛也；若濯足清冷，踞石彈琴，令人忘返也；若聞晉人清言，味之竟日而彌永也。蓋先生爲人倜儻磊落，雖聲望通顯，每浩然有超世之志。讀書學道，耽好山水。嘗遊蘇門，見孫鍾元徵君，願棄官爲弟子，居彌月，築堂留琴而去。經太原，特訪傅青主於松莊，坐牛屋下，相對賦詩移日，其高寄如此。以是知詩者，乃偉人豪士之事，非夫雕蟲篆刻、齷齪小夫之所能爲也。今人作詩，徒能多耳，未必可傳。先生詩雖不多，要爲能自言其情，其必傳何疑焉。"七頌齋"者：先生雅慕成連、陸賈、司馬徽、桓伊、沈麟士、王績、韋應物之爲人，圖而頌之，以顔其齋，因以名其集。嗚呼！是可以見先生之風致矣。

《傷寒意珠篇》序

《傷寒意珠篇》者，吴縣韓來鶴所以闡發張長沙仲景之書也。仲景文辭簡古奥質，今其傳者不無殘編錯簡。晉王叔和爲之撰次，括爲歌詩，或設爲對問，或有所續著，要皆不外仲景。至金而成無己爲之注，然亦隨文順釋，不能大有所發明。明王宇泰作《傷寒證治準繩》，稍爲更置其章句，而卒不能出其範圍也。其後有老儒方執中者，作爲《傷寒條辯》一書，不甚行於世。近喻嘉言竊其義作《尚論篇》，世之祖述仲景而發揚之者，非一家矣。

來鶴自以其説實前人所未有，其必有所自得者，余蓋不得而知也。余常操兩言以求醫。《曲禮》曰："醫不三世，不服其藥。"言功已試而無疑也。《物理論》曰："醫者非仁愛不可託，非聰明理達能宣暢曲解不可任。"言學醫須讀書也。來鶴，魏國忠獻公之後，在宋市藥之禁甚嚴，而其家以忠獻故得市，當時謂之韓府藥局者也，其子孫因以醫名於世。明永樂時，有院使公茂者，與戴元禮齊名傳之，來鶴之大父俱精於其術，則非直三世而已也。來鶴少而工爲文章，有聲鄉校，困於舉塲者久，讀書益多，以其餘閒，通其家學，與徒守先世之故方者，相去倍萬也。則其所以闡發仲景之書，而自以實前人所未有者，豈不可信哉！

陸雲士《北墅緒言》序

陸君雲士，高才續學，連不得志，有司以詩人游輦下諸公間。既而應薦，試詩賦天子殿前，復報罷。親老矣，遂捧檄莅郊縣，爲令。亡何，以憂去。既除，來京師，需次銓曹，出其所爲《北墅緒言》，屬余序之。雲士爲詩，長於五言古體,王阮亭祭酒以爲得漢魏人遺意。其他文章,亦有原委,自成一家言。而《北墅緖言》者,其所著雜文也。

夫以文爲戲,始於漢人,如王子淵《僮約》,揚子雲《逐貧》。浸淫於六朝,則沈約有《修竹彈甘蕉文》,韋琳有《蒩表》,近乎俳,而實文之一體。昌黎《毛穎傳》亦其類也。其後遞相祖述,不可具舉。蓋才人志士,沈淪下僚,不得與於朝廷。大著作有時滑籍諷刺,亦大雅之所必取也。雲士此編,類乎前之所云者,蓋其湛思經術之餘,勤心政理之暇,適然有感,直寫胸情,而與古之傳者同工異曲,雲士洵可謂多才已。然此特其《緖言》云爾。

宋荔裳觀察得三代誥命序

萊陽宋公荔棠觀察,自登進士,由吏部敭歷監司,至浙江按察使,遭蜚語,下請室,久之放還,徜徉吳越間者數年,稍稍上書自理。天子察其冤,特還故官,補授四川按察使,又給以分巡浙東參政時所得三代誥命。於是京朝士大夫將致燕喜於公,以予與公交善,請予爲敍,誼不可以辭。

宋氏爲萊陽巨族,累世貴顯。公之祖贈太僕烽岡公,性剛直,博於學問,年七十餘,賫志以歿。考贈太僕長元公,以進士令清豐,歷禮、吏二曹,陳情終養,遭城陷以死。公之爲浙臬也,以族子告變被逮,鐵鏁琅璫,禍幾不測。茌苒十年之間,仍得以朱旗曲蓋,司憲益州,且龍章炳耀,以寵其祖若父。豈非宋氏世有名德,源遠流長,慈孫孝子,能光大前人之緖,雖歷險阻患難,而天之佑助之者,固歷歷不爽也與。

予嘗考人主褒美臣下,必追述其祖父之世德者,所以嘉寵其子孫,而勸天下之爲忠孝者也。昔周召穆公旬宣江漢,告成於王,王錫之圭瓚秬鬯,穆公稽首對揚,作召公廟器,勒王策命之詞,以考其成。衛寵其臣孔悝,亦假於太廟,稱莊叔、文叔之勤,曰:"纂乃祖服,纂乃考服。"因論撰先世之美而明著之,以施於烝彝鼎。然自漢魏之間,斯意漸微,至唐世始有貤封之典,率抑殺於子孫所居之官。如宰相權德輿、大師田弘正,皆贈祖父官有差。而宰相宋璟,惟贈其父衛州司户爲户部尚書,祖務本無贈。李光弼父雲麾將軍楷洛,贈幽州都督司空,祖以上無贈。宋雖有贈官,而不同封爵。惟今日國家之制,視前代爲無憾。宋公親捧綸綍還故里,告於祠墓,勒諸貞瑉,顯揚其祖父,斯以見我國家之重念勞臣。爲臣子者,當益圖所以弗墜先業,仰副天子之恩命,是在公勉之而已。

《黄庭表文集》序

始余在家塾，聞婁東諸先生以經學倡起，黄君庭表弱冠有名，嘗以試事至吾邑，余一識之。其後余補博士弟子員，與四方士往還，因得交於庭表。蓋庭表爲科舉文字時，其巾箱中所輯《經解》累牘矣。其言曰："文章皆本於六經。六經者，百家之權輿，前古聖人制作備焉。猶涉江漢者，必溯源於岷山嶓冢，非是爲無本也。"

既而與余同貢入太學，日益有聲，未幾成進士。久之，僻居海上，鬱鬱不得志，余兄弟勸就選人，釀金以贈其行。會有詔徵天下宏博之士，余首以其姓名言之當事，登薦剡，試詞賦稱旨，乃改官翰林。然而庭表之文，所尚者經術，詞賦其餘事也。其在史局，慨然有志於班、馬、荀、袁，撰志傳，最有體要。又修《一統志》，浙江郡縣皆其所裁定，所論辨刊削、極精當，然未嘗以此自誇。其操行修潔，在京師杜門謝客，寂寂也。

余與庭表嘗經月一見，見必與往復論古，衮衮不倦。今年冬，以改卜先人域兆請歸，集其生平所爲文，得三百餘篇，屬余爲之序。而其言以爲可序吾文者四人，則孝感熊公、濩澤陳公、睢陽湯公，併余而四也，余何敢當。孝感公，吾師也，學問經濟爲今之朱仲晦、真西山。濩澤、睢陽，吾前輩，皆所謂蓄道德而能文章者，三先生既序之矣，所以發揮於吾友之文者，宜無餘蘊。庭表徒以鄉曲之誼、故舊之情，而不能已於余之一言，乃不敢固辭，即以曩者定交本末及聞論學大旨，以復於庭表而已。

庭表所著《經解》，失之於滇江急湍中，今所存者，《易學闡》一録及《諸經論說》一卷而已，蓋集中什一也，豈不惜哉！余嘗論王遵巖之稱唐應德，謂上下二千年間，直接季札、子游，其標榜未免稍過。而今人好排勝己，見庭表仕宦落落，向之親睹愛誦其文者，頗挪揄之，反加訾毀。豈知庭表之文不苟作，後之讀其書者，雖千載而遠，猶當知其學問之本原。況於余交數十年，親見其畢生嗜學，實心媿之，其好爲議論者，亦未返而自思已矣。

《隨輦集》序

《隨輦集》者，少詹事錢唐高君侍直扈從之所作也。詹事文章妙天下，以恪勤慎密受知聖天子，載筆殿廷，侍奉密勿者，數年於兹。感恩紀遇，形諸篇章，積成卷帙。因御製詩有隨輦之言，敬以名其集。蜀乾學序之。

夫詩始於賡歌，通於樂律，將以鳴國家之盛，宣忠孝之懷，此其本也。中古以還，風騷之體盛，而雅頌之義微；激昂感慨之詞多，而和平窈眇之音寡。於是乎有窮人益工之談，有不平則鳴之說，蓋詩人之溺其職久矣。自昔名世宗工，如李白、杜甫、蘇軾、陸游之倫，何嘗不思揚光蚩英，竭筆墨之能，潤色鴻業，而無如身在萬里，希得近天子之光華。即嘗一侍班行，望屬車旋，出在疏遠，因而想像儀衛，眷戀闕庭。凡其鋪張揚厲者，適足以爲沈吟悵慕之資而已，茲非其不遇歟。

我皇上稽古崇儒，延登才俊之士，孜孜如弗及。而詹事首以文學被寵遇，賜第周廬，日直禁中，備顧問。駕所巡幸，輒從，御製詩篇每令屬和，慰問頻仍，賜賚稠疊。主上右文，誠超邁百王，而詹事之遭逢，逾於古人遠矣。夫不登崇臺，不可以言高；不窺九淵，不可以言深。鄉曲小生，驟而頌甘泉，賦羽獵，雖工弗類。今詹事身依日月，親睹天廷紫宮之崇閎，千乘萬騎之雄麗，與夫奎章宸翰之日星昭回，重以篤眷殊數，涵沐恩波，忠孝之思，鬱盤於中，而洋溢於外。其詩之昌明渾厚，粹然大雅，有《卷阿》《魚藻》之遺音，而非尋常應制之詞所可及，宜也。乾學歷官侍從，亦數奉豹尾之清塵，而文筆燕淺，無能發揚萬一。讀斯篇，而知非常之遇，必非常之材，爲能當之而無負也。於是乎書。

《陝西鄉試錄》序代

皇上御極二十有三年，而當甲子一元之始。是歲大比天下士，儀曹案故事，列典試名上請。上重其事，命毋循往例，并具先經典試者名聞。制曰："咨汝某，其偕某，可陝西。"竊念臣江介小儒，往者已嘗分校禮闈，矧敢多又，以滋負疚於知人之哲。尋又伏念藉是役也，得士以儲待國家，他日之使，出長入治，庶幾塞報，稱於萬一。乃戒裝首途，二旬而抵其省。會監臨都察院都御史臣某實董其事，劼毖有嚴。提調官布政使司布政使臣某、監試官按察司某官某，規畫細大，罔不畢舉。臣某偕臣某與同考官、知縣某等，告於司盟，戰栗受事。爰進提學僉事臣某所取士若干人，鎖院試之，得文之中程式者若干卷，拔其尤者刻之，爲陝西甲子鄉試錄，而臣例得有言，以引其端。

夫鄉試之有錄也，其諸古所謂獻賢能之書歟。爰自乙卯裁省闕焉，至今天子以舊章不可廢也，俾從其朔。臣顧何人，遭遇之榮若此，乃旅所得士於庭而告之曰：多士亦知夫古司徒三物教民之義乎。六德、六行、六藝爲三物，禮、樂、射、御、書、數爲六藝，其發而爲言者，又六藝之餘。而即其辭之險易顯晦，可以觀其人心術之端邪，氣質之純雜。則今之科舉取士，未嘗不有以深求其本源；而古之論辨官材者，亦未嘗不試人以言也。多士之得與於是者，言也；而其所以言者，必自夫三物者也。陝西，古雍州，其省會則宗周畿内之地，秦、漢、唐之所因也。直西北幅員愈廣，徼塞益斥，兼古涼、秦、梁三州，而其風俗往往不甚異於古人。才質直厚重，有彼都人士之遺風；巖棲谷處，懷遯世之高節者，至今尚有人也。以《周官》之制言之，豈非六鄉六遂，沐浴於三物之教最先者乎。

　　吾聞吳季札之觀樂也，稱秦爲夏聲。夏者，大也。蓋以其風俗勁猛，車鄰駟鐵，車馬之盛，馴至强大云爾。而平王東遷以前，雍州之治，秦、漢之故都，皆在王畿之内，有文、武之豐、鎬、靈臺、辟雍故址，所爲講學行禮者，往往而存。札之稱二《雅》云："見先王之遺民，有文王之德。"稱《頌》云："五風和，八聲平。"以爲盛德所同。至其於二《南》，則曰："美哉！始基之矣。"其作《詩》之地，風化所起，爲豳、岐及終南山，此皆周之故。札亦稱秦爲周之舊，則夫所云夏聲者，特就秦之政教言之耳。然而周文、武之教化，雖經秦變易之後，而其風俗猶有存者。故先儒謂其土厚水深，其民厚重質直，以善導之，易於興起，而篤於仁義，豈虛也哉。

　　比年西南用兵，秦地繹騷，然獨能矢同仇之義，折箠以驅貘貐。自逆孽既平，天子念秦民困苦，軫恤有加，湛恩汪濊，無不沐浴厚澤。今國家益弘作人之化，聖德淵醇，有雲漢爲章、黃流在中之美，則雅頌所稱，比之豐鎬爲已過之，其所光被也遠矣。多士幸生其鄉，列於是録者，豈直以其科舉之文爲中於程式而已哉。必將有以仰副我皇上德造至意，以不媿於先民有作，其可也。夫書其德行，書其道藝，是獻書之本意也。臣故綜其原流，謹拜手稽首而爲之序。

《戊辰會試録》序

　　國家典章完具，公卿大夫循理奉職，足用爲治，獨衡文之任，視他職事爲難。聚天下才俊之彦，比度於豪芒分刌之間，少有不明且當，則議論滋起，即明且當矣，人各享其敝帚，鮮有能降其心以相從者。然文有定論，物有定稱，或一時而即服，或久之而後服，其是非得失，不容誣也。

　　康熙二十七年戊辰會試，蒙皇上簡臣熙、臣乾學、臣其範、臣重爲考官，暨離闕庭，惶悚累日。仰惟皇上神功聖德，度越千古，臨朝聽政，不遑日昃，璇璣神運，興致太平。間以其暇，措思經術，留意文史，發揮千聖之奧，闡繹百王之秘，蓋將上規姚典，下述殷盤，聖學淵深，誠非編削磨研之臣，所能仰副萬一。至於委任司衡，瑣闈取士，所以牢籠豪俊，模楷人倫，臣乾學資力譾陋，何以克當。既伏而思之，司馬光自言生平無不可告人者，惟其誠也，其所以語劉安世者，亦惟其誠也。心有所必盡，力有所必竭，才有所不用，智有所不矜，一時之毀譽，固弗暇計矣。

臣竊念入官以來，以編摩爲職業，材固弇淺，冉冉將老，皇上不以臣鄙鈍，頻加擢用，生成之感，同於天地，然未有涓埃可以報稱者。學問荒落，才具疏略，比於朝士之中，最爲庸下，差可自信者，誠耳。自拔坊局，涉膺右職，雖事任有緩急，曹署有久暫，要皆以實心，不敢聊且。當官盡職，矢心幽獨，遇事不可持之斷斷，坐是多所觸迕，然臣亦不敢恤。何者？誠不敢欺君父也。校文之役，自來流俗議論，皆以風氣高下，當追逐時好，不當苟爲異趣。又有謂士子得失有命，主司亦不能強，何用多煩擬議？

又言士子雖試三場，實視首場書義爲去取甲乙，其經義及格而已。至二三場，乃有數策點判之諺。此言非獨主司，即士子亦自以爲然。以故通經績學者愈少，胥天下而務爲淺中速化之術，敗壞人才，貽憂世道。他日見用其詭遇之情，弋獲之術，熟習以爲固然，豈復能出身爲國，少有建樹。臣謂爲此言者，皆他日不肯盡誠，苟且塞責，以欺罔朝廷者也。若臣少有此心，天地神明，實所共鑒。賴同事諸臣，才識皆勝臣，款款精誠，并相證諒。自瑣院之後，覃思校閱，常恐悞失一才。既筋力就衰，燭光摩蕩，老眼昏花，然批閱每過夜分乃止。通懷咨訂，審決去取，標題甲乙，遂告成事。雖未知文體視古何如，要於竭忠盡能，不欺君父，則臣等皆可以自信者也。

臣竊覯皇上用人行政，孳孳求治，凡事必以實心精意，感乎萬類。臣等幸事堯舜之主，曠代遭遇，不敢不仰體皇上之誠，以當官任職，蓋不獨校文然也。要之，別裁偽體，力汰浮辭，拔通經績學之士，以助文治之成，臣等實矢之司盟，竊比於古昔先民，執事有恪之義焉。自茲以往，士皆湛深六籍，含咀陶咏，有所自得，知淺中速化，僥倖於一時之爲可愧，沈酣汜濫，篤實輝光，文運丕振，在此日矣。因舉《易·文言·乾》九三之義，進多士而告之曰："夫子不云乎？君子進德修業。忠信，所以進德也；修辭立其誠，所以居業也。"後世辭章之學，所以爲未可幾於道者，豈非以其弗誠哉。言之至誠，風雷且爲之感動，然後乃可以居烜赫天壤之大業。

今多士惟不敢爲淺中速化之文，而本之以通經績學，特誠之小者耳。推而大之，今之連篇累牘，皆對君父之言也，亦所以質之於古聖賢者也。異日立身行己，事上使下，有一端之負疚，則爲不復其言，有欺君父，而獲戾於古聖賢矣。多士其朝夕惕厲，黽勉報塞，以上應乎聖人之作乎，而取則乎古大臣之棐忱也，是臣等心也。多士識之哉！信能服膺斯義，體認而擴充之，則國家既收得人之效，而臣等亦藉以竭以人事君之誠矣。臣謹序。

《田間全集》序

三十年前，桐城姚經三嘗手一編示余，爲其同里錢飲光先生所撰《田間詩集》。余日夕諷誦，心儀其爲人，已得讀其文，則益慕之，恨不即造席奉教也。歲壬子冬，忽來都下，館余座師龔端毅公家，因與訂交，歡甚。明年，余將出京，與葉訒庵、張素存諸公邀之共遊西山蕭寺，清宵劇談，益悉其生平本末。暨余家居二年，再入都，以丁太夫人艱歸。先生時訪余，廬居或不至，亦因風便通殷勤焉。丁卯春，余在禮部，方有文史之役，即安得飲光先生北來，一切與就正乎。分兩月，光祿饌金寄樅陽爲治裝，惟慮其老，不堪遠涉耳。乃健甚，慨然脂車。既至，盡出所著書，所謂《田間易學》《田間詩學》《莊屈合詁》及諸詩文讀之。真定、宛平兩相國及余季弟立齋皆篤好之，因謀爲授梓以傳。

吾觀古今著書，其人未有不窮愁者。先生自甲申變後，南都擁立新主，姦邪柄國，群小附之，濁亂朝政，而爲之魁者，其鄉人也。以夙負盛名之士，慷慨好持正論，與鄉人迕，及其得志，修報復，固欲得而甘心焉。刊章捕治，將興大獄，於是亡命走浙、閩，又自閩入粵，崎嶇絕徼，數從鋒鏑間，支持名義，所至輒有可紀。既嶺外削平，窮年歸隱，乃肆力著書，今且四十年矣。今夫《易》，聖人所謂憂患之書也，《泰》《否》《剝》《復》諸卦，爲君子小人消息倚伏之機。而《詩》之作也，則又多出於貞臣志士，感慨激揚之懷，好賢如《緇衣》，惡惡如《巷伯》，皆有不容自已者。先生既窮而著書，乃尤致意於二經，又有取於蒙莊之曠達，悲正則之幽憂，手輯其書，爲之《詁釋》，其志足憫矣。其他遊覽紀載投贈之作，無非原本此志，未嘗苟作也。

頃以校書至吳，寓余花谿草堂且一年所。今年余乞歸，迎余於惠山，年七十有九,登山渡澗,上下相羊,不異强壯少年,飲酒詼笑,與十五六年前無異。莊生曰:"受命於地惟松柏,獨也在冬夏青青。"然則先生固人中之松柏,而其所爲文,亦猶夫淩霜犯雪之菁葱挺秀,非凡卉之可比擬也。余幸得官侍從,歷卿尹,兄弟受國恩至重,顧於青蠅貝錦之詩,恒兢兢焉,憂愁偪側,不能終日。余特服先生能信心獨行,卒自免於小人之機械,而余不能隨時韜晦,以終脫於憂患,序其集有深感焉。

《日下舊聞》序

余年二十五,充貢入太學,摩挲石鼓文字,討論燕昭以來雄都舊蹟,一時茫然,無所質證。後數來京師,謁王文貞公、少宰北海孫公,爲言舊蹟甚悉,亦略辨記載之訛。爾時摳衣循牆,侍先生長者側,未敢越席而問。既入翰林,交於秀水竹垞朱君。君博學洽聞,叩之不竭。嘗與聯騎出,指示某處某朝舊蹟,若指諸掌。

如羅城西南憫忠寺,唐太宗所建。問君:唐時此寺在幽州城內否? 曰:在唐幽州鎮城內東南。安禄山僭號,所稱潛龍宮者,亦在此地。有唐碑曰:"大燕城內地東南隅有閔忠寺,門臨康衢。"此碑爲李匡威所立,藩鎮驕橫,猶仍大燕之稱。遼、金因之爲京城。遼時聞宋真宗訃,令燕京閔忠寺建道塲。金大定間,於寺策試女直進士,此其故實也。

問:天寧寺白雲觀,唐至遼、金亦在城內否? 曰:在城內西偏。元初建大都,在金燕京北之東,大遷民實之,燕城以廢。惟浮屠、老子之宮不毀,虞集《遊長春宮詩序》可考。

問:今西華門在唐時何地? 曰:在幽州城東北。往年中貴於西安門掘得古墓志,良然。

問:梳粧臺相傳蕭后所建,非歟? 曰:金章宗爲李宸妃築,在都城東北隅。

問:昔時城門名,至今於人猶稱,如今廣寧門即金彰義,今人只稱彰義,何也? 曰:金正西門爲彰義,特與今廣寧相近耳。

問:今都城即元舊基否? 曰:遼金都城即唐藩府牙城,金曾經改作,又拓大南城。至元二十三年移城東北,故金源大安殿,元時即爲酒樓。明太祖遣徐武寧平燕,廢元都城,縮其地立北平府。靖難後營立北京,倣元制度,去元舊城稍南數里。嘉靖中以邊警增置羅城,益非遼金規橅矣。今德勝門外八里土城關,薊丘遺址，慕容儁銅馬門當在此，元爲健德門，蓋武寧撤去後，又移南數里，改曰德勝也。君又言：白馬關帝廟在今紫禁城北，元時在大都城外，迺易之，詩云"祠宇當城角"是也。梁氏園舊有遼金別城，遼時蕭太后居焉，元遷都稍東，舊城東半入朝市，西半猶存城址。

蓋千百年來，城郭宮殿之變遷，梵宇廛市之改易，君精心搜討，所至訪求，或得之殘碣古碑，或聞諸山僧野老，默識不忘，言之滚滚。余嘗病劉同人《帝京景物略》頗多牴牾，勸君録所見聞爲一書，以比《西京雜記》《三輔黃圖》之義，君笑曰："諾。"踰年書成，曰《日下舊聞》。

余輟光禄饌金助剞劂費，爲序其大凡如此。君有嗜古癖，考證尤精，家舅亭林先生嘗嘆服。亭林先生《金石文字記》言《閔忠寺碑》唐字，"史思明"字類磨去，思明伏誅後重刻者。君辨之，文中凡"唐"字，其初必"燕"字。安慶緒賜史思明姓名爲安榮國，其初必安榮國也。思明降而復叛，既誅之後，安有反爲勒名之理？恐亭林復生，不能難也。房山縣有六聘山，定爲晉霍原所居；崆峒，定爲幽州地；甘棠紅白二種，定爲蘋果檳子；又據陸德明《經典釋文》，證召公爲黃帝之後；據王符《潛夫論》，知燕師完涿郡之城，皆前人所未發。

君嘗遊嶺南，記得劉銀鐵塔文，以付吳志伊，編入《十國春秋》。遊於大同，過應州逆旅，得《朱邪府君碣》，乃唐明宗父事蹟。過代州，見《李克用先世碑》，國昌號德興，史所不載。過榆次，見李光顏父《良臣碑》，累世姓名官爵，《唐書》皆闕。光顏論功請葬其兄，并軼其事。又於殘碣，知唐時手刃宋金剛者郭姓。君之學可謂勤且博矣。余少好古，年垂六十，不能强記已矣。當世有鄭夾漈、王浚儀，累朝文獻，藉以不墜，學者毋易視之也。

憺園文集卷第二十一

序 三

《古今通韻》序

　　康熙甲子，史館新刊《古今通韻》若干卷，翰林院檢討毛大可撰本。檢討蓋積數十年精力爲此書，既應詔試詩賦稱旨，入史館，又五年乃上之。夫韻書蓋小學而不究其義，則六經之文與古辭賦，其讀有不能通者。天子乙夜覽觀，以爲有禅於好古之士，溫綸嘉獎同館諸先生，使之雕版印行。而檢討以其序屬某爲之，且自述其所以作書之意。

　　以爲韻者樂之節，古散文多有韻，韻書不起於江左，起於魏左校令。李登作《聲類》一卷，其後六朝呂靜作《韻集》，段弘亦有《韻集》，陽休之作《韻略》，杜臺卿亦有《韻略》，李概作《音譜》，周研作《聲韻》，其書皆不傳。四聲起於齊中書郎。周顒作《四聲切韻》，而沈約因之，有《四聲切韻類譜》，其書皆亡。至隋陸法言作《四聲切韻》，則又分東、冬、鍾、江諸韻爲二百六部。唐用以試士，名爲聲律。至天寶間，陳州司馬孫愐因爲之增修，改名《唐韻》。宋景德、祥符間，陳彭年等重修，名《大宋重修廣韻》。至理宗朝，平水劉淵并其門爲一百七部，今遵用之。

　　平水之謬，不特古韻不可問，即如律韻有誤并者，有誤删者，有誤移者。至於字之脱誤，即李、杜、韓、柳、元、白、皮、陸、溫、李諸律，尚多遺韻也。是書一仍其舊，不立門部，不改換音紐，第增諸韻及唐人所用之字於各部中。其五部、三聲、兩界、兩合諸條，則前此所未有者。五部、三聲皆起於《虞書》，明康之協即五部也，熙起之協即三聲也。不立兩界，則有疑《易象》"旁通情也，以御天也”爲無韻；《毛詩》“靡神不宗，上帝不臨”爲方言者；《鶡冠子》“中流失船，一壺千金”爲失韻，《戰國策》“亡羊補牢，未爲遲也”爲散辭者。不設兩合，則有改《毛詩》“匪棘其欲”爲“匪棘其猶”，改《楚辭》“恐時世之不固”爲“時世之不同”，改顔延年《登巴陵城樓詩》“前瞻京臺囿”爲“金臺國”者。甚矣，其爲説之密也！

予於聲律之學，少未嘗究心，竊聞緒論於先舅亭林顧先生。先生嘗述陸德明之言，以爲古人韻緩，不煩改讀，以正吳才老叶韻之失。所著《五書》，大要以“四聲一貫”與“三聲兩合”之説尤相齟齬，未及見檢討之書，而墓木拱矣。檢討嘗與予往復數十百言，守其説而不能易。某無似，不能爲説，以通兩家之郵。惟是二書各有歸趣，要皆積數十年精力爲之，其必傳於後無疑者。

先舅藏書名山，以俟後人，而此書遂達御前，宣付史館，刊行於世。昔沈休文之作《切韻類譜》《與陸厥書》，謂靈均以來，此秘未覩，而梁武雅不好之，有何爲四聲之疑？周捨有“天子聖哲”之對，而當時卒不用其書。今檢討乃遭遇天子右文，超越前古，不遺小學，俾廣其傳，豈非重有幸也。檢討學殖閎富，所著書尚多在詞館。積俸當遷坊局，遽請急以去，其志行高潔如是。於其行也，爲書大略，以應其請云爾。

《計甫草文集》序

自經義之作，足以役天下之學士，敝耗歲月，以干禄仕，於其他古文辭，皆不暇以爲，至於無一能則已矣。有明三百年以來，古文之卓然成家者，落落可數。若王遵巖盛爲今世所推許，而其體裁要爲不及前人，則官與年誤之也。夫文章之道，非浸淫於六經、諸史、百家，不足以大其源流；非養其氣，使内足於己，而後載其言以出，則病學醇而氣足。猶必廣之以名山大川，覽古人之陳迹，又益以交游議論之助，使盡天下之變，而後求之前人，所以裁製陶鎔之法，以歸於簡潔，乃始爲文之成。夫是數者，責之科目之士，固已甚難，第進士服官，即又有所不暇，而素未知名於時，其力或不足以自廣，此其成之所以益少也。

吾友計子甫草其文，浩汗閎博，不爲無本之言，而意所欲吐，無不曲折以赴，即未知於古人爲何等，而擬之近世之成家者，要不多屈。夫計子之名，在天下近二十餘年，然一舉孝廉而廢，時時游京師、齊、晉、楚、越之間。頃歲客潁，與劉吏部公勇尤善，潁上之文益多。夫其前後通塞之故，此天所以資計子也。凡吾所謂有害乎文者，計子皆無之，而爲之助者，又莫不具焉，則信乎其成之不偶然矣。

頃者與計子語，自以其才之不竟用於世也，往往多牢落不平，且見於其文者有之。向使計子不廢，以其才名自致通顯，此時或在館閣，不者宜爲外吏。使計子爲外吏，一旦繩以近世所用考成之法，雖有智者不能爲謀。即在館閣，館閣之先後，計子之時而入者多矣。束之以諱忌，而馳之車馬之間，開口議論，其能以有立乎。況上之而爲公卿，其忌諱益多，其學業尤不能專且篤乎。以視夫計子之文，吾知不以易也。故因序而爲之廣其意，且以交勉焉。

《田漪亭詩集》序

文人遞相祖述，而流別萬殊，蓋踵事增華，變本加厲，理勢之自然。然而屈原、宋玉逞放乎風、雅之準則，而蘇、李又裁敘之；齊、梁、陳、隋流蕩乎蘇、李之縕藉，而沈、宋復峻整之，若有相循之義焉。自是而後，無能出唐人範圍，述而不作，亦已久矣。

《杜少陵集》中無所不有，韓昌黎又獨出橫空硬語，白太傅能採摭里俗之言，此有宋諸家詩人之門户也。學蘇、黄者，必追蘇、黄所自出；學放翁、石湖、誠齋諸公者，其有不知諸公所自出乎。宋詩之於唐詩，音節稍異耳。五七言律絶，乃唐人所創爲也。彼宋人所謂奪胎換骨，推陳出新，豈能如雀蛤雉蜃、野裊石首改狀移形哉？予故嘗以爲唐詩、宋詩之强爲分別，亦如初、盛、中、晚之强爲分別云爾。

我友田漪亭先生，山左之詩人也。性情和厚，學問沈博浸灌。予得其山薑續集讀之，則居然東坡、放翁之詩也。予因以示坐客曰：“如漪亭先生，吾直不能禁其爲東坡、放翁矣。此固能追東坡、放翁之所自出者也。”曹庶子峨眉亦以予言爲然。峨眉云：“漪亭此集，都得之嶧河華峰間，又自序以爲邊華泉。李滄溟未見有專集，紀其鄉山水，以爲缺恨。邊、李二公，工爲唐詩者也，特未知九原可作，見漪亭此集，其驚嘆湧躍，爲何如哉。”

《漁洋山人續集》序

新城王先生阮亭刻《漁洋山人續集》成，序之曰：詩自《三百篇》以降，漢魏六朝辭則贍矣，而韻或未舒。至於唐，古風近體兼作，聲文相宣，不差圭黍。而杜子美極風雅之正變，千彙萬狀，兼古今而有之。其後韓退之去陳言爲硬語，時則有若孟郊、盧仝、李賀、劉乂、馬異爲之輔；白樂天趨平易爲奔放，時則有若元稹、楊巨源、劉夢得爲之朋；李義山變新聲爲繁縟，時則有若温庭筠、段成式爲之和。非不欲決子美之藩籬，别成一家言，然卒莫能出其範圍，特具體焉而已。

予嘗合錢受之、胡孝轅所輯《全唐詩》而裒益之，審其正變，竊以爲詩人之能事備焉。近之説詩者，厭唐人之格律，每欲以宋爲歸。孰知宋以詩名者，不過學唐人而有得焉者也。宋之詩，渾涵汪茫，莫若蘇、陸。合杜與韓而暢其旨者，子瞻也；合杜與白而伸其辭者，務觀也。初未嘗離唐人而别有所師。然則言詩於唐，猶樂舞之有韶武，而絺繡之有黼黻也。今乃挾楊廷秀、鄭德源俚俗之體，欲盡變唐音之正，毋亦變圓而不能成方者與。

先生弱冠成進士，遂以詩名海内。自揚州推官入爲曹郎，擢授翰林，弘奬風流，振興古學。京輦士大夫言詩者，以先生爲正宗。先生之於詩，擇一字焉必精，出一辭焉必潔。雖持論廣大，兼取南、北宋、元、明諸家之詩，而選練矜慎，仍墨守唐人之聲格。或乃因先生持論，遂疑先生《續集》降心，下師宋人，此猶未知先生之詩者也。《記》曰："治世之音安以樂。"張子曰："詩之情性温厚平易。今以崎嶇求之，以艱難索之，則其心先陿隘矣。"讀先生之詩，有温厚平易之樂，而無崎嶇艱難之苦，非治世之音能爾乎。

《姚黄陂疏草》序

僉都御史黄陂姚公奉命撫蜀，行有日矣。裒輯其自入諫垣及陟憲府，所上疏草若干篇，示予曰："昔韓稚圭初欲焚其諫草，又以爲前代諫臣嘉言讜論，布在方策，使覽之者知人主從善之美。若削而燔之，後世何法。因輯其前後奏牘，曰《諫垣存藁》，録而藏之。予何敢比擬古人，但自蒙恩以來，竊欲效其尺寸，薄有芻蕘之獻。皇上聖明，不加罪譴，累荷拔擢。今受事遠徼，感激聖恩，輒一一録記。惟君兄弟知我，君爲我序之。"

予既爲文以送公行，因公之請，復爲之序曰：自古人臣以敢言極諫爲直，而人主以能受盡言納諫爲聖。而上下數千年之史記，往往代不數人，或其人止一二事，而爲之立傳，讀之者亦以爲此不可多覯之事，何其難也！故論人品者，其公私誠僞，於言事之骨鯁柔順見之；論治道者，其理亂興壞，於諫官之禮數隆替見之。范希文謂忠者骨鯁而易疏，佞者柔順而易親，但日聞直諫，則知忠臣左右，此國家之可喜也。

公學富而才高，器宏而識遠，自在諫垣，累數十上疏，皆訏謨讜論，關繫國體民瘼之大者。疏上，輒報可。嘗典試江西還，請蠲南昌諸郡逋賦百萬，立見施行。公以言路少壅，請開科道風聞之禁，在廷諸臣以爲怪駭。內閣宣上旨，令面對，豫敕九卿、詹事、科道齊集，旁人爲惴恐。公廷論侃侃，天語溫霽，令盡所欲言。公從容奏對，反復詳明，上心喜，令宣付史館。及中旨用一二通醫術者，公以爲此非端人，不當出入禁掖，即罷譴勿用。上雖有時降旨詰問，心契其忠，未幾而內擢卿寺，一二年間，遂躋僉憲。今且擁旄鉞，開府於蜀，則公之所以結主知，上之所以用公者，豈非以其言哉。

古之人，其臣有一言之善，其主有轉圜之從，猶且大書特書，而況公累數十萬言，皆鑿鑿有裨益，而見諸施行哉。漢文帝嘗止輦受言，而賈長沙上書，不能排絳、灌而進之。元帝徒知旌朱雲之折檻，而卒未能大用。惟唐太宗之於魏鄭公，幾於諫行言聽，而晚節有不承權輿之憾。今公乃幸際天子仁聖，言多著於律令，身都顯庸，後世之士讀公之疏，必且踴躍於昇平之會，而又因以嘆公之進切直之言，本於其公忠質誠，未嘗以利害禍福動其心，而卒之有攸利而受其福也。此其主聖臣直，爲前古未有之盛，而其言爲可傳也。而或者以爲今時諷諫之篇，少不如貞觀，則人臣自無魏徵、王珪、房喬、李大亮輩耳。苟有獻納，必且從容虛受，遠邁唐宗，請以公爲左證可矣。

《三撫封事》序

國家之用才也，願得忠果毅直之士，不願得謹愿唯諾之士，所謂鷙鳥累百，不如一鶚者也。然士大夫仔肩艱鉅，非才不足以勝其任矣，必且受摧折而氣益振，處險阻而安之若故，而後足以爲人之所不敢爲，言人之所不敢言。

中丞慕鶴鳴先生釋褐，令錢塘，右遷郡丞。粵西、錢塘煩劇，令其地者，鮮能自拔。粵西蠻獠荒遠，丞又往往以冗散自暇逸，而公皆以治行尤異聞。蓋其自下吏時，風采已概見矣。既其守興化也，海氛方熾，廷議姑聽撫，因遣廷臣往覘之。郡守封疆文吏，無與俱往之責，而公自以諳賊中情勢，毅然請行，探鯨鯢之窟，於驚濤駭浪之中，卒得其要領，還報狀上，於是欲大用公矣。不數歲，自監司擢方伯，驟加節鉞。

公之在吳，始以旬宣之寄，當清宴之日，專意求講田賦、戶役、水利，以紓民力。其既開府，則以滇逆煽亂，海波復興，兩浙剥膚，三吴震鄰，而公既得竟其前之所欲爲，且大修水戰火攻之備，精思密算，智創若神，江海之間，緊公是賴。歲大饑，發藩庫金易米，江楚平糶，請寬諸郡逋糧及歷年坍荒地丁無算。天子嘉乃績，寵公以宫保。既用他事罷官，亡何，即家起公撫楚，尋移之於黔。

河議之起也，天子既以總督漕運來公於黔，而又諭公，星馳至淮，參詳其事。而公議與河臣異同，上疏廷辨之。天子重其事，使者視河往還數輩，於是疑公論有所偏主，下公卿鞫治。公口陳手畫曰："某處宜疏，某處宜塞。某處雖疏，不久當淤；某處雖塞，不久當决。行臣説而不效，臣請死。"其語頗聞於上前，以故廷臣當公罪，而上竟貸之，放還田里。予時備員九卿，聽其滚滚言，論其精敏强力，信其所是，而不苟與人同其可否，有如是也。

公先後所上章奏，不啻數千，已有成書。兹復手自删定，取其尤切於當世之務者若干篇，名之曰《三撫封事》，總漕奏疏附焉，而屬序於予。且曰："此其中多有爲上聽用，而見之施行者，其未施行者，後之君子亦或有取也。吾自此入故鄉山谷間，優游以終餘年矣。"予既不辭而爲之序，復諗公曰："公尚未竟其用，如公才，非可終老於山谷間者。"吾所謂受摧折而其氣益振，處險阻而安之若故者，正公今日事矣。公三撫所請興革，皆爲人所頌述。予吴人也，故其征撫吴時尤悉云。

《金鼇退食筆記》序

高學士澹人供奉禁庭，八閲寒暑，見聞益富，所著作益多。其詩辭古文及扈從日抄，每脱藁，即以示予，予嘗序而刻之矣。一日，以《金鼇退食筆記》授予校閲。澹人賜第在禁垣西北，密邇秘苑，金鼇蜿蜒，其入直必經之路，輒以餘間，討論舊蹟，筆之於書。退食云者，有取於《羔羊》之詩，"委蛇自公"之義，澹人志也。

予嘗謂澹人之遭遇爲曠代所不易得，而其學識敏達，才華絢爛，性情沈潛篤實，有出尋常萬萬者。予輩數日一輪直，齋祓待事，凌晨入禁門，侍立螭坳，不數刻嘗恐懼戰栗。至尊有問，或倉卒不能對，而澹人終日侍便殿，備顧問。天子聰明睿知，淵泉溥博，非思聞管見之易以仰測。澹人從容應對，每當聖心，應制詩歌，援筆立就，至與睿藻天葩，炳耀簡册，其不可及一也。其趨朝常聽曉漏，至暮乃出，或及夜分，自非有所患苦，終歲不請休沐，是所謂金鼇者，特戴星出入其間耳，何嘗有稍暇豫之時，而又能采輯舊聞，徵信載記，以成是集，其不可及又一也。

　　是書體製略近於《三輔黄圖》《東京夢華》諸書，而采綴特爲閎博。其地自金、元、明以來所嚴閟，外庭罕知其詳，知之亦不敢明著，或中涓從事，識謝通儒，雖有簡畢，無能考正。故自陶南邨《輟耕録》以至《上林彙考》《帝京景物略》《酌中志》及《前朝大臣遊西苑詩及記》，皆不如澹人之得之見，聞之真，跬步之近，敘述之詳且核也。其意以爲温室之樹，固有所不得而言，而靈囿之樂，有與民偕之者，筆之於書，見國家之深仁厚澤焉。其自序又言："明之宫闕苑囿，較隋、唐僅十之三四，至於我朝，而曩時離宫别館，頹廢者益多矣。"讀是書者，益徵兩朝克儉之德，足以昭示來許，爲萬世子孫取則，則又匪直文辭之美，記纂之淵博已也。

《香草居詩集》小序

　　長水李斯年、武曾、分虎三兄弟，俱淵雅，負儁才，俱好遠游。六七年前，斯年游粤東，武曾游黔中，而分虎尤越在萬里外，在五溪六詔間。當是時，海宇方晏安，分虎孱焉。一儒家子，挾三寸不律，與健兒馬客相徵逐。嘗涉洱海，汎昆明，簫鼓樓船，臨風作賦。乃分虎纔一削藁，僰僮爨婦爭譜其音節，以相娱樂，抑何壯也。既念家有老母，日南天未不可以久留，則由金齒歷貴筑，從其仲兄武曾間關跋涉以歸。蓋歸甫踰時，而西南之變作。夫分虎以曾參囓指之痛，得遂其沈炯還鄉之思，詎非幸哉。故分虎所爲詩，沈雄感激，多仁人孝子之言，歌有思而哭有哀，吾知其源於性情者深矣，今香草居諸什是也。分虎屬予點定，既竟，綴數語歸之。

《四書》《易經》纂義序

　　高密王先生所著《四書纂義》若干卷、《易經纂義》若干卷，齊、魯間學者多宗之。予從少宗伯子言先生所見其書，宗伯少而受學於先生之父老王先生，今其年九十矣，故著書者年已七十，人猶稱之曰小王先生，而宗伯家子弟又皆受學焉。蓋其父子間自爲授受，而所傳寖已廣矣。其書大抵《四書》主章句、集注、或問，《易》主本義，而參以朱子之門人及朱子以後諸儒之説，及《蒙引》、《存疑》、《淺説》諸書，間有發明，亦必衷於至當，而非臆斷也。

愚嘗病永樂中之輯《大全》者採摭未廣，宋、元人經解尚多遺漏。今又將三百年，有明一代諸儒之說，亦當節取庚續。每欲啓之主上，會諸書局皆未竣，弗果。今已歸田，子言方爲春卿，宜以斯事爲職分，乘間言之。若《纂義》一書，乃他時修《大全》者之椎輪土鼓，而先生父子亦可謂當世之儒林祭酒者也。抑漢之爲《魯論》者，以安昌之貴而加多，故時人語曰："欲爲論，念張文。"今老王先生有宗伯爲之高弟，學者之視其書，儻亦張文之比邪。豈止行於齊、魯間也。《易》自王注行，而鄭學絕。愚又病夫略象占，而談義理者之偏也。高密固鄭公卿也，爲我諗王先生，得毋有意更爲一書，以發康成不傳之旨乎。愚雖老於田間，當更爲先生序之也。

《中庸切己録》序

《中庸切己録》者，南豐謝文洊程山所著也。程山集宋、元以來諸先儒之義疏，間以己言參會而成是書。其自序名書之意，以爲學術不明，世道人心之陷溺，皆由於本原之不正；本原不正，則工夫不切；工夫不切，則功用成就適足爲禍害，其論可謂篤矣。然所謂"本原不正"、"工夫不切"者，非必盡庸俗人也。其間每有才雋之士，不爲躬行實踐，而求之於杳冥恍忽以爲道體；不爲蕩平正直，而託之於詭譎機變以爲作用。立心之始，已異於爲己之學。其於理也，既有所蔽；而其於事也，爲謬不可勝言矣。

即《中庸》《大學》，漢以來在《戴記》中。自宋仁宗書《中庸》賜王堯臣及第，書《大學》賜呂端及第，說者謂自此已開《四書》之端。橫渠先生少無所不學，當康定用兵時，上書謁范文正公言兵事，公責之曰："儒者自有名教，何事於兵？"因勸讀《中庸》。當程、朱未興之先，而仁宗之爲君，文正公之爲相，知《中庸》之切己若此，奈何當諸儒先闡揚大著之後，而獨有漫然置之，且顯然倍之者哉。此程山之書，所以爲世道人心慮至深遠也。

毛大可《古今定韻》序

韻雖出於人聲，實天地自然之籟也，太古已不可據。六經中《明良之歌》與《夏歌》《商頌》《風雅》《象傳》，用韻者不可勝舉。而沿及兩漢，莫或編爲韻書。魏李登作《聲類》，聲以類名，其即韻矣，而書不傳於後世。魏晉間又有孫炎作《翻切》，書亦不傳。即其名以求之，則道理至精極妙。"翻"，如大通、同泰，六朝人能以決休咎。"切",與韻源異而委同,如岷山導江、嶓冢導漢,至大別而合一。蓋劬於厨、天於然,皆異切,而必合爲一韻。治水者濬其源而委自平,治字聲者,明其切而韻自定,不易之道也。

沈休文佀分四聲,而①聞其作《類②譜》,隋時陸慈亦③作《切韻》。雖其書俱④不傳,而觀其立名之意,則深合於"源異委合"之義矣。唐天寶間,孫愐改《切韻》之名爲《唐韻》,雖士人口語或存《切韻》之言,而既經改易,則《唐韻》之名日彰,《切韻》之名日泯。傳訛至於今世,小學者家著書行世,居然名孫炎之翻爲切,名孫炎之切爲韻。又或者謂翻即切,切即翻,名實混淆,不可窮詰。今時孫愐《唐韻》已不傳,即宋《禮部韻》分二百六部者亦不見用,惟用一百七部之《平水韻》而已。

蕭山毛大可博極群書,作《古今定韻》。《定韻》一書,廣引典籍,以定正字聲。又於李登至劉淵,其間唐、宋韻書因革源流,與夫同用、通用、轉用之故,世所不審者,無不詳備,誠古今韻學之大觀也。今世人材蔚起,追比於景龍、開元、天寶、大歷,曾是作唐人之詩,而可株守劉淵之韻乎。是用爲之序,公其美於天下焉。

《春秋地名考略》序

宮詹錢唐高澹人作《春秋地名考略》十四卷,既成而示予,屬爲之序。蓋《左氏》之學,莫賾於地名,得其解者,惟杜元凱氏在前,雖有應仲遠、賈景伯諸家,不之及也。元凱既作《經傳集解》,又爲《長歷》以正閏朔,爲《世族譜》以紀統繫,爲《釋例》土地名以求會盟征伐之迹,亦綦備矣。惜其書不盡傳。鄭夾漈謂杜預解《左氏》,顏師古解《漢書》,爲左、班功臣。顏氏所通者在訓詁,杜氏所通者在星歷、地理。顏氏治訓詁,如與古人對談;杜氏治星歷、地理,如羲和之步天,禹之行水。誠哉言也!

然杜注地理,於其所疑,則僅曰"某國地";於其所不知,則曰"某地闕"而已。蓋地理之難言也。今之去古,視杜氏又遠矣。説地理者,有司馬彪、闞駰、

---

① "而"康熙本、光緒本皆作"未"。
② "類"康熙本、光緒本皆作"韻"。
③ "亦"康熙本、光緒本皆作"始"。
④ "俱"康熙本、光緒本皆作"亦"。

京相璠、宋忠、司馬貞、杜佑、賈耽、李吉甫諸家，言人人殊，安所取正。予嘗謂求通於後世之史志，不若讀經注疏；讀注疏，又不若潛玩經傳之本文。誠能貫通全經，而以意求之，當必有迎刃而解者。如“齊晉戰鞌”，《公羊》以爲去齊五百里，即齊之邊邑，亦不若是遠矣。讀本傳“三周華不注”之文，而後知其在歷下也。楚山有大別，鄭氏以爲在安豐矣。讀左司馬之言曰“沿漢而與之上下”，而後知其在漢口也。古言呂梁未鑿，河出孟門之上，孟門在晉之西矣。乃齊靈公之伐晉也，自朝歌入孟門，用是知晉東亦有孟門，爲太行之徑道也。晉有二瑕，一在河外，而解者混之。及觀西師之侵，在河曲宵遁之後，詹嘉之守，在桃林築塞之時，而後知河外之瑕，必不可混於河北也。斯非其淺而易見者邪？

　　嘗欲用此意，勒成一書，卒卒未暇。澹人乃先得我心，亦足快矣。噫嘻！《左傳》一書，固萬世經術之祖也。學古而不通於《春秋》，譬若溯河而不探其源，尋枝而不揣其本，必不得之數也。試略言之。吳闔邗溝以通餉道，此枋頭堰淇之嚆矢也。闔閭之伐徐也，防山而水之，此智伯決晉之濫觴也。孫叔敖治芍陂，以溉雩婁，其孫掩爲令尹，復修其術，此秦陘翟陂以下，言農田水利者，所由昉也。至於齊塹防門，始於平陰；楚營方城，亘於宛、葉。其後燕之汾門，魏之濱洛，秦之起造陽而抵臨洮，皆權輿於此矣。若夫虎牢之爲成皋也，穆陵之爲大峴也，鍾吾之爲宿豫也，州來之爲壽陽也，沈之爲懸瓠也，申之爲宛也，窴之爲修武也，鐘離之爲濠口也，大隧、直轅、冥阨之爲義陽三關也，渚宮之爲江陵也，夏汭之爲武昌也，澶淵之爲三城也，笠澤之爲五湖也，皆七國、漢、楚、吳、魏、六朝、高齊、宇文、唐、宋之君所爲百戰而爭者也，而皆見端於《春秋》。是故欲識天下之大勢，不可以不知《春秋》；欲讀後世之史，不可以不知《春秋》。

　　此書匪直元凱功臣，抑且爲《禹貢》《職方》之適系，體國大業，粲然備矣。今天子覃精聖學，特命澹人總裁《春秋講義》，以《左氏》爲綱領。予兄弟隨澤州、桐城諸先生後，又與澹人同拜命修《一統志》，發凡起例，將於是書考正，而澹人且進之黼筵上，備乙夜之覽，度必有當於睿懷之萬一者，謹泚筆而序之。

《曹峨眉文集》序

　　説者謂唐太宗雄才盛略，致治太平，幾及三代，而文章不能革六代之陋。其後百餘年，王、孟、李、杜輩出，始以詩盛於開元、天寶之間。及元和之際，韓退之柳子厚與其徒剏爲古文，根柢六經，馳驟班、馬，於是齊、梁綺麗之習，無一存者,天下至今宗之。而方其始也,以房、杜、王、魏之相業,虞、楮、歐、薛之文學,而終不能與於文章之事,則毋乃文之興也,亦有其時。雖有聖君賢相,相與極力推挽,而不遇其時焉,則亦終於無所濟。然則有其才而又遇其時,以興起斯文,而復之漢、唐、宋之盛,可不謂大幸與!

今主上好古右文,國家之開創未四十年,作者肩背相望,如吾友曹子峨眉,其一人矣。曹子與陳子椒峰,皆生長吳會,以古學堅苦自力。曹子之志,所欲疏通發明而見之文字者,由六經而下,及於西京以後之書,無所不讀。既粹然一出於正,而其邁往恣肆之氣,仍寓於規行矩步之中,故視近世之所謂株守繩尺者,岸然不屑也。間以其餘力爲詩,則駸駸乎,軼大歷、貞元而上之。

方刻其詩文若干卷行世,而適會天子下詔,求博學宏辭之彥,備左右顧問。執政素知峨眉,遂以其名上,而陳子亦與焉。二子素翱翔華省,聲譽煜然。是舉也,當寧必將一見,而有宣室之問、延英之訪,則豈獨斯文之興也,有日哉!昔韓、柳二公以文名天下也,當元和之盛,淮蔡削平,河北奉詔之日,其所上《聖德頌》《平淮西表》,鏗然與雅頌齊聲。今當三孽蕩平之後,予屏處草土,無能有所著述,以揚厲國家之盛德大業,垂之無窮,於曹子是集,不勝厚望矣。

《葉蒼巖詩》序

雲間葉蒼巖先生輯其詩,號《蒼霞山房詩》。意自戊午秋七月以前者,多在虔州詩;以後者,多在秦中詩。雜以過家及入都諸作,總若干卷。先生自詞館出爲郎署,典試秦中,還司關虔州。會嶺表梗塞,轆棲章貢,戎旅間關,來復其所。既而祇命督學三秦,所歷長城、羌塞、關隴、棧道,篇什之多,視在虔爲倍之。

予觀有明三百年,督學秦中者,楊文襄爲最。其後功名遂著於秦,文武器識,爲一代冠冕。今先生先後再主文柄於秦地。秦風古多豪勁,自被先生之教澤,而文體彌更雅。則其得士之盛,人以比之楊文襄。其功名所至,殆未可量,詩固不足以盡先生之蘊也。然其無所依傍,多發天然以陶冶性靈,而未嘗規規於擬之議之也,亦豈尋章摘句之士所能到也哉。

《誠求堂贈言》序

惟誠至實,而《中孚》之象虛,言其體也。《中孚》六爻象鳥卵,孚者,鳥抱子之名，其字從爪從子，取會意。鳥之抱子也，其情至專，寢假而鷇，生於虛焉。今夫人心虛之，而後可以受善，集衆善以措諸事，則事無不治。設也事未至而先擾擾焉，或中有所主，將扞格而不相入矣，誠云乎哉？是故惟虛能誠《中孚》也。定山，灝江才士，既受事於杞，而以誠求名其堂。一日，哀其出都時，及在杞諸大人先生之贈言，問序於予。賢哉定山！其亦有虛受之懷乎。諸君子之贈定山也，不一辭，要期以事業之遠大，而勉其追蹤古人。在定山觀之，則皆誠求之資也，豈僅以雅游自詡哉？操是心也以往，則豈惟一邑受其賜，他日者在陰之和，上契於孿如之眷，同德交孚，賡歌虞陛，皆此一誠爲之矣。定山勉乎哉！

陳其年《湖海樓詩》序

詩雖所以吟咏性情，然亦可以考其人之里居氏族，與其生平遭際之盛衰，君臣交游之離合。而人之一身，有先榮後辱，有始困終遇，若此其不同也，則其性情之所見，亦各異焉。予歷觀前世詩人，自建安王、劉輩遭漢季失馭，羈旅歷落，有憂生之感。下逮六朝分裂之餘，衣冠失職，往往播遷爲羈囚。唐自乾元、光化以後，則一時文士抱其鉛槧以外，依方鎮於幕下者，所至皆是。其間强弱吞并，出彼入此，曾不容瞬。士生其間，譬如墜秋風之籜於狂波萬折之中，展轉洄洑，及於淪胥而無所底止，此其可悲者也。

自予之讀陳子其年之詩，識其所遇，以想見其爲人，而及今之邂近於京師也，已五六年矣。其年生長江南無事之日，方其少時，家世鼎盛，鮮裘怒馬，出與豪貴相馳逐，狂呼將軍之筵，醉卧胡姬之肆，其意氣之盛，可謂無前。故其詩亦雄麗宕逸可喜，稱其神明。及長，遇四方多故，夾江南北，殘烽敗羽，驚心動魄之變，日接於耳目，迴視向時笙歌促席之地，或不免踐爲荊棘，以棲冷風。故其詩亦一變而激昂欷歔，有所愴然以思，愀然以悲，亦其遭時之變以然也。

其年所哀次，自十七八歲始，更今幾三十餘年，得詩凡若干首。其年之情性，具見乎此矣。予又思前代之人，其遭時不幸，至於顛隮失所。及天下始平，干戈不用而文士出，而斯人者已窮困以老，或死不及見矣，豈非其命與？若陳子則膂力方剛，遭遇國家盛典，致身侍從。夫志和者，其音樂也。於是又將變其激昂欷歔者，比於朱絃疏越，以奏《清廟》而儐鬼神，而出於前代詩人之所不及見。則陳子之於詩，殆又將變已。

《虎邱山志》序

新刻《虎邱山志》，係太倉顧子伊人重修。其書分本志、泉石、寺宇、古蹟、祠墓、人物、高僧、仙鬼、題詠、雜志爲十卷。既告蔵，寓書京師，屬予序。予惟此山有志，昉於明初王仲光寶，寶蓋據曾王父敉雲嶠《類要》舊本，然已斷爛不復全。其後有雁門文肇祉本，最後則松陵周氏本。周本繁芜失次，且未及流傳，世所傳雁門本也。伊人折衷三家，芟燕剔蔵，發凡起例，其功爲鉅。

嗟夫！兹山之有聞於世也舊矣，其間洞壑巉巌，林巒秀削，好事者僅視爲遊宴之地，嘉山美樹，舉湮没於聲歌酣飲之中，其識最弇鄙不足道。即一二好古之士，問闔廬之古墓，訪王珣之舊宅，歲月踰邁，光景彌新，亦第以風流相嘆悼耳。今觀伊人是書，事蹟則存其真者，踳駮者不錄；文賦則載其雅者，誕謾者不錄；山川景物，亦嘗廣搜博採，以附古者登高作賦之遺，然聊爲兹山備掌故耳。

惟遇古今奇偉節烈之士，及一切名賢理學幽翳不傳之區，如唐顏魯公、宋尹和靖諸剩蹟，不惜鉤深摘隱，大書特書，若惟恐忠孝之或絶於人間，而大道一日不彰於天下也。如伊人者，可謂知所用心矣。後之人觀其取舍，審其別擇，其亦將撫是編而愾息也夫。

《張君判武定送行詩》序

州從事，其禄蓋微矣。士有懷才負志而屈於此，可惜也。而張子之爲武定州判官，乃得送行詩若干首之多，其以是行爲張子光寵哉。不知張子者無論已，知張子者，謂當排金門，上玉堂，而乃持版走趨，風塵碌碌。又前古以州統郡，則刺史之任崇，而僚屬之秩優。今之州守，且與令長無異，則其僚屬，直縣之丞、簿、尉云爾。以是爲張子惜也，然未可爲知言也。

古之爲禄仕者，抱關擊柝，且不辭爲之，而況一州之中，有民人社稷。守之者，當端平廉讓，以率其僚屬，且以收集思廣益之美；佐之者，當去其人我異同之見，與守分憂共理者哉。又況治行之卓然者，朝廷本未嘗以資格，限其所至焉。今之守是州者，吾族弟某也，吾稔其人洞然無有城府，必能敷其心腹，以與張子相接。吾見賢守而復得賢佐，將武定之治加於往時也，雖以是行，爲張子光寵可也。詩人之作，其有見及於此者，否邪？

《新刊經解》序

往秀水朱竹垞諗予：“書策莫繁芿於今日，而古籍漸替，若經解厪有存者，彌當珍惜矣。”予喟曰：經者，聖人之心精，義理之奥府，歷紀相循，治世典則，其可見於今，多收拾煨燼之餘，率殘闕亡次。又世嬗三古，音文訛易，彼此是非，必資裁訂，其微言眇旨，未易窺彈。漢、唐來，諸儒攄其所見，發揮底蘊，各自成家，然而傳世久遠，散佚者衆。嘗考史志所載經解諸家，自漢迄隋暨唐，業失去過半，自隋、唐迄宋、元、明，彌多闕廢。其時苟得秘本，上之朝廷，輒加重賞，或優與官爵，如連城之璧，視爲重寶。

嗚呼！難矣。然五代以前，縑帛竹簡，固不易傳，自雕版盛行，流布宜廣。又有宋興起，洛、閩大儒，弘闡聖學，下及元代，流風未殄，凡及門私淑之彦，各有著述，發明淵旨，當時經解最盛。而予觀明時文淵閣及葉文莊、商文毅、朱灌甫所藏書目，宋、元諸儒之書，存者亦復寥寥可數。即以萬歷中《東閣書目》較之《文淵閣書目》，百餘年間，歷世承平，而内府清秘之藏，已非其舊，欲其久傳無失，詎可得哉。

蓋古時明經，各守師説，黨枯護朽，互爲廢興。如漢初傳《易》，立學宫者四家，未立者又有費、高二氏。費氏學興，高氏遂衰，四家之學亡。費氏有鄭康成、王輔嗣二注，陳、梁之世，立於國學，齊代惟傳鄭義，至隋王注行，鄭學遂廢。《書》有歐陽、大小夏侯，《尚書》并亡。《詩》惟傳毛氏，於時賈、馬、鄭并爲箋傳，而鄭箋尚存，賈、馬《詩》《傳》俱廢。《春秋左氏》後出，有賈逵、服虔、杜預訓解，惟服虔訓傳，迨隋杜氏盛行，而服義又廢。

《三禮義疏》，南有賀循、賀瑒、庾蔚之、崔靈恩、沈重、皇甫侃，北有徐道明、李業興、李寶鼎、侯聰、熊安生諸家，比孔穎達作《正義》時，止存皇、熊二家。魏時王肅不好鄭氏，采合異同，爲《尚書》《詩》《論語》《三禮》《左氏》解，迨後鄭學傳，而王肅書又亡。《正義》之作，唐太宗患諸經箋傳淆雜，詔諸儒撰注，定論畫一，自後同異稍泯，不復聚訟如前時。然舉天下而宗一説，雖云薈粹①諸家，而唐以前諸儒之論疏，因是益以廢矣。李鼎祚作《易集解》，多《正義》所未采，《正義》宗輔嗣，鼎祚則宗鄭學，凡撝集孟喜、虞翻、荀爽而下三十家，諸儒論説，藉

---

① “粹”底本作“稡”，今據康熙本、光緒本改。

此稍得流傳。蓋隋、唐以前之書，間雜讖緯，或踳駮不醇，然古時制度文物，多賴以傳，其譚理亦有精詣。洎被喪亂，得存於兵火中蓋鮮。

明興，敕天下學校皆宗程、朱之學。永樂時，詔輯《四書》《五經》《性理大全》，徵海內名士，開館東華門，御府給筆札，冀成鉅典。是時，胡廣諸大臣虛糜廩餼，叨冒遷賚，《四書大全》則本倪士毅《通義大成》，《詩》則襲劉瑾《通釋》，《春秋》則襲汪克寬《纂疏》，剿竊抄撮，苟以塞責而已。詔旨頒行，末學後生奉爲寶書，并《貞觀義疏》不復寓目，遑及其他。即更有名賢纂述，流布人間，誰復蒐訪珍藏。益嘆先儒經解至可貴重，其得傳於後如是之難。

予感竹垞之言，深懼今時所存十百之一，又復淪斁，責在後死，其可他諉。因悉予兄弟家所藏本，覆加校勘，更假秀水曹秋嶽、無錫秦對巖、常熟錢遵王、毛斧季、溫陵黃俞邰及竹垞家藏舊版書若鈔本，釐擇是正，總若干種，謀雕版行世。門人納蘭容若尤惄惠是舉，捐金倡始，次第開雕。經始於康熙癸丑，踰二年訖工，藉以表章先哲，嘉惠來學。功在發予，其敢掠美。因敘其緣起，志之首簡。

《汪環谷先生集》序

以愚觀今時之以言語名世者，何數數也？古人於著述之事，蓋有終其身不能竟其業者矣。即業成，亦終身不以示人。至於數十年之久，或數十世之後，得一人焉，從而表章之，而其書因遂以傳。莊生所謂萬世而下知其解者，猶旦暮遇之也。夫古人之傳，或於數十世之後，而傳其一二篇焉，又或僅傳其一二語焉，傳之至今不朽，是古人書不自傳也。人爲傳之，故其出愈遲而傳愈久。

今則自爲傳之，且急爲傳之，而人卒不傳，名實之事，固未可同日語也。新安汪環谷先生，學問淵源，得之於黃勉齋之門人饒雙峰氏。元泰定中舉於鄉，一試禮部不第，即棄去，畢志聖賢之學。今讀其所著《春秋纂疏》及《經禮補逸》諸書，考覈論辯，研精入微，莫不本其師說，以闡經傳之奧旨。其他雜文，亦皆根極理要，貫串古今，非苟然而作也。然觀其文辭簡質，無所摹倣，惟務實勝，未嘗有意於世之知者。然當其時，已爲虞文靖公所識。

易代而後，以名儒應詔，與宋文憲公同修《元史》，有集若干卷，刻於某年，今已三百年矣。其裔孫宗豫恐其書之中佚也，復彙輯而重梓之，思以傳之無窮，屬吾友蛟門徵序於予。予觀先生之文，識見甚醇，持論甚正，意當時修史之役，文憲諸公藉資於先生者居多。今上特開宏詞博學科，徵海內諸儒，試其高等，悉授以館職，纂修《明史》，誠一代曠典也。吾意其中當亦有如先生者，以醇正之學，卓爾之識，不偏不撓，以成一代之信史者乎。夫惟不亟亟於傳者，乃真可傳者也。因序先生之集并及之。

憺園文集卷第二十二

序四

《顏修來制①義》序

前輩毗陵唐襄文公,少以制義知名,其宦成後所作,天下尤奉爲準格,今所流傳《吏部時藝》是也。闕里顏修來先生,亦官吏部,自公之暇,著《近藝》若干篇以示予。予惟國家既以制義取士,即人臣所以選德報國者,於是乎在。而欲定人之賢否,必其於文之工拙。文之工拙不易辨也,常進新而習故,足以囊括大典,網羅衆家,而後可能也。苟通籍以還,悉心簿領,遂以雕蟲忽之,是忽國家之制,而不復以人材爲計矣。觀《襄文公集》中《答俞教諭書》,君子之用心,何其遠哉!先生之著《近藝》也,體大而思深,豈徒賢於無實駁雜之説,予有以知其必能長育人材,陶鑄萬類也。若其意度波瀾,視襄文公直可方駕。值今右文之世,方將助成德教,以鼓勵天下,予故推而論之,以與當世賢士大夫相勖焉。

《韓元少制義》序代

唐承六代文章之敝,昌黎獨爲古文於舉世不爲之日,人以起衰之功歸之。而公之文,在當時自習之持正諸君子而外,實未有共尊信以變其所爲者。至宋歐陽文忠輩,始推以爲正宗而師之耳。歐陽子之時,亦當宋世文章之敝,公獨取古文於舉世不取之日,人以起衰之功歸之。然其知貢舉時,若省元李實,其

① "修來制"底本、光緒本同,康熙本作"光敏書"。

文亦無大名於後。蓋始取其正，而才或未足以厭天下而變其所爲，故一時譁然。

夫習俗之於人，豈不甚哉。苟非時之所尚，爲之難，求之亦不易。有其人而不相遇，固無益也。若夫文章之道至廣，要使學足以深其義理，而言足以達其性情，雖千彙萬變，皆正也。士衡云：“雖濬發乎巧心，或受嗤於拙目。”世所驚眩以爲奇者，自有識者視之，大抵文所當然而已。乃若其高下之故，亦可得言。韓子之時，天下習爲對偶聲律，其害也，浮誇而失實。歐陽子之時，鉤章棘句，其害也，詭固而不情。至於今之世，則又異矣。影響其義，綿綴其音，雷同其辭，灰滅其氣，群瘖而衆瞀，日朘而月削，不至於澌盡不止。故以視唐、宋之敝，則高下又有間然。

夫世豈無負才之士，可以爲古人之所爲者哉。而謂不如是，不足以得功名也。韓子元少，獨確然其不可拔。當其爲文，其心無所不入，又浸淫乎百氏，而發爲要眇之音，朱絃疏越，一唱三嘆，極其致，宜可以感鬼神而致風雨，然莫不適合乎聖賢之道而止。癸丑南宮之役，予與大學士杜公、少司寇姚公、學士熊公，實司厥事。既受命，皆秉心一志，務得天下特立之士，不爲習俗所靡，而能以其學黼黻大業，一起當世之衰者，庶以副我皇上右文之治。既而得第一人，發其名，則韓子也。

予聞韓子自領京兆薦以來，世已咸知其文，而獨多以奇目之者。夫韓子亦猶是文之當然而已。世之下也，乃更以當然者而謂之奇，則其病爲甚，而韓、歐之時，殆不至然也。今韓子既以省元，入對大廷，天子賞其文，親擢第一。韓子之遇，可謂至榮，而其文章可以自信矣。予既喜韓子之能爲是文，而又幸其適遇乎聖世，亟求古學之日，蓋有非偶然者焉。故以序其集，而告天下之讀韓子之文者。

《翁寶林制義①》序

四民之業，其三者皆有必然之效。故農不盡其力，無倖獲於天；工不盡其技，無苟售於人。唯商得以廢居擅利，然亦盡其術者能之。至於士則不然，其所爲學問，無從而知也，知之於其所爲之文而已。文之塗至不一，而其取富貴

---

① “制義”底本、光緒本同，康熙本作“稿”。

也，又往往不皆有本之學得之。

夫人之情，亦孰不樂其苟且而近於得者乎？故不特古學之廢也，於所謂時文之中，則又相戒曰："無自苦。若某某者，其文卑，其取一第，若操券而責焉。某某之文，其理其氣，吾未見其善也。今居華膴焉，吾若是，是亦足矣。萬夫同聲，唯下之求。"幸而果得，則益自信其說，以教其子弟，即不得不以爲操業之陋，而曰："吾如是，世猶不識焉。若今之某某者，其又近之矣。"此其道類以學爲賈，而非其術。嗟乎！朝廷於四民之中，懸官方以取士，將以治夫三者，而操業之陋，乃更出其下，文章之習，不盡爲甮靈不止。

故昔之患在文體不正，而今之患非患不正也，患其與夫向之不正者，而俱盡也，患其似正而杤然其無有者也。此其始皆倖得之心爲之。雖然，文以應科目，而曰爾無務得焉，則不足以信。然則如之何？曰："吾亦爲其必然之效而已。"必然之效者何也？文有理，實備其理者，不爲形似而取之，題之左右逢其源。文有氣，真能養其氣者，取於心而注於手，若江河之流而不可竭。理與氣相輔，而文之道盡矣，則翁子寶林之文是也。夫天下烏有盡其道而不得者哉？農之於其力，工商之於其技術，皆有必然之效，而況於文？以是爲正則誠正，以是爲得則無不得。讀翁子之文而信其道人之情，又何苦不爲必然，而顧倖其偶然者乎？嗟乎！若翁子者，可以救時矣。

《禮部頒行房書》序

往予與韓慕廬同官學士，寓直閣中，相與言及文章風氣。天子雅意振興儒術，使文明之化光被天壤，而士且狃於科舉之習，雷同勦說，微倖苟得，而無奇偉俊拔者出其間，思欲少更取士之制，略近古意。其後予副貳春卿，乃與長屬斟酌定其式。

第一場試經義兩三篇，經疑三四篇，折衷於注疏、章句、集注與諸儒之解，又略仿宋慶歷間歐陽文忠公之議，所謂寬其日限，隨場去留之法。第一場去若干人，留若干人；次試二場，又去若干人，留若干人；次試三場。慕廬又言第二場增律賦一首，其判用唐人體，設爲疑獄，以觀其所比之條，則去留必審，而士知務實學。既具稿，將上之，而公卿間，有以蘇氏設法取士，不過如此爲言者，遂不果上，時時去來於心，而不能釋。茲者吾師孝昌公起爲大宗伯，遂復以是質之。先生曰："何必爾也，三試之制，內聖外王備之矣，人自不肯盡心耳。即以經義言之，君向者丙辰録真之選，其於文章之旨趣，論之詳矣。使天下士皆尋繹其説，則於雷同勦説之患，十可去其七八也。”

會予墮馬抱疴，閉門五十日，方取新進士之文，而評次其高下，先生遂取以頒示寓内，使鏤板印行。夫由丙辰以至於今，天星一終，士之移於風會與能自立者，其所業皆當少變矣。若夫吾所論文章之旨趣，雖更數十年，豈得而變哉！然吾又有説於此，天下有一定之規矩繩墨，而無一定之方圓平直也。或有問予作科舉之文宜何如者，予必告之“以傳注爲根柢，以古文爲依歸，以先正爲準的”。請益焉，則告之曰：“傳注者，非一師之説也，自漢、唐、宋、元、明以來諸儒之異同，宜考訂也。又非以決張乖誕爲古文也，非以腐爛迂拘爲先正也。學古文者，當知其用筆之不類於今人；學先正者，當知其結撰之不類於後人。”如是焉而已矣，然其道非可襲而取也。

先正華亭唐文恪公訓子弟，一歲之内，必閱《十三經》《史記》《兩漢》《三國》《資治通鑑》《文選》、韓柳諸家《文集》《語録》諸書，爲文必三百首。蓋自春徂冬，幾無一刻得暇逸，如是數年，學乃有成。予童子時，見爾時先達尚能通曉三史，誦習韓、柳、歐、曾文集，又討論王、唐、歸、胡制義，立言皆有根柢。今人但守兔園册子，以爲弋獲之資，叩之杇然無有也，每爲憤懣太息。學者由吾今日之云，以參考諸十二年前之説，而因執是集以求其合與否，庶幾乎當世有奇偉俊拔者出焉，而力去夫雷同勦説之習也。則科舉之式，誠可以不變，而吾孝昌公所爲嘉惠後學之意，亦大矣哉！

《陸予載翁林一合稿》序

舉業之敝，至今日已極，其故在求得而患失，喜逸而惡勞，苟且因循，趨逐時好，群然相習以成風，靡然而不知所底。有賢且智者焉，不以得失攖其懷，窮年矻矻，弗顧世俗之謷訾，而覃精研思於其中，則其學問識解及文章尺度，必能深造乎古人之域，而一時文體，亦因之以變。如以衆人皆然，我何爲獨異，其甘居於下士之至愚，而舉業之敝壞，又誰起而救邪。

吳門陸子予載，爲予兄弟總角交。虞山翁子林一，則山愚先生令嗣，執經於予者也。二子與蘇子苞九、翁子寶林相友善，所處至阨窮，獨能沈研鑽極，深求聖賢之指歸，務爲通經博古、明體達用之學，一時或姍笑之，不顧也。亡何，寶林爲予壬子所録丙辰第二人及第，苞九以乙卯雋京兆，予載、林一則又同登丁巳賢書，而嚮日姍笑之者，又從而嘆羨欣慕之不置。由此言之，人患不能立志耳，誠能覃精研思以從事於斯，雖不以得失嬰其懷，究亦未嘗不得，而詭隨者亦未必盡得也。苞九、予載、林一行將試南宮，掄大魁，本其學問，紓其蘊抱，古人所謂"騁駃騄於千里，仰齊足而并馳"，諸子不多讓矣。茲以予載、林一合刻其稿問世，請序於予，爲述之如此。

《宋嵩南制義》序

戊午秋，江南鄉試榜發，哀然舉首者爲廬江宋子，年甫弱冠，都人士相與嘆羨。或又言宋子之兄先一年丁巳亦舉於鄉矣，復相與嘆羨不已。宋子謁予於長干僧舍，摳衣肅拜，執弟子禮甚謹。已而出其行卷，屬予序其首。

予讀之而嘆曰：文章，天地之元氣，得之者其氣直與天地同流，茂隆鬱積，薰爲太和，夫豈偶然哉！宋子以終、賈英妙之年，稟機、雲藻麗之質，其爲文理醇詞雅，法古調高，玉立霞舉，含章秀發，直將關衆俊之口而奪之氣，吸先正之脈而得其神，於世之龀叟熟爛、卑苶勦襲之習，邈乎不相及也。然使宋子經奇自命，絕倫逸群，遂足驚爆鄉國，凌踔長老，或規規揣摩，徒以博一日之遇，士之所以自爲者亦輕。而宋子恂恂粥粥，欿然如不勝，其文章茂隆鬱積之氣，隱見於眉目間，可以知其器識之遠且大矣。由是而大魁天下，雍雍廟堂，固分內事，吾知宋子亦不以自滿假也。士君子所以立於斯世者，當自有在。君家元憲、景文兄弟，文章事業，彪炳古今，他日大小宋之名近在廬江，而竊念世俗之相與口呫目瞪、嘆羨不已者，又何如也！予方編輯《禮經》，支離視息，愧未有以相長，是在宋子勉之而已。

《王令詒制義》序

宋文憲有言："古時文學之彥，自童卯誦習四經、三史，期於默記。後遍觀歷代之史，以廣其知識，而又參於子書、集錄，探幽索微，使無遁情。此學所以精瞻宏博，足爲經濟之用也。自貢舉法行，學者知以摘經擬題爲志，四子一經之箋，是鑽是窺，餘則漫不加省。蓋貢舉之弊，其來舊矣。朱子嘗欲合諸經、子、史、時務，分之以年，每三年而分試之。治經者必守家法，答義者必通貫經文。嗚呼！使朱子之法行，烏有此失哉？然而績學好古之儒，未嘗聊爾苟可以爲貢舉之學。"

震川先生嘗言：“今所學者雖曰舉業，而所讀者即聖人之書，所稱述者即聖人之道，所推衍論綴者即聖人之緒言，無非所以明修身、齊家、治國、平天下之事，而出於吾心之理。昔賢之爲學，蓋皆博而有要也。是故貢舉之法即不變，未始不可以得真才。”

戊辰南宮試，予與宛平相國諸公同事，務得精贍宏博、有體有用之士。雖其才分大小不同，然亦往往而遇。青浦王子令詒，少孤露，不以貧困廢學。童釋時，即好爲古文辭。有聲，梅邨先生極嘉賞之。吾鄉葉文敏公嘗過青浦歸，爲予言令詒之才，於今溯其時，越二紀矣，而令詒始得舉於京兆，成進士。今雖猶壯年，然其得名甚早，蹭蹬棘圍，久而始遇。噫，亦可謂艱哉！

予觀令詒爲人，謙退自持，有至性。其文閎深淹雅，根於性理，不名一家。要其大指，以震川爲歸。震川古文爲一代宗師，而尤邃於經術，故其制義元元本本，言軌於道，一切才人學士皆不能及。令詒湛深古文，固已有素，又嘗受業於平湖陸先生，性命之學，經其指受，宜其文之類震川也。始令詒不得館選，諸公卿咸爲嘆惋，予獨以爲人文之傳不傳，固不繫此。向所欲得精贍宏博、有體有用之士，豈以名位爲重輕者哉。令詒釋褐後，予留之邸舍，日夕與之講貫切磋，蓋其學日進，而未有已也。其文予既論定三十餘首，刻之《録真選》中，又遴其可存者百篇，都爲一集，刻以行世，而又序之如此。

《山東行卷》序

今與入五都之市，百物具備，其中精粗美惡，無不見而瞭然者。燕、趙、楚、粵相距千萬里，其取舍究亦無大懸絶，雖操奇赢者，欲逞其智巧以逐利，而有所不能。蓋天下物之不齊者，終不能漫無區別，紛然雜進，而人情不甚相遠。即五尺之童，適市物之精粗美惡，指而示之，或能知之者，其弗至於顛倒蒙露也，明矣。惟以文章取士則不然。作者之心思學問，閱者或不能知，就其一日之所見以爲高下，非若市司之物，可以權衡而平準。有不虞而得之者，有懷才而負屈者，變易蒼素，淆亂是非，僥倖者居之不爲恥，而有志之士搤腕太息，無可辨訴。此其故在司衡不得其人，宋人所謂謬種流傳者也。

苟有深心斯道者於此，如歐揚永叔、吕伯恭、朱晦翁、王伯厚、虞伯生、邱仲深、李賓之、王濟之、張太岳、黄葵陽諸公。舉子文章之工拙，猶凡物之精粗美惡，確乎有品第，一見瞭然，非難知者。而如其睞目任情，率意以從事，珍蕭艾於篋笥,謂蘭蕙之不香,其不爲五尺之童所笑者幾希。翁編修寶林偕高户部紫虹校文山東,所得人甚盛。寶林選定行卷百餘篇,寓書示予,喜其識鑒之精,而冀望他時之主文者,於此取則也,爲刻而序之。

<h2 style="text-align:center">《戊辰會墨録真》序</h2>

戊辰春,試士南宮,宫傅宛平公、司馬成公、副憲鄭公,與予同奉總裁之命。時朝廷用臺臣之言,得稍緩榜期,從容校閱,鎖闈者垂三十日,始得竣事。及榜發,都下良翕然稱爲得士。蓋宫傅公與成、鄭二公之藻鑑不爽,而濟以同事諸賢之殫其心力,宜予之得藉手以迄成也。顧予自惟才識淺劣,謬荷主上殊遇,代匱諸司,所不至隕越是懼。惟是精白一心,虔共奉職,庶幾得仰副我皇上所以委任之至意。

入闈之日,宫傅公與二公抗聲言曰:"往者壬子京闈之役,公實爲主司,風氣自此丕變。今兹南宮之試,天下才雋聚也,公其勉之。"予拱手對曰:"憶壬子到今十有六年,學殖本薄,年衰益荒,幸隨元老鉅公後,秉承指導,敢不黽勉從事。"遂告誓神明,設立規條,與同事者約:諸士三年攻苦,劌腎鉥肝,就此盈尺之紙,菀枯得失,決於俄頃。卷一到時,即宜袖手閣筆,冥心靜對,怳與作者之神情相遇,然後隨其工拙而上下之。若是,則雖限於功令,美不悉收,而在吾與彼之心,亦可以無憾矣。若掀紙未竟,妄先甲乙,逞臆恃才,塗抹恣手,此不特坐失作者之苦心,而上負功令,明誅鬼責,何可逭也。

其程約以讀書、窮理、養氣爲文章之根柢,故其粹然成一家言者尚矣。鏤金錯采之觀,而中無生氣,未敢録也。其雷同勦説者屏矣,輝山媚川之姿,而中有累句,不輕棄也。觀其敷辭,必求切理;觀其才勝,必求入格。理非株守訓詁之謂也,必其能旁通曲暢於聖賢之旨。其理足者,辭之高下無不如意矣。格亦非拘牽繩墨之謂也,必其能神明變化於矩矱之中。其格定者,才之正變入焉而化矣。以故一字之得失,參詳或至數時;一卷之去取,商量或至累日。苟得佳文,洞心駴目,踊躍賞嘆。其稍有疵纇者,咨嗟沈吟,反覆絜量,至於二三場,并所加意。證明家法,則一經不爲少;條畫時務,則連牘不爲多。振幽滯於獨絃窈渺之中,標奇雋於風塵物色之外。

黎明據案,夜分方退,積日勞憊,嘔逆大作,兩目發腫。愛我者勸以少休,雖心感其言,意不能自止也。所幸諸公於予持論多所相同,予輩雖自信其心之

無負，而尤恐識力有限，無悮收而或不免於悮落者，則此心怦怦，至今猶未能釋
然也。榜定，即於闈中刻元魁十卷，其餘今復訂定之，以公海內。豈敢謂文章
風氣畢歸是科，亦以志宮傅公，與予輩之盡心於是云爾。

《葉元禮制義》序

士之以文章雋南宮也，每科凡累百人。其間或以年，或以才名、家世，并足
顯於時，而兼之者什不一二焉。弱齡擢第，而聲實未厭人望，一也。窮年積日，
菑畬畔獲於其中，僅工揣摩之文，叩以古學而色變，二也。拔起單寒，家風漫無
足紀，有松柏生埤之嘆，三也。此三者有一於此，雖或幸而得遇，吾知其中之嗛
嗛，而不能釋也。乃柳玭以少年高第，才名太盛，門望清華，謂之不幸。以人生
之所難兼，而反似不願其有者，何歟？

今葉子元禮之舉進士也，則兼有三者之美矣。汾湖葉氏與吾邑及松江之
上海同祖石林，今登朝者冠冕相望。其祖自黃門公以來，聞人代出，聲華煇赫，
諸父群從皆有才名。乙卯之秋，元禮偕族弟淵、發同舉京兆，而從父大理公有
子復舉浙闈，可謂極一時之盛。顧元禮年方少，而東南文士夙稱之，姓名一似
老蒼。其家雖門第烏奕，先世清白吏不名一錢，蕭然四壁，即以單寒之士處此，
亦不能堪。元禮當之晏如，是寧復有柳氏之慮。

元禮年未及壯，而博習書史，掉鞅詞場，久爲名輩所屬目。其文原本經術，
根據理要，不屑爲一切干祿之文，而自足以致當世之譽，然後知葉子之以少年
雋南宮也。其才名足以自致，其家聲足以無忝，誦其文而知之矣。憶前輩張素
存侍講丙午校士兩浙，已得元禮之叔星期，而終以失元禮爲憾。予壬子歲典北
闈，嘗得元禮文，與同年蔡修撰深賞之，雖未果錄，然心知其爲名士必售。夫文
章遇合有時，得失未嘗不可自決也。以元禮之年少多才與其家世，即使不遽
售，將遂不有可自決者乎？因其屬予論次其文而并志之，以見予之知元禮，不
自今始。

憺園文集卷第二十三

序五

送姚僉憲撫蜀序

蜀素以繁富稱天下，然其地踞溪山之險，竊據時有數被兵革，地荒民流，亦非一世。若其受禍之慘，未有如明季者。賊獻性嗜殺，以擢筋咀肝爲笑樂。重以歲比不登，虎繁其類，風挾火飛，灼人蹈道，鋒刃之餘，靡有孑遺。樹穿于屋，草長于扉，仕宦者以爲非復人境。國家恩澤覆露，三四十年間，稍稍保聚，然猶人稀土曠，空城故壘相望。比叛者又從而戕之，雖王旅致討蕩平，而向之稍稍保聚者，復流移失業矣。是何異老羸之人，嬰衰羸之疾，其起之不誠難哉！

天子重憫斯土，思所以撫循之，會巡撫當代，乃册僉憲姚公以往。姚公起家成都推官，改安化令，入爲給事，忠謨讜論，天子雅知公而簡畁之。況公有惠愛於蜀人，所以規畫措置，以報稱上心，而大展其素所設施者，講之宜熟矣。予於公之行，顧有所亟望於公者，竊效古人贈言之義，欲爲公一陳之。

予嘗備員史局，見前代採木之役，爲累於蜀人甚劇。木之所產，大都在窮崖迤谷，宿莽密箐，毒蛕瘴霧，不見日月。人持糗糧，巖棲露宿，輕則致疾，重則蠲命。深入生番之境，又往往逢攻剽劫奪，其不死者幸耳。其採之之艱既如此，其運之之勞與費又不貲，而木或尺寸不中程度，輒棄前勞而無償費，見於前人之書甚著。而歸太僕有光所爲《都御史李憲卿行狀》，及吾族祖嘉定知州學周所條陳"採木六難"者，言之爲尤切。以今日之蜀度之，其難尤百倍於昔也。

公是行也，其必請罷此役，令所司考明洪武、永樂殿工事例，原未採取蜀材，亟宜別爲計議，使民不蹈於向者之患，而後所以拊循而安全之者，可以次第措置，甦蜀人之困，事無有急於此者矣。夫蜀固衰羸之疾也，凡百治具，如參苓諸上藥，可以滋榮衛、培元氣者，其方不一。若採木之役，如烏喙之殺人，不必羸病者而知其不能生矣。於公之行，而述所聞於昔者以爲告，此宜公之所熟籌，然復舉以爲言者，以其事之不待身履其地而知之也。公其留意焉。

送睢州湯先生巡撫江南序

先儒之言“體用一源”者，其義亦明且著矣。而世之論人者，往往曰：“某公某公者，體勝於用人也；某公某公者，用勝於體人也。”天下豈有離體用爲二者哉？有體則必有用，無體固無所爲用也。昔明道先生之斥異端也，曰：“因其高明，自謂窮神知化，而不足以開物成務。”考亭先生之上封事也，曰：“必先格物致知，以極夫事物之變，使義理所存，纖悉畢照，自然可以應天下之務。”由二先生之言繹之，蓋致其知矣，反躬以踐其實；踐其實矣，舉而措之事業，由是以致乎其極。內聖外王之學，豈有他哉？

惜也！二先生之道，不行於當時，其立朝之日淺，無以致斯世，於三五之隆。然其任職居官，立綱陳紀，悅安強教，世之以能吏稱者弗逮也。明道先生初調鄠主簿，令晉安，皆以片言折獄。僉書鎮寧軍判官，排衆議，合曹邨堨決口。知扶溝，得濱河惡少貰之，使察爲姦者，境無焚剽之患。所至立爲科條，旌別善惡，恤孤煢，釐姦僞，民愛之如父母。考亭先生之知南康軍，興利除弊，講求荒政。爲學規，引進士人講說。其提舉浙東常平茶鹽也，浙東方大饑，始拜命，即移書他郡，募米商，蠲其征，未至境而商船輻輳矣。政有不便於民者，釐革處畫，必爲經久。知漳洲，奏除屬縣無名賦七百萬，減經總制錢四百萬。土俗崇信釋氏，悉爲禁止。所至以興學校、明教化爲本事。二先生之所試者如此，使其所試者大，而所爲措之事業者，其止此乎。有以哉！《宋史》作《道學傳》，而數公者之政績，一一書之也。彼離體用而爲二者，不亦誣乎。

大中丞睢州湯先生，固當世之爲程朱之學，而“體用一源”者也。先生弱冠登科，受知世祖章皇帝，官禁近。已而持憲外臺，所至歷有政績，能肅然整齊其綱紀，於民有豈以強教弟，以悅安之實。春秋方壯，一與上官忤，遂引疾乞休。家居二十餘年，益涵養於存誠居敬之旨，泊如有以自守，沖然有以自得也。會天子詔徵宏博之士，大臣以名聞，召試稱旨。於是復入史館，擢爲講官，尋總裁史局。天子知之經術湛深，令每日直講內殿，俄自庶子轉內閣學士。先生所爲密勿啓沃者,非程、朱之言不以稱也。會廷推可巡撫江南者,天子歷簡在廷,其難久之。而先生遂膺册命,親承上命者至再,乃出。江南士大夫之官京師者,相與歌舞,以爲先生所反躬實踐,以措之天下之民者,於是乃得竟其所設施,而吾江南適蒙其福也。

某於先生夙爲同官,今則部民也,其可以嘿而已乎。先生既陛辭,將行,爲援程、朱二先生所爲任職居官者,以徵"體用一源"之義,而又爲先生志喜曰:程、朱所際之時,所遭之勢,有不可與先生同日而語者矣。程、朱之蒙召見,侍講筵,爲日無幾,方用薦者入,而旋以間者出,出又爲小官,而先生受主上特達眷顧,五六年間,累遷至八座節鉞,何其榮遇之過古人遠也!吾知先生之所建立,亦必有遠過古人者。吾於同官之情,則宜相與慶幸先生之榮遇,而於部民之誼,則於先生所建立者,厚有望焉。

送楊少司馬序

國之元老,著功立名,年及耆艾,以養親予告,寵命優渥。比其行也,士大夫傾城而送之,此前代史册所不多見,而朝野所謂至榮者。然而其中猶有不得已之情,雖羡慕嗟嘆,於其行者有所不知,而同官相知之深者,或言之而不能盡,則千萬世而下,又孰知當時君臣相遇之難,而其得之可幸也。

國家定制,仕宦無兄弟及兄弟俱在仕籍者,例得歸養。今少司馬楊公,前以才望簡撫黔中,時太夫人年已七十餘,公思念不置,凡再疏請歸。天子以嚴疆新復,非公無與彈壓者,嚴命留之,遂不敢固請。繼召佐邦政,置傳來京,公協理維勤,軍政修敕,中外選建,措置合宜,輒欲以間申其情事。而皇上方銳意太平,三事大夫,罔不凜凜奉職,圖稱上旨,則又依違者久之。常望南天白雲,屏處獨歎,賓客僸從,皆爲感嘆。既而曰:"吾不可以濡遲矣。"

乃上疏言:"臣以無任,蒙皇上異數拔擢,洊至卿貳,雖糜踵頂,無以仰報萬一。顧臣母年八十有四,病卧牀,籍臣兩弟,一爲縣某處,一在家,痼疾淹廢,而臣犬馬之年亦六十矣。自出撫貴陽,不見臣母面一十六年,起居遠隔,飲食湯液之奉,無由躬親,是臣母雖有子而無子也。臣日夜悲念,精爽飛越,雖欲竭誠以報皇上,其道無由。特乞俯憐烏鳥至情,許臣歸養,終母天年。臣不勝惓切。"

疏甫入,而賜歸之命下矣。蓋皇上雖不忍遽釋公以歸,而不得不奪於以孝治天下之意，故俯從公志，曾不崇朝。而諸大僚皆莫得邀此異數，則公之得遇皇上於此時，可不謂至難至幸者哉。此予所謂不得已之情，他人所不能知，而予知之獨深者，則於公之是行也，其得已於言乎。公返子舍，自今以往，母子相依百年之久之日，則皆君恩之所沾濡，而寵被者也。聞其事者，忠臣孝子之情，可油然生已。

送大司寇魏先生致政還蔚州序

蔚州魏先生之得請而歸也，崑山徐某往送之。先生曰："獨無一言贈我乎？"余曰："有懷之久矣。"昔夫子蓋嘗嘆未見剛者，而以和而不流、中立而不倚爲君子之强，豈非以意氣偏黨之私，與伉直求名之病，於剛德猶有歉焉者哉？自古處臺諫之職者，伏蒲攀檻，代有其人。前明時，尤以矯厲風節相矜，往往爲一人一事，而詰責罷免，詔獄廷杖，死徙相屬，言者卒不已。此其爲清流正人，固無可疑議，而激於意氣、涉於近名者，或亦有所不能免也。此夫子所以不輕許於申棖、子路者也。

而況三代以後之人材，不得聖人爲之依歸，以涵養其德性，而克治其才質，雖以漢之汲長孺、唐之魏鄭公，論者猶不能以無遺憾，又況於其他邪？若夫學粹而識精，體全而用鉅，上而君父，下而斯民，不能不致其惓惓者，是道德之士無所爲而爲之者也。閒嘗指數三四十年間，清流正人爲當世所稱道者，不乏其爲，無所爲而爲之者，先生一人而已矣。

昔者先生以光禄家居，楗關讀書十餘年，所講求者，存誠主敬、躬行實踐之學，若無心於當世，而以執政推轂乃起。其或出或處，一於義而無適莫。與人交，謙恭平易，恒自以爲弗若人。其於意氣偏黨之私，澄汰淨盡，亦已久矣。若其立朝之概，如喬嶽之作鎮，如砥柱之障瀾，所言皆國家大計，他人之所不敢言。憸夫穢吏，望風慴息，雖千百世之遥聞其風者，亦將頑廉懦立，恨不與之同時，固無俟乎予之稱述矣。

顧獨著夫學問之所自得，使後之論者，知夫先生之爲有德之言，仁者之勇，有合於夫子不流不倚之旨，爲天德之剛，而非徒以矯厲風節見也。天子名先生之堂曰寒松，至親灑宸翰以賜知臣哉！夫寒松之貫四時，而蒼然獨立於雲漢之表，不以霜雪雨露而改易菀枯者，豈有所爲而然哉。先生曰："不敢當。"雖然，是吾心也。乃書之以爲序。

送王阮亭奉使南海序

今天子神聖英武，芟薙僭亂，方夏寧輯。爰以季秋之吉，車駕發京師，省方時邁，詢民疾苦。始自齊魯，南涉江淮，所過泰山闕里，及鍾山明太祖陵，天子親臨盥薦。又稽之古制，分遣卿貳，告祭天下名山大川。少詹事阮亭王先生，奉命往祭南海，行有日矣。

友人具官某送之，作而言曰：古者望於山川，第一時望祭之，未嘗分詣其地。唐開元中，始令左丞相裴耀卿等，分祭五嶽四瀆。其後輒遣專官，肅將祀事。然或雜以祈禳，非古帝王懷柔百神之意。我皇上愛養黎庶，敬恭明神。寰中之大莫如海，而祝融之神，奠綏南服。頻年戈船橫海之師，著有顯績，窮島絕壑，咸入版圖，其有功於國家最鉅。況廣之爲州，越在五嶺外瘴癘之區，道里遼遠，德教難究。比盪定後，百姓雖復舊業，貪墨之吏，朘削如故。天子赫然震怒，更易節鉞大臣，以慰安鎮撫之，其地尤爲廟堂所注意。

先生學問該洽，器局弘偉，茲行也，不特奉宣明德，昭報神功而已。其山川形勝，風俗戶口，吏治之臧否，民情之樂苦，一一歸報天子，以助施政教。雖以乘輿七萃，所不能至者，儼如親涖其地，而燭照萬里之外，此先生奉使意也。若往時祝釐之役，陳祥符而稱美瑞，知先生不屑爲也。粵故多佳山水，羅浮、西樵諸勝皆在焉。先生每遊屐所到，長篇短詠，山川生色。嶺南又多佳士，暇日且攜之登臨唱和，還轅之日，解裝而出，其橐中所得者，爛然成編，當更爲先生一序之。

送張敦復學士請假還桐城序

往予爲敦復張公作《四軒圖記》，大意以公處講幄論思之地，當今聖人學有緝熙，所資於啓沃者非尠。且深宮之中，神幾默運，以制勝萬里之外。公日侍內庭，仰見憂勤庶務，與民同患之意，臣子未可以私情上請。故予以爲龍眠四時之景物雖佳，公望之如蓬萊方壺，殆未得徜徉恣肆於其間也。所謂"四軒圖"者，直以臥遊云爾。重光作噩之歲，滇、黔底平，海內無事，保定孔固，頌聲作焉。其明年春，公乃請急歸里，營其親之窀穸。天子既俞之，又手詔賜以白金文綺，殷勤慰諭，許得卜宅兆，訖事而後還朝。於是公治裝南行，過予道別。

予曰：公今得遂其歸矣。計公到日，已及春深，由是而徂夏、入秋、涉冬，以其卜兆之餘，而少憩於其間，以休其上下瞻相之力。則夫"四軒"者，可以遍歷之，以遂其夙昔之懷思矣。雖然，庸遽得徜徉恣肆，以極其樂也邪。公朝夕侍奉講幄者，數稔於茲，一旦言還，乃心未嘗不在天子左右也。天子之所以眷注於公者，渥恩溫語，欲其慎成篤終之禮，而式遄其行也。則夫"四軒"之景物，又豈能久戀乎。予所以復理前說，以贈公之行也。

送孫古嵋之官南靖序

嘉善孫古嵋，以辛丑中禮部試，入對太和殿，公卿大臣讀卷者咨嗟嘆賞，謂當以第一人及第。俄置二甲第一，例應除府推官，需次未即授。久之，廢推官，改爲縣令。又久之，乃得福建之南靖。於其行也，京朝士大夫爲詩歌以送之。既以寫其離思，且惜其才之當在清要，而屈於小縣。而古嵋驅馬出國門，將走六千里，以適濱海炎瘴之地，意無不自得者。

方古嵋爲舉子，即以今古文辭負東南盛名，長身修髯，清姿四映，四方人士望之若神仙。其既釋褐也，待命闕下及在里門，凡十有二年，同時之進士高第者，駸駸乎至列卿矣，而古嵋方授一縣，此其間若有天焉。然吾考唐、宋以前，因人予官，不以官限人。於時進士必授外職，試以民事，其知制誥、修國史，多擢久歷内外者，故得盡其用。自有明始選吉士入翰林，而劉忠宣時雍嘗請於朝廷，願爲親民之官。蓋有經世之志者，以爲優游詞館，未足有所設施，故欲得親民之吏以自效。假令古嵋生於唐、宋時，即不如今之需次淹久，其必由州縣以歷臺閣，無疑也。

古嵋於世務無所不通，自釋褐以來，揣摩吏事又甚久。南靖爲漳州屬邑，八閩重兵，駐漳者爲多，其民素苦徭役，而芻茭糗糧之儲備，於縣令是問。他人跼蹐不能自振者，古嵋必辦此有餘。他日政成報最，蒙不次之擢，以迴翔於禁近清切之職，皆於南靖爲始基焉。天之所以成就古嵋，與古嵋之表暴設施者，於是乎在，宜其不以屈於小縣爲抑鬱也。予與古嵋交久且善也，述而誌之，以爲序。

送施少參尚白還宣城序

仕止久速，君子之所不能必也，而一聽於時之自然，故無往而不自得者。然而孔子之將去衛，及還原息陬也，作《邱陵之歌》，則曰："維以永嘆，涕霣潺

溰。"作《槃操》,則曰:"慘予心悲,還原息陬。"徘徊去留之間,若戚然不能釋者,
豈聖人有所不安於時哉。此皆性情之至,而發乎其所不容已也。人生所常涉
歷之處,及常相見之人,驟與之別,未有不黯然神傷者,況官於其地,與父老子
弟相親恤,至於數年之久者哉!江西參議宣城施先生,分守湖西七年,值朝廷
裁省,天下監司官當去,趣裝將行,湖西士民攀車涕泣者幾萬人。既至章江,重
繭追送,先生亦重念湖西人,若愴焉不能釋者。

予聞湖西人言先生事最悉。先生駐節臨江府,府城久壞,距蕭江數武,屢
築輒潰,先生禱於城隍之神,越明日城成。新淦峽江多虎患,太守高培請先生
爲文,禱於山川神祇,居三日,有虎自墜深谷,村人殺之以告,自是絕無虎害。
歲旱禱雨,先生徒跣,走南郭門外,伏雩壇下,呼天痛哭。俄有一人發狂叫號,
言"某日雨"。及期,雨果大至。先生所轄諸郡,并有講堂、書院。一日,親臨講
學,有新淦人兄弟鬩牆者,聞先生言,相持大慟,詣階下服罪。廬陵諸生有同父
兄弟爭產者,亦感悟友愛如新淦人。先生以至誠通神明、感人心者,類如此。
以故湖西之人聞先生行,悲慕之不已,而先生視其部人,若手足肢體,疾痛疴癢
之無不關也。故不以名位沈滯爲憂,而以己之既去,湖西之人將無復噢咻之
者,宜其愴然有所不能釋已。

予又聞先生之署,剖竹爲亭曰"就亭",爲屋傍木芙蓉曰"芙蓉屋",爲樓曰
"愚樓",平昔所游處也。青原鷺洲書院,先生講學之地也,固嘗與賓朋佐吏、國
人子弟笑語談論於此,凡皆其所不能一日忘者也。先生還宣城,當需次除官且
數年,徜徉於敬亭、黃山之間,以順時而動,明先王之道,以興起其鄉人,徐而擴
乎天下,仕止久速,固無往而不自得者。予見先生,重念湖西人,特爲之推明,
以見天下繫戀爵祿者,本不足論,即決然以去,有膜視吾民之意者,亦非聖人之
徒也。於其行,述此送之。

賀張南溟擢左副都御史序

歲甲子某月,左副都御史缺,上特擢右通政丹徒張公任之。命下,舉朝胥
慶。而吾江南人,尤喜正直之得庸,風紀之克振,以是爲鄉土光。爰相率徵文,
以爲公賀。

予辭讓不獲,則書以進之曰:惟黃門省之與御史臺,實相表裏者也。省主
封駁,臺主糾察,朝廷政令之得失,人才用舍之當否,廷臣議之,兩省皆與也。

公昔在諫垣，竭誠盡職，凡國家大政事，知之必言，言之必盡。每面奏封事，趨入螭坳，天子數改容待之，所言輒蒙報可。特簡內升，再遷京兆，陟處霜臺。上之所以簡畀者，蓋默鑒已久也。先儒有言："都察院之職，在於正己以正百僚。必其存諸中者，上可以對君父，下可以質天下士大夫，而後百僚則而象之。大臣法，小臣廉，紀綱之振飭，於是乎在。"公魁貌長髯，音吐弘暢。自其為閣舍時，出入經殿門，迴翔容與，行止不失尺寸，人已指而異之。迨居比部，剖決無留牘，黠胥老吏，莫得容其私。升堂受質，選言而發，神采奕奕，雖諸老亦不敢以僚屬相待也。

今公且躋崇班峻秩，騷騷乎秉鈞衡而管樞軸也，此所以重有慶於聖天子之知人善任也。獨是區夏乂安之時，與向者邊陲未靖之日，又有不同者。嚮者三方草竊，烽燧四馳，事無大於用兵籌餉，而公所建白，動適機要，多見施行，則公之所已言者，其為利固已溥矣。今小醜既靖，武功告成，天子方弘制禮作樂之事，鑒觀四方，求民之瘼，於是時而當是任，所以振綱維、肅紀度者，必使朝寧無不究宣之德意，遐幽無壅閼之隱情，明目達聰，獻可替否，以贊久道化成之治，然後足以報稱天子之所以簡畀也。

公嚴氣正性，從學問發為材猷，至今公退之餘，日手一編不輟，又與其賢從宗伯公悉心考論以精之，宜其所蓄積者之愈以深厚，而所發揮者之必有元本也。吾知天子且遂大用公，而公之道將大行，而其澤且被於天下後世。稱之者不質言其姓氏，而系之於所產之地，斯其為吾鄉土之光者，又何如也。

送中書舍人汪君序

人之最願者，康強無疾，形充體悅，神葆而精固。而其最不願者，尪羸疾苦，嬰於其身。故無疾之人，忽語以疾，則怫然怒。而苟其有疾，亦必憂愁抑鬱，若桎梏之貫體，惟恐不脫去也。獨今之士大夫不然，仕宦不適意，其私情有所避與就，無故輒自移曰疾。而都大官、享厚祿者，雖其有疾，黃馘而僂行，跛曳而踰閾，甚且喘呻牀箓之間，而終不肯輕以疾告。

嗚呼！疾之在人，顯而易見，非如學問心術之不可知也，而其有與無，難定如此。吾嘗靜而觀之，彼有疾者，詭為無疾，其害於心大矣。若無疾者，自詭為疾，不過以仕宦之不適意，使其一旦居高位，則雖有疾，而貪戀瞻顧，當必有甚焉者，其害於心，抑豈細乎？《老子》曰："兵莫憯於志，莫邪為下。"人知有形之疾，而不知無形之疾。有形之疾，時其起居，節其食飲已爾；無形之疾，中於人心，而發爲世道之禍，固非俞跗之能療，而藥石針灸之可施也，斯其痼疾已乎。

中書舍人季角汪君，居京師三載，勤於其官，會當遷，忽移疾去。蓋君有親在堂，年高矣，欲見其子甚，君用是憂思成疾，急請於朝，棄其官而歸。吁！觀君之疾，其諸異乎今士大夫之疾矣。人少則慕父母，仕則慕君，不得於君則熱中。熱中之疾，得失交攻於前，愈進而愈無厭，故已之爲難。慕父母而疾，則得見父母而疾已。君今歸，服其命服，拜二親於堂下，擊肥烹鮮，手捧一卮爲壽。一家之内，優游怡愉，和氣充塞，我知其霍然而起無疑也。人或有以疾勞君者，則應之曰：“昔者疾，今日愈，其亦可乎。”嗚呼！必人人如君之疾者，而後可以事親，可以事君也歟！

送熊遜修侍讀歸養序

吾師孝昌先生，往居政府，忤俗罷歸，奉太夫人僑居金陵者十三年，菽水侍養，至樂也。介弟遜修告歸，定省亦有年。上垂問者再四，遜修乃出補官。去年典試浙闈，特召至別院慰遣之，恩數有加。其還也，於諸典試中，最爲稱旨，上嚮意欲大用之也。比者上既以大宗伯，起先生於家。不踰時，而遜修以《養母陳情疏》留中三日。上語執政曰：“熊某品行端方，學問醇正，廉介自守，不事交遊，翰林中最難得。朕不忍令去，但母子至情，難拒其請。”遂下溫詔許之。一時知與不知，皆服遜修之去之果。

而予以爲此去也，固非讀書明義理之君子所難，而獨奈何其果者之少也。且彼亦未知夫君子之所以欲仕也。《孝經》言：“立身行道，揚名於後世，以顯父母爲孝之終。”《疏》引孔子對哀公名，“謂之‘君子之子’，是使其親爲君子也。”此則揚名榮親也。世之自以爲顯揚者，吾惑焉。諺曰：“仕宦不止車生耳。”夫彼特以尊官厚禄爲名耳，而豈知君子之出處，必以其道乎？苟非其道，則名亦非名矣。《經》又言：“始於事親，中於事君，終於立身。”鄭氏以爲父母生之，是“事親爲始”；四十强仕，是“事君爲中”；七十致仕，是“立身爲終”也。

古之君子，仕宦不出於其百里之國，故《禮》有懸車釋政，老而傳子，而無去官以養其父母之文。蓋《北山》之詩，以行役而不遑將母，是其暫耳，猶且作歌以來詒。今天下一家，海内之士，或從官於京師，或分職任官於四方，而有親老不能就養，無他子在側者，許其告歸，著在令甲。上方以孝治天下，凡以是告，無不得請者。豈以讀書明義理之君子,而猶戀此一官,濡滯不決邪。夫精白乃心,以報國家、酬知遇者,必不出於希榮干進之徒也,明矣。遜修既以學行爲天子器重,其歸也,必益砥礪,以答恩眷。蓋古所謂資父事君,如是而已。吾師爲國宗臣,荷上厚恩,義不可以不起。遜修則義可以去,或出或處,各以其道,其遺親令名,豈有窮哉。於其行也,書以贈之。

賀漢陽吳公入內閣序

今上御極二十有一年,漢陽吳公以大宗伯受上簡,陟台輔,朝野相慶,以爲得人。而公先世故新安籍也,於是江南士大夫官於朝者,謀合辭賀公,屬言於某。

某以後進辱交公久,不敢以不文辭,乃爲之序曰:古稱相業者,有賢相,有才相。賢相者,才與德兼,而不見其才者也。國家設官,內自九卿百執事,外至郡縣牧守長令,皆有分職,則皆可以才見。宰相不必見才,職在順陰陽,宣聖德,廣教化,總持大體而已。間考史册,漢、唐以來,宰相以才見者,收攬威斷,綜核名實,一時未嘗無赫赫可紀之功;而或陰胲元氣,或冒震主之嫌,跡其始終功名之際,不無遺憾。若夫所謂賢相,其踐歷久,其諳練深,歷之於中外,試之禮樂兵刑,以成其名,樹其望;而及其致位尊顯,則又能斂其剸繁剚劇之才,以老成持重,當天下之大任,聲色不動,而恢乎其有餘地焉。古大臣類如是。故方其未用,天下即以公輔期之;一旦枋用,則皆以爲宜。

吳公當世祖皇帝時,由翰林出爲監司,所至有惠愛。久之,以卿貳內召。今上初,歷官刑部侍郎,請讞精明,以艱歸。服除,遽詔起兵部督捕侍郎。督捕專理八旗,號繁劇,公治之有聲。尋遷禮部尚書,明習典禮,熟本朝故事,上甚重之。及大拜,輿論翕然。蓋公自通籍迄今,歷中外三十餘年,其公輔之望信於天下,則已久矣。公操履清嚴,斷斷辨義利,自奉蕭然若寒素。然坦易,不喜立皦皦之名,即之溫恭和藹,其尤難者。性惇厚,遇事力持大體,深得古大臣風。昔曹參、丙吉,漢賢相也,其功業可紀者必多,然史遷稱參惟曰"清靜寧壹",班掾傳吉亦僅載其不案掾史、問牛喘數事,以爲知大體。二子者,豈舍大而取小節哉。大臣之體當如是耳。

方今六寓一家,天下號太平無事,然而水旱未盡調,小民怨咨未盡釋,咎在守令競爲苛細,務朘剝,不能體天子休養元元至意,故民受其病。然則率之以惇大，劑之以寬仁，所以順陰陽，宣聖德，廣教化，於公能無望哉。嘗讀《唐宋宰相表》，六七百年間，列名簡册以數百計，而姓氏章章，至今學士大夫稱道慕説者，僅數十人焉。公異日功名藏之太常，行事書之史册，令學士大夫稱道慕説，列之數十人中，曰：“本朝賢相，吳公其一也。”是則國家之慶，而區區桑梓之私，固不足爲公道也矣。請以予言質之。公遂以爲賀。

憺園文集卷第二十四

序_六

汪太公觀瀾九十壽序

史家之難，莫難於文獻。自遷、固以來，爲良史者，莫不摭采傳記，咨詢故老。然野史家乘，淩雜叢猥，不皆得實。自非敦厖碩大之儒，聞見博而是非公者，無所取信，則獻之於文綦重矣。遭世遷徙，載籍散失者十六，然殘編故帙，在所多有，以意尋求，往往而出。惟夫先民遺老，日銷月落，平時已少高年，況兵革瘡痍之後乎？以此而言，獻之難得，尤甚於文也。國家稽古考文，監於前代，巖廊之上，未嘗不加意史局。然學士大夫難言之，非以文獻不完，無所徵信故乎？

前明三百年，事迹繁多，其尤難詮次者，在萬歷以後七八十年。門户之糾結，邊事之搶攘，賊寇之起没，此非按籍循文，可以意得。必有耆老之士，生於其時，目擊其然，而心知其故者，分別言之，若辨黑白，庶乎史氏有所據依，迺①得其真。若觀瀾汪翁，殆其人矣。翁少而英敏，博綜史書，究心當世之故。曾却閣部史公聘，潛德不仕，以享遐齡。其生萬歷某年，迄今年九十矣。此九十年中，世運推遷，人事消息，不知其幾。而定陵以還，正史家所謂亂絲難理者，翁一一口披而手畫之，不差累黍，豈非累朝遺獻，百年文物之所憑依乎？

令子蛟門，天下博辨俊偉之士也，數與某在中朝論史事，其於朋黨源流，兵事得失，元元本本，扼腕而談，蓋得之庭聞爲多。夫司馬遷之書，本於父談；班

---

① "迺"康熙本、光緒本皆作"近"。

固之書,本於父彪;姚思廉之書,本於父察。天以蛟門之才雋爲公子,而又假公大年,傳述不倦,殆將以遷、固之絶業寄之,非苟而已也。且夫廣陵,天下之都會也,仕宦游閒者,舟車相錯,奇異難得之物,無所不有。

翁父子閉門而讀書,開門而揖客,以其間訪求秘典,网羅墜聞。友海内博聞强記之士,與之上下其議論,參伍其異同,將天下之文獻,萃於一門。以是綜攬掌故,作成一書,懸諸日月,豈前代私門著述所敢望哉? 歲之三月,將舉壽觴,蛟門使來徵文。竊惟期頤黄耇,振古所希,然年齒之壽有極,德言之壽無窮,故敢以千秋著作之事爲翁頌。若夫翁之完德懿行,與其子姓之賢,茀祿之盛,則廣陵人士道之詳矣,何敢贅焉。

熊太夫人七十壽序

吾師相國孝昌公謝政,奉太夫人居金陵,九年於兹。今年冬,爲太夫人七十初度,公門人在京師者,相與爲上壽之辭,以某在門牆最久,屬爲之序。

某自庚子舉京兆,受知於公,越十年成進士,讀書翰林,公爲館師。每謁公孝昌邸,蕭然環堵,蔬水箪瓢,尋孔顔之樂,自史官以及升庸執政,十六七年如一日也。嘗語某曰:“汝知孟子浩然之説乎? 仰不愧,俯不怍,浩然之氣象也;大行不加,窮居不損,浩然之本體也。”蓋公之學,自日用尋常,循循懇懇,以求屆乎其極,而及其俯仰快足,則又欣然暢適,無入而不自得。

公之忠孝,根發至性,於事君事親之道,無幾微闕憾,故仕止久速,無容心於其間。而今之得優游壯齒,以侍養太夫人於林下者,非偶然也。始公於皇上初政,上疏陳政本治原,中外稱爲忠諫。受天子知遇,以學士掌翰林,凌晨進講畢,輒造膝獨侍,問以古今政治得失,及國家大事,嘗日旰乃出。其遭遇之隆,一時宰執大臣所不能及。

公一日下直,謀於某,將請急省親。予小子以宸眷方渥,疑之。公曰:“吾少孤,吾母鞠育教誨,以至今日。今春秋且六十,有司以苦節請旌,蒙恩當樹綽楔。吾備官於兹,吾母善病,畏北地寒,不能迎以來。吾亟一省觀,天子仁聖,必見許汝,毋留我也。”疏上,奉旨令馳驛往,且亟其來,頒白金文綺,爲道里費,又特賜乘輿所用名馬,御府障泥,熠燿道路。及浹歲還朝,再期而秉國鈞,介弟遜修,亦讀書中祕,中朝士大夫無不嘆羨,以爲稽古之榮。

未幾,三孽蠢動,軍書旁午,公夙夜憂勞,襄贊密勿之功爲多。俄與同列齟齬，以細故解職，公曰："吾得讀書，奉母君恩厚矣。"詣長安街，望闕叩頭，策蹇赴潞上，乘小舟以歸。公以楚方用兵，而建康山水清勝，自楚迎太夫人，卜居清溪之濱，杜門却埽，節鉞大吏請見，不肯出。購書萬卷，朝夕諷誦，甘脆奉親之外，自奉粗糲而已。公之植品如太華，學問如淵海，臺城蔣山之間，海内望之，比於龍潛豹隱，而太夫人淑德懿範，益爲士大夫傳述矣。

嘗考古《鄉飲酒》《燕禮》，《南陔》《白華》諸詩，有其義而亡其辭，束皙補之，必先之以"馨爾夕膳，潔爾晨羞"，"竭誠盡敬，亹亹忘劬"，而後繼之以"玉燭陽明，顯猷翼翼"，"文化内輯，武功外悠"。故夫孝子潔白奉親，爲時和歲豐，萬物各得其所之根柢，而公以宇宙偉人，樹立坊表。今年公亦屆五十矣，於古始服官政，異日天子篤念舊學，驛召還中書，調玉燭而佐太平。公浩然之本體，初未嘗以是增損，太夫人之賢，當不以充詘爲意，而天下之所跂望於公者則然，且豫以爲太夫人慶也。爰述其言，書以寄公，因爲太夫人進一觴焉。

張太公壽序

昔韓退之敘歐陽詹云："詹舍其父母朝夕之養，至於京師，將有所得以爲父母榮，雖其父母之心亦然。詹雖不離於其側，其志不樂也。"蓋嘗讀而嘆之，以爲退之所以稱詹之孝者至矣，而述其父母者抑何淺哉！親之於其子，幼而使學，長而使仕，固將以功名事業遠者大者相期望也。若乃科名禄位之間，一不得則戚戚以嗟，一得之則沾沾以喜者，此庸衆人之見耳。夫稱人之賢，而使其親爲庸衆人，此寧人子之所樂聞，而亦豈所謂君子樂道人之善者哉？世教陵遲，古義不明，人自成童舞象之年，所爲趨庭之訓，辟咡之詔，科名焉止耳，禄位焉止耳，自非特立獨行之夫，鮮有能卓然度越流俗者。以此論之，退之於詹之親，亦容有不得而安譽者邪。

東川張君運青，述其父沖寰太翁與母景孺人之賢。其訓子也，自髫齔以及成人，自平居以及造次，必勖以聖賢出處忠孝大節，而未嘗及於禄利。其他奇節至行，種德邁施者，不具論。而即是以觀，其賢於世人遠矣。辛亥夏五，值其二親同壽之辰，於是張君來乞言於予。予觀張君之意，類以服官於外，不能歸拜其親，爲不釋然者。

夫張君以高材，弱冠取進士第，讀中秘書，不可謂不賢；自巴閬山險之區，奮身天朝，沐恩禁近，不可謂不榮。凡世之所謂科名禄位者，張君固一舉而得之，假令其親不免庸衆人之見，猶將以其在朝爲榮，而不以其在側爲歡也。又況張君之親，深識遠量，固有出於尋常萬萬者乎。夫張君之親，不汲汲以科名禄位望張君也，而張君顧捷得之，世之日以是望其子者，或未必得焉。然則得失之理，固有在彼不在此者，世之爲人親者，可以悟矣。且予聞張君年十二補博士弟子，屢以文見知於有司，其親輒深抑之，戒其以器識爲長，而毋以文藝爲美。今張君之所得，既什伯於前，則其親之所期望，亦當什伯於前。張君其益勉自樹立，以善承二親之志，而太翁與孺人以强健之年，從容偃仰，以俟其子之大成，則嗣今以往爲賀。更有進於此者，予雖不敏，尚能從退之之後而樂道之。

孫封翁壽序

苕南山水清麗，甲於吳越，名閥巨族，鱗次櫛比，而惟菱溪孫氏家行尤稱醇謹，歷數百年不衰。南齡先生行誼卓犖，又爲其宗之冠。先生少不好弄，善讀書，工文章，有聲，每試輒先曹偶。而其卓爲儒宗，可詒後昆法者，則尤在孝友大節。先生家故貧，事父贈宗伯公，腆厥甘膬，雖甚艱迫，恒不使親知。母施淑人嘗疾亟，先生中夜籲天，刲股和藥以進，竟獲瘳，人僉謂孝誠所感。尤篤於友愛，僅存田宅，悉推以與兄，育諸姪如子。苕南孫氏於今稱爲義門，實先生之教先之也。

昔漢石奮家法孝謹，子孫多爲列侯二千石，西京門閥罕與之比。歐陽永叔記許氏南園，特著其三世孝悌，以示海陵之人。蓋書其大者，百行概可知也。況孝友之德，於性爲仁，仁則不匱；於時爲春，春則物從而生。故芝草、醴泉、義烏、嘉禾之屬，自孝友致者恒多。而積之既久，太和翔洽，扶輿磅礴於庭宇間，必鍾爲傑魁非常之材，以大拓其先緒，而名世之文章與濟時之勳伐，胥於是乎出，即國實嘉賴之。又非獨其家之祥而已也。

以是長公屺瞻學士畚歲登上第，官詞垣，久侍講幄，旋掌内制，迴翔禁密，極儒生稽古之榮。往歲以少司空奉命視河，駐節海上，學士君觸暑雨棲於茇舍，晝夜不少休。先生間過官署，從二三平頭，櫂小艇往來茭蘆沮洳中，目營手畫，有所得輒書以付學士君，用以仰副聖天子憂憫元元至意。父菑子穫，忠孝一原，不亦休哉！

今己巳孟秋，爲先生七十壽辰，顥氣鮮新，百川泓演，烏程之醸既清以醇，洞庭之果亦甘以碩，宜老之品饒焉。學士君繫官於朝，南望瞻戀，而次君孚尹，續學有聞，文孫競爽於時，希韠鞠跽，以次上壽，先生顧而樂之。吾知家世貴盛，當必與西京石氏頡頏今古。而予與學士君同庚舉籍，學士君嘗迎養先生於京邸，予得侍杖履，見其貌充然以腴，其神湛然以朗，望而識爲有道。人以予之知先生也，爲文介觴，誼不獲辭，而又不敢襲世俗祝嘏之言，輒舉其門風孝友，以爲茗南人士倡。即先生美不勝述，而撮大節以概其餘，且俾知士大夫家紹先昌後，其祥之權輿於順德者，乃振振而未有艾也。於是乎書。

王農山先生壽序

予自己未歲以宮僚入都，蒙恩彙擢，忝竊非分。自惟才具淺薄，兼秉性迂拙，不能脂韋附和，以副時求，豈宜久處機禁，重速官謗。猶上念聖恩，未敢輒以私請。嘗躊躇去就之間，每思古人如疏廣、受父子，同時賜告，送車數百兩，觀者嘆息。唐賀知章辭歸四明，百官祖餞長樂陂，而天子至自爲詩送之。退之於楊巨源，亦嘖嘖稱其賢。因以此爲古今盛事，不可多得。然廣、受，史稱其年篤老。知章之請爲道士，則年已八十餘矣。巨源亦七十餘致其事，一爲太傅，一爲秘監，一爲京少尹，官資不爲不尊。垂老求去，計其人亦非勇退者。此固無足深異。

獨念吾鄉今封都御史農山王先生，異時嘗以文章取高第，官大行。世祖皇帝器其才，不由常格拔置風憲。風稜嶽峙，聲望赫然中外。方俟其大用，佐太平之業。未幾，遽請終養。僕被出都門，時春秋僅四十餘耳。此比於古人，豈特無不相及，蓋亦過之遠矣。而予以一官觕繫，無由希公之萬一，宜其引領南望，太息而不能已也。會去冬再疏得請，今年初夏始抵里門，而親串皆以公八十初度告，蓋逆數公去官之日已三十餘年矣。嘗鄙疏氏，兒無志行，竊謂其昆弟老人，宜從丈人所，勸說君買田宅。而公有賢子三人，讀書砥行，前後雀起，著作承明，在日月之際，皆蔚然負海內之望，能補公所未足。公於是益得一意考槃，無當世之志矣。

予宦遊廿年，歸里所，見年少同學輩零落殆盡。謁公庭下，見公之眉宇，神彩煥發，接公議論，斐亹絡繹。興會綫似三四十歲人，非特其得天之厚也，殆古之所謂知足無欲，而不攖其寧、不滑其天者。昔白傅之居洛也，於履道宅爲五百七十歲之會，時狄兼謩、盧貞以年未及七十，雖與會而不及列數。司馬君實舉真率會，年始六十三。予今年六十矣，行將隨公杖履於九峰三泖之間，雖不

敢希風君實，庶比於狄、盧之從太傅，而附名詩卷之末，爲後來故事，宜公之所
樂許者也。

陳太翁壽序

澤州侍御陳先生，國初督學吳中時，予方稺齒，先生最賞其文，規其遠大，
補郡諸生。後二十有五年，予以詞曹後進，謁先生從子今尚書説巖公，一見歡
若平生。又十有餘年，而予仲子炯舉禮部，出公之門，父子再世受知，以爲深
幸。公方以文學經濟，遭蒙殊眷，爲天子講道論藝，潤色鴻制，而予亦侢之編摩
之役，從公討論，一言商榷，標旨淵遠，所謂風義兼師友者。公退之暇，移日視
晷，談論疇昔，詢侍御生平行義，與其起居言笑，不勝泰山梁木之感。

公以侍御故，視予如年輩，故予於公雖晚進，猶兄弟行也，於公之父封都憲
公，猶諸父也。然而予之齒加長，而又早衰，回視執經侍御時，四十餘年，菁華
欲謝。乃聞太公尚强飯，猶庀其家政，年已及耄，不減壯盛時。予聞之而喜，以
不得見侍御，庶幾得見太公，而太公顧里居，予又匏繫不得去，度無由奉杖履，
而猶以不文之辭，託侑觴之末行，情烏容默。

夫户有樞，車有輪，物之勞者也，過用則敝，不用則亦敝，故君子居己在用
舍之間，制用在勞逸之際，所以養壽命之原也。侍御起家進士，官中外，而太公
驅策款段，雍容州里，似馬文淵。從弟少游既壯，子升庸貴仕，揚名於天下，而
太公方韜光削迹，相羊南鄰北舍間，不改風素，又似乎君家太邱。人知少游之
無意於用，而不知跕鳶曳足，已有用之者也。知太邱之以名德自高，而不知出
納獻替，太邱之志則已行也。

予聞太公所居，當天下之脊，異時流寇内訌，叛將外侮，太公築砦①保聚，
捍禦鄉里。及乎天下既平，率其子弟綜理家事，不以寂莫自屏，不以富貴自逸，
此亦太公之爲政也。天固位置太公，於用舍勞逸間矣。太公能順天之所置，故
外不涉於憂患，而内不潰於頹惰委靡，氣愈强而神愈王，久而弗衰，固其宜也。
《詩》曰：“雖無老成人，尚有典型。”老成之於世，無論在朝在野，其爲典型也大
矣。託侍御之門牆，綴尚書之末契。太公念其兄，因以及其兄之所取士，愛其
子，因以推及其子之僚友，庶爲我歡然傾倒，進百年之觴乎。

---

① “砦”底本作“呰”，今據文意校改。

翁鐵庵壽序

虞山大司空翁鐵庵六十初度，予既以孟陬之月，造其廬而稱觴。一時爲鐵庵壽者，又欲予爲之辭。以鐵庵之初舉有司，予忝爲考官，有師生之稱，又同郡同館，鐵庵必以得予言爲喜也。

竊聞古之師弟子，言其傳道授業者。《禮》曰：“事師無犯無隱。”《疏》謂：“無犯是同親之恩，無隱是同君之義。”以恩義之間，爲制心喪三年，比於君父，蓋綦重也。自兩漢官人始於辟舉，遂有故吏解官行服，輒擬心喪之條，而傳道授業者，漸輕矣。

唐重進士，知舉者謂之座主，其時之人，即以事舉將者事座主。《開元禮》：“爲座主齊衰三月。”是朝廷明明爲之制服。終唐之世，恩若父子，莫之敢攜。故五代時，桑國僑爲宰相，謁其座主裴司東尚書，裴不迎不送，曰：“門生也，何送迎之有？”歐陽文忠載其事，以爲有禮。若范魯公、李文正之於王德韶，王文獻之於和成績，以迄有宋之世，蘇承旨、歐陽公門下士，皆竭誠盡力，久而弗懈。宋有同知舉及詳定官釋褐者，并稱門生。又如范文正以晏元獻薦入館，終身爲弟子，其名稱稍多矣。

明世，以鄉試考官、會試同考爲重，其間黨同比附，轇轕糾結，門戶之釁，亦由之起。霍文敏韜深嫉之，其主試禮闈，爲文以告舉子，不許謝恩私第，語甚峻切。文敏剛褊峭急，其言亦欲救弊，一時猶未以爲允。自予論之，舉主與座主，皆爲國家選擇賢才，以備任使，其事甚重，非爲一己樹恩也。而爲所舉者，當思所自，既不可因私以害公，亦不宜忘本以違義，是以趙宣子薦韓厥。河曲之役，宣子僕以乘車干行，韓厥執而戮之。宣子曰：“吾舉厥也忠，既而下宮之難，非厥也，趙氏不立。”其能戮宣子之僕者，必能復趙氏之卿也明矣。

東漢第五倫，朝會坐鄭弘之下，弘以舉將之故，踟躕不寧，朝廷爲設雲母屏風隔之，體其敬舉將意也。唐魏知古爲姚元之所薦，位至宰相，後分司東都，訴譖崇二子，明皇薄之，終身不用，謂其不能報推舉者，必不知感朝廷也。柳子厚《與顧十郎書》，謂纓冠束衽，趨以進者，咸曰：“我知恩當隆赫柄用，而蜂附蟻合，煦煦趄趄，一旦勢異，電滅颷逝，不爲門下用矣。”子厚爲顧少連門人，少連身後寓書郎君，猶自稱門生，以未報大德爲恨。

韓退之嘗佐董晉幕，晉第二子溪負罪終長沙，因贈溪女婿陸暢云：“我爲門下士,力薄蚋與蚊。受恩不即報,永負湘中壙。"蓋其於易世而後,見其子孫戚屬,勤勤思有以自效如此,豈與一時趨附便辟佣訽者,同日論哉。大約厚於師友者,必不背君父,古者嘗以此觀人,百不失一也。果其事關國家,如韓厥朝升焉而暮戮其僕可也,否則古人之風義,有可得陳者矣。

予弇淺鄙僿,最不足道,鐵庵顧嚴事予,敦尚古道,其平日與予議論,不必盡同,而其大指不貳,予聞其言,每深服焉。至於世之毀訾侮弄予者,必爲予剖白明晰,殆若視於無形,聽於無聲者,然予何以得此於鐵庵哉。予向者疑霍文敏之言過於矯激,以爲道義相關之故,亦不可以不講也。今人之師,雖非古人之師,其以勖勉道義,報效國家,儻亦所謂相得益彰者邪。鐵庵忠誠亮直,爲中外所跂仰,異日格天事業,正未可量。予衰鈍放廢,偃蹇退匿,埋鬱就死,藉吾友之偉節宏議,少蓋吾平生之訾,特敘述古來師弟子之本末,爲公進一觴焉。

朱去非先生八十壽序

夫子繫《易》之辭有曰:"樂則行之,憂則違之。"蓋昔之聖賢,莫不欲道濟天下,故富貴顯榮,成理萬物,則以爲得行其志;而寬閑之野,寂莫之濱,則以爲不得志於時者之所處也。然而伊尹畎畝,孔、顏疏水簞瓢,無在非樂。范希文進則憂其民,退則憂其君,又無時而樂,其致不同,何哉?蓋儒者有一身之憂樂,有天下之憂樂,吉凶禍福,繆戾繚戾乎吾前,而所性既定,則足乎己,無待於外,是故雖巖棲草茹,而不改乎其樂。若乃際乎責任之重,而行乎利害之塗,震撼擊撞,何以鎮定;辛甘燥濕,何以調劑;槃錯紛結,何以解紓;黯闇污濁,何以茹納。天下或被其潤澤而樂之,而百責所萃者,欲求爲章甫逢掖之儒生,而不可得者矣。

去非朱先生,生同里,幼同學,志行述業,無弗同者。予以庸材虛叨國恩。二十年間厠侍從,躋列卿。先生太宰恭靖公族孫,內行淳備,淹貫六籍,爲士林宗師,而僅以明經膺歲薦,樂行憂違,若判然不能以強同。然予智慮疏淺,人事乖迕,瑕釁百出,叢集厥躬。幸聖明曲賜矜全,而從容講讀之地,提衡綱紀之司,展布所及,十未三四。

先生道風秀世,邦君式廬,憲老乞言,皋比都講,聽者圜橋。狡偽獻其誠,暴慢致其恭。予惴惴如集木,而先生益然有沂水春風之趣;予不能一日行乎朝廷之上,而先生沛然行其道於州閭族黨之間;予無足以解憂,而先生不能易其樂。揆以夫子繫《易》之旨，予若適相反，而先生又適相成。聖人之言，固未可以一説盡也。

先生今八袠，音吐閎亮，視聽精審，可五十許人，而予亦逾耆矣。蒙恩放還田里，可以抱琴行吟，弋釣草野，如禽鹿脱檻籠而就林藪，庶幾遂其初志。俟編纂告竣，上之册府，當以小友追陪杖屨。先生有安樂之窩，而予亦澆花種竹，竊擬獨樂之園。某邱某水，一觴一咏，彼此過從，以娛化日。釋其所憂，而尋其所樂，先生其能許之同志否也。先生之門人擢科第者甚衆，予子樹縠、炯少時亦并受業焉。時屆懸弧之辰，其門人謂予不可無言，遂書此於屏障，以爲介壽之辭焉。

沈蟄淵八十壽序

吾邑隱君子蟄淵沈翁，與先大夫同硯席，予童年即見之。是時，翁方掉鞅詞壇，雖其豪上諸達，而怡怡愉愉，無囂張之色，翁蓋德量過人者也。及予兄弟長，而翁過從尤密。今予輩且老，兒子迨童孫輩，又從翁遊處。歲月既遼，人世迭變，翁閒居肆志，寄情豪飲，復優游恬適，不見衰颯頹老之態。蓋五十年來，翁與予家交幾四世，而翁之容氣言行，不因少長得喪爲盈絀盛衰，憶之歷歷在目，如一日也。里黨間咸敬重翁，推爲祭酒。

去年翁八十初度，謂予世與翁習，欲得予一言。予繆膺國家文史之役，又僝直禁廬，揮翰旁午，久未有以報。今春休沐之暇，乃爲書以告翁曰：予讀前史，洪武時，有周先生壽誼者，崏山人也，年一百二十歲。明太祖嘗召見，見王常宗《鄉飲碑記》，稱壽誼當一百十歲。時太守江夏魏公舉鄉飲酒禮，設三老位，壽誼實居第一。比還，太守躬餞婁門之郊，再拜送之。蓋上隆至理，則下多壽考。有明初造，肇開太平之基，周君迺應天表，況於我朝，德翔仁洽，隆平之象，光於三古。

今吾崏同時年九十餘者，已有數人，則如壽誼者，將來未可以一二數。若翁之葆固康强，宜過其歷，今之八十，殆猶日中未昃也。翁初艱於子，年五十餘始舉子，今且有三孫，如蘭枝玉樹，鬯茂於摯斂之時，得天之厚，從可卜矣。予未老而衰，猶冀異時乞身歸田，與翁徜徉山水間，當爲翁躬進百歲之觴，賢大夫亦必有如魏公其人者，盡禮而致養。天子修憲乞之典，立老更之制，必以翁應徵，若明祖召見壽誼時，事無疑矣。翁其識之可也。

楊雪臣七十壽序

　　古今豪傑之士，有過人之才者，用於世則與天下見其功；苟其不用，而撫時感會，咸有以寓其無聊，發洩其不平。若夫忠憤結轖，有不可磨滅之至性，其所感者愈深，而其所寓抑，又非人世耳目之內，所可拘域，此才智之士，往往而然也。若夫讀書好古之士，凡其不盡用之才，與所不可回之志，一以學問消融之。其始未嘗無迤回遏抑之力，而其後漸底於和平，斯則粹然儒者之氣象，非可以強飾而猝至也。

　　毗陵楊雪臣先生，大中丞之子，大司徒錢公之婿，家門鼎盛，園亭聲妓之奉，冠絕一時。而先生雅不喜爲游，閒刻苦下帷，講求典故及有用之學。勝友盍簪，歡然談宴，盤餐日費，錢夫人恒出旨蓄以代匱。已而流寇交訌，烽火夾江岸，先生遂棄舉子業，散財結客，一日陷黨禍者七十餘人，復傾貲救之。數年之間，家凡三破，而門無犬吠之警，蓋亦有天幸已。

　　方先生少日，好立奇節，比屢跌不振，蓋亦嘗怫鬱撞擊，發作流露，而卒能抑按，無所憤決。既而韜光滅影，厚自刻厲，率諸子鍵戶讀書，自經史而外，分授天官、地理、歷律、兵農之書。每家庭閒燕，父子兄弟蕭穆相對，質疑問難，恒見燭跋，飯蔬啜菽，蕭然自得，益究心於洛閩之學，研窮性命之旨。出則與惲遜庵講學南田及東林書院，如是者餘三十年，學益醇，養益粹，而其氣益以和平。

　　今之與先生交者，蓋幾不知先生曩昔之志節，如是之磊落而奮迅也。先生於交遊中，凡涉顯貴，未嘗以寸紙通謁，四方問業者日至，手披口授，日不暇給，閒或攜朋儕之野外，徘回嘯歌。今年七十，燈下猶能作小楷數十百字，日著書於中丞公之西樓，顏曰迎旭，諸子衷爲《飛樓集》百二十卷，藏之。蓋其所著，皆發揮聖賢之精義，闡繹傳注之奧旨，固非同於窮愁著書，而亦豈假是，以消磨其忠憤結轖，不可磨滅之至性也哉！其子道升與予交，予因介壽之觴，序以問之先生，爲何如也。

封太孺人田母壽序

　　《詩》曰：“無非無儀，唯酒食是議。”《禮》曰：“內言不出於梱。”女道幽閒柔順，以相其夫若子而已。然則具非常之略，爲丈夫之所不能爲者，將抑而不用乎？將以爲爲之者非乎？臣之事君，子之事父，竭誠盡力，終其身以爲之，無以自異也。至於以忠與孝稱，則大抵處乎其變，而所爲者極難矣。饘酏擊悗之事，女子終其身以爲之，豈有能與不能之甚者哉？一旦臨患難，履盤錯，不得已而爲丈夫之所不能爲，以自見於世，世之人從而稱之，從而傳之，而天亦厚其報以與之，然後知若《詩》《禮》之所云者，亦語其常焉而已。

予同年友之母田太孺人，從先生宦麗水，半載而殞所天。當是之時，内外沸然，錢穀出納之事，簿領從橫，移檄旁午，代者故難之。今天下爲令者，往往起書生，不習吏事，授之握算，不知縱横，吏得因緣爲姦，乾没蠹蝕，不一二年而身受其困，官敗名辱，羈纍相繼者，蓋比比也。太孺人以一女子，雪涕起苦寢之中，收其文籍，會計其徵解出入之數，絲毫不爽。豪胥猾吏，瞪目咋舌，而莫可如何，事卒以得解。既而復有内難，太孺人從容弭之以恩，濟之以權，所區畫皆中窾綮。凡此方於古之臨患難而不動者，其事較難。迨事定之後，而太孺人亦心力卒瘏矣。

後六年，長子子綸舉於鄉，其明年成進士。又七年，而官中書舍人，以覃恩封今號。先一年，中子亦膺鄉薦，幼子補諸生，并欲起未可量。然則天之於太孺人，艱難困厄於其始，必將厚其報於後以償之，弆禄壽考，方未有艾也，豈得以尋常之事量之乎。繼自今，子綸兄弟，業日益大，功名日益著，母氏以累封日益顯，由此而耄耋，而期頤。而予亦得時以同籍之好，執猶子之禮，拜於堂下，將珥筆傳其事於史册，以爲後世美談。請以今日之一觴，爲之端也。

申母茅太夫人八十壽序

予妹婿申梅江祠部家居數年，昨歲補故官，未數月再遷秩，而梅江以太夫人春秋高，有弟例不得請養，欲移疾歸去。既投牒所司，會廷推督學廣西僉憲，衆謂莫如申郎中，合辭以其名上。詔曰：“可。”令甲任嶺外者，皆嚴程敦迫，梅江祇命治裝，過予言别，曰：“吾素無宦情，君所知也。吾母年八十矣，吾方投牒引去以奉吾母，當路者不察，令適萬里瘴癘地，其若之何。吾以情告黄門給事，乞寬程限，將枉道抵家，一上壽觴，拜嘉慶，顧不得少留膝下，吾獨何以爲心也。”

予曰：太夫人賢也，必諄諄以王事趣子行，子承太夫人之志，亦所以爲孝也。太夫人爲鹿門公之從女孫，光禄五芝公之女，歸於申，爲相國仲子大參公之子婦，中翰孝觀公之德配。兩家皆累世仕宦，其耳目之所涵濡漸染，皆詩書禮義之澤,其於公爾忘私、國爾忘家之誼,舉以勉其子者,蓋有得於其性與習者,吾知其必不以遠且險姑息子也。

太夫人有淑行,而艱於嗣。當盛年,爲其君子置副室,得梅江兄弟,字之如己出。以故梅江兄弟盡子道,不異於出己之母。方其歸中翰公也,及見相門全盛之時。今梅江又漸致通顯,持憲司衡,有孫已登賢書。數十年中,所見多吉祥善事。年躋大耋,身其康彊,晨興夜寢,盥漱巾櫛如平時,可謂備既醉之五福,宜在彤管之記載。

予爲肺腑至親,備悉太夫人淑德懿範,刑于吾妹,故爲之文。使梅江歸,以之伏讀三周,於太夫人前,慈顔當爲之怡。日加一飯,而行者陟屺瞻望,其亦可用以爲慰乎。梅江往者丙辰之歲,首當考選,忽以銜恤,解官去。今其時之授臺省者,多至大僚,梅江弗羨也。其迴環曲折於胸臆,惟是夕膳晨羞、異糧宿肉之奉,丁寧吾妹及甥,周詳篤至。今粵西之役,踰年遂當報竣。星霜未及再周,而驂騑已還子舍。古人不以三公易一日之養,吾知當是時也,雖清卿顯秩,梅江且勿樂就也。是真今世大夫之所難能也已。

舅母朱太孺人壽序

予家與外祖家比鄰,少時日起居外祖母何夫人。舅氏五人,皆有長才遒篆,以天下多故,好言兵事,舉癸酉鄉試,一上公車而卒。次寧人,出嗣從叔父。次子嚴,以目眚別居。惟少子子叟、子武,在何夫人左右。子叟舅娶朱夫人,同邑參政女,與予叔母同産,端正和順,甚得何夫人意。何夫人性嚴重,嘗竟日不言,獨愛讀書,與予外孫輩誦述經史,即輾然色喜。嘗呼予語曰:"惜外祖不見汝,汝舅子叟頗知文史,盍往質焉。"

子叟舅長予十歲,顧屢困有司,嘗與予應童子試。試出,命舅母以餅餌食予,爲予敘先世黃門公之直諫、司馬公之政術、宮贊公之文學,慨然曰:吾先世家聲煇赫,先君以蓋代才,無禄即世。吾年已二紀,寥落如許,負慈母之拳拳,其何能不悲? 言訖,淚下如雨。此言垂五十年,思之如昨日事也。然舅氏雖侘傺無聊,既得賢內助,益發憤力學,欲以成名。

歲在乙酉,王師南下,衆議登陴守禦,紛紛挈家避出。何夫人曰:"老嫠婦必死於此。"兩舅與舅母俱不敢去。未幾,城破,兩舅并遭難。舅母朱夫人知事急,引刀刺其喉,氣息纔屬,僵臥瓦礫中,死者纍纍。何夫人守婦尸弗去,曰:

"新婦死於是矣。"俄遊騎過，斫何夫人右臂，損折。久之，朱夫人得甦，起覓其姑，悲不自勝，手裂舊襦爲姑裹纏，重傷，復自塞其頸，相抱匿廡下破屋以免。越日，扶掖登舟出城。

外祖母嘗稱曰孝婦孝婦云。是時，先太夫人與吾從母，并迎養外祖母。舅母攜襁褓二子一女，歸參政家。參政公病，衣不解帶者經年，復又築數椽迎養。何夫人送往事居，并合禮節。教二子達夫、來白，皆有聲鄉校。達夫丙辰登進士，官中書舍人。達夫嗣長舅孝廉爲宗子後，以覃恩請，貤封本生，於是舅母稱太孺人。踰年，達夫卒於京邸，辛苦操作。又教督諸孫成立，今年七十有一矣。自來嬪五十餘年，苦節四十載，例合旌表。有司以已受封，弗予綽楔。鄉黨於其設帨之辰，欲予爲文，以佐觴斝。

予自孩稺過從外家，今年亦六十有一，其何可以無述？予惟顧氏自黃門公以來，爲婁江衣冠甲族，至於今科第凡五世矣。然自外祖賓瑤公未仕捐館，外祖母以未亡人支持門户，荼苦百端。迨長，舅舉孝廉，交遊徧中外，諸舅綽有才華，吾子叟舅又得賢婦佐理家政，入其門且改觀矣。既而孝廉早世，家難復作，室廬失火被焚，又遭圍城之禍，壯子身膏白刃，朱夫人自刎不殊，挈其病姑乘舴艋逃生荒邨窮壤，行道見之，無不隕涕。

乃課子成名，出入鳳閣，早晚改官，可以興起家聲。而舍人又復夭折，舅母如春秋魯敬姜先哭其夫，又哭其子，其所矢之操則松柏也，所值之境之苦則如渾源、元嶽、峨嵋、終南之灌木，所歷風雨霜雪爲已多矣。吾思天之氣運，寒凝摰斂，則必有陽和，家道亦然，衰盛枯菀，循環無端。凡予見外家有得意事，即有挫損，今剥極而復，以天時物理揆之，蓋將日益隆熾，如昔者蟬聯科第，累世之盛，舅母其益享遐福，以宜爾子孫已。

憺園文集卷第二十五

記上

乾清宮讀書記 康熙二十四年正月二十七日，乾清宮御試。

我皇上膺圖受命，德盛化神，文軌齊於勳華，至治協於軒昊，正朔頒八荒，禮教徧六合，自開闢以來，所未嘗有矣。而皇上所以致天下之極治，若此之盛者，惟是勤學好古，極圖疇精微之奧，通天地渾淪之理，窮古今之紛賾，觀萬物之屈伸，禮樂貫於百王，運數探於元始，因革損益，燦然備陳，制度文爲，犁然具舉。自書契之後，簡編煙海，深宮禁籞，廣厦細旃之間，昕夕披覽，亹亹忘倦。是以内聖外王之道，無所不該；文經武緯之宜，無所不裕。合乎天而孚乎人，發諸邇而見諸遠，舉而措之，易易也。

臣伏讀《尚書》，至《說命》乃始言學，曰："王，人求多聞，時惟建事，學於古訓，乃有獲。"蓋王者之多聞，欲以見之事業也，非徒資閱覽、稱博洽而已。三代誼、辟，罔不皆然。顧後世人主，或厭棄詩書，或初勤終輟，以是治功亦遜前古。若漢武帝表章六經，東漢顯、肅二宗臨雍親講，唐太宗留情典墳，意悟沖邁，宋真宗、仁宗手親經史，丙夜不輟。史册流傳，以爲美事，而治不臻於極盛者，以其所學之道，非二帝三王之道也。孰有如我皇上之合道法以出治，與天合撰，自强不息者哉？

臣惟乾至健也，天得一以清，乾之象也。解者謂一者，專一而不撓，純與不已之謂也。穆清宰乎上，而日月星辰，經緯錯列，氣化流行，循環不已。夫天豈有息時哉，亦豈有强之使然者哉？惟自强不息，故健之用爲至神，一息即非健矣。孔穎達《正義》云："天體之行，晝夜不息，周而復始，無時虧退。"君子以人事法天，亦如天之至健，而自然不息，無幾微之或間。是以仰觀俯察，窮搜博覽，彌綸宇宙，酬酢神人，雖功用莫之能測，而範圍不外於一心。蓋皇上之心，即二帝三王純亦不已之心也；皇上之學，即二帝三王惟精惟一之學也。無一時不典於學，即無一事不合於道，由是而致治之盛，遠邁往古，豈偶然哉？臣謹承命爲《乾清宮讀書記》云。

瀛臺恩宴記

聖天子御極之二十年，九叙歌，七德皥。萑苻銷聲，鯨鯢潛伏。遺孽就殄，諸方底平。威弧將韜，靈旗欲偃。雨暘時若，歲其大有。天子以秋七月壬申，燕群臣於瀛臺，蓋異數也。群臣入自西苑門，乘船渡至石橋側，序立以俟。天子遣重臣傳諭曰：“惟兹在廷諸臣，宣力有年，恩數未徧。今朕駐蹕於兹，召諸臣合會爲歡，以永今日。魚藕菱芡之屬，出苑中所有，無費大官。又念秋露始零，各賜文綺表裏，用製時服，非比法筵大賚，其共悉朕意。”

諸臣以次拜賜，伏而奏曰：“臣等備員多過，無有毫末勞勣，方懼隮越於下。今天子加恩便蕃，在廷沾洽，跪聆溫綸，益用悚慄。涓埃之忱，難裨海岳，臣等無任惶愧者。”奏已，謝恩就席。天子復有命曰：“古者君臣有獻酬也，今者之飲，朕不及遍勸群臣，其暢情極歡，無或不醉。”諸臣再拜稽首就坐。飯訖，改席，設肴核，賜上尊人一卮。又命勳舊大臣學士，勸飲無算爵。於時天氣爽澄，樹色茂鬱，秋蘭香發，谷鳥聲和。諸臣既醉謝恩，各擎所賜以出。臣既點承華之署，獲與斯榮，又以執筆侍立螭坳，誼當有所撰述。

臣伏考《儀禮》有《燕禮》，於五禮屬嘉，其一爲君臣無事而燕，其一爲卿大夫有勤勞而燕也。今諸臣幸邀天子之寵靈，而際太平無事，廟堂之上，璣衡神運，使萬物得所，四海蒙澤。諸臣方奉職不逮，其何勤勞之有？此所以大小臣工受恩感激，跈蹐不自寧者也。臣又讀《小雅·鹿鳴》之篇，“小序”以爲“燕群臣嘉賓也”。既飲食之，又實幣帛筐篚，以將其厚意。故《燕禮》歌《鹿鳴》，而鄭康成注以爲君臣講道修政之樂章。賈公彥疏《魯頌》“振振鷺，鼓咽咽，醉言舞，于胥樂兮”之詩，亦以爲君臣相與明義明德而燕也。飲有酬賓送酒之幣，食有侑賓勸飽之幣。

三代盛時，上下和樂，君臣之間，如家人父子。論者以爲泰交之盛，致治之本在是。自秦漢以後，此風邈不可覩矣。然則天子所以施恩臣下，飲食之而侑以筐筥,令其不醉無歸者,恩至周浹,禮至隆厚,與《雅》《頌》所云,先後一揆矣。自三事以及庶司,有不戴聖德之高深,淪肌浹髓,以圖報於萬分之一者乎? 臣故述兹榮遇,系以五言古詩四章,以爲《瀛臺恩宴記》云。

御賜書記

皇上以侍講學士臣尹泰有問學操行,俾在内庭供事。不數月,以其勤也,賜之内府秘本《秦漢文》一帙。臣泰既受賜累日,喜見顔色,則向學士臣乾學言曰:"泰少而讀書,僅通記籍,長而龘知大義,未嘗窺聖言之奥奥。自侍禁庭,見皇上聰明時憲,孜孜亹亹。聽政之暇,研精覃思於六經之要妙,與夫前史得失之林。每召臣泰,面加訓諭。凡古人文章,一字一句,稍有疑端,天語發明,洞若觀火。臣泰側而聽焉,伏而思焉,如是數月,而心有所開。今之泰,非昔之泰也。皇上以泰爲可進於學,而賜以是書,又重之以宸翰。泰雖不敏,將終身焉紬之繹之,以益其神智,傳之子孫,世世寶藏焉。子爲我記之。"

臣乾學竊惟自古人主留心藝文者多矣,未有如我皇上好學深思,精微廣大者。《説命》之言時敏,《周頌》之言緝熙,無以過之也。臣乾學薄劣無比,遭逢際會,得侍講幄,及造内庭,仰見細旃廣厦,夙夜宥密之聖心。而泰朝夕供奉,式克欽承,揚休進光,密邇咫尺,宜其涵濡於帝德之廣運,而自淑於厥躬也。臣又伏念人臣受君父之賜,尺寸莫不以爲榮,惟賜書最爲優渥。車服有時而敝,金貝有時而罄,惟書則貽之永久。是訓是行,不啻天球河圖之璀璨,而世世守之,若河山帶礪之綿長也。宜泰之感激之深,而愛重之至與? 東宮將出閣,上特擢泰爲詹事,眷倚益厚。泰益思進德修業,以報非常之恩。他日洊登三事,寵賜便蕃,尚當爲君記之。勉旃自愛。

贈太僕寺卿黄忠端公祠堂記

明故贈太僕寺卿餘姚黄忠端公,諱尊素,字直長,號白安,以寧國推官擢山東道御史。天啓六年,爲奄人魏忠賢羅織,死詔獄。崇禎改元,忠賢伏誅,斥逐奄黨,以次襃卹諸死節者。於是公得贈官蔭子,祭葬加禮。御史袁鯨請於京城建祠,祀諸死節者。又令楊漣、周順昌、黄尊素、李應昇等各家子孫,追塑遺像祠中,順天府春秋祭享。詔曰:"可。"

當是時,死節最著者十三家,又命有司立廟於其鄉。於是公之祠建在縣西西石山，落成於崇禎之十五年。時華亭陳子龍爲其府推官，銘其麗牲之石。入國朝，以地當營屯，隸卒雜居其中。歲久，牆屋穿漏，俎豆無所陳列。有司以非政所急，遂不復埽除修葺，以至於廢，歲事不薦者四十餘年。太倉王揆以左贊善督浙江學政，移檄即公故居黃竹浦重建祠宇，距公之歿六十年矣。

公初爲御史，即因災異劾客氏、魏忠賢，謂：“阿保近於趙嬈，禁旅同於唐末，蕭牆之禍，慘於戎狄。從古女謁斜封，奄宦典兵，天下未有不亂。”其後三月，而楊忠烈公二十四大罪之疏上，公遂拜疏，乞罷逆奄東廠，今日臺諫折之而不足，後日干戈取之而亦難矣。萬郎中燝以杖死，公又極言：“廷杖非祖制，徒授太阿於奄寺，使假以立威，鉗制言者。後日筆之於史，貽譏萬世。”無何，黨禍大作，織監李實劾公等七人，逮入鎮撫司搒掠，五毒備至，遂矯旨殺公於獄。

當是時，朝政大亂，天下誼讙，公與兇豎義不共戴日月，其守正遇害，君子謂之順命。然考公立心行事，豈僅爲一己成名者哉？諸君子中，最爲深沈有智略。汪文言之獄，將連染正人，公素不喜文言，曰：“夸者死權，其是之謂乎？”至是，與鎮撫劉喬計畫，獄得不竟。後喬泄其語，喬因得罪，奄黨益忌公，公罷去。或言東南士大夫，將以李實爲張永除君側姦，忠賢怒，數誚讓實，令爲飛章誣奏諸公講學謗訕。實惶恐，懼有脫漏，驛送用印空名奏牘，惟所欲除。於是緹騎出國門，七人逮矣。嗚呼！天運極剝，人事至否，如鬼如蜮，其間譸譸訿訿，不可得而詳也。

公未第時，以易學教授明於陰陽消長之理，君子小人進退之幾。方南樂魏廣微以奄宗入相，諸公力排之，公謂：“乾六龍一亢，姤豕至矣。姤一豕躑躅，玄黃至矣。諸君子可當龍亢，南樂可當姤豕，吾輩其安稅駕所乎？”楊公劾奄疏草具，公曰：“公大臣，非同諫官，一擊不中，禍移於國。”及萬郎中杖死，勸楊引去，謂公一日不行，大禍不解，楊善之而不能用。及魏忠節大中，將以大享不至劾廣微，公又言：“南樂父允貞本清流，故於奄雖深託宗人之分，而未敢顯仇正人，一暴露則決裂矣。”魏不從，而黨禍遂作。蓋一時諸君子以壯往夬決爲矯矯風節，而公意主於調劑水火，不欲逞於一擊，以悞國家大計。

公以包荒休否忠告於公卿，而其指切權奄，不少容隱。蓋當軸者不可不長慮却顧，而有言責者指事直陳，爲盡其職，兩得之道也。從來君子小人，猶冰炭不同器，小人勝君子，必誅鋤善類，大張虐焰，而國遂以亡。故姤卦初陰之生，懼其壯而敵陽，令君子預防；夬卦五陽決一陰，猶恐懼孚號，尚有危厲。君子之防小人也至矣，其去小人亦難矣。君子道長，則小人皆可爲君子用；小人用事，則君子必無一立朝者矣。東漢黨錮之禍，陳、竇之誅，漢鼎未幾，裂而爲三，已事昭然，可爲金鑑。故公周旋楊、魏諸君子，憂深慮遠，彌縫委曲，尚欲包小人之荒，以毋成小人之勢，勢成而國事不可言矣。

公與友人書，謂："我輩身死，而國家猶恬然，生民猶乂安，死何足惜！但未有仁賢云亡，而邦家不殄瘁者。節、甫、莽、懿，戎馬黨錮，合併一時，如國難何！"公蓋明知大廈之將危，而告於其執友，惻怛之至也。公《絶命詩》云："錢塘有浪胥門目，惟取忠魂泣屬鏤。"讀者以爲伍員臨死，謂二十年之外，吳其爲沼。當員時爲魯哀公元年，至二十二年，而越果滅吳。公劾奄黨爲甲子歲，至乙酉大兵下江南，亦二十二年。胥門之語，若燭照而蓍斷。自古正氣流通，鑒往察來，不假數術。公養氣知言，得於學問，豈伍員剛戾忍詢者，所可比擬！余痛其謀國之忠，而惜諸君子徒抱氣節，相率慘死犴狴，以致社稷顛墜，淪胥以溺。因公祠堂成，嗣君宗義書來請記，特表而出之，以告後之君子。

沈文恪公祠堂記

沈文恪公以翰林出爲某官，其後左遷，復入翰林，官至詹事以歿。余嘗爲公墓隧之碑，言之綦詳矣。公之歿也，上賜金五百以治其喪葬。葬畢，雲間士大夫醵金爲祠，公子宗敘、宗敬更以賜金之餘助焉。既成，而宗敬成進士，復選在詞館，不半載，以疾請假。臨行，屬余記其建祠之歲月。

公生平好賢愛士，所以引掖後進，有忘其己之財力之不能以赴之者。以故聞公之喪者，皆哀悼不已，而其鄉人之惜之尤至，思俎豆之於無窮。公之謙恭遜順，退然若不勝衣，其言呐呐然若不出於口，而於朝廷大議不肯詭隨。其以亢旱求言，"爭罪人免流烏剌"一事，甘澍立降，尤爲仁者之勇。上究從公議，蓋其所全活者實衆矣。公之隱然造福於世者，未可以人舉物計，而公亦未以之告人。而此一事爲人之所共知者，乃止位宮尹，年未逮懸車，以是謂爲善而不償其所施。而余以爲公名之垂於宇宙，與後人之象賢而興者，豈非《詩》之所云"令聞不已"、"永錫爾類"者邪？亦可使人知善人之必可爲矣。

祠在其郡之城隍廟西，廟之東爲董文敏公祠。二公皆多能善書，前後風流相掩映，故鄉人爲卜地，亦使相近。經始於康熙某年月日，落成於康熙某年月日。首爲之請於有司者，諸生某等、耆老某等若干人。歲之仲秋，縣令某君某，始以少牢將事，著於祀典，蓋順民情之所欲云。孟冬十月，資政大夫、刑部尚書徐乾學爲之記，俾刻石以遺來者。

嵩陽書院碑記

嵩陽書院刱自五代，周時稱太室書院。宋至道、祥符中，并賜九經。其時甘露降講堂，守臣以聞。景祐二年重建，改稱今名，賜祠額。至金、元而廢。明嘉靖中，知縣嘉定侯君泰以二程子嘗講學其地，即故址爲二程祠。末年燬於兵火。入國朝，知縣黃岡葉君封築堂三楹，以祀有宋提舉主管崇福宮程、朱而下十四人。葉君既解篆去，其鄉先生耿逸庵介復建堂三楹，遷二程、朱子主特祀之。又作講堂曰麗澤，旁列兩齋，曰敬義，曰博約。書舍若干區，知縣長洲張君壎助成之。於是先生聚其鄉之賢雋肄業其中，而屬張君寓書於予爲之記。

余惟三代盛時，自閭里以達於王之國中，無不立學之地。自冑子至庶民子弟，無不學之人。而又擇卿大夫之致其仕而歸，能以道得民者爲之師，日從事於禮樂詩書，若綿布稻粱服食之，不可斯須去也。以故道德一，風俗同，而人材不至於眚窳。自嬴秦燔書，漢、唐以來，學或興或廢，其所以教者，皆非古法。於是有志於學者，相與擇地構宇，爲群居講習之所，多至數十百人，而書院之設，幾幾重於學校矣。然其間盛衰之故，嘗因乎其人。

宋時四書院，嵩陽與睢陽皆今河南地。時中原新脫五季鋒鏑，一二哲士聚徒講授，朝廷就褒表之，加以二程子過化之地，學者趨焉，如水歸壑，可云盛矣。而其後講堂學舍，不免夷爲荊榛。遡至道、祥符，至有明嘉靖中，其間曠廢，蓋亦四百餘年，而侯君始改建。又百餘年，而先生與張君乃廓而新之，復古書院之舊。學者於此，固千載不易得之時也。

先生之教人，以程、朱爲宗，以敬義博約爲大指。又嘗質疑於上蔡張先生沐、睢州湯先生斌。上蔡嘗過嵩陽，講主敬之義，睢州爲之記。極病今人口耳影響之談，視詩、書爲糟粕，禮儀、威儀爲粗迹，爲講學者之過。謂天命流行，不外動容周旋，而盡子臣弟友之事，即可上達天德，皆與先生之旨，互相發明。古所謂卿大夫致其仕而歸，能以道得民者，先生是已。

而張君之賢，適來爲邑宰於此，又能承先生之教，以嘉惠來學，豈非學者之幸哉！學者於此，必無徒狃於科舉積習，務爲干祿之具。其聰明有材辨者，不溺於奇衺淫僻、虛無謬悠之說，以求炫夫耳目。循循詩書禮樂之中，自下學而上達,以庶幾聖賢盡性至命之學,將由一州一鄉達之天下。自此而學術人材,可幾三代。此誠先生興起斯人之至意,予所日夜望之者也。書以復張君,俾質之先生焉。

思硯齋記

合肥許君生洲,與余同舉進士,又同讀詩書翰林。歲甲子,以左部郎遷憲職,視學秦中。奉命倮裝,行有日矣,出其所刻《思硯齋記》示余,并屬記之。

思硯齋者,君尊甫封奉直公思其父中丞公而作也。中丞公守紹興時,夢蘇端明授硯一。及明,果得硯於臥龍山麓,背有端明像。公愛之甚,出入必以自隨。逮中丞公歿,硯以寇亂失去。於是奉直公平日所對之,而哀思悽愴者,既失不復還,因名其齋,以寄其戀慕之意。今學憲君復求詩文,以述其事,非但欲著其親之篤孝,亦自以歷官於朝,鞅掌王事,闕奉色笑者十有餘年。茲且去其鄉益遠,載詩與文以往,則中丞公之仰行先哲,與奉直公之所爲思慕手澤者,俱可一展卷而得之。斯其不匱之思歟?《晉史志》:"范喬幼時,執其祖所授硯而泣。"今學憲君之於祖硯,欲執而泣之,末由矣。而修其盛節令聞,無墜於時,則所以世中丞公之遺業,而益光者,又不在乎硯之存亡也已。

七柿草廬記

離澤州七十里,近陽城界,有樊山。其地絕遠城市,蓋太行王屋之支,太宰說巖先生之居在焉。又山行十里,益阻深,多虎跡,有古柿七株,大皆合抱。先生築室於其麓,以奉其太公杖履之所遊息,因名其室云七柿草廬。嘗考《酉陽雜俎》:"柿有七絕,一曰壽。"樊山之柿,不知其樹之歲月,要必千百年物矣。百家小說所記,"桃以三千年始華實,椿以八千歲爲春秋",誕而不足信。惟柿之壽爲有徵,其言七絕,則多陰,二也;無鳥巢,三也;無蟲,四也;霜葉可玩,五也;嘉實,六也;落葉肥大,七也。雖貞松文梓,無此之具美者矣。宜先生之因依結構,以娛其親,而命名取義也。

先生之意,固欲休假色養,盥漱巾櫛其間,而弗獲遂。間嘗讀退之《遊青龍寺贈崔補闕》詩,所謂"萬株紅葉"者,火犀頹虹,極取喻之工。而追思前此之囑愁鄉思,今者無事相從之難得,誠以來窺之勿遲緩,豈非以官居閒散,得以暨遊之爲幸也。先生居六官之長,以直道齟齬於時,避嫌謗乞歸不得,異於退之之羈愁鄉思。而七柿草廬之於以晨昏起居，又異於青龍之龘遊，然而未之獲遂也。先生有言情之作，見贈於余，顧令爲之記，余亦求歸而弗獲遂者。余家北山草堂，在玉峰之陰，緣坡之竹萬竿，芙蕖數畝，環堂之下，斯焉亦可以終老，而與先生且付之臥遊也，尚何言哉！

張敦復學士《四軒圖》記

學士桐城張公圖其鄉之山水，擬置別墅，其中有屋數十楹，以春夏秋冬遞居之，琴書花木可樂之物畢具，四時之景備焉，命之曰《四軒圖》。既自爲文敘之，屬某爲之記。惟公遭逢盛世，賜第禁城，入直金華，白虎出，翱翔乎唐中、太液之間，可謂至榮，而猶眷懷故里，依依不能蘁置，何也？凡人之情，逸則思奮，勞則思休。於其鄉也，安居則忘久，去之則念公，雖大賢，樂休暇而思鄉土，豈有異於人哉？

詞臣無薄書期會之職掌，自古號爲優間。前明時，多棲遲偃仰，坐養清望，家居久者至一二十年，遷轉與在廷無異，一起輒爲大僚，於時爲其官者甚逸。今也不然，自編修、檢討以上皆有分職，撰述蒐討，矻矻常若弗及，而日講記注，旦旦入直，尤爲勞苦。若公日侍禁中，辨色而入，辨色而出，又其最勞者也。所以然者，前代人主高居深拱，希與臣下相接見，橫經講幄，大抵具文，故文學侍從之臣，無所事事。今天子加意稽古禮文之事，多所纂勒，尤勤於聖學，非盛暑祁寒，未嘗一日輟講。臨朝聽政盡數刻，輒左圖右書，尋繹詢訪。爲臣子者，膺被顧問，千載一時，又何敢少自暇逸。

夫惟天子聖明，而後詞臣得盡其職，得盡其職，而其勞滋甚。公受知聖主，方倚以致太平，年又甚壯，懸車解組，不可以計日待。於是望其鄉而思，思而不得見，則發之篇章，形之圖畫，此必至之情，而事之無可如何者也。世人於仙山名嶽，想望而不得至者，往往爲圖，以當臥遊。至如蘭亭、輞川，昔人之陳跡，亦圖之屏幛，髣髴其勝概。今龍眠爲公之家山，四軒公之屋宅，而亦作爲畫圖，目存心想。噫！人之望公，如在清都、紫微，孰知公之望其鄉，亦如蓬萊、方壺，可望而不可即也乎？予故因斯圖，以見公之心事，令千載而下，知主聖臣勞，亦將有以論其世也。

午園記

太宰澤州陳公有午園，蓋以《水經注》沁水有午壁亭，公所居當在此地，酈道元所稱沁水流逕午壁亭而南入，沿波漱石，湖澗八尺，環濤轂轉者是也。公居亦名樊川，往歲嘗繪《樊川歸隱圖》，屬予作記，會方多事，不暇以爲。今春告予以名其園者，取義《水經》之意，曰："君必爲我記之。"

予考道元注，沁水逕陽阿縣故城西，又逕濩城縣故城南，歷析城山，自山陰東入濩澤水，澤水東南注於沁水，沁水又東南，陽阿水左入焉。濩澤在陽城縣西，陽陵城即今陽城治，析城在陽城縣西南七十五里。午壁亭不見於志乘，以道元注考之，當在故陽阿縣南，爲今高平縣西南界。澤州西界與陽城接境，其南五十餘里，小竹細筍，被於山渚，蒙籠拔密。又南則爲石門枋口，迴轅孔廟，接河南野王之地，正可案籍求得之者也。

夫午爲天之中氣，地之正位，析城、太行爲九州之棖闑。公禀姿韞德，中和完粹，得山川淑秀之氣爲多。弱冠登朝，洊登臺閣，徒以直道，與時齟齬，數年之間，欲返故山者屢矣。當夫盈庭譸訛，群思彎弓而射，公以孑身當衆咻，喟然長嘆曰："吾雖荷國恩，家有老親，其敢以試不測之險？"亟請抽簪以去，未即聽許。西望陵陽濩澤，涕淚汍瀾，此《歸隱圖》之所由作也。

唐始興張文獻公遭嫉忌，罷居荆州，文史自娱。久之，以展墓歸去。其《海燕》詩曰："無心與物競，鷹隼莫相猜。"《感遇》詩曰："嗟爾蜉蝣羽，薨薨亦何爲。"又曰："今我遊冥冥，弋者何所慕。"其初憂讒畏譏，溢於言表，其後攬勝山水，去危即安，真若怏然自足者。公詩格絶肖張子壽，風度醖藉，亦復相類。獨是已解政事，尚縻禄大官，思一脱世網，有所不得。此其鬱壹於中，必有所託以自解，而姑寓意於古人之名其亭者。雖其荒殘寂寞，不可究考，猶將褰衣以從之也。公德量才望，非予末學敢擬萬一，然其被主知，遭謗焰，則與公同。予嘗記公七柿草廬，今又爲公記此，重有慨也。故既考其山水之所出，以徵公之園所以名，而重述公樊川歸隱之志，附於其後云。

賜金園記

予向者嘗聞當湖陸氏爲園，於其城北數里，周遭皆大水，鑿池其中，引外水灌輸。疊石爲山，下臨池水，逶迤渺瀰，望若無際。古木千章，皆百餘年物。

桃、李、梅、杏之屬，各自成林。紫梨、素柰、黃柑、朱柿，皆四方異種。臺館亭樹，歲久雖已傾欹，而階砌之間，苔草皆有古意。藥欄藤架，竹坡蓮渚，舊蹟依然，實浙西之名勝也。今爲少詹事錢唐高君澹人別業。君直禁庭十五年，積賜金得之，乃未及一至其地。今春扈從車駕南巡，過秀州，距當湖不三舍，悒然遙望，用是爲圖，以屬予作記。

君杭州有西溪小圖，比者至尊曾臨幸，親灑宸翰，爲之題署，澤州太宰記之。而太宰有午園七柿草廬，亦以僅得臥遊爲悵快，記之者皆予文也。予以是益嘆夫山水之真樂與廊廟之寵榮，世固未有兼而有之者也。張燕公所稱"邱壑夔龍，衣冠巢許"者，天下有幾逍遙谷哉！予與太宰與君，同被聖天子知遇，顧於時多忤，載鬼張弧，南箕貝錦，周防靡所思，高翔寥廓，以謝尉羅，而主恩深重，未能即歸去。予有花溪草堂，荒蕪久矣，爲澹人作記，何能不悲。

昔疏廣以賜金日市酒食，爲故人賓客懽宴，蓋二疏者皆歲當懸車矣。今澹人方強仕澤州，太宰亦始古人有爵服官之時，更一二十年宣力輔理，然後可引年而歸。澹人異日往來於西溪、當湖間，更以後此之賜金，爲故人賓客治具未晚。獨是予年逮六十，而衰頹如八九十人，憂讒畏譏，旦暮煎迫，未知何日，得偃息於花溪之上，然則宜悲者，莫如予也。

游南塔寺記

予以癸卯七月甲戌至汀州，會有嶺南之行，取道上杭。同鄉封子鳴陛，爲杭邑宰，款予於南城館舍。上杭之人曰，邑之山紫金絕勝，其上有桃源、龍井，長松怪石，飛泉絕澗，自汀來，舟必經此。予聞而樂之，悔其來之不一弭檝也。莫子穎修、羅子次公與予善，擬裹糧往，而霪雨累日，溪水驟漲，舟輿并不得行。穎修指城南小山，與予寓相望者，號曰琴岡，上有梵刹，可以小憩，亦以水漲不能去。

越日乙未，予得小舟以渡，西南歷石逕數武，循所謂"琴岡"者，稍折而東，梵宇屹立，爲南塔寺。寺宋嘉泰中建，殿閣弘敞，金碧照耀。其西爲僧寮數楹，寺前方塘，游魚噴沫可玩，挂袍山、美女峰皆在其南。又東爲南泉庵，竹樹蒙密，繚垣紆鬱，規制比寺略小。王文成公嘗駐師上杭，來游此庵，題近體二首，南泉以此傳。予考邑志及諸碑記，寺向有塔，吾鄉王侍御獻臣，以弘治乙丑謫丞此邦，造浮圖數級，爲邑文峰。於文峰之側闢地得泉，泉水甘冽，建庵其上，遂以南泉名。今庵固巋然也,而塔已無有。聞諸故老,以陰陽家言廢。夫以名公鉅卿之所經營,而壞於陰陽風水之説。既廢而悔,圖復則難,不亦重可惜邪!

予嘗游鳳陽之亳州,其地有桐宮、桑林諸古蹟。李尚璽先芳曩謫州佐,所在都立碑碣,其詞清晰可誦,與王侍御相類。豈賢人君子當其謫居無聊,益恣情山水以自娛樂,而在巖廊間者,有所不暇邪!然則王文成公奉天子命,提兵萬餘,盡殲山海之寇,班師經此,而率其賓佐僚屬歡歌,於荒谿野寺,其意致何等也!夫琴岡之脊,雙刹相望,萬萬不如紫金諸山之勝。而桃源、龍井間,侍御之歌詠無聞,開府之旌旄不至。蓋金山去邑四十里,而琴岡乃在浮橋數武,以故游人往往舍遠就近。雖邑人生長茲土,有終身不至金山,或至而中道返者,豈獨予哉!豈獨予哉!

游普陀峰記

游南塔寺之明日,爲八月朔丙申,莫子穎修約封子聖侯、羅子次公及予游普陀峰。辰刻,肩輿出昭陽門。迤北池水縈迴,覆以菱荇,竹木映帶絶佳。稍經里許,乃有石徑,漸聞鳥聲。道旁皆良田,農夫方殖稻。蓋炎方氣候,禾皆再登。農夫既以七月納稼,而更以其餘力播種,爲卒歲需,閩粵間皆然。又五里爲水西渡,渡口有紫竺庵。紫荆方盛開,榕樹蒙密,望普陀在指顧間矣。

與諸子小憩,過溪乃復升輿。此地去城雖近,而游屐罕至。莫子以鼓吹一部隨行,傔從甚衆,邨童婦女,簇立圍視。稍折爲苦竹坑,樹杪人家點綴如画。其水爲苦竹溪,灘水衝激,聲如輕雷。水自白砂里從北西流,入水西渡,爲溪山一勝云。歷苦竹坑而上,多松樹,高可十餘尺,枝條多拂衣袂,其最高者不及百尺。詢之土人,云:“自近歲駐兵千尋,古木率被斬伐。往時經此,雖盛暑不受炎蒸也。”東北隅奇石蹲卧,不可名狀,路益嶄絶。舍輿徒步,僧數輩以著具來迎。攀級而上,遂有長松茂草。數折,乃至一天門上,杭城萬家,烟火皆在目中。

更數十武,爲毗盧閣,前後十餘楹,梵唄與鳴鳥相和。其南竹椽茅舍,半就傾圮。再歷而上,爲玄武殿,有觀音栴檀小像,爲峰之絶頂,與雙髻諸山相望。下有間道,可抵漳之龍巖,岡巒迴互,磅礴無際。自水西渡至此,又數里矣。考志,僅有十里筊立爲普陀峰一語,而寺門建置,絶不詳其始末。詢之僧,茫然不能對,亦無碑記可考。羅子言:“往時極壯麗。丙戌秋,山寇薄城,梵宇都爲煨爐,此其僅存者。"

予與諸子低徊久之,乃取道新庵而下。新庵者,離峰頂二里許,佛殿僧寮并新葺。其東爲土樓,高可數丈,牆堅厚如城埤,僧築此以禦寇。莫子攜榼共飲樓上,盡醉乃去,仍過水西渡以歸。莫子謂:"是行也,不可無記。"予惟天下名勝之境,遭遇兵燹者,不可勝數,而載在圖經,傳之後世。既廢之後,輒復修舉,則皆賢士大夫之力,而四方來游者之厚幸也。願二子勉之,予異日或得重游焉。莫子名之偉,進士;羅子名銓,孝廉,并上杭人。封子名開睿,沛縣人,賢令鳴陛長子,能文章,爲予門人。

真定龍興寺重修大悲閣記

真定府東門内有浮屠氏之宮,曰龍興寺。寺内有大悲閣,矗立雲際,中供金銅佛像,高七丈三尺。明嘉隆間,李于鱗、王元美嘗於此賦詩,所稱天寧閣者是也。寺建於隋開皇六年,初爲龍藏寺,恒州刺史鄂國公王孝僎命參軍張公禮爲之記,碑至今尚存。宋開寶四年重建,藝祖曾幸之,繪像於閣西。元大德五年及明萬曆四年重修,皆有碑記。金銅佛像本在城外大悲寺,石晉之亂,契丹入境燒寺,鎔毀其半。周世宗廢諸佛,命以鑄錢。既而宋藝祖伐罪河東,師次滹沱,召群僧問知其故,因命別鑄佛像於龍興寺,遣軍器使與州鈐轄領其事,久之始成。其建置始末,見於歷代碑記及郡邑志者如此。

今天子龍飛之歲,開府尚書王公由天雄移駐真定,經營區畫,百廢畢舉。見殿閣漸圮,亟捐俸入以新之,金盤寶鐸,粲然改觀。一日,公傳驛往視,甫入寺,輒有寶光摩盪於閣上,五色燦爛,圓如日輪,踰時乃止。從官、將校、士民觀者數千人。今年孟陬吉日,公順時令出南郭門,見赤雲灼爍,在東郭門樓櫓,遣騎往問,則閣復有祥光如前,自是數顯靈異。或於前殿甍瓦騰光空中,亭亭如車蓋,寺傍居民皆見之。案佛經稱:"如來舍利,神曜無方。"又佛身有日光照東方國土,無不徧者。而《洛陽伽藍記》稱:"白馬寺經函上,時有光明耀於堂宇。"唐貞觀中,太宗留所得經像於弘福寺,有瑞氣徘徊像上,移晷乃滅。雖浮屠家言,儒者所不道,而前賢記載,歷歷可據。

夫以帝王垂拱於上,大臣布宣德教於下,内安外順,神人協和,則雖慶雲景星、醴泉甘露、赤烏神爵之祥,莫不可致。今天子御極以來,日月所照,罔不臣服。重念畿内八州之地,命名德大臣以鎮撫之。公膺節鉞五載,聲績爛然。北至盧龍，東盡渤海，西接雲中，南括魏郡，數百萬蒼黎，皆在祥風玉燭之下。而又以其暇日，搜覽陳蹟，振興滯廢，以順適民志。千年蘭若，煥然一新，綺麗莊嚴，踰於往昔。於是通靈達天，祥光照耀，比之白馬弘福，豈非天人之際有所感通之者，而昭然不爽也歟。

　　考王孝儇在開皇中，爲使持節、開府儀同三司，爵上公，其名位略與公等。碑稱其廊廟偉器，柱石大材，而史傳無聞焉，其政績當不及公萬萬。公既佐天子布宣德化，於畿內八州之地，能使內安外順，神人協和，必且召公調燮陰陽，補參造化，俾天下皆受其福。而通邑大都，名公貴人，結駟連騎而過者，如于鱗、元美輩，方將述諸歌詠，以頌公之功德於不衰，豈不盛哉！公名登聯，字捷軒，奉天人。乾學之謁公也，不以其文之弇陋，屬予記其事，特以塞公請云。

憺園文集卷第二十六

記下

賜遊西苑記

康熙二十有五年秋七月初九日，平明，群臣奏事畢，奉詔賜臣廷敬、臣乾學遊西苑。環衛導行，由勤政殿之左歷小逕入門，爲知稼軒。軒之外疏豁爽塏，心目開朗。數武至秋雲亭，臣英、臣士奇、臣杜訥拱立亭外以待。其西則嘉穎軒，上批閱章奏及進膳之所。南則狎鷗亭，平臨太液闌檻，鮮澄如畫，可望而得也。其際則決溔蕩漾，極視無涯，清流環引，被以荷芰，青紅掩映，汎景翩風，鴛鴦、鸂鶒飛鳴自若。池之陰植稷禾、果蓏數畦，方秋穎苕，秀色成攬，有轆轤高井，膏液潛通，清泉不竭。迆西朱牆以内爲豐澤院，上退朝讀書之室，水瀠迴階下，規制樸雅，總無雕飾。臣等仰見皇上於政事學問日昃不遑，念民依勤稼穡，所其無逸之心，雖在清宴，未嘗頃刻少輟。侍衛宣傳溫諭，賜尚方珍饌二筵。未幾，賜臣廷敬、臣乾學御書各一幅，天章炳煥，龍翔鳳舉。又賜臣等五人，法琅香爐餅合各一，製作工巧，五色絢爛，香煙裊然。臣等咸稽首頓首，謝恩乃出。

臣竊惟前代楊士奇、李賢諸臣，皆有賜《遊西苑記》，比於周之宴鎬，漢之橫汾，唐之興慶，播爲美談，流傳簡牘。往者嘗心慕焉，以爲遭逢之幸。何意躬事堯舜之主，得以持橐簪筆，出入殿廷，親見天子恭儉仁聖，勤政講學，功德巍巍，而又荷被眷遇，至深且厚。臣一介豎儒，才學不逮曩代諸臣，加孤蹤薄植，與世寡諧，猥蒙聖主特達之知，實遠出前人萬萬，臣所爲捫心知媿，戴恩罔極者也。深惟游覽所見，禽魚飛躍，草木蔚茂，雖一物之微，皆以地近日月，顧戀恩私。

矧臣粗知誦讀，厠列侍從，寵踰涯分，日夜思惟，才短識闇，無以稱塞。方諸物類，命賤恩深，徒娛暇景，無益明時。然臣區區之心，何能但已。每思古人雖處儔匹之中，一飯之德，誼無相負，況於荷天之寵，隆施稠疊，雖《小雅‧鹿鳴》所稱承筐式燕，以待嘉賓者，殆過之焉。臣顧何人，惜此頁踳？若使臣之自矢，稍渝一節，便爲虛此遭逢，辜負聖恩，爲世大僇。至於經術材器，臣於朝右，最爲後人，但犬馬惟知戀主，葵藿亦能向陽，抱此區區，冀報效萬一而已。臣既以自勵，且與諸臣共勖焉。

乾清門親選知府記

康熙二十七年十二月某日，上諭閣臣："以知府職任甚重，闕員積二十有一，其令吏部引見漢軍、漢人郎中及寫進應陞府同知姓名，朕今日親自銓注。"又謂"翰林出守無故事，朕將試之以政，命掌院學士傳集史官引奏選擇之"。

日既晡，上御乾清門，大學士、吏部尚書、侍郎及當直注記官在列，侍衛執燭捧硯，御筆注授某可某郡。於是編修丁廷楗出守鳳陽，李濤臨江，檢討汪楫河南漢軍，吏部郎中張聖猷澂江，金鑑安順，戶部郎中卞永式大同，兵部郎中祖維煥永昌，張際隆淮安漢人，戶部郎中衛台常鄖陽，田象賢長沙，成克大鎮遠，禮部郎中闔若琛嘉興，督捕郎中張曰任柳州，刑部郎中王瑛惠州，李鴻霔沅江，淮安府同知李枋擢守饒州，杭州府同知靳襄南安，處州府同知崔鳴鷟衡州，黃州府同知王民皞思州，登州府同知劉崐常德，桂陽府同知任進爵贛州。象賢聞命，是夕卒。二十人者相與序次其里居、年輩及服官所由歷爲一册，既以爲榮，且思所以報也。夫執薄呼名，登諸啓事，此銓衡之所以守成例也；予奪廢置，因才量能，此至尊之所以操枋馭也。成例者一而不可變，在選人亦自以其所應得，而無所德怨於銓衡。枋馭者神而不可測，故得之者皆震動恪恭，以爲非常之遭，而喜與懼并也。

今之郡守，視漢、唐、宋以來，其權少輕，其壓於督撫監司，而不得盡行其志者，容有之矣。苟吾之素足以信於卒，誠足以達其言，公足以動於衆，能足以立其事，而不得行其志者，吾未之敢信也。且夫有地千里，大者倍之，小亦不下數百里，領數州縣，多者乃一二十，其於民之休戚，吏之端邪，無所不當問，其不得謂之不足爲明矣。往年軍興以來，吏道多雜，其自入貲爲郡丞，循俸得太守者，十有六七。其人或猥鄙闒冗，不能任職，即往往罷去。而稍有氣力者，又百方請託，以求遷擢，有塗轍焉，爭者如鶩。

今聖明在上，政地肅清，中外百執事，各思循分稱職，真千載一時也。諸君勉之，奉揚天子之德意，而不苟同於碌碌者之爲，使爲之上官者，與有震動恪恭焉，是所以爲報也，乃所以爲榮也。昔唐開元中，明皇嘗自擇許景先等十一人，爲諸州刺史。明宣德中，宣宗嘗擇況鍾等九人，知蘇州等府。其後功名所至，載於史氏者，亦略可數矣。然則雖微是冊，天下後世，猶將指目而褒貶之也，況揭而表著之若是哉！

康節先生祠堂記

常州武進縣之漳湟里，邵氏世族居於此，蓋康節先生分支也。有裔孫文學蘅，以其父海鷗公遺命，割宅東北隅數楹爲祠堂，祀先生其中，是爲邵氏始祖祠。歲己巳，復改建於宅西偏。宗人嘉興提學僉事廷齡、杭州宮詹遠平，各出白金佽助之。自八月經始，五閱月而落成。三年而謁予，請記其事。

自宗法不立，而收族之道衰。夫親親故尊祖，尊祖故敬宗，敬宗故收族，此所謂繫之以姓而弗別，綴之以食而弗殊也。然自緦祖免，至於六世，庶姓別於上，而戚單於下矣。於是有居同閭閈，邈不相顧者，而況四海九州之異處，有不秦越視者乎。故欲收族則必敬宗，敬宗則必自尊祖始。是祠之建，得禮意矣。或疑士祭僅及祖禰，於禮不當立始祖廟。然是禮也，伊川已行之矣。報本反始之情，人孰無之，可以義起者也。至禮，祖有功而宗有德。有虞三代，皆祖黃帝與嚳，尚功也。今世士庶家，無百世不遷之宗，擇其遠祖之有功德者，祀之可也。則邵氏之所宜俎豆者，孰如康節乎。

海鷗公能以遺命刱前此所未舉之典，而蘅能勉力成之。至於漳湟族姓，與夫僉事、侍講之居異地、譜異籍者，莫不知聞風感慕，協力與財，而樂事勸功之恐後。惟其動於一本之誠，有油然不能自已者而已。於是自仁率祖，等而下之，親疏遠邇，孰非吾之同氣也。則夫人言親盡則情盡者，其可信哉？然則是祠之建，所以教厚廣仁者至矣。予特緣海鷗父子之意，而推本言之如此。若夫康節之學行，載之史氏，傳之諸儒，而崇祀廟廡者舊矣。予故不盡述，而以其爲邵氏之先祠，於例亦不必述也。

陳太公蠲逋惠民記

　　封吏部尚書澤州陳太公之蠲逋焚券也，衆欲建祠以頌其德，言於有司，上其事。府司以達於巡撫，巡撫爲移禮部。太公聞之，亟遣信京師，趣太宰公投牒，言："壺餐之與，不足言德；尸祝之舉，於分難安。固請勿建。"部移復巡撫，言："褒德旌賢，盛朝所重。陳太公出先世之倉庾，賑閭閻之困乏，義聲動四境，惠澤浹群心。宜徇輿情，俾祝報有所。乃虛懷懇辭，欽彼沖情，順其克讓。褒旌之典，主者施行。"於是巡撫爲之下令嘉獎，式閭表里，停其工作。而州人感戴彌摯，競刻貞石，徧於衢陌，以彰陳太公之德。

　　蓋太公素廉儉，弗事殖財以累世長者。家遺藏粟，鄉黨之間相賙救無虛歲。穀不登於二酺，則爲糜以與下戶之不能自食者。明季兵荒之際，既嘗盡發其廩儲，毁家紓難，載於郡邑志。州屢無年，州人仰給太公以舉火者數十百家，其來謁無弗應，亦不責償也。歲在著雍，執徐州大稔。州人將以所稽逋入於公之廩，太公一朝告衆曰："凡有逋於吾家者，於某日咸集。"既集，則謂之曰："吾本無意責償諸公，諸公紛紛欲輦負而來者，得毋以宿券在故邪？今爲諸公焚之。"計所捐金錢數十萬，一時歡聲雷震。

　　其明年大旱，晉飢尤甚，天子發帑金，以振窮恤貧而澤之，人以前此已逋，故得留餘以免死亡，曰："太公實哺乳吾儕也。"則公之於鄉黨，可謂施而能溥，勞而能謙者矣。太宰在朝，既以堯舜之民無一夫不獲爲己任，而太公又如是之損於己以益人，行其惠而弗居也，其積善之慶，豈有竟哉！予與太宰同直禁廬，既知其事，又聞之晉人甚悉，作記以勸行義者。康熙二十八年冬十二月。

蘇松常道新署記

　　分守蘇松常道，駐蘇州。故時道署在城之西南隅，隘庫敝陋，不足以稱三府一州十六縣之守令，受教承事及搢紳耆老來觀政令之和，布及部曲將校所以走趨奉指麾者。康熙十八年，參議某使君因王永寧入官，園屋爲新署，增置堂三楹，重門三楹，甍棟墉闉，皆中程度，賦財庀徒，不日而成，乃揆辰日而移治焉。其地在婁、齊二門之間，所謂拙政園者是也。案明嘉靖中，有王侍御某者，因大弘寺廢地營別墅老焉，爲陂池臺樹之樂，以自託於潘岳所謂拙者之爲政。一時名士如文待詔徵明輩，爲園記詩賦以志其勝，此拙政園之名所以著於吳中也。侍御有子，弗克負荷，以樗蒲與里中豪士徐君決賭，一擲失之。徐君傳子及孫，而生産亦耗矣。

入國朝以來三十餘年，園凡數易主，而後今爲官署云。始虞山錢宗伯嘗構曲房其中，以娛所嬖河東君，而海寧相公繼之，門施行馬。海寧得禍入官，而駐防將軍以開幕府禁旅。既還，則有鎮將某某者迲館焉。亡何，而前備兵使者安公以爲治所，未暇有所改作，既而歸於永寧。凡前此數人居之者，皆仍拙政之舊。自永寧始易置邱壑，益以崇高彫鏤，蓋非復圖記詩賦之云云矣。滇、黔作逆，永寧與兇渠有連，既先事死，而園屋猶以藩本入官。其最侈僭，則楠木廳、柱礎皆刻升龍，今已撤而輦至京師，供將作矣。蓋數有其極，而物有其變，向之廢興，不已亟哉！

夫古之封國，如齊爲爽鳩氏之墟，季萴因之，有逢伯陵因之，薄姑氏因之，而後太公因之。魯爲少昊之墟，而國中有大庭氏之庫。蓋因前代之都邑，其城郭、溝涂、宮室，可以無創事之勞，而又即其廢興之由，以爲南面者之戒，古人之用心至矣。然則使君之爲是舉也，其亦有古人之心哉！爲之記，使來者有考焉。成之日，爲康熙十八年月甲子。記之者，某官崐山徐某也。

肅州重建義學記

廣寧廬君之撫治肅州也，慨然以興壞舉廢、化民成俗爲己任。既至，則出俸錢，鳩工庀材，立義學以教其秀民之能爲士者，爲閣以祀奎宿，使知文教之有象於天，以畀於人，且有祈焉，以啓愚蒙之衷。月再親涖焉，用休威以爲董勸。將勒之貞砥，以告後之人，而請記於予不佞。

不佞樂其爲政之知先後也。案《地志》，肅州，古酒泉郡，漢元鼎二年置，徙內地之民以實之。東晉以後入於涼，秦、元魏、西涼都之。自隋仁壽中，始稱肅州。唐屢没於吐番。宋初爲回鶻所據，契丹破肅州，俘其民而去。其後李元昊侵回鶻，取之。宋之南也，蒙古并其地。至元七年，置肅州路，隸甘州行中書省。明洪武五年，宋國公馮勝下肅州，其將哈咨掠其民，遁入沙漠。二十八年，開設衛所，隸陝西行都司。其改復省置，可考者如此。其人材，自東漢以來，篤經術，尚氣節，舉賢良秀才，就徵辟，成進士者，往往不乏。爲文儒魁宿，講學聚徒，多者或數十百人，非邊鄙荒陋之區也。自宋以後，蓋無聞焉。

明三百年間，武夫代有顯者，其庠序之士，仕止於明經，得與科甲者，一兩人而已。間嘗以爲三代以後，文教之廢興，恒視乎其上。當慶歷之初，始詔天下立學，而肅州已爲元昊所據。則夫詩書之澤，孝弟之義，三四百年間缺如矣。明初，遷四方之民以實河西，故其習尚錯雜，風俗靡有一定。玉門、嘉峪，羌戎出入，民無寧居。儒學始建於成化三年都御史徐廷璋，而正德元年，兵備副使李端澄廓而大之。其社學在東北隅，蓋其先巡撫陳九疇毀禮拜寺爲之者。嘉靖二十二年，副使張愚嘗選生童讀書其中。嘉靖三十五年，訓導邱燿常於文廟之左立文魁宮，繪文昌、奎星二神以祀之。又酒泉書院在文廟東，嘉靖二十六年，副使唐寬建。然則前代所以鼓舞振興之者，亦屢有人。豈其淪胥已久，故未能一旦不變歟？抑其旋舉旋廢，而莫之有成，且爲之繼歟？君能舉前人之廢，而刻石以貽之無窮焉。以詩書爲壁壘，以忠孝爲干櫓，其爲邊州人士慮至深遠也，蓋教化之成必矣。爲之記，以告夫他日之繼之者。君名崇魁，字文求，陝西布政使司肅州道參議。

翰林院題名碑記

翰林院設於唐開元中，自諸曹尚書，下至校書郎，均得與選。入院者概稱爲學士，有待詔、供奉之名。憲宗時，置學士承旨，在學士之上。至宋始定制，資淺者爲直院，暫行者爲權直，而學士之職，始貴爲院長。明初，又設講讀學士，講讀、修撰、編檢諸員，其制大備。時入院者，不專進士科。至天順間，李賢建議，始盡用進士。我朝因明之舊，間損益唐、宋、明初之制，辟薦者得入翰林。天子加意文學，才士蔚興，儒林文苑之官，多至不可勝數。夫翰林爲朝廷文學侍從之臣，居禁近，掌制誥，公輔之望，由此其選，非可以雕蟲篆刻之才當之也。

予自庚戌釋褐，先後官翰林垂二十年，自信樸僿無他長，惟是一言一議，亦欲溯其原，究其用，本經術以經世，務期不媿於自古在昔立言不朽之義。方力焉而未有逮也，其敢以虛名譁世乎。嘗論有明館閣文章之盛，莫如洪武。太祖蒐羅元世文獻之遺，徵辟在列，如高季迪、陶主敬、宋景濂、王子充、張志道、方希直及練、黃諸公，淵源相禪，不特文章爾雅，亦多以節義表見者。永、洪之際，則有三楊、二王、南陳、北李，勳業政績，卓然可傳。至於成、弘之世，久享隆平，風流弘長。於時懷麓、滄洲，張其赤幟；白沙、定山，分道揚鑣；熊峰、圭峰、振之、東江輩，世人比之蘇門六子者，大半在詞林。他如柴墟、鶴灘、儼山、升庵、二汪，皆以讀書汲古爲能事，導揚風雅，表儀詞垣。降至隆、萬，東阿、臨朐，猶能學有根柢，詞知體要，不失前人矩度。自是而後，才儁輩出，競以浮華相矜詡，枝葉愈繁，流趨愈下。言文章者，至以詞林相訾謷，則政事可知已。

予在史館，論次有明一代文章政事升降之故，不禁慨焉嘆息。嘗怪文學如道思、應德、熙甫，功名理學如廷益、伯安、德温諸公，皆不與館閣之選。其在館閣者，鉅儒偉人，又或不出於科目。胡仲申、趙子常、徐大年、王常宗，以布衣預修國史，名爛天壤。其由進士爲詞林者，二百七十年中，何止數千人，其傳者可指而數。故知人能重官，官不能重人也。天官家謂柱史一星，在勾陳帝座之側，爲翰林之象。予幸遭際休明，兄弟踵武入翰林，爲希世之遇。顧予老將，智而耄及，無能報稱，其在列諸公，當必有遠勝曩代者。上應昌期而舉臣職，抑尤有望於後來者也。故敢援據舊聞，錞于申之，以文題名之石，告後之君子。

翰林院教習堂題名碑記

古之造就人才，如《周禮》大司徒、鄉大夫賓興之法，《戴記·文王世子》大樂正之教國子，其制備矣。其後考亭、西山分年讀書法，講求尤詳，然皆未仕以前也。其教於士，既出身以後，則莫如翰林院教習之法。初，明洪武時，選天下舉人，年少質美者張唯等十人，擢翰林院編修，入文華堂肄業，詔宋濂、桂彥良爲其師。帝政暇輒臨幸考業，親第高下，光禄給饌，太子諸王迭爲之主，賜白金鞍馬，冬夏衣裘。

及永樂二年，遂選進士二十八人，復益以周忱一人，就文淵閣進學，給筆札分鈔賜第，隆禮過之，時榮其選，謂之二十八宿。其中如王文端直、李忠文時勉、陳文定敬宗、周文襄忱，後皆爲名臣，德業文辭，照耀一代，稱極盛已。自此，每科庶吉士皆教習，以學士爲師。然沿襲既久，學堂程課，僅同邨塾師生相習爲軟熟套爛之文，今所傳館課文字是已。以是士氣奄奄，卒於不振，然其害猶未甚也。

自正、嘉間，姚江立教，以象山之心學，兼永康之功利。徐文貞當國，私便其説。至張江陵爲館師，令庶常日見上計吏，咨訪利病，接引賓客，漸事招搖，而士氣一變矣。趙大洲之爲教習也，則導士子以講誦《楞嚴經》，引釋入儒，滅裂名教，此得罪吾道之大者。流風牽引，不知底止，其禍至今未艾矣。

我皇上道德沖備，益之聖學，欲復天下之人心，一歸之於古。以爲翰林侍從官，備啓沃顧問，尤不可以無加意。於是常賜考試，親第甲乙如舊制。時召對便殿，講說義理，良久乃罷。乙丑春，既賜進士及第、出身，選入庶常有差。所司以教習請，上特命予以內閣學士與院長共涖其事。明年夏，遷禮部去，有司請更代，上命之如故。自惟孤陋，洊膺異數，循省悚惶。

憶予之初入翰林也，館師孝感公痛闢異端，昌明考亭之絕學於既晦之後，斯文賴以無墜。乃本其意，撰爲條例十餘則，進庶士而告之。大抵以立志希聖、力崇正學爲第一義。季有程，月有課，所以磨厲而董率之者，不敢蹈常習故，苟且塞責也。務使其見於言者，一以六經、四子爲歸，而立德、立功皆足以儲爲天下國家之用，以無負皇上倦倦作人之意而已。

數年以來，予所見一館之人才，亦既彬彬足觀矣。然而前人之爲此者，其才、其學皆足以十倍於予，而缺然未有題名，則孰知其教之所自也？因略稽開國以來姓名，鑱石壁間。若以予之偶嘗盡心於此，而汲汲於後之視今，則意之所不敢出矣。

刑部題名記

外自提刑按察司所定三流以上罪，內自八旗五城御史諸案牘，統歸於刑部十四司，每歲報聞而輕重決之。至於新舊條例，宜歸畫一，非時矜恤，務廣德意。天下督撫之所帥以奉行者，惟視刑部之所頒下而已。蓋《易》之取象，刑獄者有五：明在上，威在下，曰“噬嗑”；威在上，明在下，曰“豐”。《噬嗑》象曰“明罰敕法”。先儒以“明罰”者，所以示民而使之知避；“敕法”者，所以防民而使之知畏。此皆設於未用刑之前，故明在上，威在下，正今刑部職也。若威在上，明在下，則曰“折獄致刑”，特奉上之法以致之民，良有司之職而已。故刑者，人命所繫，而天下人命尤繫於刑部之一官，可不慎哉！

我祖宗忠厚立國，皇上御極，兢兢惟刑之恤，每歲論囚，多所寬赦。臨決之際，涕泣減膳，猶時諭三法司，以無枉濫失人。好生之德，洽於人心，宜乎致刑措不難矣。然予觀自古皋陶爲士，終身不遷其官。若漢之于定國、陳寵、何比干，皆家世治律，明習法比，故吏不得因緣爲欺。今部掾史長子孫，其中輕重之例，惟意所擬。居官者對案茫然，但徼倖無事速去而已。予兄弟先後蒙恩，迭掌邦禁，雖稍欲有所施設，亦以遷除之急，未盡展布也。以是求刑之無冤，以仰稱聖天子清問之至意，豈不難哉？雖然，不可不盡心也。一案之誤，動累多人；一例之差，貽害數世。不惟其時之久暫也，梁統以重刑一疏，而禍湛門族；路溫舒求尚德緩刑，子孫顯宦。殃慶之積，不待其久也。且身有去留，名姓不滅，百世而下，悠悠之口，誰復相借乎？觀此題者，庶亦懼而知警。

刑部題名碑記

先王之治天下，豈不欲胥一世，而歸諸禮樂之中，優游涵濡，以共躋仁壽之域？然而五刑之制，唐虞不能廢。帝之命皋陶曰："惟茲臣庶，罔或干予正。汝作士，明于五刑，以弼五教，期于予治。刑期于無刑，民協于中，時乃功。"此可以見五教之敷，刑其不率，而後人心可正，風俗可成也。刑者，先王不得已而用之，雖用之，期於終措而不用也。

予嘗讀刑書，而嘆古人制律之深意，猶存先王之舊，非明於禮教，講於心學，辨燭毫芒者不能議。民之麗刑，各有其質。援律以定名，一獄吏事爾。然此非其情，有操刃剚人，胠篋探囊，而不必爲首惡者；有斂手安坐，從容指揮，則重科之；有寇盜姦宄，犯同罪異，犯異而罪同者；有一人而區前後，一事而區彼此，則異科之。此過故之分，而誅意之法也。惟文理密察，哀矜審克，乃以得其情。

《周官》五聲之聽，兩辭單辭而外，至於色聽氣聽，可謂微矣。而又有耳聽目聽之法，不第用己耳而察人耳，不第用己目而察人目，先王以爲不如是而下有遁情者矣。人藏其心，至不易知。刑之施，視其心以爲輕重，而外之所犯抑末矣。故刑書所著，皆治心之法，而非僅以治其身也。儒者猥以名法家言而忽之，一旦親吏事、決疑獄焉，定其能不失入哉。

予以憲長遷西曹，每舉是以告其屬。臨決之際，多所平反，而要之上體我皇上如天好生之德，罪疑惟輕，無殺不辜，故於此加兢兢焉。皇上臨御以來，屢渙慎獄之德音，恒歲讞決奏上，必反復詳審，求以生之。求之不得，而後刑之。歲不過一二十人，而又屢歲肆赦，與以維新，其哀矜惻怛、仁民愛物之意，至矣備矣。雖堯舜之惟克天德，作命配享，蔑以加矣。

予雖未學斷獄，然先王敬獄之道、剌宥之方，自少習聞漢儒引經決獄，最爲近古。今所沿唐律，皆本於經旨。予兄弟居平尚論，每嘆古人無不以經術爲吏治，顧後世知之者少也。予解部務未久，吾弟立齋亦以憲長遷西曹。予兄弟洊受國恩，先後司風紀、掌邦禁，其職可謂重矣。予受事日淺，未竟設施，吾弟與諸君子尚勉旃哉！仰佐我皇上無刑之化，舊政必告，予敢申其旨於題名碑石。

禮部題石碑記

朝廷有大制作、大辭命，天子不以某爲不肖，常被咨詢，俾與參詳。而各館編纂教習庶常諸務，又總領如故。私惟荒陋之質，一切埤益，逾溢涯分，僨敗是虞。是用未明而興，夜分而寐，屏絕人事，專國家之任使。期月以來，庶政稍稍就理。凡部中沿襲弊法，如直省鄉試、歲科試磨勘解卷，及内外關白文移，異時官吏略遺掊取諸陋例，悉奏除之。又奏免歲貢赴京廷試，及改正科場條例，人以爲是。諸如此者不一，是豈某一人之能？亦賴同事諸君子一乃心德，重相誰諉，肆得爬梳其積習，經畫其新規也。

迨予遷憲長、解部務之日，諸君子畢至，無不揮涕相送，依戀不忍遽釋。於乎！此亦足以徵諸君子之賢，而予之多幸矣。方予在部時，天子親灑宸翰，書“博學明辨”四字如斗大，特以寵賜。捧拜恩榮，惶恐無地。竊念生平無他才能，學問又極弇淺，惟於古人修辭立誠之道，義利之防，不敢不以自勉。此“學辨”之一端，臣子立身事主之大節。區區之誠，明旦自矢，不虞上蒙聖知，褒寵過甚。嘗考宗伯之官，非道藝德行備具者，不稱茲任。學之不博，辨之不明，何以彰厥儀章？綜茲同異，而其要統之以善，其本歸之於誠，愧予之不克副也。書以貽後之人，以爲題名碑記。

詹事題名記

考官制，東宮官屬置詹事府以統衆務，置左右二春坊以領諸局。三代以後，莫備於唐，歷紀相沿，迨我世祖皇帝御極初載，有仍弗替。惟時儲位未立，官屬虛冗，始議裁去。比皇上繼統之十有五年，建立皇儲，乃仿舊制，復設是署。澤州陳公來掌詹事，予爲贊善，規畫制度，一切草創，陳公命予實經理之。二十三年冬，予以侍講學士蒙恩特賜擢用，以十一月受事，復修陳公之政。明年，遷閣學以去。

予居是職雖未久，顧其始也，際復設之初，得從賢端尹後，剸制條綱，張舉節目，非同他時，祇以優游，坐受成事。迨於其後，皇太子睿質日昭，敬修時敏，予又幸得備位宮僚，仰見皇上所以訓迪皇太子者，至詳至備，遭逢盛隆，屬有厚幸。欽惟皇上萬幾之暇，究覽經史，未明而興，漏下不輟。凡皇太子一言一動，必皆皇上躬爲之表率，昕夕課程，親加校勘，祈寒溽暑不少間。自古儲教之嚴，未有如我皇上者也。嘗伏思之，古者教太子之法，太傅在前，少傅在後，入則有保，出則有師。傅以傅之德義，保以保其身體，師以道之教訓，而又選天下孝弟博聞有道術者以與居處，是以教習審，而言行見聞，無一不正，居斯位者，甚不易也。

今世詹事春坊之官，即當時保傅之任，今且論教之責在御總攬，為臣子者咸得稟受成規，贊翼於下，較之古昔，難易判矣。然古時宮僚人受厥事，賦厥功，其職分，今惟詹事得以進講，其職一。古時出入宴遊，與太子偕，為時久，今惟進講得以陳說，為時暫。前代人主之學，明於大或略於小，治其粗或遺其精，若我皇上聖學隆懋，大小兼舉，精粗悉備，巍乎若瞻天者之莫窮其高，浩乎若觀海者之莫測其深，為臣子者即稟受成規，而欲以堪贊翼之寄，視諸前古，蓋有獨難者矣。思其難以副其職，竊願居斯位者之同有是心也。

佚圃記

吾姻家蔣君雲九築生壙於陽抱山下，構別業於其左，有門，有堂，有寢，有書室，有小閣，翼以亭軒，花闌文砌，流水瀏瀏，時與客觴咏其中，而名之曰佚圃，遂取以自號，用《莊子》"佚我以老"之語，謂我終老於斯也。予與何涵齋、韓慕廬、金醇還諸君訪之，留飲二日，極暢。將別，曰："爾其為記之。"

予惟《莊子・大宗師》篇語凡兩見，大概以人生死成敗得失，皆造化所為，其機密移，非知力所與能，人不當致愛惡於其間，而以我意解之。佚之與勞，相反之辭也。人生之勞與佚，其不可必者矣。而凡人莫不以勞為苦，以佚為樂，勿論貴賤窮通，自少至老，食荼茹苦，以蘄快然自得之一日，比比皆是。顧其人生而多勞，或生而多佚，又至不齊之數也。其必先勞而後佚，既佚而不忘其勞，斯可謂之快然自得矣乎！

君為兵憲雉園公之孫，贈文林郎雪園公之子，以嗣長房為宗子。奉事孀母，養生送死，竭盡孝道，於諸父兄弟無間言。少游膠庠有聲，交四方名士，緩急無所靳。又善治生，所受產本薄，事親交友，讀書之暇，即飭庀家業，門屏內外，事事有綱紀，囊篋細碎，簡括無漏。及於壯歲，所積比分貲贏數倍。於是立宗嗣，置家塾，鳩宗睦族，百事振舉。有子六人，并醇謹能持門户。君當除縣令，弗肯投牒，一意督課諸子。長君擢科候補部主事，五郎方與計偕，奕奕競爽。凡君所為，早夜勤劬，以及訓迪諸子成立者，不可謂不勞也。及今頭髮皚鎧,而後以佚老自稱,年已將六十矣。

　　君精明彊健,治家如治國,夫豈不知晏安之爲酖毒,敢一日而忽諸。特以爲四時有序,吾血氣漸衰,志慮日消,不得不佚爾。君豈恣睢自放者哉?惟不惜其勞,而克享其佚,此之謂能佚也已。昔司空表聖居王官谷,遇勝日,引客坐生壙中,賦詩酌酒裴回。客或難之曰:君何不廣邪?生死一致,吾寧暫遊此中哉。表聖氣節凛凛,與秋霜并嚴,非積然自廢者,其達生高致,何與君相類也。予故詮次《南華》語義,并引司空侍郎事,以志君本末,君其謂之何?

憺園文集卷第二十七

墓誌銘

光禄大夫太子太傅禮部尚書保和殿大學士加一級柏鄉魏公墓誌銘

光禄大夫、太子太傅、禮部尚書、保和殿大學士加一級柏鄉公薨于里第，其孤以宅幽之銘，屬其門下士崑山徐乾學，且謂先公生平有成命，遂弗獲辭。公姓魏氏，魏萬之後，分有晉國，子孫以國爲氏，世有顯人。其尤著者，漢高平憲侯相、唐鄭文貞公徵，譜牒失傳，莫能詳其世次。元季有寒臘者，居鄗南之聖德邨，是爲柏鄉始遷之祖。數傳至孝廉壽，壽之後世次，乃可得而詳焉。壽生嚴，嚴生衡山知縣謙光，是爲公之高祖考。謙光生大成，封文林郎永城知縣，公曾祖考也。祖考純粹，萬曆甲辰進士，山西道監察御史。考柏祥，天啓辛酉考授知縣，未仕。妣某氏。自高祖而下，皆以公貴，贈光禄大夫、太子太保、內秘書院大學士加一級，妣皆贈夫人。

公諱裔介，字石生，別號貞庵，又號崑林。自少沈默寡言笑，穎悟絶倫，嘗讀書邑西山之桃源洞，講習經術世務，或終日端坐，究心於明體達用之學。會邑城兵亂，父子走避西山，遊騎邀劫之，力鬭得免，亂兵縱火，焚邑屋盡空，歲又大祲，人相食。因赴郡至欒城，題詩壁間，投筆嘆曰："今寇盜縱橫，生民塗炭，將何日而蘇乎！"蓋天下己任之意，隱然見於此矣。

壬午，舉於順天。大清定鼎，中順治三年進士，選庶吉士。明年改授工科給事中。丁艱，九年補故官。明年轉工科左給事中，又明年升兵科都給事中。十二年，內升太常少卿、提督四譯館，未幾擢都察院左副都御史。十四年，擢左都御史，恩詔加一級，坐事當落職，仍視事。明年復遇恩詔，還職。已而以公建言,多裨國是,加太子太保。十六年某月,世祖章皇帝下罪己之詔,令群臣亦各自陳,公疏上,削去宮保及所增秩官如故。其後上疏請清政本,以公糾參不早,并下吏議,旋以指陳有據,當還故官,而世祖升遐。蓋終世祖之世十三四年間,公歷官諫垣、御史臺。今上御極之初,復居御史臺,踰年改元,考績復宮保,晉吏部尚書。康熙三年入贊機政,嘗請告遷葬,事竣,輒還朝。十年以疾乞歸,優詔許之。

公在言路最久,先後二百餘疏,或立見施行,或始訕於衆議,後卒以公言爲然。或天子排衆議,而獨伸公言,用著爲律令,其書具在,可得而考也。在工垣時,世祖已御極五載,公言:“少而勤學,古人比之日出之光。竊恐年歲既盛,嗜欲日開,宜及時講學,肇舉經筵日講,以隆萬世治本。”又言:“燕趙之民椎牛裹糧,首先歸命,此漢高之關中、光武之河內也。屢奉詔書蠲賦,獨於畿輔未沾實惠,宜切責奉行之吏,彰信兆民。”

其應詔陳言,謂:“時事孔亟,民不聊生日甚。山左苴苻未靖,畿輔因以燎原;江右叛將甫擒,雲中忽而豕突。巴、蜀、湖、湘,遊魂遺孽,所以厪九重之宵旰者,舉不足慮。惟是上下之情未通,滿漢之氣中閟,大臣闒茸以保富貴,小臣鉗結而惜功名,綱紀日弛,法度日壞,貪官暴吏,轉相吞噬,以鳴得意,臣實憂之。欲改絃易轍,盡反其平日所爲,非精心熟慮,未有能得其要領。宜召對群臣,虛心諮訪,仍令史官記注,以求救時之實。”制下,立行其說。時匿逃之律甚峻,因廷臣入對陳言,特寬其禁,中外大悅。

公在吏垣,世祖已親政,公言:“督撫,封疆重臣,當慎遴擇,不宜專用遼左舊人。”又言:“攝政王時,隱匿逃人,法大嚴,犯者家長坐斬。時天下囂然,喪其樂生之心。後以言官陳說,始寬其禁,責成州縣,法至善也。今日久視爲文具,宜嚴飭有司,緝逃及格者,紀錄失察奪俸,多則降秩。若舍此之外,別有峻法,竊恐赤子無知,陷於刑戮,下拂人心,上干天和,非尋常政治、小人得失而已。皇上愛民如子,各旗亦宜仰體聖意,遇下以恩。彼雖奴隸,豈無戀主心。而紛紛鳥獸,竄胡爲也。”時朝儀未定,公又言:“深居高拱,不如訪詢臣鄰;批答詳明,不若親承顏色。稽之故實,有朔望之朝,有三六九之朝,有早晚之朝,有內朝外朝。今縱不能如舊例,當一月三朝,以副勵精圖治至意。”自是始定,月逢五視朝之制。

直隸、河南、山東水災,公言:“勘報移覆,尚需時日,議蠲議賑,稍緩須臾,無救死徙。”言最悚切。會有詔訪明季京城殉難諸臣，公疏舉大學士范景文等三十人，略言：“運際昇平，則良臣奏績；時逢板蕩，則烈士腐心。故刎頸血裾，焚身湛族，慷慨從容，不必一致。要皆乾坤之正氣，與日月爭光。乞宣付史館，顯加褒録。”於是諸臣先後得旌録與祭諡。世祖敬天恤民，每遇水旱饑饉，諭群臣條奏興革事宜，直言無隱。公時復在工垣，言天下大利害，咸中窾要。會歲荒，流民載道，出帑金二十四萬兩，分命大臣十六員賑濟畿輔，全活數十萬人，皆自公發之。

在兵垣，綜覈軍政，所識拔後皆爲大將。奉詔令，内外大小臣工精思職守，公陳用兵大勢，言：“往事誠無及矣。今者劉文秀復起于川南，孫可望竊據于貴竹，李定國伺隙于西粤，張名振流氛于海島，連年征討，尚逋天誅。爲目前進取之計，蜀爲滇、黔之門户，蜀既守而滇、黔之勢蹙，故蜀不可不先取，此西南之情形也。粤西稍弱，昨歲桂林之役，未之大創，必圖再犯，以牽制我湖南之師。宜令藩鎮更番迭出，相機戰守，擾其畊牧，則賊勢自潰。此三方者，攻瑕宜先粤西，粤西潰則可望膽落，滇、黔亦當瓦解。乃若鯨波未息，則嚴設斥堠，絕其覘覦，大修戰艦，諸路并力合勦，勿使事久變生。”其後諸路進兵，卒如公言。又請録用建言得罪諸臣；請倣唐李吉甫《元和國計簿》，令度支歲計出入盈縮，進呈御覽；請增官吏禄俸；請禁金玉錦繡、浮屠塔廟，一切侈靡蠱耗之事；請立勸農官；請自今罪人勿發寧古塔冰雪昏霧之地；請遣大臣督視河工，言皆剴至。

公爲副憲，方議吏員納銀事例，公言：“此衰世苟且之政也，今縱不能加小吏工食，奈何著爲令甲，以資得官，使銓政由此而壞。”其領御史臺也，凡以舉舊典、通壅滯、核姦弊、勵臣節、善風俗、清學校，與夫田賦、財用、兵制、屯政關國計民生之大者，無不條分縷析，指次如掌。遇日食，陳言：“經傳，月食者，日光過望，遙奪月光，是爲陽勝陰也。日食者，日月同會，月掩日精，是爲陽不勝陰也。今五月朔日食，在《易》卦爲‘姤’，陰微而即抗陽，其變非細。於五月望後月食，爲日月交食，月食至既，亦屬災變。此在漢唐令主尚能恐懼修省，況敬天勤民、慎德緩刑如我皇上修救之實，可弗講乎？”歷舉兩漢日食詔書，及光武時大中大夫鄭興所云：“國無善政，謫見日月，要在因人之心，擇人處位，留思柔克之政，垂意《洪範》之法。”願廣開言路，停罷土木，寬守令，考成參罰，釋解冤滯，矜恤鰥寡孤獨，酌復五品以下官俸，并今南方專意招撫，固防險隘，撤還旗下戍兵，省數百萬供億之費，待歲稔財充，決意大舉。

春月侍經筵，聽講漢文帝《春和》之詔，公因舉仁政所先四事，即日以聞。雲南平，請捐無名賦稅，以慰新附之氓；薦地方人才，以收巖穴之士；恤投誠文武，以來膚敏之彥；寬一切禁網，以安溪峒之蠻。其因事納忠多此類。京師人生女多棄不舉，公請嚴禁惡俗。世祖宣示講筵，命閣臣紀其事。正陽門外菜園居民稠密，爲前朝嘉蔬圃地，所司檄歸之官。公過其地，百姓遮道訴，公入言于上，立以予民。公嘗言：“天下未平，皆由徵求太急，刑罰太繁，以致良法美意不能遍及窮簷。今當獎進直言，激發唯諾，共尚寬大平易之術，勿爲刻薄瑣碎之計。”有旨令對狀，終以其言直不問。

世祖嘗召至中和殿，諭之曰：“朕擢用卿，非有人薦達。”公稽首謝曰：“敢不竭孤忠，以報知遇。”南苑閱武，每賜宴行宮，應制賦詩，天顏喜甚。一日侍坐，問民間收穫，公曰：“畿內百姓困苦，豐年所收僅供官稅。”上稱唐太宗英主，對曰：“晚年無魏徵苦諫，遂窮兵高麗，至貽後悔。”是時恩賚豐貂、名馬、金幣之屬甚多。世祖幸南苑別殿，夜半閱《明孝宗實錄》，有召對兵部尚書劉大夏、都御史戴珊事，心喜曰：“朕所用何遽不若大夏、珊？”明日宣真定尚書梁公與公詣行幄，備顧問，其蒙恩眷如此。

今天子沖齡踐阼，輔政大臣議加練餉五百萬，公疏爭之力，中旨停罷。雲南初定，戍兵未還，公請罷雲南大兵，兼宜亟防荊襄要害，以杜亂萌。後滇南變亂，人謂公爲先見。公在政府，張弛寬猛，調劑異同，密勿從容，協和寮寀，單辭片語，解紛決策。彗星見，尚書龔公請赦，輔臣曰：“古有之乎？”公條舉故事以對，且曰：“世祖皇帝亦行之。”輔臣嘆服。皇上親政，深感兩朝恩遇，夙夜匪懈，終以直道忌者衆，亟請回籍養痾。上以其懇切，不強留也。

公服官，日夕讀書，輿中輒攜一卷。及奉身而退，優游林泉，紬繹經史百家之書，拳拳服膺。於窮理盡性之義，有所深省獨得，而不以告人。其見於所著書及語錄，有《約言錄》內外篇、《聖學知統錄》二卷、《知統翼錄》二卷、《致知格物解》二卷。晚歲又著《論性書》二卷，所纂書有《重訂周程張朱正脈》《薛文清讀書錄纂要》。其經學則有《易經大全纂要》《四書精義彙解》《惺心篇捷解》《孝經注義》。其史學則貫穿全史，上下數千年成敗得失，錄其要而論斷之，以附《左氏外傳》之例，曰《經世編》，凡七十二卷。

生平賦詩數千首，有《嶼舫詩集》《嶼舫近草》。爲文六千餘首，有《兼濟堂集》《京邸集》《崑林小品》《崑林諭鈔》《林下集》二集，共五十餘卷。其他著述尚夥。又著《希賢錄》一書,分五門二十五目,以括格致、誠正、修齊、治平之要。詩以陶、韋爲宗,文出入於昌黎、廬陵。其於科舉之文,亦必規先正大家,而尤惡近日之雷同剿襲,浮蔓支離。故庚戌南宮之試,公爲主司,文體爲之一變云。公孝行純篤,與人交,質直無城府,久要不忘。尤善獎掖後進,急人之難,周人之急,不啻飲食嗜欲。懸車十六年,課督農桑,循行阡陌,混迹於田夫野老,人不知其爲舊相也。嘗自作贊。生平嚮慕留侯二疏,及裴晉公、白樂天之爲人,其出處亦略相類云。

公生於萬歷之丙辰,卒於康熙之丙寅,享年七十有一。元配内邱韓氏,繼室高邑袁氏,俱贈一品夫人。續靈壽傅氏。子三人:勵,公弟裔懋之子也,始生之日,公以父命,命側室蔡子之,以蔭仕至建昌府知府;嘉孚,候補國子監典簿;荔彤,候補内閣中書舍人。女四人,皆適名族。孫男二人:世晉、世賈。孫女六人。勵等以己巳年四月葬公于某鄉之某原,以某夫人祔。銘曰:

從盈必大,始封天啓。參國趙魏,蕃昌施祉。高平鄭國,頻復其始。綿延蘊崇,篤生夫子。翊我興運,官用儒起。道弘言傳,匡輔燮理。移病致位,弗俟年齒。星終踰四,倘徉閭里。急流勇退,自贊云爾。稽古典學,著厥統系。壽考彌性,隤予仰止。赤志商封,銘藏奚委。宅兆食墨,固安歸體。利其後人,綏福百祀。

誥授中憲大夫兵部督捕左理事官加一級徐公存庵墓誌銘

往者吾宗兄存庵爲御史,敢言天下事,在臺十有三年,上書言事五十有九,其言河漕事先後凡十六疏。世阻章皇帝順治十七年秋七月,疏曰:“運河凡三百餘里,北受黄水而東洩於江,兩岸相距不過數丈,窄處僅橫一舟。其北爲河口,有天妃閘,黄水從此灌入,水一石沙可得五斗,特以洶濤急瀉,沙走不淤,逮灌入運河,河狹水緩而沙淤矣。明制,此河單行漕艘,天妃一閘漕行而開,過則閉,渾水漲盛則實築土壩,一切官舫民船至此過壩,裏河外河分舟接遞,所以淮關納裏料外料用水之利,而免淤沙之害。在當日鑿河之始,計深慮遠,自此閘禁弛,數十年未行議復,而運事尚不壞者,屬有天幸。如以人事論之,今河底高於淮安城址已丈餘,一旦潰決,淮東數縣其魚。宜敕令撫按漕河諸臣,詳考當年事例,酌以時宜,務在力行,庶運道無梗,瀕淮州縣免墊溺之患。”事下所司,而時論難之,議遂寢。

今上御極之康熙六年秋八月，疏曰：“黃河之水自北而東，淮水自西而東，天妃閘口受黃、淮二流，黃水不分，則淮水萬不能導。臣考前朝萬歷二十五年，河臣因淮水被黃河暴漲，阻遏清口，致清水不得入閘濟運，淮流盡汎溢於高家堰，堰勢告危，高、寶各湖橫溢，遂議於清河縣黃家嘴地方挑開支河，以分黃河之勢，由清河縣娘子莊五巷口入海。河勢既分，而下海淮水遂得順流入閘，不爲高、寶害。此支河開而黃水分、淮水導者，其前效也。自明之末年，支河故道廢而不講，黃水不分，全力東注，如建義、蘇嘴等五大險工，歲費帑金。其山陽黃家營、安東茆良口、桃源龍窩口，年年衝決，百姓田廬盡沈水底，黃水阻遏，淮水不能東流入海，以致高家堰將傾。每水漲時，數千萬夫役晝夜守救，南而周家橋、翟家壩處處告危，是以橫溢高郵、寶應等湖，漲連運河，水勢瀰天，數百里無際，致漕船失牽挽之路，走湖涉險，每報漂失，一路民居糧田，又遭淮水湮没。此黃水不分，淮水不導，而淮又害之甚者。乞敕部詳議，速尋黃家嘴支河故道，濬治之使成渠，分黃河之勢，以下於海。即於桃源、宿遷諸縣而上，多開支河，以分上流之勢。再於安東縣雲梯關而下，宣洩下海水道，以接黃流湍溜。其清河口沙洲，速行挑去。天妃閘內運道，宜及時大濬，待淮水經過，浮沙可盡入江。惟天妃壩及遙灣，數年水汕，地狹土鬆，必須增築石工，方保無害。”疏甫入，而桃源煙墩報決三百餘丈，大溜直趨洪澤湖。河臣大聲呼救，制旨切責，令所司議之，久不得決。

其年冬十一月，疏曰：“自三年之前，安東茆良口決，而顏家河、新溝口一帶，遂起沙洲止。因河水北衝與南岸，歲修之五大險工無礙，遂不樂報聞，以請築塞，而水勢不得迅疾入海。王家營、崔鎮、宿遷諸處，無歲不衝，清河口之沙洲遂長，裴家廠之黃水倒射。而今日者，煙墩之決，理有必然，積漸使之也。又河北數州縣，久在水中，人民號泣於泥淖之間，尸浮波上，鬻棄男女，慘不忍聞。及煙墩一決，河之南岸，桃源、山陽諸處，河堤纍加不已，城門疊塞無路，城內水深數尺，四郊彌望滔天，孑遺無幾，延息於鷗鳧巢窟，以此欲逃死之民，其不能樂事勸功明甚。今州縣派夫動至數千，採柳動至數萬，民間催夫一名，運柳一束，并費銀至二三錢，使嚴刑酷罰，以繩此無告之民，刻期制禦，萬不可得。乞特遣賢能重臣，馳詣工所，偕河漕臣計議方便，清核河帑實數，官自募夫採柳，定期鳩工集事。”於是上遂遣兩部大臣，乘傳視河，以便宜報。

明年冬十一月一日，七疏陳兩河要害運道時宜七事：其一，請修復歸仁堤，遏睢水、埠子湖水，使併入白洋河出口，以刷董口沙淤，兜睢湖諸水，使不得衝入淮流；其二，請黃河北岸決口，舊例應民修者，悉改作官工，詳求幫築遙堤之制；其三，請挑濬運河，疏江口；其四，復請修復漕規；其五，請做工部修蘆溝之例，一切物料人夫，官爲採買催募；其六，請比用兵修城賑饑，類開援納事例；其七，請增設河官，公舉所知才能，資指臂使。明年冬十一月，又上言請以前所具七疏，逐一再議。

明年秋七月，又同日三疏：一請大修高家堰，極言堰若失守，淮、揚數十州縣，城郭盧舍百萬生靈，俱屬波臣，運道梗廢。且雲梯關之海口，全賴黃、淮二河併力衝刷，高堰一決，清口必淤，清口既淤，海口必塞，海口一塞，則下壅上潰，其害不可勝言。二陳派夫之害，請實行召募，收羅穀米，分貯工所，易銀爲米，使難扣尅，并官自採買柳枝。三請急缺增官，改補近員，速赴新任，以濟急工。

十二年春三月，內陞支四品俸留任。復上疏申請大挑運河，言：“今者淮水已成，必不能合黃之勢，無望其以清刷濁矣。運河三百里內，前此夾沙之黃流，積淤成板，河身日高，河堤日益。目今兩岸所加之土，幾與皇華亭簷相及，淮、揚之民，不能一刻安處，而議者顧欲毀居民屋宇，以建遙堤。夫遙堤之説，臣前亦言之，然此特以行於黃河左右，一望無際之曠土可耳。今運道三百里，內則依山陽、寶應、高郵城郭，外則接壤洪澤湖、高家堰、文華寺，淮流所經，毋論遙堤無所用，即欲建堤，亦無其地。思惟有大挑之一策，前此未嘗不挑，挑矣未復河身之舊，又棄泥沙於兩岸之上，一雨即入河，與不挑同。且不濬澗、涇、芒稻諸支河，則黃、淮之盈縮不一，閘壩之啓閉難施，數年而後，亦與不挑同。又應論其當挑與不當挑，不必論前此挑之爲時遠近，避吏議而貽國患也。”

凡自今上六年至十二年，先後所上疏，每下所司速議詳議。七年冬，疏特命諸王大臣九卿科道集議以聞。其所條陳七事，二爲議者所格，其五事頗見採擇。其間曲折，亦有不盡如疏所請施行者。比年大興河工，費水衡錢累百萬。天子南巡，見淮南民居淹没，惻然動念，發帑金濬治下河。使者閱視還報，旁午結轍。及臨軒諮詢，盈廷相顧悚踖。乾學備員九卿，未能熟諳利病，以答明問。使公今日在朝，雖不身任其事，相與上下往復，其議論必有所補益。而去官且十三年，今又不幸以死，雖緖言無所得聞矣。惜哉！

公諱越，字山琢，存庵其別號。中順治九年進士，丁內外艱。服闋，授行人司行人。十七年，御試，擢浙江道御史，移疾歸。康熙六年，補山東道御史。嘗一出巡鹽河東，還臺內陞，仍在臺。久之，陞兵部督捕左理事官。亡何，引疾歸。家居讀書，不言世事，於制舉業尤精。疾革，作《遺教》一篇，盥漱朝衣冠，與親故訣而逝。生於明天啓之某年，卒於康熙之某年，享年六十有八。祖考諱某，考諱某，誥贈皆如其官。祖妣某氏，妣某氏，誥贈皆淑人。娶李氏，誥贈淑人。繼娶任氏。男子子二人：曰覺，曰充。充以瘵夭。女子子三人，皆適士族。孫四人：本豫、本坤、本頤、本觀。曾孫一人：以璜。覺將以某年月日葬于某鄉之某原，以狀來乞銘。

公先世浙之慈谿人，明初以軍籍隸淮安，今爲淮安之山陽人。故言淮黃分合變遷及兩河衝決、州縣被災狀尤悉。會方講求河事，撮其語之要者著於篇，亦以志二三十年間兩河之情形如是。其他所言天下事，多關時政得失。其大者，世祖章皇帝時用律嚴峻，又嘗切責臣下沽名市恩，或奉旨令對狀，諸臣輒惶恐待罪。公言：“諸臣精神智慮，但保功名，每奉旨回奏，僥倖無事，推其初心，有不盡然者。畏懼之念，轉爲推諉，萬幾蒙集，專恃宸斷，所關治忽非淺。請召對大小臣工，并許反覆指陳，以資財擇；留死徙之刑，以待巨姦大佞而攖逆鱗者，亟示以褒容；寬好名之禁，以勵下士中材而冒天功者，自應有常典。”朝論韙之。

康熙七年，議修太和殿，所司行察楚、蜀楠木，上疏切諫，事得寢。上諭行幸塞北，公言：“邇者天下同時地震，萬乘不宜輕出溫旨。”報聞，車駕亦罷巡幸。又言：“治天下要道，在開經筵日講。”上是其言。淮南大饑，遣大臣賑濟，公具陳利害，上大喜。章疏不及到閣，即授賑濟侍郎田公，如議行。又請緩征天下秋糧，特召面陳，反覆講論不已，上霽顏聽之。最後糾定南王女孔四貞，其夫方罹史議，不宜妄請入朝。上曰：“此女太皇太后所愛。”對曰：“假使公主干憲，臣亦須糾。”上動容，可其奏。上之聽納忠言，而公得行其直道，蓋其所遭遇如此。銘曰：

楚其遷，越其自。祖駉王，同世系。十三載，官柏寺。數萬言，上封事。三之一，河防志。見採擇，七得四。河議沸，君已逝。

誥授中憲大夫直隸河間府知府陞山東提督學政按察使司副使加七級梅溪徐府君墓誌銘

在昔士大夫，有少壯登朝，坐致通顯，壽考令終，作者順其子孫之所稱揚，虛美隱惡，使後世考其軼事，以爲金石之刻，竹帛所書，舉不足信者，往往然矣。至如一郡邑之守令，忠信慈惠，施於人人，而名位聲勢，無能動人，遂至幽隧之文靡託，汗青之紀闕如，又可嘆也。司馬遷之傳循吏，以千百年之久，而寥寥數人，人不數事，豈非其無赫赫之名，而易以湮沒與？若吾宗兄梅溪，殆古之循吏與？予弗忍其無所聞於後也，乃爲之次敘其生平，使其子納之壙中。

敘曰：君姓徐氏，諱可先，字聲服，別號梅溪，常州武進人。韓愈言徐氏十望，其九皆本於偃王。君先世由山東轉徙淮陰陽羨，卒家于常之小留。至君九世，蓋自東海郯來也。世以文學儒行，爲郡名家。曾祖行，祖元傑，皆諸生，有名。考諱廷瑞，篤志高尚。母蔣太恭人。君生周歲失怙，育於外氏，稍長乃歸。七歲能屬文，號爲神童。顧以才自馳騁，不肯事舉子業。至二十五歲，乃補博士弟子員。家貧，授經自給。乙酉舉于鄉，力不能僦車北上。至丁亥，再行會試，始成進士，除束鹿令。

定鼎之初，群盜充斥，君設方略撫其魁，其下數千人，皆散爲良民。會有詔畿輔縣悉用漢軍爲令，調君龍泉。龍泉盜尤劇，前令不能制。城外皆崇山大溪，虎狼蛟蜃，窟穴其中，爲民患。俗尚機鬼，巫覡生女多溺之。君始至，曰："寇敢爾？其謂我文吏，無能爲。"乃陰以兵法部勒鄉勇，擐甲持弓矢，出不意，直搗賊巢。賊駭，相顧愕眙，叩首願輸王稅，不復反。君乃籍鄉勇爲獵户，以擒賊之賞賞擒虎者，虎患亦息。乃梁溪上凡三里許，民用無水死，勸民無溺女。聚衆講讀鄉約于學宮，罷淫祠若干所。在龍泉七年，民俗丕變。覃恩敕授文林郎，以卓異陞刑部主事，晉員外郎、郎中，加一級。覃恩誥授朝議大夫，蔭一子入監讀書。

明年，出守登州。登州自明季被兵以來，諺稱山不生草木，田不繁五穀，民不居瓦屋，士不知夜讀。君曰："此不可以武治，吾當以漸蘇息之。"治之期年，禾麻棲野，家有儲蓄。三年政成，弦誦達于四境會。覃恩誥授中憲大夫，以父病乞休，歸而色養者十年。父憂服除，乃赴補河間府。時軍興，郡當孔道，詔使旁午，禁旅時出，民苦驛騷。自君下車，市無改肆，荒政馬政，皆以素備，故臨事無遽。其餘略如治登州時。以治行尤異，累增秩至七級。甲子冬，擢按察司副使，提學山東。是時，君年已懸車，方欲請老，適以人言，遂歸。郡民遮留以萬計。歸後若干年卒。

君生於萬曆乙卯，卒於康熙己巳。配謝氏，封恭人。繼室倪氏。男子子二人：曰人鳳，以君蔭入監，中康熙壬戌科進士，禮部主客司主事；曰鶚，廣東肇慶府通判。女子子二人，孫男五人，孫女九人，昏嫁皆名族。銘曰：

官至二千石，壽七十有五。曹郎郡倅，競爽踵武，雖其止於是，亦奚不足於君所。

通議大夫一等侍衛進士納蘭君墓志銘

嗚呼！始容若之喪，而余哭之慟也。今其棄余也數月矣，余每一念至，未嘗不悲來塡膺也。嗚呼！豈直師友之情乎哉。余閱世將老矣，從吾遊者亦衆矣，如容若之天姿純粹，識見高明，學問淹通，才力強敏，殆未有過之者也。天不假之年，余固抱喪予之痛，而聞其喪者，識與不識，皆哀而出涕也，又何以得此於人哉！太傅公失其愛子，至今每退朝，望子舍必哭，哭已，皇皇焉如冀其復者，亦豈尋常父子之情也。至尊每爲太傅勸節哀，太傅益悲不自勝。余間過相慰，則執余手而泣曰：“惟君知我子，惠邀君言，以掩諸幽，使我子雖死猶生也。”余奚忍以不文爲辭。顧余之知容若，自壬子秋榜後始，迄今十三四年耳。後容若入侍中，禁廷嚴密，其言論梗概，有非外臣所得而知者。太傅屬痛悼未能彈述，則是余之所得而言者，其於容若之生平，又不過什之二三而已。嗚呼！是重可悲也。

容若姓納蘭氏，初名成德，後避東宮嫌名，改曰性德。年十七，補諸生，貢入太學。余弟立齋爲祭酒，深器重之，謂余曰：“司馬公賢子，非常人也。”明年，舉順天鄉試。余忝主司，宴于京兆府，偕諸舉人青袍拜堂下，舉止閒雅。越三日，謁余邸舍，談經史源委及文體正變，老師宿儒有所不及。明年，會試中式，將廷對，患寒疾，太傅曰：“吾子年少，其少竢之。”於是益肆力經濟之學，熟讀通鑑及古人文辭，三年而學大成。歲丙辰，應殿試，名在二甲，賜進士出身。閉門掃軌，蕭然若寒素，客或詣者，輒避匿。擁書數千卷，彈琴詠詩，自娛悅而已。未幾，太傅入秉鈞，容若選授三等侍衛，出入扈從，服勞惟謹，上眷注異於他侍衛。久之，晉二等，尋晉一等。

上之幸海子、沙河、西山、湯泉及畿輔、五臺、口外、盛京、烏剌，及登東嶽、幸闕里、省江南，未嘗不從。先後賜金牌、綵緞、上尊御饌、袍帽、鞍馬、弧矢、字帖、佩刀、香扇之屬甚夥。是歲萬壽節，上親書唐賈至《早朝》七言律賜之。月餘，令賦《乾清門應制詩》，譯御製《松賦》，皆稱旨。於是外庭僉言，上知其有文武才，非久且遷擢矣。嗚呼！孰意其七日不汗死邪。

容若既得疾，上使中官侍衛及御醫日數輩，繹絡至第診治。於是上將出關避暑，命以疾增減報，日再三，疾亟，親處方藥賜之，未及進而歿。上爲之震悼，中使賜奠，卹典有加焉。容若嘗奉使覘梭龍諸羌，其歿後旬日，適諸羌輸款，上於行在遣宮使拊其几筵，哭而告之，以其嘗有勞於是役也。於此亦足以知上所以屬任之者，非一日矣。嗚呼！容若之當官任職，其事可得而紀者，止於是矣。余茲以其孝友忠順之性，慇勤固結，書所不能盡之言，雖若可髣髴其一二，而終莫得而悉，爲可惜也。

容若性至孝，太傅嘗偶恙，侍左右，衣不解帶，顏色黝黑，及愈乃復。友愛幼弟，弟或出，必遣親近傔僕護之，反必往視，以爲常。其在上前，進反曲折有常度。性耐勞苦，嚴寒執熱，直廬頓次，不敢乞休沐。自幼聰敏，讀書過目不忘。善爲詩，尤工於詞，自唐五代以來諸名家詞，皆有選本，撰《詞韻正略》。所著《側帽集》，後更名《飲水集》者，皆詞也。好觀北宋之作，不喜南渡諸家，而清新秀儁，自然超逸，海内名爲詞者皆歸之。嘗請予所藏宋、元、明人經解鈔本，捐資授梓，每集爲之序。他論著尚多。其書法摹褚河南臨本禊帖，間出入於《黃庭内景經》。當入對殿廷，數千言立就，點畫落紙，無一筆非古人者。薦紳以不得上第入詞館，爲容若嘆息。及被恩命，引而置之珥貂之列，而後知上之所以造就之者，別有在也。

容若數歲即善騎射，自在環衛益便習，發無不中。其扈蹕時，珮弓書卷，錯雜左右，日則校獵，夜必讀書，書聲與他人鼾聲相和。間以意製器，多巧倕所不能。於書畫評鑒最精。其料事屢中，不肯輕爲人謀，謀必竭其肺腑。嘗讀趙松雪自寫照詩時有感，即繪小像倣其衣冠。坐客或期許過當，弗應也。余謂之曰：“爾何酷類王逸少？”容若心獨喜。所論古時人物，嘗言王茂弘闇闇闒闒，心術難問；婁師德唾面自乾，大無廉恥，其識見多此類。間嘗與之言往聖昔賢修身立行，及於民物之大端，前代興亡理亂所在，未嘗不慨然以思。讀書至古今家國之故，憂危明盛，持盈守謙、格人先正之遺戒，有動於中，未嘗不形諸色也。嗚呼！豈非大雅之所謂亦世克生者邪，而竟止於斯也。夫豈徒吾黨之不幸哉！

君之先世有葉赫之地，自明初内附中國，諱星墾達爾漢，君始祖也。六傳至諱養汲弩，君高祖考也。有子三人，第三子諱金台什，君曾祖考也。女弟爲太祖高皇帝后，生太宗文皇帝。太祖高皇帝舉大事，而葉赫爲明外捍，數遣使諭，不聽，因加兵克葉赫，金台什死焉，卒以舊恩存其世祀。其次子即今太傅公之考，諱倪迓韓，君祖考也。君太傅之長子，母覺羅氏，一品夫人。配盧氏，兩廣總督、兵部尚書、都察院右副都御史興祖之女，贈淑人，先君卒。繼室官氏，某官某之女，封淑人。男子子二人：福哥①。女子子一人，皆幼。君生於順治十一年十二月，卒於康熙二十四年五月，年三十有一。

君所交遊，皆一時攜異，於世所稱落落難合者，若無錫嚴繩孫、顧貞觀、秦松齡，宜興陳維崧，慈谿姜宸英，尤所契厚。吳江吳兆騫，久徙絕塞，君聞其才，力贖而還之。坎軻失職之士走京師，生館死殯，於資財無所計惜。以故君之喪，哭之者皆出涕，爲哀輓之辭者數十百人，多有生平未職面者。其於余綢繆篤摯，數年之中，殆日以余之休戚爲休戚也。故余之痛尤深，既爲詩以哭之，應太傅之命而又爲之銘，其葬蓋未有日也。銘曰：

天實生才，蘊崇胚胎，將象賢而奕世也，而靳與之年，謂之何哉。使功緒不顯于旂常，德澤不究於于黎庶，豈其有物焉爲之灾。惟其所樹立，亦足以不死矣，亦又奚哀！

資政大夫經筵講官內閣學士兼禮部侍郎牛公墓誌銘

今天子御極之九年，文治蔚興，內自公卿之冑、國子之游倅，以及郎官宿衛、群族之子弟，罔不知學。始命滿、漢同以經義試進士，而內閣學士兼禮部侍郎牛公衰然興焉。滿洲之有漢文進士自茲始，人咸以爲榮。而乾學得竊附於公同年之末，交相善也；既而涉歷館閣，凡朝廷有大制作、裁纂、編輯之任，往往與公周旋從事，又相親也。

公性淳摯而意好閒靜，余每自直廬歸，過公斗室中，焚香埽地而坐，繩床棐几，左右惟圖書數卷，所談不及塵事，至商酌經史，移晷忘疲，故知公又甚深也。公丰采峻潔，多才能，自念以文章受主知，其在禁闥，尤勤於職業而加以敏慎。自通籍之後，屢膺殊擢，賚予優渥。天子方大用公而不究其施，朝野惜之。其卒之明年，公之子明福以狀來徵銘，爲乾學之知公也。久之，乃爲之銘。

公諱牛鈕，字樞臣，其先世居赫舍里弼剌。弼剌，漢語河也，因姓赫舍里

---

①　底本、康熙本“福哥”二字後均爲墨釘，光緒本後空一格。北京首都博物館藏墓誌銘原碑拓片作“男子子二人：福哥、水哥，遺腹子一人。”北京圖書館藏手抄本《納蘭明珠家墓誌銘》一書中納蘭性德墓誌銘作“男子子三人：長富格，次富爾敦，次富森。”

氏。後遷於札古之地，有曰錫禮布者，以勇略聞，其世次與始遷之歲月俱不可考。其後又與葉赫里同居，至太祖受命之四年，葉赫以不順命誅。而公之祖諱希福納，兄弟五人率其族屬來歸，太祖嘉之，皆授爲將佐。公之父諱索洪，爲二等護衛，以公貴，贈封皆如其官；祖妣納刺氏、妣關爾嘉，皆贈夫人。

公生而穎異嗜學，讀書常至丙夜不寐，父母憐而止之，乃掩卷屏燈，默誦久之，學益以進。年十八，循例以國子生考授欽天監八品筆帖式。康熙己酉，舉順天鄉試；庚戌，成進士，選庶吉士；壬子，授檢討，未任，即命爲侍講，蓋殊擢也。甲寅正月，充《太宗實錄》纂修官；二月，轉侍讀。踰一年，正月，充日講官起居注。初入侍班，上親問其家世，屬目久之，命講《尚書》《舜典》及《中庸》字義，皆稱旨。自是日陪清燕，侍講幄，引經據古，裨益弘多，撰《四子書》及《尚書解義》。己未五月，御試擢第一，即日除侍講學士；六月，轉侍讀學士。庚申三月，充經筵講官，又撰《易經講義》，充總裁官。滿、漢文勢齟齬，翻譯者往往失其本意，且辭不雅馴，公刻意覃思，求其融貫，必至不可易而後止。

辛酉二月，賜岬朝鮮，充正使以行。壬戌二月，進詹事；五月，除掌院學士兼禮部侍郎。一日，進講乾清宮，上曰：“古人云：‘一國非之而不顧，天下非之而不顧。’此必見得道理真，乃爲無弊，否則驁矣。”公對曰：“誠如上諭。古聖人如伊尹所爲，乃是見得理明，可質示萬世而無議；若王安石，適成其執拗悮蒼生矣。”上頷之。六月，充鑑古輯略總裁，又充明史總裁；十月，充殿試讀卷官；十一月，兼方略副總裁，尋命教習庶吉士。甲子八月，轉內閣學士，仍兼禮部侍郎。公歷官垂二十年，所居皆清近。上亦知公學問，朝臣無在其右者，凡文獻之事，未嘗不以屬公。

公修贏善病，僬然儒生耳。常扈蹕往湯山，上命諸大臣射，以次及公。公不辭，起而持弓審固，支左屈右，皆有法度。上驚嘆曰：“朕不意若之能藝事也。”其使朝鮮，召見于養心殿，諭之曰：“汝近侍日久，今奉使東方，惟慎大體，服其心而已，勿使輕我中朝。”公至中和府，朝鮮使以儀注先呈，爲駁正行禮之失，彼已屈服。抵開城，其承旨鄭載禧來，傳其王母妃之言，以王忌痘，故毋郊迎。公曰：“天威咫尺，是何言也？且疾疹有命自天，奚忌爲？”其君臣憬悟，蹶然郊迎惟謹。洎還朝，於舊例外爲橐中裝，公悉却勿受。復命，大稱旨，上以是知公之能。平生以推恩加級者三，以議敘加級者一，同諸詞臣分賜御書者一，特賜御書卷册筆墨者再，賜幣、賜金、賜貂衣、賜上尊珍饌果餌之屬，不可悉紀。

駕嘗幸馬蘭峪,觀湯泉,命大臣賦詩。時公方使朝鮮,不得與。及還朝,上命公追賦,以刻於石。扈從盛京,朝夕召見行殿,與侍講高公士奇承顧問,賜御饌。及幸大烏喇,時諸王大臣皆留船廠以待,而公獨與大學士明公從上,左右召對。夜分,以松花江網魚二尾賜公。及還京師,道中泥淖,眾官馬多疲踣,特賜公内厩名駒,公卿皆以爲榮。

甲子冬十一月,命往秦蜀祀華嶽吳鎮及江瀆祠,至真定而公病。人曰:"盍姑止以就醫藥乎。"公曰:"祀事大典,豈敢以病故逡巡行也?"自燕至蜀,往返數千里。其明年春,還朝,上辟暑于烏喇,代命撰《武成王廟陪祀諸賢論》及翻譯御製《竹賦》。上諦視公顏面,并諭以醫療之宜,惻然念之。後從容從上請假,遣使問疾進損。未幾而訃聞,上爲之嗟悼彌日,賜祭葬如制。嗚呼!若公之寵遇,不可謂不盛矣,公其何憾!

公生於順治戊子,卒於康熙丙寅,享年三十有九。配宜爾根覺羅氏,副都阿思哈番兼佐領方公女。子四人:明福,國子生,起居館筆帖式;永福,内閣中書舍人;增福,國子生;增壽,尚幼。孫一人,德保,明福出也。明福兄弟以某年月日葬公於某所。今年閏月,上自上陵還,御舟由通惠河過公之墓,爲之憺然,命大臣持上尊酹焉。公之歿,於是四年矣。銘曰:

有美大東從龍起,罔藉門蔭奮書史。濡首鉛槧留迅晷,言爲國華公其始。著作大手無连旨,有肉復生豫州髀。纖塵不動蠡門矢,全賦自天殊難擬。國有大議公可倚,知己之言在我耳。新阡屹然億萬祀,銘詩不多言匪侈。

額駙將軍勤僖耿公墓誌銘

漢制,殿陛之下執戟而衛者以千數,所謂三署郎也。分領之司雖有五官左右中郎將,而實總於光禄勳一人,故九卿皆處外朝,而光禄勳獨以中朝稱,蓋因其職在殿中,特優之爾。

本朝侍衛之設,彷彿三署郎之制,然有差等而無統屬,其事爲稍異。耿公以異姓諸王子之貴,加之額駙之親,自順治十一年入侍闕庭,洊膺世祖章皇帝暨今上皇帝寵遇之厚,賞賚頻數。而公奉職尤勤慎,威儀進止皆有常度,即一等公侯大臣亦相與則而效之,以是恩澤子弟中聲籍甚。不幸家門構逆,閩方煽亂,公自分當死,日與弟姪輩泥首闕下,伏地請辠,謂亂臣賊子出臣同産,從坐之律,所不敢辭。上素知公忠謹無他,僅令頌繫於家,以需後命。既而蒙恩寬宥,盡復其官。

比王師屢捷,構逆者懼而思戢,廷議急遣一人入收藩下軍。上念逆臣背叛,久失軍心,而兩王恩澤在人,非親子弟莫可將者,爰命公爲鎮平將軍兼參贊大將軍機務,廷賜貂蟒諸御服而遣之。太皇太后以戚屬故,又内出白金酒醪畀公,爲諸軍賜。公馳騎南發,既至,宣上所以寬貸諸吏士之意,并頒所賜物以撫之。一時懽聲雷動,莫不幸公之來,而復恨見公之晚也。公察將吏無異心,申約束,歸各省難民子女以數萬計,其他息境安民諸政,次第修舉。

時劉進忠據潮州,韓大任寇吉安,樂燦亦擁衆數萬,跳梁宜黃山中,其地皆與閩接,首鼠觀望,未肯下。公設法招徠,諭以朝廷威德,不數月,望風送款,鄰境悉平。獨海氛未戢,由海澄直犯泉州,羽書日數至,而會城精銳四出,絕無可應之者。公曰:“泉與興爲福州屏蔽,無泉是無會城也,吾寧可坐視邪。”亟簡藩下餘丁數百人,授以資糧器甲,俾親將陳紀統之。而前賊見公旗號,輒駭愕遁去,泉賴以全。事聞,上壯公甚,顧不欲久暴公於外,驛書召還。方公之頌繫也,以兩先王兆域在閩,慮底定之日,或不能無侵越之者,疏乞垂恤舊勳,保全返葬,上憐而許之。至是,始得奉兩世遺骸,歸窆岁于蓋平云。

公技勇猷略,超邁絕倫,又雅擅文章,工藝事,所居圖書鼎彝,照耀几席,鑒別不爽銖黍。與人言,依於名理,亹亹終日不倦。客有引古而誤者,未嘗遽正之,必婉轉議論,誦成文以相質,使人心折。旁及書法、繪事、琴奕、簫筑、醫筮、蒱博之類,往往精詣。至於敦念舊故,虛己下賢,拯困救難,汲汲如不及,即千金列駟贈之不惜也。自閩歸,上念公兄弟家口衆多,或不能給,爲拔置佐領五人以統之,俾得資其禄入以自養,蓋尤異數云。

公諱昭忠,字信公,號在良。由哆囉額駙加太子少保,和碩額駙品級進太子少師,再進太子太保,授光禄大夫。世籍山東,後徙遼東蓋州。祖諱仲明,自癸酉歸朝,封懷順王,入關改封靖南王。考諱繼茂,有文武才,嗣封靖南,平西粵功最,薨諡忠敏。妣周氏,封靖南王妃;王氏,贈靖南王夫人。公生於崇德庚辰二月,卒於康熙丙寅正月,得年四十有七。

公之疾也,上遣侍臣將御醫就家製珍藥,所以救之者百方。及訃聞,震悼雪涕,侍衛大臣奉命賻賵者再至。既殯,諭祭易名,有加常等。元配哆囉縣主,世祖章皇帝所賜昏也,秉性淑慎,先公二十三年卒。繼配喻氏,封一品夫人。子嘉祚,候補某官。明年,嘉祚將啓縣主西山妙峰之窆,奉公柩合葬于唐縣金蓋山新阡。先期，屬叔父額駙公請銘於余。銘曰：

　　山出器車河馬圖，盛世所產皆璠璵。猗嗟靖南起東隅，翊戴聖人清坤輿。碧梧翠竹滿庭除，時值偃武敦詩書。進以恭恪嚴周廬，退則揖讓友士夫。擇言而發擇地趨，郭晞李愿洵其徒。彼弄兵者膏王鈇，公壽未老名不渝。丸丸松柏映龜趺，千秋忠孝垂令模。

憺園文集卷第二十八

墓誌銘[①]

奉直大夫左春坊左中允兼翰林院編修晉封中憲大夫景之趙公墓誌銘

　　明崇禎十一年，樞臣楊嗣昌以奪情起視事，方得幸於上。未幾，有東閣之命，嗣昌不復辭，欣然就職。於是翰林院編修景之趙公抗疏劾之，被謫以去。當是時，公之直聲震天下，天下皆曰："此故趙文毅公之孫也。"當神宗朝，文毅公以論江陵奪情事，廷杖削籍，杖下敗肉猶存，其家謂之忠臣之腊，以示其後人。去此已六十年，事適類。蓋忠孝大義，三百年間不絕如綫，而皆繫於公家祖孫。嗚呼，其異也夫！其後三十八年而公始卒，又十二年而公之子延先將葬公常熟縣桃源之舊阡，次其狀以命乾學曰："願得一言，以勒於幽隧。"乾學與公之孫廷珪為同年生，適共事西臺，義其可辭。

　　按狀：公諱士春，景之其字，號蒼霖。其先宋簡國公仲談有子曰士鵬，守江陰軍，因家焉。子姓繁衍，散處石橋、章鄉二鄉。十四世實自章鄉徙常熟，遂為常熟人。實孫承謙，廣東布政司參議，贈祭酒。生子用賢，吏部左侍郎兼翰林院侍讀學士，贈太子太保、禮部尚書，即文毅公也。文毅公生三子，其季曰隆美，敘州知府，配何氏，封太恭人，公考妣也。生子六人，而公居次。公為人清癯鶴立，退然若不勝衣。至論天下事，名節所繫，偘偘然義形於色，雖壯夫不過也。其為諸生時，已知名當世。登天啓丁卯賢書，崇禎丁丑成進士，廷對第三人。臚傳之日，國老相賀。初入朝，即有詩曰："拜罷幾回尋碧血，先臣曾灑御

---

①　"墓誌銘"三字底本、康熙本皆無，今據光緒本、目錄補。

河邊。"其志已如此。

　　及在翰林，鍵戶修業，不謁權要，前輩唯黃石齋道周尤愛重之。與同年劉孝則同升最善，時時過從，以道藝相劘礪，語及國事，輒欷歔對泣，人不知其云何。無何而楊嗣昌奪情入閣之事起，時上召諸臣於平臺，道周面斥嗣昌，辭甚峻，上為之觟然，誚責道周不少屈。而嗣昌從旁故為休容，以激上怒，且微引他事中之，道周由是得罪。明日，公即與同升各疏救，且劾嗣昌忘親害理，其略謂："嗣昌墨縗菹事，樞部無涓埃功，荷上簡入綸扉，使其猶有人心，固宜力辭。乃拜命之疏，但計較於歲月久近之間，絕無哀痛惻怛之念，儼然服緋就任，食稻衣錦，於汝安乎？"疏入，謫福建布政司簡較。時錢牧齋謙益方繫詔獄，作《玉堂雙燕行》者，指公與孝則也。後三年而嗣昌事敗，為荒谷之縊，於是臺臣交章薦公。壬午，詔令自陳，復公原職。是時公方居敘州，公憂哀毀踰禮。及服闋北上，內外訌潰，國禍孔棘，公益自奮勵，思得畢效以紓君父憂，然未至京師而明遂以亡矣。

　　自後公隱居不出，築室三楹，顏曰保間，左右唯圖書數卷獨坐其中，雖子弟非朔望不得見也。所著有《保間堂集》二十六卷，藏於家。公於書無所不讀，而頗好老莊家言，若有所自得者。聞人言神仙事，輒欣慕之。晚自號煙霞道人，思名山五嶽之遊，常陟泰山日觀峰，作登岱歌，追擬太白石齋，倚而和之。在閩覽武夷，遊雁蕩。晚年就養東萊，登勞山，東望大海中，煙波縹渺，髣髴蓬壺，翛然有出塵之想，作紀遊詩數十章，幽清哀怨，讀者知公之寄託者深也。

　　余往歲謁公，公年已七十餘，赭顏蒼髮，如五十許人，所言皆服食吐納長生之術，不譚世事。其歿也，命以緇衣斂。所親或難之，公曰："爾不聞杜黃裳、王旦事乎？毋多言。"公之志其可悲也已。歷官左春坊左中允兼翰林院編修、奉直大夫，本朝晉封中憲大夫。於康熙十四年卒於家，距生萬歷二十六年，年七十有七。配黃氏，繼室以吳氏，贈封皆太恭人。子三人：延先，順治戊子副榜，陝西河西兵備道按察司副使；瑞南，順治丁酉副榜；萬林，例監生。女二人，適生員錢孫保、進士董含。孫八人：延先出者曰廷珪，庚戌進士，河南道監察御史，曰廷琰；瑞南出者曰廷彥；萬林出者曰廷琦、廷璟、廷璘、廷琪、廷瓊。孫女八人。曾孫男六人，女二人。銘曰：

　　先王制禮，不及者跂。相彼鳥獸，蹢躅踟躕。迴翔叫喚，此何人斯。舍其墨縗，而朱芾是曳。頟也罔泚，視也罔睍。公一擊之，厥身幾躓。雖躓其身，曰余家故事。晚慕方瀛，志則有寄。勞山東望，天風雲濤。山哀海思，仙乎仙乎，將一舉而遺世。虞山之鄉，桃源其地，華表巋然者，斯烟霞道人之所蛻耶。

巡撫四川等處地方兼理糧餉都察院右僉都御史岱麓姚公墓誌銘

公諱締虞，字歷升，別號岱麓。其先世自江西徙楚黃陂之灄源里。曾祖大諒，祖定，世有隱德。至考懷賓公，始以學行顯，累贈中憲大夫。妣詹氏，累封恭人。皆以公貴故。公中順治十一年鄉試，越五年成進士，授成都府推官。蜀經明季亂後，省會邱墟，殘民保聚爲寇盜，群相告言，牽染成大獄，歷歲不決。公用平恕讞鞫，輒得其情，辨冤囚數百家，出之死，督撫以爲能。康熙六年，舉卓異，加賜蟒服。會裁缺，改授陝西安化令，行取御試第一，授科員。丁內艱歸。服闋，補禮科給事中。所上封事，多見施行。

十七年，典試江西，還奏："江西被賊殘破州縣，其在丁闕田荒案內者，請敕督撫臣酌量輕重，或限三年，或五年勸墾，以漸升科。其全省逋賦二百二十萬，歷年追比，僅報完三萬。此二百一十餘萬者，雖敲骨吸髓，勢必不能復完。惟皇上早蠲一日，民得早去死亡一日；若稍遲一日，民痛亦日深一日矣。"疏上，報可。又疏請停選擇才能之例，以絕內外貪緣之弊。十八年，轉工科掌印，直鼓廳事。次年，上親視言官，乃首擢公，且諭吏部以條奏詳明，稱言職也。尋內陞鴻臚少卿，歷光祿少卿、通政司左右參議、督捕理事官。二十四年，超擢都察院左僉都御史。疏請錄宋先賢周惇頤後爲五經博士，如二程氏。又請復優免廩糧，培士氣。詔皆從之。

會四川巡撫闕，上以命公，賜宴，寵賚有加數。瀕行，召至乾清宮，面諭以四川先罹張獻忠屠僇，重之吳賊蹂躪，宜加意撫綏。公先爲司李，有聲，百姓聞公來，則大喜。公至，牓上諭于廳事，爲科條約束。蓋自私征雜派、納賄受饋皆有禁，以至承直、供應、頭人、土豪之類，一切爲蜀患害者，屬禁悉除之，民慶更生。方公之初被命行也，余贈之言，謂："前代採木之害，於蜀人甚劇。歸太僕有光所爲《李都御史行狀》，及吾族祖嘉定州知州學周所條陳採木六難者，言之尤切。以今日之蜀度之，難且百倍。公往，宜按明洪武、永樂殿工事例，亟請罷斯役，蜀庶其有瘳。"公陛辭，首言其害，天子以爲然。會松威道王公隮入覲，亦舉是言，上竟從公請。又請免白蠟諸雜稅，事皆施行。

先是，十八年七月，地震求言，公以科臣疏言："故憲臣艾元徵請禁科道官風聞言事，自此進言者益少。臣請皇上檢閱世祖章皇帝時諸臣奏議，是時言官何如謇諤，今者相率以條陳爲事，軟熟成風。蓋平時無以作其敢言之氣，一旦臨事，必無肯爲皇上盡言者。”疏留中，久不下。至八月某日，下廷臣會議。某日，宣旨令面對，敕令九卿臺省集殿廷，且命内閣以世祖時章奏上。次日，上御乾清門，問公：“疏意云何？”公對云：“臣心無欺，但以言官是皇上耳目，若皇上稍寬言官處分，臣等便敢盡言無諱。”上曰：“朕爲天下主，欲聞讜言，但恐臣僚涉私欺罔，如明季喧囂，不成國體，不容不加禁飭。朕親政以來，諸臣何嘗以言獲罪？”公對曰：“皇上明聖，從不譴罪言官，但有此處分條例，跼蹐惶恐，惟懼一鳴輒斥，誰敢捐其軀命，爲陛下發姦指佞。”上曰：“條例，衆臣所議，如汝言，便廢邪？”公對云：“科條雖設，當辨公私誠僞。”時群臣跪列者，驟聞嚴命，無不脅息震掉。公反覆辨論，辭氣益發舒，微視上顔愈霽，諭以人臣論事，當擇其大者，不惜死者，纔是忠臣。且徐云：“魏象樞彈奏程汝璞，亦是風聞，已鞫問得實，本朝原未嘗有風聞之禁也。”自是群臣始喻上意，咸感説，叩首退。

　　將退，上獨呼公前，指内閣所呈章皇帝時章奏示之曰：“爾以朕爲未閲此乎？”公對曰：“唯。久經聖覽，臣故不憚盡言。”上令以所言宣付史館。次日，復命公入起居注，授紙筆記之。會上躬偶違和，不視朝。公疏言：“人主一動一靜，雖有神靈呵護，而操存省察於深宫宥密之中，調攝葆養於寒暑風雨之際，此則聖心所自知者。”又云：“目今黔、蜀蕩平，滇中一隅，計日授首。臣聞趙襄子得兩城，終日而憂；晉文公定三國，側席懷懼。故聖人安不忘危，治不忘亂。願皇上留意於苞桑之戒。”時中旨召用通醫術者二人，公以旨不發科鈔，請申明六科封駁之例，且力言某某非端人，不當出入禁掖。上雖降旨詰問，竟寢召命。其撫蜀也，以蜀初定，非公不能安集，將大用之，而公已死矣。

　　公未病時，遺余書，所以期許者甚至。聞余掌憲，則益喜。其意蓋將挈余以共濟太平之業，報聖明之知遇，而不知余之老而將衰，而又不自意其身之賢勞，以溘先朝露也。悲夫！公以二十七年四月日卒。配戴宜人。子六人：譜、讓、徵、誡、謨、諮。諧，吏部司務。女四人：長適貢生陳大群，餘未嫁。孫二人：之瑾、之瑜。某月柩還，卜葬於某原。諧哭稽顙，拜書以使來曰：“公辱知先子，宜賜之銘。”銘曰：

　　靈鎖九閨，閶闔遂清。漢置給事，實司糾繩。曁曁姚公，起家明允。廉平中律，早踐華省。帝重謇諤，闔門諮詢。公感榮遇，知無不言。封章數十，傳頌闕下。脱略煩苛，獨舉其大。西江千里，寇禍最烈。瘣痏流攜，哀此遺子。積逋百萬，祇困仳離。公行見此，還奏蠲之。在昔六朝，風聞彈事。任昉、虞騫，震聲殿陛。誰爲厲禁，公謂不然。無拘文法，壅蔽乃宣。帝嘉其忠，清班屢陟。畀之旄節，往撫梁、益。梁、益阻險，久困于兵。公車庋止，朱旗陽陽。峻立義程，以肅群吏。請受一錢，必真諸理。建章始營，徵材西南。邛、筰之産，厥惟梗柟。木自窮山，牽挽以出。絙橋互引，進寸退尺。明作慈寧，民儴而吟。竭我資産，寸木鋌金。公廉得狀，趣以入告。湛恩霈施，忭踴載道。公年半百，膂力方剛。矢節官下，盡瘁以亡。惟忠惟勤，可風有位。爰勒貞石，以志幽窀。楚、黄之阡，有邱羃如。遺愛所藏，過者踟躕。

湖廣按察司提學僉事候補布政使司參議元仗李公墓誌銘

公諱可汧，字賓侯，又字元仗，別號處厚，世爲崑山望族。高祖諱某，贈某官。曾祖諱騰芳，明萬歷庚辰進士，累官都察院右副都御史，巡撫山東，贈工部左侍郎。祖諱允昌，萬歷辛丑進士，翰林院編修。父諱孟函，崇禎己卯副榜貢生，候選知縣，贈刑部山東清吏司郎中，娶太常卿太倉王世懋孫女，是生公。公年二十五，中崇禎己卯應天鄉試，至本朝乙未成進士。公原名開鄰，丁外艱，服闋，請更今名，授行人司行人。以今上御極，頒詔湖廣，充順天府武闈同考，遷刑部浙江司主事，累轉本部山東司員外郎、郎中，擢湖廣按察使司僉事，提督學政。考最，候補布政使司參議，需次在家，以康熙十四年二月十六日卒，年六十。

公始入刑部時，政尚明察，姦人乘此紛然投匭告訐。山東寇難初平，舊家富族被構者鋃鐺載道，公力持大體，平情讞鞫，獄多平反，而痛繩誣告者以罪，自此姦徒屏息。一日，有告人作詩觸時諱者，他司官將白堂官移訊，公偶見之，曰：“此非某詩，乃唐人薛逢作，題曰《開元後樂》，大概言天寶亂後事，有何觸忌？”明日，攜《唐詩鼓吹》同他司言於堂官，由是告者得罪。先是，部放囚糧多雜以泥沙，至不可食，公力爲尚書言，得改給良米，囚無餒死者。楚俗文章舊以才氣雄天下，自經流寇屠毒，户口凋耗，頖宫士子苶然氣衰。公至視學，一振起之，以六經、史、漢之文，士習驟趨於古。又以其間諭郡縣，學校之毁者復之、圮者葺之，書院之廢爲公館者，還其田而新之。禁有司不得捶辱諸生，雖武夫哮卒皆俯首聽命，故至今楚人士言作人之盛者必稱公。三年事竣，遭太夫人憂歸。服除，築室城東，無意復出，數遊郡之西山及雲間九峰，流連忘歸。嘗思脫棄人間，指軒冕爲桎梏，飄然有出塵之想。居五年，無疾而卒。

李氏自中丞公篤信道家説，祀唐吕純陽祖師，其家頗著靈異。公里居，益好長生術，而家世仕宦，饒貲産，樂施予，其天性也。凡神言有所營造，或當賑濟貧乏，立指囷斥産不惜。距所居里許，築精舍奉祖師，紺宇絢爛。有沈生者侍乩，傳神仙語："寧波陳某善士，有急難，當助之五百金。"公即如數予金，沈生使授之。俄而陳某以書來謝，公大喜。及沈死，家人發其篋，得其所自爲陳某書草，其他所欺紿事盡敗露，公略不爲意，而求神仙益虔，以迄於死。此雖通人之一蔽，其任真樂易，無機械於中，尤可想見也。公內行修整，祿逮親之養，而惟恐稍失其意。事兄恭謹，於財無所私，宗族戚黨及所知有急，解橐弗靳。庚戌歲大饑，捐千石米設粥食餒者，鄉人賴以全活無算，故殁而人哀思之至今。生平好讀書，工古文辭，精草隸，吐納風流，又善鑒別古帖名畫，兼曉音律，能自度曲，蕭齋清雅，非所親暱者不能至也。年六十，自營生壙，殆了然於生死之際者。

顧夫人少公二歲，先公二十五年卒。夫人性溫恭明敏，當乙酉崑邑之變，能先事脫家於難。没既久，王太夫人每言及必涕泣，公亦終身不再娶，用覃恩贈宜人。子遥章等啓殯，與公合葬於小漊之張薄涇，實康熙十五年某月日也。子四：遥功，庠生，先公卒；遥章，廩例太學生；遥威，太學生；遥穀，舉人。女適太學生王鏊。孫七：長邦靖，庠生，繼遥功爲余女婿，不幸早卒；次邦直，庠生，娶金氏，余妻之弟子，余妻所撫也；次某某。公素寡交，獨於余兄弟厚善，又婁姻婭，過公精舍，每涕泣不能已，以遥章之請爲序而銘焉。銘曰：

仕爲刑曹民不冤，三湘七澤迴狂瀾。不究其施川巉觀，非有尼之胡止此。小漊之阡躬經理，談笑去來中有以。或云神仙非可期，烹鍊服食徒爾爲，吾書牽連視退之。

待贈都察院左副都御史張公墓誌銘

今上二十有七年夏六月，丹徒張侍郎鵬上書，請改葬祖父母、父母，其言懇切，天子爲之惻然，遂得請。既而造其同年友崑山徐乾學，以其祖、父銘辭相屬，泣而言曰："吾祖有潛德而舍於時，賫志以没，無懋功顯績在史官之紀載，其生平嘉言懿行，不出里閈，大懼無以章徹於海內，流聞於來葉。竊觀古之人，多有如此而藉當世大人先生之文以傳者。曾鞏之祖贈諫議君歐陽修爲之誌,鞏以書謝曰:'非蓄道德而能文章者,無以爲也。'蘇軾之祖贈職方君曾鞏爲之誌,軾以書請曰:'古人亦有不必皆能自見,而卒有傳於後者,以世有發明之者耳。'今先祖不幸而不爲世用,不能有以自見,猶幸某之獲與子同時,子蓋世之,修與鞏書之而信於後,可必也。余愧謝非其人。"

明日,遂以其行狀來告曰:"吾祖年七十,己卯歲,猶隨秋試被落,尚期更舉。先君跪言,古人云'不於其身,必於其子孫'。願大人保愛精神以俟之。是歲,方棄舉子業。某與叔父、幼弟,實惟吾祖父教之讀書作文。每出入,攜以自隨,飲食寒燠,憐愛保護。痛吾先君易簀之日,吾祖父率某試於江陰,聞訃號慟而返。吾先君既不幸早世,吾叔父、幼弟又不祿,吾實薄劣,弗克使吾祖父得見吾之成名,悲可知也。吾受朝恩,官中外,終鮮兄弟。先人宅兆未安,中夜念及,轉展不能寐,旁皇至今。恭遇聖天子大孝,推己加恩,乃得以其私情自遂。惟吾子惠而錫之辭,以掩諸幽,榮莫大焉。"余不能復辭也。

按狀:張氏江南望族,其譜系枝派,繁衍而失紀。其家丹徒者,自小乙公爲始遷之祖,歷數傳至東之。公諱某,生懷泉。公諱某。懷泉生五子,其第四子即公。公生而穎異,弱冠補博士弟子員,通經史,明當世之務。於時有明末季,天下多故,居恒太息感慨,思欲一試其所得,屢躓於舉場。每使者按部司牧,下車有所體訪,所論列皆中緩急幾宜,當事者重之,期以大器晚成,卒不遇。著《周易四子書纂義》一編,以訓學者。孝友質行,爲鄉里坊表。其於道人之善,周急解紛,未嘗私其財力。其歿已三十年,邑人思之猶不置云。

公諱某,字我佩,生於前明萬歷壬申,距卒之年順治甲午,壽八十有三。侍郎爲左副都御史時,覃恩當贈祖父,會方奉撫東命,所司以無故事當奏請,未果。元配王氏,繼配潘氏。王夫人先葬鴻鶴山祖塋,弗克合葬,今卜吉於某所葬。公以某年某月某日,以潘夫人祔。子曰士梅,侍郎之考也;曰士桂,皆先公卒。孫男三人:曰鵬,官吏部左侍郎;曰鯤,歙縣教諭;曰鷺,考授州判。曾孫男三人:曰乃文,寧波府通判;曰乃馨,候補行人司司正;曰乃沃,尚幼。曾孫女六人。

嗚呼!"立身行道,揚名於後世,以顯父母",此孔子語曾子以孝之終也。侍郎自在掖垣,以謇諤受知當寧,鎮撫山左,有清名,累擢少宰,行且大用。亟伏闕陳情,以營兩世窀穸之事,啓故封而就新阡,丹旐引路,題曰"待贈都御史

張公"。素車白馬,會葬之客,不遠千里,道旁觀者,嘖嘖稱美。惟公當日,遇不
償德,施祉於子孫,而子孫能繼其先人未竟之志,以膺茲休命。後之史氏,紀侍
郎之風節政績,本原所自,於余之所述徵之矣。銘曰:

天與之才嗇不試,天與之年承不貳。韋經有籯邊有笥,寵章焚黃以孫貴。
卜宅食墨騰佳氣,報施必償久近異。為善者勸惟公視,銘公之藏貽百世。

通奉大夫經筵講官兵部右侍郎加一級眉山項公墓誌銘

兵部侍郎眉山項公墓,在杭州府某縣某鄉。公歿於位,素旐還里,孝嗣篤
終,謀兆升新。九稔,龜筮協習,日月吉良,乃窆乃窆,蓋其慎也。以其同縣吳
徵君農祥狀來乞銘。公科名齒望皆在余前,而與余忘年分,相兄弟,自余通籍
留京師,第未嘗不日夕相往還也。詞林故事,後進謁先生長者,逡巡退讓,唯諾
甚謹。公性嚴峻,為館中敬憚,獨與余親暱,嘗曰:"錢受之師事繆西溪,兄事文
文起,吾與君豈以衙門禮相束縛哉。"卒之日,將如射圃監試武士,邀余過邸舍
一晤,驂從在門,方食疾作,余馳詣之,而復者已升屋矣。至今思之,猶餘痛也。

公才高而學富,博通今古,用以經世務,不為詞章之學,尤明本朝典故,及
一切文武銓除條格、典禮、錢穀、軍政、刑罰,有興革輒手自細書,卷帙盈尺,悉
能默識。嘗語人曰:"學貴適用耳,卿等老死,只守兔園册子,何益?"顧以余之
弇鄙,聞余言即心賞,余亦時時從公訪問當世事,舉錯所先後,甚相等也。公軀
榦修偉,聲若洪鐘,居恒抵掌談笑,激昂愾慷,四坐動容。生平善飲酒,以千鐘
百觚自豪,酒深彌復溫克。時論宜公輔者,於公必屈一指,乃位止於貳卿,數止
於中壽,故其所樹立,未究其所蓄積也。

公諱景襄,字去浮,眉山其別號,杭州錢塘人。其先自汴徙,不知其初徙世
數。曾祖考諱科,祖考諱士升,皆不仕。考諱大章,封翰林侍讀學士。母王氏,
贈宜人,生五子,公其仲也。順治辛卯舉於鄉,壬辰會試中式。又三年殿試,賜
同進士出身,選庶吉士,授內弘文院檢討,充日講官。服除還職,轉侍讀,復為
日講官,陞侍講、侍讀學士。冊立東宮,覃恩加一級,設東宮官,由少詹進詹事,
擢內閣學士兼禮部侍郎,除兵部右侍郎,為經筵講官,卒。歷三十年,侍從兩
朝,秉筆纂修,進講經筵,前後稱旨,拜賜優渥。

副武會試總裁,有詔舉博學鴻儒,公舉處士應撝謙、李因篤等應詔。撝謙
徵不起,因篤卒以母老辭官,人以公為知人。公治事精明果毅,片言立斷,凡朝

廷有大議，以爲不可，必力爭之。康熙十八年夏，刑部欲改五流之條，應遣者無論遠近，一概戍烏喇。公時在內閣，爭之不得。其年冬，星變，陳言已副夏官，與司寇魏公象樞、宮詹沈公荃及御史蔣伊等，又特言烏喇事不可行，竟乃從之。武定公之總督兩浙也，上言大兵所俘獲多浙東人，賊所蹂躪之餘，賊去見俘，宜加憐憫。奉旨詰責，下廷臣議，僉言非所宜言，當罷。公獨明其無罪，議兩上，上亦意解，竟從後議。先是，有旨許濱海民以二百石船沿海捕魚，東撫欲禁其篷桅，違者坐以通海。公又爭之曰：“二百石船非篷桅不可行，許其捕魚而禁其篷桅，犯者必衆，是餌而阱之也。”議遂寢，且著爲令。

耿精忠平，朝議以閩、浙戍卒互更，浙鎮帥請割杭州城東地，安置閩戍來者。公又爭之曰：“一城例不得立，兩營不可許。”鎮帥復請拓營旁地以處之，公又力爭曰：“閩以二旗來，浙以二旗往，數正等耳，何患無所居，乃妄請爲。”卒得不許。江右凱還之師，道棄所俘良人，議者令有司解部聽遣，公曰：“果良人也，立遣猶以爲遲，顧使往返數千里填溝壑，自今所在地方審明即遣，不必解部。”溫、台之民來京取贖其子女者三十九家，主者難之，公曰：“此皆良人，驗地方官印結，宜即遣，他所俘良人視此。”皆從之。公言論見之施行，其大者如此。其他從容諷議於殿陛者，不可得而悉稱也。大同賑饑，議開事例，欲使京察大計罷譴者，一體捐復，及一切筆帖式捐資，皆授縣令。時舍弟爲臺長，力持不可，惟聞公於衆論喧豗中，獨言憲長議是，議兩日乃定。公起，慷慨對衆揖舍弟曰：“爾公爾侯，子孫保之。”群議者環視皆懼然，公不顏顧也。

嗚呼！公歿已數年於茲矣。今天子嚮意唐虞之治，法古疇咨，期大臣矯矯風節者，虛公卿之席以待之。若公者，豈非其人哉！公卒於康熙二十年某月某日，年五十有四，以二十八年某月某日葬。娶董氏，某官之女，封宜人。子四人：灝，候選教諭；溶、泓，俱太學生，俱董宜人出；淞，太學生，側室侯出。孫男三人：檜、棟、楨。孫女二人，昏嫁皆名閥。公多陰德，必有後，故四子者皆才。

銘曰：

踰艾而死，壽豈折而摧。夏卿之貳，官不可謂卑。言爲律令，夫豈無所施。而世之所望於先生者，不止於斯。以俟汗簡，徵此銘詩。

封徵仕郎翰林院庶吉士陳君墓誌銘

翰林院庶吉士陳綖在邸，聞父喪，余往弔焉，斬衰苴麻，西面哭。既拜賓，稽顙成踊，見其辟領下負版，大書"哀哀父母，生我劬勞，欲報之德，昊天罔極"十六字。余問："於禮有諸?"哭對曰："綷惡知禮，以表吾哀也，我鄉先達蓋常行之。綷無狀，痛吾父棄養，雖終身刻此十六字於背可也。綷惡知禮。"越數日，綷請余文志其先人墓，再拜門外，衰裳負版如故也。余惟汾晉之間，自河津薛公承道學之統，以明倫復性開示學者，二三百年間，士大夫皆秉禮蹈義，敦本務實，執親之喪，居廬溢米，猶用書儀家禮儀節，海內稱嘆，以爲非薛先生教澤不及此。若綷所云鄉先達者，於禮殆過之矣。

綷有兄綸，爲代州學正。先是，綷成進士館選，其尊人來從代州，留綸官舍，謂曰："綷也，椎魯少文，何以事君。吾將與俱歸。"既至，遇覃恩受封，翻然曰："吾父子荷國恩，其何敢復言歸也。"乃謂綷曰："《經》言：'夫孝，始於事親，中於事君，終於立身。'汝但思所以立身，而君親皆無負矣。"還過代，謂綸曰："汝爲人師，當以身爲表率。吾教綷也，終於立身，汝已先綷而食君禄，其庸吾諄諄乎? 吾今去，毋久溷汝。"二子者各涕泣，跪受其父之訓，抵家三月而凶問至。

按狀：君諱基命，字樂天，猗氏人。高祖某，曾祖某，皆儒官。父某，平遠衛訓導。三世以孝友聞。君居其祖、曾祖母、祖母之喪，歷九年不飲酒食肉。《詩·既醉》之篇，其五章言："君子有孝子，孝子不匱，永錫爾類。"陳氏世有孝德，此詩人之所謂"不匱錫類"者也。君生於天啓丙寅，卒於康熙己巳，年六十有四。兩舉鄉飲大賓，敕封徵仕郎、翰林院庶吉士。配尚氏，先君卒，贈孺人。子五人：綸，壬子舉人，代州學正；綷，丁卯解元，戊辰進士，改庶吉士；編、紹、繹，皆庠生。女三人，孫四人。綸、綷等以君與尚孺人之柩，合葬於其所居上莊村之東，先人之兆，某年某月某甲子也。銘曰：

是惟碩儒，純孝陳君之室，偕其德配，藏之固謐，以利其後嗣，俾安吉。

敕封內閣中書舍人王清有先生墓誌銘

康熙九年，予與曲周兩王子同舉禮部，伯子鄰當除令，仲子郇以試授內閣中書舍人。予忝館職，自釋褐時，獲申縞紵之雅樂也。畿輔同榜諸君，數爲予言，太公清有先生之賢，每思因二子一拜堂以下，繫跡官守，未遂。今歲兩王子書來，言先生捐館舍已兩年矣，將以某月日葬於某里之原，而請予銘其墓中之石。

按狀：先生諱體健，字廣生，號清有，世爲曲周人。高祖邑諸生實，曾祖希賢。祖邑諸生之藩，而戊子孝廉，歷官東平州守諱介者，則先生父也。先生生而端愨沉靜，年十五遊於庠，試輒高等，食餼，有幹濟才。明季兵荒畿南，時苦抄掠，先生言於李令，堰水繞城以備寇，或以爲難，先生慷慨力任，卒成之。

又請以保伍法部勒市中兒，寇至，隨方逐擊皆解散，不敢逼城。入國朝，時平安居，益肆力詩古文辭，更留意性命之學，開門授徒，弟子日益進，與永平申鳧盟、趙秋水、雞澤殷伯巖、同邑楊崑岩、劉津逮、李方曼爲文酒之會。孫徵君鍾元講學於容城之夏峰，先生贏糧往從，請執弟子禮，時先生年已六十有三矣。徵君謂先生耆德碩望，當以齒序。先生遜謝不敢居，卒就北面之列，受教惟謹。由是所得益精，作《蘇門遊草》以紀其事。是年，徵君卒，先生往會葬，往返數百里，不敢以衰倦辭，其勇於進修如此。

先生居家勤儉，二子既貴，苦言切戒，以爲志得願奢，則費廣而取不以道，人怨天譴，胥由此起。丁巳，伯子除太平令，將行，跪請受訓。先生曰：“爲令無他道，但當時時辦歸計，俾可以朝罷而夕行，斯善矣。”比考最，竟爲循良第一。辛酉，蕩平覃慶，敕封徵仕郎、內閣中書舍人。乙丑十月，年七十有三，卒於家。

配陳氏，封太孺人，先一年卒。子男三：長即鄰，今邠州知州；次即鄗；次郅，邑庠生也。女一，適趙愷，石門縣知縣。孫男六：德蘭、庭蘭、伊蘭、畹蘭、陡蘭、徵蘭。孫女四。嘗慨師道不立，愚者安於冥頑，不知道德之可貴。或有志於學矣，往往域於卑近，又不幸與不如己者處，侈然自適，而遂志其不足也。寢假而老，將至矣，求如先生之命駕從師，不以老自息，務得乎吾心之所安而後止，豈易得哉。系以銘。銘曰：

其心欿然日孳孳，行年六十身從師。道如何其望見之，若大路然豈遠而。雙璧趾美令聞貽，千載考德徵吾詩。

進士東亭王君墓誌銘

余同年友新城東亭王君，與其兄西樵考功、弟阮亭祭酒，以才名爲士大夫所傾屬。考功、祭酒皆蚤達交游，而東亭久困場屋，閉戶却掃，顧與其兄弟齊名，海內稱爲三王。乙未歲，余以貢入京師，與考功、祭酒定交。時東亭選入太學，亦一再相見。後十有六年，同舉進士。釋褐之日，握手槐陰石鼓間，追憶舊遊，歡然相慰勞。亡何別去。又十餘年，東亭南遊過草堂，余方佽裝入京，送余金閶而別。又二年，來京師，居祭酒邸中，余亦幸數晨夕，而東亭遽得疾以卒矣。

余與王氏兄弟交且三十年，其德行足以砥礪末俗，其文采風流足以照耀寰宇。而考功方居吏部，嬰禍幾不測，及再入，又以母喪去，卒哭泣哀瘁以死。東亭四十通籍，未及受一官，骯髒抑鬱，以殞其身，此余之所以深悲者也。卒之日，小斂，余往哭之，痛不自勝。既大斂，祭酒齊衰麻絰，再拜言曰：“惟吾兄同年，於君誼最厚，君他日志其墓。”言已復哭，皆失聲。今年八月，將大祥，祭酒曰：“葬有日矣，敢速銘。”余忍以不文辭。

按狀：君諱士祐，字叔子，一字子側，東亭其別號。曾祖尚書公，祖方伯公，父封祭酒公，母孫宜人。以崇禎五年生於方伯公常熟官舍，故小名虞山。年十五爲諸生，有聲，入國學。癸卯舉山東鄉試，庚戌舉進士，當授京職，未補官，卒於京邸，爲康熙二十年九月二日。娶焦氏，繼室張氏。男二人：啓湢、啓濰。女子三人。東亭性至孝，與兄弟友愛最深。祭酒爲揚州推官時，封公與孫宜人皆就養，東亭歲一覲省。官舍中有竹亭、鶴柴，兄弟唱酬，極天倫之樂。

祭酒常病困，晝夜手自調藥，遂霍然起。考功典試河南，以磨勘下獄，東亭食飲臥起，日侍左右，觸冒炎蒸，顛蹶營救，事得解。考功至揚州，與祭酒執手言東亭急難狀，相對流涕。及東亭成進士歸，而考功再入吏部，祭酒以禮部員外郎奉使淮上，過家上壽稱觴，閭里以爲榮。未幾，遭孫宜人及考功之喪，再嬰哀疚，自是忽忽多不樂。念封公春秋高，懼外吏道遠，貽親憂，乃就事。例當得京職，又需次者數年。其與余別金閶也，祭酒方官翰林，旅食甚艱，以所積文贄白金數鎰，布裹紉屬余寄之，丁寧款密。余入都以授祭酒，祭酒得械，捧手竚立，如待兄前。余感其友於之篤，嘗以語人，共爲太息。其家庭兄弟間可稱述者，多此類。

東亭少英敏，博學強記。年十歲，客有言：“焦太史竑字弱侯，何義？”或言：“漢魏相字弱翁，猶此意耳。”東亭從末坐起，對曰：“此出《考工記》所謂輪人，竑其幅廣，以爲之弱者，非耶？”一坐嘆其機穎。嘗雪夜集東堂，和輞川絕句，有曰：“日落空山中，但聞發樵響。”考功亟賞之。歲丁酉，祭酒舉秋柳社於歷下，於時知名之士，奔走輻輳，皆詣新城王氏。王氏閥閱貴盛，至考功、祭酒，才華益煇赫。東亭雖未遇人，得其片語，皆珍愛之。爲人沉潛篤實，澹於榮利。辛酉順天鄉試，當爲同考官，力辭不赴。其生平當困約時，安之若素，而一二年來，幽憂侘傺之狀，亦或見於顏色，殊不類平日。祭酒與余輩問："故身得毋有所苦耶，抑有所結轖於中，而不能舍然者耶。"則蹙焉不答，竟不能明其然也。嗚呼！銘曰：

琅邪清門，菁華蔭藉。齊右名區，荆枝秀絕。婀娜叔子，敦履沉實。處塞益亨，戒滿彌抑。韞石含淵，光薄虹霓。器以晚成，嶷然特立。奕奕清階，豈曰散秩。才練斯劇，神茂乃餉。志與願違，道因命嗇。天道有常，其伸若詘。昌爾子孫，兆云叶吉。

憺園文集卷第二十九

墓誌銘①

光禄大夫工部尚書幼庵朱公墓志銘

光禄大夫、工部尚書幼庵朱公，始以諫臣事世祖章皇帝，讜直端亮，著聲於朝廷。世祖方嚮用公，驟遷，既列於九卿矣。公遇事敢言，不能爲婾阿依比。中間以詿誤得降秩，在朝公卿輩益重公。世祖亦雅知公，旋由卿寺擢中丞，倚任日重。公感激知遇，累月之間，章數十上。至其所難言，雖城社狐鼠之姦，苟利國家，不避也。洎乎今皇帝御極，眷注尤隆，命貳司農，簡任少宰，遂由都御史洊歷三部尚書，所建明爲尤多。後以會推事，被旨詰責，九卿皆知於公無與也。而公難進易退之節，始終不渝，遂引罪去位。家居課兒，講誦經史，暇或策杖逍遥郭外，寄興詩酒，人未見其有慍容。余通籍時，公已位正卿，舍弟立齋於公有通門之誼，以是數從公游，比往來尤密。又次兒炯，出公門下。今年秋，公臥疾，數往候公。十月之朔，執手榻前，猶相與慰答，如平生歡，既而曰："身後事，幸君留意。"越三日，捐賓客。其孤儳屬公門人，編修周金然、吳苑來徵銘於余，且告葬速。

余追惟公之立朝大節，載在國史，天下所共知。至讀其疏章，指陳剴切，雖宋之田表正、范蜀公殆無以過。其爲給事也，所言重名器以尊朝廷，革久役以清弊蠹，嚴禁沽糧積弊及糧船私債事，皆施行。其論破積習以圖實效，謂："國家之事全在六部，而今日六部之病，惟在推諉，大抵疑事畏事之念多，任勞任怨

---

① "銘"字，底本、康熙本皆無，今據光緒本、目録補。

之意少。一遇事至，有才者不肯決，無才者不能決。事稍重大，則請會議。不然，則遷延日月，行外察報而已。不然，則卸擔於人，聽督撫參奏。不然，則畏首畏尾，聽科道指名而已。苟且塞責，無容再議而已。上下推諉，以爲固然，彼此相安，以苟歲月。如此，國家之事安得不廢，百姓安得不困，而欲望致太平，必無之也。因歷數六部推諉之病，皆皇上不擇人、不久任、不責成、無法柄以馭之之故。自今宜行試詢考覈之法，視其殿最，以定功罪而行賞罰。法在必行，無所姑息，則風紀整飭，實效可覩矣。其在御史臺也，論振綱紀以收澄清之效，嚴考核以定畫一之制。謂民之不安，吏之不察，由巡按之不得其人也，而其要惟在責成堂官嚴考核而已。蓋巡按之賢不肖，即堂官之賢不肖也。自今巡按溺職，請未治巡按之罪，先治堂官之罪。若臣等定差不公，考核不當，受私請屬，阻撓事權，諸御史亦得舉奏。夫自治而後可以治人，正己而後可以率衆，責成有歸，則紀綱自振。至於巡方事宜，諸御史并有見聞，但令會同參酌，定爲畫一之制，自足以興利除害。不然，議論益多，端緒愈亂，巡按止皇皇補救細過之不暇，則亦安所措其手足哉？”是時，世祖皇帝方嚴懲貪之典，凡貪官得贓十兩以上，流徙①塞北，著爲令。

　　公疏論曰：“此令一出，而天下不復有清官矣。何則？有司畏令之嚴，皆攫取民財以媚其上官，上官挾朝廷之禁以恫喝，求之於下，無所不至，雖欲不貪，勢不能也。清官由此而變爲貪官，小貪由此而變爲大貪矣。且自上諭宣傳之後，撫按所糾者皆罷頓殘疾與夫小貪之人，必無有以大貪入告者。何則？一經提問，有司無不求減贓罪，圖保身命，雖有盈千累百之贓，而及其結讞，期以不滿十兩而止。是有司之貪者未糾以前，徒層累而輸於上官，被糾之後，又層累而輸於問官，而尺籍所科百不一二。蓋雖起古龔、黃之徒爲今日之有司，未有不犯十兩之令者，而今日普天之下盡是不取十兩之有司，豈今日之有司皆出古循吏上哉？良以有嚴令之名，無行令之實，令嚴則思遁也。皇上何不更法而變制，但擇撫按一大貪者而懲之，以戒衆貪，擇撫按一大廉者而獎之，以勵衆廉，於以惠百姓而格天心，或有裨益也。”

　　會天旱，極言：“山東前撫臣耿焞、河南撫臣賈漢復以墾荒蒙賞，而百姓以賠熟受困，歲增數十萬之賦稅，大約多得之於鞭笞敲剝、呼天搶地之子遺，而非

───────────

①　“徙”底本作“徒”，今據《清史稿》卷二六三《朱之弼傳》改。

額內樂輸之賦稅，怨苦之氣積爲沴厲。”又部臣救荒無術，賑濟濡遲，公上章糾劾。適中州報災，戶部覆奏：“皇上步禱精誠格天，六月內甘澍已降，遠近霑足，奈何彰德、衛輝獨請蠲恤？”公言於上曰：“此小人之言，明欺君父，百里不同風，千里不同雨，豈輦下得雨，普天率土毫無差別？且堯湯之世何以有九年、七年之水旱也？”復奏云：“河南撫臣以被災細數報部，覆請再勘。既以撫臣爲不可信矣，而又倚之以踏勘，藉使撫臣告災如前，部臣信之，不可不信，將必另差人踏勘，不過徒增地方煩擾耳。又自夏徂冬，被災州縣豈盡停徵？待至勘明，已屬明春，雖復蠲免，徒飽吏橐，而嗷嗷待哺者，已轉爲溝中之瘠矣。”與尚書王弘祚力爭再三，奉旨令弘祚陳狀，弘祚雖彊辨，然終詞屈。

今天子親政，公爲大司空，極言：“閩地兵米之苦，謂延、建、汀、邵士民苦於買米之攤賠，至有願輸田入官者，而漳、泉之間則直派之百姓，宜敕督撫窮治所司，使百姓免朘削，而朝廷百萬之金錢歸於有用。”又言：“私派民夫之害，謂閩民既罄其食以供兵，復驅枵腹之性命，以供無窮之役，閩民何罪。臣實痛之。”天子下詔切責督撫大吏，大吏以下多得罪，閩中積弊遂革。既爲大司寇，則請旗下軫恤家人，更定私嫁之條，俾免離析；請復康熙七年酌省存留錢糧，以紓百姓。又以懲貪遇峻，請自今非係官吏因事賄賂者，凡求索科斂、逼抑取受及無祿人，仍遵律文科斷。至於鋤大猾、釐積蠹，諸國家大事，皆他人所不能言，亦不敢言，反且以爲不足言者。而公獨侃陳奏，鋒發矢激，中外屏氣。

嗚呼！若公者，豈非其忠亮之節，出於性成者歟。公之以侍郎左官也，人或勸公具疏自明，公曰：“吾昨一歲四遷，不以無功辭，今甫一謫，即以無過辨，可乎？”人服公得大臣體。其再左遷也，余弟立齋時爲憲長，與公同罷，笑謂公曰：“曩固聞公之義而韙之，今得從公後，其敢有所言？”公曰：“然哉！”余弟嘗言，每議事與公及蔚州魏公接茵而坐，三人者所見略同。公議論尤以惜人才、重國體爲急，在部遇事有不可，輒獨爲一議，同官或迫之，不能奪。其公忠愛國，無事不然，所傳奏牘，不過什之一二而已。

公諱之彀，字右君，幼庵其號，本徽國文公裔，世爲閩延平人，至四世祖鳳梧公來學京師，因家焉。曾祖雲庵公諱英，祖忠齋公諱國相，考裕我公諱世奇。忠齋公生三子，其次曰濟寰公，諱世才，公之本生父也。生子二人，長即公，次侍讀學士肯齋公，諱之佐。裕我公無子，以公爲後，其後以公貴，贈其三世及本生父皆光祿大夫、刑部尚書。曾祖妣張氏，妣左氏，本生母武氏，皆贈一品夫人。公生而端凝，穎敏絕倫，順治二年登賢書，明年成進士，選授禮科給事中，歷遷工科都給事中。己丑，分校禮闈，得人最盛。

踰一年，丁外艱。服闋，補戶科都給事中。未幾，除太常少卿，歷右通政、宗人府丞，擢戶部右侍郎。其明年，以公事貶官。十五年，補光祿少卿，轉通政司右參議。明年，以左參議擢都察院左副都御史。今上即位，爲戶部右侍郎。居二年，轉左。甲辰，充殿試讀卷官。明年，轉吏部左侍郎。又明年七月，拜都察院左都御史。十月，調工部尚書。又二年，爲刑部尚書。癸丑，充殿試讀卷官，疏請爲本生母終喪。久之，丁內艱。服闋，補工部尚書。壬戌，會試總裁。九月，充讀卷官。明年冬，解職。家居凡四年。康熙丁卯十月，以疾卒，距生天啓辛酉六月，享年六十有七。

公事親以色養，居喪盡禮。與弟肯齋公友愛，自延師受室，及諸居處服御，皆爲辦治。自少至老，每食未嘗不共。又能推恩以及其九族，姻黨執友，待以舉火者甚衆。其有奄岁之不舉者，嫁娶之不備者，公皆爲之欧助，無所吝倦。嘗買妾，詢知其爲士人女也，弗御而嫁之。年十六，讀書塾中，聞鄰有哭聲，以貧甚，將鬻其子，公爲之釀金代贖。若此者，在于他人，雖得其一節，猶足以傳，而於公之盛德，固瑣屑不能以悉書也。公嘗撰述薛文清、胡文定論政之語，用以自警。居嘗好手輯先儒遺書，刻之家塾。其所精思熟復者，尤在《近思錄》《朱子節要》《上蔡語錄》諸書。燕寢門闌，并勒箴銘，蓋其淵源根柢如此。故其立身持論，無造次苟且，得于學問者深矣。

娶劉氏，先公卒，誥贈一品夫人。子三人：長儼，刑部陝西清吏司郎中，娶袁氏，繼娶吳氏；次侗，候補內閣中書舍人，娶張氏；次价，官監生，出爲肯齋公後，娶張氏。女六人：一適通政司經歷林國梁，一適內黃教諭鄧俊，一適孔興濟，一早卒，一適興濟爲繼室，一適翰林院檢討田成玉。孫男三人：好仁、揚武、兆昌。孫女三人。儼等以今年十二月，奉公與劉夫人合葬於永定門外管村祖塋之北阡。銘曰：

在昔世祖，惇大明作。公言于官，謇謇諤諤。洎乎今皇，熙洽化醇。公言于朝，侃侃誾誾。靡事不言，靡言不彈。小廉大法，公在朝端。上殿如虎，當門有蘭。一辭引去，退易進難。進則盡忠，退亦希直。國之老成，進退惟式。諫草難焚，豐碑斯刻。謂余之私，國史有辭。

顏參原墓誌銘

亳州，古譙地，自漢、魏、六朝以來，爲四戰之區，獨所産多磊落英特士，如夏侯孝若、嵇茂齊、戴安道、桓子野輩，代不乏人，蓋地氣使然與。今雖人才少，不如古。以余所交顏君參原，則誠賢矣。君名知天，顏子六十六代孫。其先名澄者，始居亳，傳至九十翁滄州君爲君之考。君好學强記，博極群書，爲諸生，餼學宮。江西章大力見其文，曰："此我大士也。"究心理學，題所居曰瓢庵，嘯詠其中，天性至孝。甲申時，宇内鼎沸，奉父母避亂村堡，遇盗，以爲孝子，釋之。居喪三年，哭不見齒，與人交，坦如也，輕財好施。余自庚子歲赴京兆試，道由于亳，知州孫君欸余于官廨，君在坐，計時年六十餘矣，鬢髮未蒼，若四十許人。

余數過瓢庵，旁有小樓，書史甚富，花欄植牡丹數本，欄前畜二錦雞，余至，輒置酒賦詩而去。又嘗并騎出北門，渡渦水，尋桐宮、桑林、秋風臺諸古蹟，因指邑志之訛，思一訂正，上下辨論，其言猶昨日也。丙午春，余自都門南歸，又經亳州，時學使者檄試諸生，君往應試，未得相見。己酉冬，赴春官，取道亳宋，未至時，先遣人持尺牘報君，而君前數月死矣。始余與君游，君名在諸生籍中，未告余以年齒及哭君之靈，見銘旌享年七十，乃大驚，知君已老。嗚呼！君不可謂不壽，而余自始交及哭君，前後不過十年，若天之奪我友之速，而視君不止夭折以死者，故哭君而不能不悲也。

君晚年刻意作詩，亳之鄰壤，商邱有賈靜子、徐恭士、宋牧仲，夏邑有陳簡庵，并與君往還。君詩稍不逮數子，能奮力與之相抗，撚鬚苦吟，往往達曙。簡庵嘗云："亳州老友，落落惟參原耳。"牧仲貽余書，至以《參原詩》擬之高達夫，其爲時所推重如是。余之哭君也，其子伯恩請志壙石，踰二年，以狀來爲述之如此。君考滄州翁，諱某，母某氏，娶馮氏。子三人：長伯陛，庠生，早卒，馮夫人出；次伯恩，次伯惠，俱側室出。女三人。生于萬曆庚子十二月，卒於康熙己酉正月。銘曰：

佳城兮鬱鬱，白揚兮蕭蕭。渦水兮屈曲，崇城兮岧嶤。風來兮颯爽，野曠兮沉寥。是幽人之長宅，其永謝夫喧囂。

通議大夫吏部左侍郎張公墓誌銘

公諱鵬，字搏萬，別號南溟，姓張氏，世爲丹徒人。祖考大紳，祖妣王氏，繼潘氏。王生士梅，公考也。誥贈中憲大夫、通政司右參議。妣韋氏，誥贈恭人。公治《春秋》，舉順治十七年鄉試，明年成進士，除內閣中書舍人，遷刑部山東清吏司主事。康熙十五年，考選擢第一，授吏科給事中。居諫職，凡四年，章數十上。一日，上顧謂輔臣：“張鵬翮有建白，一無所私，當與內陞。”故未掌印即陞光禄寺少卿，前此未有也。歷通政司右參議、順天府丞、提調學政。二十三年，遷通政司右通政、都察院左副御史，尋命巡撫山東。二十五年，召爲刑部右侍郎。其明年，調户部左侍郎，兼管寶泉局印務，進吏部右侍郎。明年，轉吏部左侍郎。會太皇太后升遐，群臣公疏請聖躬節哀。公捧讀上諭，嗚咽流涕曰：“聖孝超邁千古矣！吾早喪父母，賴吾祖以成立。今吾祖亦已下世，吾久宦，兆域未卜，不于此時乞假奉安先人魂魄，將不可以爲人子孫。”于是瀝陳情，得旨許歸里營葬，時二十七年六月六日也。踰歲，大駕南幸，公迎送甫畢，遂廬墓側，手自封樹。積勞感疾，疽發于背，以二十八年六月六日卒，享年六十有三。

公爲諫官，務持大體，于國家之事，知無不言，亦未嘗毛舉細故，爲苛察之論。先是，漢軍在任遭喪，不得回旗守制。公抗疏請與漢人一例，以敦孝治。又疏請寬官役監守自盗之例，依本律。自是，踰年不能償者得免，妻孥入官流徙。姦民略賣人口，遠至口外，請設厲禁，并追江寧所買男婦五十八人還其籍。軍興，廣開事例，有人奴竄名選籍爲縣令，除目已下，公劾褫之。他如纂《會典》，修《明史》，蠲江右逋賦，疏上，皆施行。其撫東也，正已率屬，不事操切，於民間疾苦，訪求不遺餘力。初入境，會濟南、東昌、兗州三郡皆被災，疏請發常平以賑，先量給以竢。德音之下，活人不可勝計。臨清倉米徵解本色，重爲吏民累。先是，有奏請改折者，不果行。公疏再上，始得請。

青、齊間，有小清河者，源於濼水，而與濟、漯之水合流，經章邱、鄒平、長山、新城、高苑、博興、樂安以入于海，蜿蜒六百餘里，故道就湮，而水橫決，爲諸邑患。曲防盜決，格鬭無虚日，訟牒相仍。公單騎按行，斥豪强之占河身爲田者，疏請濬復故道，且建石閘，以備旱潦蓄洩。青、齊之民，以爲百世之利。先是，公以中翰典試山左，至是，益刻意樂育人材，集諸生肄業白雪樓中，親爲講解，月課其文高下，風氣日上，此皆撫東善政之尤大者。甲子，上南巡回鑾，公始受事，迎境上，上命公陪祀闕里。禮畢，還蹕行宮，夜漏下數刻，傳公入見，奏對稱旨。翌日，出御筆臨趙孟頫書以賜公。蓋公自諫官時受知于上最深，故撫東得以展其志。其居刑部、户部及吏部，皆多所建白，陳義侃侃，無所畏避，上方倚以大用，而歸志已不可逭矣。

公性孝友，修內行，三世同居，至今苟可以濟物，見義必赴。郡有田没于江潮，民以逋糧被追呼，公力言於主者，疏請豁免，歲蠲銀千七百餘兩、米麥二千五十餘石。在都時，順天府學爲旗丁及居民所蹈藉，蕪穢不治，有司莫能制。及公爲提調，請嚴加禁飭，上謂公實心任事，詔特褒之。公丰貌俊偉，慷慨世務，掀髯抵掌，傾其座人。喜賓客，然泛愛，于同年中尤與余善。憶辛酉之春，有餉公介休羊羔酒者，公招余共飲，時以歲饑展賑粥之期，春盡當止，而四方來就食者衆，余語公：“吾儕爲此樂，溝壑中乃多餓者。”語未竟，公立索紙筆草疏，請五城粥廠宜且勿停止，其九門宜各設一廠，以便疲癃老穉之附近就食者，計人日食米三合，十四廠日各給米三石，日計米四十二石，可日食一萬四千人，約費萬餘金，即可全活萬餘人。其詞甚詳懇。余乃浮數大白而起，公坐以待旦。疏上，下廷臣議，遂設九門粥廠如公請。

公持論喜綜覈名實，趨事赴功。翰林故事，但序資遷轉，以養恬退，息奔競，較俸之論，自公發之。余不甚以爲不然，顧嘗以此戒勉同官：“天子典學稽古，吾儕盡職良不易，何暇優游邑屋爲。”張公言是也。生平所著疏稿若干卷，及他詩文若干卷，號寧遠集，藏于家。元配凌氏，誥封恭人。子一，乃馨。女五，其三已適人，一字，一未字。孫一，作聖，尚幼。公疾革，遺書與余訣，謂必不起。余發書大驚，未入懷袖，而凶問已至矣。乃馨將以某月某日，奉公葬于某縣某鄉之原，使來乞銘。嗚呼！余何忍不銘？銘曰：

今之諫官古遺直，四年補袞舉厥職。帝用驟遷嘉乃績，東方保釐任牧伯。海岱濟河沛恩澤，遂荒大東及鳧繹。再歷卿貳躋天官，整刷銓法吏不刓。盍歸其鄉歌考槃，宛其死矣奚以悲。古三不朽公庶幾，誄德鐫功無愧辭。

清故文學元遜王君墓誌銘

吾邑有高才生王之垣，以文藝有聲庠序間。數年前葬，其本生父文學元遜來乞余銘，余未有以應也。今年冬，王君之壻顧雲如走數千里來京師，爲之垣申前請。顧與余中表戚，之垣又素遊吾門，王君行又應銘也，其何辭？君諱掄春，字元之，改字元遜。曾祖瀛洲君一恭，自太倉州徙崑山，爲縣人。祖集虛，名周緒。考仲翔，名雲鸞。王氏故有東王、西王，君曾祖以上居太倉，累世貴顯，蓋東王也。縣中之王從太倉分支爲西王，科第烏繹與太倉埒，惟君一支三世爲諸生，未有仕者。及君爲諸生，當有明末造，未久棄去，人訝之，君笑曰："非公等所知也。"

君母弟二人，季弟振春早卒，仲弟捷春出後叔文霖、環考。仲翔君歿，君悉推産與弟，弟善病，罄其産，又以所居宅讓與之。及弟卒，人莫肯爲之後者，君嘆曰："家貧，衆所棄，吾弟其爲若敖氏鬼乎？"令仲子之垣嗣之，爲之經紀其喪，作嗣議一篇，以明重宗祀，不計實而存名之意。比君卒，其宗老增城君誄之，曰："迄于仲氏讓生之死，方讓以産，又讓以子。"嗚呼！古者立後之法，惟重爲大宗，蓋以奉宗廟之祭也。其他旁支庶姓，絶續無所繫，死則祔祭于昭穆，亦未嘗乏祀。自世以遺産爲意，幾于人人有後，至有爭立并建者，是則貧而莫肯爲後，亦君子之所憮然心傷矣。君讓産于出後之弟，又推其子以後之，敦本厚施，是不足以風世砥俗乎？

增城君名瑞國，奉常麟洲之孫，仕增城令，于君爲近屬，亦所稱東王者也。配沈氏，有賢德。君生于明萬曆辛丑，歿於皇清壬子，享年七十有二，舉鄉飲大賓。沈生於萬曆戊申，歿於康熙庚戌，享年六十有三。子二，曰坒，曰之垣，廩膳生，即後捷春者也。女六，俱適士族，雲如其一也。孫男女十二人，長孫鉉，學生。蓋自君高租副使公而後，六世爲諸生矣。康熙庚申年十月，其子奉君夫婦之柩，合葬于露區沉翔圩之新阡。後七年，邑人徐乾學始爲之誌且銘。銘曰：

鐘鼓樂鷃，車馬載顟。不如深林，以趨以棲。獨行耶，隱逸耶，百世之後，于吾文乎是稽。

荆南道參議祖仁淵墓誌銘

君諱澤深，字仁淵，奉天遼陽人。父大壽，明大帥，守錦州十年，力屈迎降，太宗皇帝禮待優厚，事見國史，授光禄大夫、一等精奇尼哈番。生六子，君第五。長澤潤，固山額真、一等精奇尼哈番兼拖沙拉哈番；次澤溥，總督福建等處地方軍務兼理糧餉、兵部尚書；次澤淳，世襲拜他拉布勒哈番、管佐領、副都統。三兄皆一品光禄大夫。從父兄弟多中外大官。君初任佐領，選授吏部驗封司員外，繼管參領，旋陞文選司郎中，轉湖廣右布政使，因前任選司里誤，左遷江南淮海道僉事兼司榷關，被論免官。居久之，補直隸口北道僉事，移江南蘇松常道參議，以裁缺補湖廣上荆南道參議，再被劾罷官。

　　君承父兄氣力，年少通顯，果於有爲，所至多有勞績可紀。性豪侈，又耿中丞愛婿，生貴甚，視金錢如糞土，窮極被服、飲食、第宅，皆出己意，都無凡俗。工書畫，解音律，稱賞鑒家，會其所嗜，倍直購之，必得乃已。或有所空乏，即賤鬻亦不甚寶藏也。書畫皆師石田翁。其在蘇州時，親至長洲之相城，封其墓，爲文以祭之，且訪其後而恤焉。亦自能度曲，所蓄聲伎，皆親督其藝成，自言："吾爲此數童子，纔幾曲合拍，鬚便數莖白也。"在淮海時，當路使人諷以己意獻之，君怒曰："祖五豈教歌童媚人者！"其所居第爽塏，軒檻闌檻，皆放江南，臨水亭樹，芰荷蒹葭，占京城之勝，爲權貴者所欲，君又固不肯與。既以此失當路意，會上官又貪黷，索略不得，遂以此再賈禍。

　　君好與老中官往還，以此多識前朝故實。又樂與方外釋子遊，爲啓精蘭，疏泉鑿山，不計勞費。性善飲，于酒人初無所擇，但勝大斗，便呼與賭。勝與人交，所不稱意，箕踞慢罵，使人不堪。至其一言相契，披瀝肝膽。與無錫秦留仙、嚴蓀友善，留仙有急，君解橐千金涉江贈之。蓀友母喪，君捐金爲治喪，才藝之士，待以舉火者數十家。君因留仙以交于余，而君乃嚴事余。嘗規君以居家處世如此，蕩棄檢柙，殆于不免。君善余言，至于拜且泣而不能盡用，且用之已晚。故其在荆南，謹飭異于他時，而已無補救矣。君生平未嘗爲生産計，金錢隨手略盡，銀鐺北來，罄典衣裘。其病卒獄中也，至無以爲殮。嗚呼！可哀也已。君娶於耿，山東巡撫惇女也。五子：長良采，次良材、良楫、良柱、良梓。女五人。卒年五十有三。君之子某某以君之喪葬于某原。銘曰：

　　嗟嗟祖君，而至於斯！君之遊于士大夫間，知君者恒爲君危，不知者不足於君，其輕心易物，獲戾也宜。使君第承家世，爲遊閒公子，其風流跌宕，豈不超然於當世之是非。而乃困君以吏事，雖勤且敏，其奚以爲？

吏部驗封司員外郎卜君墓誌銘

　　往歲余佐禮部，見學校弛廢，人材訾窳，一切制度文爲闕略未備，思欲挽近時之弊，以興賢育才，討論禮制，稍復古初，佐聖天子文治萬分之一。而同志者寡，獨同年溧陽王君曰曾爲儀制司郎中，其爲人清修苦節，練習典故，爲言某事當罷，行司官某不任職，吏某某舞文當罪，具有條理。王郎中將遷去，秀水卜君由武昌知縣，入爲儀制司主事，清操一如王郎中，屬稿皆自操筆，如素習者，吏畏憚不敢犯。一日，余同太宰陳公直內庭，出，日已晡，過署更衣，卜君猶治事不倦。陳公嘆曰：“安得此人爲吏部郎！”及吏部闕，浙江人君當預選，余與同官實推轂焉，而未嘗不重惜其去也。君爲吏部益有聲，顧其勞悴愈甚，家貧無兼裘，每日五鼓趨朝，日旴乃返，飲食失節，驟中寒疾，京師乏良醫，投藥輒不效，逾七旬竟不起。殁之日，邸舍無斗米百錢，余捐兩月俸，偕其親黨助之，始得就殮也。

　　君殁之明年，爲康熙二十九年春二月。余方請告南還，孤子彭年扶柩將行，以志銘請，因據狀志其大略，俾刻而藏焉。君諱陳彝，字聲垓，別號簡庵。明洪武初，始祖居嘉興之北鄉，其後析縣爲秀水人。曾祖大有，嘉靖丁未進士，起家無錫知縣，歷雲南尋甸知府，兄弟三人皆成進士，有聲績。祖曰謀，清流知縣。考兆龍，贈文林郎。妣伍太安人。君早孤，太安人督之嚴，未冠爲博士弟子，事太安人能盡孝。順治十七年舉鄉試，康熙三年會試中式，賜二甲進士出身。君成進士十年，乃謁選得洛川縣。縣爲鄜、延邊境，正賦不滿萬金，以給榆林鎮戌歲餉，所征米粟則給宜君營兵食。營去縣百八十里，給不以時，且多所耗費侵蝕。君至，則如數先期給發，兵將喜過望。

　　未一年，滇、黔叛，西陲寇盜蝟起，君乃練鄉勇，設關險，晝夜登瞭巡警，邑以無事。是年十二月，王輔臣叛於寧羌，殺經略大臣，延安震動。明年，柳溝將李思膺、定邊將朱龍俱叛，州縣多失守。朱龍叛兵逼洛川，君親乞師宜君營將楊某，楊先以運米德君，乃提兵千人與君偕來。有頃，賊圍城，君登陴拒守，而令楊出城奮擊賊，夜遁去。君與楊約爲兄弟，椎牛饗士，極歡乃罷。是時，賊多誘民縛長吏降者，獨洛川人喜助君守，曰：“我父母也。”太安人訃至，士民詣上官請留，君涕泣固辭，不許，墨縗從事者七月。及大將軍圖海撫定平涼，始得請。服闋，補武昌縣。時滇、黔未平，楚北軍行孔道，殫心供億，如洛川時。以其間爲民請命，如免派歸巴運夫腳價二十三萬有奇，免鐵稅及煙酒雜稅，又蠲大兵養馬草束，無協濟他郡，言皆懇切。上官感君意，悉從其議。

　　居武昌八年，舉卓異，擢禮部。余素聞君名，見除目，謂王郎中曰：“可惜君俸，當遷卜主事，今來助君矣。”君勤於簿書，每一事至司，即日與同官酌議具草，事大小無留滯。稟性淡泊，勵操守，一切私餽，悉屏不受。與人言，則藹然和煦，不欲立崖岸以釣名譽。其於堂官極恭謹，遇事不可，必反覆力爭，從其言乃已。其待余尤厚，見余與時齟齬，即悄然懷隱憂，余故於君之死有餘痛焉。君年六十有二，娶於陳，陳卒，不再娶。子二：長即彭年，太學生，陳出；次彭頤，

庶于出。孫男五,孫女一。彭年等將以某月日葬於某原。銘曰:

展如之人,云何亡祿。以我迂愚,致爾頻顚。不見世人,庸庸後福。清修
媠節,內省無惡。秩秩儀部,粲粲銓司。早入晚出,盡瘁於斯。廉儉正直,其能
勿思。銘爾德行,子孫識之。

刑部主事季甪汪君墓誌銘

嗚呼! 天之予人以才,果將推其餘,以被之天下乎? 抑厄塞屯閉之,以使
不得用其遂已乎? 國家之以爵祿官人,固將享其道以利濟生人乎? 抑姑試之
而姑已之,使不免於憂患戚嗟,而終於無所成乎? 若吾友汪君季甪之生也,其
稟於天也良厚,而又嘗以其所學應有司之求,連舉於禮部矣。然年僅四十有
九,位止於郎署,其施也不廣,其志也未竟,計其生平之所得,獨其名在耳。則
夫名也者,非夫人之所以自窮,而以文詞得名者,尤其所以窮之具乎? 以天之
賦君之厚,國家之知君者,不可謂晚,而其所以傳君者止此,則意者文辭之工,
尤人之所不易得,君之豐于此而嗇于彼,非不幸也。嗚呼! 是足以銘君也已。

汪氏其系新安,數遷渡江,爲揚州人。曾祖諱某,祖諱某,至父某,生子五
人,君行第五。君之好古文辭也,自其離成童時,已篤志經史。康熙十二年鄉
試中式,又三年成進士,得釋去舉子業,考授內閣中書。年少也,職閒無事,益
發憤讀書,常攜筆研,就閣中校讐,或月夜循殿階行吟,誦聲聞直廬。爲文摹王
荊公,得其峭潔,而君之所自許也。於詩尤得力,始嘗出入於漢魏六朝以及唐
人,猶爲未足以盡風雅之變,乃合杜、韓、蘇、陸四家詩爲一集,及宋諸家詩,無
不研練揣摩,疲精力於斯。余嘗駁之:“宋詩第博其旨趣足矣,不足學。”君執其
說益堅,予亦不能難也。然君詩自取材于經史,其于宋人所見爲佻巧傷雅、俚
率無蘊藉者,君洮滌揀汰,率變其體格而新之,他人學之者不能及也。

君文之最有名於時者,爲辨道論。是時妖人朱方旦被逮至京,旋出獄,妄
爲人言禍福,走者如鶩。君辨之,略曰:“家國幸太平無事,得此輩以資談諧玩
弄足矣。今傳者崇奉太過,或謂孔氏復生,或謂大禹再見,甚謂移檄玉皇則祈
雨立應,不惟上侮聖人,亦且獲罪天地,此亦士大夫之過也。且京師邪雜處,易
于動搖,萬一朝廷震怒,問以妖言惑衆之罪,吾不知山人安所逃死。”文出,吾師
孝感熊公掌翰林,聞之,即往訪其邸,與之定交而返。

君爲中書三年,請終養,在道聞母喪,已復丁外艱。服未闋,適朝廷詔中外

舉博學鴻儒，薦者以公名上，不果試。己未，舍弟起監修《明史》，所特薦纂修者七人，君與焉。君在館討論嚴密，撰述最多。既補刑部江西司主事，兼管纂修。君雖好學如不及，特盡心於吏事。有武某者，以一車一馬，販米南花園，宿於董之貴家，董殺而取之貲。明日，載屍車上，鞭馬縱之去，至劉氏門止焉。其父謂劉殺其子也，訴之坊吏，鍛鍊成，上於部。君視之曰："劉殺人而以車馬置諸門乎？"白尚書，請緩獄三日。自步行南城外，縱所獲馬，馬至之貴門，跳躍悲鳴，直奔入其庭中，則所載米囊猶存也，一訊而服。海户某故凶悍，王氏兄弟五人與鬥，懼不勝，拉殺其病弟，誣之罪。人皆以其素凶也，信之。君廉問鄰人，既得實。有二人稱親王使者，來取囚，曰："王與夫也。"君曰："是犯國法，宜死，即王與夫當啓奏。"二人懼而逸去。

時尚書蔚州魏公大器重君，即君所定讞，輒不復議，雖天子亦知之，屢訊其名。一日，出金箋，命侍臣能書者，書唐詩進，擇其工者爲屏風。君書在二十四幅選中，衆且謂不日當召見改官。侍從忽有以蜚語陷君者，中旨問九卿，皆愕眙不知罪狀，所擬坐且不測，幸天子寬仁，詔下奪官而已。君歸後，杜門不入州府，日坐其所謂十二研齋者，朝課經，夜課史，將沛然大發之于文，所作史論甚夥。暇則布袍芒鞵，散步田野間，從里老談話，終不及世事。然其抑𡻕無聊之衷，遇物振觸，往往見之歌詩，既而悔之，猶不能自禁，至其所鬱而未發者，人不得而知也。以是竟夭其天年，以康熙二十七年四月十八日卒。

君諱戀麟，別號蛟門，季甪其字。性剛激，不能阿邑流俗人，遇知己，傾肝腑向之，盡切嗟之道。孝于二親，太公得君最遲，及見其貴，奉養至九十三云。與兄叔定少同學，友愛尤篤。叔定流涕爲余道，其臨没口占二絶句，其一云："惡夢虛名久未閒，孤雲倦鳥乍還山。半生心事無多事，只在儒臣法吏間。"蓋君充纂修，未授史職，爲吏西曹，非其好。其齎志以没，而情見乎詞如此，聞者無不悲之。君所著《百尺梧桐集》八卷、詩十六卷、詩餘一卷行世。既死，叔定又集其遺藥十餘卷藏於家。配張氏。子一，蒹。女八：一適進士程文正；一適胡恒期，方伯存仁子也；餘皆許字士族。君既殁，而方伯涖吳，經紀其後事，問蒹："曾聘某氏否？"曰："未也。"即流涕以少女許之。蒹之以狀謁予銘也，僅數歲，累然衰絰，對余哭泣，執禮如成人。君之所詒，庶其在此。銘曰：

君昔權厝，在平山堂。左攀文正，右挹歐陽。二公峨峨，與爲頡頏。有封若斧，卜爾永藏。生鬱不舒，没吐其芒。魂兮其歸，往來蜀岡。

陳檢討[1]墓[2]誌銘

戊午春，陳其年過崑山，讀書余園中。適朝廷下詔舉博學鴻儒，於是故大學士宋文恪公以其年名上，余送之曰：子雖晚遇，然自是絶青冥，脱塵埃，羽儀盛朝不久矣。吾與子相見於上京耳。次年春，天子親試諸徵士於殿廷，其年名入一等，授翰林院檢討[3]，纂修《明史》。是時，京師自公卿下，無不籍籍其年名，傾慕願交者，凡人事往來，賀贈宴餞，頌述之作，必得其文以爲榮。脡脯之贄溢於堂，四方之履交錯於户，其年輒提筆綴辭，益與酬酢不休。然其年所居在城北市廛，庳陋纔容膝，蒲簾土銼，攤書其中而觀之。歠菽啖飯，沉思經籍有餘，無問所從來，時時匱乏困卧而已。閱四年，年五十八而病作，疔發於面，已患滯下，積四十餘日。諸同年故舊，問餉延醫，供藥餌不絶，卒而哭之，咸盡哀。

余偕舊相益都公及諸士大夫，出貲助含斂治喪，無缺於禮。又議立其仲兄子履端爲後，然後得僦舟歸柩，於故里陽羨之某原，啓儲孺人櫬合葬焉。嗚呼！余之期君於京師，相聚首者幾何時，而遽以哭君於邸，今又以履端之請而爲君銘，豈不重可痛耶！其年諱維崧，别號迦陵，宋止齋先生後，由永嘉徙宜興。至祖諱于廷，明萬歷乙未進士，歷官都察院左都御史，加太子太保。父諱貞慧，副榜貢生，改官生，贈檢討。太保公正色立朝，爲時名卿，所交游相議論，多憂國奉公之臣。而贈公以貴公子，用節概推重搢紳間。中罹黨禍，遭亂後，鑿坏肥遁，著書自娱。諸位常所蹤跡往還者，皆海内逋臣遺老，蔚然典型。故君自束髪以來，耳濡目染，已不墮俗下儇薄氣。

先是，君十七歲時，補邑博士弟子員，後隨侍贈公，棲止山村野寺，絶仕進意。久之，隨輩應鄉試不利，浪遊南北。至京師，故大司馬合肥龔公賞嘆其文，首爲定交。在中州，則徧交侯朝宗、徐恭士諸君。如皋主冒徵君家最久。君修髯，美丰儀，風流倜儻，所作歌詩，隨處散落人間，豪肆排宕。初本三唐而隕唐，自恣於昌黎、眉山之間。遇花間席上，尤喜填詞，興酣以往，常自吹簫而和之，人或指以爲狂。其詞多至累千餘闋，古所未有也。君於文最工駢體，嘗部集漢、唐、宋、元及近代文，間摹擬之爲文，然率不如其駢體。所作哀豔流逸，每於

---

① "檢討"底本作"撿討"，今據目録改。

② "墓"底本、康熙本、光緒本皆無，今據文意補。

③ "檢討"底本作"撿討"，今據目録改。

敘懷傷往，俯仰頓挫，愴有餘情，庾開府來一人而已。

君門閥清素，爲人恂恂謙抑，襟懷坦率，不知人世有險巇事，口蹇訥，不善持論。及其爲文，則颷發泉湧，奇麗百出，天下知與不知，無不稱爲才子云。母湯氏，御史某女，贈孺人。儲孺人生女一，適文學萬某。側室生二子，俱殤。履端，今爲諸生。銘曰：

杜牧牧之，江總總持。文才瑰麗，缺於駢詞。子山清新，義山爭奇。超軼絕群，非髯而誰。五十仕宦車無耳，困翅欲軒痿將起，誰之不如止於此。

翁元直暨配席孺人合葬墓誌銘

具區中包山東二十餘里有山焉，隔水相望，世稱爲東山，而因目包山曰西山。東山有數大姓，最著者翁氏。君翁姓，諱天浩，字元直，別號養齋，國學生，考授縣丞。性孝友，無他嗜好，惟僻志泉石，乃擇地於橘社之西，其先人欲築圃未果者營別墅焉。每遇良辰，集群從昆弟及朋舊觴詠爲樂，四方人士聞而慕之，亦以時拏舟過訪，賓主流連盡歡，題詩嘆賞而去。

自昔翁氏盛時，其族人園林臺榭甲於東南，數十年間漸衰落矣。惟此社西數畂地爲翁氏別業，流水周階，青山在牖，不事雕飾，居然林壑之勝。君曰：“吾先人嘗欲爲之，凡吾之逐逐就此者，期無隕舊業而已。”歲庚午，余請告歸里，特恩以書局自隨，避城市喧囂，就君假館焉。君亦惟恐余之不往也，于是晨夕數見，率其子文模執經問業。辛未春，余方與其兄季霖有西山探梅之約，而二月一日，君以舊疾奄作終矣，時年四十八。余悽然心不怡者累月也。

君之先諱參者，明嘉靖中以禦倭功旌其廬。參之子諱篹，有奇智，善居積，家益以饒，是爲君曾祖。祖諱啓陽。父諱彥博，豁達有才幹，及君兄弟種學樹行，士林咸歸重焉。元配席孺人，同里太僕少卿本楨女也，先君卒，年二十七。君痛孺人之賢而早世，不再娶。子男八人：長曰文權，監生；次曰文模，歲貢生；文楠，監生，皆席出。君母弟雲汭夫婦早亡，以文模爲其後。次曰文榜、文楫、文樞、文樅、文栩。女一，幼未字。孫男、女各五人。君卒之明年，文權等將以十一月戊申合葬于山後之周灣，而以雲汭夫婦祔焉，君遺命也。前事，文權、文模走吾里，持叔父季霖狀，哭再拜請銘。銘曰：

天欲折之，則如弗生。雖弗永年，其德克成。莫釐之下，衆水所瀠。既安且吉，維此幽墟。

憺園文集卷第三十

墓誌銘①

誥贈一品夫人王母徐氏墓誌銘

太夫人姓徐氏，華亭人，有明相國文貞公女孫，錦衣衛指揮某之女，太僕寺卿王公某之冢婦，贈某官某之配，今户部尚書日藻之母也。兩家門閥相對望，而太夫人又幼有令德，故太僕求婚于錦衣，許之矣。太僕之令山陰也，孺人張歿，贈公免喪，乃娶太夫人。歸而不逮事其姑，事舅太僕公甚有《禮》《春秋》之事，致其敬且致其哀，曰："新婦不幸，不獲奉祀先姑也。"贈公既貴遊，負才名，與夏考功、陳黄門諸君交好，數戰藝失利，鬱鬱不得志，寢瘵踰年而卒。太僕公方官於朝，負郭田不滿三頃，纔給衣食，太夫人從父母家，假貸以爲喪具。

既殮，將殉焉，水漿不入口，所親勸以身爲冢婦，從死何如字孤，乃强進溢米勺水。時尚書八歲，弟沂七歲，湑三歲，一女甫晬也。文貞公當國日久，錦衣承藉家門，太夫人習見服御之華膴，聲勢之赫奕，一旦布衣疏食，稱未亡人，篝火紡績，拮据其家事，而太僕公又捐賓客。會明季喪亂，攜諸孤往來避兵，遇盜，囊篋盡傾，益窘甚。母子煢煢相依然，勵其子讀誦益嚴，居恒戚戚，未嘗見齒。迨尚書以興朝，順治五年戊子舉於鄉，乙未成進士，吉語聞，太夫人酹酒，告無負於亡者，泣數行下，賀者在室，爲之沾巾。他時或訓誡子婦婢媵，自述辛苦，輒悲哀不自勝，聞者感動。

太夫人食其子之禄，至參藩乃棄養，歷官所至，皆有書勗以盡職。或在官

---

① "銘"字，底本、康熙本皆無，今據光緒本、目録補。

舍,則早夜諄諄曰:"吾及見爾祖之矯矯風節也,繩其祖武,可不勉哉!"尚書之奉使還里,值歲凶,太夫人振廩爲糜,以食里之餓者。里有下貧百餘家,常月給斗米,姻黨賙救,不俟其請而後應也。仲子沂早世,太夫人慘惻內結,而口絕不言。居二年,寢疾,遂不起。時尚書方需次在家,依回左右,竟至於大故。服除,起補少參,防河中外十有八年,洊登大司農,乃疏請歸葬。蓋司農之在倚廬,三卜葬日,弗從,乃權厝以俟。至是,卜以今年二月啓贈公之兆而合葬焉。食墨,其墓在春申浦南後岡之陽。

太夫人生於明萬曆癸卯五月,卒於康熙癸丑八月,享年七十有一。初封太宜人,累贈一品太夫人。子三人:長曰藻,乙未進士,累官工、戶兩部尚書,今予假在籍;次沂,太學生,先太夫人二年卒;次淯,由太學生考授知縣,未仕卒。女一人,適莫方伯公諱儼皋次子春芳,現任徐州學正。孫三人:於桓,曰藻出,由貢生候補主事,余女夫也;楨,淯出,丁卯舉人,候補中書;廷機,淯出,嗣沂後,由貢生初任內閣中書,再任兵部職方司主事,補任車駕司主事;乾學,於太夫人族姑也,而與尚書又爲婚姻,尚書之得請去國門,以墓石尚虛爲屬,不敢辭,乃敘而銘之。銘曰:

有邦之媛,毓質相門。嬪於太原,實貴而貧。旋遘閔凶,繼歷險屯。劬勞顧復,底於成人。中道棄養,風樹悲辛。雖烹五鼎,莫報恩勤。垂二十年,忘家致身。司農計相,旦暮秉鈞。爲營宅兆,哀悃抗陳。詔許其歸,孝治惟惇。遠邇會葬,素車填闉。國稱顯然,榮哀并伸。歸於其室,木拱舊原。日吉辰良,利其子孫。

翁鐵庵元配錢夫人墓誌銘

工部尚書常熟翁鐵庵,以改葬其先人假歸也,瀕行,以其室錢夫人狀來乞銘于余,曰:"某既得安厝其先人,將以亡室祔于域兆,惟先生賜之銘辭。"鐵庵,余京闈所祿士,以古誼相勉。往歲丙辰,余妻北來,夫人與方舟而行,阻風守閘,輒與相見,執禮甚恭,曰:"吾夫婦阨窮,自分餒死,微座主,何以有今日?"自是往還起居,餽遺無虛日,說鐵庵窮時事,往往嗚咽不能出聲,吾妻亦爲之泣下,以此知其賢。余視鐵庵之狀,及余聞之他者,皆如是。遂書以貽之,俾刻而藏焉。

夫人姓錢氏,吳越武肅王二十五世孫,邑諸生謙亨之長女,其母即鐵庵從祖姑也。鐵庵少孤,夫人逮事其姑趙夫人。始鐵庵以家破不能自存,為贅婿於錢,其兄株與趙夫人寄居郊外,其弟楷亦依止他所。夫人既婚,欲修廟見之禮,乃假鄰舍掃地以謁其姑,歸而盡脫其簪珥以獻。會株以負課被繫,趙夫人遂鬻以輸官,株乃得釋。鐵庵日一往城東省母,夫人為作果餌納懷中,俾問其姑,或治飲食,使女婢隨以往。鐵庵夜讀書,雖不三號不止,又恐驚其外舅姑,常默記,雖甚疲困,不敢抗聲大欠。夫人相對飲泣,無一怨言。既鐵庵補博士弟子員,歲積館穀,買屋城南,以迎居母兄。夫人典衣飾佐之,始得盥漱寢膳,成子婦禮。亡何,趙夫人病,遂不起。夫人侍疾更喪,咸應制度。鐵庵哀毀,嘔血不已。夫人百計為醫藥費,僅乃得生。

　　會吳中大饑,鐵庵家貧亦益甚,與其夫人及二女一老媼,人日一溢米,雜以糠覈,幸不死。其兄竟以貧死,負課甚多,追呼及鐵庵。鐵庵亦自以負課畀誤,吏索甚急,恐見辱,欲雉經者數四。夫人與其二女陰守伺之。一日,聞叩門聲急,鐵庵以為吏也,將自盡。夫人曰:“往時吏追呼不如是聲,盍察之?”乃與其女從門隙窺,見叩門者健兒,中原人語音,奔告鐵庵。鐵庵族父山愚公方為洛中監司,鐵庵曰:“此豈洛中叔父書至耶?”猶恐吏紿之出也。自窺之,果洛中人,乃敢開門使入。發書得百金,且召之去,以所得百金輸官。追呼稍緩,乃得去。其後追呼復急,隸逮鐵庵不獲,腰絚若將縛夫人者。夫人憤,欲投水死。二女及鄰媼勸救,得不死。乃鬻所居值二十金,盡以輸官,跳之窮鄉。其地名沙堰者,有顧氏傍水茅舍三間,倒壞無人居,夫人欣然居之,爨煙累日不興也。

　　鐵庵去,不敢復歸,北走永平,投其族人。壬子,以永平衛籍薦京兆,報者至,入茅舍,見其竈半沉水底盎中,僅數合儲,嘆息去。丙辰,鐵庵進士及第,乃迎夫人於京邸。夫人念鐵庵未有子,為之買一妾,與偕來。蓋鐵庵之出走已十六年,至是始得伉儷相守云。居久之,以疾南歸,就醫稍愈,復北上。亡何,疾又作,復南還,還又稍愈。丁卯二月,忽嘔血數升,遂絕飲食,至六月卒,年五十有六。

　　鐵庵迄今尚未有子。夫人初抱楷之子甫生一月者,以為子,既娶而夭,有子名福生,夫人所命也。復取株之孫甫一歲者,名之曰壽孫,以告於朝,而以為孫焉。二女,一適太學生張夢鶴,一適太學生瞿亮邦。夫人先封安人,今以恩誥贈夫人,葬以某年月日。銘曰:

　　嗚呼!禦窮也,歷稔以為常;履豐也,踰紀而遂亡。其荼苦也如此,其食報也未償。以敘哀也，有述；予之銘也，以藏。

孫孺人墓誌銘

錢唐陸寅來京師，閉城西蕭寺不出。余私叩其所以，曰：寅父隱君棄家遠遁，徧求之東南不得，今將道膠萊，來往海上，成勞諸島間，踪跡之，冀有遇焉。與余泣別而去，冒風濤，觸魑魅，號哭行求，久之無所遇而返。歲丁卯，與京闈薦，值余主試南宮，復得之。寅既成進士，不自喜也。踰月，過余請曰："寅不孝，既不獲侍養吾父，而吾母孫孺人自父去後，結憂成病，歲在戊午，竟捐不孝孤逝矣。寅幸忝一第，行歸而謀窆焉。若得夫子惠之銘，則没者無恨，而家隱君之志，亦可藉以不泯。"余哀其意，不忍辭。

按狀：孺人姓孫氏，家錢唐。明嘉慶間，有名都諫諱枝者，其高祖也。父文學公諱系康，負才名，與同郡吉水令陸公遊，甚善。文學早没，無嗣。吉水長子名圻，字麗京，即隱君也。以舊好故，因求婚於孫氏，孺人遂歸焉。陸氏西陵名閥，吉水公四子皆高才生，矜尚名節，縞帶之交，徧於郡國。而隱君尤好人倫鑒，海内望之，以爲君宗。孺人力支中饋，客之登堂修敬者，流連信宿，不計有亡，盤飱必潔。而是時王姑沈太孺人與姑裘孺人皆在堂，兩母寬嚴異性，孺人事之，盡得其歡心，於是人皆謂陸氏有婦。辛巳，吉水公没。未幾，中原板蕩，吳越間群盜肆起，隱君弟行人殉節死，隱居愈鬱鬱不聊生，求爲僧不得，則竄身閩、粵間。孺人奉姑攜弱子女，轉徙山村，野聚盜掠，所過無需日，亡匿荊榛，蓬頭垢面，然猶修婦職甚謹，歲時伏臘，饋食無廢也已。隱君思母歸，資醫給養，孺人亦安之。

無何，莊氏大獄起，株連被逮，禍不測。讞者拘繫其家，籍產待報，自督撫兩司下，咸有質問。孺人每對訊，則涕泣哀訴，誓不令夫獨冤死，情辭慷慨，感動左右。獄當竟，指庭前石曰："脱事急，吾必死此。"先是，海昌查舉人繼佐知禍萌芽，具詞府縣先自列，而并疏范貢士驤及隱君名，緣此獄得解。詔以所籍囚產賜三人，直各千金。隱君欲辭之，度不可，孺人曰："今日非查孝廉不免，盍舉此畀之。"隱君笑曰："吾心也。"裘孺人先獄未起卒，隱君既除喪服而嘆曰："吾所以浮沉里閈，幾蹈不測者，以老母在故。老母已歸土，妻子可得行吾意耳。"遂瓢笠長往，去不返顧。孺人泣留之不得，因遣僕入廬山，溯大江，上武當，徧訪諸名山古刹，至輙後之。會湖南亂起，僕遽返，而孺人亦病矣。

孺人雖爲名家婦，陸氏仕宦素貧，遭國家之難，奔迸流離，殆無寧日。初依親河渚，其從弟治亦高士也，走百里訊之，曲簿爲門。顧視小兒女煢然，饘粥不繼，微問曰："姊亦有所憾乎？"曰："惟恐不能成君子之志，亦何憾耶？"蓋不忍其去，而又欲隱忍以遂其節者。孺人之用心良苦，而其所遭亦可悲也已。卒於康熙十八年二月，年六十有七。子四：繁祉，邑諸生，前没；次寅，戊辰進士；次超，夭，皆孺人出；次繁葛，出後伯氏，側室徐出。女四人：三適士族，一殤。孫一，望孫。孫女一。繁葛幼嘗危病，孺人懷抱與俱卧起者累月。没前數日，猶屬寅善撫之，而召繁葛語之曰："以兄爲師，無墮父業可也。"事嫠母金，生死盡誠，孝如子職。課寅力學，而不見其成，命也夫！銘曰：

襄陽妻子，鹿車鄉里。皋橋廡下，尚平嫁娶。彼逃有托，云胡不樂。豈如夫子，穢濁人間。暫遊萬里，潁水箕山。我心悲止，曷云歸止。雖則孔悲，其心不違。有義與名，孰爲是非。一抔者土，鬱鬱翠微。華表之鶴，倘復來斯。

王子和元配李氏墓誌銘

海豐王子和既喪其嘉耦，乃爲之述其行略，乞銘於其先人少宰公之門下士崑山徐乾學，曰：余少遭閔上凶，三歲而先夫人見背，甫成立，而先少宰捐賓客。余體屢弱善病，又性拙不耐周旋，人所恃以勉強支吾，不至忽墜前人之緒者，獨以吾妻李賢且才，實右相之也。今又不幸棄余而即世矣。吾妻蓋亦幼而失母，外舅鄩園公憐之，始至余家，事先公夫人甚謹，躬親勞勤，以祗婦職。先公謂夫人曰："婦賢，又無母也，宜女視之。"及先公之殁於京邸，無子姓之助，比載喪還里，啓先夫人兆，合葬於西郊。

凡附身附棺之物，疏數有節，豐約有程，皆李佐吾以勿之有悔。燔醪脯腊，不匱於藏；篋管線纊，不去于身。而滋味淡泊，衣裳澣漱，怡怡然能使余忘其貧且病也。姑息之愛，不以施於其子；嚴聲屬色，不以及于其使令。而嘉賓賢士之不鄙而相過從者，曾未闕歡燕贈問之儀也。自年十六歸于余，今十八改歲矣。於家未得享一日之逸，于夫未得待一命之榮，于子未得受一日之養。有父老矣，勞於王事，捍封疆於二千里之外，其生也不見數年於茲，其死也不得視其含窆而長已矣。噫！可悲也。

乾學昔者嘗聞孺人之孝於少宰夫子矣，乾學受知夫子最深，閒居侍坐，語及家事，曰："冢婦李順視尊章猶己親也，且自婦來而家事益治。今子和之言爲不虛美矣,是宜銘也。"孺人李氏,武定州人,今總督浙江、兵部尚書、都察院右副都御史鄴園公之女,嫁海豐王氏,故吏部左侍郎兼翰林院學士冰壺公之冡婦,正三品蔭生候補七品京職王爾梅之妻。子和者,爾梅字也。孺人以康熙十九年閏八月己酉卒,距其生之歲三十有四年。生男子子四人:重光、重熙、重輝,殤者一人。女子子三人,殤者一人。以其卒之年十二月丁酉,葬于王氏先墓之次。銘曰:

夏官惟父,少宰惟舅。媛李行淑,嬪王德茂。違侈去矜,盥漱箕帚。嘉耦曰妃,字子能母。壽止卅四,胡不永久。悼內有述,尚圖不朽。泐之銘詩,以慰吾友。

王母邵氏墓誌銘

錢唐王生丹林,貢入太學,以績學力行,名諸生中。余始在禮部,例當磨勘天下貢士卷,見生文,心賞之。既而介其宗人原來見,恂恂乎質有其文也。亡何,以母喪奔歸,余往唁之。生哭踊甚戚,稽顙而後言曰:"丹林三年于茲念母,每欲告歸省母,數馳書諭止,冀丹林親師取友以有成也。丹林乃不敢復言歸矣,何圖吾母之遽至于是也。"余聞其言而哀之。

生既歸,移書于原曰:"昔年爲先君子營宅兆,不契于龜,穿壙及泉。今改卜于先塋之右,而以吾母附竁有日矣。私心痛念,不孝違親遠遊,即於大故,罪不可贖,欲乞崑山先生銘墓中石以不朽。死者即丹林,且暮死,藉以瞑目。子甚知我,其代爲請,倘憐而賜我乎?"原又言曰:"母姚江著姓,考雲橋公有三女而皆賢,母其季也。逮事舅姑以孝聞,事夫子以順聞。夫病,侍姑疾如子。夫死,喪其舅如姑。姑有愛女早寡,迎養於家,撫孤甥如子,撫庶子如己出,於婦德蓋已備也。"於原有諸母之道,知之也稔,其可徵,乃爲之銘。

太原賢母邵爰出,嬪吉生氏甫十七。越州于産錢唐卒,戊辰之臘十一日。距生壬戌八月廿,六十七年中壽陟。三子庶董出厥一,伯臣仲章克自立。季也經明充庭實,挾策成均學有級。庭塈堂序容與入,騎馬朝出捧書泣。跣奔冰血肌坼剖,母踰四十喪其匹。厝壤啓封不食墨,改築新宮先壠側。己巳夏午即其室,母行應銘備婦德。銘以掩幽貞石刻。

陳母馮安人墓誌銘

往者吳檢討志伊無恙時，常示余以其所爲同里陳仲雯先生墓誌銘，曰：先生有能詩文聲於崇禎，壬午、癸未間，一時名士，共相推挽，交遊幾遍海內。自甲申後，絕意功名，事父母以孝聞，與人交有恩義，於誌可徵也。有軼事爲公道之，仲雯頭白，乃執親喪，擗踊哭泣，如孺子也。吾郡喪車出城門，門卒橫索錢，必厭所欲乃已。見仲雯年已老，夫婦毀瘠徒跣，哀號感嘆，爲之揮涕，與之錢不受，且助執紼以行。

閩中子女爲俘口渡江，先生倡義贖之，其家頗以姓氏，踪跡先生里居，先生曰：「君誤耶？此間無此人也。」誌中以遺二事弗書爲憾，余意中因有仲雯先生其人。其後於一統志館，與澹人高學士繙閱天下郡邑所上志書，見仲雯姓名於《孝義傳》，因以前言徵之學士，學士曰：「是其子，吾姻也，吾知之。」匪直仲雯，迺其夫人實有齊德以偕隱。凡仲雯之定省於二親之所者，進盥授巾布席，視其縣令斂箪，五十餘年，與夫人俱至。其傾囊竭篋，以賙捄人于厄者，夫人鬻簪珥之佐也。他日西泠諸名士犖犖之會，仲雯狎主齊盟，夫人爲賦鄭之雞鳴焉。此可以見古之君子，自身刑家之效，而亦正乎內者之相成就然也。

會其子季方述其母夫人之行來乞銘，因敘之曰：夫人姓馮氏，父處士諱某，某縣人。年十六歸陳氏，奉養舅姑盡婦道，夫婦相勸以爲善，至老不倦。生男子四人：景方，上虞縣生員；季方，吏部候選從六品職；幼方，國子監生；彥方，候選州同知。女子子一人，孫六人，女孫三人，其婚嫁皆名族。初，澹人學士爲其長子擇配，欲得有名德者之家，莫如陳者，而兩家又皆自越徙杭也，故季方之女今適高氏。先是，景方、幼方皆早世，仲雯不勝其哀以歿，既而少子彥方亦不禄。丙寅秋，夫人使季方送女于京師。明年春，禮成未還，而夫人以夏六月卒于家，距仲雯之卒八年矣，享年七十有二。某年月日，合於仲雯之兆。銘曰：

或野于耨，或廛于舂。厥助惟賢，中饋虔恭。潙水卿耀，馮城氏封。潛德克配，曷不肅雝。有嚴內位，恒物率從。言施其社，必亢其宗。里人刻石，視昔仲弓。我紀婦順，貽美煒彤。

竇太孺人墓誌銘

孺人姓李氏，柘城人。嫁同縣竇氏，封翰林庶吉士大任之妻，庶吉士克勤之母。生四男四女。克勤之弟曰振起，甲子武科舉人；曰克恭；曰克讓。有孫六人：曰容端、容恂、容肅、容莊、容遂、容順。女孫五人。孺人年五十有四，康熙二十八年十一月己酉卒於京師。

始孺人在家有女德，既嬪于寶，逮事王姑李夫人、君姑姚夫人。王姑年已老，孺人佐其姑奉侍，能得歡心。既歿，而佐治喪具盡禮，哭泣盡哀，姑甚賢之，曰：“吾所以無悔於事先姑者，以有此婦也。”既而寢疾，醫言不可治，孺人夜半焚香告天，籲增其姑壽一紀，願刲股以和藥劑。倦而假寐，若有神撼之曰：“起！起！是其時已。”孺人驚起，即引刀刲股下肉一臠，投湯液中，刀無縷，血濡，創亦自合。其姑不知也，飲之，病良已，其後果十二年乃卒。縣令上其事，中丞為旌其門。

孺人知書，通《孝經》《內則》，教其子，皆自為之授章句。長而具資糧，使遊學四方。故克勤數過睢陽湯先生、嵩陽耿先生，同居講論，得執友之益。克勤既官翰林，迎其父母養京師，孺人以素有疾，弗果行。今年秋，始夫婦偕來，就養邸舍。未幾，疾復作，踰三月，遂不起。克勤將扶柩還里，衰麻哭踊，執其父封公之狀，介同年生王原，以請誌墓之文於余。余於昨歲禮闈得克勤，固以其言渾樸有經術，似質行之士，已而果然。今按狀，蓋亦其母德有以成就之也。銘曰：

嗚呼！孝婦李孺人之墓。百歲之後，與其君子同之。寵章有加，可改題也。純行無加，視此碑也。

憺園文集卷第三十一

神道碑銘

資政大夫兵部郎中加二級卜公神道碑銘

資政大夫卜公既葬之三年，其孤福保、傅爾齊等以余知公，涕泣請書其事於墓道之石，余誼無容辭。

按狀，公姓克爾德氏，諱卜書庫。父曰莽古代，先世科爾沁人，後徙烏刺。太祖高皇帝龍興，莽公率先慕義來歸，帝嘉其誠，賜田給復，遂家于盛京，生子即公也。公貴，贈祖若父如其官。祖母索察喇氏、母張佳氏，皆贈夫人。公生八歲失怙，無期功強近之親可援，託公能朝夕詣塾師，讀書不倦。及世祖章皇帝定鼎燕京，時年十五，充官學諸生，試輒高等。

順治三年春，授刑部筆帖式哈番。明年，進他赤哈哈番，諳條例，明聽斷，人罕能及。十一年，擢通政使司副理事官。時閩寇猖獗，攻陷城邑，據閩安鎮、烏龍江諸所。簡親王率師討之，公署參領，鼓厲部曲，奮勇先登，簿上其功居優等。十五年，世祖章皇帝特計群吏，以公為最，給予誥命，蓋異數也。十六年，改副理事官為左參議，仍以公居之。明年，大軍收雲南，明裔永明王出奔緬甸，居阿瓦城，公署參領，從公艾興阿率師窮追，獲之以歸。緬甸地瀕西海，山川阻深，所過皆箐林絕壁，緣崖上下，軍士困饑渴、觸瘴癘者甚眾，踰年始至其地。是役也，公之功最著。

康熙五年，上念公前在刑部能平反疑獄，仍命為郎中，掌廣西司印。故事，滿郎中秩正三品，公自始仕至是凡五遷，稔知文致之害，每遇大獄，必戒寮吏毋以私狗，由是廷中益稱平。歲餘，調兵部，屢掌武庫、武選、職方印。當是時，三逆叛亂，軍機秘密，檄奏旁午，公身任勤勞，殫心籌畫，每留署不歸。十四年，榷稅天津，力革諸斃。公素有知人，明時總兵官趙良棟在鎮，公察其才，亟稱之，後果有功。康親王既平閩省，而漳、泉海寇酋未靖，飛章請益兵。十七年，公以誇蘭大赴行間，時海澄猶爲賊據，廈門、金門諸島及鼇頭、盤圍諸海口，支黨蟠互，將軍賴塔檄公率四鎮兵，分道擊之。公先登陷陣，宣布朝廷威德，剿撫并施，賊敗走，沿海悉平。既而遊氛西走，潮之南澳、惠之達濠往往屯聚，公又從大將軍追殲之。粵西餘賊劉國柱等擁泉萬餘，潰奔廣東之清遠，聚于羅子岡，公提兵剪滅。在軍中凡六載，勤勞備至，名聞閩、粵。二十二年夏，班師，以積勞行至南昌，卒。同行大臣皆爲隕涕，三軍痛哭至失聲。

公事母三十餘年，曲盡色養，雖午夜，自公歸，必躬候寒燠，定省不懈。喪葬一準於禮。教子有家法，命讀書以承先志。生平謙謹篤實，秉心恪慎，遇事當機立斷，應大疑大難，倉卒若素定者。方以大用期公，而公逝矣。公生於天聰四年，卒於康熙二十二年，享年五十有四。配牛祐禄氏，封夫人。子四：長福保，文林郎、雲貴總督衙門八品筆貼式，加一級；次傅爾齊，文林郎、太常寺贊禮郎；次布爾彩，次朱蘭布，俱監生。女三：長適二等阿達哈哈番穆爾嘉，次適工部右侍郎金世鑒，次適內閣侍讀趙英。孫三：達喇錫，監生，福保出；帕帕，爾彩出；法復禮，爾齊出，俱幼。公于卒之年八月，葬朝陽門外紅門村之東原。爰爲銘曰：

奕奕卜公文武資，蹴籍閩海淩滇池。葉榆窮塞黑水湄，鳥道百折天一絲。提戈騰踐等刿施，取彼餘孽獮刈之。毋俾遺蔓蕃而滋，公昔通籍官法司。民自不冤非公誰，三縞樞綏青銅螭。口籌手畫多成規，中身而没未竟施。甄明公行懲業辭，式貽後人作求斯。

誥封通奉大夫前侍衛兼管參領事石公神道碑

誥封通奉大夫、前侍衛兼管參領事關紫石公之葬也，宛平公既爲之誌銘，而其仲子司農少卿復請余文，以揭諸其封，曰："誌納之幽宅，於禮墓道得有碑，所以彰著先人之休德者，先生其爲之辭。"其意摯弗能謝也。公諱綽里幔，字曰關紫。其先本蘇萬人，姓瓜爾佳氏。高祖卜哈，明成化間入觀，授建州左衛都指揮僉事。曾祖阿爾松噶，嘉靖朝入貢，襲父官。至萬歷間，公之祖石翰，避仇廣寧，家焉，因姓石氏。有子三人：曰國柱，曰天柱，曰廷柱。我太祖高皇帝之兵臨廣寧也，天柱首先出迎，國柱、廷柱以城獻，太祖高皇帝嘉焉，賜廷柱所御名馬。自是所至征討皆從，累立戰功，官至少保兼太子太保、鎮海大將軍、都統、一等伯。實生公兄弟七人，而公爲之長。

公以功臣子，年十四，即以佐領隨太宗文皇帝經略中原。及王師入關，西定秦晉，南平吳楚，公皆有勳，藏于册府。已而充侍衛，事世祖章皇帝，以縝密敬勤，承寵最篤，晉秩參領事。今上訓討軍實，以備戎伍，不敢暇逸。蓋先後四十年間，歷事三朝，靡有闕失，以此人望歸焉。太保公初娶何夫人，生公，其後文皇帝復以趙夫人賜之。何夫人恒居別第，既歿而別爲域，兆在通州之長營，故公之葬從焉，以慰其母，實遵公志也。

太保公以佐命勳，賜田宅世職，累官禄入甚厚，僮僕數百，悉推以與諸弟，論者難之，其自比於漢之丁鴻、薛包。蓋公本以武達，而醇謹質行，以禔其躬，以教其後人，必依於古之史傳所稱，其素所嚮慕然也。娶李氏，誥贈淑人。父諱某，官西安將軍。李氏遼左世家，淑人生有女德，事兩姑間，克盡道，享年六十，前公三年卒。公卒以康熙戊辰，距生之年天命癸亥六十有六，葬以明年正月癸酉，李淑人祔。子四人：曰文晟，廣東潮州府知府；曰文桂，丙辰進士，官内閣學士，擢總督倉場户部侍郎，請余文者也；曰文彬，廣西桂林府同知；曰文梀，内廷供事官。女五人，孫七人，孫女三人。銘曰：

石氏内徙，于今三世。高曾以上，思皇克生。原茶水苢，本根滋大。自少保公開國家，承家七子，惟一早世，其六皆貴。今公之子四人，又皆貴。兄弟群從，列爵五等，姻連帝室，朱輪華轂，甲第相望，家門之盛，時謂無雙，而孝友忠順，不驕不溢。侍郎用儒學，侍帷幄有年，遂參與密勿。

初，少保自以身本滿州，願同滿州精兵效力，文皇帝命爲精兵額真，後又命爲總領漢軍都統，於時漢軍八旗皆統焉。迄今四十餘年，本旗都統屢更矣，然無以易石氏者，皆異數也。侍郎在内閣時，與其諸父内大臣、和碩額駙自陳家世，上命還籍蘇萬，不復繫于漢軍，其寵異石氏，可謂至矣。去年秋，扈從羽獵還，拜黃羊野豕之賜，公曰："吾父子其何敢專君之惠，其熟而薦之于廟，徵賓客以餕之。"自古人臣，蒙優渥而致其謙恭者，于公父子見之矣。其保世允宗，豈可量也！豐碑爰樹，以張余文，尚其垂于永永焉。

通議大夫一等侍衛進士納喇君神道碑文

侍衛納喇君容若之既葬，太傅公復泣而謂余曰："吾子之喪，君既銘而掩諸幽矣。余猶懼吾子之名傳之弗遠也，揭而表諸道，庶其不磨，然非君無與屬者。"余固辭不可。在昔蔡中郎爲人作志銘，復爲之廟碑者，不一而足。韓退之於王常侍弘中厚也，既志其墓，又爲其隧道之碑，情至無已也。況余於容若師弟誼尤篤，是於法爲得碑，於古爲無戾。乃更撰次其辭，以復於太傅。

惟納喇氏舊著姓，爲金三十一姓之一，望載圖史，代產英雋。君始祖諱星懇達爾漢，據有葉赫之地二百餘年，中國所謂北關者也。數傳至高祖考諱養汲弩，曾祖考諱金台什。曾祖考女弟，作嬪太祖高皇帝，實生太宗文皇帝，而葉赫附中國，當國家之興，東事方殷，甘與俱燼。太宗憫焉，乃厚植我宗，俾續其世祀。以其次子諱倪迓韓者，則太傅之父，而君之祖考也。太傅娶覺羅氏一品夫人，生君于京師，鐘靈儲祉，既豐且固。

君自齠齔，性異恒兒，背諷經史，常若夙習。十七補諸生，貢太學有聲。十八登賢書，十九舉禮部試。越三年廷對，敷事析理，諳熟出老宿儒上，結字端勁合古法，諸公嗟嘆，天子用嘉，成二甲進士。未幾，授以三等侍衛之職，蓋欲置諸左右，成就其器而用之。而上所巡幸，南北數千里外，登岱幸魯，君常佩刀韀隨從，虔恭祇栗。每導行在，上前騎前却視，恒不失尺寸。遇事勞苦，必以身先，不避艱險退縮，上心憐之。其前後賚予重疊，視他侍衛特過渥。已進一等侍衛，值萬壽節，上親御筆書唐賈至《早朝》詩賜之。後月餘，令賦詩獻，又令譯御製《松賦》，皆稱善久之。

然君自以蒙恩侍從，無所展效，輒欲得一官自試，會上亦有意將大用之，人皆爲君喜。忽以去年五月晦，得寒疾卒。卒之日，人皆哀君，而又以才不竟用死，爲君深惜云。君自少無子弟過，天性孝友，黎明起，趨太傅夫人所問安否，朝退復然。友愛二幼弟，與之嬉遊，同其嗜好，怡怡庭闈間，日以至夜。暇則埽地讀書，執友四五人，考訂經史，談說古今，吟咏繼作。精工樂府，時謂遠軼秦、柳。所刻《飲水》《側帽》詞，傳寫遍於村校郵壁，海內文士競所摹倣，然君不以爲意。

客來上謁，非其願交，屏不肯一見。尤不喜接軟熟人，所相知，必款款吐心腑，倒困囊，與爲酬酢不厭。或問以世事，則不答，闌雜以他語。人謂其慎密，不知其襟懷雅曠，固如是也。當君始得疾，上命醫數輩來。及卒，上在行宫，聞之震悼。後柽龍諸羌降，命官使就几筵哭，告之以君前年奉使功。故君有文武才，每從獵射鳥獸，必命中，卒有成功於西方，亦不爲無所表見。没時年僅三十一。

余既序，而又系之以辭曰：綿綿祚氏，著于上京。巍巍封國，葉赫是營。惟葉赫之祀，施于孫子。既絶復完，天子之恩。篤生相國，補袞是職。蓄久而豐，發爲文章。宜其黼黻，爲帝衣裳。帝謂汝才，爰寘左右。出入陪從，刀韣筆彄。匪朝伊夕，自天子所。亦文亦武，唯天子是使。生於膏腴，不有厥家。被服儒士，古也吾徒。何才之盛，而德之靜。我勒其封，誰曰不永。

資政大夫刑部尚書謚敏果魏公神道碑

刑部尚書魏敏果公之葬在某原，有司以天子命襄其事，於是諭祭有碑，而太宰澤州陳公爲之誌銘。

康熙二十八年夏五月，崑山徐乾學復刻其墓碑曰：蔚州魏氏，其先鳳陽人，明永樂初從軍有功，以明威將軍隨代王之國大同，世襲大同衛指揮使。其後支子遷蔚州，累代隱居竹義。有諱宦者，爲儒官，尤爲鄉里所推。公之祖考諱九經，考諱卿，爲新城主簿，皆贈如公官。祖妣劉氏，妣蔣氏、李氏，皆贈夫人。公，李出也。公諱象樞，字環溪，又號庸齋。少讀書，日誦數千言，嚴重無子弟之過。壬午舉于鄉，偕計吏入都。既至，聞新城病，奔歸，遂遭大故。時寇氛方熾，士大夫爲所得，輒被污。公艱難喪紀，奉母竄匿山谷得免。

世祖皇帝龍興遼水，入關定鼎，丙戌開科，公中進士，選庶吉士。館試賦詩有云：“上溯羲與軒，而及濂洛澤。慷慨天人期，區區非所畫。”館師重之。明年，改授刑科給事中，尋轉工科右給事中、刑科左給事中。時世祖皇帝初親政，公所條奏彈劾凡二十餘上，最後《請聖躬慎起居》一疏，詞逼輔臣，大略言：“聖政維新，機務孔多，中外想望治平，非同昔日。如皇上近巡京畿，輔臣當陪侍法從，以盡啓沃之忠。倘遠有所幸，亦宜諫止鑾輿，以副保傅之責。”人謂公獲罪且不測，卒奉俞旨。又因災變陳言，則謂天地之變，乃人事反常所致，語傾權貴尤亟。下部院科道議之，左給事例不與議，公固以請，許之。

公與諸臣抗爭是非，在廷爲之側目，卒無以折公也。己丑，分校禮闈，升吏科都給事中。會大計，鎖聽閱册，令兵馬晝夜周廬巡徼，一時凛凛。復上四疏，

皆言計典，其一以爲糾拾之舊制當復，而言官不宜反坐。疏下所司確議，遂著
爲令。又言言官進言不實，第宜以考功法處分，不可加以罪譴，閟敢言之氣。
督撫會推，宜核事實，勿狥虛名。又恭陳四款，以佐聖主勤民大政。詳陳民命、
民情、民食、民困之大端，皆報可。會溧陽得罪，坐言官不先事發，六科之長皆
斥，公隨例降補詹事府主簿，累升光禄寺丞。己亥，得請終養家居，講求理學，
以躬行實踐、深造自得爲宗。丁李夫人憂，喪葬悉準古禮。

　　壬子，服除，益都馮公方入閣，特疏薦公清能矯俗，才堪辨事。上即召公，
公以疾辭。再召，乃趨朝，有旨以御史用。八月，授貴州道監察御史。滿歲，内
升京卿，仍管御史事。公方嚴，爲中外所憚，四方餽遺無至門者。公自先朝告
歸十餘年，起自田間，入見今上，出謂所知曰："堯舜繼世，臣敢不盡其愚忠？"其
所言大要，以謂方今俗尚奢靡，人鮮廉讓，實政治之所宜先，要以制度數，核名
實，杜欺罔，定民志，盡臣職。上皆以公言爲是。是歲冬十二月，擢都察院左僉
都御史。明年二月，拜順天府府尹。四月，除大理寺卿。七月，升户部右侍郎。
十一月，轉左侍郎。一歲五遷。

　　在户部，方西南用兵，有籌餉三疏，其略以爲杜浮冒，防侵漁，清賦税，生財
足食之正經也。上因命公，同侍郎班公迪，清查部庫，八閱月而事竣，上嘉悦
之。戊午，陞督查院左都御史。公曰："憲府任重，非僅言責，勉爲皇上，風勵百
司，使大法小廉，足我願矣。"首疏申明憲綱十事，言國家之根本在百姓，百姓之
安危在督撫，願諸臣爲百姓留膏血，爲國家培元氣，臣不敢不爲朝廷正紀綱，爲
臣子勵名節。特旨謂切中時弊，立見施行。舉廉介知縣陸龍其，復其官。劾貪
酷知州曹廷俞，置諸法。中外肅然。九月，與侍郎孫公光祀、學士陳公廷敬磨
勘順天試卷，因條陳科場八弊，嚴立關防之法。復條學政十弊，舉學臣賢者勞
之辨、邵嘉參，劣者盧元培、程汝璞，士論快之。

　　己未春二月，内殿奏對畢，上命翰林張英、高士奇捧御書"唐诗"一卷、"清
慎勤格物"大字各一幅賜公，曰："上以爾居官克稱，此三言奏事，凱切詳明，不
負職掌，故有此賜。"他日賜紫貂披領。上諭公："今年暫著，明年別製，爲卿換
之。"公掌憲未滿歲，有刑部尚書之命。上疏言："當貪風日長，吏治不清，大吏
因循，小民困苦之際，仰見皇上宵旰焦勞于上。臣不計身家，不避嫌怨，奉朝廷
之法，與海内臣工共相遵守。内而科道，外而督撫，參劾之疏，屢達御覽，已有
澄清之機。臣職風紀，夙夜兢兢，不敢自安。昔漢臣汲黯自請爲中郎，補過拾

遺，臣亦請辭司寇，留御史臺。”上可其奏，遂加刑部尚書，留任總憲。

于是，方上疏糾參司官劉源、溺職撫臣某，即日京師地大震。公與副都御史施公維翰入奏曰：“地，臣道也。臣失其職，地爲之不寧。臣不能肅風紀以修職業，請先罪臣，以回天變。”上即召公入內殿。公伏地涕泣，請屏左右，語移時。是時，用事大臣爲之股栗。然公之語，近侍皆莫得聞。施公迎于後左門，見公淚流頰未乾也。是日，公與施宿署中，語施云：“今民生困苦已極，而大臣之家日益富饒，皆地方官吏諂媚上司，朘削百姓。督撫司道轉饋送在京大臣，以天地有限物力，民生易竭脂膏，盡歸貪吏私橐。小民愁苦之氣，上干天和，致召水旱、日食、星變、地震、泉涌之異。又會推選擇，徇私不公，行間將帥，復無紀律，蠲免錢糧，災黎不沾實惠，刑官鬻獄，豪右罔利，等威蕩然，貴賤倒置，皆爲可憂。”施公曰：“公何不極言之？”公曰：“聖明燭照，何待吾言？吾儕負國，萬死不足塞辜。”明日，上以六條宣廷臣集議，大略如公指。于是朝士或謂出于公造膝所請，公之密友與子弟，究不知公所陳何語也。

公常言：“大臣之誼，在以人事君。”郝中丞浴起于徙所，公所舉也。其遵諭舉廉一疏，舉侍郎以下有清望者十人，上次第皆用之。庚申，復補刑部尚書。公持論以爲司寇執法之官也，《書》言“士制百姓于刑之中”，又言“茲用不犯于有司”，犯者固不可以宥，而法固不可以訛也。論者乃謂以縱奸爲寬大，非所敢知。若乃法外之矜全，乃主上入天之德，亦非臣下之所可市恩也。公立心仁恕，獨當官而行，其言之嚴正如此。辛酉，扈從謁孝陵，一慟幾絕，賦詩至哀。明年，奉命同少宰科公爾坤巡差畿輔。公以特典，祇畏夙夜，單騎案行，墨吏豪家，聞風斂戢，爲除泰甚者若而人。還報，甚當上意。

公老年馳驅登頓，所至案牘填委，積勞成疾。一日，上見其羸瘦，垂問，賜以參膏一器、人參二斤。公逾感激，疾甚，欲引去，而口不忍言也。甲子春，奏事乾清門，暈踣於地，扶歸。即日疏乞骸骨，上慰留，乃復力疾視事。子弟勸邸舍少休，公曰：“吾苟逸一日，罪人待讞者，增一日苦矣。”八月，具疏再請，上惜其去，以詞甚迫，許之。令馳驛還里，諭以三觀乃行。始入，賜以御廚珍饈，令內臣視公食多少；再入，賜茶；再入，賜御筆寒松堂匾額、《古北口詩》。公歸，因自號寒松老人云。去國之日，公卿祖錢相與感歡，以爲公清勁之節，始終不撓，固不愧斯稱，而天子之知公，亦可謂至矣。公官至尚書，門庭蕭寂，庋閣有書數百卷，無異秀才時，所增惟論誥、宸章及諫草一囊而已。歸後四年，乃卒於家，丁卯七月晦日也,壽七十有一。

天子覽遺疏,爲之震悼,典禮有加,親定謚曰敏果。生平所著書甚多,晚皆删去,存十之三,合以奏議若干卷,名曰《寒松堂全集》。元配李氏,誥封夫人;側室劉氏、樊氏。子四人:學誠,康熙二十一年進士,内閣辦事中書舍人;學謙、學謐,邑諸生;學訥,尚幼。女三人。銘曰:

嗚呼魏公,躬行君子。本朝以來,諤諤一士。彼其囁嚅,所畏一死。公之盡言,亦少戀矣。實惟中孚,非以掠美。公忓于人,人諒公只。寒松晚節,徜徉田里。秀才家風,尚書門第。非余頌公,公自云爾。

工部尚書湯公神道碑

工部尚書睢陽湯公卒於位,其孤以其喪歸葬之於某原。明年,以官世治行來請碑銘,余不敢辭,爰按公行狀,而以余所立朝親見聞者,備書銘之石,俾揭於墓道。序曰:

公諱斌,字孔伯,號荆峴,一號潛庵。順治五年舉於鄉,次年會試中式,又三年成進士,改弘文院庶吉士。邸舍不避風雨,常宴坐讀書,不妄有通謁。給事中蔚州魏公象樞、吏部湯陰王公伯勉,皆以清節名於時,每過門,輒攬轡徘徊,嘆息乃去。甲午,授國史院檢討。時議修《明史》,上言宜依宋、遼、金、元史例,録南渡後死事諸臣。執政詫其言,疏上,夜半傳旨,召至南苑,人皆爲公懼,然世祖皇帝顧興溫語移時,不以爲罪也。

乙未,詔選翰林,出爲臬司,公得潼關道副使。是時,黔師屯成都,漢中經略兵屯湖南,關中征發四至,民逃匿十二三。公下車約束,每大軍至,使人逆之境外,無得入城。總兵陳德之調湖南也,至關欲留公,謂二萬人坐食於此,勢必不支,然須車載送,不可強遣也。於是陳檄車五千兩,騎報曰:“陳將軍實用車二千,其餘待折錙以行。”公潛遣人僦車二千,而令民匿車河下,還報車少,將軍乃謂公曰:“我自僦車,盍畀我錢乎?”公曰:“固善。顧必以人量車,每車坐幾人,使民知其不足而補之。”陳遽傳令軍中,公乃出坐關門上,揮士以次升車,滿十輛即遣出關,而河下車皆集。夜漏盡四鼓,悉出關,無一人留者。因設祖道關門外,請將軍出。將軍聞鼓聲大驚,欲追還車士。公曰:“吳民駕牛裹糧,十餘日一散,不可復聚。且軍已出關,不得入也。”遂倉皇去。

至洛陽,留匝月,軍變,焚殺上聞。而關城以公故,得宴然無事。未幾,流民歸者數千户。歲旱無麥,而春夏兵餉例支麥,麥價浮於穀。公請發倉穀以代,軍帥以爲若是兵且變,督撫徵麥益急。公曰:"吾民乏食,將棄爲餓殍。公憂兵變,獨不憂民變乎?"即發倉穀與兵约:"今歲無麥食此,明年將補支若麥,而若以穀償官。"皆喜曰:"願如令。"於是關西數千里麥征悉停,兵民賴之。公莅事精敏,訟無留獄。環境五十里聽質者,皆不齎宿糧。從鄉士大夫咨民疾苦,罷行之。或有以私干者,見公輒縮朒不得發。常行勘荒,遇雨止大樹下,民朱欄其樹,時人以比之甘棠云。

轉嶺北道參政,轄贛南二府。甫三日,清積案八百餘。李玉廷者,明舊將,以所部萬人入山爲盜。公以書約降之。未及期七日,而海寇犯江寧。公策玉廷必變計,夜馳至南安,設守畢。而寇果至,見有備,逃去。隨請於制府,用將士分屯要害五六處,誡令固守,毋妄動。玉廷所向,與兵遇,遂就擒,其黨亦解散。公持身清潔,所至欲爲地方興利除弊,其志甚銳,其才足以濟之,而一本之於至誠。故上官雖時有所抵牾,而終釋不疑,以有成功。自潼關移任,僅攜僕二人,往返八千里。

既定大亂,念封中憲公病甚,即謀歸省,督撫惜之。例,外官予告,非特薦不得起。公故有異母弟,甫六歲,督撫欲令權宜,以終養請,公曰:"奈何以此欺吾君也?"且謂無兄弟而歸,吾父必不樂。竟以病告罷,年才三十三云。初,明末寇陷睢陽,公母趙恭人以節死,順治間始得旌。公之歸也,日侍中憲公及軒恭人,色養備至,而爲趙恭人建祠于所居西偏。每朔望謁家廟畢,必至祠展拜歔欷,里人私識其來時刻。先後二十年,未嘗少差。丁中憲憂,服闋,造蘇門、孫徵君門,請受業。與同志爲志學會,講求玩索,所養日充粹,官長稀見其面。有同年任方伯者,見郡守,問公近狀,守對言:"實未聞有此人。"方伯益嗟嘆不已。

今上戊午,詔舉博學鴻儒,司寇魏公以公名上,試補翰林院侍講,同纂修《明史》。辛酉,充日講起居注官,轉侍讀,典試浙江。壬戌,充《明史》總裁。次年,命直講筵,纂修《兩朝聖訓》。公每日昃,輒正襟端坐,潛思經義。比入講,敷陳詳切,務以誠意動上聽。歷左右庶子,擢內閣學士,兼禮部侍郎。居四月,會江寧巡撫缺。上命公往,陛辭,諭以朕非忍出卿于外,顧江南風俗奢靡,訟獄繁夥,以卿耐清苦,特令往撫之,冀有所變革。因賜鞍馬一、彩緞十、白金五百兩。比行,又入見,上徹御饌賜之,復賜御書三軸,曰:"今當遠離,展此如對朕也。"時上將南巡,急抵任,至則文案山積。數日,迎駕北渡江,就舟中判決,畫夜不假寐者六日，而積滯盡清。

公扈蹕至江寧，上再賜御書一軸，蟒裘羊酒，傳旨令速歸署。蘇、松舊積逋相仍，有司不滿歲即里誤去，以故皆不自愛，而私規進利。上官陰持其短，索略益急，虧公帑繫者累累。公至，則進州縣吏，盡斥其所爲，且曰：“今與若更始，苟稱職，吾不吝薦引；即不能，以考成罷歸，猶得完身名，守墳墓。”奈何日坐堂皇，引前官妻子對簿勘產，反蹈若所爲。皆頓首涕泣曰：“公活我。”又誡司道郡守不得責屬吏餽金，皆指天自誓曰：“不敢。”於是除耗羨，嚴私派，清漕弊，汰蠹役，行保甲，革鹽商羨費，一切皆以身先，屏絕請託。居數月，乃劾其貪暴尤甚者去之。自制府、將軍下，皆轉相戒不受所屬一錢。奉使京朝官，往來過客，迅棹疾去，亭傳無斗粟之費，吏治廓然大清。

公之陛辭也，上諭以積逋當以次漸理。故公爲政，先謀寬民力，興教化，培植根本爲務。嘗請改并徵積逋，爲分年帶徵，免十八、十九兩年災欠，減賦額，寬考成，豁逃丁，調驛困，免蘆課買銅，除邳州版荒捐、明萬曆朝所加九厘餉。聞有災傷弊政，不問廷議可否，疏立拜發。亦恃上之知其誠悃，故見事無不爲，所告無不盡也。初至，報睢寧、沐陽、邳州災，上爲之蠲賦數千兩。又報泰州災，并永蠲前二年賦。次年，淮、揚、徐大水，奏免賦十餘萬兩，又盡免高郵、寶應、泰州、興化、鹽城等州縣賦復數十餘萬。嗚呼！上之嘉惠於民至矣。公所以將順而宣布之者，豈非所爲主聖臣賢，千載一時者歟。

公猶以救荒之法爲未盡，乃發常平倉粟及丐將軍、提鎮、榷關輸粟往賑，又檄布政司以庫金五萬兩告糴江西、湖廣。或謂公宜先奏聞，公曰：“吾君愛民，必候旨往糴，民不溝中瘠乎？”遂遣兩同知行，誡之曰：“若至，極言淮揚饑狀，米斗一金，令遠近聞之。”糴財及半，運還，而大賈爭泛舟下江，市中斗米直百錢而已。後歲熟償庫，國帑無損，而民所全活以億萬計。有司請報湖蕩蓮芡，公駁還，固以例請。公曰：“例自人作，寬一分則民受一分之賜。且蓮芡或不時熟，一報部即爲永額，後欲去之，可得乎？”

禁遊冶，驅優伶娼伎，嚴市肆淫辭邪說之流行刊布者，禁有喪者無得火化及久停柩者。令下，一歲報葬者三萬餘棺。五通神者祠廟遍江南，巫射利誕妄，士女怵於禍福，奔走如鶩①。公取其像投湖中，民始大駭，已而妖遂絕。吳

―――――――――

① “鶩”底本作“鶩”，今據文意改。

縣監生王某，有奴竊貲逃出數年，突引弓刀二十騎，自稱鬻身親王府，詬罵索金錢。公立擒付獄，論如律。常熟縣奴某，持其主父國初得隆武劄，迫主遠遁，欲據有主婦。公廉知，大怒曰："國家屢更大赦，此草昧時事，何足問，而逆奴以脅若主乎？"追劄燔之，斃之杖下。

廣立義倉、社學，聚民講《孝經》《小學》，月吉讀上諭律令，奮俗丕變。而或勸公以講學者，公謝曰："吾知盡吾職而已，不知講學也。"又請爲公立書院，公曰："吾不講學，安有書院？"蓋公之學，主於隨處體認天理，其要歸於自得，而外貌夷然，不自矜飾，故人非久相識者，不知其嘗學道也。其學於蘇門也，本崇姚江，而不以先入之言爲主，故於濂、洛、關、閩之書，尊信之尤篤。余師孝昌先生著《學統》一編，公曰："吾當拳拳服膺。京邸與陸靈壽、龍其談三日夜，心契其說，與夫世之標宗旨、樹藩籬以自炫鬻者，迥然異趣，唯其一本於誠而已。"其樂閒靜、甘澹泊，天性也。居官不以絲毫擾于民，夏從質肆中，易苧帳自蔽，春野薺生，日採取啖之，脫粟羹豆，與幕客對飯，下至臧獲，皆怡然無怨色。

常州知府祖進朝有惠政，嘗落職，公疏留之。進朝製衣鞾欲奉公，久之不敢言，竟自服之。舊蠲漕及地丁分年帶征，權要以部費爲名，前後索銀四十餘萬，布政司屢以爲請，且謂民樂輸，公不可。請之亟，公怒，將發其事，吏叩頭謝，久乃已。大計，藩臬託治裝，遷延無行意，公曰："明日不行，行劾汝矣。"不得已，遂空手入都。而他部每郡縣坐勒費，至二三千金不止，公見屬吏，必霽顏色，告以君恩不可負，民命不可殘，懇懇如家人語，故其下皆畏而愛之。以州縣爲親民官，愛民必恤吏，立意培護，是以爭自濯磨，勉於爲善。公之文告，坐而言，可起而行，使民易從，不爲峭刻過舉。

公勤於政事，案牘紛煩，必躬親裁決。凡行過公移，數月後，屬吏參謁，面詢始末，辨論明晰。小有遺忘，命左右取原案繙閱，虛公探索，以求至當。屬吏人人感服，不爲苟且塗飾，以邀取名譽。方整刷未竟，會皇太子出閣，上諭吏部除授公禮部尚書，管詹事府事。至則立召見，問路所由及地方利病，公以鳳陽災對。上遽遣學士往賑，尋充經筵講官，總裁《明史》。每晨東宮直講，皇太子賜坐，稱以先生。講畢，出預廷議。

居久之，命與吏部尚書達哈塔日侍皇太子，上所以倚任公者甚至。然公在吳時，已有不便公所爲者，以爲形己之短而忌之。而公將入朝時，吳人欲攀轅留公，公譬曉之曰："天子仁聖，爾民疾苦，如某事某事，吾當入告，爲爾蠲除。"

忌者以公市恩百姓，談議時政。又淮揚開濬下河，天子遣大臣二人會督撫議，衆欲停工，公獨不可。或勸公姑從衆論，俟大臣入報，天子以公言口奏，唯聖明裁擇，公不得已乃諾。大臣歸，匿其辭不奏。及公陛見，上問下河事，具對本末，大臣皆得罪，以此舉朝側目。公亦以久勞簿領，精耗神疲，殿廷起居，動見抉摘。部覆革職者再，降調者一，賴上寬仁曲全，僅鐫級而已。

公請養母，求去不得，又自惟奉職無狀，久留不可，闔門屏營，席藁待罪。每宣旨，則涕泣叩頭請死。上聞之，憫然爲之動容。未幾，遷工部尚書，方受事，而病不可爲矣。上遣御醫診視，疾稍間，奉命詣潞河勘楠木，感風寒，歸遂大困。臨歿，戒其子曰：“《孟子》言‘乍見孺子入井’，汝輩須養此真心，令時時發見，久之全體渾然，可達天德。若襲取于外，終爲鄉願，無益也。”復以聖恩未報，母養未終爲言，挽子溥手指，畫草遺疏謝上，遂瞑。上聞，遣學士多奇、翁叔元賜奠茶酒，命馳驛歸，以尚書禮祭葬。

公忠孝廉潔，出於天性，臨事制義，充之學問。平時見爲迂闊，而當幾磊磊立斷；馭下凜不可以私干，而所在務寬小過。撫吳時，蘇有高士徐枋居西山，四十年不入城，公屏騶從，步行造門，枋終不肯見，公嘆息而去，時議兩高之。其聞召將去吳也，百姓啼號，罷市十餘日，投匭斂錢，謀叩閽不得，則老幼提攜奔送，自吳門至江北，千里不絶於道。

其歿也，無知不知皆哭曰：“正人死矣！”人謂公撫吳廉直似海忠介，而去其煩苛；精敏似周文襄，而加之方正。至其所學純粹，有體有用，蘊之而爲道德，發之而爲事業，而人尤惜其用之猶未盡者，則有非二公之所得而與者矣。其家居，室無廣廈，侍無姬媵，日以讀書養親爲事。所著有《洛學編》二卷、《補睢州志》二卷、詩文二百餘篇、公移條約十餘卷，藏於家。享年五十有九。元配馬氏，封恭人。子四人：溥、濬、沆、準。女三，皆適士族。銘曰：

惟湯於世寬始祖，遇明之興奮厥武。積功神電衛百户，孫襲千户其諱庠。自滁來遷家睢陽，易守岷衛祖烈光。六傅希范趙城丞，子敏孫契州諸生。三世棄武名一經，尚書生也爲國器。性耽典籍弱不戲，學播仁種耨以義。朝出蓬山暮華陰，遺愛衍溢留虔南。華山高高貢水深，歸棲子舍矢不出。再返玉堂詎意必，掌帝絲綸預機密。帝憂南顧予汝賢，公出整頓未兩年。民蒸俗熙吏恪虔，帝曰汝歸司胄教。彼夫已氏豈同調，蜮含狙伺術已巧。事有變遷理則那，主恩前後無偏頗，千載視此石嵯峨。

誥封奉直大夫翰林院侍讀學士贈禮部右侍郎顧先生神道碑銘

吾鄉封學士雪嵋顧先生之卒也，與其母太夫人同日。太夫人病，先生焦憂盡悴。比疾革，方夜鄉晨，去冠扱袵，徒跣哭不絕聲。及視含斂，交手哭聲漸微，謂家人曰："吾殆將死矣。"復號慟，遂絕。於乎！先生固死於毀也。《禮》曰："毀不危身。"又曰："五十不致毀，六十不毀，七十惟衰麻在身，飲酒食肉處於內。"古者不以死傷生，故諄諄乎言之。先生年近七十，節損哀踊，以禮自制，宜也。先王之制禮也，賢者俯而就之，不肖者跂而及焉。先生之賢，毋乃過於禮與。余謂從來忠臣孝子，當其至性感發，捐軀絕命而不之顧，非有所彊勉而爲之，發於中心，行乎不得不然，如是而已矣。

今人不講於喪禮也久矣，庶見素冠，庶見素韠，詩人譏之。其在於今，吾吳俗爲尤甚。君子風世厲俗，寧爲過，毋爲不及爾矣。矧過非聖人所禁也。子路曰："吾聞諸夫子，喪禮與其哀不足而禮有餘也，不若禮不足而哀有餘也。"魯襄公三十一年夏六月，公薨。秋九月，子野卒。《傳》曰："毀也。"夫子書之，有美辭焉，此其徵矣。子皋之泣血三年，未嘗見齒，斯亦禮之過者，君子以爲難。曾子責子夏之喪明，以喪親無聞爲其罪。使子夏喪其親而喪其明也，曾子不之罪可知矣。執親之喪，創鉅痛深，死則死爾，惡乎禁諸！先生與余少同學，相知爲深。其後侍郎貴，與余同朝，又相善也。比葬，侍郎以墓上之石請銘，余作而嘆曰："先生非僅行事應銘，即其死，固宜書而揭之，爲世矜式也，其何辭！"

先生諱天朗，字開一，號雪嵋，世爲吳人。明初，有以軍功，官錦衣千戶者，居北平。先生祖應奎，生三子：季曰純明，猶襲錦衣職，入國朝，封昭毅將軍，爲順天人，是爲北宗；仲曰諟明，太學生，仍居吳，是爲南宗，先生考也。太學娶某氏，即先生母太夫人也。生二子，先生爲伯。甫童卯，則見端坐，長彌謹重，目不左右顧。爲邑庠生，曹試輒拔萃，名聲垂延。順治丙戌，試棘院，長洲令田君得卷首薦，以爲當元，與某推官爭不得，遂忿然作色曰："寧已之！"乃落副榜。既而田亦自悔，自此蹭蹬，益無所遇。庚子，至京師，選入官學教習，勖舊子弟。己酉，復試北闈，儕流皆先後掇第，視同試皆邈然少年，先生益不自得。會長子侍郎領薦，憮然曰："吾乃今可以休矣！"蓋自先生爲諸生，至是凡十踏舉場。丁酉、癸卯，闈藝俱呈薦，卒被格主司。

先生自幼績學，工文辭，務自刻削，立節概，一時名人魁士皆詣門請交，揭德振華,爲流輩慕尚。余兄弟與吳中名士,少日爲文酒之會,先生皆與焉。然先生器局凝重,不妄交游,獨與余輩三數人尤相結。先生篤於内行,群從子姓勸飭指誨,竭盡誠款,家門雍穆,雖僕隷下人,居恒不加訶叱。迨侍郎累踐華要,臻卿貳,杜門甘澹,素不異舊常,不涉非分纖芥,宦吳者輒嘆先生家範之謹。三舉鄉飲大賓,所編集有《易》《春秋》《三禮》諸説,所有詩文集各如干卷,藏於家。

初封翰林院編修,晉封奉直大夫、右春坊右諭德兼翰林院修撰,晉封翰林院侍讀學士。生以天啓四年甲子,歿于康熙二十九年庚午,以某年月日葬於某鄉之某阡。配陶氏,初封安人,晉封宜人。子五:沔,癸丑進士,禮部右侍郎兼翰林院學士;沆,例監生;溥,戊午副榜貢生,官學教習;涒,庠生;澧,幼。孫四:楷仁,丁卯順天舉人;植義,太學生,侍郎出;乘智,溥出;栴、讓,涒出。曾孫一,文焕,楷仁出。女三,孫女五,曾孫女三。

先是,侍郎與余同儤直,數言我親老,欲乞假省覲,先生家書屢止之,以爲幸年未耄,侍堂上無恙,不宜廢公顧私,幸重眷。余之請告也,侍郎過余曰:“一月後請急歸矣。”余出國門,侍郎先與諸公集餞郊外,塗遇侍郎自都亭入,方以祖母訃趨還邸中。余遣人唁之,則曰:“吾憂我父至性,不勝喪也。”明日而先生訃亦至矣。一時議禮者謂侍郎應否承重。

余考賀循《喪服》云:“父死未殯而祖父死,服祖以周。既殯而祖父死三年,父未殯,服祖以周者,父尸尚在,人子之義未可以代重也。”虞喜則云:“三禮無有此條,殆是脱失祖父正統,非爲旁親。若父死未殯,服祖但周,則祖無倚廬,傳重在誰?”由此推之,受重者服亦重,賀循之言爲未審也。《喪服傳》:“父卒,然後爲祖後者服斬。”今制,祖母承重與祖同。太夫人捐養,既小斂,未成服而先生卒。侍郎以適孫爲祖母後,其何能不重?侍郎熟習掌故,其居廬也,有事于太夫人几筵曰“承重孫”,有事于先生曰“孤子”,合禮意矣。銘曰:

目公和光,而獨揭揭。謂已介特,而不劀割。岡嗛於嗇,岡盈於豐。削穎砥光,不繫其逢。禮廢權制,淪胥日流。曾不禽若,蹢躅唧啾。雞斯徒跣,隕於一哀。疇顧有涯,弗申無涯。性至行難,人苟欲繩。曷考聖謨,載徵斯銘。

太常寺少卿高君神道碑

康熙二十九年四月辛巳,中憲大夫、太常寺少卿高君卒于位。九月,君之喪歸自京師。次年四月,祔葬松江府城南五十里之張堰贈通政先府君之兆。孤騫具狀,請爲隧道之文。君嘗問業於余,余爲《一統志》總裁官,實舉君共事,余不得辭,爲詮次其始終。序曰:

君諱層雲,字二鮑,號謖苑,晚更號菰邨。先世自宋南渡,居上海,既遷華亭,四傳至贈翰林院檢討諱年,於君爲曾祖;萬曆乙未進士、翰林院檢討諱祚,於君爲祖;崇禎丙子鄉試副榜貢士諱秉蘽,君之父也。君既貴,貢士君得贈如子官,太夫人金氏、楊氏皆贈恭人。君少時,前後母及貢士君連喪,居堊室日久,哀悴中負土營葬,既畢事,而家日貧。貢士君在時,故以隱陜守志,又不欲君治舉子業,而時所重皆場屋文字,苟且塗飾耳目者,君獨刻意爲詩古文詞,益貧不自聊。又迫賦役,坎壈失次,遂策蹇驢入京師。天子方幸學釋奠,君泚筆作《臨雍賦》,見稱于時。未幾,由秦入蜀,歷關河棧閣之路,留蜀二年,策滇、黔必亂,勢將及兩川,乃亟歸。放船灩澦,浮江而下,抵家而吳三桂反,川塗梗塞,人咸服其先見。

康熙十四年乙卯,再至京,或勸君習舉子業,君曰:“是不難。”鍵戶百日,遂領京兆薦。明年,成進士。故事,進士釋褐待銓者,例得分校鄉試。戊午,遂與是選。又二年,授大理寺左評事。甲子,典廣西鄉試。還朝,充《一統志》纂修官。是時,君官廷評六年矣。意所平反,或與卿貳不合,必力爭之;或不得,則爲兩議以上,輒如君議。天子察知君可用,因考選親試乾清門,稱旨,授吏科給事中。遇事敢言,尤務持大體。

二十六年正月二十五日,文皇后上賓,有詔諸王大臣集議喪禮永康左門外。諸親王、郡王、貝勒、貝子、公等以次環坐,內閣、九卿、科道同詳議畢,閣臣向前白其議,從諸王長跪。移時,武定李公年最老,起即踏地。君銳然曰:“是非國體。”即日抗章彈奏,謂:“天潢貴裔,大臣禮當致敬,獨集議國政,異時無弗列坐,所以重君命,尊朝廷。況永康左門乃禁門重地,大行太皇太后在殯,至尊居廬,天威咫尺,非大臣致敬諸王之地。大學士爲輔弼大臣,固當自重,諸王亦宜加以禮接,不可驕姿倨慢,坐受其跪,失藩臣體。”書奏,舉朝皆頸縮。天子用君言,下宗人府吏、禮二部議。後凡會議時,大臣見諸王,不得引身長跪,著爲令。又糾正黃旗漢軍都統張所知,用君言降調。由是衆皆畏憚。

是年夏五月,有事於俄羅斯國,擇遣臺省漢官二人隨大軍往。方廷議時,同列并抑首伏氣,不敢復前。君慷慨請行,事雖不果,舉朝偉之。六月,京師亢旱，敕議應行應革事宜。於時江淮間方行屯田事，民大擾。君請急停，以蘇百姓。大臣主其議，上嘉納之。遷通政司右參議，即日轉左。未一年，又遷今職。君於郊丘廟享諸典禮，無不明習其令式。時上憂旱甚，社稷山川之祀，祈禱無虛日。君黎明赴壇，虔共即事，雖流汗浹體，竟日不見惰容，以此益受上知，而精力漸憊矣。亡何病作，甫五日遽卒。上臨朝嘆息，年五十有七，衆皆惜君不究其用也。

君爲人俶儻瑰瑋，好大節，不爲娗娗細謹，在班行中進止有儀，人皆目屬之。博覽強記，爲詩文痛嫉俗學之陋，追古作者，有《改蟲齋集》若干卷。工書及畫，善賞鑒，平居簾閣據几，圖史古玩雜陳，意灑然自得，持縑素請者，率滿意以去。曾以書屢被御獎，在太常時，上嘗諭：“卿席爾達曰，爾衙門政事頗簡，可語高層雲，留意書體。”

嗚呼！君之結知主上者，雖不在一材一藝，而人以是卜，上之屬意用君矣。君性豪邁，不問家有無，有輒散盡不侼餘。身没，妻子幾不能自存。配吳氏，明户部主事諱嘉胤之孫女。子三人：長即騫，次駕，次馭。女一人。孫男、女各一人。高氏自檢討公來本貴盛，遭時鼎革，家中落，君以布衣走輦下，十餘年間，連舉順天、禮部兩試，位至卿寺，文學節概聞天下，雖將用復蹶，抑可謂難也已。銘曰：

彼美一人，申浦之濱。奮自孤特，卓爾不群。力學嗜古，負氣懷奇。連蹇乃通，豈曰莫知。諫垣抗論，大著直聲。骨鯁者奮，便媚以驚。一歲再遷，恩顧日渥。納言靖共，秩祀儼恪。帝簡厥心，將授事樞。未究其施，中道云徂。鬱乎松阡，君昔手築。先公在焉，窀附宰木。宛宛彼邱，蠹蠹其石。著德與功，昭示靡極。

内閣學士兼禮部侍郎孫公神道碑銘

嗚呼！是爲我友内閣學士、禮部侍郎德清孫公之墓。公年少登朝，荷聖主眷遇，居則侍奉螭陛，出則陪扈鑾輿，獻納論思，渥蒙睿賞。既銜命治河，相度疏濬，將次第成功，而朝議停罷公左官，仍居翰林。天子念講幄舊勞，旋授内閣學士。踰月，以疾卒官。奏聞，上臨軒太息，賜祭葬如禮。余與公同擢第，同官翰林記注起居，同被命教習常吉，誼若兄弟。公之撤瑟也，召余屬以後事，口占遺疏，俾余書之。余悲不自勝，輤翣未行，余與諸同年生數往哭焉。今窀岁有期，介弟在中與孤子見行輩，具狀請銘其隧道之石，余敢辭。

　　按狀：公諱在豐，字屺瞻，湖州德清人。孫氏遠有傳緒來遷，自八世祖永昌，始居歸安之菱湖里。祖考諱戀果，邑庠生，祖妣施氏。父名焞，郡庠生，妣沈氏，繼妣吳式。及公貴，累封父、贈祖皆内閣學士兼禮部侍郎，累贈妣、贈祖妣皆淑人。公充頤廣顙，清姿玉立，甫齠稚，嶷然如成人。年十六，補博士弟子員，登癸卯浙江賢書。越七年，中庚戌南宮試，殿試一甲第二，賜進士及第，授國史院編修。本年，充日講起居注官。

　　壬子，順天武鄉試主考，尋升侍講、癸丑會試同考，轉侍讀，又升侍講學士，轉侍讀學士，予假歸省。旋遭太夫人喪，服闋，補原官，擢内閣學士兼禮部侍郎，遷翰林院掌院學士，充經筵講官，教習壬戌、乙丑兩科庶吉士，主壬戌武會試、乙丑會試。既遷工部右侍郎，以總裁《太祖實錄》告成，加秩支正二品俸，奉命監修下河。逾年，轉本部左侍郎，以河工議與在事者不合，撤歸，降補翰林院侍讀學士。旋除内閣學士兼禮部侍郎，卒于位。

　　公爲講官最久，每講畢，舉經書粹義，參以己意，凡有關治道，足爲黼座獻納者，敷陳御前，從容剴切，移時方退，上常動容嘉嘆。其他造膝之言，多所啓沃，不盡記。五鼓趨朝，晡時還邸，日以爲常。天子念淮揚、鹽城、興化諸縣當河下衝，民苦昏墊，慨然欲疏洩修治之。公受命，夙駕疾馳，晝夜閱際，泥行露宿，不遑啓處。凡地勢高下，施工次第，犁然於心，乃條奏請行之，詔報可。於是岡門、白駒、丁溪、草堰諸工先後庀事，畚鍤雲興，百役受功。岡門工先成，餘工亦綜治過半，廷議遽撤公歸，然公固已功高心苦。

　　公夙負文名，三主鄉會文武試，兩掌教習，所甄拔造就，皆一時俊髦。公生當盛世，天子右文重儒，所以眷注公者甚至。其爲編修也，與庶吉士同館課肄，未散館，例無擢領他職者，獨公即充日講起居注官。其爲侍講也，領日講如初，講官八人，以次儤直，上獨命公與掌院孝感熊公常直。熊公入内閣，舍弟與澤州陳公、文敏葉公繼之，皆與公同進講，不在儤直之列。其即吉赴闕也，故事，詞林自宮僚以上有定員，公需次侍講學士，亡缺，上特命公就職，即日侍起居，不限常額。詞臣出貳六卿，非吏、禮二部不得兼翰林銜，上特命公兼翰林院學士。即其左遷之日，應授散僚，上獨令居翰林，皆異數也。

　　公具才敏贍，每應制賦詩，援毫立成。嘗扈蹕遊南苑，翼園之内有麕鋌走，上目公，以御用弓矢授公射，公射得麕，遂以賜公。顧謂諸大臣曰：“孫在豐文武材也。”廷試武進士，上復命公射，射連中。上大悦，語侍衛：“是固曩日射麕者也。”壬戌，上以滇、黔蕩平，謁告山陵，公扈從遠出關塞，過松花江，載筆紀述，時時被命，有所撰著立就。甲子冬，上幸闕里，釋奠畢，命孔氏子孫講書，擬進講章，命公改定。上坐行宫，令侍衛倚待，夜半進呈，上披覽，喜曰：“此方是講義體。”

又扈從南巡，車駕至蘇州，上語内大臣：“孫在豐家湖州，去此不遠，可一往省親。”時公不離清蹕，承顧問，跂望庭幃咫尺，獨不敢奏請。及奉旨，感激涕泣。瀕行，復奉諭：“汝來不必至江寧第，於淮揚詣行在，其金陵名勝有應留名處，汝係從官，必爲爾題名也。”公歸省居二日，疾馳從駕還，前後賜兼金文綺、貂裘、披領、鞍馬、珍饌非一，蒙被知遇，錫予便蕃，出廷臣右。下河一役，出自聖慮，公以親信，特命董率，徒以漕、河兩臣持論不相下，朝議紛紜，遂有齮齕公者。然上意猶念公前勞，令復居禁近。公自度與時左趨，危疑虺虺，又以兩年督視畚鍤，辛苦特甚，未久疾作矣。嗚呼！公持身慎密，居官勤敏，加之上所親近，寵遇非常，宜無所得過，乃猶不免悄憂顧慮，盡瘁殞身，詎不重可慨邪！

公孝友醇謹，出自天性。丙辰歲，循俸當升學士，聞繼母病，急請省視。弟在中，善屬文，撫愛倍至。與人交，必以情，里黨戚友賴周郵者甚衆。所著《明史》諸帝紀及制誥諸代言之文，副在史館。他如《周易》《尚書》《四書》《通鑑》講義、《户從筆記》《東巡日記》《下河集思録》《尊道堂詩文》各若干卷，藏於家。公生以順治甲申，歿於康熙己巳，享年四十有六。以某年月日葬陽山賜阡。配吴氏，贈淑人，先公卒。子五：篤行、見行、學行、參行、載行。篤行早亡。銘曰：

恩數匪替，賁於重泉。鬱乎陽山，孫公賜阡。公在左右，御席輒前。屢頷帝頤，嘉言勿宣。遠陪豹尾，密侍細氈。惟帝明明，識公才賢。自公之出，拙於拘攣。知有明詔，其直如弦。曾不度思，與誰周旋。三言不疑，未塞悁悁。非帝念動，終始曷全。河流安安，洪水爲川。道噎奠溢，污來成田。惟帝之畫，瘝瘝思蠲。厥績有緒，帝命是虔。公歸不復，紓策耆年。屹屹豐碑，銘詩不鐫。

憺園文集卷第三十二

墓　表

李映碧先生墓表

先生諱清，字心水，別號映碧。先世句容人，有諱秀者，始渡江徙居興化。秀生旭，旭生鎧，鎧生大學士文定公春芳。文定仲子曰茂材，以蔭仕至太常寺少卿。茂材生思誠，累官禮部尚書。思誠生長祺，長祺生子二，次先生也。天啓辛酉舉於鄉，崇禎辛未成進士，筮仕司理寧波，以考最擢刑科給事中。先生同日上兩疏：一言禦外敵當戰守兼治，不當輕言款；禦內寇當剿撫并用，不當專言招。一言治獄不宜置失入，而獨罪失出。因論尚書劉之鳳不職狀。尋以天旱，復疏言此用刑鍛鍊刻深所致，語侵尚書甄淑。淑遂劾先生把持，詔鐫級，調浙江布政司照磨。無何，淑敗，即家起吏科給事中。

先生入朝，疾朝臣日競門户，疏言："國家門户有二：北門之鎖鑰，以三協爲門户；陪京之扃鍵，以兩淮爲門户。置此不問，而閧堂鬭穴，長此安底？"疏入，不報。是秋，遣册封新昌王，崇禎十六年也。明年，京師陷，弘光即位南京，遷工科都給事中。先生見朝政日壞，官方大亂，乃疏言："大讎未雪，凡乘國難以拜官者，義將漸慚入地，宜亟更前轍，以圖光復。"又憤時議以偏安自足，抗疏曰："昔宋高之南渡也，説者謂其病於意足。若陛下於今日，其何足之有？以河、洛爲豐、沛，則恭皇之舊封也，爲恭皇所已有而不有，則不足。以金陵爲長安，則高帝之始基也，爲高帝所全有而不有，則不足。臣深望陛下無忘痛耻，以此志爲中外倡也。倘陛下弛於上，則諸臣必逸於下，先帝之深讐，將安得而復哉？且宋之南渡，猶走李成，擒楊么，以靖內制外。今則獻猛交熾，兩川危於累卯，汀、潮、南、贛，并以警聞，北有既毀之室，南無可怡之堂，臣竊爲陛下危之。"
疏上，報聞而已。

　　有司始謚愍帝爲思宗，先生言廟號同於漢後主禪，請易之。又請補謚太
子、二王及開國靖難，并累朝死諫諸臣。或以爲迂，先生嘆曰："士大夫廉恥喪
盡矣，不於此時顯微闡幽，激發忠義之氣，更復何望耶？"先生事兩朝，凡三居諫
職，章奏後先數十上，并寢閣不行。尋遷大理寺左寺丞，遣祀南鎮。行甫及杭，
而南都失守，乃由間道趨隱松江之六保，又渡江寓居高郵。久乃歸故園，杜門
不與人事。當道屢薦不起，凡三十有八年而歿。

　　先生忠義，蓋出天性。愍帝之變，適在揚州，聞之號慟幾絕。自是每遇三
月十九日，必設位以哭。嘗曰："吾家世受國恩，吾以外吏蒙先帝簡擢，涓埃未
報。國亡後，守其硜硜，有死無二，蓋以此也。"初師事倪文正公元璐，後聞文正
殉難，又號慟者累日。晚年著書自娛，尤潛心史學，爲史論若干卷，又刪注南北
二史，編次《南渡録》《諸忠紀略》等書，藏於家。

　　嗚呼！先生不幸，丁明之季，國事已不可爲，顧猶大聲疾呼，侃侃建白，卒
未能以一木支大廈。及滄桑之後，匿影林泉，僅以勝代逸民老。嗚呼！豈不重
可悲也哉！先生元配陳氏，側室吳氏、薛氏。子三人：曰積，曰蘭，并太學生；曰
柟，康熙癸丑進士，今官左春坊左中允。孫男女若干人。柟與予有一日之雅，
自都下走書，以先生狀謁文於予。予特爲節其大略，俾表於道，庶幾尚論者有
以察先生之志云。

光禄大夫太子太保禮部尚書誥贈太子太傅保和
殿大學士謚文貞王公合葬墓表

　　今太子太傅、大學士宛平王公，在世祖皇帝時，與先太子太保、禮部尚書文
貞公後先入翰林，文貞公拜國史院學士，太傅公亦遷弘文院學士。文貞公之爲
禮部也，太傅公亦以考績加禮部尚書，然勳階皆次文貞公下，故不得追贈其先
世及誥封父母。文貞公之屢得恩典也，輒貤封其本生父母，至太傅公之加尚
書，始得以一品誥命贈梁夫人云。及今皇涖政，太傅公在中樞，文貞公薨後服
闋，膺爰立之命。次年，恭遇《太宗皇帝實録》告成，以勞晉秩太子太傅，然後覃
恩及於四世，贈文貞公如其官，梁太夫人亦再贈一品。公既拜命，嗚咽屬某曰：
"吾受國異數，榮及所生，顧吾親不得見矣。即銘幽之辭，已不及備，將揭石墓

道,載前人功德,表天子殊恩,顧非子文不可,敢固以請。"某惟乙未歲以貢入京師,拜公階下,公一見待以國士,指授爲文旨要,使稍有所聞以至今日者,皆公力也,敢以不敏辭。

謹按公行狀及墓銘、碑文,爲記其大略如左:公諱崇簡,字敬哉。其先家任邱,自公曾祖諱龍始來京師。祖諱鏜。考陝西參政加右布政司使,諱愛,母張氏。三世皆以公贈禮部尚書,姚贈一品夫人。愛無子,以兄錦衣衛正千户諱爵之仲子爲後,即公也。錦衣公及本生嫡母張氏、生母焦氏,并得移封。公七歲,喪布政公。未幾,錦衣公亦歿,早孤煢然。嗣母張夫人督之成立,情過已出。公事兩夫人,曲盡孝道。年二十六,舉鄉試,負海内重名,爲清流引重。中崇禎十六年進士。甲申三月,京師破,值焦夫人喪,給假治葬在外,挈家潛奔金陵,轉徙吴、越間。久之,江南平,北還。

時世祖廣求文學耆宿以充館選,首授公内翰林國史院庶吉士,特免教習,預修《明實録》,除秘書院簡討,歷侍讀、國子監祭酒、弘文院侍讀學士。詔察明末殉難臣,公疏言内外死事者合二十有八人以上,皆得贈諡,時論以爲允。遷詹事府少詹事,兼侍讀學士如故。以疾請告。十二年,侍郎戴公明説薦公可大用,世祖違部議,特起之。明年,以原官兼弘文院侍讀學士,遷國史院學士。

及太傅公既遷弘文院,世祖臨朝,嘆爲盛事。然以父子不可同列,擢公吏部右侍郎兼學士,尋轉左,遂拜禮部尚書。明年,加太子太保。公建言帝王廟祀,宜及守成令辟,因列商中宗以下七人以上。又言宋臣潘美、張浚宜罷祀,詔從其言。公學問該博,尤諳練歷朝典故。居禮官,多所建白,皆折衷古今,合於經義,時議翕然歸重。然公自以父子并列六卿,彌存謙退,以尪疾請告者再,優詔不許。會世祖崩,復固請如前。十八年冬,始得予告。康熙三年,病良已,遂以老乞致仕,春秋才六十三。自是徜徉林下者,凡十有五年。

初,公值喪亂播遷,本無意當世,用遭遇世祖皇帝,以文學被知遇,時與道會,感激思奮,然其確乎不可羈縻以富貴之意,時時見於言語,發於吟咏,後堅請至四,卒行其志。本朝大臣年末及乞休於主恩方渥之際,進退終始,卓然大節如公比者,前此所未有也。公家食,益讀書,引掖後進爲文章,凡四方人士至都者,以不及見公爲恥。客至,攝齊升堂,必下階握手,酌醴延款,恒至夜分乃散。其論文曰:"爲文必本於道,道不出尋常行習之間,自世有學道之名,此道之所以日弊也。"又曰:"學莫要於自得,知之非艱,行之維艱,知而能行,此聖賢之所以幾於得也。”

平生嗜學不倦，年七十，欲依古人，以每歲盡讀五經爲夏課。其爲文，雖卮言爛語，無非仁義道德。嘗爲《青箱堂記》云：“階前闢露臺方丈餘，歲之夏秋日暮，父子兄弟六七人，率坐臺上，或莊論詩書，或稱述祖父遺事，旁及故舊家世之興衰，以爲勸誡。”一偶不至，徬徨四顧，若有缺然者。世傳陳仲亏之家門雍穆，公蓋近之。至今太傅公秉鈞贊化，一本公之家學，而推而大之，以及於天下，則傳所謂施於有政者，豈不然歟。

公元配梁夫人，撫治鄖陽右副都御史贈兵部右侍郎諱應澤第二女，以淑慎佐公成名。孝廉常口授《論語》《孝經》，教其子女。公年二十，即請置側室，廣嗣續。其卒時年三十八，公哀思之，終身不再娶。公薨於康熙十七年十一月某日，上聞震悼，敕給葬祭如故事，諡曰文貞。太傅公與其諸弟以十八年四月某日，葬公於梁夫人先所窆地，畏吾邨之西原，後十年而乾學復表其墓道。

太傅公名熙，公冢子，丁亥進士，見任太子太傅、保和殿大學士兼禮部尚書加三級，梁夫人出。餘子樞，官監生，湖廣常德府桃源縣知縣，卒；次然，官監教習，見任刑部江西清吏司主事；次照，蔭生，見任雲南按察司僉事分巡驛鹽道；次燕，蔭生，見任江南鎮江府知府加二級；次默，歲貢生，見任兵部督捕司務。孫男十一人：長克善，蔭生，江西按察使司僉事分巡驛鹽道；次克昌，蔭生，户部陝西清吏司員外郎加二級；克寬，監生；次克任，庠生；克遠，庠生；克端，監生；克剛、雙鶴、蘭蓀、穩住、存住。曾孫男五人：長均，次增，次基，次長麟，次仲鳳。

余及公門垂四十年，期待良厚。再至京師，公已薨逝，自媿迂疏伉直，與時齟齬。茲請告將行，撰公墓文，深媿無所成就，辜負知己，特書公雅尚及學問得力處，以告來者，庶幾百世以後，聞風興起也夫。

顧庸庵先生墓表

先生諱樞，字所止，自號庸庵，姓顧氏，無錫人，故光禄少卿贈吏部右侍郎端文公之孫也。世系詳吉水鄒忠介公所撰《端文公誌》。端文公二子，仲孝廉菲齋，諱與沐，娶武進唐氏，歷户部郎，終夔州府知府，是爲先生之父。先生年二十，辛酉舉於鄉，時爲天啓改元之年，朝廷方召用老成諸正人，并列於位。先生親端文孫，嘗受業高忠憲公，忠憲公方在朝，諸名卿鉅儒若鄒忠介南皋、趙忠毅儕鶴、李尚書修吾、孫文介淇澳、馮恭定少墟、姚文毅現聞、繆文貞西溪、周忠介蓼洲、左忠毅滄嶼、魏忠節廓園十數公，非先生之父行，則大父行也，咸相與引重之。先生亦自以高才席家世，思乘時策名，得自展其所學。

　　既而不第歸，比再上南宮，則奄豎擅政，清流禍興，諸君子皆惴惴焉，莫必其命。鄒、趙、孫、馮諸大老既盡斥，未幾，忠毅、忠節斃於獄。明年，忠憲正命里中，文貞、忠介又慘死，先生大慟曰：“所謂人之云亡，邦國殄瘁，使吾祖而在，亦必不免。”際此時會，吾蹩蹩何所騁乎！於是鍵戶誦讀，不復言當世事，每與忠憲子姓，過水中居，以寄感慨憑弔之意。水中居者，忠憲被放後所築，四面皆水，日夕坐臥其中，賓舊望之而不能即。惟先生至，輒架小橋渡之，款語終日。故先生惻惻於此，不能忘情焉。愍帝即位，貂璫之禍雖熄，而國事紛紜，枋政者日排擊善類。甲戌會試，烏程相主考，先生五策直攻執政，不少隱諱。分校者以首卷薦，烏程視之，面頸發赤，亟黜落之。時文文肅公亦爲同考，出謂霙州公曰：“郎君對策，名奏議也。”先生八試不第，三中副榜，而名益重於丁丑。

　　盧忠烈九台總督諸路兵剿賊，既以楊編修機部贊畫軍事，先生角巾訪之，欲薦留先生參其軍。先生曰：“自古未有權臣在內，而大將能立功於外者。今武陵秉國，加以高奄持憲行間，軍謀掣肘。盧公身爲大臣，義無所避。機部釋文學而語韜鈐，猶覺非宜。況吾書生，可褰裳就之哉！”蓋忠烈召對日，與武陵語忤，遂示意監視，高起潛齮齕之。先生策其必敗，謝去。已而忠烈果戰歿。其時京師復被兵，逆黨阮大鋮覬以勤王復職，號召徒衆。先生從弟子方與諸名士馳公檄遂之，以先生望重，欲首署其名。先生謂無益，徒生禍端，固執不可。後大鋮得志，遂起大獄，殺周儀部仲馭，而子方與其友黃太冲、吳次尾、楊維斗、沈崑銅緹騎逮問，先生以居後獨得免。鼎革後，遂隱居不出。東南數起大獄，亦無有以先生爲口實者。

　　先生學本程、朱，以無欲、主敬爲宗。嘗曰：“聖門之學，必先求仁，求仁莫如敬。”又曰：“周子之無欲，程、朱之居敬、窮理，三者皆學之要也，而無欲二字足以括之。居敬是遏絕其欲心之萌，窮理是抉其欲心之伏，內外交養之功，四賢一轍。至張子以禮爲學，乃居敬、窮理確有憑據處。學者善法五子，其庶幾乎！”又言：“讀書是格物之一事以窮理也，即主敬之一事以存心也。不然，即是玩物喪志。”論明儒曰：“文清《讀書錄》言‘性’字親切，胡敬齋《居業錄》言‘敬’字親切，聖學嫡傳也。六經無‘悟’字，‘悟’字出內典，而諸儒據爲傳習，竊所未喻。”其所得如此。

　　嘗倣《近思録》,集端文所著十書爲《語要》。又集《忠憲語要》,抄朱子以下及薛敬軒、曹月川、胡敬齋、羅整庵、蔡虚齋、魏莊渠諸先生語,名《悦心録》。嘗夜讀,頭上巾爲燈燼其一角,久之不知也。所著述有《隱居録》《蒙言》《隨筆》《東林列傳》《明盛編》《十二代詩删》《八家詩删》《史薈》《文薈》,多散佚不存。今所刻者,《易蒙》《西疇日抄》諸書。

　　先生生於萬歷壬寅,卒於康熙戊申,以子貞觀貴,封徵仕郎、内秘書院中書舍人,加一級。元配王氏,韶州知府儉齋公女,儉齋即端文婿也。孺人賢淑早逝,生卒詳華吏部所撰葬志,贈孺人。繼配王氏,光禄卿翼庵公孫女,太學振翼公女,通曉書史,婉静温恭,執笄之初,念尊嫜不勝勞勩,一切家政躬任之,撫前母之女即側室子如己出。歲大祲,或棄嬰孺於道,輒命女奚收育。常佐先生賙五宗賑餽者,未嘗操奇贏,量力而後施,里黨咸稱母德。生於萬歷癸丑,卒於康熙辛酉,封太孺人。子三人:長景文,邑庠生;次廷文,太學生,爲仲氏後;次即貞觀,丙午舉人,内國史院典籍,加一級。女二:一適侯晉,一適文學華瞻祖。孫男九人,孫女五人,曾孫男一,曾孫女三。

　　余童子時讀端文書,心嚮往之。先伯父中允公爲先生同年,素知先生行義,既與典籍君交善,先生尚無恙,屢欲造先生之廬,與上下其議論,以宦遊弗果。今因典籍君之請,而書先生隧道,聊以終吾嚮往之志也。先生事親以孝,睦族以仁,有所行,擇地而蹈,與人言恂恂如不出諸口,皆有可傳,而吾獨書黨事梗概、出處學問之大者,亦史氏之職云爾。

塔　銘[①]

丹霞澹歸釋禪師塔銘[②]

　　澹歸禪師曰:今釋者,前進士金道隱也。國亡爲僧,事嶺南天然和尚,受衣鉢,剏建丹霞别傳寺。已度嶺來吳,請藏經,居平湖陸氏園亭。病卒,弟子奉其骨歸塔於丹霞。越數年,其同門辨禪師撰行狀,命侍者某遠來乞銘於予。予昔

----

① “塔銘”二字,底本、康熙本皆無,今據光緒本補。
② 《丹霞澹歸釋禪師塔銘》此篇底本原無,今據光緒本並參校康熙本全文增補。

以癸卯年遊嶺南，遇師廣州，朝夕談論甚歡。比來吳門，又顧予花谿草堂，方欲與友人謀止師以侠其老，師不辭而去，已聞遷化於平湖。今辨公以狀乞銘，其敢有辭？

按狀：今釋字澹歸，杭州仁和人，姓金氏，原名堡，字道隱。舉明崇禎庚辰進士，授山東臨清知州，未一年，坐催科不及格，罷歸。大兵入杭，奔閩，上疏陳恢復大計，語侵鄭氏，特授禮科給事中，以服未闋，不拜。奉紹聯絡魯藩，鄭氏陰令江東帥方國安計殺之，江東人亦群指爲奸細，賴同年御史陳朱明力爭之，得免。還閩，鄭氏益不能容，以終喪請，許之，因避去楚南辰沉間。

戊子，江楚、兩粵兵起，復迎桂王駐肇慶府，道隱入見，補授兵科，論事益切直。同時有袁彭年、劉湘客、丁時魁、蒙正發皆與道隱合，而錦衣李元鼎方用事，尊信道隱等言得行，故遂有五虎之目。庚寅春，大兵進粵，桂王移駐梧州，一時銜五人者，倉卒於舟次，合疏請誅，坐以贓罪。會元鼎留守肇慶失援，遂收道隱等下詔獄，欲致之死，拷訊無所得，乃予廷杖，意在獨斃道隱也。故杖傷尤重，卒不死，譴戍清浪衛，道阻不得赴，留寓桂林茅坪庵。桂林破，遂薙髮爲僧。

壬寅，下廣州，參雷峰天然昰和尚，受具戒，執役盥頭者一年。天然欲隱匡山，師奉命乞食江南，回充棲賢記室，已返雷峰，供職如故，又居東官裁庵前後十載。壬寅，創興丹霞寺，充監院。師側足戎馬間，屢瀕危殆。經營五載，寺甫成，乃迎天然於雷峰居之，日與師友嘯傲山水。一日，入室次，言下豁然有省。明年，乃授記。甲寅，天然赴歸宗，命師主丹霞席領衆。未幾，復以請藏出嶺。事畢，擬還棲賢，而病遽作。平湖陸孝山使君留寓別業，遂不起。臨終，遍發嶺內外手書及諸遺念，屬侍者投骨灰於江流，舉筆書偈，端坐而逝。時庚申八月九日也。侍僧奉骨回匡山丹霞，建塔於海螺巖，距入滅已九載矣。

師生於萬曆甲寅，世壽六十有七，僧臘二十有九。所著有《偏行堂前後集》行世。其未脱白時，有《嶺海焚餘集》，辨公狀如此。予聞學佛者以能了生死爲大事畢，即吾聖人謂志士仁人無求生以害仁。《莊子》述聖人之言曰：“行事之情而忘其身，何暇至於悦生而惡死？”夫不求生不知生死，所悦惡非真了者而能之乎？

世傳澹公居官抗直敢言，人爭欲殺之不少變，吾未之深悉。獨見其上定南、平南兩王書，而知其夷然生死之間也。定南破桂林，殺瞿留守式耜、張侍郎同敞，橫屍衢市。師時雖出世，仍前朝舊人，慨然請爲收葬。其書自叙歷履，與兩公交情，略無隱諱。引唐高祖之於堯君素，周世宗之於劉仁瞻，明太祖之於元御史大夫福壽，既葬而復祠之。元世祖之祭文天祥、伯顏，恤汪立信之家，持之有據，而言之成理。又言："衰國之忠臣與開國之功臣，皆受命於天，同分砥柱乾坤之任。天下無功臣，則世道不平；天下無忠臣，則人心不正。兩公一死之重，豈輕於百戰之勳哉？王既已殺之，則忠臣之忠見，功臣之功亦見矣。此又王見德之時也。請具衣冠爲兩公殮，訪其鄉人，令歸葬故里，不則亦許山僧收領，擇便藁葬。夫以亡國孤臣得免搽求爲幸，乃干冒威嚴，不避鼎鑊，視鄙夫貪生怖死者，何如耶？"

其《上平南書》則云："前所編次《元功垂範》一書，遵奉記室所授稿本，於明稱僞，於明兵稱賊。初謂奏報相沿，未曾改正。竊念明滅元而修《元史》，不以元爲僞，不以元兵爲賊。元滅宋而修《宋史》，不以宋爲僞，不以宋兵爲賊。明末君臣播遷，亦自延其祖宗一綫之脉。而清朝承明正統，驅李自成爲明雪恨，於明本非寇讎。今書稱李自成爲僞爲賊，稱明亦爲僞爲賊，略無分別，恐於理體有乖，請發回原書改正。"詞嚴義正，卒允其請。師所言可否之間，利害存焉。能無奪於利害，即無奪於生死。吾謂師能夷然於生死之間，非謬誶也。則以師學佛爲能了生死，又何疑焉？

師爲文大略本《莊子》，自言小時每作文，不爲題所縛，故能發昔人未發之理，道昔人未道之言。於禪家機鋒特近，詩篇口占恒十數首。好用古事，聲采絢偉，諸方謂覺範洪《文字禪》、憨山清《夢遊集》皆弗及也。乾學不通佛理，惟據所知証以辨公狀，輒次序其說而爲之銘。其詞曰：

有浙巨儒，名列朝著。從亡捐家，盡言逢怒。蒼梧播遷，嚴譴遠戍。天命既改，以緇易素。故吾何有，隨衆作務。雷峰豎幢，丹霞建鼓。東度請藏，歸我吳土。遺骨南返，海螺漚聚。作斯銘章，增我慨慕。

憺園文集卷第三十三

祭　文

祭都城隍文

竊惟民爲邦本，食者民天。其惟雨暘時若，乃亦有秋。四月維夏，保介是咨。乃自春恒風，雨澤愆降。至尊憂勤，齋居秘殿。分遣禮官，設壇祈禱如故事。右侍郎徐乾學等當詣都城隍廟。伏念京師輦轂所臨，地大物衆。三月不雨，種不入土。兆姓皇皇，憂不聊生。惟神聰明正直，爲畿甸主。顯融煇赫，默佑真宰。凡厥庶物，無有菑患。神州赤縣，實所倚賴。當斯旱暵，蘊隆崇崇。神宜怨恫，其可曰予罔聞知。是用敬竭丹誠，奔走呼籲。庶幾徼福於神，其亦將天子命，亟請上帝期。不越三日，立降甘霖。沛然滂沱，三農氏慰。郊野懽騰，實惟神之嘉貺。如屯膏不下，下民怨咨。致使黼座焦思，臣工蒿目。是乾學等祝告弗虔，咎其難逭。神涊饗兹土，聽亦不聰。疇實職陰，救菑捍患，又何辭焉！情詞懇迫，幸賜昭鑒。

祭陳夫子文

嗚呼！維蘭陵之巨閥兮，緊潁川其莫京。緬開府之休烈兮，夫子式繼而騰驤。薦賢書夫壯歲兮，表名德於鄭鄉。爰振鐸於橋門兮，粲題柱之仙郎。司爽鳩之曹署兮，比平恕於張。嘆治獄之不冤兮，佇集慶其無疆。何十年之陪戟兮，麾萬里於瀾滄。辭金門而鳳駕兮，指碧雞以戒裝。值度支之鉤校兮，偶名即於封章。雖謫宦其無懟兮，畏投牒而徬徨。久辭榮而澹蕩兮，忽騎箕以相羊。追平生之歡晤兮，戚又比諸潘楊。曩令子之舉京兆兮，附青雲以輝光。進

曲室而詔語兮，嘗搤腕於維桑。謂輪茵可作器兮，策駑馬於康莊。魄坎壈于風
塵兮，負夫子之扶將。憶昨歲之朱明兮，一再見於暨陽。喜賡明之捷南宮兮，
臨大江而飛觴。羌余轅之局蹙兮，將遠涉于瀟湘。過毗陵而言別兮，期歲晚以
登堂。意纏綿其難狀兮，語覶縷而甚詳。詎識斯會之永訣兮，若黯然而神傷。
夫子之髮未艾兮，素健飯以康強。問撤瑟之何時兮，嬰何疾以遘殃。維夫子之
慷慨喜施兮，恒坐困於熱腸。意沈憂之傷人兮，抑二豎之披猖。藉巫咸以招魂
兮，吾欲訴夫穹蒼。如賢子之克承先志兮，維夫子為不亡。倘死者其有知兮，
應含笑於帝鄉。獨驢鳴之甫作兮，涕如雨而淋浪。閔予小子之昔遭大故兮，賡
明唁余于崑岡。日月忽其禪除兮，更相哭于靈牀。同斯辰之慘酷兮，心崩摧而
不能詳。陳虛筵兮雞黍，漬乾絮兮酒漿。憑繐帳而陳詞，驂玉虬兮何方。嗚呼
哀哉！

祭宋文恪公文

　　歲惟丁卯，暮春三月。公在中書，忽示末疾。冉冉逾時，驚傳病革。馳詣
寢門，吞聲死別。越日視斂，改服再入。撫公遺孤，哀哀雨泣。頗憶周旋，有如
昨昔。今茲殿陛，殊階異級。昔者結言，君車我笠。今折輩行，投分加膝。昔
視猶弟，肩隨武接。小年嶄嶄，意恥儕列。公早知名，聲華翕集。此挽彼推，左
扶右翼。共規遠大，無負駒隙。公薦賢書，欻然通籍。先帝知公，試之館職。
根柢詞林，楷模士習。曰余晜弟，參差接迹。前輩矜嚴，地遠勢隔。公讓不居，
引同輿席。念昔等夷，深荷誘掖。賜札繕草，撤蓮下直。酬倡在公，招尋退食。
少相慕用，今已頭白。中更小別，偶異南北。一旦溘至，永返其宅。公之勳猷，
炳炳奕奕。福庇桑梓，光垂簡策。我獨羨公，受祉多益。少壯登朝，老無齮齕。
為世福人，天佑平格。余輩無能，履順猶逆。識寡才疏，憂纏患迫。未收拙效，
乃受窮責。跋疐前後，鞭策心力。我行孔艱，公途坦適。始爾訃聞，旁皇太息。
帝心震悼，群工愴惻。士嗟山積，國號棟折。存歿榮寵，神靈烜赫。公心靡寧，
抱恨魂魄。有父有祖，未就窀穸。公身雖留，公心閟默。國恩在身，欲去未得。
讀公遺疏，淚枯灑血。公之令子，才優繼述。餘祉未艾，公其奚戚。神爽非遙，
享我清醑。

再祭宋文恪公文

聖皇在御，悼失宗臣。臨軒慨嘆，三事大夫。暨百執事，罔弗悲惋。矧予兄弟，追從多年。託始童丱，登公之堂。弔服如麻，揮涕如汗。人亦有言，升屋三號。萬事冰泮，惟公立身。嚴氣正性，百僚敬憚。論定蓋棺，紀績史氏。本末一貫，殊恩備禮。載遣朝官，護歸里閈。啓行有日，即於東郊。潞河漫漫，白衣素冠。趨送都亭，心曲煩亂。明月輝輝，蟾免將缺。邈焉河漢，巍峨中書。台星驟隕，凋此偉榦。天道莫知，生死榮瘁。巧歷難筭，公靈南顧。季秋霜落，江則有岸。鄉國風煙，葱葱鬱鬱。漸在几案，廣柳之車。不入郭門，蔽于俗諺。邦禮忝司，聿稽前典。滌除誕謾，喪歸脱輤。殯于兩楹，古禮可按。公車安行，過闤入市。箛鼓嘈囋，吁嗟吴都。夙夜在公，履綦久判。履道坊中，有宅一區。非侈榮觀，靈兮歸來。克踐屏著，神爽式宴。念我平生，惘惘日月。汩于昏宦，少公數齡。靜數駒隙，不堪把玩。冀公政成，比跡二疏。光施親串，白首過從。預陪午橋，策一款叚。勞逸之數，前後相準。庶幾得半，何圖忽焉。遂有今日，風流雲散。攀戀芝輀，情不自已。奏兹哀彈，啞啞霜空。城頭蘆管，助我腸斷。

祭季南宫文

霜淒露凝，歲序向闌。停雲長懷，悲來無端。有問自南，俾我汍瀾。胡天不弔，折玉摧蘭。憶過高齋，哭我駕部。君篤在原，經紀保護。不棄葑菲，曰予佽助。豈惟姻亞，亦繄舊故。君夙好事，賞鑒尤精。世有傳書，金石碑銘。次居彝鼎，等署丹青。久近呈識，高下受評。於處于語，載昕載夕。曲砌花紅，疏簾月白。煙羃西樓，雲罨南陌。覩景愴懷，臨觴嘆息。分手河梁，於今十年。緇塵堀堁，東華往還。亦有清夢，時落林泉。跂望勿及，佇立停鞭。未老而衰，雪刺盈顛。沉李浮瓜，菹菘剪韭。道款披悰，思我良友。君止我來，謂當非久。不然遲君，薊門杯酒。策名清時，取印繫肘。胡然溘逝，凶訃在兹。既疑且悼，相見無期。言笑如昨，遂成訣詞。君家世德，流澤孔宏。太邱是父，元方是兄。八龍方駕，三鳳迭鳴。侍御投分，紉蘭佩葯。乃與駕部，昏姻是託。雷陳新特，孔李夙諾。故舊凋喪，歲月侵尋。水部郡丞，與君嗣音。掉鞅詞壇，才力堪任。非獨弓裘，紹承厥世。十畝陰敷，九里潤至。交朋同歡，親串均賜。君又棄我，命不可諶。噭然長號，涕泗曷禁。千里致奠，將余斯文。

祭汪蛟門文

刑部浙江清吏司主事蛟門汪君，罷官里居，遘疾而卒。訃至都門，其友經筵講官刑部尚書徐乾學哭盡哀，謹具酒脯之奠，爲文以告君之靈曰：

始余求友，聞名思君。獲披雲霧，君來吳門。余居下邑，山城水圃。扁舟惠然，久要是敦。晨展書卷，宵拈酒尊。察君胸臆，定非俗人。余渡揚子，言尋舊雨。延賓開徑，接坐揮塵。君言世路，乃太不古。謬以脅肩，稱爲僂傴。吾黨力挽，君其余輔。弗能囂囂，亦合蹻蹻。時余答君，物忌太剛。譬諸鑿枘，持圓納方。懷抱利器，君當善藏。用相戒勖，因而慨慷。之子之操，修名必彰。高談沉醉，平山夕陽。分手無何，各至京邑。君官紫薇，久次子立。余還詞館，重攜書笈。于時東觀，群賢畢集。分司筆削，伍伍什什。班范俯視，南董平揖。舍弟承恩，監局是忝。珍君之才，可鑴琬琰。欽君之直，宜贊褒貶。遂以君名，登諸薦剡。君與史局，彌自退斂。汗青無期，歲華荏苒。余居巷南，君居巷北。招尋過從，豁此偪側。商略舊聞，徵所記憶。余釋君疑，君解余惑。至於論詩，余守貞則。君宗蘇陸，優入其域。君在秋曹，曾未满歲。聰明忠愛，事无留滯。古人有言，議事以制。《春秋》刑書，仍秉義例。當官而行，謝絕一切。余但覺君，溫溫豈弟。何圖蜚語，忽聞九重。莫測何由，置辨無從。奏當君徙，恩許歸農。跟蹌去都，不成別蹤。便爲永訣，遐絕音容。聞君之還，頗能自遣。討論掌故，手書《通典》。鄭志馬攷，異同之辨。樂天知命，玩占大衍。如此攝生，云胡不善。理數到君，復自乖舛。君之屈枉，帝心漸察。故人百口，爲君辨別。孔融薦禰，恨余薄劣。待熄謗焰，昌言論列。君遽下世，銜冤未雪。君倘不死，余猶存舌。君今已矣，萬事俱虛。可傳者名，生平有書。君在夜臺，不畏睽車。藐孤之託，良執愧余。恤君喪紀，匄繫其如。臨風哀些，君其鑒諸。

祭李文勤公文

國資元老，家承間氣。韋平重代，袁楊奕世。弱冠登朝，渥恩洊至。立年秉均，黑頭奚啻。廿有七載，不懈於位。德則施溥，躬惟盡瘁。先公文敏，才子幾人。畹蘭滋晚，貴有異徵。遭遇世祖，風雲契深。密勿帷幄，迴翔蓬瀛。接物謙抑，居心篤誠。訏謨啟沃，罕聞外庭。鼎湖上仙，咸池繼照。抱弓行號，援筆草詔。今上沖齡，恭默思道。博陸受遺，持權勢要。公于是時，從容廊廟。

調和鼎鼐，伊鼎匪竈。上既乘乾，親攬八枋。股肱惟臣，平章庶政。有承有弼，
無竇無徑。雅量方裝，鎮俗比震。六語君實，一能蒙正。行馬施門，三階八命。
當軸逾紀，績凝揆敘。噬將乞閒，東山容與。不可以請，國有師旅。幾神淵謐，
贊決奮武。張弛威弧，陳設齊斧。四方既平，公在政府。昔有良史，欲識其大。
時事得失，將相罷拜。以是參稽，責有所在。欲知相業，試觀帝載。惟曰益章，
致此無外。中書歷考，幾同汾陽。光輔兩朝，羽儀堂堂。練達事體，明解典章。
決疑定豫，處變守常。故牘可覆，彌久弗忘。靡所附和，而非激亢。清約之操，
廳容旋馬。先民是程，拔葵于舍。精思有亭，不成三瓦。童隸拜賓，衣帛蓋寡。
子弟恂莊，咸就陶冶。周親故人，大庇廣廈。而愚兄弟，仰秉先覺。亦步亦趨，
翹材東閣。知己之感，謦欬猶昨。高文大篇，屬序乾學。去歲元文，咎積譴薄。
公再過存，相慰且愕。曾幾何時，顏衰憂惡。是月朔二，猶來史館。顧謂諸公，
僕病其逌。強起至此，簡青宜汗。歸第病加，晨發漱盥。寢疾及旬，騎箕上漢。
嗚呼！山頹木壞，天不憖遺。安所仰倣，吾儕之私。里春輟相，哀此蒼黎。旂
常鐘鼎，公名永存。致以芻束，侑以些辭。公爲星辰，降格于斯。

祭孫學士文

　　昔公與余，同擢禮闈。衆中目公，籍甚清徽。迄乎臚唱，并及甲第。余忝
三人，公唱第二。雲見五色，實當其徵。國儲碩輔，余得良朋。蒙恩召對，賦詩
便殿。公最稱旨，日承天眷。惟公之才，爾雅宏博。下筆自然，氣象臺閣。爰
在學館，拔侍講筵。遂令每日，説書上前。公所引申，驗今稽古。不第敷陳，章
句訓詁。上於清燕，顧問從容。宸遊扈蹕，屢命公從。上幸南苑，麔起於側。
命公射之，壹發洞臆。賜公使還，祀其先人。所以寵公，榮及其親。上謁福陵，
公于行在。倚馬應制，藉草記載。陪幸東吳，鄰公鄉井。上特諭公，還家親省。
上之幸魯，夜半行幄。傳示講義，坐待揚榷。公爲學士，初掌綸誥。迴翔中外，
於今再到。兩承嘉命，造就常吉。惟茲乙丑，被命同日。余鄙無能，與公共事。
坐則一堂，出則并轡。間以文酒，造勤過數。公貳冬官，俾乂淮海。方略秘授，
輿論旁採。惟公之才，實優經濟。往來相度，指悉形勢。經始岡門，躬督畚鐘。
既有成緒，條列奏劑。紛紜異論，遂阻成勞。公雖左官，天語有褒。曾未踰時，
來復其所。公志益奮，稷契自許。何圖中道，遽爾隕謝。天不憖遺，令人悲咤。
永訣之言，疾豈可治。緣感四字，不言可知。口占遺表，君父罔極。賢哲正終，

惟餘悃愊。嗚呼哀哉！年譜之誼，視猶弟兄。官聯晨夕，投分彌誠。公爲考官，甄陶多士。先後公門，一弟一子。念言斯誼，詎等尋恒。搴帷撫棺，耿耿寢興。高堂白髮，諸孤稺齒。勳業惘然，平生已矣。靈輀將返，奠酒盈觴。寫心相告，述此誄章。

祭姚岱麓先生文

自公與元文爲同年，既又共事秦闈，而乾學亦從廷中獲交公也。公伉爽自喜，遇人過，輒訟言不少休，城府不設於胸也。余兄弟遂相得日驩，目爲靜友，冀闕失大賴其磨礪也。公多怪少可，然獨不鄙棄余兄弟，以爲非吳下阿蒙也。是時，公在言路，余兄弟官侍從館閣，與省垣相望禁中也。每奏對後，聯袂而出，各歸省院，意氣甚和同也。嘗伏殿陛，論天下大事，辭指激切，同列未嘗不動容也。雖或批逆鱗，不惜當寧，獨鑒公忠，所請皆曲意從也。因而嘆主上至聖至明，能受直言，如漢文帝有止輦之風也。余兄弟先後爲憲長，時有所獻替，然每愧不如公正色立朝，能啓沃聰明也。公由此結契獨知，擢僉憲，一時臺紀爲之肅清，輦下莫不避驄也。會蜀缺撫官，天子以蜀屢當蹂躪，非特遣公忠廉大臣以治之，不足子惠困窮也。上又臨軒詔公，凡有不便于民，其以聞，勿令壅也。公再拜受命，涖成都御史臺府視事，進百司而告誡之如上指，令各言地方利病，母有所蔽不通也。首奏罷採木，其他章滿銀臺，皆前此大吏所知而不肯言者，蜀民籍公爲帡幪也。余兄弟嘗言，公治蜀如漢諸葛、宋張詠，餘子瑣瑣不足道，真《周禮》所謂“民功曰庸”也。方謂公雖在蜀，上眷注公特甚，當如漢朱邑入爲大司農也。胡圖食少事煩，公之事業不究，而始筮仕於蜀者，竟以蜀終也。使余兄弟不獲終身事公，時聞讜言以省厥躬也，不禁嗚咽失聲，既哭吾私，而復爲天下慟也。

祭納蘭君文

造物之楨，扶輿之靈。胚胎前光，間氣篤生。孰夭其年，不究其用。宣聖有言，夫人爲慟。嗚呼侍中，思皇亦世。洼水丹山，難方所自。孝友之性，允也天至。縰舞象勺，已通六藝。往年鎖院，吾徒相繼。秋賦獻書，春卿擢桂。僉謂之子，宜郄詵第。事有不然，殆難意計。金張珥貂，簡在惟帝。嗚呼侍中，出入承恩。帷幄驂騑，左右至尊。遠猷秘議，外庭罕聞。以其餘閒，工爲詩文。

凡諸翰墨，靡不究論。師資之義，契託慇懃。古風雲邈，子也實敦。子之求友，
紆縞弗諼。於子乎館，如歸咏嘆。崔駰將老，生入玉門。喪紀孤稚，還復恤存。
嗚呼此道，於今難言。海內相期，韋平重代。帝心所屬，公望斯在。子之不禄，
吁咄可怪。七日不汗，悠悠茫昧。此日几筵，前日嘉會。百年之身，罔不敝壞。
宜貞而脆，問天莫對。適然者命，已知猶慨。嗚呼侍中，頓隔重泉。遺言靡私，
益欽子賢。聖情震悼，中使來宣。子之嚴親，痛毒涕漣。朋遊惘惘，迴腸內煎。
雖未識子，如久周旋。子之詩文，清新鮮妍。花間草堂，尤多可傳。都爲一集，
使就雕鐫。吾徒之責，子無懫焉。尊酒平生，縿帳何縣。一歌哀些，淚灑終篇。

祭范忠貞公文

在宋慶歷，惟文正公。將符相印，出入從容。逞兹西夏，狂孽不恭。廟謀
閫略，式遏猘凶。桓桓忠宣，繼軌接跡。韋平重拜，奕世載德。忠規孝緒，書之
于策。勿替引之，君子之澤。自他有耀，必復其始。惟大司馬，瀋陽再起。弗
協時奸，移疾歸里。五世之後，太傅鼎司。自我國家，開基北陲。風雲日月，名
世應期。入關扶義，定策陳辭。功存斷鼇，帶礪以貽。伏聞先生，夙慧拔俗。
脫略綺紈，比方蘭玉。有時趨庭，時禮是勗。射策甲科，登瀛授籙。帝曰汝諧，
往師德造。其惟吉士，祗承斯詔。先生循誘，靡所不到。匪言是諄，惟躬是蹈。
帷幄經綸，密勿參與。啓沃彌多，名迹彌素。豈止秘談，溫室之樹。生民已任，
待舉而措。五湖三江，浙水東西。其民保聚，水食巖棲。澤深崔苻，海沸鯨鯢。
吏失端平，困我烝黎。先生開府，撫循其土。強者搏擊，弱者哺乳。垢者洗濯，
怠者鼓舞。桴鼓息聞，艅艎絕覩。里閭歌呼，飲食宴樂。父老告語，夜息早作。
范公我憂，綏我耕鑿。俾我人斯，補瘡愈瘼。天眷南顧，有詔念功。往督甌閩，
旌鉞優崇。先生曰咨，臣實有胸。欲告我後，其故非躬。惟帝曰俞，其來覯只。
單車入朝，云胡不喜。晝日三接，寵錫靡已。路車乘馬，彤弓盧矢。惟兹閩疆，
海多氛祲。先生誓志，服以威信。使跳梁者，去逆效順。蜑人龍户，皆沾天潤。
吁嗟先生，志殲小醜。詎謂倉皇，變生掖肘。背恩干紀，修蛇瘲狗。劫脅守臣，
從者某某。烈烈先生，身被拘執。隸夫環伺，求死不得。梁肉堆案，浹旬不食。
臒則體膚，屬乃神色。有許生者，在隸之伍。密以其誠，相披肝腑。敬告先生，
必斃彼豎。俟間乘之，可以計取。吁嗟先生，啜粥飲水。三年徽纆，裂眦切齒。
常山舌存，罵晉及死。武夷一曲，血淚盈紙。王旅致討，彼豎窮蹙。從先生者，

賓客童僕。五十餘人，既罹荼毒。義士憤痛，匍匐入哭。難之始作，實惟先生。
猝不及謀，單獨一身。惟攜歷朔，夙夜君親。衣冠肅拜，諱日吉辰。剪爪及髮，
以寄老母。身則許國，捐靡何有。精變天地，日中見斗。有賊排闥，其狀趑趄。
吁嗟先生，心知其故。衣冠北向，稽顙呼籲。孤臣下地，從先太傅。叉手植立，
引繩絕㗗。皎皎許生，義衷相激。憑尸一慟，去去何適。亡匿山中，靈骨是覓。
守伺焚櫬，夜半人寂。負以間行，達於京師。所寄爪髮，適至全歸。天情震悼，
數日不怡。大臣臨祭，異數先施。贈官字孤，將有後命。諡法所宜，太常議定。
吁嗟先生，得氣之正。亙古不磨，金堅玉瑩。嗚呼哀哉！葬刻鮑信，夢歸溫序。
孰似先生，全歸惟許。尚友百世，誰是其侶。魯國、信國，可同日語。某等夙師
景行，近仰風烈。想魂萬里，肝腸寸裂。仰瞻帷幕，生芻是設。陵谷可易，盛名
不滅。

祭施研山文

　　惟公爲國之紀，爲民之坊。鑄于鼎鼐，標以旂常。胡爲中壽，等視彭殤。
追懷夙昔，悲慟難忘。公在髫年，珠蘭玉蕙。暨登巍科，英才貴際。江郡發硎，
題輿作礪。張翮舉鬐，青驄結轡。草昧初闢，地大物衆。薺荼味揉，薰蕕器共。
公謂狐狸，豺狼所縱。捨本斲枝，墨習愈壅。臣工食祿，商賈貿遷。如何債帥，
舟貨盈川。司關誰何，揚舲直前。非公抗疏，莫之禁旃。弁虎而冠，不麗考功。
都府節鉞，賓主雍容。附翼搏噬，害甚養癰。非公抗疏，孰折狂鋒。州牧隱盜，
庇卒誣守。亂軍恣掠，帥者袖手。臺諫舉劾，風聞受咎。齕政燕萊，寓公爲蒡。
彼皆巨猾，工結奧援。黑藻爲白，方揉爲圓。公發白簡，捷於轉丸。秦土遼廓，
兵火經世。阡澮榛莽，民人凋弊。社鼠城狐，橫齧邪噬。繡衣一振，魑魅奔避。
安邑鹵池，兵食所賴。藏蠹橐蟊，百情千態。室漏填穴，商民交泰。楚牧無良，
蓋藏墨吏。露章舉刺，即與廢棄。酷吏刈民，肆赦免議。公正其律，人知畏忌。
東南民疲，骨折脂乾。正役雜徭，侵漁百端。訴天謁鬼，俯泣仰嘆。公開生路，
壟畝以安。宋世吳郡，兼有嘉禾。賦三十萬，視唐孔多。明加十倍，肉盡骨磨。
言雖未效，已見謳歌。其他利弊，章數十上。或俞或否，謨猷忠諒。詔需超擢，
還趨亐行。月卿五遷，迄佐亞相。霜臺峻秩，百辟具瞻。公當大任，僉曰宜然。
振刷偷惰，洗滌膠黏。大吏知恥，政肅民恬。小東大東，睊言周道。憚人靡息，
官靡政擾。撫以恩威，爲物師表。庸墨屏跡，強暴如掃。天災流行，齊魯幾徧。

捐貲留漕，以董以先。嗷嗷得哺，肉生鵠面。鄭公青州，於茲復見。公之衣裾，初故瀚潔。公之庖庋，杞餐菊啜。屬吏改絃，過客迴轍。惟帝念功，移鎮兩浙。風雷之後，陽和始回。夏日非盾，冬日其衰。不假吏手，移奏自裁。驪從簡希，恩逮輿臺。折彼滯獄，平典協中。誅其桀驁，恤其贏癃。客兵披盜，反爲暮戎。公言于朝，毋使夜訌。食不勝事，以困諸葛。念言戎重，宜駐太末。新啓幕府，實惟草茇。閩地初平，鎮壓是需。遺艱投大，維公匪餘。未安即次，復被除書。星言鳳駕，甫及下車。使星至止，海壖爰度。有詔節鉞，與俱經略。徂春度嶺，首夏疾作。故知不起，乃命勿藥。天子震悼，盈朝涕泗。學等兄弟，相與託契。落月屋梁，恍如夢寐。昔共京邑，更相招邀。談藝永日，覆斗盤霄。雜以諸謔，于焉逍遥。公出宰物，星霜亟易。郵筒去來，不異曩昔。功奏還朝，仍同朝夕。忽聞大故，肝摧腸割。山河阻絶，七千里遥。昂藏八尺，如見丰標。情踰潘誄，詞愧楚招。幽明何隔，應鑒悲號。

教習張公祭文

於惟夫子，降神峻極。豐沛自起，幼標令德。允文允武，經邦華國。東觀秘府，西清禁地。鷺坡迴翔，貂珥近侍。久處機密，恒參諷議。二京研思，三篋強識。才惟公望，道洽人師。精論書勢，考質經疑。藹然函丈，肅矣皋比。懇懇指授，怵惕箴規。滔滔河濟，嚴嚴岱宗。錫履尚父，啓宇元公。奄有齊魯，拜兼附庸。擁旄秉鉞，鎮撫于東。生平夙負，澄清之志。承命慨慷，登車攬轡。買犢敦耕，飲羊息僞。威行睚族，綏解墨吏。蓮幕方紅，油幢正碧。警絶里鼓，衛祇門戟。碑看叔子，棠憩召伯。豪猾舞號，癃贏悵惜。來暮纔歌，去思流韻。在于出處，曾無喜愠。處晦彌彰，養高發聞。博稽淵奧，綜核典訓。學等夙承提誨，有所仰倣。今親馨欬，逾欽忠讜。澄懷霽月，爽致秋朗。坐不隱几，行靡扶杖。宜躋上壽，宜應篤祐。耄期不倦，吳札衛武。詎是一朝，頓令萬古。嗚呼！束芻置前，兩楹徵夢。群居則絰，哀至常慟。起塚懕巴，擬招愧宋。長踞陳辭，中心悼痛。

祭馬密齋文

嗚呼惟君，鄉國之秀。夜光積玉，曜我崑岫。珠盤之長，六藝之囿。揚徽樹幟，掉鞅馳驟。樂我兄弟，早相暱就。翔集同岑，步趨瞠後。我有姊氏，華齡

并茂。林風散朗，頌圖夙授。清溪王謝，允諧昏媾。逮我群從，咸稱甥舅。君
舉南宮，歲行癸丑。海宇昇平，聖人在宥。玉堂應選，共推襟袖。根柢詞林，羽
儀鼚繡。焦明阿閣，龍馬天厩。寶采方妍，銅聲未瘦。時予兄弟，鴛班幸簉。
接鳥連鑣，牽絲結綬。朱旆饗晨，彤墀待漏。柳市春陰，藥欄清晝。退食餘閒，
遺編共究。鼓辨岐菟，碑摹峋嶁。宴飲樂胥，賓戍室又。瑟媚將希，鐘洪屢扣。
蕃祉方融，忽懷鄉舊。思樂故園，清暉淑候。薜澱蕁鱸，夫椒橘柚。胡寧舍此，
塵途久逗。君雖腼仕，宦情匪厚。朱紱朝弛，蘭泉夕漱。一卧十年，不通朝右。
陰柳歌鶯，披蘿落狖。駕止柴車，饌無兼豆。壺榼時攜，茗麇日鬭。朝野顒顒，
望君來復。璠玙在懷，云何不售。乃墜離鴻，遂傳凶赴。閔慕奚從，茫茫宇宙。
嗚呼哀哉！弟宦學相同，情均骨肉。匪但荇連，更殷蘭臭。顧兹匏繫，徒懷巖
竇。哭不披帷，奠不親侑。日月不居，輀車引柩。遥想衡門，千兩輻湊。綿綿
神理，金石匪壽。敬託哀章，抒此讇陋。

哀　辭

內閣中書舍人黃君哀辭

　　君諱礽緒，字繼武，吾郡崇明人，余與之交十有八年矣。方順治甲午歲，詔
天下學臣選生員入太學，今侍郎灤州石公以侍講督江南學政，所錄五十人，君
與吳縣繆修撰某、丹徒張編修某及余皆預。余與三君相善也，荏苒十餘年，君
試禮部，哀然舉首，繆與張并及第，君以第二甲進士試授內閣中書舍人。越三
年，余在詞館，君來就職。未幾，張以病告歸，繆丁母憂去，惟與君朝夕相見，而
君一旦謝棄人間矣。君之歿也，以九月四日，張編修於七月十四日卒於家。訃
問至時，君已病，惟恐君之知而傷痛也，不以告君，而君亦遂以不起，豈不悲哉！
　　君向居崇明，鼎革初，遷府城之西偏。父某，以貲入官，至太僕寺卿，家素
豐裕，自海疆多事，始終落。君事父母至孝，居喪毀瘠骨立，梲躬廉靜，粹然儒
者。所居閭門內，數椽僅可容膝，食不重肉，然召客輒盛作供具，遇窮交故戚，
施予不倦。讀書自諸經、二十一史，詳稽博討，旁及百家文章、六壬遁甲之術，
無所不通曉，然見人輒簡默，似不能言者。素知兵，有幹略，然未嘗以語人。當
甲午冬，諸生謁灤州公於江陰，問曰："若即黃某耶？爾守城有功，向者大師以

告我。"蓋君在其邑,曾親冒矢石,扞禦大寇,當是欲疏其功,君弗願乃已。余因瀠州公言,詢其邑人,乃稍稍得知云。

君性澹泊,無所干於人,在官俸給不多,量入爲用,每三日一入直,僦肩輿以往,餘日扃門謝客,敝裘蔬食,人初見之,不知其已宦達也。中書舍人於唐宋爲兩制要官,今則如漢丞相掾史、唐尚書省都事主事之屬,又但供錄寫,無有職事。自前明多以貲入,至今始用清流。君成進士,例當除縣令,以需次遲滯,請試得授。既而悔之,以爲令縱卑冗,尚得有所表暴,今雖在禁密之地,碌碌無短長,固不若州縣矣。每爲余言,常忽忽不樂,以至於死,悲夫! 辭曰:

嗚呼! 誰謂繼武,而止於斯。悠悠蒼天,莫之或知。年甫屆於知是非兮,遽奄謝其若茲。粲粲省元之聲譽兮,名已標於鳳池。顧懷才而未試兮,握瑾瑜其何之。病舉世之齷齪兮,陋鄉里之小兒。時壹鬱以不平兮,每被酒而嘆咨。豈中情之侘傺兮,雖倉扁其不可醫。遡知己之平生兮,夫何能而不悲。

行　狀

光禄大夫太子太傅吏部尚書文華殿大學士加一級宋文恪公行狀

曾祖道明。

祖琦,贈資政大夫、吏部尚書、文華殿大學士。

父學周,贈資政大夫、吏部尚書、文華殿大學士。

本生父學朱,巡按山東,監察御史,贈嘉議大夫、大理寺卿,累贈資政大夫、吏部尚書、文華殿大學士。

公諱得宜,字右之,別字蓼天,江南蘇州府長洲縣人。母王太夫人有娠,夢猨猱入室生公,有異表,面如白玉,高顴豐下,目炯炯射人。幼出嗣伯父母,伯父母早世,仍鞠育于本父母。八歲能爲文,十三入籍崇明,爲學官弟子。歲在己卯,公父以監察御史巡按山東,濟南城破,及於難。公年十七,重趼至京師,伏闕請邺。久之,得贈大理寺卿。順治五年,中江南鄉試,凡三試禮部,乃中式,賜進士出身第三人,改庶吉士。以本生母喪歸,持齊衰期年服,心喪三年畢,乃至京師。館中故事,庶吉士假滿,當補教習,世祖章皇帝特授公翰林院編修,仍在館讀書,十八年始散館。時江南大吏甋通賦,羅姓名,以聞於朝,里胥誤竄公名籍中，遂挂吏議，公具陳其誣，久之得白，補原官。

康熙三年，遷國子監司業。六年，轉翰林院侍讀。八年，陞國子監祭酒，嚴立條教，除積弊，召姦猾吏金某至邸，笞之百，六館師生，人人敬憚。際今天子親政後，諏吉月，車駕臨太學，釋奠於先師，御彝倫堂，賜公東向坐，講《周易·乾卦》辭，宗藩宿衛、大小百寮、暨太學生徒以及耆老，圜橋門聽講者數千人，咸嘆服。未幾，遷翰林院侍讀學士。十年，天子初開講幄，命儒臣以次進講，親簡八人，充日講起居注官，公與焉。尋充經筵講官。明年，遷內閣學士兼禮部侍郎。上素器公，數顧問，即以質對。風度端重，進止舒徐，每奏事畢，上恒目送焉。

駕幸口外，駐蹕赤城，公時扈從。上從容問及江南逋賦之田，公言："江南多版荒，田冊載虛名，實無租入可供國課，非盡官吏中飽。"因極言蘇、松賦稅獨重，民力弊劫，辭甚悉。會詔免蘇、松等四郡錢糧之半，高陽李文勤公謂公曰："君一言之力也。"十三年，户部侍郎員缺，上以命公，仍兼翰林院學士。詞臣佐户部得兼學士銜，自公始。既受事，剔宿弊，發私饋，親自握籌，鉤稽文卷。值滇、黔、蜀叛，秦、楚、東西粤軍需孔迫，大農議盡以江南歲輸充餉。公念江鄉歲祲，徵求不前，又道遠，慮貽誤，力持不可。乃就用兵近地，酌撥餉以濟，而江南得不重困。居一年，調吏部右侍郎。明年，轉左。又明年，遷督察院左都御史。

上疏請弛海禁，令沿海居民藉佃漁資生機；請定鹽法考課，罷省筆帖式；請禁通販硫黃硝，決機殄寇。又言："捐金者得授官，非經久制，宜請限以月或以年，庶幾官方以澄。"所言次第舉行。又率同院上言："各處統兵大將軍王以下，玩寇殃民，遷延歲月，或購取婦女，或攘奪民財物，荼毒匪細，請旨嚴飭。"上是之，命集諸王大臣速議，申飭嚴禁。由是行間將帥，凜凜畏國憲。孝昭皇后上賓，聖心哀悼，公上言："宵旰憂勞之日，尤宜秉禮節哀，慎起居出入。"又載籍浩繁，博不如約，願略方名象數之煩，但擇有關政治、裨益身心者，討論講習，稍節耳目之勞，用保中和之德。上喜，溫旨批答。

山東大帥柯永蓁縱兵鼓譟，具疏直糾，上即命逮至京訊治。尋遷刑部尚書，調兵部。時蜀初定，大軍糗糧皆運自陝西，道出劍閣，顛踣者相枕藉，陝西民大困。公因星變言："今大軍趨黔，旦暮望秦蜀之餉，然徵秦則以道里險遠而諉之蜀，徵蜀則以近地不足而取之秦，惟以川峽各設總督，彼此觀望，無異越人視秦人之肥瘠也。蜀地非不足於粟，莫若併川、陝總督爲一人，則痛癢相關，隨地調發數幾,秦民得以少休其力矣。"上大悦,即如公議行,川、陝兵民力交稱便。值滇、黔、粤、蜀以次削平,俘獲賊中婦女,并著籍旗下。公言:"脅從者不與,倡亂同罪,且婦女何辜,宜聽收贖。"於所釋甚衆。二十一年,調吏部尚書,杜絶請託,清釐銓法,老吏斂手,不敢爲奸。歲在甲子七月,以文華殿大學士入閣辦事。丙寅,晉太子太傅。丁卯六月,以疾卒於官,享年六十有二。

公之寢疾也,上垂問再三,訃問軫悼,遣閣臣攜茶酒,賜奠柩前,以其年秋八月喪歸,某年月日葬某原。祖妣朱氏,妣丁氏,本生妣王氏,皆累贈夫人。娶王氏,封恭人,累贈夫人。子男四人:駿業,翰林院侍詔;敬業,國子監生,早卒;大業,翰林院庶吉士;建業,國子監生。女十人:一嫁日講官起居注翰林院編修顧藻,一嫁日講官起居注翰林院侍讀王掞,一嫁州同知金相戊,一嫁壬戌榜進士顧用霖,一嫁日講官起居注翰林院編修陳元龍,一嫁辛酉科舉人朱之敦,一嫁翰林院編修李孚青,一許配國子監生錢灝,一許配裴岱生,一許配繆曰苣。

惟公至性孝友,母在,自食粗糲,以甘毳爲養。親殁後,忌日,輒素服避賓客涕泣。在都下,聞弟喪,兼程還,經理身後事。撫育孤女,踰己出。惇于宗族,貧者輒賙以粟。與兄德宸、弟德宏,早著聞譽,一時有三宋之目。擇交必慎,海内名士見者,傾心寫意。敦槃之會,吳中至今傳爲盛事焉。及貴,寒畯有文采者,雖不相識,汲引不倦。甲辰,充會試同考官。丙辰、己未,兩主會試,五充文武殿試讀卷官。詔舉博學鴻詞,以汪琬、陳維崧薦,俱授翰林。故人孫旸、吳兆騫徙遼左,捐金贖之還。兆騫客死,爲經營其歸櫬。

生平寡言笑,未常見喜愠之色,有非意相干者不校。遇賓客甚恭,窮交造謁者,必見縞紵遺贈,久而不衰。寬以御下,無疾言遽色,而門以内肅然,家人不敢以褻服見也。與修《通鑒》全書,充《世祖章皇帝實録》纂修官、《太祖高皇帝實録》總裁官,兼充《三朝聖訓》《平定三逆方略》《政治典訓》《大清會典》《大清一統志》等書總裁官、《明史》監修官。又奉命評隲《古文淵鑒》,始終以文字受主知。

公剛毅木訥,造次不能達其詞。至於國家大事,論議侃侃,同列意見有異,輒爲之剖晰是非,反覆開導,或至累日,往往感悟。其或勢不可挽,則自爲一議。上每善公,所陳多報可。公遇覃恩,貤封者五,加級者六,黑狐紫貂衣裘、文繆采幣、天駟上尊、玉粒珍果之賜匪一。然服官三十年,不一問及生産。未仕時,有薄田數頃,初不增益。城西有宅一區,門巷蕭然,里人忘其在樞要也。

公立三不朽，同朝公卿，所共聞見。某於公同鄉曲，於學同席研，於仕爲公後進，知公較詳。謹狀公歷官行事，乞銘作者，俾國史得以編録焉。謹狀。

河南提學僉事封通議大夫内閣學士兼禮部侍郎張公行狀

曾祖浹，曾祖母①氏。

祖柏布政使司經歷，祖母②氏。

父鳳儀，封文林郎、行人司行人，贈通議大夫、内閣學士兼禮部侍郎。母錢氏，贈孺人，再贈淑人。

公姓張氏，諱九徵，字公選，號曰湘曉。其先爲中州人，元末有字善甫者，始遷居鎮江府丹徒縣，爲其縣人。子德明，仕明建文時，爲户科士源犒師東昌，遇燕兵，被執不屈，斷臂死。數傳至浹，浹子柏，以出粟賑饑，授布政司經歷。三子，公考季也。以公貴封，既又以公子侍郎貴，得兩世贈典。

公年二十九，舉順治乙酉鄉試第一。時初經喪亂，人多廢學，科舉之文，猶沿明季蕪詭之習。公文宏雅博大，爲一代模楷，王文貞公在翰林，一見深器重之。丁亥成進士，踰年爲行人司行人，頒詔福建。又二年，世祖章皇帝親政視學，奉命之闕里宣衍聖公。又二年，考選爲吏部文選司主事，熟諳掌故，人共驚異。郎中宋某曰：“張君爲秀才時，已爛熟胸中矣。”未幾，宋被讁去，正副選郎皆闕人，公以主事典選，輿論翕服。旋陞員外郎，明年升驗封司郎中，冬調考功。時安邱以閣臣掌部務，龔端毅爲都御史，公佐之以主察，人服公明。乙未，以封公年高請養，未抵家，聞訃，再期哭泣，卜葬未食，墨猶殯阼階，以是久不赴補。

亡何，海寇作亂犯鎮江，提帥兵少戰潰，公與笪御史重光嬰城守禦，副將高謙、知府戴可進蓄異志，顧語城下曰：“衆皆欲降，獨某某不從爾。”賊謂曰：“惟爾等速圖之。”公與笪聞之，急趨下城，而門牡已啓，賊蜂擁入，笪縋城去，公微服出城東門，日暮得一艇，脱身走常州，謁巡撫蔣公，言：“海寇烏合易破，宜速進兵。”又至浙江，趣督撫嚴兵堵賊歸路，未幾賊敗，果如公畫。始賊入城，名捕公不得，縶家衆，焚掠公舍，時封公柩在堂，火將及，回焰不爇，如有神護。

康熙二年，補稽勳司郎中，秋調文選，益都孫文定公、柏鄉魏公先後爲冢

---

①②　“母”底本、康熙本、光緒本後皆空一格。

宰,咸加敬禮。令甲初更,吏部郎與他曹一例,以方面推補。明年,公以河南按察司僉事,出視學政。公在吏部,歷資十餘年,聲譽焯赫,時論以爲旦晚臺閣,顧得平調,士大夫無不惋嘆,公略不介意。河南兵荒後,文治日衰,公設立條格,獎拔孤寒,倡明禮教,兩河人士嘆爲百年未有。黜中牟潘嶽祀典,祀尚書鐵鉉於鄧州,求其裔孫奉祠祀。增置社學,擇師教郡邑子弟,令誦《小學》《家禮》二書,辨正字體舛訛,嫻習灑掃進退之節,以培初學根本。又斥俸錢廣購書籍,置學中,便諸生就讀,一時風氣以變。事竣,考核爲天下第一,當擢京堂,有尼之者,乃止。

會撫臣疏舉卓異,詔賜蟒衣,俞部議需次超遷,公已誓墓不欲出矣。康熙十七年,詔舉博學鴻儒,冢宰郝恭定公、少宰通州張公列公名上。比疏下,督撫促赴召,公引疾控辭,詔不許。公復懇辭,於是部議病痊赴召,詔報可。公引疾時,怡友人詩有句云:“少不如人何況老,身將終隱又焉文。”又遣懷云:“虛名空笑羊公鶴,肥遯深慚梁伯鸞。京雛少年爭獻賦,伏生接武賈生難。”人以是知公,不出之意決也。

公邃于史學,凡所指陳歷代治亂得失之故,及故明人物,如指諸掌,聽者終日忘疲。公子侍郎總裁史局,公手疏示侍郎,大指事功推新建,才略推江陵,經濟推王三原。又論周文襄和易近人,不免經權互用,惟王端毅爲無間。端毅雖疾惡如仇,而虛心靜氣,人人樂效忠告,海忠介遠不能及。徐華亭年四十爲少宰,延攬朝士,衆譽翕然歸之,其精神實出前後諸公之上,後惟葉福清似之。時勢各殊,故設施亦異,其爲機警則一也。又言:“江陵爲治,政尚嚴密,巡方審錄,至以多決囚爲功,當國者不可雜用申、韓之學。如此即矯其弊,而爲寬縱,又傷治體。”蓋皆篤論云。

居平教子,具有規範,故侍郎兄弟,均以文行顯名。侍郎被眷優渥,每得寵賚,必進之公。公榮君賜,輒貽書以“主恩難報,勤職盡瘁”爲訓。每曰:“擇交最難。張德遠能親君子,不能遠小人,當以爲終身之戒。”癸卯秋闈,編修以不錯題字卷誤被貼,主司坐吏議嚴遣,詔許覆試。公愀然曰:“罪及主司,而自干進,可乎?”既不入式,公意始帖然。嘗述陳仲醇言,教諸子曰:“美酒速飲而無味,積薪居上而先焚。仕宦之塗,惟宜漸進。”此語頗得黃、老意,宜深味也。

公雖家居,乃心王室。滇逆之變,尤思況瘁,每飯不忘。侍郎時省親假歸,公趣令治裝,謂:“老犴狓猖,必當懸頭竿杪。況廟堂宵旰,非臣子家食時也。”

侍郎在翰林，凌晨進講，日旰乃出，最勤苦。性淡泊，不肉食，日粗糲一盂。公貽書曰：“此非養身之道。食不厭精，汝未讀《鄉黨篇》耶？退直後，宜靜坐片刻，養神節勞，勿以膏自焚也。古樂府‘殺君馬者路旁兒’，謂竭馬之力以娛路旁耳目也。吾慮汝之馬力竭矣。”侍郎聞命悚懼，爲稍節勞，加一餐焉。

公好急人難，三郵婚喪，以佐匱請者，日踵門，必盡力周恤，擇師教其子弟之貧者。歲饑，捐賑其里人，收育棄嬰，造舟濟涉，凍者予衣，餒者予食，莩死者予槥，里人賴之。嘗有盜謀劫其室，同謀者先期以告，詰之，則嘗凍受衣者也。郡中數起大獄，公每陰爲救解。己亥年，沙洲失業山田之人，計畝以粟濟之。沙洲既復業山田，連歲大旱，公言於有司，令洲民如數還償，全活甚眾。所著撰有《閩遊草》《艾衲亭存稿》《文陸堂文稿》各如干卷。文陸者，有慕文待詔、陸平泉之意。《江寧通志》則應總督永寧于清惠公禮聘，與纂修筆削者也。

余甲午充貢，與公長子編修同入太學，謁公邸舍一見，待以國士。余試失利，公笑曰：“爾豈風塵中人？勉旃自愛。”余兄弟與編修、侍郎交好，公聞甚喜。余過京口，引余遊鶴林、北固，劇談累日夕。壬子京兆之役，公子仕可名在第二，公手書謝曰：“兒子成名，得足下爲座主，乃真足喜。”自此凡進退出處，及有事蓄疑未決，必以咨稟，公傾心相告，亹亹不倦。

嘗曰：“範希文善教其子，以胡翼之、孫明復、石守道、李泰伯爲堯夫兄弟師友，自然學識日進。吾諸子它日當有成就，足下其共切磋。”又言：“范蜀公謂仕宦不可廣求人知，受恩多則難立朝矣。劉忠宣亦持此語染，若果有知己，詎宜背負？如魏知古之待張說，明皇薄之是已。”又言：“張江陵爲館師，令門人與上計吏往還，詢知郡國厄塞，營伍、戶口、財賦爲他日經濟，不宜徒守章句，爲無用之學。”又言：“君邑鄉先生葉文莊公掌兵科，與于忠肅共講兵事。一日議不合，廷劾，忠肅遜謝而已。前輩虛懷如是，非有矯飾。文莊公當訪一新進士，方與同年圍棋，厲聲曰：‘君輩初釋褐，當知吏事，乃博奕遊戲，取棋局投之於河。’陶荊州惜分陰，吾曹當知此意也。”公鏃礪將借，手書盈尺，居常維念公之期許，有非淺劣所感承者，蓋深愧荷其言。

公訃至，余哭之侍郎邸舍，賓主拾踢。瀕行，余送之，復相向哭。侍郎以公行狀爲屬，曰：“我先公知子也。”

案：古者累行以論謚，謂陳其生平行迹，爲作謚之本。唐時士大夫没，質狀其行事，上太常請謚。史館立傳，苟行不應予謚，并爲之傳者，不作也。故下位高節之士,往往有狀。貴公鉅卿反或不必盡有,其行應予諡,并爲之傳,宜無過公者。今令甲,非大臣官二品,例不得請諡。若上之史館,取信後之執筆爲史者,及以請墓文,故不宜闕。余辱公知,其何可無述也。

公生於明萬歷四十六年戊申,卒於皇清康熙二十三年甲子,享年六十有八。配何氏,累封淑人。子男子六:玉裁,丁未進士,內國史院編修加一級,前卒,娶蕭氏,贈安人,繼娶申氏,封安人;玉書,辛丑進士,經筵講官,禮部左侍郎兼翰林院學士加一級,支二品俸,娶吳氏,贈淑人;玉禾,貢生,後補行人司司副,娶蔣氏;仕可,丙辰進士,候補中行評博,娶繆氏;恕可,戊午舉人,娶于氏,繼娶徐氏;與可,例監生,娶何氏,繼娶徐氏。子女子四,皆適名族。孫九人,孫女五人。康熙二十三年歲次甲子冬十二月,崑山年姪徐乾學頓首謹狀。

敕封儒林郎翰林院修撰先考坦齋府君行述

嗚呼痛哉!先府君棄不孝乾學等四年餘矣,痛念先府君頭髮甫艾,遽捐館舍。乾學等雖稍得成立,而承歡之日甚少,殆不如田夫、賈豎,得朝夕出入,奉其親者萬萬也。乾學等終天之恨,何時得釋?抽心泣血,悲悔難追。

嗚呼痛哉!先府君之葬以丁未陬月,時在草土中,奄忽一息,未及排纘先府君行實,以求鉅公之文,勒諸不朽。今墓草已枯,而壙間誌石及夫麗牲之碑,闕焉未備。每一念及,五內崩摧,用敢略述事實如左。惟當世先生長者哀憐之,賜以銘誄,表彰先府君之盛德,少逭不孝乾學等之罪戾。乾學等雖死之日,猶生之年也。

謹按:府君諱開法,字茲念,別號坦齋。先世樸庵公諱良,力農成家,居崑山之墩上,再遷溢瀆村,爲吾徐氏始祖。府君五世祖刑部主事南川公諱申,弘治甲子舉人,任蘄水上饒知縣,舉卓異,爲刑部主事,以爭壽寧侯獄廷杖,事載國史。刑部生交河主簿在川公,諱一元,嘗在嚴文靖公幕,爲草《蠲糧疏》,得請,全活百萬人,江南人至今稱之。交河生封翰林院檢討鳳池公,諱汝龍。檢討生萬歷癸未進士太僕寺少卿端銘公,諱應聘,即府君之大父也。太僕端方高潔,自史館歷任卿寺,爲時名臣。

府君生三歲,而太僕歿於京師。府君之考太學含儒公,諱永美,中乙卯副榜,蔚然儒宗,執太僕喪,毀瘠骨立,踰年而卒,時府君甫四齡也。比潘孺人爲上海光祿丞諱元升女,性至孝,撫孤成立,備嘗苦辛,邑中皆稱節孝徐母。府君少英敏，讀書輒數行下，十二屬文，落筆輒驚長老。潘孺人每色喜曰：“是必興徐氏兩姑。”嫁時府君方童子，佐潘孺人經紀周悉，與叔父弦佩，疾痛痾癢，交相憐惜。同邑宗伯顧公嘗曰：“今之顔含、庾袞也。”

十五補博士弟子，即有聲庠序，從茅君蘭、胡秋卿二先生遊。君蘭素剛介，嘗恨同邑相君爲人，相君亦銜之。一日過相君門，蒼頭十許奮拳毆君蘭幾殆，府君聞之憤甚。會邑中諸生忼慨流涕，切責相君以報君蘭，不幾時而相君敗，於是里閈皆言府君少有氣節云。十七娶吾母顧安人，十八而生乾學，踰二年連舉秉義、元文。吾母固巨室，舅氏都有才華，姑適顧宗伯長君、憲副諟明，時并臚厚。

然府君坐間極多寒士，與秋卿先生及陸孝廉賜其爲文字之會，相切劘甚力。一時窮交密戚，待府君舉火者十數家，賓朋宴會無虛日。每赴試郡門，秣陵同載者甚衆，皆藉供億。親朋有急，輒奮袂而起，以家財助之。從父無端爲市虎所害，府君詣公堂慟哭嘔血，至復讎乃已。婁東張南郭、顧麟士、虞山楊子常諸公，府君并與交遊，以文章往復。是時府君聲稱籍甚，顧屢入鄉闈不遇，旋援例入辟雍，家漸落。

亡何，家難倏起，爲酷吏所羅織，幾不測，賴伯父中允念修公營救得免。府君由是歷錢塘，過嚴灘，涉三衢、豫章，如金溪許亦旦、南昌東士業及蕭孝廉元聲、龔大行佩潛訂交最歡。金溪許灣書賈慕府君名，求選制義鋟版以行，評論精當，遐方楚粤爭購之，紙爲之貴。金溪人負府君千金，其人貧無以償，輒焚券去。西江至今稱之，弗忘。

癸未還家，丁潘孺人艱，時家益貧落，喪禮務厚，弔者大悦。踰年，值申酉之會，四方鼎沸，東南建牙開府者甚多，府君用特薦爲明經，角巾儒服，條上便宜數十事，如開屯島嶼、募練鄉勇諸議，皆鑿鑿可見施行。然知時不可爲，亟歸，杜門稱病，雖繡帛交錯弗應，人服先幾之哲焉。

本朝定鼎，府君絶意進取，惟課督乾學等焚膏繼晷，乾學等呻唔丙夜。府君未嘗先卧，選今古文辭，手自繕寫，令乾學等誦習。乾學初操觚爲文，一脱藁先呈府君，稍不當意，即加垂撻，不少寬貸。每赴小試，府君待棘門外，出即令誦試作，未甚紕繆即心喜，否則對衆呵責。蓋自乾學兄弟數齡以至成人，府君未嘗暫離。嗚呼，痛哉！非先府君勤勤懇懇教督乾學等，何能稍得成立，以至今日而未嘗享一日之養，其悲痛爲何如也！

　　府君雖隱居不仕，而於東南利病瞭若指掌。當事者多欽重府君名德，或式廬咨訪，府君條列興革事宜，如渠疏雷決，灑灑不滯。方漕政大壞，弁丁苛索無已，府君謂必正本清源，方可以治其驕橫，宜先自倉場總漕更弦，改車轍歷，考前明漕規以及弊政，附以己議，曰《漕政考要》，言甚痛切。又以蘇松賦重，屢向當事昌言，宜倣耶律楚材舊制，或量爲減損，以甦民困。雖不見用，聽者嘆服。郡邑間陰受府君之德，而不居其功者，不可勝數。不孝兄弟誦讀之暇，府君輒述嘉言懿行，以造就乾學等。每遇人有快心事，爲鼓掌色喜；人或負冤不平，即咨嗟太息，若推納溝中者。

　　府君立志行善，慷慨好義，無時不然也。于書無所不窺，尤精熟司馬溫公《通鑒》者，有《甲子會記考證》。家世習《易》，府君裒集諸注疏，而掃於簡約，至爲精要。邑中讀《易》者，皆以府君爲宗。又嘗旁搜故實及宇內亡誌乘，凡錢穀盈詘與夫科名盛衰、人才進退之間，無不熟記。自洪、永以來，甲乙二榜蒐討至備，皆親自抄録，今手澤具存也。嗚呼，痛哉！府君家雖貧，施予不倦。鼎革以後，凡戚友舊有所貸者，悉焚其券，家事藉吾母經理，意落落如也。

　　甲午，元文登賢書，諸先達以器識謬許，府君喜曰：“不墜家聲矣。”時乾學選貢，同北上，府君貽書累數百言，皆束躬應物之箴。己亥，元文成進士，世祖章皇帝親擢對策第一。嘗召至便殿，問家世及父母年幾何，兄弟幾人，元文具對。世祖嘉嘆久之，曰：“爾可當孟子一樂矣。”煌煌天語，同朝以爲元文榮。詎意十年之頃，而有攀髯之淚，風木之悲也。嗚呼痛哉！府君初得報，即寓書長安，推本祖宗積德，以訓勉元文，語必懇至。

　　庚子歲，府君至都門，元文迎拜潞上，慰勞畢，言不及他。問所習國書若何，猶向時之督課業者，食不過五簋。乾學等所進新衣，不肯服。朔望騎馬過慈仁寺，見靡麗諸物，未嘗一顧，曰：“吾以儉德教汝曹耳。”是歲，乾學應順天府試。撤棘之日，府君冒雨至京兆閱榜，乾學幸得與名，亟出語元文曰：“吾向留都門者，欲見汝兄京兆榜也。”明日，遂登舟南下。途次，知妹婿申稷舉南省解元，妹爲吾母所憐愛。府君聞之益喜，然每語稷云：“勉之勿負科名也。”

　　辛丑，以今上登極，覃恩敕封如元文官。是年，亮采生。元文嘗奉使豫章，便道覲省，跪進章服。府君追思太學公潘孺人，曰：“此汝祖父母種德所致。”淚淫淫不能止。癸卯，府君五十初度，時秉義援例辟雍，獨乾學在家。友朋在千里之內，與乾學兄弟交者，率過敝廬，稱觴上壽。澳浦之濱，舟車闐咽，所貽詩歌古辭累千百篇。府君曰："兒能交當世賢人君子,吾所喜也。"惟是逋糧一案,不孝兄弟爲吏誤開掛議,雖旋得剖明,府君稍稍弗懌,然興致尚不衰減。每花晨月夕,與二三故人及子孫飲酒談笑,盡醉而止。有薄産在松江,數往滬瀆、練川及茸城由拳間,自製一舟,徜徉二三百里之内。

府君事事陰行,善與人交,財絲毫不爽,有所諾,終身不忘。樂鼓舞人才,有一善,必爲稱揚。性質直,無城府,不喜齷齪苟禮。少年後進詣,府君送不至閾。待叔父至厚,有急屢分財以應。有從子貧不能娶,府君代爲納幣。嘗買一妾,詢知曾許字人,即訪還不受。值滬上靜安寺鄉有王、葉二姓,指腹爲姻,以所生男女相易撫養。後王氏子親歿,家業替落,葉即欲以女嫁近境富室秦姓,而逐其婿油坊飯牛。府君聞知,招葉至,流涕語之,令擇日與王婿成婚。裝奩花燭,皆府君辦具,卒完其故盟。嘉定真如鎮陶圓者,生女有姿色,駔儈誘之賣娼家。娼家隸王副將麾下,有司莫制,其父母哀嚎,府君與王副將力爭,自以五十金贖歸其父母。諸生夏震熙以非罪繫獄,常曰："徐封君來,必救我。"府君京師歸,夏已瘐死,聞之以爲恨,出金葬之。逋糧諸生應逮赴刑部者,府君代爲輸納,免其縲絏,扶植貧士不遺餘力。以故府君易簀之後,四方弔者皆哭失聲。

先世通家,如歸安沈襄滑、丹陽姜奉常之後,歲通往來,嘗語不孝等曰："此祖宗以來通門舊好也。"先刑部、先太僕清修重德,府君倡議請于學,使得崇祀鄉賢,鳩宗睦族,百廢具舉。人有得罪府君者,當時或不能平,過即忘之。御童僕甚寬,素不殺生,宴客常用乾肉。絶愛憐兒女,雖孫女幼觴,哭之必慟。平時教督不孝等雖嚴,有疾病,噢咻倍至。府君雖少年,不治生産,獨爲不孝等計,甚周悉。

府君素强健,受封以後,不多乘肩輿,緩步城市。召客常設樂飲酒,三爵之後,或隱几而卧,鼾聲與絲竹相間,然客語皆能記憶,凌晨必辨色而起。居恒不多飲,遇佳節或快意時,則連引巨觥不醉。不好博弈遊戲,間一爲之,即棄去。燕居匡坐,或攤書而卧,人謂府君神與天全,必享期頤之壽,而竟不然。嗚呼痛哉! 府君病之前月,率秉義及孫樹穀、樹聲等載酒攜榼,步馬鞍山下,唏噓流涕,謂人生聚會不可多得,撫樹穀、樹聲者再三。秉義瞿然曰:"大人奈何爲此語?"孰知負杖行歌,七日而驗。樹穀補弟子員、秉義領鄉薦,府君俱不及見耶。嗚呼痛哉! 不孝等罪通於天,罹此酷罰,尚泚筆以述府君生平之萬一,冀稍寬其罪戾,雖仁人君子,賜之矜憐,不孝等撫心自問,真所謂有靦面目者矣。

　　府君生於萬曆甲寅三月廿五日，歿於康熙五年三月廿一日，覃恩敕封翰林院修撰，享年五十有三。娶顧安人，係春坊贊善學海公諱紹芳孫女，官生仲從公諱同應女。子四：長乾學，由甲午選貢，中庚子科順天舉人，庚戌第一甲第三名及第，內弘文院編修。娶金氏，癸未進士晉江知縣際昇公諱允治姪女，太學際熙公諱允治女。次秉義，己酉順天舉人。娶馬氏，丁亥進士河曲知縣漢翔公諱雲舉女。次元文，甲午舉人，己亥第一甲第一名及第，歷任內秘書院侍讀。娶湯氏，前壬戌進士刑部主事炎洲公諱本沛孫女，文學卿謀公諱傅楹女。俱安人出。次亮采，聘張氏，乙未進士工部員外揆原公諱有光女。庶母程氏出。女二：長適陸㝡，邑庠生，係壬午舉人錫其公諱嘉胤子。次適申秜，庚子解元，辛丑進士，今爲內弘文院中書舍人，係中書舍人孝觀公諱演芳子。俱安人出。

　　孫男六：樹穀，邑庠生，乾學出。娶葉氏，庚戌進士太常寺卿香城公諱重華孫女，恩貢嵩生公諱方至女；樹聲，元文出，聘李氏，文學寧臣公諱思贊女；樹炯，乾學出，聘莊氏，前戊辰進士、刑部侍郎素鶴公諱應會孫女，己丑進士、刑部主事、前翰林院檢討靜庵公諱朝生女；樹本，元文出，聘宋氏，丁亥進士、都察院右副都御史直方公諱徵輿孫女，官生河宗公諱泰淵女；樹敏，乾學出，聘黃氏，太學魯望公諱璠女；樹屏，乾學出，聘蔣氏，文學雲九公諱之逵女。孫女三，俱乾學出：一許字張介眉，文學濟臣公諱曾愈子；一許字李邦靖，乙未進士、湖廣提學僉事元仗公諱可汧孫，文學東序公諱遙章子；一許字葛世隆，庚午舉人端調公諱蕭孫，文學敬升公諱雲漢子，今爲外祖，戊戌進士，萊蕪知縣嵋初葉公諱方恒撫養。

　　府君遺命與祖父母同窆。先是，祖墓在高巷，以陰陽家言不吉，奉遷權厝丙舍，府君時用愀然。乾學等於康熙六年正月初九日，卜葬大澛浦信字圩之新阡，準禮意奉祖父母柩居左，府君居右稍下，將於墓前爲坎下誌石，而更立墓表。按《晁補之集》，從弟保之既葬其父推官，久之始求補之爲銘詩，納之埏中，以詔後世。補之葬壽光太君，踰年求杜侯紘爲誌，而朱晦翁亦久之爲其考妣，請銘於益國周公。惟大人先生勿以踰時爲責，賜之片言，以光泉壤，不孝乾學兄弟死且不朽。

先妣顧太夫人行述

　　嗚呼痛哉！不孝乾學等罪重孽積，禍延所生。先大夫捐館十有餘年，今吾母顧太夫人又長棄不孝乾學等矣。嗚呼！昊天罔極，爲人生莫大之痛。而吾母天下之賢母也，自相先大夫以及教育不孝乾學等，備歷艱難，荼苦百端。乾學等稍稍仕進，輒離家庭，雖間回省覲及迎至京師，未曾有歲月之娛養。吾母四十後善病，己亥病劇甚輒愈，間一二歲有疾胗，往往即瘳。乾學等私謂吾母精神雖似弱，服藥餌輒效，年六十髮未半白。素種德行善，天之報施不爽，可冀享期頤之壽，而猝然遘疾不起。嗚呼痛哉！吾母病以十月二十四日，至十一月七日長逝。乾學、元文身在京師，弗獲親視含殮，蓬跣歸籍，抱痛終天。秉義、亮采雖家居奉養，侍藥無狀，負罪莫逭。

嗚呼痛哉！吾母系本同邑顧氏，高祖思軒公諱濟，正德丁丑進士，刑科給事中；曾祖觀海公諱章志，嘉靖癸丑進士，南京兵部右侍郎；祖學海公諱紹芳，萬歷丁丑進士，左春坊左贊善，兼翰林院編修，并著名。續父賓瑤公諱同應，官蔭生，清修篤學，負東南重望。母何夫人淹洽書史，爲女士師。吾母年四歲能屬對，誦唐詩，賓瑤公撫之喜曰：“惜哉！不爲男子。”賓瑤公即世，何夫人憐愛吾母，教以詩書及工組紃之事，無不精曉。年十五，歸先大夫贈侍郎公，事先王母潘夫人，先意承顏，孝謹備至，潎瀡之奉，必躬親之。治家中事，肅然有條理，一不以煩潘夫人。潘夫人嘗稱於宗戚曰：“吾樂有賢婦。”先大夫好交遊，結賓客，文酒之會無虛日。吾母潔治杯匜，往往旰食，或親朋緩急求貸，輒解簪珥、傾筐篋應之。先大夫以是得交四方賢士，以有聲譽。先大夫屢失利場屋，家道替落，門戶多累，外侮內訌，遭酷吏幾不測。吾母以一女子竭誠營解，心力俱瘁，卒得免於難。時乾學等雖數齡無知，已略識吾母計畫周密、辛苦卒瘏之狀。

嗚呼痛哉！潘夫人歿以癸未歲，吾母摧痛，幾不能生，一切後事，必誠必信。至今三十餘年，遇寒食孟冬，掃祭邱壟，吾母思念潘夫人，未嘗不悲慟如初喪也。何夫人晚年多病，吾母時迎養于家。其終也，含殮周至，每寒食掃徐氏先塋畢，即上賓瑤公、何夫人塚。吾母之篤孝如此。嗚呼痛哉！先大夫數遊豫章、閩、越及諸鄰郡，徭賦逋責之事，百端交集，吾母一身仔肩。延師課乾學兄弟，束脯必極豐。當歲祲穀貴，吾母日咽麥飯，不使諸兒知，而令諸兒侍師食，食必腆潔，乾學兄弟逾年後乃知之。吾母自紡織以及女紅針指，無不手自爲之。歲耕瘠田若干畝，以時播種耘穫。常親詣溝塍，督村僮力作，築場納稼，寒風淅瀝，夜分不肯休。吾母自勞苦如此。

嗚呼痛哉！吾母課乾學兄弟至嚴，所讀書必覆校背誦，丙夜未嘗先寢。遇師他出,即親爲教授,并講説書史及士人立身行己大節。乾學兄弟寢共一榻,吾母數于牖外詗聽。若譚論經書文藝,則色喜;或聞語博塞遊戲,即怒甚,召起切責,或加夏楚。吾母衣裙多帶管鑰,恐不孝兄弟覺,輒手執以往,勿令有聲。興朝鼎革之會,時事糾紛,邑中豪不逞之徒,設立部黨,所在洶洶。先大夫往來雲間、吳門,吾母提挈三子一女,避亂高巷張浦間。一日,聞先大夫將訪故人某,吾母攜乾學操舴艋迎歸張浦。未幾,湖泖如沸羹,而城中亦遭兵燹,吾家獨得無恙。張浦窮村,一室僅方丈,矮屋柴扉,晝昏如夜。吾母教乾學兄弟,讀史漢古文不輟。鄰居年少宦家子,欲與乾學交,吾母察之曰:"此非端人,必墮其家。絶之勿與通,至爲之徙寓。"未幾,其人即敗。吾母欲不孝兄弟與端人正士遊處,不使稍暱近小人,自成童已然。

嗚呼痛哉!乾學既補弟子員,次年秉義、元文同入學宮,吾母佐先大夫督課彌嚴,所作制舉業,常親自披覽。每赴試金陵,斧資乏缺,貸重息以俶行裝。而吳門梁谿、婁東數有文會,不孝兄弟廁遊其間。敝居小漊之浦,賓客過從,吾母多方拮据,飲饌豐備,人不知爲貧家者。諸凡古今治亂之幾,當世得失之故,吾母皆能指其大概,洞中竅要。親黨有違言,得吾母一語即悦服。吾母無矜色、無躁容,氣和而心平,藹如也。及論事剖疑,是非可否,侃侃然言之,至明且智者無以易。二三十年來,東南大家推吾母爲鐘爲郝,豈徒然哉!

嗚呼痛哉!甲午,元文舉於鄉,乾學選入成均,偕如京師。將行,吾母誨之曰:"此汝曹策名之始,立已交友,不可不慎。"既至京,手書諄復,今思之如昨也。嗚呼痛哉!元文擢進士第一人,咸謂吾父母教誨所致。吾母曰:"此祖宗所貽,乃父所教,於我何有?"追憶潘夫人不及見孫子成名,淚涔涔不止。是冬,吾母得血症幾殆,誡乾學、秉義勿使汝弟知,恐以吾故貽厥憂,曠乃職業,負朝廷恩。值武林陸麗京善醫,乾學自吳趨迎之,至舍用藥即效,不一月平善。明年,乾學舉京兆,旋以逋糧一案,不孝兄弟名誤在籍中,元文謫官。吾母曰:"仕路進退,何常之有? 其益修德勤學,敬官庀事。"元文奉教,弗敢隕墜。後元文奉旨賜還原官,乾學復還舉人。丙午,遭先大夫之變,乾學兄弟慘痛無生理。吾母於哀酷中經營窀穸,卜兆吳淞江之陰,不數月而幽堂完固,漸以種植松檟、興治丙舍事皆具舉,非吾母其疇能之。

嗚呼痛哉!服除,次年己酉,秉義舉京兆。又一年,乾學擢進士及第。吾母貽書京邸:"深以盛滿爲懼,汝兄弟有何德而叨冒科名? 其益臨深履冰,無替吾訓。”又三年，秉義復擢第，吾母之教誡者彌嚴且切。嗚呼痛哉！當庚戌歲，乾學、元文迎養京師，孟冬十月入國門，以畏寒不能久留。踰歲，壬子二月登舟回南，乾學、元文拜送潞上，惟勤勤勉勵，無慘沮之色。乾學壬子典誠疏誤，獲罪當左官，吾母書到，絕不以爲意，如辛丑之教元文也。癸丑歲，吾母偶得黃腫疾，屬家人勿使不孝兄弟知，兩月而愈。乾學時方候補，聞之馳歸，吾母健飯如常矣。吾母生平備極辛勤，故晚歲往往易病，病幸輒愈，脉虛寒，宜參附姜桂之屬，詎意一病不可復療耶？嗚呼痛哉！昨歲吾母六十初度，獨乾學侍膝下，京師諸公并以詩文相慶賀，而四方名賢長者，多枉過陳祝嘏之詞，自歲首至孟秋未已。吾母覽誦諸公文辭，遜謝而已，心以得賢人君子一言爲喜。諸公祝詞，皆謂吾母當得上壽，而豈知踰年遂棄養耶？

嗚呼痛哉！吾母過介壽之日，促乾學治裝北行，勸諭再三。然拜別之時，戀戀不忍舍，非如曩者路上詞色。今歲遣乾學婦入京，送至毗陵，諸孫勸之歸，曰：“姑再聚。”斯須口不言，而黯然神傷矣。嗚呼痛哉！乙卯之秋，秉義奉命典試浙闈，事竣，便道過裏居，吾母勉以王命促之赴京。既復命，即以病告歸。方謂有子奉養膝下，得遂晨昏之樂，不意定省甫踰月，而吾母已病。嗚呼痛哉！吾母讀書明理，了然死生之際，與世緣一無繫戀。獨是在徐氏爲婦爲母，成家肇業四十七年，其忍一旦棄乾學兄弟而逝耶？

嗚呼痛哉！吾父納庶母程氏，生亮采，今十六歲。遇庶母恩意極厚，撫亮采不異所生。延名師教誨，衣服寒燠，至周以詳。爲聘青溪名族，凡納采、問名之禮，親往其地，手自區畫。吾母自奉儉約，衣必累澣，上服半用布素，中裙袽衣不用綺縠，食不過二豆。上壽之日，子婦諸孫進觴，戒勿設盛饌，止陳蔬食果核而已。左右婢妾不欲多，取給事而已，未嘗輕訶責。宗黨姻戚之貧者，待吾母以舉炊。吾族之尊年及吾姑、吾從母，以時饋問。族姓不能延師讀書者，佐其束脩；不能聘娶者，代爲納徵。從母之女，撫以爲女，爲具資裝嫁之。見人阸急，咨嗟太息，必營救乃已。猶記壬辰之歲，先大夫坎壈患難之時，有向乾學兄弟貸三十金者。乾學知家酷貧，不敢以告。母知急措，如數畀之。好施樂善，始終未嘗有倦。其素受吾母恩德而背負者，不之較也。不孝兄弟，薄俸奉吾母，輒施予貧民。冬給綿衣，夏施帷帳。死不能殮者，予以櫬；病者，助以藥。下至獄囚，亦散賑錢米。素不殺生，所放禽魚嬴蛤無筭。以故吾母長逝之日，合邑親黨而外，街衢巷陌，無男女老幼，皆流涕。

　　嗚呼痛哉！吾母自少及老，謙和温粹，不以一言傷人，不以一事先人。乾學兄弟在仕路，昕夕馳戒，勿忘先德，勿忘隱約，勿忘患難。蓋數數言之，書牘盈篋筒也。嗚呼痛哉！諸孫成童，即諄諄誨諭，一切耳目嗜好，不得雜進諸子女。及爲外孫，女孫在襁褓，即告乳婦勿嬉笑，勿多言，勿詬誶，恐子女少德性，略有漸染也。孫、曾孫抱撫弄，顏色和而必莊。申氏諸外孫，吾母多撫育之，雖至憐愛，與之言，未嘗露齒。盛夏服絺衣，必再襲。雖宗戚遣婢僕來，未嘗慢忽。性無他好，治家之暇，惟以讀書覽古、聞善言、見善事爲愉快。子孫衣服過華，即不樂，易之乃已。約束僮僕，嚴而有恩。吾母之啓後昆，皆以身爲教也。

　　嗚呼痛哉！吾母素精内典，多所證入。乾學兄弟於釋氏之書，茫然不知。吾母談述梵夾及五宗源流，如數列眉。昨歲乾學陪侍過鄧尉、支硎間，愛華山泉石之勝，留連三日，日夜論宗旨，乾學雖懵懵未省，而已知吾母所得深矣。特未嘗輕以語人，所告者尋常日用之事而已。嗚呼痛哉！吾母生平，事事皆可爲範，郡邑無不知之。乾學兄弟罷此荼酷，以淚和墨，略書梗概。吾母淑型懿矩，豈止是耶。嗚呼痛哉！辛丑恭遇覃恩，吾母受安人封。庚戌晉封太宜人，乙卯晉封太夫人。凡三受恩綸，吾母彌自謙約，不肯一日，稍宴佚也。

　　嗚呼痛哉！吾母生於明萬歷丙辰七月二十八日未時，終於康熙丙辰十一月初七日辰時，享年六十有一。子四人：長不孝乾學，庚戌進士及第，右春坊右贊善兼翰林院檢討，娶金氏，吳江文學際熙公女，封安人；次不孝秉義，癸丑進士及第，翰林院編修加一級，娶馬氏，同邑丁亥進士河曲知縣嵋輪公女，封安人；次不孝元文，己亥進士及第，經筵日講起居注官，翰林院掌院學士兼禮部侍郎加一級，教習庶吉士，娶湯氏，長洲壬戌進士刑部主事炎洲公孫女，文學卿謀公女，封夫人；次亮采，監生，庶母程氏出，聘張氏，青浦乙未進士工部員外郎揆原公女。女二：長適邑庠生陸最，係壬午舉人錫其公子，夫婦俱卒；次適吳縣辛丑進士禮部祠祭司主事加一級申穟，係中書舍人封禮部主事孝觀公子。

　　孫男六人：樹穀，乾學出，選拔貢生，娶葉氏，同邑戊辰進士太常侍少卿香城公孫女，貢生崙生公女；樹聲，元文出，附例監生，娶李氏，同邑文學寧臣公女；樹①炯，乾學出，監生，娶莊氏，武進己丑進士、見任提督河南學政僉事、

――――――――――

　　①　“樹”底本、康熙本皆脱，今據光緒本、《憺園文集》卷三三《敕封儒林郎翰林院修撰先考坦齋府君行述》補。

前翰林院檢討靜庵公女；樹本，元文出，監生，娶宋氏，華亭丁亥進士、都察院左
副都御史直方公孫女，官蔭河宗公女；樹敏，乾學出，府庠生，聘黃氏，吳縣候選
州同魯望公女；樹屏，乾學出，聘蔣氏，吳縣候選知縣雲九公女。孫女三：一適
太倉州增廣生張介眉，係文學濟臣公子；一適府庠生李邦靖，係同邑乙未進士、
提督湖廣學政僉事元仗公孫，廩監東聚公子，爲文學獻于公嗣；一許字邑庠生
葛世隆，係同邑候選州同敬升公子，俱乾學出。曾孫男五人：德淑、德份、德綿，
樹穀出；德寅、德咸，俱樹聲出。曾孫女三。乾學兄弟肝腸寸裂，語無倫次，伏
惟大人先生賜之片言，以光泉壤。乾學兄弟雖死之年，猶生之日，不勝激切哀
號之至。

憺園文集卷第三十四

傳①

姜太常傳

姜太常應麟,字泰符,慈谿人。父國華,嘉靖三十八年進士,歷陝西參議,有廉名。應麟,萬歷十一年進士,改庶吉士,授户科給事中,即疏薦蔡悉、顏鯨等五人。十四年二月,有旨加封鄭貴妃爲皇貴妃。時王恭妃生皇長子已五歲,而鄭貴妃寵冠後宮。初姙邠哀王,帝與戲而傷之,生三月不育。鄭恚甚,帝憐之,與私誓,即更舉子,立爲東宮及皇第三子,賚予特厚。中外籍籍,謂神器且有所屬之幾。加封之命下,禮部已具儀注將上。

應麟疏言:"近見大學士申時行請册立東宮,有旨元子弱少,俟二三年舉行。既而聖諭封貴妃鄭氏爲皇貴妃。竊謂禮貴別嫌,事當慎始。貴妃所生,固皇上第三子,猶然亞位中宮。恭妃誕育元嗣,翻令居下,揆之倫理則不順,質之人心則不安,傳之天下萬世則不典,非所以重儲貳、定衆志也。伏乞俯從末議,收回成命,臣愚不勝大願。且臣之所議者,末也,未及本也。皇上誠欲正名定分,別嫌明微,莫若俯從閣臣之請,明詔册立元嗣爲東宮,以定天下之本,則臣民之心慰,宗社之慶長矣。"疏入,帝震怒,抵之地,徧宣中官掌印者至,諭:"册封貴妃,非爲東宮起見,科臣奈何訕朕?"以手擊御案,幾裂。中官環跪叩首,怒稍解。奉旨:"册封非爲別故,因其敬奉勤勞,特加殊封。立儲自有長幼,姜應麟沽名賣直,窺探上意,著降極邊雜職。"應麟遂得廣昌縣典史去。

---

① "傳"底本後衍"書",康熙本亦衍,今據光緒本、目錄删。

　　是時國本之議，自應麟首發，受嚴譴。吏部員外郎沈燦、刑部主事孫如法相繼言之，并得罪。兩京諸臣申救者疏復十數上，不省。自後言者蠭起，至於三案互發，黨議相軋，垂六十年。然自立儲自有長幼之旨出，言者皆得執此語，以責信於主上，朝廷雖厭之，終不能奪也。

　　居廣昌四年，移餘干令。丁外艱，服闋至京。時儲位尚未定，群情恟恟，首相沈一貫嘗爲人言：“皆吾君子也。”語傳播遠近。應麟值之朝，力爭之，遂與忤。復上疏言：“臣既以身許國，而陛下復以信臣許臣，臣之初心未竟者十有六年，陛下之大信未成者亦十有六年，故臣欲以此日責大信於陛下，以畢臣之初心。初，臣爲諫官，因册封皇貴妃，有慎封典、重儲貳之請，陛下降旨云：‘立儲自有長幼，以臣疑君，賣直而斥。’是臣之罪在不能仰體聖心，謫有餘辜也。繼而禮官沈鯉有免斥言官之請，陛下降旨云：‘因其眞朕有過之地，故薄罪示懲。’是臣之罪在不能仰成聖德，謫有餘辜也。信斯言也，陛下惟恐見疑於群臣，以得罪於天下後世，將朝更夕改之不暇。不意陛下之過舉猶故，中外之人心轉疑。初謂二三年舉行，今且五年矣；初謂睿質清弱，今則強壯矣；初謂先册立，後冠婚，今則幾欲倒行矣。夫冠婚可委曰清弱，册立何嫌於強壯？愆期不舉行，將有以窺陛下之微矣。彼偃仰風議之人，方且怵威投鼠，甘心煬竈，立視陛下孤立於上，徐見陰陽之定，而坐收其利。即有曲意調停者，亦不過就中轉移，望風瑟縮，殊未聞有招不來，麾不去，如古大臣之風者。且此非特不忠於陛下而已，究豈有工於爲宮披藩邸計，而善成陛下之愛者哉？夫有却座之諍，始免永巷之菑，人彘之鑒，燕啄之禍，非不灼灼也。陛下奈何溺衽席，嗜美疢，甘爲子孫，買無涯之禍，而不顧邪？夫弓不抑則不揚，矢不激則不遠，士不臨禍亂，則忠憤不決烈。以祖龍之酷，尚奪氣於茅焦之解衣危論；以嬴秦之暴，士尚有建節積尸闕下而不悔。陛下欲以威劫正人而成其私，竊恐威未及殫，而大亂已成，可不戒哉！夫人主之託身，不可不慎。託身賢士大夫，不引而致之明盛不止；託身於宦官、宮妾，不引而致之亂亡不止。今道路之言，謂册立不決，由皇貴妃牽制所致。甚者以爲窺伺璇宮，懷逝梁之非望；又甚者以爲齮齕震器，徼壓紐之適然。揆之理勢，或非事實；跡其隱微，夫豈無因？萬一外戚中涓，有以邪謀綴皇貴妃者，恐皇貴妃不得自由也；萬一諸臣媚子，有以家事誤陛下者，恐陛下亦不得自察也。臣又思之，陛下動以祖宗爲法，而尤憲章世廟爲兢兢。竊謂世廟雖不建儲，猶令景王之國，以絕群疑而杜覬覦，此又不定之定、不立之立也，獨不可法歟。臣前爲言官而言，以職諫也；今不爲言官矣，不當言矣。然臣之官可奪，而臣之志不可奪。陛下儻有感臣言，即發德音，册立冠昏，一時并舉，臣雖死猶榮。若罪臣出位，責臣沽名，則臣已席藁括髮待矣，斷不願與中位觀望、全軀保妻子之臣，同視息於天壤也。"疏上，留中。

初，應麟被謫，有旨不許朦朧陞用，特疏其名於屏風。一貫既銜應麟，因嗾吏部無得隨例補除，每用啓事，特奏之。待命七年，輒不報。二十九年十月，有詔立皇長子爲皇太子，應麟遂歸，家居二十餘年。光宗立，起太僕少卿。御史潘汝楨者，舊爲慈谿令，與應麟有隙，陰令給事中薛鳳翔劾應麟老病失儀，宜致仕，應麟引疾去。蓋是時璫禍潛萌，汝楨、鳳翔皆逆黨，與正人爲難者也。應麟爲謫官時，有善政。廣昌白狼爲害，傷人積千餘，檄於邑神捕之，立得，遂殲焉。餘干宋丞相趙汝愚墓道，爲守冢方氏所侵，方宗强應麟親勘還之，爲文祭汝愚。未幾，雷捽其人，擊而斃之墓下，如倒植然，驚異之。

性剛直，遇意不可，若飆發矢激，人無得撓者。以故恒與人齟齬，當萬歷季年，稅使四出，慈谿令韓國璠盡括邑中契券，搜索盈萬金猶不已，人情驚怖。應麟謁國璠，强出其契，事得止。邑人爲立尊德祠於北湖壖，尸祝之。應麟自再詣京師，目擊時事，遂無意於用世。嘗寓書族人曰："吏部以掣簽官人，兵部以封昏媚倭，大臣皆持禄養交，日夕如雷霆，轟然在頭腦上，脅息無敢出一言爲天下者。中原陸沈，恐不難致，吾此身可以再嘗試乎？"其後一起即報罷，應麟愈老矣。家居又十餘年，崇禎三年卒。其子思簡請郵闕下，從子御史思睿亦疏言之，賜祭葬，贈太常卿。

李葆甫傳

李葆甫，名日爆，福建安溪縣人。以諸生高等貢入太學，能文章，有幹略。安溪在萬山中，與永春、德化二縣接壤，巖谷深險，箐篁叢蔽，人跡所不至，以故盜賊之窟其間者，官司咸莫能詰。順治乙未、丙申間，海郡輯寧未久，所在賊依險以居，率掠人藏其巢穴，索厚賂。葆甫有弟攜妻孥居山堡，一日賊至，弟及弟婦與其從子、子女十二人爲賊所獲。葆甫徒步入賊營，以情告愬，更慷慨陳禍福。賊感動，將盡反其家人，子弟有阻之者，乃止。

會得閒，葆甫弟婦及一從子得出，十人者終無還理，葆甫練鄉兵謀劫得之。賊所居地名磨頂峰，高起插天，三面皆可攀援而升，至邏卒戍守，惟山後絕壁峭立，非猿猱不能至，賊不爲備。葆甫募得樵采二十人出山後，蟻附而上，令人截一大竹筒，吹之如篳篥，聲震林木，葆甫則身率鄉兵，自山下鼓噪。天將明，雨驟集，泉聲湏洞，氛霧彌漫，溪谷咫尺不辨人。賊出不意，大驚，相奔觸逃走。葆甫遂挈其弟及一從子以歸，然尚有八人在賊中。賊既失利，心恚恨，必欲取葆甫，糾合餘黨及三縣之脅從者萬人，日夜挑戰。葆甫冒矢石攻殺五月餘，所破砦以數十計。

　葆甫兵嘗不滿百，一日立營，柵方定，軍中無糧，先遣五十人運糧城中，僅留四十人守柵。賊聞知，率其衆八百人掩至，咸相顧失色。葆甫不爲動，方據案作書，與官長言事，而徐指揮，衆人或勸堅壁勿戰。葆甫曰：“不可，賊來驟此，必知吾虛實，以數百人攻一空柵，吾必盡矣。不如先迎之，與一決。”四十人者分爲二隊，以二十人守柵，二十人迎賊，隔溪水而陣，相去五步許。賊見其人少，輕之，列礮百餘齊發，人皆倚樹間避之，礮出其中間，發不能中。賊礮窮，渡溪水，徑前格鬬，二十人反舉礮擊之，中其渠帥，再發，仆其纛，賊驚鼠。葆甫益麾兵，合守柵二十人前進，格殺數百人，相枕藉死者無數，獲旗幟器械千計。賊移營宵遁，自此不敢復戰矣。

　葆甫直追至其所，遇秀才蕭某，謂曰：“君家賊山下，賊動靜必知之，君第爲我言：‘李葆甫安溪男子，誓不與若曹共生，盍早出決戰，無自逃匿山谷間爲也。’”秀才具以告，賊懼，僞許還其家口，而縲摯如故。蕭耻失信於葆甫，率其族人子弟於葆甫，合兵破賊壘，盡奪子弟八人者以歸。賊之魁某走至漳州請降，於是三縣山寇悉平。有司上其功，將不次擢用，而賊某降於大帥者，爲仇所殺。賊黨恨葆甫刺骨，誣以同謀殺人，欲深文入葆甫罪。事難得白，其功亦竟未敘。

　録云葆甫讀書甚富，所著古文詞多奇氣，自謂絕類司馬子長。在太學，期滿就選人，當除府，倅棄弗就，今年六十餘矣。從子李編修晉卿，予同年進士，童時偕其母弟陷賊中者。時與予述其世父瞻略過人，每戰，矢石亂下，目不交睫。與賊相持五月餘，未嘗亡失一人。晉卿在賊中，見賊狼狽奔還，即持梃棓撻晉卿等累百，身無完膚，足腫大如股屬，天幸不死。蓋葆甫每戰未嘗不勝也。

　徐子曰：史稱梁將軍程靈洗，當侯景之亂，起兵保鄉井。唐越國公汪華，隋末起兵拒亂，保有歙、宣、杭、睦、饒、婺六州之地。皆未有朝命，能自建樹功勳，剿除盜賊。而元末，如劉基、章溢、胡深并以文章之士，保障閩、浙之間，其事都與葆甫相類。然皆遭際風雲，銘功竹帛，而葆甫乃以明經，終老於荒山絶壑之間，且幾不免禍。豪傑之士，孰不爲之扼腕太息者？葆甫顧恬然不以介意。噫嘻，豈不難哉！

葉石君傳

葉石君者，隱君子也。性嗜書，世居洞庭山中。嘗遊虞山，樂其山水，因家焉。所至必多聚書，嘗損衣食之需以購書，多至數千卷。會鼎革兵燹，盡亡其貲財，獨身走還洞庭。其鄉人相與勞苦，石君顰蹙曰："貲財無足言，獨惜我書耳。"鄉人皆笑之。已復居虞山，益購書倍多於前。石君所好書與世異，每遇宋、元抄本收藏古帙，雖零缺單卷，必重購之，世所常行者勿貴也。其所得書，條別部居，精辨真贗，手識其所由來，識者皆以爲當有三子。時誠之曰："若等無務進取，但能首我書讀之足矣。"年六十七，卒於家。

石君既没，而鄉人益思之，以爲王君公仲長子光流亞也。其友黃儀子鴻嘗爲予言，因爲之傳。石君名樹蓮，嘗爲邑諸生，已而棄去，石君其字也。子鴻精方輿之學，亦奇士。贊曰："江南藏書家有金陵焦氏、虞山錢氏、四明范氏，錢氏降雲、半野之藏甚富，惜厄於火。"漪園先生之後，所藏亦多散軼，惟范氏天一閣尚存。予亦有聚書之癖，半生所得，庋之一樓，曰傳是樓。然較之諸家所藏，多有目無書，殊足憾也。向亦聞葉君名，惜未遇，今爲之傳，不禁慨然。洞庭有林屋洞，相傳禹於此得異書，如古所云宛委石倉者，石君得之，其亦不偶然也夫。

內閣中書席君傳

君諱啓圖，字文輿，世居吳縣洞庭之東山。父諱本楨，當明崇禎之季，海內慌亂，出家財賑饑助餉，朝廷嘉之，授文華殿中書，加衘至太僕寺少卿。子四人，君其仲也，用例爲歲貢生，需次內閣中書舍人。生平惟以讀書好善爲事，性尤至孝，唯恐太僕澤人之志，不竟於身後。初，山中人善賈，而女子不知紡績，太僕欲教之，未遂而卒。君乃多造紡車織具，給遠近貧户，募習者令散處教授。又大設肆鬻木綿收布，欲民得贏利樂爲之，鬻則抑之，直收故昂之，於是競勸於布。未數年，機杼聲徹閭，巷月朔望，表米貧户，其家行之已再世。

康熙初年，歲荐饑，君發廩口給，凡用米一千三百餘石。後數年旱，給如前之數，而贖歸其已鬻之妻子，至數十人。冬絮夏幬，病藥死槥，無論豐祲，歲給以末常，貧民取之，如其家焉。蹊道茀不行者，自俞家舍抵薛家橋凡數里，擴太僕所置義冢至三十餘畝，嘗自言財帛豆可長守，吾幸承受先緒，子孫衣食無缺足矣。於族誼尤篤，自太僕時已置義田，君益周之，無不得所者。又設義塾，延師訓族人之子弟，親舊窮乏，畢賙恤。四方名士造門，必倒屣款接，於是義聲益著，然亦以數減貲不惜也。

　　居常得間，即低首治書，所購經史子集以萬卷。初，太僕緝《先正格言》未就，君本其意，著《畜德錄》，至病革，猶排纂牀簀間，竟卒。而其嗣子續成之，行於世。君素善病，未三十，疊經大喪，哀毀過當。生母譚早世，嫡母吳淑人撫養至長成。於吳淑人之疾，夜叩北斗，焚疏至四十九章，願以身代，哭泣苫塊，病益深。所居輒設帷避風，雖白晝常讀書燈燭下。然於凡臨遣賓客，指授僕隸，戶租市籍，人事之往來，無不經其算畫，以故足不履戶限，而內外犁然。病七年，至庚申七月，感寒疾，謂醫者曰：“吾以戊寅生，寅遇申必尅命，其止此乎！”比歾歲，日月時果皆甲申也，享年四十有三。訃至山中，無少長皆悲涕，所嘗被德者多至失聲，曰：“善人死矣，吾今將安歸！”子三人：永劼、永勛、永渤。永勛亦中書家居，出後於伯氏。

　　徐子曰：以物之不齊，自先王之世，不能鈞民之貧富，而能使人之自相任恤。及王澤既衰，貧者無所聊賴，富者至於并兼不止，或者遂欲摧抑巨室，以業貧民，而使貧富之不相耀，此必不可得之勢。當此之時，而有體先王任恤之意，用有餘、補不足，仁心義問，浹於親疏，昭於上下，雖其澤之行於近不被於遠，施之及乎小不至乎大，然由是道以達之天下饑寒之衆，庶幾其有濟乎！此席氏父子所以世濟其德，而文興之沒，至十餘年，人猶追慕之不已也。

書

與曹彝士編修書

彝世館丈足下：

　　昨聞賢伯父顧庵先生之訃，奉慰邸舍，見足下顏色甚戚，痛念世父撫育之恩，悲不能已，欲成服設位受弔。而質之帶紳先生，謂近世無行此禮者，疑其驚世而駭俗，某以為不然。古之弔喪，非特於其親喪而弔之，雖功緦輕喪及哭其朋友，哭其所知人，必弔之。蓋聞喪則哭，哭則必爲位，而受弔焉。況於世父之尊，齊衰期年之重服，又有撫育之恩，爲位而哭，其何可以已乎。

《儀禮·喪服傳》曰：“伯父、叔父何以期也？與尊同體也。三年之喪，三日不食；期之喪，二日不食。免、絰、袒、襲及居處之節，不過殺於親喪，其慘戚無大異也。”《禮記·奔喪篇》：“凡爲位，非親喪，齊衰以下，皆即位哭盡哀，而袒免絰，即位，袒、成踴、襲，拜賓返位，哭成踴，送賓返位，相者告就次。三日，五哭卒，主人出送賓；衆主人兄弟皆出門，哭止。相者告事畢。成服拜賓。”按“三日五哭卒”，“象始死”，至“三日而斂”也。孔氏曰：“此一節，明齊衰以下不得往奔，則於所聞之處爲位及免絰成服之禮。”《開元禮》及《政和禮》《明會典》大略相同。

今之京朝官期喪以下不能奔者，可倣而行之者也。《禮》“凡爲位不奠”，鄭氏謂其精神不存乎是。而張橫渠則云：“爲位者，哭位也。然亦有神位不奠者，奠則久奠也，在他所則難爲久奠。喪禮於殯常奠，喪不剝奠，爲其久設也，脯醢之奠則易之。”橫渠又曰：“爲位不奠，謂之不祭則不可，但恐不如喪奠，以新易舊，如此久設也。”按他所者，謂異國之官府館舍，故不得久設奠耳。唐、宋士大夫皆居公廨，故有服，往往於寺觀發喪，今之邸舍與家無異，雖爲位及久奠可也。

司馬温公《書儀》：“凡爲位而哭，中間設一椅，如在殯然，憑而哭之。”朱子亦遵其説。其後王柏之喪，四方學者皆設位持服，則非特哭者與弔者有位，而亦設神位可知矣。喪無二主，椅之設非主也。温公與橫渠、考亭知其不可以不設也。古人如戴封以伯父喪去官，《開元禮》亦有給假之條。明洪武二十二年，始禁期親以下奔喪往返，曠廢職業，只在官持服。今例，聞喪者本衙門放假，以服輕重爲差。既許其持服矣，而不許其設位，不許其受弔，蔑禮經之明文，習世俗之陋説，君子所不敢出矣。賢世父詞館尊宿，門人弟子及平時故人在都邑者，俱欲向足下邸寓致哀。足下天性孝友，勤勤懇至，某不敢不以所聞具對，惟高明裁察。某再拜。

再與曹彝士書

古之爲位者，乃哭者之位，猶夫在家主人衆，主人、親戚、賓客各有位次。曾子曰：“小功不爲位也者，是委巷之禮也。”古者於外聞喪，賓之弔之，與主人拾踊,其去也,拜之而已。温公以其無所憑寄,故特爲設坐,以象尸柩,但云"喪側有子孫,即不奠"。而横渠斷然謂亦可以設奠者,寧非禮以義起者歟? 以古人言之,雖在外聞父母之喪,大約爲哭位而不設奠。自宋儒之論,不惟爲位會哭,而且可設神位,雖其師友之無服者,必設位而奠焉,則周親更可知矣。今之設位而奠,既可行於父母之喪,安見世父之喪,不可以設位也? 喪之有主人也,論其常,則適子爲主,衆子且不得拜賓,而及其變,非可一概論者。

《檀弓》"伯高之喪",夫子曰:"爲賜也,來者拜之。"是朋友爲主也。妻之昆弟爲父後者死,哭之,適室子爲主,是甥爲舅主也。況於從子之親乎? 愚謂當如今人家治喪,而少殺其禮,不設帷柝,不肅賓治事,設神坐於中堂,弔者至,延入,主人齊衰牡麻絰待於次,弔者焚香,鞠躬再拜,酹酒再拜,主人拜賓,賓出踊,多寡視其親疏,三日而事畢。踰月,釋衰絰,如常,入署,仍於私居持服終喪,則於禮意愜合,而亦以見賢世父,撫教恩意,異於尋常周年之戚矣。某再拜。

與總憲魏環溪先生書

昨廿四日奉謁時,言及臺省銓部内陞外轉,未暢其説,兹更爲公終道之。按《明會典》,隆慶四年議,准除吏部員外郎、左右給事中以下,及年未甚深御史應外補者,隨時推用外,其郎中、都給事中、年深御史,察其才力政績酌陞,内外職任不許仍前,但挨資次,定爲歲例陞轉。是推陞年例之名,起於此時。蓋内外互用之意,非以不才而舍之也。萬歷二年,令吏部將科道官量其才力、資俸,内外一體陞轉,不必拘一年兩次及多寡之數。蓋前此,嘉靖以前原無定制,後則定爲春秋兩季推陞,優者内陞,次者外轉。大約正陞論俸,閏陞論資,外轉者則不論資俸深淺。敭歷之久,其至卿貳也。殊途而同歸,以爲臺省銓部綱紀耳目之司,其任至鉅,故雖官品不高,恒用進士,初選除授,而内外遷轉,必登三四品者,責之既重,則待之宜優。

我國家三署之設,責任無改,而員額則大減於舊,科道寥寥,僅存十之二三。其除授也,非卓異薦舉之縣令,則翰林教育之庶常,與夫京官有聲望者擇之,不可謂不慎。其既選也,内陞者非歷資數年不得,即外轉者亦有歷俸三四年以上者,授以副使、參議等官,亦不爲過。況京察既有黜汰,言事不實,復有處分,其果闒冗不肖、背公營私者,新例更爲嚴密。夫既得之綦難,而繩之綦切

矣。朝廷厚畀之以聽任,而官品不高者,具有深意,特卑其秩,以責其效,鼓舞
而振作之,實隱然待以金紫,勢不得不內外并用,非有大優劣於其間,是以陞轉
品級,不甚懸絕。若或過爲裁抑,升沈之間,頃刻霄壤,未嘗見其確然賢、確然
不肖。將居是職者,不深惟一時激勵之意,人人有菀枯之見在其胸中,勢必揣
摩奔競,承望風旨,或乃自居於卑冗,體勢既衰,薾然不振,官邪益無所忌憚,何
以勸之任事,而作其敢言之氣?謂宜一如舊章,外轉仍授監司爲當,惟公財擇,
特爲昌論。其於國體世運,所關非細。臨啓惶恐。

與舅氏亭林先生論姓氏書

　　古之人有姓而又有氏,姓以統其同,氏以別其異。男子稱氏,女子稱姓。
男子有事於國者也,稱於國人,見於策書者,不一書而足也。不詳其氏,無以別
其人。女子則稱於國人,見於策書者罕矣,從同焉無害也。若今日之男子稱
名,而女子但稱其姓,固亦猶行古之道也。《左氏》所載三桓、七穆之系,其粲然
可考者矣。至戰國而世卿之族盡亡,所用者皆遊説之士,而譜牒亦稍稍廢。至
秦而後,遂不復講,於是以姓氏混而爲一,而姓之多遂至於累千萬,而氏族之法
一變。於是有因事而改,若陶之朱公;有避仇而改,若秦之張禄;賜姓而改,若
漢之劉敬;冒人姓,若漢之衛青;省二字爲一字,若王孫、夏侯之類。各省而用
其一,於是并其得姓之本失之,而姓亦不可辨矣。然六朝至唐,猶重譜牒,南推
王、謝,北右崔、盧。

　　唐時氏族之書,臚列其具,上推其先,往往累二三十世可考,然已有傅會之
誤,如洪容齋之論沈隱侯者。至五代干戈之後,朝無世臣,家鮮完譜。金、元以
後,姓氏之學亡矣。古來言氏族者,莫如鄭夾漈,其所撰列,蓋亦頗得其源流。
然亦有未合者,拘於例而不能闕其疑也。且如竇氏烏知其不爲地也,而必曰
"後緡逃出自竇",然則趙武可氏之曰袴乎?聞人氏烏知其不爲人字也,而必曰
"少正卯",魯之聞人,然則子産之後氏曰"惠人",樂正子之後氏曰"善人",曰
"信人",可乎?《左氏》以官爲氏,則宋有左師,楚有左尹、左史、左徒,秦有左庶
長,烏知其爲誰也,而必曰楚左史倚相之後,又以作《春秋》傳之,左丘明系之。
古人以王父字爲氏,不聞以王父名也。楚鬭拳名拳,烏知衛之人不有字拳者,
而曰衛大夫拳彌,即楚鬭拳之後。鄭穆公蘭,烏知他國之人不有字蘭,若楚之
子蘭者,而曰鄭穆公之支庶,用其王父之名,如此之類,比比皆是。并穿鑿傅

會，承前人之誤，而未之釐革者也。

今欲勒稱一書，傳之於後，當有次第。鄙見先考定黄帝至殷、周見於經傳者，録出爲一則；次及春秋時人當用《左傳》《國語》爲一則；次六國、秦時人用《史記》《戰國策》爲一則。自漢以下做此。其不見正史而見他書者，各附其則之末。其并時代不得，或并其名不得，而但見於《急就章》等書者，别爲一則，以附其後，務令不漏不紊。既畢，而後考其源流，略爲辨論，使姓從其人，人從其代，人著其始見之人，代著其始見之代，信以傳信，疑以傳疑，其亦可矣。如所云"逃出自竇"等語，雖甚不通，而韓碑已用之，亦須載其説於下，以俟駁正。凡引書俱備録其書，如《世本》《風俗通》之類；凡引注俱備録其人，如"臣瓚曰"、"師古曰"之類。此種工夫，極爲詳密，非先生不能爲。聊陳瞽議，以助百一，并望有以教我。

與友論社倉書

頻年闊隔，聞問缺如，瞻仰之懷，積於陵阜。知先生操行彌篤，爲善若不及，既以飭躬，兼用澤物，可勝委服！可勝仰羨！社倉一事，自少時奉先人之誨，即誓心力舉壞，此三十年而未訓，蓋寤寐耿耿久矣。今愚兄弟輒各捐米千石，稍爲鄉邑凶荒之備，而身羈輦轂間，不能追從諸賢後塵，講明條約。頃者兒曹南還，特令奉教左右。要之也，事雖輸財極不易，猶可共勉。惟規畫經久，推行無弊，此爲最難。所望先生與同志諸先生，悉心區理，俾得盡善。苟有利賴及於鄉里，則皆諸賢德惠所貽，非愚兄弟之所敢有也。竊見所刊條例，至爲精密，但恐一聞當事，仰借護持，將來遂成官物，借撥那移，無乎不可，其勢轉不能歷久。所以區區之鄙懷，欲仰煩良友經營，不敢别倚當官彈壓。即邑間，自有公舉，不妨并行，非敢專爲善之名，而昧與人同之義也。此米一出，即爲大共之物，小伻不過使之記出納耳。諸所未盡，幸詳語兒曹，俾之遵奉麾指。百惟垂意，弗罄願言。

憺園文集卷第三十五

雜　著

御製《庭訓》後恭紀

臣等伏見我皇上敬天尊祖，勤政恤民，蠲租慎刑，戡亂服遠，仁愛恭儉，無事不度越前古。宮庭以內，止孝止慈，即如教皇太子及諸王子一節，何其卓絕也！臣聞禮經有"入學齒胄"之文，漢臣賈誼亦有"早諭教"之語。惟是師保凝丞，設官分職，春誦夏弦，則太傅掌之；秋學禮，冬讀書，則執禮典書者之事。職司具存，神益蓋寡。漢唐而後，東宮宮屬及王府教授，數倍於古，而講讀只爲具文。況於深宮之中，朝見有時，禮制闊絕，學與不學，又安得而知之？我皇上深鑒於茲，慮臣僚勤講，未能洽浹融貫，故機政雖繁，不辭勞瘁，親立條教，躬行課督，以問寢視膳之時，行執經肄業之事，復古以來，未之能逮。弘惟我皇上仁智協義軒，道德契周孔，終日乾乾，天行不息。御朝蒞政之餘，討論墳典，貫穿百家，網羅四庫。至於宸翰揮灑，煥若日星，騎射之精，發的命中，雄武大略，莫不震疊。惟聖人無所不能如此，是以聲律身度，既足發無言之蘊，而循循善誘，復無間於燕閒之時。皇太子天姿英睿，作聖有功，皇上以祖宗付託至重，主器莫如元良，早建承華，以培國本。

宮中朝夕誨諭，條格秩然，臣等謹憶皇太子出閣時，睿齡十三，皇上以儲闈手寫所讀經書及臨摹楷法，錦囊絲篋，宣示臣等，卷冊積累，幾於等身。自出閣至今，日盛月新，進益無疆。側聞皇上家法嚴正，威儀祇肅。禁鐘初鳴，至尊御內殿，皇太子及諸皇子以次攝齋上殿，背誦經書，皇上親爲講解。講畢，方聽政事，做字讀書，日有常課。午餘習射，志正體直，以觀德遊藝。宮燭乍爇，又上殿覆講，昕夕不輟，暄寒靡間。皇太子敦敏好學，六經而外，精研史學，古文詩賦，多識前言往行，旁拈制舉之業，援筆立就，皆得聖賢精義。煌煌鉅篇，已盈瓊笥，侍從環衛，驚嘆非常。諸皇子并穎悟過人，溫良成性，晨興佔畢之餘，舍矢如破。髫齔之歲，賢譽著聞，穆穆皇皇，本支之盛，無以加矣。皇上又時時訓誨，家庭之內，聖法道統，親為指授，文經武緯，致治保邦之略，罔弗殫究。猗歟盛哉！

　　恭捧《庭訓》，循環伏讀，與二典三謨，交相表裏，昭示萬事，永永作則。唐宗金鏡之篇，明帝文華之訓，不足幾其萬一矣。臣等得侍直禁庭，親見皇上典學之勤敏，神武之雄邁，誠天縱多能，生民以來所未有。訓辭之所敍述，乃以聖人道聖人之事，有德之言，以身為教也。非聖人無此善教，非聖人之子無此善承。天佑皇清，秀靈誕毓，如海之潤，如日之暉。龍樓惋愉，方於啓誦；麟趾信厚，比諸虞虢。《記》所謂“其成也懌，恭敬而溫文”者，其效既彰彰矣。《詩·大雅》曰：“文王孫子，本支百世。”《書·梓材》曰：“惟曰欲至於萬年，惟王子子孫孫永保民。”我皇上永綏多福，億萬年無疆惟休，皆至德之所詒翼矣。敢拜手稽首而記簡末。

《起居注》書後

　　伏惟皇上御極之二十一年，逆孽削平，王師奏凱，偃息兵革，修明禮樂，天人合應，書軌齊同，宇內樂康，天下寧一，四民遵業，萬類蕃滋，二氣和而風雨時，五穀昌而食廩實，威已無不加，德已無不被。皇哉！唐哉！此至治極盛之象也。乃皇上親詣奉天陵寢，昭告成功，思祖宗創業之由，溯王氣發祥之始，車架所至，赦罪蠲租，萬姓顒顒欣欣，無不銜戴聖澤。至於德政御講，寒暑無間，懼開臣僚燕安之漸，申戒再三，期於天工無曠，百職修舉，賞功與能，簡賢出滯，小善不廢，片言是褒。諸如治河理漕，恤兵愛民，尤倦倦致意。當此永清耆定，益為久安長治之圖，誠有書之即可傳，垂之皆可法者，雖堯咨舜徵，亦莫能過，而豈區區漢之文景、唐之貞觀所可仿佛萬一者歟？臣等備員珥筆，日從侍直之餘，仰瞻天表，欽聞聖謨，竊謂於皇上法祖勤民之至意，似與中外臣工僅從用人行政諸大端，窺見如天之度者，稍為加詳焉，而媿不能一一記之於冊也。夫致治之道，曰誠曰一，“誠”則久而不息，“一”則貞而不雜。皇上好生之德，決於幽遐，可謂誠矣；兢業萬幾，始終無間，可謂一矣。君心之所係，即政治所以久而無弊。《書》曰："一人有慶，兆民賴之。"國家億萬年無疆之休，端在於此。謹執簡屏營而書於後。

御選《古文淵鑒》凡例

康熙乙丑春二月，臣等奉旨編校御選古文，次第繕寫雕刊，欽定名曰《淵鑒》，分爲正集八十卷，別集二十六卷，外集八卷，編成目録訖。

臣等伏念遭逢聖世，侍奉禁林，仰見皇上功德隆茂，聲施遐被，登三咸五，震爍無比。加以聖神天縱，單心稽古，萬幾之暇，時抒睿澡，與放勳之文思，重華之文明，并昭雲漢、懸日月，蓋自書契以來，莫盛今日。嘗於乙夜覽觀古人著作，病其散於四部，各擅一家，若梁《昭明文選》、宋真德秀《文章正宗》及各代文粹、文鑒、文類等書，別裁去取，未稱完善。乃悉陳秘府所藏，旁搜善本，始自《左》《國》，迄於近代，采其醇粹者若干卷，業蒙聖謨裁定。

又命臣等再爲披檢，每一篇奏御，必經睿慮，詳繹再三，制旨曰"可"。然後復令臣等竭其愚窾，參訂校讎，加以箋注，莊寫進呈，乃賜御批，標諸篇首。微文奧義，昭揭萬古，於以闡楊理道，則翼贊乎經籍；於以敷陳政事，則裨益夫治體。尋其旨趣，固足以啓發神智；稽其故實，亦足以增長見聞。誠訓世之要編，覺民之矩典，俯視歷代諸家所選，如螢光爝火，弗可同年而語矣。臣等學殖寡陋，識見弇鄙，無以仰稱我皇上勤學好古右文之至意，惟是忝竊恩遇，叨預編摩，得以親承指授，附名簡末，不勝榮幸。謹述大凡，以起義例，條如左方：

一圖書爲文字之祖，歷三古而更四聖。《詩》《書》《禮》《樂》《春秋》，訂自聖手，同於化工，垂教萬禩，無可增損。左氏内外傳而後，乃得而商略焉。丘明既親受經孔子，而公羊、穀梁爲子夏弟子，所以折衷微言，發揮大義，文章之古，亦莫過於此矣。至策士縱橫，雖近權譎，特辭多雄辯可喜，亦爲删其無累，録其精要。

一三代以降，惟兩漢之文最爲近古，朝廷詔策，臣僚章疏，皆非近代可比，故正集中録之爲多。

一魏晉以還，文勝於質；齊梁而下，理不勝辭。然其能者，閎覽博徵，各自造極，每代各存數篇，以見源流正變。

一唐之燕、許蓋亦有意於大復古，而未之能逮，然其施於典册，勒諸金石，往往可采。至韓愈氏醇而能肆，以起衰爲己任，柳宗元、李翔、皇甫湜之徒，又從而和之。元和文體一變，而返於六經，合以陸贄之奏疏凱切，杜牧之議論雄俊，有唐一代之文，稱偉觀矣。

一五代搶攘，文氣衰弱。宋初楊、劉倡導西崑風會，愈以不振。迨穆修、柳開、尹洙，始有意復古。至歐陽修推尊韓愈文爲一代宗師，遊其門者，翕然從之。名臣唐順之、茅坤溯自韓、柳，合歐陽、三蘇、臨川、南豐爲唐宋八大家，至今遵之，故搜採特備。

一周、張、二程之書，解經論學，未嘗以詞章自名，而其義蘊深醇夐，非文人所及。朱熹集濂洛大成爲文，復斟酌於昌黎、南豐之間，黜伯功，辨異學，自是言文章者，知以道德爲根本。有元一代碩儒，遞相祖述，斯道大闡，皆其功也。第全書卷帙甚多，所存尚未什一。

一有明文集最繁。其初，金華宋濂學於元儒黃溍、柳貫，得考亭之遙緒，與王禕、劉基同爲開國文人之首，學者稱之。弘、正間之爲文者，病其平易，而欲反之於秦漢以上，自立名號，稱爲才子。真贗雜陳，波頹風靡。惟嘉、隆間唐順之、歸有光輩，得文章之正宗。今之所録，要以當理爲生，就厥體製，略加裁別，寧簡毋濫。

一屈原作《離騷》義兼《風》《雅》，而《風》《雅》又爲之一變。荀、宋、賈、馬於六義之中專標賦名，其流浸廣，要以敷陳其義，歸之於正，斯有取焉。其他體制，衆手實繁。文人才士，興時感物，比事成章，斐然述作，致有可觀。録其最者，都爲別集。

一晚周、先秦之間，政異俗殊，諸子爭鳴其説。以後作者滋多，蓋亦六藝之支流餘裔，夫子所謂必也狂狷者也。採擇宜嚴，存其梗概。自《老子》始，訖《文中子》，得若干篇，爲《外集》云。

一正集重在明理，以時之次爲次，論世之義也。別集專主論文，以文之類爲次，辨體之意也。匪曰同異，亦可參互以相發明。

一凡入集之文，有細注，復有總注，錯見每篇前後，頗著作者之由，與其人歷官本末，疑者闕之。其間文體曲折，間有發明，但恐愚陋，考証未詳，辜負恩命，爲兢兢云。

乾清門[①]紀事

上御乾清門，稱江南按察使于成龍居官潔廉，召其父德水，賜貂裘一襲、貂

皮若干,諭之曰:"惟爾教子義方,特加賞賚,其勖勉爾子成龍,殫心盡職,始終如一。朕方不次顯擢,爲爾榮慶,苟末路不終,惟爾家門之玷。"又召八旗漢單都統、副都統、侍郎等官,諭曰:"國家自祖宗定鼎以來,委任漢軍官員,與滿洲無異,其中頗有宣猷效力者,朝廷亦得其用。比年漢軍居官者,弗克如初,驕姿放逸,惟務黷貨累民,不守紀綱法度,如張長庚、賈漢復、王光裕、白色純等,不可勝舉。每赴外任,多帶傔從,奢侈靡費,兢爲姦利,朕屢加申飭,尚爾因循,未聞悛易。頃巡行江左,見文武諸臣及軍民人等,衆口一辭,稱江寧知府于成龍清廉愛民,朕心嘉悅,已宣至獎勵,超遷爲安徽按察使。又以成龍父在旗下,特召賞賜,以見褒美廉吏至意。凡爾八旗漢軍人等,自今宜洗心滌慮,痛除舊習,或子弟官守在外,宜各貽書訓勉,果有潔己愛民如成龍者,朕立行擢用,如尚怙非不悛,國有常法,不能爲貸。欽此。"

　　臣竊惟國家治安,吏治實爲根本。吏治得人,則民物安阜,獄訟衰息,太平之效可睹。而所以鼓舞吏治者,其要在人主賞罰精明,俾人人知所激勸。伏覩漢唐之盛,人主亦多留意。郡長吏有著績循良者,數下璽書褒美。至唐以後,又推美其父母,恩貤有加,然亦多視爲具文,未必激勸悉當。明太祖時,旌賞平涼知縣王璡之父王升,史册傳爲盛事。然以太祖勤思察吏,或過用峻法,當時之人未必回心嚮道。孰有如我皇上至誠惻怛,丁寧告誡,如天地之大仁,如怙恃之極慈,使人人父勸其子,兄勉其弟,感激奮發,惶愧汗集而不自知者哉?總之,皇上察吏,原以爲民。凡殿庭之講求,時巡之清問,洞悉幽隱,靡所不燭,惟恐一方之不得其人,一物之或失其所。旌別淑慝,賞罰皆不踰時。而又訓辭深厚,務俾人心感格,去其舊染之污。會見王道蕩蕩,無偏無黨,風俗醇厚,吏治蒸蒸,海宇乂安,黎民樂業,治平之盛,遠軼三代。臣載筆螭陛,不勝慶幸之至。

　　二十五年七月二十六日,九卿沙澄等奏曰:"臣等會議得江南學院李振裕、臺臣許三禮條奏先賢先儒從祀位次兩疏,前議周敦頤、程顥、程頤、邵雍、張載、朱熹應在先儒之上、左丘明之下,後議應照世序定位次。"奉旨:"爾等前議諸臣有何意見?"達哈塔、伊桑阿奏曰:"臣等原無意見,但六子既稱先賢,宜在七十二賢之列。"奉旨:"爾等後議諸臣有何意見?"余國柱奏曰:"師生之誼,古來最重,即如李侗,乃朱熹受業師也。今以弟子而反居其上,師長而反居其下,先賢之靈亦有不安者。"陳廷敬奏曰:"六子羽翼六經,功不可泯,但坐位仍照世次爲便。"徐乾學奏曰:"羽翼六經,漢儒亦爲有功,若無漢儒箋疏,六經已泯沒久矣,六子其何從而考究乎？許三禮先曾條奏董仲舒宜稱先賢，居六子之上，今又云六子宜在先賢之列，居仲舒之上，前後頗覺互異。”李之芳奏曰：“先賢、先儒原有不同，但位次各從其代，未爲不可。”梁清標奏曰：“先賢、先儒位次，及今宜有一定之序。不然，恐後來挽越者更多。”沙澄又奏曰：“漢禮位次，但論其道德品行之優劣，以爲坐次之上下。即如孟軻，生乎七十二賢之後，位在十哲之上。曾參，子也，而位在曾點之前，豈復論前後世代乎？”

九卿出，上又顧大學士等曰：“爾等以九卿之議爲何如？”明珠奏曰：“後議固是，但孟軻位在七十二賢之上，世次有所不論，前議亦未爲不可。”上曰：“理無二是，前議是則後議必非，前議非則後議必是。”上又顧學士李光地曰：“爾意云何？”李光地曰：“後議頗覺穩當。若論六子之功德，宜在四配之下，前議處之七十二賢之列，則上下皆不得其所矣。”上曰：“此事無關國計民生，許三禮輩不過欲沽虛名耳。朕聞九卿會議時，彼此爭論，紛紛不絕。若他事盡然，豈不有益乎？”明珠奏曰：“聖見誠然。”

二十八日，上又言及江南學院李振裕、御史許三禮條奏先賢先儒從祀位次，顧大學士明珠等曰：“九卿兩議，爾等之言若何？”明珠奏曰：“滿大臣之意，以師弟分次序爲不然。”上曰：“定先賢先儒位次，止應視其道德行誼以爲次序，不可據師弟爲定例。即如明末時，從師生同年起見，懷私報復，互相標榜，全無爲公之念。雖冤抑非理之事，每因師生同年情面，遂致掣肘，未有從直秉公，立論行事者。以故明季諸事，皆致廢弛。此風殊爲可惡，今亦不得謂之絕無也。”王熙奏曰：“順治初年，尚有此風。今皇上聖明，此風久已息矣。”上曰：“若謂漢官內全無師生相暱之事，亦未可必。”

八月二十六日，九卿再議先賢位次。上曰：“九卿云何？”明珠等奏曰：“據九卿云，臣等初議先賢先儒位次，各出己見，故有兩議。但內外陪位，相沿已久，不便據改，似宜照舊行。”上曰：“許三禮云何？”明珠等奏曰：“據許三禮云，臣因李振裕條陳先賢先儒位次，故亦據所見陳奏。今九卿既以照舊例行爲便，似亦未爲不可。”上曰：“著照現行例行。”

購書故事

漢興，大收篇籍，廣開獻書之路。迄孝武世，書闕簡脫，於是建藏書之策，置寫書之官。至成帝時，使謁者陳農求遺書於天下。

後魏道武帝命郡縣大收書籍,悉送平城。

隋文帝開皇三年,秘書監牛弘表請分遣使人搜討異本,每書一卷,賞絹一疋,校寫既定,本即歸主,於是民間異書,往往間出。

唐貞觀中,魏徵、虞世南、顏師古繼爲秘書監,請購天下書,選五品以上子孫工書者繕寫,藏於内庫。代宗時,以千錢購書一卷,又命拾遺苗發等使江淮括訪。至文宗時,鄭覃侍講,進言經籍未備,因詔秘閣搜採,於是四庫之書復完。

後唐莊宗同光中,募民獻書及三百卷,授以職銜,其選調之官,每百卷減一選。

後漢乾祐中,禮部郎司徒調請開獻書之路,凡儒學之士,衣冠舊族,有以三館亡書來上者,計其卷帙,賜之金帛,數多者授以官秩。

周世宗以史館書籍尚少,鋭意求訪,凡獻書者悉加優賜,以誘致之,而民間之書傳寫舛誤,乃選常參官三十人,校讎刊正,令於卷末,署其名銜。

宋乾德四年,下詔購募亡書。三禮涉弼、三傳彭幹、學究朱載等皆詣闕獻書,弼等并賜以科名。詔史館,凡吏民以書籍來獻,當視其篇目,館中所無者收之。獻書人送學士院試問吏理,堪任職官者,具以名聞。

太平興國九年,令三館以《開元四部書目》閲館中所闕者,具列其名。詔中書購募,有以亡書來上及三百卷,當議甄録酬獎,餘第卷帙之數,等級優賜。不願送官者,借本寫畢還之。

嘉祐四年,選京朝官、州縣官四人編校。二年,遷館職,闕即隨補。中外士庶并許上館閣闕書,每卷支絹壹疋,五百卷與文資官。

宣和中,榮州助教張順進闕遺之書二百二十三卷,李東一百六十二卷。詔賜順進士出生,東補迪功郎。

明太祖甫定建康,即命有司訪求古今書籍。

永樂四年,命禮部遣使購求遺書。上曰:“士人稍有餘資,皆欲積書,況於朝廷,可闕乎?”遂召尚書鄭賜,令擇通知典籍者,四出購求,且曰:“書籍不可較價直,惟其所欲與之,庶奇書可得。”

《大清一統志》凡例

粵稽輿地之書,昉於《禹貢》,所載山川、疆域、土壤、貢賦,蓋簡而盡矣。

《周禮·夏官》職方掌天下圖，辨其人民、財用、畜穀之數，以周知利害。而大司徒掌邦之土地，別其名物，佐王安擾邦國。又有土訓、誦訓之官。《春官》小史、外史復掌邦國四方之志。何其制之煩重而精詳也。嗣後班固有《地里志》，范蔚宗有《郡國志》《方輿之記》，此爲發端。晉、宋、齊、梁，載籍雜出，惟陸澄《地里書》一百四十卷，任昉《地記》二百五十二卷，號稱專家，然與唐初五十餘中皆湮没弗傳。其著於《經籍志》所可得見者，惟唐李吉甫《元和郡縣志》、宋樂史《太平寰宇記》、王存《九域志》、歐陽忞《輿地廣記》、祝穆《方輿勝覽》《元一統志》《明清類天文分野書》《寰宇通志》《一統志》《名勝志》諸書而已，其他散軼頗多，折衷匪易。

伏念皇朝幅員之廣，振古未聞，我皇上文德武功，復越前古，東西南朔，服教畏神，萬里而遥，無隱不燭。兹者特敕諸臣，肇修《一統志》，益灼知天下阨塞、形勢、封域、户口、兵民、財賦之要，以章明綱紀，損益利病，奠兹疆寓，億萬斯年，非徒景式廓之圖，資考稽之益也。臣等荷蒙簡命，忝預編摩，仰惟天語輝煌，訓詞諄至，自知固陋，悚懼不寧，謹自《禹貢》《職方》及於近世，博采古義，參決群言，標其大凡，以爲成書之準，務使識其大而略其細，考其實而闕其疑，取類周詳，措辭質古，展卷之下，條析縷分，庶幾體國經野，不窺牖而可知，觀民省方，如指掌而斯在。

一分野。

《周禮》保章氏，以九州封域所分之星，以觀妖祥；《春秋》子産、裨竈、梓慎皆能言其意義；司馬遷、班固、蔡邕、皇甫謐皆其流裔也。後世諸儒，泥其説而未達其旨，往往疑爲迂誕，不知自三代至今，其言多驗，則非無徵之説也。崔浩有言：“興國之君，先盡人事，若測數測象，以求合天。謬矣。”陳卓以降，類多拘牽附會，以求信其説，所以失之愈遠也。若通其大意，則天官分野之家，又何病焉。

一部轄。

《禹貢》九州，分統萬國，延至周末，并爲七雄。秦廢封建，分天下爲三十六郡，以統諸縣，是爲部轄之始。漢時置郡漸多，武帝復倣古制，置十三州，每部各置刺史，以統郡縣，三輔則統以司隸校尉。晉置十九州，宋、齊二十三州，逮梁、魏之末，皆有州百餘。蓋自南北分據，各務夸張，分割僑置，州名益多。至隋末，悉改爲郡，而古之州制以廢。唐初改置十道，開元分十五道。宋初改十五路，天聖析爲十八，元豐析爲二十三。僚五道。金十九路。下迄於元，爲路益多，乃改設中書省一、行中書省十一以統之，而唐、宋道路之制又廢。明改南北二直隸、十三布政司以統府縣，而諸州參列其間，與縣略等。此歷代部轄之大概也。

要而論之，明之直隸，則秦之内史、漢晉之司隸、唐宋之京畿、元之中書省也。明之十三布政使司，則漢晉之諸州、唐之諸道、宋之諸路、元之行中書省也。明之諸府州，則漢隋之郡、元之諸路也。唯縣制則自漢迄明未改。本朝改南直爲江南布政使司，餘仍明舊。今自京師直隸各府而外，應書某布政使司領府州若干，先爲總論，撮其大要。其封疆重臣及布按諸司設官關係一方者，先載於此。每府有建置沿革，有總敍，有古人議論，有附論，有設官，有户口、田賦總數，縣又加詳焉。每縣先里至，次建置沿革，次城池，次形勢，無可指則闕，次風俗，次設官，次户口，次田賦，次山川，次古蹟，次關隘，次橋梁，次陵墓、祠廟，次名宦，次人物，次流寓。漢唐以前人難定某邑者，標出共考之。

一圖經。

輿地遠近險易，非圖不知。蘇秦按圖說諸侯，而識六國十倍之勢；蕭何收秦圖書，而知天下阨塞之所在。聚米爲象，馬援以度隗囂；建樓而籌，德裕以服南詔。自古規制群方，莫不由此。皇上命諸方繪畫輿圖，見藏天府，今宜據以爲準，節縮方幅，參以元時。朱思本之《輿地圖》，明羅洪先之《廣輿圖》，直隸布政司先爲總圖，一郡自爲一圖，分則粲若列眉，聚則合如連璧，而方輿退覽，昭然在目矣。

一建置沿革。

《舜典》肇十有二州，爲建制之始。《禹貢》還爲九州，爲沿革之始。然古代綿遠，典籍無徵。《史記》八書，僅有“河渠”。班固始創立“地里”之名，嗣後因而不改。自漢迄明，諸志具在。雖六朝五季，間有闕逸，然散見於他書者實多，可參考而知也。今自三代及春秋戰國，經傳所載，具列於首。自漢以後，則凡有廢置，必考其某帝某年，悉詳著之。雖割據僭號者，亦必具録，庶以見明備云。

一城池。

《大易》重設險之義，蓋天險地險，必以人事濟之，而後險爲我用。不然，莒城甚惡，見譏於巫臣；道弗不行，致誚於單子。孟子曰：“鑿斯池也，築斯城也，所以與民守者，此也。"城池其可不講乎？

　　一形勢。

　　《周官》列形方，《易象》言地勢，形勢之尚久矣。故秦百二，齊十二，楚有方城漢水，晉有洪河條山，而吳越亦稱三江五湖，史册班班可考。顧其中有要焉，如咸陽古奧區，左瞰河華，右脅岐雍，扼吭拊背，淩撼中夏，然非包梁兼益，關中亦未遽稱天府也。洛師爲天地中，襟嵩帶河，左伊右瀍，八方之所歸往，然非憑懷衛，閾鄧汝，提韓而挈魏，則郟鄏定鼎之區，未足稱卜年卜世之盛也。金陵挾龍虎，阻天塹，抱吳帶荊，稱南服雄，然必長淮爲屏蔽，姑熟爲門户，京江爲肘翼，江東六代始得立都，是則天下大勢概可知矣。北以磧限，南以嶺限，中原以河限，東西楚以淮限，吳與越以江限，由河可以控淮，由淮可以控江，由江可以控嶺，越嶺而滇海是環，考形勢者，於此詳焉。所謂履句履讀地形也，宜每布政司、每府、每直隸州考古今形勢，爲論一篇。

　　一里至。

　　四至八到，裴秀所謂分率準望，地里家多循舊式，今仍遵之不改。

　　一議論。

　　凡古人樹論，坐而言，起而可行。如蘇秦、張儀言七國，婁敬、田肯議關中，賈讓策治河，趙充國籌屯田，虞詡議涼州，及諸讜言碩畫，謂宜纂括編録，以裨經濟。而前人名論之後，亦當附以末議，參酌曩今，指説利病，以備異時之采擇云。

　　一設官。

　　建官設署，所以經理此土也。有民而不能治，與無民同；有田而不能使耕，與無田同；有險而不獲守，與無險同。唐、虞之州十有二師，成周之鄉老、鄉大夫、州長、黨正、族師、閭胥、比長，皆爲此也。今督、撫、藩、臬，下至州、縣之校官、巡驛，皆志之，而衙署所在即附焉。其武職、兵防、衛所、邊堡，分系於其地，并關鹽、市舶，并無闕漏。

　　一户口。

　　户口以紀生齒之息耗，故《周禮》登民數，祭司民，其制最重。《職方》之二男五女，一男二女，尤顯然徵户口之實，故前代諸書皆載之。今仍其例。

　　一田賦。

　　《禹貢》既載厥田，《職方》更詳宜穀。《王制》亦自方一里者爲田九百畝，積數之至四海之内，方三千里，爲田八十萬億，一萬億畝，以總其全。前代諸書，顧多置之不道，何歟？唐順之云："户口田畝，經國者所必務。"今之地志，敘山川無與險夷潴洩之用，載風俗無與觀風省方之寔，而壤則賦額一切不道，何其謬也！今特詳其制，以復《禹貢》《職方》《王制》之舊，并徭賦經制所在，節要書之。本朝蠲租仁政及墾田實數，俱宜備書。

一風俗。

風俗之厚薄，自因教化使然。然唐、虞之儉樸，本自陶唐；江左之紛華，開於六代。一成而不可變，遂數千百年如一日。良由後王之教令，無以易其漸漬之深也。諸書并載，今仍其例。我皇上修政教，務德化，舊染污俗，咸與維新，尤聖治之章明者也。

一山川。

山川能出雲雨，以利一方。又斯民財用所出，故《禹貢》《職方》而後，諸記載者，小大不遺。其間嶽鎮川瀆，代有典章，損益不一。考其故事，正其彝章，斯其時也。而歷來辨論，亦間取焉。其郡國水利，應行詳述。若江海河漕，關係國脉民命，每部當另作一卷，以考鏡其得失本末。名山、峰巒、巖壑、寺觀之盛，宜具載其下。若匡廬之五老峰、康王谷、三石梁、簡寂觀之類，《明一統志》分爲數處，便覺繁複。

一古蹟。

當就史傳所載，事之大者，有關歷代治亂盛衰，亟爲録之。其文人墨士，流連覽眺者，亦附見焉。若踵習傳疑，恒多虛妄，有一事而附會蠶生，亦有數事而錯雜失實。冉堌之疑冉有，孰審定陶之封？燕王之誤子丹，豈識王建之匵？以致西湖稱慶忌之塔，長安載四皓之墳，訛以傳訛，所在都有，務宜核實，毋涉子虛。再如西安景雲樓之鐘，南海光孝寺之鐵塔，溪州李弘皋之銅柱銘，宜爲博采。

一舊都宮闕。

宮闕雄觀，千秋之制度攸存。如關中則《長安志》《雍録》，遙接《黃圖》；江南則《金陵志》《建康實録》，備採舊址。以至崔銑《鄴都》之記，蕭洵《元宮》之文，搜覽遺章，猶見仿佛。況有明遺蹟，規制樸素，本朝建都，益崇儉德，更宜臚列，昭示來兹。

一考訂。

史書地志而外，凡紀、傳、志、表，并各經注疏、諸子百家、前人奏議、文集，皆宜蒐采。至金石遺文，尤足徵史事之訛謬。歐陽《集古》、洪氏《隸釋》，所載甚多。他如《金薤琳琅》《石墨鐫華》，亦云極備，俱在網羅，毋致闕漏。至本朝諸司文案，必須咨取採入，以成憲章之盛。

一陵墓祠廟。

凡古帝王陵寢所在，若風陵、鴻冢之藏，蒼梧、會稽之跡，皆有秩祀，領於祠官，制其兆域，禁其樵採，以致崇嚴，由來尚矣。自驪山失火，延及三泉，赤眉暴亂，五陵蕪廢。下至趙宋，青城南渡，鞏、洛邱墟，越州攢宮又罹楊璘之慘，蓋有不忍言者。聖朝龍興，推恩前代，鐘陵置守衛之家，昌平下修葺之，令世祖章皇帝躬幸壯烈墳園，感悼樹碑。今皇上厚德深仁，尤爲隆渥，前者南巡江表，特詣蔣山修親祭之曠典。自古及今，施澤異代，未有若本朝之盛者也。凡諸事實，宜與歷來古典輯入志中。元朝陵寢，史書在起輦谷者，至尊遣人尋覓，皆得其處，俟臨時奏請編入。至於聖賢、忠孝、世德故家，遺墓久存，若比干之墓、南陽之阡、信陵之冢，以及祀典論定之祠廟，如《禮經》所稱捍災禦患、勤事定國者，亦謹志以期傳久，庶以別於淫祀焉。

一關隘。

段規曰："尺寸之厚，而動千里之權者，地利也。"此關隘之所重也。雖然，秦必以四關稱雄，蜀必恃三關爲固，則天下之險亦僅矣。夫枯木朽株，有時可與金城湯池齊量者，用之得其道也。然則設險固無常所乎？近代恒借譏察之名，爲榷取之術。然司關之設，《周官》不廢，施之有方，未嘗不可兼收其效也。至於驛遞堡寨之遠近，屯營鎮集之疏密，苟爲封守之寄，孰非慎固之資？雖細必登，無容疏漏。

一橋梁。

邱陵谿谷，此山險也。而濱水爲險者，正不必呂梁、龍門也。即步武之間，登降之邇，亦時有之。此徒杠、輿梁所以爲王政之要歟？茲所亟者，不第如涉渭三橋、河陽中濟已也。凡經途所係，利涉必資，皆當備載。而堤堰、津埭、壩閘、淺渡，皆以類附焉。蓋不徒便商旅，亦所以重農事也。

一土產。

物產以充貢篚，自《禹貢》《職方》以來皆詳之，今仍其例，非惟侈富有之盛，抑以示不盡利之思也。至如《九域志》所載，土貢即與《寰宇記》不同，《方輿勝覽》又與《九域志》異，宋一代先後已各殊矣，應爲備載。若宣州之筆、易州之墨、由拳之紙，足資博文者存之。

一人物。

人物雖有流寓、土著之別，然原其始者，必要其終。如江左王氏本琅琊而後居建康，謝氏本陳郡而後居會稽，以及有宋南渡諸公，皆不得稱流寓矣。又如歐陽修生於隨州而實本廬陵，二蘇生於眉山而一終於常，一終於許，則當兩志之。朱熹產閩中而族本新安，地以人重，亦當兩志之。至如李白本以隴西遷蜀而或謂山東，杜甫本襄陽而或謂京兆，韓愈本河陽而或謂爲鄧州之南陽，王應麟本鄞人而或謂爲括州之慶元，皆當改正。

人物二。

人物舊志采擇甚煩，難以儘載。今擬名臣鉅公已見《廿一史》者，但列官階注曰已見某史，而搜其隱德，發以幽光者，則不放辭費焉。但寧嚴無濫，寧實無虛。若名宦，則書其有益地方者以爲勸。

一仙釋。

仙釋荒誕，有妨正教，衛道之士固嘗辭而辟之，兹乃詳著卷中，非所以正人心而變風俗。且率非土著，或往來幻化，惑世炫術，踪跡原無定處，載入某地，似屬無稽。今宜一概屏却，止就山川古蹟，當時間有以仙釋流傳者，偶附識以廣見聞可耳。

太子太傅大學士覺羅公世恩碑銘

天眷皇清，篤生聖人，仍歷世嗣，締造區夏。又有一心一德之臣，近出宗系，戡武亂，定太平，亦克世濟厥美。若我太子太傅大學士覺羅公之祖若考，事我太祖、太宗，蹀遼左，掀幽朔，從世祖入關，統一天下，功德右諸臣，寵命洊加，世襲貳等阿達哈哈番。暨我公功德益懋，今天子擢居首揆，師帥百僚，策安反側，諡固邦家。先是，天子推恩所生，累錫貤典，制贈三世如其官。公榮天子恩命，屬禮部侍郎徐乾學書其事，與其祖考所以劬躬燾後、委祉於今者，刻之墓上麗牲之石。乾學嘗以學士侍公綸閣，何敢固辭？

第乾學事我公不逮，事公之祖若考，又疏外夐陋，不嫻於秘府掌故，不獲詳公祖考，所以歷事三朝、定策密勿之本末，何以稱塞公敬勤君父之至意。雖然，乾學竊見公之光輝於密勿之地，其容穆如，不能測量其蟠際涯涘也；其言藹如，宛和風煦日之融融也；其度擴乎，其有容也；其履操潔清，又退然常有以自下者。因是溯論其流澤之長，奕世載德，必淵靜有謀，能定大疑、決大策者也；必慈惠足以長人者也；必能推賢進士，爲疏附先後者也；必端廉精白以有守，謹厚而不敢先人者也。觀其子足以知父，觀其孫足以知祖。乾學雖不及見公祖考，然足知其勳德卓絶，以我公知之也。

嘗論唐之宗臣，位至中書平章者甚多，而京兆勉相德宗，隴西揆相代宗，功業品望，尤爲卓犖。宋世玉牒與士人相參進用，沂公汝愚亦以相業顯，史册至今稱之。蓋其積累有素，猗蘭奕葉，與昌運俱長，非獨一時之才傑而已。乾學嘉覯休美爱，稽首載筆，書天子之策命，而因推本其盛美，俾百世而下，共知我公敬勤，君父之至意，可以匹休唐宋諸相而無媿也，則忠孝之心油然而生矣。銘曰：

渤海東陲，柝津所屬。堪與蜿蜒，蔚生帝族。既隆寶祚，枝葉扶疏。光氣紛敷，金膏美珠。元相之先，仍世尊顯。手攬戎機，日侍雕輦。爰佐景運，推堅仆疆。耆定之勳，紀於太常。皇嘉懿親，簡兹喆嗣。俾典璣衡，斟酌元氣。上公九命，貤寵泉扃。南陽之阡，松柏青青。靈風肅然，眷此華胄。雲旃象輿，參御三后。子孫百世，荷天休祥。我顯詩之，以信餘慶。

覺羅氏世恩碑文代

惟天篤佑我皇家，列聖相承，締造區夏，斂福用敷，溥被臣工，不遺細勞，隆禮有加。及乃祖考，罔不惟食，勸孝作忠，大澤深厚。尤篤仁愛，方之行葦。緣根及葉，靡生不育。緬惟先人，分籍宗正，三朝教養，馳驅靡監，謹勤厥官，報效未究，以勖子孫。逮於小子，懼弗克嗣，猥以諓陋，備位於朝，累蒙任使，洊登顯列。自承乏宰司，矢竭駑鈍，慙無補益，重被天施，與於大慶，命書寵章，覃及再世，榮賁泉壤。捧受祗懼，弗敢隕越，謹拜手稽首，以我聖皇之休命，書於麗牲之碑。伏自惟念，遭逢聖世，過被優渥，藉告前人，死骨不腐，傳之萬世，知聖恩汪濊。凡爲人臣者，宜殫心竭力，稱塞萬一；凡爲人祖若父者，宜積行餘善，佑啓後人；凡爲人子若孫者，宜虔恭朝夕，無墜前緒。瞻仰穹碑，潸焉感涕，猥以不文，謹綴銘辭，昭勸無極。銘曰：

帝出乎震，世有九服，蠡麟衍祥，黃炎多族。暨暨先臣，若木枝分，後先奔走，邁會風雲。歷事三后，受禄孔厚，志所弗訖，恐後之負。藐兹小子，幸緣世官，綴衣常任，若車幝幝。謬聞大政，弗勝鼎足，恩寵先臣，謂爾有穀。光光榮書，非臣之宜，惟高惟厚，惟皇之施。翩翩家慶，匪之子肖，以劬以燾，祖考之教。碑以繫悲，賁以綸絲，孰耳孰來，勿替爾思。

大悲寺大悲菩薩殿碑

　　大悲寺在宣武門內禁城西偏，其大悲菩薩殿崇基傑構，俯衢瞰陌，彤鏤璀錯，日烘霞起，爲京邑之偉觀，蓋順治八年鄭親王所建也。王以河間之好古，東平之樂善，親賢藩翰，保乂皇家，而託意道勝，棲心象設，來遊此寺，爲建斯殿。經營輪奐，度越前規，丹艧既施，晬容以妥。雲水知歸，巾瓶相望，將勒諸貞石，以啓佑後人，而屓屭蠢然，斯文靡託，奕世載德，星周及三。今簡親王克繩祖武，永言孝思，睹舊澤之加新，悵前徽之未著，欲使崔、蔡之徒昭琬琰於來者，乃令侍讀學士翁英、侍講學士阿三傳教，屬某爲之碑。某愧謝不文以應，教不敢辭，於是述其始建及勒文之時日，以志創述之因。善建不拔，後先濟美，用克光昭前人令德，兹其所以爲賢也。時康熙二十有四年龍集乙丑季夏之月，敬作銘曰：

　　紺園湧地，丹甍概天。瞻言勝業，眷我前言。金從昔布，石乃今刊。鈴揚月樹，梵韻風泉。共兹礧帶，作鎮萬年。

憺園文集卷第三十六

雜　著

題舅氏亭林先生《錢糧論》後

舅氏亭林先生學博而識精，於天文、河渠、禮樂、兵農、錢穀之故，上下古今，洞悉原委。數往來畿輔、齊、魯、秦、晉間，盱衡時事，間有所作《錢糧論》二篇，至爲痛切。仲長統《昌言》、崔實《政論》之儔匹也。國家嘉惠元元，靡所不至，而疆寓之內，未能家給人足，大司農亦以財用乏絀爲憂。揆厥所由，非理財制用之道有當變通者與？ 自《管子》有"金生粟死"之論，而歷代以來，錢穀之值以互爲低昂。漢章帝時穀貴，縣官給用不足，尚書張林上言："穀所以貴，由錢賤故也。可一取布帛爲租。"杜氏《通典》載唐度支歲計之數，粟則二千五百餘萬石，布絹綿則二千七百餘萬端屯匹，錢則二百餘萬貫，未嘗有銀。唯嶺南諸郡土貢乃有銀，多至百兩，少者二十兩爾。而憲宗詔曰："天下有銀之山必有銅，銅者有資於鼓鑄，銀者無益於生人。自今古嶺以北採銀一兩者流他州，官吏治罪。"

方回《古今考》言："宋時之田，所在科敷不同，有夏稅絹，有綿，有秋苗米，有折帛錢，有義倉米，有絹米，有免役錢，有鹽錢，亦未有銀也。"南唐宋齊邱嘗云："督民見錢與金銀，求國富庶，所謂擁慧救火，撓水求清。"而宋景德中，知袁州何蒙上言："本州賦稅，請以金折納。"上曰："若是，則盡廢農耕矣。"不許。蓋昔人之論如此，不知銀之爲用，何以偏重於今日如此之甚也。自愚論之，本色之米，今日亦不異於前代，惟布絹則非天下之通產。欲如唐、宋之代，無地不織，無戶不絹，非以二三十年之功，教之蠶織，其勢有所不能。而錢法之弊，起於廣鑄。自明末至今五十年來，爐座日繁，鼓扇未歇，日進之利，歸之爐頭局官，而錢品愈雜，歷代傳流之貨，悉皆銷毀。今雖停止外鑄，悉併京師二局，而開採既絶，人間無所得銅，榷關之官，遂以買銅爲苦。某昨歲對策，謂須得公忠强幹之臣，權萬物之有無，計百姓之贏絀，而爲之變通，蓋實本於先生之論。嗚呼！今日司國計者，不可不三復斯篇也。

書《蘇秦列傳》後

蘇秦、張儀，皆天下之辯士也，然秦常自謂才不如儀。是時秦方説趙王，相約從親，以擅有關東之政。而使儀得用於六國，則其寵移矣，故召辱儀庭下，又陰資之使西入秦，然後秦肘腋之患始去。當此之時，儀方感恩之不暇，又何暇顧墮其術中，則不得不反而爲吾之用，故亦曰吾不及蘇君明矣。以此知兩君者，其平時皆以才相慕又相軋也。戰國之士多奇變，而其術非從即横，故皆不可以并立於諸侯之國。龐涓之於孫子，心害其能，必欲計除之，故反爲其所殺。如秦者，可謂工於用妬者也。然自儀入秦，而六國之患日滋，終於破從解約，暴秦過惡，爲天下笑。此固説士傾危之常態，而秦之用儀，乃適所以自困也。悲夫！

書《儒林傳》

申公、轅固可謂之能明經學，而不可謂之能守先王之道者。申公前事楚王戊，知其荒淫不去，年已八十餘，猶應詔起。帝已不悦其言，猶受大中大夫職。幾不免於臧縮之禍，殆哉！轅生不欲爲黄老家言，是矣。隨下刺彘，何其卑也！萬一帝不予利兵，刺彘一不隨手中，生其不爲彘乎？使生以此時，正辭折太后曰：“臣官博士，太后以禮使臣，雖赴湯火，其敢逃死？若興隸畜臣，而命之鼓刀，以從宰夫之役，是使臣廢先王之道，而棄其官守也。臣死不敢奉詔。”如此太后必愧而謝生，帝亦必益重生。漢興幾六七十年，儒者與異端乍勝而乍詘，訖於武、昭，未知所定，亦諸生之區區講説，無有以守死善道者動之也。

馬文毅公廣西殉難始末

廣西偏處南粵，而桂林當賓、永之外，以全州爲門户，左倚蒼梧，右據柳江，國家因前代之舊，置省會於此，巡撫都御史行臺在焉。康熙十二年季冬，吳三桂反書至粵，馬公雄鎮方撫其地。案令甲，巡撫止治吏事，未有提督軍務之命。公便宜急病，約提帥某公飭疆界，嚴烽堠，屬兵峙糧，以絕三桂連結閩粵之陸。未三月，將軍孫延齡叛應之。延齡，故定南王孔有德女夫也。初，有德鎮廣西，戰殁無嗣，廷議以其功高，不忍使他人代將，用延齡爲將軍，俾統藩下軍，仍鎮桂。延齡紈綺子，不知順逆，因與都統王永年有隙。十三年二月下旬七日，遂殺永年及副都統孟一茂等三十餘人，以兵圍臺署，傳僞命遺公冠服，且脅之降。公朝服北向叩首曰：“臣亡狀，祇以一死報國。”拜畢，闔書室自經，家人蹋戶救之。

適有自提帥所來者，謂當與綜督會兵即至。公曰：“果爾，吾何難少俟？”因密疏陳延齡叛逆狀，且言：“賊圍守之嚴，一切上下文書皆截劫不得達，臣責在封疆，義惟一死。昨潛報督提，并云救兵將至，姑少待之，望急移鄰近禁兵，拯粵民於塗炭。”時三月朔日也。疏至，上始知公義不黨逆，爲之色喜。踰月，督提兵不至，公語長子世濟曰：“賊勢雖强，人心自固，汝速赴闕請兵來，我爲內應，破之如振稿葉耳，無徒父子相守，爲賊所屠也。”世濟潛達江西，巡撫江西董公衞國奏其事，上益喜，遣章京一人馳護以來，至則授以四品京卿。

六月，賊圍愈急，公夜爲再陳粵西情形，疏付長孫國楨，極言：“桂林人心素輕孫賊，而吳逆遠不相救，有反掌可復之勢，倘大兵急到，功可立就。粵西既復，吳逆腹背受敵，平蕩可期，臣遠在五嶺萬里外，若機有可圖，臣敢不竭力，如其不濟，惟有與妻子同齒劍死，期無負皇上知遇而已。”俾與客朱防鑿墉而出。數日，客李子變又將次子世永潛出，從之抵京，上復大喜，并朱、李二客并授以官。於是賊偵知公終不肯屈，而子若孫入朝請師者相踵，乃使其足延基率兵排闥前執公，公引佩刀自到，血流被體，賊卒前抱奪之，公握刀甚固，截卒手落其三指，終被奪不得死。賊舁公出，并親屬四十餘人幽別室，而守公者甚嚴，臥起不得自適，如是者四年，一幼女、四孫及婢僕十四人，以凍饑相繼死。

十六年夏，三桂惡延齡異，已以公在，或爲所誘，乃使賊吳世琮至桂林攻殺延齡，隨召公稱僞詔欲降之。公鬚髮怒張，目皆盡裂，罵曰：“吾大臣，義當死，所不即死者，欲手刃汝輩叛賊，歸報聖主耳。今志不遂，死矣，何多言！”世琮見公語峻，無降意，攝公置他帳，使其黨說誘百方，更進以酒食。公傾食擲器，怒罵不絕口。賊度公終不可脅，遂先殺公幼子世洪、世泰，次家僕、諸老道等九人，次及公。公顏色不變，怡然飲刃而逝，蓋六月十一日也。配李氏，子婦董氏,女二姐、五姐,妾顧氏、劉氏,子妾苗氏,聞變相率自縊。客孫成、陳文煥匍匐宵行至梧州,告哀於將軍傅弘烈。弘烈以聞,上惻然憫嘆曰:"馬某果不負國矣,其議所以褒恤之者。"議上,俾從優更議,成、文煥亦得除郡佐、縣令焉。

十八年春,三桂死,粵東西以次平。次年夏,世濟奉詔迎公喪,及冬至粵。粵人言公既無命,賊下令禁收其屍,暴野外四十許日。賊將趙天元過之,見其左右各挾一子,色凛凛有生氣,下馬太息,解衣覆其上。次日,使人瘞之廣福寺後。桂民感公義烈,私以瓣香,酹酒奠瘞下者,至今無虛日。初,李夫人在囚所,未知公遇害,守者房、李二弁登垣告之,婦董請於李夫人先死,次二女,次顧,次劉,次苗。二女與顧已就繯,猶以其輩行相讓,李夫人身爲收斂,乃奮身入繯而卒。今粵人言如此。

又部曲易友亮者,奉衣一襲進曰:"此上所賜御服也,公不忍污賊手,先卒數日,授某謹收之。今幸不隕命,敢以歸筐。"世濟泣受之。以粵人言徵之,成、文煥所述行,哭求公屍,自公與李夫人以下骸骨皆在。十九年,世濟還京復命,上賜衣於朝,上嘉嘆無已,即以衣賜世濟,贈公太子少保、兵部尚書,賜葬加祭,諡文毅。親灑宸翰,以樹隧道陰。一子入監讀書,配李贈夫人,祔葬予祭。婦董以世濟官三品,亦得贈淑人。論者謂公報主之志久而彌堅,而上褒忠之典加而無已,君臣之際,可謂兩盡其道者矣。公歷官名績及世系葬域,皆詳碑誌家傳,茲不備著。

書王君詔事

王君詔,字徽山,有氣概。康熙十三年,大兵南征,以禮部精膳司員外管參領事,在順承郡王軍前。是時,守臣、帥臣望風奔竄,已成燎原之勢。天子赫然斯怒,出禁旅,授鉞親賢,往討之。推轂以行,頓兵不進,神謀廟算,違命不宣,以致蠢茲小醜,經年乃得蕩定。

王君憤之,十五年某月,密疏言:"戡亂爲王者之師,神速實兵家之要,未聞元凶鴟張,置而不較,連年坐守,糧匱兵疲,而能克敵制勝者也。大兵於十三年三月抵荆州,時常德、澧州猶然未失,鼓行而前,則湖南一帶指顧可復,計日可直搗賊巢,而計不出此。即不然,而屯兵息馬,據其要害,則長江已爲我有,彝陵、岳州兩路賊難兼顧,技無所施,不攻自潰,而計又不出此。再不然,而乘其初至無備,渡江據其南岸,以爲可攻可守之計,亦不致賊兵之深溝高壘,急難動搖，我軍之披堅執銳，日夜防拒也，而計又不出此。禍首不除，群盜皆逞，今用兵之處不下數十，屢出大兵不下數十萬，糜大司農金錢，以鉅萬萬計，雖廣開事例，猶然不給。且楚地爲出米之鄉，往時斗米率三四十錢，今斗米一百三四十錢矣，是米價三倍於昔也。車船夫役取辦於民間，既困追呼，重疲轉運，弱者溝壑，强者潢池矣。恐將來之從而叛者，不止耿精忠、孫延齡、王輔臣、楊來嘉，諸凶逆也。且軍中馬匹倒斃者十之五六，士卒死亡者十之二三，其存者亦復銳氣全銷，羸病相半，萬一三軍解體，時勢堪虞。此臣所以仰天泣血、痛心疾首者也。臣父子食禄三十餘年，臣又身編戎伍，不敢避嫌隱忍，陛下罪其越位違例，加之斧鑕，固所甘心。倘陛下鑒其赤忱，請得統一旅，爲諸將先驅，不幸死於疆場，猶勝坐以待叛臣亂民之劓，刃於腹也。臣誠愚昧，不知忌諱，瀝血上陳，伏乞宸斷，敕諸大將軍尅期進討，不得仍前逗留，濟師策應，信賞必罰，鼓勵士衆，庶幾蕩平可期。”

疏上，朝士皆爲之咋舌，謂獲罪且不測。聖天子嘉其忠直，下詔切責諸將帥，刻期滅賊。於是凶渠困斃，諸方漸次削平。嗚呼！提將之符觀望不前者，獨何心哉？身在行間者，知其事勢不過搖首長嘆而已，孰敢言哉，孰敢言哉？彼夫處臺諫謀議之列者，而莫之言，是誠人之所難言也。故節略其疏存之，亦以見聖世喜聞讜言，以收蕩平之效云。

綏德馬君鄉兵禦寇戰守紀略

康熙十四年乙卯夏四月，三方梗化，西南蠢動，逆賊朱龍據延安府以叛。府之屬一十九州縣，守土文武將吏，皆棄城走，或從之作亂。綏德州壬子科舉人馬君如龍聞變，率州之壯士若千人，守山寨拒之，遠邇就保其寨者千餘家。賊將朱文英以衆五千攻圍四十餘日，守甚嚴，數出與戰，賊輒失利，五月十八日引退。後三日，龍遣其僞千總劉濟雲持書及僞劄來招君，抵寨不得入，呼曰：“延安一十九州縣皆爲我有，汝寨孤懸，所謂魚游釜中，燕巢幕上，猶且不識時務，不肯即下，主將一旦統大兵至，寨中人無噍類矣。”君聞之大怒，令一騎縛之以入，手刃之，懸其頭寨門，臠其肉偏食寨中人。

二十五日，賊乃益兵數千，爲長圍以困之。會平逆將軍兵已至，永寧以弗得賊虛實，逡巡未渡河，君乃遣家僕王良夜潛渡河，以書達將軍，具言賊可破狀，期以六月四日渡河。及期，君悉率寨中壯士，被甲建旗鼓，迎於河上。大將軍兵既渡河，君又面陳所以破賊方略，大將軍遂以君爲前鋒，即日與賊戰，大敗之。君生擒賊將黃文英，斬賊首萬餘級，追至賊巢，其衆號十萬，一時星散。龍僅以七十三騎走定邊，獨其黨李士英尚據延安，大將軍便宜授君本州守以撫之。

越二月，延安平，君即上狀幕府，與制府上所受綏德州印，請返初服，赴南宮試。二府交章上其功，幕府疏言：“臣統兵至西河驛，接見舉人馬如龍，備言賊虛實，臣即以如龍爲前鋒，一戰大破之。賊黨尚據延安，臣便宜假如龍守本州，遂盡降其衆。此實朝廷威德，將士用命，而如龍之功，自不可泯。”制府疏言：“當變起倉卒時，封疆之臣無有能捍賊，以固我圉者，而舉人馬如龍，以書生奮義不顧，死守孤寨，不受僞署，斬其使，迎王師爲前鋒，殺賊甚衆。如龍忠貞，具文武才，有古同仇偕作之節概，宜加優敘。”朝旨嘉之，使即真，移守灤州，以治績歷遷杭州知府。

二十八年己巳，上南巡至浙江，君大以治行聞。上采民情，即超授浙江按察司按察使。今方嚮用君，生平事多可紀，余特著其禦寇一節云。

題吳梅邨先生《愛山臺上巳宴序卷》

此園次使君守湖州日，以上巳讌集郡署之愛山臺，而梅邨先生所爲之序也。是日會者十有二人，而余其一，先生所以有孝穆之句云。戊申迄今六年，園次已久，去官梅邨，溘焉長逝，亦二年矣。回憶是日湖山賓主，風流輝映，渺然此期，如在河漢。余嘗疑逸少蘭亭一序，以佳辰勝賞，非有他故，而忽爲死生今昔之感。至纏綿往復，若不勝其情者，以今而觀，殆甚之也。辰六越子，既用裝成卷軸，攜以示我，兼讀群公之題識，蓋皆不身預其會，且未有人琴之戚，而低回傾倒，情見乎詞，況余之今日哉。循覽泫然，乃書其後。

書《江左興革事宜略》卷後

靜寧慕公《江左興革事宜略》，盛君輯而錄之，既屬余爲之序矣。余惟公自蒞吾吳，值饑饉洊至，師命促數，日夜焦心勞思，籌畫地方利害，如濬劉河、吳淞及白茆、孟河，請豁夙逋、除坍荒、減浮糧及賑饑民、蠲田租，鑿鑿可紀。公撫吳多善政，此爲最大。蓋國家財賦俱仰給東南，東南民力寬則上供不匱，而數十年來，農田水利鮮有議及者。天下之農，惟吳最勤勞，不待有司勸課，能自力以供上。然地多陂澤洪流，大川泛溢爲災，非當事者實心經理，民卒流亡。公規其大且遠者，知所急在是也。

昔三代之興，江淮以南不入版圖，朝廷邦國之需，天地宗廟山川百神之祀，皆取足中原。漢祖轉漕關中，魏武屯田許下，國用饒足，未嘗全取給江南也。今西北之地，彌望皆黃茅白葦，而當事者不知經理，棄有用之地，塞不竭之原，憚一時之勞，廢萬世之功，此可爲太息者也。公在一方，則計一方之利害，然其實東南之患不在東南，而在西北之農田水利，廢置不講。公以封疆重任，各有分土，不得已施之於一方，然吾吳已受其賜矣。有如西門豹、鄭國之徒，作渠引漳，使荒斥瀉鹵之地盡爲沃壤，農桑畜牧之盛，寧惟吾吳，舉天下皆蒙福，國家收富庶之效，斯民之幸，曷有其極。然非中外協謀，不能有成，吾故復書卷後，以告於當世之爲民牧者。

題《雷州守徐公墓表》後

維吾嘉興徐氏，始發祥於雷州公。公起家孝廉，爲循吏，有子司馬公，家聲益燀赫。司馬公以進士知太湖、溧水，擢留銓，歷光禄少卿，而公以八十九齡捐賓客。司馬公既窆宅，請華亭董文敏公爲墓表，今墨跡具存。又二尺牘答司馬公請文者，裝池附於册尾。公勳績大著，於蜀粤表中略見大概。公之殁也，在萬歷癸丑，越一年而始葬。文敏以三十五歲己丑登第，此文當是甲寅、乙卯作，文敏年亦已六十矣，是爲中年。書體閎整遒逸，在李北海、趙吳興之間。其結銜稱河南右參政，蓋自閩回，乞休未允。嘗擢河南彰德汝州道，雖未赴，猶稱所授之官，重朝命也。文敏諸生時與公相識，而司馬公後三歲釋褐，并交公父子，自鴛湖抵泖上百餘里，時相過從。觀二札惓惓親故之誼，詞義藹然，可以知前賢風致矣。勝力宮諭，勤思祖德，什襲藏此，余借觀累月。今將南還，題而歸之。

題陸探微畫卷後

真定相公藏陸探微畫一卷，舊題爲《布髮掩泥行道相》，珠裝寶飾，莊嚴具足，儀衛森羅，當是六朝神品。獨無跋語，公命余題之，余於佛典未諳。友人吳縣劉獻庭繼莊精於三乘，問之，云："釋迦牟尼世尊於往昔劫行菩薩道，爾時有佛出興於世，衆共迎之。菩薩無物，以爲供養。適地有泥，菩薩據地上，布髮掩泥,令彼佛踏之而過。彼佛讚言:'善哉!釋迦牟尼,你於來世當得作佛。'此出大藏《阿含經》。是時菩薩見佛,不惜髮膚以爲供養。所謂漸積勝業,澡練神明,乃得佛道者,其在此歟?"江左佛學甚熾,一時名公繪事,多寫教典佛象,千年以來少衰矣。而獻庭爛熟葱嶺之書,叩之輒應。惜不生於齊、梁,與庾肩吾輩合掌讚唱。聊因復我公之命,附其姓名云。

戊辰會試策問五道

問:《孝經》爲孝治天下者述也。分五孝,而以天子至尊,標居其首,教化之主也。故天子之孝曰就,言德被天下,澤及萬物,始終成就也。然則五孝并須天子而成,審矣。乃於諸侯、卿、大夫、士、庶人各有訓辭,豈非盡力隨分,人各自勉者與?抑天子既極愛敬,必臣下能奉行其教乃成也?我皇上躬行大孝,竭誠備物,孺慕同於虞舜,三朝過於文王,可謂通神明、光四海者矣。爲臣下者,幸生聖世,其勉思夫立身事君,宜何如與?孔子以孝爲至德要道,又曰教之所由生,又曰天地之性人爲貴,然則《孝經》性道,教之書也。《中庸》亦舉大孝、達孝,然則曾子、子思之傳,皆本於孝與?天子之孝,以愛敬爲綱,其目可得而臚舉與?五孝自致養而後,尤莫重於致哀、致嚴,曾子所謂民德歸厚者,固必本於此與?其何以不愧於天經地義,而自奮於至順之治?多士研精孔、鄭有日矣,願統論其條貫樞要,將敬聽焉。

問:國家當務之急,在知人安民,百官得職,斯萬姓蒙利。古者咨於四岳,謀及卿士,庶言同則繹,罔弗羅衆人之耳目,爲明達之用。然如《皋陶謨》言載采采,蓋覆其事以求其人,而人固有所以、所由、所安之不同,若何而果得其真與?《書》又言慎簡乃僚,蓋朝廷擇長官,長官擇其屬,擇之之法云何,唐之陸贄、宋之曾鞏言之詳矣?抑更有敷佐其說者否也?夫文王之朝,士讓爲大夫,大夫讓爲卿。古者讓而挽,近世乃趨於競矣。競端一開,舉者與爲所舉者交私焉。古今人絕相殊者曷故?毋乃廉恥不興,清議或缺,以至斯極與?唐制:常參官上後三日,舉一人自代。蓋猶讓道焉,然特具文爾。欲收實效,何道之從?我皇上念安民之要在擇大吏,故嘗疇咨在廷,訪求俊乂,而諸臣往往所舉失實,彌厪宵旰之勞。今欲洗心滌慮,破除痼習,何以去推諉之弊,絕偏黨之萌?何以立其誠使勿欺,灼其知使必當?試言之無隱。

問:興賢育才,古今異道。論者謂三代以後,淳漓朴散,鄉里選舉或未出於至公,不若一歸於學校科舉,將聽言可以信行,因文可以見道。然與? 否與? 東漢以後,策試孝廉,有不中科而刺史、太守免官者。夫以質行取之,而以空文試之,得乎? 抑亦孝秀自名而未之學,何以解於閔馬父之譏也?《書》言:"學古入官,議事以制。"《記》曰:"學士,冬讀書,典書者詔之。"然則興廉舉孝,與夫讀書窮理,豈異人任乎? 自教術多闕,人材眥窳,朝廷郡國有一事咨問,愕眙不知所出,識者病之。熙寧中,程子嘗建議革末流之弊,朱子師其意,作《學校貢舉議》,設德行之科以齊其本,又立分年試諸經、子、史、時務之法,使士無不通之經史,而皆可用於世。議未上聞,而天下誦之。今我皇上崇儒右文,終始典學,而士之占一經,以試於有司者,往往未足以對揚休問。今若仿朱子之議而行之,意人才必鼓舞振作,試條舉其說以對。

問:孔、孟既遠,道在遺經。漢初以來,諸家專門墨守師說,而未皆合於道。千餘年間,僅稱董、楊、王、韓,然亦尚多訾議,要其傳經之功,果可盡泯與? 至有宋,濂溪特起,二程承之,橫渠太高,正蒙太虛,不如周子太極,龜山則并疑《西銘》,其說何與? 共城之學,貫徹天人,或又以爲象數而岐之,何也?《宋史·道學傳》備載程、朱高弟,其行義可詳舉,與朱子同時,敬夫、伯恭其羽翼也。至於金谿陸氏論太極、無極之旨,則抵牾特甚,其同異之故,可得而悉數與? 元時金華諸子得朱子之傳,明初理學未墜,河津、灄池特爲正宗,而餘干繼之,《讀書》《存疑》《居業》三錄,造詣何如與? 其後新會、姚江獨崇象山之學,泰和、高陵、無錫起而闢之,皆名儒巨擘,其源流可詳論與? 我皇上續堯、舜之心傳,弘周、孔之至道,士生今日,必有能明諸儒體要者,其分析言之,將爲黼座獻。

問:仰觀俯察,爲帝王經世之大法。司馬作天官、河渠,班氏益以五行、地理,自後或闕或詳,何也? 古者以土圭測景,其推歷本於章蔀紀元,今里差、歲差或有不合,何與? 占候分野,其說不同。唐一行以山河兩戒,雲漢中分,其果至當與? 宋、元占天之家,孰優孰劣? 今所用泰西之法,詎不勝於曩代與? 至於冀州,黃帝所都,京師之地,上應紫微。邱濬謂地之勢,以北爲極,其可得而揚厲與? 五嶽之名,古今不一,四瀆之流,分合不常。桑欽、酈道元之說,亦有可言者與? 國家設占天之官,推驗災祥歷象,其備員者,率多庸瑣。至於都會邊徼,山川阸塞之數,士大夫能心識口述者寡矣。夫古者南正司天,北正司地,皆聖哲流亞,用能絕地天通,無蓋鰥寡。今奚以無其人也? 將無儒者肆其文,有司守其器道，實不相謀與？抑當飭海内髦士，專心講習與？夫崇效卑法，儒者事也。好學深思，厥有源委，便攄胸臆，舉其梗概。

壬子順天鄉試策問四道第一道，主考蔡修撰作，不錄。

問：古者帝王置敢諫之鼓，植告善之旌，垂戒慎之鞀，立司過之士，求言納諫，如此其及，豈非以致治之要，莫此爲先者歟？然自古抗顔以諍，虛己以聽者，何其少也。夫公卿列士獻詩，瞽獻典，史獻書，蒙誦工諫，庶人傳語，有可以匡君德而裨治道者，蓋無不可言之人。洎乎後世，直言極諫，列於取士之科，拾遺補闕，有專司之任，而效不逮古，亦可見矣。明時不專設諫員，而寓其責於科道。邱濬謂國家不以諫諍名官，欲使人人得盡其言也。然歟？否歟？皇上勵精求治，黎明聽政，百官以次奏事，又不時引見召詢，雖虞舜之好問察，大禹之求善言，無以過矣。而尚或敷陳有未盡者，豈鼓舞招徠之道，猶有所未至歟？漢文帝、唐太宗求言納諫，可謂至矣，然賈山謂用其言而顯其身，士猶恐懼而不敢自盡；劉洎謂面加窮詰，非獎進言者之路，其説果有合歟？夫言之繁瑣雜進者，固未必皆當，因其不當而設爲科條，若制防之。即其以言爲職者，不過寥寥數十官，而凡有論列，多沮於所司之議，致使臺諫稱緘默爲老成，而諸不在言路者，益以納忠爲戒。自古政治之得失，未必不由此矣。昔人嘗云："諫者多表上之能好，諫者直示上之能容。"故謂言者沽名，必其可以取名者也；謂言者市恩其言，必非刻薄傷治體者也。一再思之，必然省繹。然則爲臣下者，得無有習爲故事而不思其要，格於成憲而不盡其用者歟？何以作骨鯁之氣，而廣聽受之益？其詳言之無諱。

問：先王之制天下也，爲之禮樂刑政以統一之，天下莫不回心而嚮道。及乎後世，詩書六藝之文，朝廷刑賞之典，非不粲然備也。而風俗之漓，起於有位；人心之變，積於無形。始以貪冒相高，而卒成禍亂。豈漸漬於失教，被服於成俗，廉恥之道不講，而至於是歟？聖天子恭己於上，凡欲與百爾在位，砥節礪行，以與天下更始，所以講求之者，唯恐不及焉。顧今日中外臣工，果可謂無負歟？《傳》曰："上與讓則下不爭。"又曰："士君子寧處其厚，毋處其薄。"厚薄爭讓，較若黑白。然而世之趨者，常在彼而不在此，何歟？漢有《崇厚論》，晉有《崇讓論》，史稱其感時澆薄，廉遜道缺，乃著論以示風。然卒不能砥頹俗而挽積習，則何説也？荀子曰："堯舜不能去民之欲利，而能使欲利之不克其好義也。”吏道雜則志不一，志不一則廉恥不與。今欲使之敦廉重恥，返厚而明讓，其本安在？則激勵不可無術歟？或謂崇尚簡默，亡補經術，雖規言而矩行，亦昔人所云“刻木而官之者”耳，國家奚賴焉？夫獎節操，抑浮囂，固非欲得迂疏無當，斤斤盜虛聲、鮮實效者也。三代以後，唯西漢治稱近古。寬仁長厚如孝文，使朝廷之間恥言人過，而其時政事未嘗有廢墜；綜核名實如孝宣，使文理之士咸精其能，而其時人才未嘗有幸進。何修何營，而克臻是？意者法制明肅，清議盛行，然後士大夫爭引廉恥爲重，而風俗可幾於厚讓歟？抑敦禮以教忠，重祿以養廉，在今日亦當極議者歟？願深明所以然之故，而悉陳其所當務，毋有所隱。

問：歷代國史之作，其所由來尚矣。《春秋》左氏以後，司馬遷、班固綜其體要，後世因之，粲然并列。原夫三國以上，猶作者自爲，及晉、宋而還，則鮮不被詔。唐太宗天縱之才，留心史籍，自晉迄隋，中更南北，而史之成於貞觀者五，斯固英主之爲也。石晉用兵之時，宰相劉昫猶纂《唐書》。宋太祖開寶六年，即命薛居正等修《五代史》。明洪武元年十二月，命宋濂等修《元史》，明年二月開局，八月書成。又續修庚申君事，洪武三年二月開局，七月書成。蓋以前代之興廢，即本朝之勸戒，故歷代以來，既有天下，無不及及於勝國之紀載。我國家定鼎燕京，混一區宇，已三十年，則纂輯《明史》，非今日所至急者歟？宋濂之修《十三朝紀》也，發所收金匱之藏，而聘汪克寬、胡翰、高啓、趙汸等十四人爲之。其修庚申君事也，則遣使采之北方，而聘趙壎、朱右、貝瓊等十五人爲之。總裁必任宏博之儒，則事詞覈；纂修兼用遺逸之士，則議論公。故任不可以不專，而用不可以不廣。今自史館而外，故老遺賢，豈無熟知前代掌故，如汪克寬、趙壎諸人者乎？洪、永累朝，一代大綱，備在《實錄》，惟啓、禎獨缺。然《實錄》所載，或有粉飾之詞，而雜志野乘衆說如林，參稽必備。惟是諱忌之疑，莫能自釋，歲月既久，散軼亦多。作者既自託於名山之藏，守者或誤比於挾書之律，何以網羅舊聞，無有遺憾？亦當如洪武時，專官蒐采，以資財擇歟？苟不及時圖之，得無耆舊凋零，遺聞放逸，久而愈失其傳歟？多士其明言之。

問：盜賊之興，起於不察，故《周禮》野廬、司厲之屬，其法每加詳焉。蓋其關於治亂之數，豈不大哉？顧去盜如去疾，從其本則自己，徇其末則雜出，而成結轖之患。我皇上宵衣旰食，飭司牧以靖盜安民，可謂勤且至矣。而內自畿輔,迄於各省督撫諸臣,以盜告者,歲無虛日,其故何歟?民雖至愚,無故而爲盜,孰不知法所必誅?乃甘以父母妻子所賴之身,至於嬰禁網而猶不可遏,彼獨非編戶之民,好生而惡死者一成哉?抑固有驅之使然者也。今者弭盜之術,謹戒防,嚴捕治,而猶懼其慢也,復重考成之格以督之。一涉盜案,有司積歲不遷,而降革隨之,斯亦至密矣。得毋弭盜尚有本源,深思其故,而先事求之之爲得歟?昔龔遂之治渤海,願便宜從事,至則先罷屬部逐捕吏,而卒收止息之效。孝武時,遣繡衣發虎符之兵以擊盜,又作沉命之條:盜不發覺,發覺而捕不滿品者,罪二千石以下,至小吏主者。然而盜乃寖多,此其故亦有可得而推言者歟?向使用龔遂於孝武之世,亦將有成績否歟?胠篋之子,始以一捕尉逐之而有餘,有司習而安焉,往往合而不可散,此法輕之弊。人之爲國與民,常不如其自爲。罪將及己,則上下相蒙,或匿多以爲少,或文彼以掩此,而盜之脫者,亦多術矣。是以窮之者縱之,則又法重之弊。何道而使輕重各得,萑苻晏然歟?或謂兵以禦盜,而兵即爲盜,巡撫宜治兵,則其令下也,臂指相應。或謂餉缺而兵饑,驕悍之卒,瞋目攘臂,持主將之短長,有將領不能詰者。何以核兵理餉,使兵民相安歟?其并著以備採擇焉。

主考盟誓文

維康熙二十七年,歲次戊辰,二月甲辰朔,越十九日壬戌,考試官某,同考試官某等,敢以瓣香,昭告司盟。某等荷朝命典試禮闈,學術固陋,大懼弗克得士,以備國家任使,致寒儁抑而不章,用是矢諸明神。其有偏私玩易,弗虛公於乃心,弗恪恭於迺職,上負聖聖恩,下負多士,神其殛之,俾蒙蔽賢顯僇,禍罰及於厥世。謹告。

殿試策

皇帝制曰:朕惟帝王誕膺天命,撫御四方,莫不以安民興賢爲首務。朕纘承祖宗鴻緒,孜孜圖治,民生休戚,日厪於懷,而治未臻於郅隆,其故何歟?今欲家給人足,以成豐享樂利之休,何道而可?興賢育才,原以爲民,今既崇經學以正人心,重制科以端始進,乃士風尚未近古,以致吏治不清,民生未遂,果陶淑之未善歟?抑風俗人心,習於浮僞,徒狥名而失實歟?必如何而能追《棫樸》,作人之盛,以幾時雍之化也?我國家揆文奮武,禮樂之彥,韜鈐之臣,兼收并重，何以簡用得人，使才稱其職，廟堂著亮采之功，封疆有幹城之效歟？在外地方大吏，惟督撫是賴，牧民之官，守令最親，必表正而後景直，欲使大法小廉，遵功令而修職業，以爭自濯磨，將何術之從歟？漕糧數百萬，取給東南，轉輸於黃、運兩河，何以修濬得宜，而天庾藉以充裕，俾國收其利，民不受其害？其必有道以處此。爾多士志學已久，當有確見於中，其各攄厥抱，詳切敷陳，朕將親覽焉。

臣對：臣聞古帝王之受天命而撫萬邦也，必有愛養天下之仁，以垂萬年之利澤；亦必有鼓舞天下之道，以興一世之賢才。厚民之生，正民之德，合四海而爲一家，利澤所由溥也；敷奏以言，明試以功，時百工而撫五辰，人材所由奮也。制治以養民爲急，而使布憲者祗承其意，乃有以收去弊興利之實益，而令甲不爲具文；分職以用人爲要，而使服官者各見其長，乃有以鼓殫智竭能之精心，而臣僚不爲曠位。法非具文，則以人行法，法不期於過密，而必不致扞格而難行；人無曠位，則以法馭人，人不必其皆賢，而必不致因循而容不肖。雖法有所及，亦有所不及，而綜核名實，足以周通乎庶務，所由張弛而咸宜；雖人有所能，亦有所不能，而黜陟幽明，足以震動乎群心，所由激揚而爭奮。是則贊采所以宜民，而承流宣化，無一人之不職也；亮工所以熙載，而經邦定國，無一事不理也。

欽惟皇帝陛下，函三在宥，得一乘時，建極以錫庶民，執中而衡萬物。神功內運，敷天仰覆載之無私；大武旁昭，薄海誦聲威之有截。視朝昧爽，咨揆岳而詢事，仿虞廷之吁咈都俞；駐蹕時巡，進父老以陳風，邁夏王之鐸鞀鐘鼓。政兼富教，六府惟修，三事惟和，黎民遂登於敏德；治洽神人，五紀用平，三德用乂，庶徵克底於休祥。固已化美時雍，人歌順則矣。乃猶進臣等而親策之，咨以安民興賢之務，念吏治之不清，閔民生之未遂，而歸之風俗人心，此真天下萬世之福也。臣請得而備陳之。

臣惟安民之道，務其所以利民者，去其所以擾民者而已。天下承有明之季，疾征橫斂之餘，繼以凶荒兵燹，救死扶傷之不給，國家之興，固已出之湯火之中，登之衽席之上矣。然自平定安輯以來，休百姓之力者二十年，於茲而生齒未蕃，荒萊未辟，閭里蕭條，而蓋藏猶乏也。洪惟我世祖章皇帝，勤思疾苦，視民如傷。皇上繼之以容保無疆之至德，錢糧之逋欠蠲豁者，及乎康熙三年以前矣。畿輔、秦、齊一方之水旱，發帑金而賑濟矣。田土之圈占永停，藩産之變賣悉罷，而且軫恤淮、揚災荒之困，漕糧之積欠者，違部議而特免矣。皇上愛養元元之意，維持而護惜之，凡可以爲民者，何一不立見諸施行哉？而民力困窮猶甚者，臣竊以爲農政之未修也，有司奉行未善也，穀賤金貴而民困也。東南有十畝共桑之迫，而西北有曠野不發之田，宜設勸農之官，辟地利，修農功，陂塘渠堰，所在舉行。如蜀中諸郡，以及秦之西、代之北、中州南汝之間，皆膏腴宜墾之地也。

　　兩稅三限，唐宋以來之制。今者内府未饒，而不得不有待於開徵；兵餉告急，而不得不預支於春首。在小民以二月而完五月之糧，在有司以今年而補上年之缺。甚且丁徭之外，驛傳河工之屬，仍責之民，而濫稅私徵，屢形之白簡也。宜復夏秋徵收之例，而一切擾民之事，嚴爲之禁，民困其稍蘇矣。漢唐之代，以帛爲租，宋始用錢，金章宗始鑄銀，曰“承安寶貨”，公私用之，以迄於今，不過三四百年爾。乃海舶已停，而礦脈久閉，民間之銀，日耗而不生，而上供者必常額取盈。昔宋齊邱有言：“錢非耕桑所得，以錢收稅，是教民棄本逐末也。徵錢尚不可，何況於銀？”臣謂宜擇公忠强幹之臣，權萬物之有無，計百姓之盈絀，而爲之通變，將戀遷之化，上比於有虞，生生不匱，而財源自裕也。

　　若夫興賢所以爲民，而崇經學，重制科，皇上臨雍釋奠，訓飭師儒，興起教化，可謂盛矣。而吏治未盡清者，何也？兩漢以來，刺史守相得以參辟召之權。魏晉而後，九品中正得以司人物之柄。考以里閈之毀譽，試以曹掾之職業，其法猶爲近古。自唐至今，所試者詞章而已，所拘者資格而已。至掣籤之例，起自故明萬歷中年，用以防奸則可耳，以言得人則未也。成例彌拘，而銓除彌以失當；選舉彌多，而人材彌以淹積；更調彌數，而民生彌以困弊。豈舉能其官之意乎？禮義廉恥，國之四維。近日浮誇躁競，浸以成風。求薦則自詡才能，上章則侈陳勞。恬退者目爲闒冗，廉靜者鄙爲無能。至乃世禄之家，以奢麗爲好尚；能文之士，以輕薄爲風流。尤而效之，將何底止？臣謂宜於成法之拘閡者變而通之，無使盛德尊行之人守拙而沉滯，無使矯亢謬悠之士虛名而進庸，革薄從忠，獎恬抑競，人心既正，風俗自淳，吏治可得而清也。若聖制所云“揆文奮武”、“大法小廉”，馭天下之大道也。

　　國家文教誕敷，武功遐震，禮樂之臣與干城之寄，兼收并重矣。古之帝王，崇儒講藝，期門、羽林，皆通一經。而於時亦選材力武猛者，爲輕車、騎士、材官、樓船，常於春秋講肄課試。今搢紳之士明習掌故、通達治體者固不多有，而武弁有不能跨馬穿札者，武舉、武生冒濫殊甚。自八旗以外，列營置戍之兵類多傭販，宜一切清汰而教練之，所謂以精勝多、以暇勝猝者，今日不可不預爲之講也。皇上之重督撫也，慎推舉，嚴責成，居官治狀，備加咨訪，召見面諭，諄諄告戒。屬吏有賢能，請留請擢，破成例而曲允焉，任之至專矣。守令各官，有即升之條，有卓異行取薦舉之例，待之至優矣。然皆斤斤焉以不違憲令，不犯科條，爲苟幸無過之計，而未皆奮發有爲者也。

臣謂懲貪之法，貴於必行，而課吏之法，貴於用恕。使天下之吏，人人有畏咎之心，不若使之有赴功之意。使天下之治，盡出於有司之成法，不若其出於良牧守之仁心。願略去薄書期會之細，而課以吏稱民安，爲之殿最，則吏治烝烝，人思盡職矣。黃、運兩河者，國家所藉以轉漕，而近者自董口既淤，黃流屢決，淮泗以下，咸被其災，蕭然煩費。宜令河、漕二臣，分勘上流、下流之水，而講求疏濬築塞之方，無分畛域，無拘成例，無憚大役，無惜帑金，務爲一勞永逸之計，河得其道，而漕運自通矣。此所謂以人行法，而無扞格之憂，以法馭人，而去因循之弊，愛育天下之仁，亦鼓舞天下之道也。而臣以爲其本在皇上之一心，夙夜宥密之中，必有以灼見萬事之本原，然後可以御天下之賾而不亂。變化云爲之際，必有以謹守方寸之初動，然後可以定天下之一而不搖。《書》曰：“一日二日萬幾。”又曰：“安汝止，惟幾惟康。”此安民興賢之本，而衍國祚於億萬斯年者也。臣草茅新進，罔識忌諱，千冒宸嚴，不勝戰慄隕越之至。臣謹對。

改　過

士貴立志，窮達得喪，有命存焉，不足以累其心也。凡功名不求而自至，乃爲進身之正，始進正而乃可與語立志矣。藉有人焉，不能安命而妄有所憑藉，雖幸得之，衾影屋漏有不能自歉者。既而人事推遷，所憑之人或不能以自保，我必與之俱仆；即或幸免焉，而指摘非笑，紛起叢集，崎嶇蹉跌，不勝其困。所謂立身一敗，萬事瓦裂，豈不信哉？吾爲若人計，則有說焉。夫剛大之體，吾所自有，乃萎薾不振至於如此，咎在吾志之不立耳。設也憬然悟，翻然自悔其所爲，去其脂韋涊涊之習，而一出於剛正，所謂不屈不撓、塞乎天地者自若也，復何叢訾之不可滌乎？由是以歷乎榮辱得喪之塗，坦焉康莊，無入而不自得，視夫向者之跼蹐困躓又何如也？《春秋》大改過。《易》曰：“風雷，益。君子以見善則遷，聞過則改。”雷迅風烈，以象遷改，義最精深，吾深爲若人望焉。

好　古

歐陽永叔曰：“物必聚於所好。金玉犀象，難得之物，而有力者能聚之。金石遺文，往往湮滅於荒墟破冢之间，由於好之者少耳。”予則以爲永叔之所谓好，猶有未盡。夫古人往矣，惟藝事之工美，见遺墨斷楮，猶其精神所寄託也。由是以推，其生平所用之尊彝、服器、珮環、鈎玦，亦皆有遺澤存焉，於是乎寶之。寶古物者，凡以重古人也。然其爲物，不足益神智、治身心、廣學識、精義理，亦僅供把玩而已。

古人之所以不朽者，曰立言，雖遠隔數千百年，一室晤對，如在几席。是故善慕古者，莫若讀書。今世以其鏤刻之廣，購取之易，往往忽之，不知書之为類夥矣。自六經子史而外，凡爲理學經濟之儒，名臣介士，咸有著述。厄於世變，以時銷亡，其所存者，千百之什一也。有志之士，當移其嗜古之心，一之於書。得其片言，足以益神智，治身心；見其行事，足以廣學識，辩理義。而所谓金石遺文之可资爲考訂之助者，亦其一而已。舍是而曰吾姑寓意於物君子，則誠有所未暇也。雖然，猶有進焉。

伊川之論讀經曰：“經，所以載道也。誦其言辭，解其訓故，而不及道，乃無用之糟粕耳。”晦庵之論讀史曰：“病中抽得《通鑑》一兩卷看，正值難處置處，不覺骨寒毛悚，心膽墮地，始悔向來作文字看過之爲枉讀也。”故讀古人書，遇格言善行，當求身體而力行之；遇難處事，必思身處其地，如何善全而不悖於道。如是沉思久之，真積力久，事理沛然，而力行之無所滯礙，斯爲自得於己，不枉讀書者矣。不然，古之聚書萬卷，而淪没於水火盗賊者，不知其幾矣。此與玩物喪志，何以異哉？

教習堂條约

僕等并膺朝命，爲諸君師，自惟譾庸，深懷悚懼。竊見皇上選造多士，懇懇勤勤，務期成德達材，以備國家之用。天語肫切，聞者歡欣。僕等敢不竭其愚誠，用相規切，以無負皇上所屬任。願諸君相與檢飭身心，強勉問學，精心從事，熟復講貫，尊問行知，日積月累，以至於高明廣大。他日爲純臣，爲真儒，副國家期待之厚，僕等之願也。學問名教之事，滿書、漢書初無分別，各宜砥礪。今與諸君约，凡條列於左。

伊川云：“凡爲學之道，必先明諸心，知所往，然後力行以求至。所謂自明而誠也。”晦翁云：“明諸心，知所往，窮理之事；力行求至，踐履之事也。”薛文清曰：“讀書道義，求日用之實理。知之至，信之篤，則實有得於已矣。”由卑邇而高遠，由下學而上達。諸君將《近思錄》《朱子節要》《讀書錄》及《性理》諸書，精心尋思，反覆考驗。其理，聖賢一字一句皆有用處，久之自能造入閫奧。須虛心定氣，不可因循玩愒。勉之！勉之！

古今人固有志在德行道藝，而卒之止於富貴利達者矣；未有志在富貴利達，而進於德行道藝者也。范文正公秀才時，即以天下爲己任。王沂公對人言，曾生平志不在溫飽。考之二公後日之勳名，可謂較然不欺者矣。諸君自省平日立志於二公何如也？不讀非聖之書，不敢妄爲些子事。處善循理，固窮戒得，乃是許身。稷、契、堯、舜，君民根本。《書》云：“不矜細行，終累大德。”諸君其慎之於徽，慎之於始，一事苟則其餘皆苟矣，危哉！

學習國書，取自英年，乃朝廷儲蓄人材，爲異時委任之地，期望何等深厚，自待豈可少輕。專意討論，虛懷諮問，耳聽心受，隨手劄記，自然日計不足，月計有餘。至經史古文，乃不可須臾離者，勿以學習翻譯，或致曠棄，空疏弇淺，豈免貽譏士林？皇上稽古右文，將不時考校，滿、漢文義，并須淹通。此中有甘有苦，有强勉，有自得處，久自知之。

經學自漢、唐諸家，發明至暢，宋、元名儒，乃得其體要，至明季而鹵莽甚矣。在諸君專門名家，各有師承，其爲明習，自與時俗治經者相去倍蓰。顧舊例，開館之後，更受他經背誦數行，具文無實。今宜熟讀注疏，他日當做帖括遺意，間用帖經幾條，或經文，或注疏，十得八九爲上，得六七爲中，得四五爲下矣。此彊記之功，高明者所易忽，然由之以貫穿全經，則易易。注疏既熟，乃約之以諸儒之說，如築室之有墻壁，可以依據也。

次則讀史。所以令諸君讀史者，匪第欲知其體例也，匪直以資宏博也。史之所言成敗得失，切於致用，《說命》所謂“人求多聞，時惟建事”者也。今欲間時諮問史事，以觀諸君論世之識，宜求實益，勿託空言。

昔人言文以氣爲主者，似矣，而未盡也。文以理主，而輔之以氣耳。立言者根柢於經學、道學，則當於理矣。不通經，固不足語於文；不聞道，亦不足語於文也。明之初年，宋學士、王待制皆遊黃氏之門，以上遡考亭夫子之傳。自是三百年來，論文者必合三者而言之乃正宗，非是則旁門邪徑矣。遵巖、震川諸君子，奉此規矩，至謹嚴也。北地、歷下數公，以才子自命，是其本原先誤，毋怪乎擬古雖工，終少自得。而新會、姚江以後，心學日盛，脫棄文字，漸以六經爲糠粃，則又高明者之過也。別裁僞體，諒諸君雅有夙心，加慎焉而已。詩賦之學，其原皆出六經，要必無字無來歷，方能追配古人。

自六經以至周、秦諸子，多有韻之文，《易·象傳》無不用韻者，此固天地自然之聲也。《詩》三百篇，如訏謨定命，遠猶辰告，遘閔既多，受侮不少之類，屬對精切，爲六朝之濫觴，如《國風》長句，抑揚逸宕，爲騷賦之權輿，此亦天地自然之聲也。辭賦固古詩之流，即偶儷未嘗不本於古。此皆前哲之所已言，而其盛衰之故，存乎作者之心氣。其視爲經國大業，即下筆有清廟明堂之容；其視爲雕蟲小技，即涉想皆月露風雲之狀矣。考其原委，推其正變，《大雅》可作。所望諸君，敬與肆，爲人品聖狂之分；勤與惰，爲學問進退之界。薛文清云：“聖賢欲人皆善之心，讀其書親若見之，而不能體其心以爲心，可謂自棄者矣。”諸君試思經傳粲陳，衢陌秩秩，有階級可升，有津筏可濟，身列朝籍，親聽至尊訓諭。翰林清書之地，前哲芳型具在，寸陰可惜，夙夜邁征，奮迅以淬勵精神，沉靜以涵蓄義理，博學多識，融會貫通，毋告諄諄而聽藐藐，敬業樂群，自相師友，必憤必悱，以求啓發。望之，望之。

附録一

《清史稿》卷二七一《徐乾學傳》

徐乾學,字原一,江南崑山人。幼慧,八歲能文。康熙九年,一甲三名進士,授編修。十一年,副蔡啟傳主順天鄉試,拔韓菼於遺卷中,明年魁天下,文體一變。坐副榜未取漢軍卷,與啟傳並鐫秩調用。尋復故官,遷左贊善,充日講起居注官。丁母憂歸,乾學父先卒,哀毀三年,喪葬一以禮;及母卒,如之。爲《讀禮通考》百二十卷,博採衆說,剖析其義。服闋,起故官。充《明史》總裁官,累遷侍講學士。

二十三年,乾學弟元文以左都御史降調,其子樹聲與乾學子樹屏並舉順天鄉試。上以是科取中南皿卷皆江、浙人,而湖廣、江西、福建無一與者,下九卿科道磨勘。樹屏等坐斥舉人。是年冬,乾學進詹事。二十四年,召試翰詹諸臣,擢乾學第一,與侍讀韓菼、編修孫岳頒、侍講歸允肅、編修喬萊等四人並降敕褒獎賞賚。尋直南書房,擢内閣學士,充《大清會典》《一統志》副總裁,教習庶吉士。時户部郎中色楞額往福建稽察鼓鑄,請禁用明代舊錢,尚書科爾坤、余國柱等議如所請。乾學言:"自古皆新舊兼行,以從民便。若設厲禁,恐滋紛擾。"因考自漢至明故事,爲議以獻。上然之,事遂寢。

詔采購遺書,乾學以宋、元經解、李燾《續通鑒長編》及唐《開元禮》,或繕寫,或仍古本,綜其體要,條列奏進,上稱善。時乾學與學士張英日侍左右,凡著作之任,皆以屬之。學士例推巡撫,上以二人學問淹通,宜侍從,特諭吏部,遇巡撫缺勿預推。未幾,遷禮部侍郎,直講經筵。朝鮮使臣鄭載嵩訴其國王受枉,語悖妄。乾學謂恐長外藩跋扈,劾其使臣失辭不敬,宜責以大義。上見疏,獎,謂有關國體。已而王上疏謝罪。二十六年,遷左都御史,擢刑部尚書。二十七年,典會試。

　　初,明珠當國,勢張甚,其黨布中外,乾學不能立異同。至是,明珠漸失帝眷,而乾學驟拜左都御史,即劾罷江西巡撫安世鼎,諷諸御史風聞言事,臺諫多所彈劾,不避權貴。明珠竟罷相,衆皆謂乾學主之。時有南、北黨之目,互相抨擊。尚書科爾坤、佛倫,明珠黨也,乾學遇會議會推,輒與齟齬。總河靳輔奏下河屯田,下九卿會議,乾學偕尚書張玉書言屯田所占民地應歸舊業,科爾坤、佛倫勿從。御史陸祖修因劾科爾坤等偏袒河臣,不顧公議,御史郭琇亦劾輔興屯累民,詔罷輔任。湖廣巡撫張汧亦明珠私人,先是命色楞額往讞上荊南道祖澤深婪贓各款,並察汧有無穢跡,色楞額悉爲庇隱。御史陳紫芝劾汧貪黷,命副都御史開音布會巡撫於成龍、馬齊覆訊,汧、澤深事俱實,復得澤深交結大學士余國柱爲囑色楞額徇庇及汧遣人赴京行賄狀,下法司嚴議。時國柱已爲琇劾罷,法司請檄追質訊,並詰汧行賄何人,汧指乾學。上聞,命免國柱質訊,戒勿株連。於是但論汧、澤深、色楞額如律,事遂寢。乾學尋乞罷,疏言:“臣蒙特達之知,感激矢報,苞苴餽遺,一切禁絕。前任湖北巡撫張汧橫肆汙蔑,緣臣爲憲長,拒其幣問,是以銜憾誣攀。非聖明在上,是非幾至混淆。臣備位卿僚,乃爲貪吏誣構,皇上覆載之仁,不加譴責,臣復何顔出入禁廷,有玷清班? 伏冀聖慈放歸田里。”詔許以原官解任,仍領修書總裁事。

　　二十八年,元文拜大學士,乾學子樹穀考選御史。副都御史許三禮劾乾學:“律身不嚴,爲張汧所引。皇上寬仁,不加譴責,即宜引咎自退,乞命歸里。又復優柔繫戀,潛住長安。乘修史爲名,出入禁廷,與高士奇相爲表裏。物議沸騰,招搖納賄。其子樹穀不遵成例,朦朧考選御史,明有所恃。獨其弟秉義文行兼優,原任禮部尚書熊賜履理學醇儒,乞立即召用,以佐盛治。乾學當逐出史館,樹穀應調部屬,以遵成例。”詔乾學復奏,乾學疏辨,乞罷斥歸田,並免樹穀職。疏皆下部議,坐三禮所劾無實,應鐫秩調用。三禮益恚,復列款訐乾學贓罪,帝嚴斥之,免降調,仍留任。

　　是年冬,乾學復上疏言:“臣年六十,精神衰耗,祇以受恩深重,依戀徘徊。三禮私怨逞忿,幸聖主洞燭幽隱。臣方寸靡寧,不能復事鉛槧。且恐因循居此,更有無端彈射。乞恩終始矜全,俾得保其衰病之身,歸省先臣丘隴,庶身心閒暇。原比古人書局自隨之義,屏跡編摩,少報萬一。”乃許給假回籍,降旨褒嘉,命攜書籍即家編輯。二十九年春,陛辭,賜御書“光焰萬丈”榜額。未幾,兩江總督傅臘塔疏劾乾學囑託蘇州府貢監等請建生祠,復縱其子姪交結巡撫洪之傑,倚勢競利,請敕部嚴議。語具《元文傳》。上置弗問,而予元文休致。

　　三十年,山東巡撫佛倫劾濰縣知縣朱敦厚加收火耗論死,並及乾學嘗致書前任巡撫錢珏庇敦厚。乾學與珏俱坐是奪職。自是齮齕者不已。嘉定知縣聞在上爲縣民訐告私派,逮獄,閱二年未定讞。按察使高承爵窮詰,在上自承嘗餽乾學子樹敏金,至事發後追還,因坐樹敏罪論絞。會詔戒内外各官私怨報復,樹敏得贖罪。三十三年,諭大學士舉長於文章學問超卓者,王熙、張玉書等薦乾學與王鴻緒、高士奇,命來京修書。乾學已前卒,遺疏以所纂《一統志》進,詔下所司,復故官。

附録二

《清史列傳》卷一〇《徐乾學傳》

徐乾學,江南崑山人。康熙九年一甲三名進士,授編修。十一年,充順天鄉試副考官。以給事中楊雍建劾奏副榜遺取漢軍卷,與正考官修撰蔡啟僔並降一級調用。十四年,援例捐復原級,仍任編修。尋遷左春坊左贊善,充日講起居注官。二十一年,充《明史》總裁官。二十二年,遷翰林院侍講。二十三年,遷侍講學士。時乾學之弟元文以左都御史降調候補,其子樹聲與乾學子樹屏並中順天鄉試。聖祖仁皇帝以是科取中南皿卷皆江南、浙江,而湖廣、江西、福建無一人,下九卿、詹事、科道磨勘,舉出文理悖謬者一名,文體不正者樹屏等三名,字句疵累者樹聲等八名,請與正副考官諭德秦松齡、編修王沛恩,同考官主事張雄、中書王錞等,並褫革嚴究情弊。得旨:"此次取中各卷,顯有情弊,姑從寬免究。其文理悖謬、文體不正四名,及徐元文之子,並革去舉人,餘照例議處。"是年十二月,乾學遷詹事。

二十四年正月,召試翰詹諸臣於保和殿,乾學列上等第一,諭獎乾學暨侍讀韓菼、編修孫岳頒、侍講歸允肅、編修喬萊等五人學問優長,文章古雅,優加賞賚。乾學旋奉命直南書房,擢內閣學士,充《大清會典》《一統志》副總裁,教習庶吉士。時海賊初平,戶部郎中色楞額往福建稽察鼓鑄,疏請禁用明代舊錢,戶部尚書科爾坤、余國柱等議如所請。上以詢內閣諸臣,乾學言:"自古皆新舊兼行,以從民便。若設例禁,恐滋煩擾。因考自漢至明故事,爲議以獻。"諭曰:舊錢流布,不止福建一省,他省亦皆有也。若驟爲禁止,恐不肖之徒借端生事,貽害平民。色楞額所奏不准行。會有詔購采遺書,乾學以宋、元經解十種,李燾《續資治通鑑長編》及唐《開元禮》,或繕寫,或仍古本,綜其體要,條列奏進。得旨："所奏進藏書善本，足資考訂，俱留覽。"

二十五年，諭吏部曰："學士徐乾學、張英學問淹通，宜留辦文章之事。嗣後勿開列巡撫。"尋授禮部侍郎，充經筵講官。二十六年九月，擢都御史。二十七年二月，充會試正考官，即於是月遷刑部尚書。乾學初任左都御史，即劾罷江西巡撫安世鼎，勸諸御史風聞言事，遇會議會推，與尚書科爾坤、佛倫等多齟齬。其會議河工屯田事也，同尚書張玉書言屯田所占民間地畝，應歸舊業，科爾坤、佛倫弗從。御史陸祖修因疏劾科爾坤、佛倫等偏袒河臣靳輔，不顧公議，御史郭琇亦劾靳輔興屯累民，敕罷靳輔任。

先是，命侍郎色楞額往湖廣鞫上荊南道祖澤深被劾各款，并察巡撫張汧有無穢蹟，色楞額於劾款悉爲開釋，又不察劾張汧。御史陳紫芝旋劾張汧貪黷，命副都御史開音布往會直隸巡撫于成龍、山西巡撫馬齊覆審。既鞫實張汧、祖澤深婪索事，復得祖澤深交結大學士余國柱爲囑色楞額徇庇，及張汧未被劾時遣人赴京行賄狀，下法司嚴議核擬。時余國柱因御史郭琇劾其與大學士明珠、尚書佛倫等營私附和，已罷歸，法司請檄追質問，並鞫詰張汧行賄何人。汧以分餽甚衆，不能悉數抵塞。既而指出乾學，上命免余國柱質問，復諭曰：此案嚴審，牽連人多，就已經審實者，即可擬罪，勿令滋蔓。於是色楞額、張汧、祖澤深論罪如律，事遂寢。互詳《高士奇傳》。

乾學尋乞罷，疏言："臣蒙特達之知，感激矢報。職掌所係，務殫區區。苟且餽遺，一切禁絕。近者前任楚撫張汧橫肆汙蔑，祇緣臣爲憲長，拒其幣問，是以銜恨誣扳。幸皇上鑒臣悃愊，當衆臣傳問，汧供語參差，駕虛鑿空，良心難掩，隨即自吐實情。然非聖明在上，是非幾至混淆。此臣所以感戴高深，日夜隕涕者也。臣備位卿僚，仍爲貪吏誣構。皇上覆載之仁，不加譴斥，臣復何顏出入禁近，有玷清班？反躬劾責，不能自已。伏冀聖慈放歸田里。"疏入，得旨："覽奏，情辭懇切，准以原官解任。其修書總裁等項，著照舊管理。"

二十八年，乾學弟元文任大學士，子樹穀由中書考選御史。時解任修書少詹事高士奇丁憂在籍，左都御史王鴻緒爲左都御史郭琇疏劾植黨營私、招搖撞騙諸款，得旨休致，事詳士奇、鴻緒傳。副都御史許三禮疏劾乾學曰："聖主必需賢佐，懲貪不外遠奸。大小臣工，幸逢聖主，應爲賢臣。乃有原任刑部尚書徐乾學者，不顧品行，律身不嚴，致被罪臣張汧所供。皇上寬仁，不加譴責，即宜引咎自退，乞命歸里。又復優柔縶戀，潛住長安，乘留修史爲名，出入禁廷，與高士奇相爲表裏。物議沸騰，即無官守，落得招搖納賄，‘五方寶物歸東海’之謠所自來也。其子試御史徐樹轂不遵成例，朦朧與考，明有所恃。獨其弟徐秉義文行兼優，實係當代偉人。原任禮部尚書熊賜履理學醇儒，可稱千古人品。臣職居言路，知而不言，即爲不忠。俯採輿論，直陳賢奸，乞即召用熊賜履、徐秉義，以佐盛治。徐乾學既無好事業，焉有好文章？應逐出史館，以示遠奸。徐樹轂尚書之子，中堂之姪，身爲御史，太覺招搖，應調部屬，以遵成例。臣不避嫌怨，披瀝直陳。”得旨：“所參事情，著徐乾學明白回奏。熊賜履原係簡任大臣，朕所深知，已經起用，現在丁憂。許三禮請即召用，殊屬不諳，著飭行。”

乾學回奏曰：“憲臣謂臣律身不嚴，致罪臣張汧所供。臣若果受張汧一錢，臣甘寸磔。祇以臣爲臺長，聞張汧狼籍，屢向僚屬斥言其非，汧知而恨臣，遂肆誣衊，業蒙皇上洞鑒。臣以性不諧俗，遭人嫉忌，具疏懇歸田里，蒙恩准解部務，仍領各館總裁，早夜編摩，每隔數日入直，與高士奇等共訂書史，校讎御選古文，此外一無干涉。臣在任之日，尚且嚴絶苞苴，豈解任以後，反行招搖納賄？憲臣忽云潛住，忽云招搖，皆臣所惶惑不解者。臣子樹轂考選，經吏部及臣弟元文奏明，其時大臣子弟與考者，不止臣子一人，特恩簡用，安得朦朧？皆由臣平時好講忠孝大義，言論時或激切，易以招尤。乞賜罷斥歸田，并罷臣子官職，以安愚分。”疏並下部察議，以所劾招搖納賄，皆無實據，即所劾朦朧考選，亦不詳確，許三禮應降二級調用。

議甫上，三禮復疏劾乾學曰：“三品以上大臣子弟，不得考選，科道成例，遵行已久，無敢紊越。今乾學回奏，指稱吏部題請，閣臣奏明，以鉗制言官。要知皇上之留乾學者，留於史館辦事，豈留潛地招搖，物議沸騰？閣臣之奏明者，不過奏避閱卷之嫌疑，豈有題破歷來之定例？乾學雕琢字眼，粉飾要旨，欲坐臣以指參不實，而使徐樹轂仍居御史之職，明欲肇釁開端，紊亂國制。專擅之漸，不可不防。更奇者，乾學律身不嚴，教子無方，穢迹昭著，有案可據，尚敢肆口狂言，好講忠孝大義，希圖簧惑聖聰，不得不列款糾參，懇乞窮究。

一乾學於丁卯鄉試、戊辰會試，在外招搖，門生親戚有名文士，各與關節，務期中試。有蘇州府貢生何焯，往來乾學門下，深悉其弊，特作會試墨卷序文，刊刻發賣，寓言譏刺。乾學聞知，即向書鋪將序抽燬，刻板焚化，囑託江蘇巡撫訪挐何焯，至今未結。

一乾學發本銀十萬兩，交鹽商項景元於揚州貿易，每月三分起利。本年七月間，令伊孫壻史姓、家人李湘，押同景元，於八月二十四日到京算帳，共結本利一十六萬餘兩。又布商程天石，新領乾學本銀十萬兩，現在大蔣家衛衚開張當鋪。其餘銀號錢店，發本放債，違禁取利，怨聲滿道。

一乾學以門生李國亮爲江蘇按察使，代爲料理。國亮差劉管家送銀一萬兩，交乾學管家吳子彥、吳子章收。遇節送銀四百兩、小禮銀四十兩，生日送銀一千兩。吳子彥爲張沇事發逃回，吳子彥胞弟子章收伊弟元文入閣辦事。國亮差劉管家送賀禮銀五千兩，交吳子章收繳。

一乾學認光棍徐紫賢、徐紫書二人爲姪，通同扯緯，得贓累萬。徐紫賢、徐紫書現造爛面衚衕、花園房屋，書辦之子，一朝富貴，胡爲乎來？乾學之贓，半出其手。

一乾學因弟拜相後，與親家高士奇更加招搖，以致有‘去了余秦檜，來了徐嚴嵩’、‘乾學似龐涓，是他大長兄’之謠，又有‘五方寶物歸東海，萬國金珠貢澹人’之對，京城三尺童子皆知。若乾學果能嚴絶苞苴，如此醜語，何不加之他人，而獨加之乾學耶？

一乾學遣弟徐宏基遍遊各省，抽豐剋剝民膏，獨於河南磁州、彰德等處，久戀一載有餘，放賭宿妓，良民受害，怨聲載道。

一乾學買憲臣傅感丁在京房屋一所，價銀六千餘兩；買學士孫在豐在京房屋一所，價銀一千五百兩；買慕天顏無錫縣田一萬頃。京城繩匠衚衕與橫街新造房屋甚多，不能枚舉。蘇州、太倉、崑山、吳縣、長洲、常熟、吳江等州縣，俱係徐府房屋田地。

一乾學子姪徐樹屏、徐樹聲於甲子科夤緣中式，弊發黜革，行止有虧，莫此爲甚！以上各款，百未盡一。乾學身受國恩，乃敢植桃李於一門，播腹心於九州，橫行聚斂，不顧枉直，順之則生，逆之則死，勢傾中外，權重當時，朝綱可紊，成例可滅。伏乞皇上立賜處分，國家幸甚，萬民幸甚！”疏入，得旨：“許三禮身爲言官，凡有糾劾，當據實一併指陳。乃於交部議處後，復列款具奏，明係圖免己罪，著嚴飭行。”命免許三禮調用，仍留任。

是年十一月，乾學疏言：“臣年六十，精神衰耗，衹以受恩深重，依戀徘徊。憲臣許三禮前因議先賢、先儒坐位，其言不合經典。臣與九卿奏對之時，斥言其非，本以公事相爭，不謂觸其私怒，捏造事款，逞忿劾臣。幸聖主洞燭幽隱，臣欣荷再生。但臣方寸靡寧，不能復事鉛槧，且恐因循居此，更有無端彈射。乞恩終始矜全，俾得保其衰病之身，歸省先臣邱隴，庶身心閒暇，願比古人書局自隨之義，屏跡編摩，少報萬一。"得旨："卿學問淹博，總裁各館書史，著有勤勞。覽奏請歸省墓，情辭懇切，准假回籍，書籍著隨帶編輯。"明年二月，陛辭，賜御書"光餋萬丈"扁額。五月，兩江總督傅拉塔劾乾學於三月內回籍，即於四月內欲沽名譽，囑託蘇州府貢監等具呈巡撫洪之傑建造生祠於虎邱山上，平日縱其子樹敏、樹屏與元文之子樹聲、樹本交結洪之傑，借勢招搖，競利害民，乞敕部嚴擬。語詳《元文傳》。聖祖命元文休致，劾款免究。

三十年，山東巡撫佛倫鞫濰縣知縣朱敦厚加收火耗事，劾乾學曾致書前任巡撫錢鈺徇庇敦厚，部議乾學與鈺均革職。先是，乾學未罷歸時，嘉定知縣聞在上爲縣民告發私派事，革任究擬，閱二年不結。至是，按察使高承爵窮詰聞在上追憶未告發時，因徐樹敏聲言私派，有干功令，曾以贓銀二千兩餽之，至告發追還；論樹敏嚇詐取財，應絞。江寧巡撫鄭端因疏劾休致左都御史王鴻緒曾受聞在上餽銀五百兩，爲之設計私派，亦於告發後追還，應與不約束子弟之徐乾學，並敕部嚴議。部議乾學已革職免議，王鴻緒應令總督審供定議。尋奉詔嚴戒內外各官私怨交尋，牽連報復，於是釋鴻緒弗問，乾學子樹敏亦贖罪。

三十三年七月，諭大學士於翰林官員內奏舉長於文章、學問超卓者，大學士王熙、張玉書等薦乾學與王鴻緒、高士奇。得旨："徐乾學等著來京修書，徐乾學之弟徐秉義學問亦優，並著來京。"乾學未聞命，於四月疾卒，年六十有四。所著有《澹園集》《讀禮通考》諸書。遺疏進其所纂《一統志》，下所司察收。

圖書在版編目(CIP)數據

憺園文集/(清)徐乾學著;賈燦燦點校.—上海：
上海三聯書店,2024.3
ISBN 978-7-5426-8366-3

Ⅰ.①憺… Ⅱ.①徐… ②賈… Ⅲ.①古典文學-作
品綜合集-中國-清代 Ⅳ.①I214.92

中國國家版本館 CIP 數據核字(2024)第 019559 號

憺園文集

著　　者/ (清)徐乾學
點　　校/ 賈燦燦

責任編輯/ 張靜喬
裝幀設計/ 徐　徐
監　　制/ 姚　軍
責任校對/ 王凌霄

出版發行/ 上海三聯書店
　　　　　(200041)中國上海市靜安區威海路 755 號 30 樓
郵　　箱/ sdxsanlian@sina.com
聯繫電話/ 編輯部：021 - 22895517
　　　　　發行部：021 - 22895559
印　　刷/ 上海惠敦印務科技有限公司

版　　次/ 2024 年 3 月第 1 版
印　　次/ 2024 年 3 月第 1 次印刷
開　　本/ 710mm×1000mm　1/16
字　　數/ 550 千字
印　　張/ 34.25
書　　號/ ISBN 978 - 7 - 5426 - 8366 - 3/I·1857
定　　價/ 138.00 元

敬啓讀者,如發現本書有印裝質量問題,請與印刷廠聯繫 021 - 63779028